人民·联盟文库

人民·联盟文库

唐诗学史稿

陈伯海 主编

河北人民出版社

人民出版社

本书系上海市哲学社会科学"十五"规划课题成果

主　编　陈伯海

撰　写　陈伯海　查清华　胡光波　许连军

　　　　王顺贵　胡建次　张　红

目 录

第一编　唐诗学的萌生（唐五代）

第三编　唐诗学的盛兴（明代）

导　言
从唐诗学到唐诗学史

唐诗·唐诗学·唐诗学史

　　唐诗作为中华民族艺术文化宝库中的瑰宝，可谓尽人皆知，但"唐诗学"名称的出现，却是晚近的事；由"唐诗学"进而为"唐诗学史"，更有一个发展和建构的过程。

　　顾名思义，唐诗学乃是有关唐诗的学问，它来自人们对唐诗的研究。不过天下事物可研究者甚众，并非每一种研究都能成"学"。要够得上称"学"，一要看所研究的对象是否有特殊重要的价值，二要看研究工作自身的积累是否丰厚，这两个条件又互有联系。

　　唐诗的价值自无可置疑，这不仅指有唐一代诗人诗作流传至今的尚有二千五百余人五万五千余首之多，更其重要的，是唐诗在演变中产生了自己鲜明、独特的美学质性，在历史上形成了不可取代的美学传统，甚至被世人奉以为中国古典诗歌的美学典范。中国诗歌史上从宋元以迄明清的学唐、崇唐的风气，以及长时期来纷争不休的有关宗唐宗宋、宗盛唐宗晚唐、宗李杜宗王孟等取向，正充分显示了唐诗的巨大魅力。唐诗还为研究者提供了广泛的研究领域，包括唐诗的创作、传播、特点、功能、背景、渊源、流变、影响，下而及于各个时期、流派和各种体式、风格的诗歌，都足以构成研究的专题。这些便是唐诗学得以建立的内在根据。

再来看研究工作的开展方面，其成果的积累也很值得称道。可以说，从唐代起，人们即已开始了对唐诗的阅读、欣赏和批评，至今1300余年从未中辍。世代相沿的研习活动，汇聚了大量的学术成果，储存了丰富的审美经验，传递着方方面面的文化信息，深刻地影响到整个民族传统的推陈出新，这是任何其他诗歌类型和文学样式所无可比拟的。由研究而引起的许多争议性话题，如唐宋诗异同、李杜优劣、"四唐"分野、盛唐气象、元和新变、晚唐风调乃至"郊寒岛瘦"、"元轻白俗"、"唐无五言古诗"、"唐人七律第一"等，皆成了学界长期探讨的热点，大大拓宽了中国诗歌美学的视野。唐诗学之为显学，是离不开其自身历史的支撑的。

由以上的论述，不仅表明唐诗确有其"学"，同时意味着"唐诗学"必有其"史"，于是从唐诗学的倡扬转入唐诗学史的建构，也就是顺理成章的事了。所谓唐诗学史，无非是唐诗的学术研究史，亦即按历史的进程来考察和记录唐诗研究的成果，梳理其发展脉络，总结其经验教训，以为新形势下推进唐诗学建设的借鉴。有了这样的凭借，今后的唐诗研究便可以少走弯路，唐诗学的发展自然会顺畅得多。还要看到，由于唐诗在民族文化传统中的独特地位，人们对唐诗的爱好涉及其诗学趣味、审美观念、精神状态、思维方式、生活阅历和文化修养众多方面，因而对唐诗学史的考察，不仅能增进我们对唐诗以及唐诗研究的了解，还可以此为切入点，从一个侧面揭示出社会心理和文化思想变迁的轨迹。这或许是研究唐诗学史的更深一层用意，也是我们要给予这门新兴学科以特殊关注的兴味点所在。

唐诗学史的取材范围

既已明了唐诗学史的意义，便可进而讨论怎样撰写的问题，我们将从取材范围、理论建构和历史分期三方面展开论述。

取材，就是史料选择的问题。任何一种历史的叙述，都必须建筑在掌握特定史料的基础之上。什么是唐诗学史的史料范围呢？这个问题其实不难回答。如果说，编写一部唐诗史，要以唐代诗人的诗歌创作活动及其作品为史料依据，那么，撰写作为唐诗研究史的唐诗学史，当然要以历代有关唐诗的研究活动及其成果为依据。这里须提请注意的是，顾及研究方式及其成果的多样性，不能仅限于论诗、评诗之类理论活动的形态。明末胡震亨编撰《唐音癸签》，集录他以前的唐诗学成果，其中"体凡"、"法微"各卷通论唐诗及各体作法，"评汇"部分逐一评论具体诗人诗作，可算是理论形态的唐诗研究；但书中另设有"乐通"诸卷载录唐代乐曲，"集录"诸篇介绍唐诗选本与编集，甚至有"诂笺"记文字注解，有"谈丛"写文人轶事，都不属于理论性探讨。后人或有病其流于琐屑的，但从原则上讲，胡氏的眼光并不错，他能够认识到唐诗学的建构是一座立体的大厦，选本、编集、注释、考订皆其有机组成部分，应该与论说、批评一视同仁。这种眼光难道不值得我们学习吗？

让我们来具体考察一下唐诗学史的取材范围。

先谈选本，这可以说是人们接触和研习唐诗的一种最切近的方式。大家知道，选诗在我国有着久远的传统。《诗经》三百篇是否由孔子删定虽难以断言，而其经过整理、加工殆无疑义，所以习惯上被认作现存最早的诗歌选集。汉代王逸编《楚辞》，六朝萧统辑《文选》，也都是影响深远的文学读本。但总体而言，选唐诗仍然是古代"选学"中最为发达的分支，不仅"唐人选唐诗"成了当时文坛上一道亮丽的风景线，就是此后宋元明清历朝选诗，亦皆以选唐诗为大宗。据今人统计，目前可以考知的唐诗选本共达 600 种之多（见孙琴安《唐诗选本六百种提要》），尚未计入诗文合选以及唐诗与其他朝代诗歌合选的本子。选诗的品种也很繁富，有通选唐诗的，有专选某一时期、某一地区、某一流派或某一体类诗歌的，甚至有为了某种实用目的如应制、应试、唱酬、启蒙等需要而特加编选的，五光十色、琳琅满目。这些选本或附以序跋，或添加评点，以显示编选者的用心，而即使纯然白文，单凭所选作品流传，也能产生一定的社会效应，真所谓"不着一字，尽得风流"了。选诗作为唐诗学史首要考察的对象，是当之无愧的。

次说编集。唐诗的编集起于唐代，有作者自编，也有他人代编。自编当然是为了保存资料，代编则除保存外，另带有供研习的用意，张说在上官婉儿死后拾掇其遗篇，代宗命王缙录进其兄王维的文集，即为显例。五代战乱之余，宋人重新搜辑、整理唐人诗集，要做大量钩沉、补正和辨伪的工作，就更属于唐诗研究的范围了。以后各代直至当今，辑佚、编校唐诗总集、别集的工程一直在进行，其成果为世所公认。唐诗编集同时代风气也有一定的联系。如宋人崇杜，杜甫的集子在宋代便得到精心校理，经过几代人不懈的努力，终于从唐末仅存的若干残集，增扩为流行于今的二十卷定本。又如明人宗唐，唐诗在明代风行，有不少大型的合集编刊问世，但明中叶以前，在"诗必盛唐"的观念支配下，印行的唐集多限于大历以前人所作，待到晚明风气转换，中晚唐人作品才开始引起重视，而从汲古阁所刻唐人诗集中得到集中体现。编集之中，还有一个编排体例的问题。人们常说，宋人好归类，明人爱分体，清人喜编年，确乎如此。宋代规模最大的唐诗总集《分门纂类唐歌诗》，就是以天地山川、朝会宫阙、城郭园庐、兵师边塞、草木虫鱼等类别组合的，对于李白、杜甫等唐人别集，宋人也曾重加类编，因为按题材归类最便于从借鉴中脱化出新，种种"夺胎换骨"、"点铁成金"的手段便由此而形成。相比之下，明人似更熟悉按体分编，五、七、杂言，古、律、绝句，有条不紊，这又是基于他们以"格"（体格）、"调"（声调）论诗的习性，只有从辨体入手，才易于揣摩格调，以上窥古人的兴象风神。至于清代，则特别关注诗文的系年，李、杜、韩、柳以及王维、李贺、杜牧、李商隐诸大家的集子都以编年方式整理出版，这是"知人论世"的传统批评模式在新条件下的运用，也是求实证、重考据的时代风气在诗学领域的投影。编集里大有学问，于此可见一斑。

再来看注释。唐诗之有注，大概以张庭芳撰《李峤杂咏注》为起始

（尚存敦煌残卷），这算是唐人注唐诗，属于特例。进入宋代后，随着唐诗典范意义的确立，唐诗的注释便日益增多，尤其那些被奉为大家的集子，更成为注家的热门，一时号称"千家注杜"、"五百家注韩"的现象，遂由此而产生。明清时期，注释唐诗愈益发达，不仅唐人别集有注，一些通俗的唐诗选本亦添上注文，注释已经成了阅读和研究唐诗的必要组成。为什么注释工作会如此受人重视呢？这跟它自身功能的不断发展分不开。注文最简单的自然是名物训诂，而一字一句的解说时有关联到整体文意之处。"注"和"解"相联系，"解"在古代有分解的意思，即段落结构的分析，这已经进入了章法的范畴。"注"和"释"相配合，"释"是释意，是在文字训诂的基础上阐发诗篇内含的意蕴，集中体现了说诗者的诗学观念。"注"又常要用"笺"来作补充，"笺"着重在引证诗句中词语和典故的出处，其作用不单在疏通文意，更重要的是提供了文本之间的互文关系，使读者有可能将所读诗句放置到整个文学传统的统摄下来加以领会，从相关词语与意象的互动中生发出新的感悟。就这样，注、解、笺、释结为一体，形成了我国固有的解释学系统。这个系统的应用当然是多方面的，而用于解读唐诗仍是其一大宗。"獭祭曾惊博奥殚，一篇《锦瑟》解人难。"（王士禛《戏仿元遗山论诗绝句三十二首》之十一）像李商隐《锦瑟》这样的诗篇，吸引过多少注家为其笺释，提供出多少种答案供人揣摩，在其迷宫似的符码建构中又蕴含着多大的诗意空间，至今令人流连玩索不已，它构成唐诗学史上的一道奇观，不值得今天的学者给予关注吗？

接着讲考证，这里主要指诗歌创作背景材料的发掘与认定。在我国古代，"诗"和"事"的联系是看得十分紧要的，传统"知人论世"的批评原则中就包含考索诗歌发生的本事（包括诗人生平事迹乃至整个社会、国家相关事变）的要求。唐人笔记里录载了不少有关诗人生活及其创作活动的轶事，虽不尽可靠，但对于了解社会习尚与文坛风气，仍有重要参考价值。唐末孟棨撰《本事诗》，正是给这类材料作一结集。宋以后，除诗话、笔记、纪事之类著作中延续本事诗的路子外，更开辟了诗人年谱和诗作系年的专门性研究（年谱由吕大防撰杜甫、韩愈年谱发端，诗作系年当以黄伯思《校定杜工部集》为肇始），并注意同社会时政挂起钩，以诗证史，以史证诗，相互发明，于是作者"歌时伤世、幽忧切叹之意，粲然可观"（吕大防《杜少陵年谱后记》）。这个做法到清人手里达到大成的境地，以考据治诗成为清代诗学最突出的贡献之一，它帮助我们弄清了许多诗篇的产生背景，得以窥见作者的用心所在及其诗歌演进道路。而由于过分热衷于"诗史"观念，在征引时事以证诗时不免有流于牵强附会处，则又是我们在接受这笔遗产时不可不加小心的。

还要述及圈点，它可以说是我们民族特有的赏析形态，是一种别具一格的文学批评方法，其兴起和发展可能跟我们使用的方块汉字有关。圈点的形式起源于文旁加点，原来的意思表示涂灭，属删改文句的标记。唐宋间，开始用点、划起提示作用，成为辅助阅读的手段。南宋以还，圈点广为流行，由应用于时文、古文拓展到诗歌领域。目前所能见到的最早的圈点唐诗本子，为宋末刘辰翁评点的《李长吉歌诗》和《王右丞集》，不过这两个本子都是元刻本，是否经过元人改动不得而知。另外，元方回编《瀛奎律髓》，选录唐宋两代律诗，亦详加圈点，标明句眼，引导欣赏，可见这种独特的诗学形态当时已然成熟。明清而降，圈点作为批评手段更为普及，一般通俗性的唐诗读物差不多都附有，其符号标记也演化出点、圈、钩、抹多种形态（细加区分，点尚有单点、双点、尖点、圆点之别，圈有单圈、连圈、套圈、三角圈，抹有长抹、短抹、撇抹、捺抹，甚至还有用朱笔、墨笔以及黄、蓝、绿各种彩色笔之分，不一一缕述）。大致说来，点标示紧要的文句字眼，抹提示关键的语言段落，钩起着分章分节的作用，而圈的用途最广，可施于一字一句，亦可施于通篇。我们看到有的作品行间圈甚多，而通篇无圈；有的篇章行间寥寥甚或无圈，而通篇双圈、连圈。这里就寓有致赏于字句还是致赏于完篇的差别。总之，用圈点加诸文本，既导引阅读的门径，又寄寓批评的态度，而且用的乃是提示以至暗示的方法，较之明白讲解，反更耐人寻味，这或许是它在古代社会长期盛行不衰的奥秘所在。

现在说到诗评和诗论，这是人们熟知的两种研究方式。评即批评，指对具体诗人诗作的分析评论；论即论述，是对诗歌流变及其原理、方法的概括说明。大体看来，诗评发展在先，论述兴起于后，但两者常有交渗。评，也有两种基本的形态：一种是附着于诗歌文本的评语或批语，若与圈点相结合，便统称之为评点或批点。这是一种比较纯粹的本文批评，所评大抵不离乎词句篇章，时亦涉及意境与风格，集中反映了评论者对诗作的理解和欣赏。另一种是独立于文本之外的批评，更多地指向诗人，在评定其成就时往往举示代表性章句以为例证，而在论析其艺术风貌时也喜欢采用形象化的语词来作概括，生动、精要而不免浑沦。在唐诗学史上，独立的批评出现较早，像杨炯的抨击"上官体"，陈子昂的称扬东方虬，皆其著名事例。到张说主持文坛，一口气评说了当世十来位作家的文风（见《大唐新语·文章》），充分体现了批评意识的成熟。结合文本的批评，目前所见当以殷璠《河岳英灵集》和高仲武《中兴间气集》所附评语为最早，但只限于评论所选作家，不及篇章。宋时少章有《唐百家诗选评》（录存于《吴礼部诗话》），亦仅评作者。南宋末年谢枋得《注解选唐诗》一书给赵蕃、韩𬤇二人所选唐人绝句作注，其注文实际上多为评语，算是开了结合文本评诗的端绪。同时而稍后的刘辰翁则是评点文章的大家，有《刘会孟七家诗评》行世，给唐诗评点奠立了牢靠的基础。明代唐诗学大盛，评点唐诗也由附庸蔚为大国，并开始从画龙点睛式的点评向成段成篇的解析过渡。至清人金圣叹创"分解法"，以"起承转合"说诗，更将唐诗文本的解析提到了原理和方法的高度，而其迂执处自亦难逃非议。

至于唐诗的论述，则有一个从诗评中逐渐脱化并得到升华的过程。早期的论说如唐初史官有关"南北文风融合"的主张，陈子昂对汉魏"风骨"和"兴寄"的倡扬，虽都着眼于唐诗总体建设，表现形态仍不离乎针对具体现象的批评。到殷璠撰《河岳英灵集序》，回顾一百来年唐诗演进的过程，所谓"武德初，微波尚在；贞观末，标格渐高；景云中，颇通远调；开元十五年后，声律风骨始备矣"，方始跳出具体批评的框限，为唐诗的前期发展作一总结性概括。晚唐以后，这类论述增多，不仅关涉唐诗的流变，还初步触及其体派和体式的分野。宋元之交，围绕着唐宋诗异同的争议，有关唐诗特点、性能以及"初盛中晚"四唐分期之说成为讨论中心。明清时期，探讨继续深入，辨析更加细致，"格调"、"性灵"、"神韵"、"肌理"各家诗说都有它们自己的唐诗观，而古典唐诗学的各项议题也差不多发掘殆尽。唐诗学的理论大厦，就是这样经一代又一代人的努力而建立起来的。不过要看到，整个古代并没有出现过一本系统阐发唐诗学原理的论著，我们的先辈习惯于将他们的理论观念结合于具体现象的评议来加表达，所以诗论和诗评终究未能明晰划分。

末了谈一谈习作，也就是人们在唐诗影响下的诗歌写作。按照今人一般看法，诗歌写作属艺术思维活动，跟理性形态的学术研究不是一码事。但我们既然将唐诗学的范围扩展到理论形态以外，承认阅读和欣赏中亦有诗的学问，那么，写作之不能离开对诗的研究，便是不言而喻的了。事实上，任何一位诗人在从事写作之际，必然要细心研读、揣摩前人的诗，他的摹拟性习作中便带有明显的诗学研究的痕迹，而即使他能够脱化出新，形成自己的风貌，也仍然摆脱不了对传统的自觉或不自觉的承袭。每一代诗风都是在继承以往成果的基础上推陈出新的，这种创新与承传的辩证法，不正说明了诗歌写作和研究的不可分割吗？唐诗对后世的影响更是巨大，后来历代诗人的创作都不可避免地处在唐风笼罩之下，所谓宗唐宗宋、宗盛唐宗晚唐、宗李杜宗王孟之争，争来争去，争的不只是学理，更其是当前创作的方向，是活生生的诗歌范型。据此而言，唐诗研究确然已经进入诗歌创作领域，编写唐诗学史又怎能将其断然排除在外呢？这样说，并不等于要在唐诗学史里塞进一部后世诗歌发展史，只是表明唐诗学史的考察范围应包括后世诗歌创作中的唐诗接受情况，尤其是要联系后世诗歌对唐诗的接受来估量那个时代的唐诗研究，我们才会对其有较深切的理解。

综上所述，历史上的唐诗研究形态是非常多样化的，选、编、注、考、点、评、论、作中皆有有关唐诗的学问，均应成为唐诗学史的反映对象；也只有将这多种形态的唐诗研究活动尽情收罗于眼底，方有可能写出具有全景视野式的比较完整而客观的唐诗学史来。

唐诗学史的理论建构

撰写历史，不仅需要有史料的依据，还须建立起某种统摄的观念，才能将纷繁的材料整合到一定的叙事模式里去，这就叫历史叙述中的理论建构。唐诗学史应取什么样的理论建构呢？我们的回答是："接受"，要把历代有关唐诗的研究活动看作对唐诗传统的一种接受。

前面说过，唐诗研究的形态是多种多样的。这众多的形态又可大体上归结为阅读（包括欣赏）、批评和写作三个方面：选、编、注、考皆关乎读，圈点兼有读和评的功能，评与论属广义的批评范围，而论述中涉及体派、作法、宗主等问题，则已通向了写作领域。从阅读到批评再到写作，正好构成诗歌接受活动的三个基本环节，总合起来便是一个完整的接受过程（同时也是由旧文本向新文本嬗递和转化的过程）。从这个意义上讲，研究活动本身就是接受活动（当然不同于公众的接受，而是专指专家学人的接受），因而唐诗学无非是有关唐诗接受的学问，而一部唐诗学史实质上便可归结为历代诗家对唐诗传统的接受史。

作为接受史的唐诗学史，又该按什么样的原则来确立其逻辑构架呢？

依据接受学的理论，任何一种接受活动都是由接受主体、接受对象以及接受关系三要素组成的，其中主体为接受活动的发动者，对象乃主体指向的目标，而由两者互动形成的联系纽带便是接受关系。在唐诗学的接受过程中，从事研究唐诗的历代诗家（选家、注家、编集家、考证家、评论家、创作家等）构成接受主体，他们所面对的唐代诗歌遗产成为接受对象，而通过其研究活动（选、编、注、考、点、评、论、作），他们自身与所研读的唐诗文本之间在审美经验上达成某种沟通与撞击，便产生出接受关系，通常称之为视界交渗。视界交渗不一定意味着双方在目标取向上高度一致，主体对于所研究的对象可以持赞赏或同情的态度，也可以持批判乃至拒斥的态度，但总要以能激起一定的审美反应（包括否定性反应）为前提；如果是完全冷淡，漠然置之，就谈不上有任何接受关系，于是接受活动便也不能成立。

接受关系的生成，以接受范式的建立为标志。所谓接受范式，是指接受主体对于接受对象的特定的把握方式，它既取决于对象的性能，而亦受制于主体的需求，是主客双方对立统一在接受活动中的具体实现。就唐诗学领域而言，接受范式关涉到观念体系、审美情趣、文化修养、资料积累、学术规范、研究方法乃至于阅读习惯、表达形式众多因素，而其核心内容为人们心目中有关唐诗的观念（即对唐诗的质性、功能、体式、流变、门派、宗主诸问题的认识与取向）及其方法（即实践其唐诗观的途径与方式），尤以观念居主导地位。一定的唐诗观和相应的方法既然集中体现了唐诗研究者对诗歌作品的把握方式，就必然会贯串于他们的阅读、批评和写作的过程之中，渗入其选、编、注、考、点、评、论、作各个方面，从而构成其整个研究活动的主导机制。因此，我们考察唐诗研究的成果，也必须注目于各种形态内里含藏着的唐诗观，以此为基点来观照唐诗学史的整体走向。

唐诗观并非一成不变。作为诗歌接受关系得以建立的主导性标志，它不能不依存于接受主体和接受对象的双向互动，也就是取决于历代诗家和唐诗传统之间的交互作用关系。

首先是唐诗传统对于形成唐诗观的意义，这里的关键问题是不要把唐诗传统看成凝固而僵化的东西。唐诗，作为有唐一代诗人的群体创造，经历了长时期的演化，它的各个阶段、各种流派、各类体制和风格的结晶，逐一融入其诗歌大传统之中，日益充实着它的有机构成，是人所共知的。唐王朝灭亡后，这个进程是否就此结束了呢？不错，唐诗的创作是告一段落了，但唐诗的传播、保存、整理和加工，却始终没有停止。由于古代文物保存手段的限制，加以天灾人祸频仍，唐人诗作曾大量散佚，而又屡经拾掇，唐诗的总量是在不断变化之中的。更从积极方面来看，后人为喜好唐诗，在整理、加工唐诗文本上付出了大量劳力。如通过辑佚、校订，推出了新的校本；通过注释、考证，提供了各种注本；为观其全，编成大型总集与合集；为导其读，出版许多选本、评本、解读本。这一代又一代人的努力，给唐诗文献增添了极其丰富的新资料，同时也就扩大和深化了唐诗的既有传统。后世学者接受唐诗，绝不仅限于唐人留下的文字，而是把这一切新的成果都纳入其视野，当作整个唐诗传统的组成部分来加以领会和思考，这不正表明唐诗传统是处在永恒的承传与变异过程之中吗？

　　唐诗传统的变异性，还表现在其对于不同主体所呈现的不同姿态上。我们知道，传统是一个浑笼的大概念，在同一个传统的名目下，隐藏着许多不同的内涵与层面，而当不同的主体共同进入这一传统时，他们完全有可能各从自己的切入点面对传统，从而把握到传统的各个不同侧面。比如说，宋初诗人都是从学习唐人入手来开始他们的诗歌创作道路的，然而有"白体"、"晚唐体"、"西昆体"之分。"白体"主要学白居易闲适而通俗的诗风，"晚唐体"学贾岛诗的炼字和炼意，"西昆体"则致力于模仿李商隐诗的精丽辞藻和巧用典故。他们主观上都要走唐人的路子，但取径各异，说明各自心目中的唐诗传统与典范是大相径庭的。又比如，同样崇尚盛唐，殷璠鼓吹"风骨"与"声律"兼备（见《河岳英灵集序》和《集论》），尤推重"风骨"；严羽却认为"盛唐诸公唯在兴趣"，"言有尽而意无穷"（《沧浪诗话·诗辨》）；高棅《唐诗品汇》将辨"格调"、别"正变"奉为要旨（参此书《总叙》）；而王士禛选《唐贤三昧集》，又不满于人们徒学盛唐诗的高腔大调，一意要从王、孟一路清淡诗风中"剔出盛唐真面目与世人看"（见《然镫记闻》所述）。至于究竟什么是"盛唐真面目"，则人各殊言，这里也显示出由传统变异所产生的理解上的差别。

于此可以联系到问题的另一个侧面，即主体的选择作用。历代诗家对于唐诗传统的接受，并非纯然消极而被动的，他会有自己能动的选择，甚至会对传统加以改造和发展，不断赋予传统以新的意义。这是因为人并不单纯生存在既有传统的封闭空间里，人的生活实践是一个开放的系统，各种经济与政治的动向、社会的思潮、文化的氛围、审美的趣尚乃至个人的经历、教养、才性、习俗等，都不可避免地要投影于他的意识心理，反映于他的诗学观，从而造成他对传统的独特的把握方式。就拿刚才所举有关盛唐诗的例子来看：殷璠代表的是盛唐人的观念，其追求目标是要创建有唐一代新风，扭转六朝柔靡习气，所以重新树立刚健的"风骨"成了他的首选。严羽生当以"江西派"为代表的宋诗弊病充分暴露之际，突出盛唐诗的"兴趣"以针砭宋诗的情韵不足，当然会提到"第一义"的高度上来。明初高棅处身于学术文化复古风气笼罩之下，诗拟盛唐，就必须从辨析盛唐诗的"体格"、"声调"入手。而王士禛为要排除经"明七子"提倡并业已流于套式的诗风，又不能不另辟蹊径，将"王孟"别派转化为盛唐正宗。同一个盛唐诗的传统，在不同接受主体的不同观照之下，会有如许斑驳陆离的不同形象和色彩呈露出来，除了传统自身内涵的丰富与复杂外，主体的能动选择岂非在其间起着关键性的作用吗？

由此看来，一方面是唐诗传统的不断积累更新，另一方面是从事研究活动的人在各种因素作用下的心态变化，这两股力量的交汇，便促成了唐诗观的流变。反过来看，唐诗观作为唐诗接受范式的核心，它的流变则又标示着主体与对象之间接受关系的变动，甚且意味着整个接受活动的推陈出新。因此，如果我们把唐诗学史理解为唐诗的接受史，唐诗观的流变（连同其所代表的诗歌接受范式的变迁），无疑将构成其内在的中轴线；也只有紧紧抓住这根轴线，才能循此以追踪并梳理出唐诗学史发展和演化的基本轨迹。

现在可以来回答本节开首提出的有关唐诗学史逻辑构架的问题了。

初步设想是：一部唐诗学史当以在历史上起过较大影响并具有一定代表性的唐诗观为其枢纽，在横向和纵向两个方面展开。横向上，应探究作为接受范式的唐诗观与接受主体、接受对象之间的互动关系，以及这种互动作用在阅读、批评、写作各个环节（选、编、注、考、点、评、论、作诸种形态）上的显现；纵向上，则应着重考察唐诗观自身的流衍变化，包括不同观念、范式间的对立、交渗、转换和兴替的过程。这样一纵一横、一经一纬，便可交织出一幅生动活泼而又脉理分明的图景来。这也是我们对撰写唐诗学史的期望所在。

唐诗学史的历史分期

还要讨论一下唐诗学史的分期问题，以便对其发展脉络作一简要提挈。

依据前一节所讲的以唐诗观的演变为标志的原则，自古及今的唐诗学史可以粗略地区划为两大阶段，即古典唐诗学阶段和现代唐诗学阶段。古典与现代的区分不是从史料依据上讲的，因为史料多积累而少兴替，现代人研究唐诗还得要凭借古代资料。古典与现代之别主要在于观念，今人有今人的唐诗观，古人有古人的唐诗观，不容混淆。比方讲，古代不少学者研究唐诗，是把它当作一种理想的诗歌范型来把握的，研究就是为了学习，学习就是要用以规范自己时代的诗歌创作；虽也有一些人不赞成这么做，但不赞成的理由往往在于唐诗的规范性尚有不足，而其寻求诗歌范型的着眼点并无二致。今天的情况就大不相同。现代学者同样要研究唐诗，同样重视唐诗的价值，但只是把它当作宝贵的文化遗产来加以继承和发扬，不会要求它成为当前诗歌创作的仿效对象。这可以说是古今对待唐诗态度上的一个最重要的变化。围绕着这个基本态度上的差异，便又引发出一系列不同的看法。如以唐诗为榜样，就有

"风教"论、"性情"论、"风骨"论、"比兴"论、"格调"论、"神韵"论诸种解说唐诗的理念出现，体现了古代士大夫对诗歌传统的道德要求和审美要求；而若从文化遗产的角度看待唐诗，则又会形成历史的观念、人本的观念、科学实证的观念之类渗透着现代人文意识的学术观点和方法应用于研究工作。古典唐诗学与现代唐诗学确实是存在着质的区别的两个不同的学术系统，尽管它们之间又有着不可分割的内在联系。

在唐诗学史的两大阶段中，古典唐诗学占据着从唐初直至清末民初的漫长历史时期，现代唐诗学的产生还不到百年；古典唐诗学基本上是已经完成了的形态，现代唐诗学则方兴未艾。我们这里着重考察的是唐诗学史的古典阶段，为了更具体地了解其运行轨迹，有必要将它再划分为如下几个较小的段落，即：（1）唐五代——唐诗学的萌生期；（2）宋辽金元——唐诗学的成长期；（3）明代——唐诗学的盛兴期；（4）清代——古典唐诗学的总结期。下面尝试就其发展轮廓作一简要勾画。

唐五代作为唐诗学的萌生期，是因为唐诗学自身的建构在这段期间经历着一个从无到有、从胚胎到成形的发育过程。唐五代是唐诗的产生时期，也是唐诗开始被接受的时期。唐人对唐诗的研究（阅读、欣赏、批评）与其诗歌创作几乎是同步进行的，这从当时发达的唐诗选本、活跃的诗歌评论、丰富的纪事材料以至众多有关诗歌格法的论著中都可得到反映。那种认为唐诗学直到宋代才有的看法，不免失之偏颇。但也要承认，唐诗学在这个阶段确实尚未演化成熟。整个唐五代是唐诗风貌不断变化出新的时期，完整的唐诗传统还在建立之中。唐诗接受在那个时期也必然是一种当代文学接受（当代诗选、当代评论、当代纪事等），生动活泼，多姿多态，而随流宛转，未有定格。接受者的眼光容易停留在触目显眼的一枝一叶上，无暇把握通盘大局，他们的成果为后人留下有关唐诗的最直接、最鲜活的审美经验，但作为一门学问的唐诗研究仍显得零散而片段，形不成系统。当然，事物又总是在演变、发展过程中的。如果说，唐前期的唐诗研究经历了由不自立到自立的转变（如诗歌选本由唐诗与前朝诗的合选演进为唐诗专选，文学批评由评论前朝文学得失以为借鉴转入直接评论唐人作品，诗格、诗式之类著作由大量举证六朝诗例到多引唐人诗句，皆是），唐中期更多地显示出唐诗研究在自立后的多向展开（如主题的拓展、诗学观念的分流、诗学形态的多样化等），那么，进入晚唐五代后，随着唐诗历史进程的渐告完成，开始出现了对有唐一代诗歌的总体性回顾与反思（包括唐诗流变的粗略概括及其体制、风格、门派、作法等方面的大致归纳，而通选唐诗的选本出现亦是一个标志），算是初步宣告了唐诗学的诞育成形。

宋代在唐诗学史上占据着重要的位置。宋人一开始便把唐诗当作自己时代的最切近的文学典范来加以接受与仿效，唐诗的大规模收辑汇总和许多唐人别集的整理、刊刻，都由他们肇其端绪。宋人在唐诗的读解上下了工夫，选录、编年、注释、评点，为后世研究唐诗打下良好的基础。宋人自身的诗歌创作亦皆从学习唐人入手，学白居易，学贾岛，学李商隐，学李白、韩愈、孟郊，直至宗尚杜甫，走出了一条诗歌革新的道路；而在这广泛学习唐人的过程中，他们对唐诗内涵的各个侧面多有所揭示，丰富了人们对唐诗传统的体认。南渡以后，由于江西诗派渐为人所不满，一部分诗家起而标举"唐音"与之相抗，激发了唐宋诗异同的争议，而唐诗的独特性能亦因此而得到彰明。自叶梦得、张戒、朱熹、杨万里、"永嘉四灵"以至刘克庄，有关唐诗的气象、韵味、体制、音节、流变、分期、门派、宗主诸问题愈益受人关注而展开讨论。到宋末严羽撰《沧浪诗话》，从诗辨、诗体、诗法、诗评、考证多方面立说，唐诗学的理论建构终趋成熟，更经元杨士弘、明高棅的推衍阐发而成为古典唐诗学史上的正宗思想体系。

与宋代并峙的辽、金二朝以及后来混一南北的元代，在唐诗学的发展史上也作出了各自的贡献。辽诗绍述唐风，与宋诗的变革唐音分途异趋。金人兼承辽与北宋，故倾向于祧宋祖唐，对构成宋诗主流的江西诗风尤加贬抑；不过金源一代盛行"苏学"，文学主张上看重抒写性灵，对于唐诗盛、中、晚各期皆有所取，又不像南宋主唐音的诗家那样一味崇尚盛唐或晚唐。到金元之交的元好问，论诗上溯风雅，尊唐贬宋，已开了元人"宗唐得古"的先声。元代唐诗学初起时亦分承南北,既有续江西诗学余绪、倡"一祖三宗"之说的方回,而亦有高扬"宏壮""震厉"之音、欲与江南诗学对垒(见姚燧《注唐诗鼓吹诗集序》所述)的北方诗人;但元人的基本趋势是弃宋归唐,所以在唐诗研讨上颇有建树,杨士弘《唐音》、辛文房《唐才子传》加以南宋计有功《唐诗纪事》三本有代表性的唐诗研究专著的连翩问世,足以显示这个期间的业绩。总的来说,辽、金、元三朝在唐诗学史上起着特殊的转折过渡的作用,它是由宋返唐的通道,也是自唐入明的门户。

进入明代,文坛上复古思潮和主情思潮大盛,两者都指向了唐人的审美理想,于是唐诗的传统得到全力发扬。明人对唐诗学的贡献是多方面的,除唐人诗集的整理与刊布达到新的高潮,出现了像《唐百家诗》、《唐五十家诗集》这样的大型汇刻以及《唐诗纪》、《唐诗类苑》、《唐音统签》之类集成性总集外,唐诗的选读与评论也相当发达,各种选本广为流行,评点蔚然成风,甚至有汇选、汇评的本子供人比较参考。在向社会普及的基础上,明代诗家就唐诗的理论问题进行了较前人更为深入细致的研究,特别是对唐诗各个时期、各种流派、各类体式与风格的辨析及其流衍变化过程的把握,几乎到了十分精微的地步,而唐诗学的话题亦因此而大有开拓。但明人对唐诗传统的发扬,又是同他们自己摹拟唐人的诗风紧密相联系的,所以辨"格调"、别"正变"成了其注目的焦点,"诗必盛唐"为其诗歌取向,这不可避免地造成唐诗传统理解上的狭隘化与单一化,大大限制了他们的理论视野和学术建树。明中叶以后,对拟古诗风的质疑愈来愈强烈,"性灵"说崛起,"格调"派内部也产生自我修正的动向,长期遭受冷落的中晚唐诗歌才重新拾得其在诗坛上的位置。明末胡应麟《诗薮》、许学夷《诗源辩体》等撰著,虽仍未彻底摆脱"伸正诎变"的观念,而已能较为客观、全面地反映唐诗的历史演变,是明代唐诗批评的重要结晶;胡震亨《唐音癸签》辑录历代有关唐诗研究的代表性资料,归类编排,自成系统,更为唐诗学的既有成果作出了初步的小结清理工作。

　　清代作为中国传统学术的总结阶段，也是古典唐诗学的总结期。清人的总结是从反思明人的经验教训开始的，在对明代诗坛"师古"、"师心"两大流派的批判与继承过程中，通过激烈的思想碰撞与反复辩难，逐渐形成包容、折中、崇尚实际的作风，成为有清一代的典型学风，亦为唐诗学的总结创造了有利条件。经历了清初这段反思，到康、乾之交的王朝盛世，唐诗学集成的局面已然呈现。规模巨大的《全唐诗》的编纂，分体、分类、分期、分派等多样化选本的风行，诗歌本文的评点与解析形态的推进，尤其是实学风气驱动下对诗人生平事迹和诗作编年笺校的精审考订，显示出盛世学术的昌明气象。这个时期的诗学理论批评也很活跃，不仅诗话、诗论中多所涉及唐诗，几大诗学流派如"神韵"、"格调"、"性灵"、"肌理"诸家乃至桐城文派，皆有自成体系的唐诗观，崇李杜、扬王孟、取大历、嗜晚唐、伸唐诎宋、移唐就宋、调和唐宋、会通诗文，各有一套，议论蜂起。不过各家观念中均能考虑到不同方面的意见，不像明人好走偏锋，故其理论系统有较大的容涵度，这或许亦可看做总结阶段唐诗学的一大标记。

　　从某种意义上讲，总结也就是终结。经过明清两代的大发展之后，古典唐诗学终于完成了它的资料积累和理论建构的使命。清中叶以降，动乱频仍，国运沦替，诗坛主流风尚转而趋宋，唐诗的阅读和欣赏虽仍流布于社会，而学理性探讨已渐衰微。一些诗学论著中述及唐诗，局部偶见精义，但罕有重大发明。"同光体"作者倡为"三元"、"三关"之说（见陈衍《石遗室诗话》卷一和沈曾植《与金甸丞太守论诗书》），力主会通唐宋，实质上是用宋诗的眼光来解读唐诗，恰足以显示古典唐诗学审美理想的蜕变。少数杰出诗人如龚自珍，借评论唐诗，吐胸中垒块，寓叛逆精神。而晚清倡"诗界革命"诸子，则已将诗歌创新的追求指向了域外，并由此反观我国诗歌（包括唐诗）传统之缺陷与不足（参看梁启超《饮冰室诗话》所论）。至于民初柳亚子等在南社重新挑起唐宋诗之争，鼓吹振兴唐音以发扬民族精神，亦只是"旧瓶新酒"，昙花一现而已。这一切都表明唐诗学史的传统路径已走到尽头，新的变局正在来临。王国维等人初步引进西方美学理念来阐说我国古代诗歌，实已预示着这一变革的方向；而随着"五四"新文化运动的兴起并席卷中国大地，唐诗学的更新便也同整个中国学术文化的更新一样，正式揭开了它的帷幕。

本书编写说明

上面的简要陈述，应能反映我们的基本想法，即：唐诗自有其"学"，而唐诗学亦有其"史"。但正如"导言"开头部分所说，唐诗研究虽有久远的传统，"唐诗学"名称的行世还是比较晚近的事，至于唐诗学史的建构则更要迟晚。不过在这之前，有关专题的研讨实已提上议事日程。1981 年齐治平于《北京师院学报》上连续发表《中国文学批评史上唐宋诗之争》一文（后拓展为专书《唐宋诗之争概述》，岳麓书社 1983），抓住唐诗学史上的一个核心问题进行系统考察，为撰写唐诗学史打下了基础。程千帆《张若虚〈春江花月夜〉的被理解与被误解》，周勋初《从"唐人七律第一"之争看文学观念的演变》，作为成功的个案剖析，亦为总结历史积累了经验。到 20 世纪 80 年代中叶的唐代文学学会年会上，始有傅璇琮向学界倡议开展唐代文学学术史的研究，随即在学会会刊《唐代文学研究》第一辑上刊发了陈伯海《唐诗学史之一瞥》的长文（该文后略加补充，写入知识出版社 1988 年版《唐诗学引论》一书），算是给此项工程的"上马"引发了信号。

20 世纪 90 年代以后，这方面的成果逐渐多了起来，仅专著就有黄炳辉《唐诗学史述稿》（鹭江出版社 1996）、蔡瑜《唐诗学探索》（台北里仁书局 1997）、朱易安《唐诗学史论稿》（广西师范大学出版社 2000）、傅明善《宋代唐诗学》（研究出版社 2001）数种，论文更是大量，且出现了其分支形态的研究著述如许总《杜诗学发微》、简恩定

《清初杜诗学》等，表明作为一种专门性学问的唐诗学和唐诗学史已得到了广泛重视。这些成果自然各有其不可埋没的价值，而或局囿于断代，或偏重在专题，或尚嫌缺略不齐，作为唐诗学史的通观式的把握，似仍有开拓余地。本书的编写即应此需求而产生，希望能在既有成果的基础上获得一点新意。

关于编写的原则，前面几节已作了阐释，不再费辞。要说明的是，这只是我们的理想设置，限于自身的知识水平和理论眼光，未必贯彻如意，只能说朝此方向前进而已。完整的唐诗学史本应包括现代部分，限于时间、篇幅，亦只能先将这一千多年的古典史整理成编，至于这门学科步入现代社会后的更新趋向，拟于书末"余论"中稍加提挈。好在有关唐诗研究的当代概观，已有张忠纲等《中国新时期唐诗研究述评》（安徽大学出版社2000）和陈友冰《海峡两岸唐代文学研究史》（台北中研院文哲所《中国文哲专刊》第22辑，2001年版）二书作了颇为详细的梳理，其余综述性文章更不在少数；而深入探究其转化和演进的脉络，揭示其历史经验教训，尚待共同努力。

是以为引。

第一编

唐诗学的萌生（唐五代）

第一章
概　说

　　唐诗学是以唐诗为研究对象的一门学问，其产生以唐诗的大量出现为基础。几千年来，唐诗作为中国诗歌的审美典范为历代学者所关注，唐诗研究成为国之显学，流传以至于今天，由细流衍为巨澜。在这过程中，由于社会历史文化和审美风尚等影响，唐诗学的发展呈现明显的阶段性特征。本编立足于唐五代——唐诗学的萌生期，对唐诗学进行考察。

第一节　唐诗的繁荣与唐诗学的萌动

　　中国古典诗歌的发展，从《诗经》、楚辞开始，经过长期的酝酿和演变，至唐达到顶峰。唐诗的创作盛况空前，仅目前留存的唐人诗作就有五万余首，有姓名可考的作者三千人以上，散佚、失传的肯定还有不少。当然，数量不能从根本上说明问题，后世某些朝代的诗歌创作在数量上远远超过唐代，但艺术成就却不可与唐诗同日而语。唐诗的繁荣主要表现于其后人无法企及的辉煌艺术成就：唐代诗坛上巨星闪耀，百花齐放，除了王维、李白、杜甫、白居易、韩愈这些笼罩千古的大师外，其他如孟浩然、王昌龄、柳宗元、刘禹锡、李商隐等在文学史上开宗立派、独自名家的诗人尚不计其数。唐诗题材内容丰富多彩，形式体制完备，风格流派多种多样，艺术表现手法精美绝伦，对后世影响极其深远。总之，无论从哪方面说，唐诗都是中国诗歌史上的顶峰，是人类文化艺术的瑰宝。

　　唐诗繁荣的原因是多方面的，经济发展、政治开明、科举取士、兼容并包的思想文化政策等是唐诗繁荣的外部原因，它们为唐诗的发展提供了宽松的外部环境。但文学不是政治的附庸，不是经济的奴仆，也不是文化的侍者。唐诗的繁荣除了这些得天独厚的外部条件，更重要的当是文学自身的积累和发展。中国诗歌发展的历史，从《诗经》算起，至唐代已有一千七百多年的悠久历史，特别是魏晋南北朝作为文学的自觉时代，诗歌得到充分发展，呈现为百花齐放的繁荣局面。从内容上看，时政、民生、咏怀、咏史、田园、山水、边塞、宫廷、咏物、艳情、游仙、玄言，差不多后世诗歌所有的题材都已经出现了；从形式上看，四言、五言、六言、七言、杂言、乐府歌行等各种诗体亦已产生。其中五言古诗经历长时间的演进而臻于成熟，以致南朝梁代钟嵘《诗品》专以五言诗为研究对象，称五言诗"是众作之有滋味者也"①。七言歌行则在鲍照以后广泛流行。永明声律理论的出现，标志着律、绝近体诗在齐梁间也开始萌生。总而言之，古典诗歌的各种体式在这一阶段都已经开始活跃在诗坛上。从艺术技巧和风格上来看，《诗经》开创的赋、比、兴等艺术表现手法，经汉、魏、晋、六朝以来的诗人艺术家的发扬光大更擅其用，余如汉魏的风骨、六朝的绮靡、汉乐府的语浅情深、建安诗歌的苍凉慷慨、咏怀诗的寄慨遥深、咏史诗的精警伤怀、咏物诗的穷形尽相、玄言诗的理致富赡、山水诗的清新雅致等都是唐人可资借鉴的宝贵遗产。唐人得天独厚，挥洒激情，发扬传统，创造了"风骨"、"兴象"、"声律"、"辞章"兼备的唐诗，在中国诗歌发展史上树立了典范。

---

①　钟嵘《诗品序》，引自曹旭《诗品集注》页36，上海古籍出版社1994年版。

　　跟以士族为主体的魏晋南北朝文学相比，唐诗的创作主体发生了很大变化。在唐代诗坛上，寒士的歌唱已不像魏晋南北朝那样微弱。从初唐到晚唐，诗坛上充满了寒士的呐喊和歌唱，他们的声音强劲有力，或情韵悠长，清新自然；或慷慨激昂，沉郁顿挫；或高情远引，飘逸朗畅，以抒发个人情感，表达自己的理想为要著。如被称作唐诗"始音"的初唐四杰，是一群"年少而才高，官小而名大"① 的诗人。盛唐名家李白自称"陇西布衣"。孟浩然终身未仕。岑参自幼家道中落，壮岁后久历边陲求取微官。杜甫尽管出身于"奉儒守官"的仕宦之家，早年求仕长安时却是"朝叩富儿门，暮随肥马尘，残杯与冷炙，到处潜悲辛"（《奉赠韦左丞丈二十二韵》），中年以后更是颠沛流离，老病孤舟，最终病死在洞庭湖的一条破船上。下而及于中晚唐诗坛，孟郊、贾岛、张籍、王建、李贺、李商隐等无一不是处身寒贱，终生郁郁不得伸其志。这些寒素诗人在生活道路、人生趣尚、价值追求等方面跟魏晋南北朝时期的潘、陆、颜、谢之类的士族文人大相径庭，也就决定了唐诗在精神内容的表达和情感的抒发等方面与以往诗歌的不同。寒素诗人之外，宫廷诗人在创作上仍占有一定位置，如太宗朝的十八学士、武后朝的宫廷诗人群、中宗朝的文馆学士群等，这些人大多为士族或新贵，他们频繁唱和，创作了大量宫廷诗。尽管他们也有意识地扩大诗歌的表现领域，但相对而言，题材和表现领域较为狭窄，创作上较为注重形式美，讲究属对工巧，辞藻华丽。此外，在唐诗的创作者中还有僧尼道士、名媛淑女各色人等，留下不少诗作，如寒山、拾得、灵一、清江、无可、皎然、李冶、薛涛、鱼玄机、花蕊夫人等，为繁荣唐诗创作添色不少。总之，唐诗创作主体具有相当的广泛性，上自王公贵族，下至普通百姓，应有尽有。创作主体的广泛性自然会带来创作风格的多样性和文学研究视野的广阔性，这为多视角研究唐诗提供了必要条件，为唐诗学的兴起打下了良好的基础。

---

① 闻一多《四杰》，《唐诗杂论》页20，上海古籍出版社1998年版。

唐人不仅是唐诗的创造者，也是最早的唐诗研究者，是唐诗学的创始人。在将主要热情和精力投入诗歌创作的同时，他们对诗歌的研讨亦已展开。从唐初史家文臣有关诗歌发展方向的探索，到初盛唐历朝诗人对唐诗质素的选择、确定，以至中晚唐诗歌创作及理论上的追新求变，都反映出唐人唐诗观念的不断演进。研究形态上，唐人在选诗、品藻、纪事、论诗诗等方面都有开拓，亦不乏颇有分量的理论著作，可谓百花齐放。唐诗研究的繁荣与唐诗创作的繁荣相映生辉，唐诗学就在这样的诗学背景下萌生并逐步走向成熟。

第二节　萌生期的基本特征

唐五代唐诗学的最大特点是研究对象的当代性。唐诗对于唐人来说属于当代诗歌，它是一个时刻在流动变化着的生命体。随着社会文化思潮的持续演进，新的审美风尚和新的表现技巧不断出现，唐诗的艺术风格和美学范式便不断发生新的变化，于是给唐诗研究不断提供新的材料，也不断提出新的问题。而唐诗学作为唐人的当代诗歌研究，也不得不随着时代的变化和诗歌创作的发展而不断充实与更新。所以说，立足于当代诗歌实践，从解决唐诗发展过程中的具体诗学问题入手，因而带有极大的鲜活性和流动性，这可以说是唐五代唐诗学的主要特征，跟宋以后历代唐诗学以唐诗为历史遗产，着眼于传统的开发，是很有差别的。这个时期唐诗学的当代性表现在以下几个方面：

一是作为唐人诗学主要形态的选本十分重视简选当代诗人诗作，以此来反映诗坛风会的变化，表达编选者对诗人诗作的批评观点乃至对当时诗歌发展的观念和主张。如殷璠编选《河岳英灵集》，专选盛唐人诗，既反映出当时诗坛的创作风会，也鲜明地表达了殷璠自己的诗学主张——标举"风骨"与"声律"兼备的盛唐诗风。高仲武编选《中兴间气集》，则以"体状风雅，理致清新"为宗尚，标志着诗坛风会的转变，也表明了高仲武本人的诗歌审美倾向。其他如《箧中集》、《御览诗》、《极玄集》、《才调集》等无不着眼于当时诗坛，反映诗歌创作倾向和审美倾向的变化，所以唐五代唐诗选本的最大特点就是紧扣唐诗创作的脉搏，及时反映唐代诗坛风会。

不但如此，唐代选家还独创选、评结合的体例，以便更好地在选本中阐明自己的唐诗观念。如《河岳英灵集》，集前有序言和集论，集中则于每个诗人名下缀评语，简介生平，概论其诗歌风貌，并摘录佳句加以评点。其后《中兴间气集》也继承这种体例，在选诗中对诗人诗风加以评论。在评论中最能体现出研究的当代意识的，当属诗人诗作的品藻。此风承汉末魏晋六朝的人物品评而来，唐人将其大量运用于诗人诗作的品评中。品评对象除了诗歌发展史上有影响的诗人外，更多的是同时代的诗人，如杜甫对初唐四杰、陈子昂、元结等众多诗人的品藻，明显地表现出着眼于促进唐诗发展，为当代诗歌发展指明方向的诗学意图。其他诗人品藻亦是如此。

正由于唐人的唐诗研究具有鲜明的当代性，其研究对象经常处在流动不居的状态，故而研究自身也并未形成明确的疆域，对唐诗的研究往往与对其他时代诗歌研究乃至一般诗学研究交织、混杂在一起，这又成了本时期唐诗学另一个明显的特点。我们看到，唐初的文臣史家以至后来的诗人理论家等常有对六朝文学的批判，虽非直接评论唐诗，但其出发点和着眼点，或说其价值取向都是为了建设唐诗的需要，是为了找寻唐诗的发展方向，确立唐诗的质素，故不能不纳入唐诗学的视野。唐人有关诗格诗法的研讨，在表现形式上属于一般诗学，亦非专论唐诗，但实质上用于规范和指导当世诗歌创作，故也不能排除于唐诗学之外。所以，总结这一时期唐诗学的发展，必须将其与诗学其他方面的交织情况考虑进去，才能有比较全面的把握。

再者，还应顾及唐五代唐诗学形态的多样化。唐人较为注重诗律的研究，诗格诗法著作数十种。唐前期和晚唐五代曾出现过两次诗格诗法研究高潮，前期的一次着重在总结六朝以来的声韵、对属、病犯等格法问题在诗歌创作中的运用，为近体诗的完型作出指导。兴起于晚唐而延及于宋初的第二次诗格诗法研究高潮，则着眼于诗歌技巧的讲求，同晚唐人追求形式、着意炼句的创作取向分不开。其时代特征极其鲜明。选本作为唐诗批评形态很受唐人青睐，通过选集唐诗来表明自己的唐诗观念是唐人擅长。从唐初到唐末五代时期，各类唐诗选本达百数十种之多，编选体例、旨趣、选诗标准等等都各有千秋，既能映现诗坛风会，又能揭橥选家唐诗观念。综观整个唐五代唐诗选本，能够较为准确清晰地把握唐五代唐诗学发展的脉络。此外，论诗诗、序跋、纪事、品藻、书信乃至诗学著作，各种形态层见叠出。其中如论诗诗等则是唐人独创，影响后世唐诗学乃至整个中国诗学极为深远。尽管唐五代时期的唐诗学还处在萌芽时期，但其研究形态已经极其丰富，与后世唐诗学盛兴时期相较，亦毫不逊色，昭示了唐诗学发展的蓬勃势头。

第三节 萌生期的历史分段

唐诗学的发展演进不一定与唐诗的演进完全合拍，因为诗歌创作现象进入理论研究视野总会稍稍滞后一点。所以，我们在研究唐诗学的分期问题时参照唐诗发展演进的历史，将萌生期的唐代唐诗学划分为唐前期、唐中期、唐后期三个阶段，具体情况如下：

唐前期——初唐至安史之乱之前（618—755），以殷璠编选《河岳英灵集》，独立唐诗观确立，唐诗学从不自立走向自立为下限。这个阶段里，关于唐诗发展方向的探讨逐渐明晰，诗歌选本由唐诗与前朝诗的合选演进为唐诗专选，文学批评由评论前朝文学的得失转而直接评论唐人诗作，诗格、诗式著作中由大量征引六朝诗例转而以征引唐人诗句为主等等，都明显地带有过渡性质，是唐诗学最初的萌芽生长阶段。

唐中期——安史之乱至宣宗大中年间（756—846），这是在殷璠确立唐诗质素，独立唐诗观形成之后的时期。这一时期唐人对唐诗的选、评等有了独立唐诗观的指导，而唐诗观在自立后又有多向展开，并逐渐向建立整体唐诗观过渡。在独立唐诗观念的指导下，唐中期的选本主旨鲜明，体例成熟；创作主张各异：或追求"理致清新"，或致力于音韵清妙婉转，或尚浅易，或求险怪，不一而足，呈现出审美追求的多元化；诗学形态方面则选、评、论、著、品藻、纪事等层见叠出。唐诗观的自立推动了唐诗学的发展，唐诗学在多个向度上同时展开。

唐后期——晚唐五代（847—960）。随着唐诗演进历史的完成，人们有条件对有唐一代诗歌进行总体性的回顾与反思。顾陶于大中年间（847—860）编《唐诗类选》，唐诗的编选由过去的专选某一代、某一类的诗变为通选唐代之诗，表明整体唐诗观的初步形成。对唐诗的批评也从具体评论进入到总体概括，如司空图在《与王驾评诗书》中就唐诗的发展历程理出了清晰的线索，并且在这种大的诗学背景之下对李杜、王韦、元白等进行了重点评价。张为《诗人主客图》以流派论唐诗。孟棨《本事诗》以诗系事、发掘诗歌背景材料，从文化角度研究唐诗。晚唐人在诗格诗法研究中投注了大量精力，形成了唐诗学发展史上诗格诗法研究的第二次高潮。这些都显示出唐诗学的不断深化与发展。

我们选取了两个具有标志性意义的选本——殷璠《河岳英灵集》和顾陶《唐诗类选》——作为唐诗学发展分期的界标，将唐诗学的发展分为三期。之所以这样做，我们认为中国诗学的形态——选、编、注、考、点、评、论、作等几种主要形态中，"选"是十分重要而有广泛影响的诗学形态。唐人选唐诗更形成一股热潮，仅文献记载就有八九十种之多，编选的年份起自唐初，讫于晚唐五代，历朝皆有，代不绝书。可见"选"是唐人研究唐诗的一种主要手段。选本不只是作品的简单辑录，在取舍之间，它必然要体现出选家的眼光、诗学观念、诗学主张。即使编选者不置一词，就凭所选作品，也能表明选家的用心，甚而至于产生广泛的社会影响，影响人们对诗歌传统的好恶取舍，促成文风诗风的转变。所以"选"其实也是一种批评方式。

在各种选本中，殷璠和顾陶的这两种选本具有特殊意义。殷璠《河岳英灵集》虽非第一个专门的唐诗选本，但有明确的编选宗旨和编者在评语中提出的明确的理论观念，其所标举的"风骨"与"声律"兼备、"既多兴象，复备风骨"的宗旨，体现了典型的盛唐气象。盛唐诗被后人奉为唐诗的典范，对盛唐诗的标举便意味着典型唐诗观的确立。顾陶《唐诗类选》的意义则在于通选唐诗，通观唐诗，表明人们对唐诗开始有了整体观念。以它们二者为分期界标，是可以显示出萌生期唐诗学在唐五代的演进轨迹的。

第二章
唐前期的唐诗研究
—— 从不自立到开始自立

我们将整个唐五代的唐诗学视为唐诗学的萌生期。既为"萌生",则其形态和观念的不成熟自在情理之中。因此,唐前期唐诗研究的萌生期特征十分明显。从形态来看,选诗作为唐人唐诗研究和批评的主要方式,经历了从合选到专选的演变升进过程;从观念来看,则由一般诗学观念演进为独立的唐诗观,并进而成为创作的理论指导。本章将从选诗、唐诗观念以及创作与研究的相互为用三个方面来阐释唐诗学的演进历程。

第一节　"选学"的演进:从合选到专选

我国古代的诗歌编选,当始于《诗经》。尽管"孔子删诗"之说难以考实,但从有逸诗存在的情况来看,《诗经》是经过选择编辑的,所以它可以看作是我国诗歌史上最早的诗歌选本。至魏晋时期,选学发达,文选、诗选、诗文选等各种类型的选集选本大量出现,如挚虞《文章流别集》,李充《翰林论》,谢灵运《诗集》、《赋集》,萧统《古今诗苑英华》、《文选》，徐陵《玉台新咏》等等，其中给后人以很大影响的是《古今诗苑英华》、《文选》和《玉台新咏》。唐初的诗文选家们将这几部选本当作范本，多有模拟之作。殷璠《河岳英灵集》叙曰："梁昭明太子撰《文选》，后相效著述者十余家，咸自称尽善，高听之士，或未全许。"高仲武《中兴间气集》序曰："暨乎梁昭明载述已往，撰集者数家……"显见二人都是以《文选》为范本的。

唐人选唐诗的数量、种类均极可观。吴企明《唐人选唐诗传流散佚考》（收入《唐音质疑录》，上海古籍出版社 1985）考及 37 种。孙琴安《唐诗选本六百种提要》考及 39 种（重出一种、误收宋人一种未计）。陈尚君《唐人编选诗歌总集叙录》叙及 137 种，另存目 50 余种，总数在 140 余种以上。陈尚君将其分类为：一、通代选诗；二、断代选诗；三、诗文合选；四、诗句选集；五、唱和集；六、送别集；七、家集。其中，对我们的论述具有显著意义的是前四类。

依据唐前期的唐诗选学的具体内容和形态，我们又可以崔融《珠英学士集》为界，将这一时期的唐诗选学分为两个阶段：一是唐初至大足元年（701）前后，这一时期没有单独的唐诗选集，选本主要是通代诗选，唐诗被附着在其他朝代的诗后，处于附属地位；二是大足元年（701）前后至安史之乱前，这一时期选学的特点是独立唐诗选本《珠英学士集》、《正声集》等出现，唐诗成为选本的主体，与此同时，自立的唐诗观念开始形成。

下面谈唐前期唐诗选学的第一阶段。

这一阶段唐人选唐诗主要有以下几种：《文馆词林》一千卷，许敬宗等编；《芳林要览》三百卷，许敬宗等编；《续文选》十三卷，孟利贞编；《词苑丽则》二十卷，康显编；《古今类序诗苑》三十卷，刘孝孙编；《续古今诗苑英华》十卷，僧慧净编；《续古今诗集》三卷，释玄鉴编；《古今诗类聚》七十九卷，郭瑜编；《翰林学士集》残本一卷，佚名编；《高氏三宴诗集》，旧题高正臣编；《古文章巧言语》一卷，褚亮编；《古今诗人秀句》二卷，元兢编；《续古今诗人秀句》二卷，元鉴编。以上 13 种选本除了《高氏三宴集》今存,《翰林学士集》、《芳林要览》有少量残卷,《续古今诗苑英华》、《古今诗人秀句》两书尚存序言外,其余均已散佚。

从内容上看,这些选本可分四类:一是诗文合选,如上所列《文馆词林》等前四种;二是历代诗通选,如上所列《古今类序诗苑》等四种;三是唐人诗选集,如上所列《翰林学士集》等两种;四是诗人秀句选,如上所列《古文章巧言语》等三种。其中《翰林学士集》录贞观君臣唱和诗(陈尚君推断为许敬宗别集残卷),《高氏三宴集》则宴集文士唱和诗作,"选"的性质均不很明显。

根据以上情况分析,我们可以对这一阶段的唐诗选学作出如下判断:

一、这时期的选本表明唐人选作尚缺乏自立的意识,多是对魏晋六朝的仿作或续作。像《文馆词林》、《芳林要览》、《古今类序诗苑》、《续古今诗苑英华》很明显就是对萧统《古今诗苑英华》、《文选》的仿作和续作,甚至其选诗的标准和宗旨都并不明显,只是对萧选的模拟。

二、唐诗在这些选本中只是处于附属地位。具体表现为数量少、评价低,唐代诗人诗作的入选往往出于"情势相托"。从数量上看,无论是诗文合选、诗选,还是诗句选,唐诗都远远少于唐前诗歌。《文馆词林》一千卷,所收始于汉魏,讫于唐太宗时,今存诗四卷,均为唐前四言诗。《古今类序诗苑》据《旧唐书》刘孝孙本传载:"贞观六年,迁著作郎、吴王友。尝采历代文集,为王撰《古今类序诗苑》四十卷。"可知其选诗以历代为主,止于太宗贞观年间。《续古今诗苑英华》选诗起讫为"梁武帝大同年中《会教三篇》至唐刘孝孙《成皋望河》之作"。由于慧净和刘孝孙都卒于贞观中,所以其选诗也止于贞观年间。《古今诗人秀句序》云:"时历十代,人将四百,自古诗为始,至上官仪为终。"[1] 这些诗文合选、古今通选的选集,由于选家将眼光聚焦于前代

---

[1] 元兢《古今诗人秀句序》,王利器《文镜秘府论校注》南卷页 361,中国社会科学出版社 1983 年版。

诗歌上，所选唐诗数量很少，在整个选集中只占很小比例。即便选了本朝人的诗，也常有私人情感掺杂。如《续古今诗苑英华》选了刘孝孙、庾幼孙和韦山甫等人的诗作，据该书序言，这三人都是常与慧净"商榷翰林"、"猎综群言"，"咸共赞成"此书的亲密文友。元兢《古今诗人秀句》选了上官仪的诗，而上官仪也与元兢同修类书《芳林要览》，并且时常共同"讨论诸集"、"诠其秀句"①，是亲密的诗友文友。尽管这些诗人的诗作水平不低，但入选的理由却不是诗作本身的质量，而是私人情感，这就降低了选诗标准的严肃性，反映出唐人诗作在选家眼中的无关紧要的附庸地位。

但是，这一时期的选诗在唐诗学史上也不是一无可取。特别值得一提的是元兢《古今诗人秀句》。尽管原书已佚，但从现存的元兢《古今诗人秀句序》中尚可窥见一二。

元兢，字思敬，大致活动在高宗至武则天时期。曾预修《芳林要览》，其后又编成《古今诗人秀句》二卷，摘录汉、魏至初唐近四百名诗人的秀句，讫于上官仪，成为"秀句集"之祖。摘句欣赏批评的做法盛行于晋宋以后。元兢编选《古今诗人秀句》很显然是继承了自六朝以来的摘句欣赏批评法，在方法上可说无甚新意，但元兢在编选本书的过程中有着明确的选诗标准，并通过列举他与同时代其他学士对秀句的不同认识而反映出当时诗歌审美观念变化之渐进过程。元兢选诗的标准说得很明确：

> 余于是以情绪为先，直置为本，以物色留后，绮错为末；助之以质气，润之以流华，穷之以形似，开之以振跃。或事理俱惬，词调双举，有一于此，罔或予遗。

表明其选录首重抒情，主张将单纯的景物描写的作品置于其次。序文中有一段关于与诸学士讨论谢朓《和宋记室省中》的记叙，很能说明这一

---

① 元兢《古今诗人秀句序》，王利器《文镜秘府论校注》南卷页 360，中国社会科学出版社 1983 年版。

观点：

> 尝与诸学士览小谢诗，见《和宋记室省中》，诠其秀句，诸人咸以谢"行树澄远阴，云霞成异色"为最。余曰：诸君之议非也。何则？"行树澄远阴，云霞成异色"，诚为得矣，抑绝唱也。夫夕望者，莫不镕想烟霞，炼情林岫，然后畅其清调，发以绮词，俯行树之远阴，瞰云霞之异色，中人以下，偶可得之；但未若"落日飞鸟还，忧来不可极"之妙者也。观夫"落日飞鸟还，忧来不可极"，谓扪心罕属，而举目增思，结意惟人，而缘情寄鸟。落日低照，即随望断，暮禽还集，则忧共飞来。美哉玄晖，何思之若是也！诸君所言，窃所未取。于是咸服，恣余所详。

元兢认为诗人写景真切，固然值得赞赏，但最高妙的，不是单纯描绘物色，而是借写景以抒情，情景交融。所以他推重"落日飞鸟还，忧来不可极"一联。元兢强调"情绪"，并不是不要"物色"，只是要"留后"而已。与此相应，在处理"直置"与"绮错"的关系时，一方面要求诗歌以自然本色的表现为主；一方面也不完全否定"绮错"，只是不要过分雕饰。"助之以质气，润之以流华"则是要求诗歌作品内容质实、劲健，语言流转华美，要求诗歌内容和语言双美并至。总的来看，元兢的诗学观念仍是六朝以来"缘情绮靡"一路，强调"以情绪为先，直置为本"，紧接着是要求"物色"和"绮错"，而"质气"只是"助"成文章之美的次要因素。如果要寻绎其理论的渊源，则很容易在刘勰《文心雕龙·风骨》以及钟嵘《诗品序》找到源头。刘勰强调"情与气偕，辞共体并"，对"情"与"辞"的关系作了简明而准确的说明。钟嵘则主张"直寻"、"干之以风力，润之以丹采"。可以清楚地见出元兢与刘勰、钟嵘之间的源流关系。

选诗标准的确立赋予了《古今诗人秀句》这一选本重要的选学意义。唐人开始不满于在齐、梁选家的屋檐下讨生活，而要根据自己的审美标准选取历代诗歌佳句，为当代诗歌创作立范。这一标准进而内化为唐人选诗评诗的标准，其所发扬光大的摘句欣赏批评法也为稍后的唐诗批评家们所继承和发扬。殷璠《河岳英灵集》、高仲武《中兴间气集》等著名的唐诗选本，都常通过评点佳句来评论诗歌作品。

袁行霈在论初唐诗歌时说："初唐时间最长，可是无论诗歌的数量还是质量都是最差的，而且一百年间竟然没有出现一位第一流的诗人，缺少异峰的突起。"① 唐诗选学的沉寂与初唐诗歌创作的情况有关联之处且情形相似。

经过近百年的演进，唐前期选学进入第二阶段，逐渐走向成熟，其自身独立的特质也初步确立。唐人对唐诗的认识逐步深入，最为明显的标志就是在唐人的心目中本朝诗的地位大大提高，在诗选集中占据了中心地位，唐诗专选集出现且选诗归趣明确，与第一阶段相比，表现出很强的独立意识。如孙翌的《正声集》，专选初唐人诗作，并把刘希夷列为"集中之最"。张九龄将王湾《次北固山下》中"海日生残夜，江春入旧年"两句手书于政事堂，"每示能文，令为楷式"（殷璠《河岳英灵集》卷下）。这些情况都与前一阶段大不相同。唐人选唐诗开始进入自立时期。

这一时期的选本可以分为以下几类：一是诗文合选，共有四种，即《续文选》三十卷，卜长福编；《拟文选》三十卷，卜隐之编；《文府》二十卷，徐坚等编；《文府》二十卷，徐安贞等编。二是通代诗选，共二种：《玉台后集》十卷，李康成编；《丽则集》五卷，李吉甫编。三是断代诗选，包括唱和集和其他本朝诗选。唱和集有：蔡孚编《龙池集》、《偃松集》，张说编《岳阳集》和王维的《辋川集》。本朝诗选集则有：《珠英学士集》五卷，崔融编；《正声集》三卷，孙翌（字季良）编；《搜玉集》十卷，编者不详；《国秀集》三卷，芮挺章编选；《丹阳集》一卷，殷璠编选；《河岳英灵集》二卷，殷璠编选。

---

① 袁行霈《百年徘徊——初唐诗歌的创作趋势》，《北京大学学报》1994 年第 6 期。

　　以上所列四种诗文合选今均不存，后人推测其编选动机，认为玄宗开元年间进士考试开始以杂文（诗赋）为主要内容，这样以诗赋为主的《文选》就成了士子们学习效仿的主要对象，许多人开始以此为蓝本续选或拟作，于是就出现了如《续文选》、《拟文选》之类的选本。除了这一动机外，当时朝廷，特别是唐玄宗本人很重视这些书的编纂。《新唐书·艺文志》于《文府》条下注："开元中，诏张说括《文选》外文章，乃命坚与贺知章、赵冬曦分讨。会诏促之，坚乃集诗赋二韵为《文府》上之，余不能就而罢。"《玉海》卷五四引《集贤注记》："及萧令嵩知院，以《文选》是先祖所撰，喜于嗣美，奏皇甫彬、徐安正、孙逖、张环修《文选》。"卜长福编《续文选》三十卷上献朝廷，得"授富阳尉"，都显示出朝廷乃至玄宗本人对编定这些选集的重视。综合上述两方面的原因，可以看出这些诗文合选的编定或许是朝廷为推动科举考试、有利士子应试而编定的，编集的目的十分明确。这一时期的诗文合选仍有模拟痕迹，但选家自己的眼光和思想已越来越突出，逐渐占据主导地位。这种由续选到拟作的转变，显示出唐人对前代诗歌的接受已由简单的学习模拟进到了创作层面，接受主体的主观能动作用凸显出来。唐人根据时代需要取舍前朝诗歌作品，推动自身创作的价值取向已较为明显。

　　通代选诗则以李康成所编《玉台后集》十卷较有选学意义。《玉台后集》约成书于天宝年间，已佚，有今人陈尚君辑本。晁公武《郡斋读书志》卷二云："右唐李康成采梁萧子范迄唐张赴（起）二百九人所著乐府歌诗六百七十首，以续陵编。序谓'名登前集者，今并不录。惟庾信、徐陵仕周、陈，既为异代，理不可遗'。"又该书《玉台新咏》条引录李康成序："昔陵在梁世，父子俱事东朝，特见优遇。时承平好文，雅尚宫体，故采西汉以来词人所著乐府艳诗以备讽览，且为之序。"马端临《文献通考》卷二四八引南宋时刘克庄语云："自陈后主、隋炀帝、江总、庾信、沈、宋、王、杨、卢、骆而下二百九人诗。中间自载其诗八首，如'自君之出矣，弦吹绝无声。思君如百草，撩乱逐春生'，似六朝人语。如《河阳店家女》长篇一首，押五十二韵，若欲与《木兰》、

《孔雀东南飞》之作方驾者。"刘克庄当见过此选本。曾季貍《艇斋诗话》和《永乐大典》中收录此选本部分选篇，《全唐诗》卷七七三录诗28首，编者于卷首注云："以下见《玉台后集》。"综合分析以上材料，我们可以得出以下几点意见：一是选诗所确立的宗主是庾信和徐陵，即以"徐庾体"为宗风。二是该选本的编选目的是为了接续徐陵《玉台新咏》，且规制亦大略相似。编排大致以时代为先后，前有序言，后附以己诗。三是选诗的时间跨度从梁末到当代，主要编选表现妇女生活题材的乐府诗。尽管如此，与《玉台新咏》相比，《玉台后集》颇具吴越民歌风调，语浅情深，明艳婉转。对前代诗选的模仿痕迹虽然明显，但受时代影响而表现出的创新特征亦是显而易见的。

这一时期选诗最引人瞩目的，是一批专选唐人诗作的选本出现，代表了这一时期唐诗选学的巨大成就。下面对其中的主要选本略作介绍。

《珠英学士集》五卷，崔融编。《郡斋读书志》卷二〇云："右唐武后朝诏武三思等修《三教珠英》一千三百卷，预修书者凡四十七人，崔融编集其所赋诗，各题爵里，以官班为次。融为之序。"《玉海》卷五四云"诗总二百七十六首"。武后诏修《三教珠英》始于圣历中，至大足元年（700）修成。此集当编于大足前后。宋以后不存。清末于敦煌遗书中发现此集二残卷，为卷四后半卷五前半，存沈佺期、李适、崔湜、刘知几、王无竞、马吉甫、元希声、房元阳、胡皓、乔备、杨齐悊等11人诗，另有四首作者不详。高仲武《中兴间气集》序云："《珠英》但纪朝士。"对崔融此选似有不满。

《正声集》三卷，孙翌（字季良）选编。《旧唐书》卷一八九本传云："孙季良者，河南偃师人也，一名翌。开元中，为左拾遗、集贤院直学士。撰《正声集》三卷，行于代。"《类说》卷五一录李淑《诗苑类格》"孙翌论诗"条云："孙翌曰：汉自韦孟、李陵为四、五言之首，建安以曹刘为绝唱，阮籍《咏怀》、束皙《补亡》，颇得其要。永明文章散错，但类物色，都乏兴寄。晚有词人争立别体，以难解为幽致，以难字为新奇。斯亦太过。"陈尚君断其为《正声集》之序论。《大唐新语》卷八云："后孙翌撰《正声集》，以（刘）希夷为集中之最，由是稍为时人所称。"据以上所有材料推断，《正声集》是开元中成书的专选初唐人诗的唐诗选本，在其序论中提出了"兴寄"这一为唐人所广泛接受的概念。从选诗的观念、范围以及选诗标准来看，都是一个较为成熟的唐诗选本。可作为唐人选唐诗的第一个范本。

《河岳英灵集》，殷璠编。殷璠，丹阳（今江苏丹阳县）人，生平事迹不详，其生活年代主要在玄宗开元、天宝年间。《河岳英灵集》是唐诗选学史上的重要选本，专选盛唐诗人。原编二卷，宋以后通行本析作三卷。选录玄宗开元二年（714）至天宝十二载（753）常建、李白、王维等盛唐24家诗234首（今存230首），以所选诗人皆河岳之英灵，故名。书前有序、论各一篇，不满于南朝诗歌的"理则不足，言常有余，都无兴象，但贵轻艳"，标举"风骨"与"声律"兼备的盛唐诗风。卷内各诗人名下均附评语，概括其风格特点，并列举名句名篇。评语中对词秀、调雅、语奇、体峻各有鉴赏，尤重在"风骨"与"兴象"的发扬。选诗五古居多，亦足以反映时代风气。由于其选、评精当，本书在唐人选唐诗的诸种选本中最受重视，被誉为"优劣升黜，咸当其分"（孙光宪《白莲集序》）。现存最早的版本有宋刻二卷本，比较接近原貌。三卷本中较为通行者，有明毛晋汲古阁刻本及其子毛扆的翻校本；另有《四部丛刊》影印涵芬楼藏明翻宋刻本，1958年中华书局上海编辑所《唐人选唐诗》十种据以刊行。

其他较为重要的选本还有《搜玉集》、《搜玉小集》、《国秀集》、《丹阳集》等。

综观这一时期的唐诗选学，我们不难发现它的特点：

第一，无论是诗文合选，还是通选、专选，唐代选家们所表现出来的自立意识明显加强。即便是以模拟续作面目出现的《续文选》、《拟文选》，其中出于推动科举考试的发展，有利于士子应试的目的性十分清楚。而以孙翌《正声集》、殷璠《河岳英灵集》为代表的一批唐诗专选，其严格的选诗标准、完整精致的体例等特点，都表明作为一种批评形态的唐诗选学的自立与成熟。

第二，成熟的选诗观念、择诗标准，表明唐诗选家们已经开始通过唐诗选学真正地研究批评唐诗并构建理想的唐诗范型。一个选家的诗学观念决定着他的选诗标准，这种观念包含着他对诗歌流变、质性的认识。

孙翌《正声集》以初唐诗为选择对象，其序论中批判六朝诗歌"但类物色，都乏兴寄……以难解为幽致，以难字为新奇"。很明显，他是把"兴寄"作为简选初唐诗的标准的。其所以推重刘希夷，也是因为刘希夷有"绝才绝情，妙舌妙笔"（钟惺《唐诗归》），"源出江、谢，脱手弹丸，宛转生情"（王闿运《湘绮楼论唐诗》），在初唐诗向盛唐诗发展的过程中起了很大促进作用，对于唐诗明丽意境和流美韵调的形成，尤有功焉。

殷璠编《河岳英灵集》，其诗史的眼光和对唐诗质性的全面深刻的把握都十分精到。选诗专宗盛唐，鲜明标举"风骨"与"声律"，确立了盛唐诗美范型。

第三，这一时期的选本体例上成熟完备，又有创新。前代选诗选文体例较为单一，或选而不评，又或评而不选。如昭明太子《文选》，只注重提供文本，其批评意向固然可以通过选篇体现出来，但终究含糊，让人颇费猜疑。钟嵘《诗品》重在批评，涉及到作品常常是只言片语，欲得完篇，还要花去寻检工夫。殷璠则首创评、选结合之体例，借选诗明确表达自己的诗学观念。具体说来，就是集前有序言和集论，又于集中每个诗人名下缀评语，简介诗人生平，总括其诗歌风貌，摘取佳句，多加评点。这样既针对具体诗人诗作发论，有的放矢，又总述诗学观念，细致而不琐碎，大气而不空洞，借选本表达出自己的唐诗观，构建自己的唐诗学，从而使选本这一诗学形态的功能发挥得淋漓尽致。

综观这一阶段的唐诗选学，已由不自立转为自立。选家们借选诗鲜明地表达了自己的唐诗观念，构建了较为系统的唐诗学体系，更为重要的是，在选诗的过程中找到了唐诗的最佳范型——盛唐诗，并确立了唐诗的基本质素。

第二节 理论批评的演进：从总结六朝到建构唐音

唐太宗及其文臣史家的理论探索

唐朝建立之初，文坛上弥漫的是陈隋遗风。出于政治目的，唐初君臣主张文学有益于政教，把文学和国家的兴衰联系在一起。尽管唐太宗及其周围的文臣大都深受陈隋遗风的影响，对华辞丽句多有喜好，有时还忍不住写上几句，自矜才丽，但在理智上，他们把绮艳文风和前朝的灭亡联系在一起，时刻警醒自己，在生活上和文学创作上都主张"节之于中和"，反对"释实求华"。太宗在其《帝京篇·序》中说：

> 予以万几之暇，游息艺文。观列代之皇王，考当时之行事，轩昊舜禹之上，信无间然矣。至于秦皇、周穆，汉武、魏明，峻宇雕墙，穷侈极丽，征税殚于宇宙，辙迹遍于天下，九州无以称其求，江海不能赡其欲，覆亡颠沛，不亦宜乎！予追踪百王之末，驰心千载之下，慷慨怀古，想彼哲人。庶以尧舜之风，荡秦汉之弊，用咸英之曲，变烂熳之音，求之人情，不为难矣。故观文教于六经，阅武功于七德，台榭取其避燥湿，金石尚其谐神人，皆节之于中和，不系之于淫放……释实求华，以人从欲，乱于大道，君子耻之。（《全唐诗》卷一）

从历史经验中总结出这些结论，是为了以史为鉴，虑皇基之永固。从这一政治目的出发，唐初统治者十分重视文化建设，设立史馆，修《梁书》、《陈书》等五史，后又以太宗御撰的名义修《晋书》，以私修官审的形式修《南史》、《北史》。八史的修撰，为唐统治者提供了有益的借鉴。魏征、令狐德棻、姚思廉、李百药等在修撰史书的同时对文学问题发表了颇有见地的论述。

魏征等人在史书中阐述了六朝绮艳文风和政权得失的关系并对六朝文学进行了批判。总结出一个带有规律性的结论：

> 古人有言：亡国之主，多有才艺。考之梁、陈及隋，信非虚论。然则不崇教义之本，偏尚淫丽之文，徒长浇伪之风，无救乱亡之祸矣。（《陈书·后主本纪论》）

从巩固国家政权的高度批判了六朝文学。在《隋书·文学传序》中也有类似的结论。其他如姚思廉、令狐德棻、李百药、李延寿等在史书的传论中都表达了类似的观点。

但是，他们并没有因此否定文学的特点，将文学一棍子打死，甚至也不因淫丽文风而否定文学的文采。以唐人的气魄和开放的胸怀，他们在批判六朝文学的时候也不完全否定抛弃六朝文学。即便是宫体诗，他们也不采取完全否定的态度。如姚思廉不止一次地指出"宫体诗""伤于轻艳"，但谈到宫体诗作者徐陵时还是承认"其文颇变旧体，缉裁巧密，多有新意"（《陈书·徐陵传》）。魏征在《隋书·文学传序》中则肯定江淹、沈约等人"学穷书圃，思极人文，缛彩郁于云霞，逸响振於金石。英华秀发，波澜浩荡，笔有余力，词无竭源"，以为"方诸张、蔡、曹、王，亦各一时之选也"。他们反对的是与纵欲生活相联系的绮艳文学，而不是反对文学本身的艺术特点。这一点与隋代的隋文帝、李谔、王通辈相比，无疑要通达得多，正确得多。这是唐代文学能够取得辉煌成就的思想基础，是唐代文学的幸运，也是中国文学的幸运。于是，在正确处理文学与政治的关系、正确认识文学特点的基础上，这一批颇具识见的文臣史家提出了自己的文学理想，指出了建设理想文学的途径。令狐德棻在《周书·王褒庾信传论》中提出了"以气为主，以文传意"、调远、旨深、理当、辞巧的文质并重的文学理想：

> 虽诗赋与奏议异轸，铭诔与书论殊途，而撮其指要，举其大抵，莫若以气为主，以文传意。考其殿最，定其区域，摭《六经》百氏之英华，探屈、宋、卿、云之秘奥。其调也尚远，其旨也在深，其理也贵当，其辞也欲巧。然后莹金璧，播芝兰，文质因其宜，繁约适其变，权衡轻重，斟酌古今，和而能

壮，丽而能典，焕乎若五色之成章，纷乎犹八音之繁会。

当然，这些文臣史家的文学主张和文学理想也不是自身头脑里长出来的，而是渊源有自的，其中主要部分并没有比魏晋六朝人走得更远。"以气为主"的主张，自曹丕始。旨深、理当、辞巧、调远亦曾见于刘勰《文心雕龙》以及钟嵘《诗品》中。只不过在六朝文人手中，这些能够将文学引向劲健、辉煌之路的主张没有发挥其应有的作用。唐人则不同，他们不仅仅停留在树立文学的理想模式上，而且还要找到实现这一文学理想的切实可行的途径。于是魏征在《隋书·文学传序》中指出：

> 江左宫商发越，贵于清绮，河朔词义贞刚，重乎气质。气质则理胜其词，清绮则文过其意。理深者便于时用，文华者宜于咏歌。此其南北词人得失之大较也。若能掇彼清音，简兹累句，各去所短，合其两长，则文质斌斌，尽善尽美矣。

这是一段极为著名的论说，公允平正，对南北文风的不同特点作了简洁明了的概括。不但如此，还指出了文学发展的正确途径。在魏征及其同僚们看来，理想的文学范型应该是合南北文学之两长，既具有江左之清绮，又具有河朔之贞刚气质。这是中国文学思想史上第一次提出融合南北文学之长，建立一种新的文词清丽、词义贞刚的理想文学范型。其无疑是一种极富远见的主张，符合文学发展的历史趋势，为唐代文学的繁荣打下了坚实的思想基础。后来盛唐文学发展的历史事实，正好证明了这一主张的正确性，盛唐文学正是融合南北文学之两长发展起来的。

经过唐太宗及其周围的文臣史家对文学的检讨，确定了诗歌发展的基本思想，指出了诗歌发展的正确途径。尽管这一阶段诗歌创作还远没能达到这些文臣史家所设计的理想境地，但至少在他们心目中已经有了一个稍具轮廓的理想的唐诗范型。这是诗歌创作从六朝文学的旧营垒获得新生的第一步，也是一次飞跃。当然，理想和现实之间总是存在着一定距离的，有了理想的唐诗范型，不一定立刻就会有创作上的理想诗歌作品出现。这一阶段的唐诗创作实际上尚未能很好地与六朝诗歌区别开来，与他们的理想离得较远。原因在于一代文风熏染或是积习不会在短时间就烟消云散。这些文臣史家，包括唐太宗自己，深深地浸染着六朝绮靡之习，尽管他们在理智上拒斥它，但骨子里却难以在一朝一夕之间将它剔除得干干净净。所以，理想与现实的融合工作还得后来人努力去实现。这自然就引出了"四杰"与陈子昂。

"四杰"对六朝绮靡文学的猛烈抨击

被后人称之为初唐"四杰"的王勃、杨炯、卢照邻、骆宾王，继唐太宗及其文臣史家之后，对唐诗的发展在创作和理论上的贡献不可小视。

"四杰"中的卢照邻、骆宾王是在"上官体"流行的龙朔初年登上文坛的。上官仪崇尚绮错婉媚，其诗极尽华词丽藻，描摹形容，而技巧纯熟，时因着意雕琢而有清新圆熟之句，如"落叶飘蝉影，平流写雁行"、"鹊飞山月曙，蝉噪野风秋"。他不但以创作影响当时诗坛，且撰有《笔札华梁》，详研诗歌对属技巧。类似的理论著作还有元兢的《诗髓脑》，也主要是论述诗的调声、对属、文病等问题的。这都是"四杰"活跃诗坛之前或同时诗坛上存在的具有鲜明六朝余韵乃至发挥六朝绮艳诗风的理论。"四杰"的出现正是要反拨这种绮艳诗风。

与唐初文臣史家相比，"四杰"在理论上显现为更激烈地抨击六朝，反对绮艳文风，提倡在作品中表现浓郁的感情与壮大的气势。

王勃在《上吏部裴侍郎启》中，抨击绮丽文风之害并追溯其源头至于屈、宋：

> 自微言既绝，斯文不振。屈、宋导浇源于前，枚、马张淫风于后。谈人主者，以官室苑囿为雄；叙名流者，以沉酗骄奢为达。故魏文用之而中国衰，宋武贵之而江东乱。虽沈、谢争鹜，适先兆齐、梁之危；徐、庾并驰，不能免周、陈之祸。

他重视文学经世教化作用，反对绮靡文风，这是无可厚非的。但将屈、宋、建安文学等一概加以反对，显然有失偏颇。杨炯对待这一问题的态度与王勃基本相同，但对屈、宋的态度显得较为温和，他在《王勃集序》中说：

> 仲尼既没，游、夏光洙、泗之风；屈平自沉，唐、宋弘汨罗之迹。文儒于焉异术，词赋所以殊源。逮秦氏燔书，斯文天丧；汉皇改运，此道不还。贾、马蔚兴，已亏于《雅》、《颂》；曹、王杰起，更失于《风》、《骚》。俛俛大猷，未忝前载。洎乎潘、陆奋发，孙、许相因，继之以颜、谢，申之以江、鲍，梁、魏群材，周、隋众制，或苟求虫篆，未尽力于丘坟；或独徇波澜，不寻源于礼乐。

> 尝以龙朔初载，文场变体，争构纤微，竟为雕刻。糅之金玉龙凤，乱之朱紫青黄。影带以徇其功，假对以称其美。骨气都尽，刚健不闻。

对两汉以来的文学也几乎是全盘否定，特别是对唐初的文坛状况，极为不满，认为以“上官体”为代表的诗文创作“争构纤微，竟为雕刻”，“骨气都尽，刚健不闻”，其否定批判态度十分彻底，并稍显偏激。

相对来说，卢照邻与骆宾王对前代文学的批评显得比较温和，态度也较为公允。卢照邻在《南阳公集序》中说：

> 自获麟绝笔，一千三四百年，游、夏之门，时有荀卿、孟子、屈、宋之后，直至贾谊、相如。两班叙事，得邱明之风骨；二陆裁诗，含公干之奇伟。邺中新体，共许音韵天成；江左诸人，咸好璟姿艳发。精博爽丽，颜延之急病于江、鲍之间；疏散风流，谢宣城缓步于向、刘之上。北方重浊，独卢黄门往往高飞；南国轻清，惟庾中丞时时不坠。

言及前代文学的发展，对各代作家都有肯定。即便是遭人猛烈抨击的六朝文学，他对个别作家如卢思道、庾信等也多有推崇。骆宾王与卢照邻的观点大体相似。在《和学士闺情启》中，对东晋以前的各代文学给予了肯定，只是对东晋玄言诗及其以下诗作稍有微词。态度较为公正客观。

"四杰"是唐诗发展过程中的关键性人物，他们对前代文学的批判大多和当代文坛实际结合在一起。跟唐太宗及其文臣史家相比，他们的理论批评更具有针对性，更能切合当时的创作实际，因而更具影响力。受他们的影响，当时不少人加入到这次反对绮艳文风的行列中来，用杨炯的话说，当时的情况是"后进之士，翕然景慕。久倦樊笼，咸思自择。近则面受而心服，远则言发而响应。教之者逾于激电，传之者速于置邮"。①

更为重要的是，"四杰"自身的创作较唐太宗等人更加远离六朝浮靡绮艳，体现出新的风气。闻一多在《唐诗杂论·四杰》中说："正如宫体诗在卢、骆手里是从宫廷走向市井，五律到王、杨的时代是从台阁移至江山与塞漠。"诗歌题材发生了重大变化，反映的生活面更为广阔，诗中的情感自然会发生深刻的变化。所以闻一多又说卢照邻的《长安古意》"放开了粗豪而圆润的嗓子"，有着"生龙活虎般腾踔的节奏"。他认为，卢、骆对宫体诗的改造，"背面有着厚积的力量支撑着。这力量，前人谓之'气势'，其实就是感情。有真情实感，所以卢、骆的到来，能使人们麻痹了百余年的心灵复活"②。因为有着创作上的实绩作支撑，所以"四杰"的理论显得更为有力、更为适用。

即便如此，"四杰"也还未能完全摆脱六朝绮艳文风的影响，在他们身上，新倾向与旧影响并存。对此，明人王世贞有一段较为公允的评价：

> 卢、骆、王、杨，号称"四杰"。词旨华靡，固沿陈隋之遗，翩翩意象，老境超然胜之。五言遂为律家正始。内子安稍近乐府，杨、卢尚宗汉魏，宾王长歌虽极浮靡，亦有微瑕，而

---

① 杨炯《王勃集序》，《全唐文》卷一九一，中华书局1983年影印本。
② 闻一多《宫体诗的自赎》，《唐诗杂论》页15，上海古籍出版社1998年版。

缀锦贯珠，滔滔洪远，故是千秋绝艺。（《艺苑卮言》卷四）

"翩翩意象"、"律家正始"、"滔滔洪远"是新倾向；"词旨华靡"、"极浮靡"是旧影响。衡其功过得失，功不可没。杜甫以他深刻的洞察力和敏锐的眼光，对"四杰"给予了高度评价：

王杨卢骆当时体，轻薄为文哂未休。尔曹身与名俱灭，不废江河万古流。（《戏为六绝句》）

这是对"四杰"在唐诗发展过程中应有地位的客观公正的评价，为历史所认同。

陈子昂的理论建树

"四杰"之后是陈子昂。

陈子昂的诗学主张概括地说就是"兴寄"说与"风骨"说。借助于这两个理论范畴的深厚的诗学底蕴和丰富内涵，将"四杰"创建唐诗的事业进一步推向前进，进而确立唐诗的特质。他是在《与东方左史虬修竹篇序》中提出这两个重要概念并以简明的语言赋予它们意义的。他说：

东方公足下：文章道弊五百年矣。汉魏风骨，晋宋莫传，然而文献有可征者。仆尝暇时观齐梁间诗，彩丽竞繁，而兴寄都绝，每以永叹。思古人常恐逶迤颓靡，风雅不作，以耿耿也。一昨于解三处见明公《咏孤桐篇》，骨气端翔，音情顿挫，光英朗练，有金石声。遂用洗心饰视，发挥幽郁。不图正始之音，复睹于兹，可使建安作者，相视而笑。解君云"张茂先、何敬祖，东方生与其比肩"。仆亦以为知言也。故感叹雅制，作《修竹诗》一篇，当有知音以传示之。

这段文字被视为唐代诗歌理论批评史上的纲领性文件。它的巨大贡献在于鲜明地举起了"汉魏风骨"的大旗，作为扫荡六朝绮艳文风的有力武器。比之唐初一批文臣史家的鼓吹"南北文风融合"以及初唐"四杰"的攻击"上官体",陈子昂将批判锋芒直指晋、宋、齐、梁以来的不良诗风,提倡复兴建安、正始文学的优良传统,在变革旧习、树立新风的发展方向上,达到了空前的明确性和自觉性。

陈子昂所谓"兴寄",简单地说就是比兴寄托,即指用比兴手法来寄托诗人的政治怀抱,有时也称"比兴"。其《喜马参军相遇醉歌序》中说:"夫诗可以比兴也,不言曷诸?"这里的"比兴",就是比兴寄托之意。

"兴寄"说的重心也在感情的抒发和讽喻寄托两个方面,要求诗歌要有感而作,作而有所寄托。而其理论针对性则指向六朝后期诗作一味雕彩绘饰,缺乏深刻的社会生活内容。强调诗要有为而发,既充实了诗的内容,自然会拓宽诗的表现领域,使诗人关注社会生活,反映社会生活,而摆脱狭窄的宫廷。这一主张和他自己的《感遇》诗的创作,对盛唐诗人的影响是显而易见的。张九龄的《感遇》、李白的《古风》均是显例。

"风骨"说是陈子昂的又一个诗学理论主张。在他之前,唐初的文臣史家主张融合南北文学之长来发展唐代文学,其中提到"河朔词义贞刚,重乎气质",其中的"贞刚"、"气质",显然就带有风骨论的成分。及至"四杰"崛起,猛烈抨击六朝文学"骨气都尽,刚健不闻",也是要树立文学的风骨,而且以"刚健"、"宏博"等作为风骨的内涵,赋予了"风骨"以文学批评术语的本来意义。由此看来,陈子昂的"风骨"说其实是文学理论发展水到渠成的必然结果。尽管如此,陈子昂以"汉魏风骨"作为文学革命的大旗,主张以汉魏变齐梁,进行全面的革新,无论是对"风骨"本身的理论含义,还是对唐诗学理论的发展,都是一次质的飞跃。这一主张貌似复古,其实是要在唐代特有的时代背景之下,追求文学的豪迈雄壮之气。陈子昂的"风骨"来自"汉魏风骨",但两者内涵上的差异是很明显的,主要原因在于不同的时代背景。汉魏风骨孕育产生于汉末动荡黑暗的年代,山河残破,民生凋敝,诗人精神上笼罩着浓重的忧郁和不安，生命无常，朝不虑夕，所以反映到诗歌中多表现为重重哀感；在慷慨任气的歌唱中多有苍凉悲壮韵调。刘勰在《文心雕龙·时序》中说："观其时文，雅好慷慨，良由世积乱离，风衰俗怨，并志深而笔长，故梗概而多气也。"揭示出魏晋文学的"好慷慨"、"梗概多气"是由于"世积乱离，风衰俗怨"所致。钟嵘《诗品》评曹操的诗则曰："曹公古直，甚有悲凉之句。"其中"悲凉"一语深得建安风骨之特质。唐代是中国封建社会的繁荣发达的时期，政治较为开明，经济繁荣，士子对前景很是乐观，充满自信，即便遭遇挫折，也不轻易放弃对未来的希望。所以诗的情调豁达而朗畅，抒发的情感也多是高昂激越，壮大雄浑，完全不同于魏晋建安时的悲凉。总而言之，陈子昂的"风骨"说与传统的建安风骨相比较，由于其产生背景的巨大差异，实际上已是两种不同的美学风格，代表着不同的诗歌美学范型。我们可以将陈子昂的"风骨"说称为"盛唐风骨"。

唐代诗学理论从唐太宗及其文臣史家开始，经"四杰"到陈子昂，找到了"风骨"与"兴寄"，典型唐诗所应具有的基本特质已经确定，盛唐之音已经清晰可闻了。

盛唐之音

唐诗创作的极度繁荣时期终于到来，人们所苦苦追求的"风骨"、"兴寄"等唐诗的美学特质都被盛唐诗人天衣无缝地融入了诗歌创作之中。诗人们几乎将全部精力投入到诗歌创作之中，对理论问题的关注反而少了，似乎唐诗的特质已经确定，不存在令人感兴趣的理论问题了。所以陈子昂之后，到殷璠编定《河岳英灵集》这一段时间里，除了殷璠编选盛唐人诗集《河岳英灵集》，以选学形态对唐诗进行批评外，其他如张说、王昌龄、李白、杜甫，尽管在理论上不乏真知灼见，由于被他们创作上的巨大成就所掩盖，未能得到充分的阐释并为人们广泛接受。但这些来自盛唐的声音，却是唐诗学不可缺少的重要部分，它们可以帮助我们进一步理解盛唐之音，把握中国历史上最辉煌的盛唐诗的特质。下面分别谈谈张说、李白、王昌龄、殷璠的唐诗学理论。至于杜甫，因其开唐中叶以后风气，导致唐诗新变等原因而置于下一时期再论。

（一）张说

张说一生勋业崇高，历仕武后、中宗、睿宗、玄宗四朝，"三登左右丞相，三作中书令"（张九龄《张说墓志铭》），又曾三次总戎临边，屡获战绩，可谓内秉钧衡，外膺疆寄，是唐代杰出的政治家。他"掌文学之任凡三十年"（《大唐新语》卷一），是开元前期的"当朝师表，一代词宗"（《唐大诏令》卷四四），其周围聚积了众多文学之士，受到当时文坛的宗奉。在骈文写作上，张说与苏颋并称"燕许大手笔"，在诗歌创作上则开盛唐山水诗之先声。与此同时，张说的文学批评也具有鲜明的时代特征，突出地表现在对唐诗的批评上。《大唐新语·文章》记载：

> 张说、徐坚同为集贤学士十余年，好尚颇同，情契相得。时诸学士凋落者众，唯说、坚二人存焉。说手疏诸人名，与坚同观之。坚谓说曰："诸公昔年皆擅一时之美，敢问孰为先后？"说曰："李峤、崔融、薛稷、宋之问，皆如良金美玉，无施不可。富嘉谟之文，如孤峰绝岸，壁立万仞，丛云郁兴，震雷俱发，诚可畏乎！若施于廊庙，则为骏矣。阎朝隐之文，则如丽色靓妆，衣之绮绣，燕歌赵舞，观者忘忧。然类之《风》、《雅》，则为俳矣。"坚又曰："今之后进，文词孰贤。"说曰："韩休之文，有如太羹玄酒，虽雅有典则，而薄于滋味。许景先之文，有如丰肌腻体，虽秾华可爱，而乏风骨。张九龄之文，有如轻缣素练，虽济时适用，而窘于边幅。王翰之文，有如琼林玉斝，虽烂然可珍，而多有玷缺。若能箴其所阙，济其所长，亦一时之秀也。"

张说在此评点了十位唐代作者，对李峤、崔融等四位诗人评价最高，认为其诗作如"良金美玉，无施不可"。对其他作者则有肯定赞赏之词，亦指出其不足之处。就其批评标准的掌握而言，可谓平稳通达，灵活有度，不胶着，亦不浮滑。其批评方法则是形象喻示法，针对十位作者的不同特点采用不同的物象设喻，不作抽象的理论概括。这种批评方法最早见之于晋宋以来的诗文批评，张说在此处集中使用，颇显突出。

又《旧唐书·文苑传》云：

> 炯与王勃、卢照邻、骆宾王以文词齐名，海内称为王杨卢骆，亦号为四杰。炯闻之，谓人曰："吾愧在卢前，耻居王后。"当时议者亦以为然。其后崔融、李峤、张说俱重四杰之文。崔融曰："王勃文章宏逸，有绝尘之迹，固非常流所及。炯与照邻可以企之。盈川之言信矣。"说曰："杨盈川文思如悬河注水，酌之不竭，既优于卢，亦不减王，耻居王后，信然；愧在卢前，谦也。"

表明了他对开唐音先声的初唐四杰的关注和重视，同时对他们的文学成就进行了较为公允的辨证。此外，《隋唐嘉话》及《河岳英灵集》还载有张说赞赏沈佺期、王湾等诗人的事迹：

> 沈佺期以工诗著名，燕公张说尝谓之曰："沈三兄诗，直须还他第一。"

> （王）湾词翰早著，……游吴中作《江南意》诗云："海日生残夜，江春入旧年。"诗人已来，少有此句。张燕公手题政事堂，每示能文，令为楷式。

沈佺期在唐诗史上的贡献主要在于近体诗的完型，王湾的名联则以其气象浑大，写出了人们对新旧交替时的特殊感受而为人称道。张说对他们的称扬当是分别肯定其不同长处，同时显示出张说在唐诗批评标准上全面公允而又不拘一格。

张说在唐诗批评上所表现出来的时代眼光和通达平稳的态度为唐诗学的发展奠定了良好基础，盛唐人所具有的胸襟和气度融贯在其批评中。

（二）王昌龄

王昌龄是唐代杰出诗人，最擅长七言绝句，号为"七绝圣手"。曾任秘书省校书郎、江宁丞等职，又有"诗家夫子王江宁"之称。其论诗有《诗格》。《新唐书·艺文志》载王昌龄有《诗格》二卷，《崇文总目》同。《直斋书录解题》载为《诗格》一卷、《诗中密旨》一卷，当即是《诗格》二卷分为二书。今存明陈应行重编北宋蔡传《吟窗杂录》，已收入《诗格》、《诗中密旨》，以后明代胡文焕的《诗法统宗》、清代顾龙振的《诗学指南》均曾收录。《四库全书总目》诗文评类司空图《诗品》、《吟窗杂录》两条曾斥王氏此书系出后人伪托。自日人遍照金刚所编《文镜秘府论》传入，国内学者对《四库全书总目》之说提出质疑，至今王氏此书真伪问题仍悬而未决。但大多数学者都认同日人遍照金刚提供的材料，以为王昌龄实有《诗格》之作。但今传《诗格》经过后人加工当无疑义。

王昌龄诗论的主要内容是诗境说以及十七势。十七势属于格法之类，暂且搁下。"诗境说"属王昌龄之创意。在《论文意》中多处提到"境"：

> 1. 凡作诗之体，意是格，声是律，意高则格高，声辨则律清，格律全，然后始有调。用意于古人之上，则天地之境，洞焉可观。

> 2. 夫置意作诗，即须凝心，目击其物，便以心击之，深穿其境。如登高山绝顶，下临万象，如在掌中。以此见象，心中了见，当此即用。

> 3. 夫作文章，但多立意。令左穿右穴，苦心竭智，必须忘身，不可拘束。思若不来，即须放情却宽之，令境生。然后以境照之，思则便来，来即作文。如其境思不来，不可作也。

此处第一条材料中的"境"相当于客观"景物"；第二条材料中的"境"

是指景物的内在生命情趣；第三条材料中的"境"当指诗人意想中的外界景物的境象，是王昌龄在诗歌创作构思中追求的意与物结合的境界。可见王昌龄的"境"意义是很为宽泛的。"境"原是佛家术语，指人的感官、心灵所想象游履的境界。如《俱舍诵疏》："功能所托，名为境界。如眼能见色，识能了色，唤色为境界。"又云："心之所游履攀援者，故称为境。""境"被借用于文学作品的评论中，在唐代较为多见，王昌龄是用得较多也用得较早的一位。其所使用的"境"的涵义，综合起来看，主要是指诗人在构思过程中头脑中所涌现的结合了情感和外在物象而凝成的意象或境界。王昌龄在《诗格》中进一步论述道：

诗有三境

诗有三境：一曰物境。二曰情境。三曰意境。

物境一。欲为山水诗，则张泉石云峰之境，极丽绝秀者，神之于心。处身于境，视境于心，莹然掌中，然后用思，了然境象，故得形似。

情境二。娱乐愁怨，皆张于意而处于身，然后驰思，深得其情。

意境三。亦张之于意，而思之于心，则得其真矣。

诗有三思

一曰生思。二曰感思。三曰取思。

生思一。久用精思，未契意象。力疲智竭，放安神思。心偶照境，率然而生。

感思二。寻味前言，吟讽古制，感而生思。

取思三。搜求於象，心入于境，神会于物，因心而得。

进一步将"境"分为三种类型："物境：得其形"；"情境：得其情"；"意境：得其真"。与此相对应，他也将形象思维分为三种类型："生思：心偶照境，率然而生"；"感思：吟讽古制，感而生思"；"取思：神会于物，因心而得"。王昌龄认为，"物境"能反映外物的形象，"得其形似"；"情境"是诗人"娱乐愁怨"等各种情感的表现，须"深得其情"；"意境"则是诗人由特定意念出发，经由内心反思而构造的诗歌意象，故重在把握其中的"真"。纵观唐诗发展史，王昌龄所谓"三境"实具承上启下之识见："物境"说尚"形似"，是对六朝至唐前期的诗歌美学风尚的概括；"情境"说重情感，正是盛唐人崇尚魏晋风骨、注重情韵的诗学追求的总结；"意境"说主张以意待物，近开中晚唐主意诗学端绪，远启宋人意理为诗的旨趣。也可以说立足于盛唐，继往开来，将唐前期、唐中期、唐后期诗歌创作的不同趣尚一一作了概括和说明。

王昌龄的诗境说，对诗歌创作中诗人情感思维和客观外物的关系进行了较为全面的分析，设立了一个标示性的范畴，对诗歌理论史上的"言志"、"缘情"、"物感"、"意象"等各种物和情关系的说法进行了总结提高，富有创造性地建立了诗境说。其后，皎然、司空图在此基础上进一步对唐诗创作中情感思维和客观物境的契合交融关系进行探讨，建立了在我国诗学史上影响深远的意境理论。王昌龄实导夫先路，其功甚伟。

（三）李白

陈子昂的"兴寄"、"风骨"之说及其创作实践，直接影响的第一位盛唐诗人便是李白。李白集中的第一个大型组诗《古风》59 首，就深受陈子昂《感遇》的影响。朱熹评此组诗说："多效陈子昂，亦有全用其句处。李白去子昂不远，其尊慕之如此。"（《朱子语类》卷一四○《论文》下）而这组《古风》就包含了李白的诗学观念以及对唐诗的评价。综观李白的诗文和序跋，有三篇主要文献反映了他的诗学观念，它们是《古风》其一、其三十五和《泽畔吟序》，兹录如下：

> 大雅久不作，吾衰竟谁陈？王风委蔓草，战国多荆榛。龙
> 虎相啖食，兵戈逮狂秦。正声何微茫，哀怨起骚人。扬马激颓
> 波，开流荡无垠。废兴虽万变，宪章亦已沦。自从建安来，绮

丽不足珍。圣代复元古，垂衣贵清真。群才属休明，乘运共跃鳞。文质相炳焕，众星罗秋旻。我志在删述，垂辉映千春。希圣如有立，绝笔於获麟。（《古风》其一）

　　丑女来效颦，还家惊四邻。寿陵失本步，笑杀邯郸人。一曲斐然子，雕虫丧天真。棘刺造沐猴，三年费精神。功成无所用，楚楚且华身。大雅思文王，颂声久崩沦。安得郢中质，一挥成斧斤。（《古风》其三十五）

　　泽畔吟者，逐臣崔公之所作也。公代业文宗，早茂才秀。起家校书蓬山，再尉关辅，中佐于宪车，因贬湘阴。从宦二十有八载，而官未登于郎署，何遇时而不偶耶？所谓大名难居，硕果不食。流离乎沅、湘，摧颓于草莽。同时得罪者数十人，或才长命夭，覆巢荡室。崔公忠愤义烈，形于清辞。恸哭泽畔，哀形翰墨。犹《风》《雅》之什，闻之者无罪，睹之者作镜。书所感遇，总二十章，名之曰《泽畔吟》。惧奸臣之猜，常韬之于竹简；酷吏将至，则藏之于名山。前后数四，蠹伤卷轴。观其逸气顿挫，英气激扬，横波遗流，腾薄万古。至于微而彰，婉而丽，悲不自我，兴成他人，岂不云怨者之流乎！余览之怆然，掩卷挥涕为之序云。（《泽畔吟序》）

据此可以将李白的诗学观概括为两个方面：

一、提倡清真自然，崇尚风骨，重视兴寄。李白于诗歌创作，特别强调诗歌的语言应当清新自然，出之于本色。李白认为类似于丑女效颦、邯郸学步的机械呆板地模仿他人，矫揉造作的诗风是不足取的、可笑的；而那种在棘刺上雕刻沐猴，亦即杨炯在《王勃集序》中抨击的"争构纤微，竞为雕刻"的现象，只是迎合时尚，谋取一己的荣利，徒费精神，无补于诗歌创作，希望自己能够彻底改变这种状况。在《赠江夏韦太守良宰》中李白称赞韦良宰诗"清水出芙蓉，天然去雕饰"，推重清新自然。其后杜甫借用这两句诗来评赏李白自己的诗，足见李白在诗学观念和诗歌创作中都重视清新自然。在六朝诗人中，李白特别推崇谢灵运，欣赏他"池塘生春草"一类浑然天成清新可爱的名句；《宣州谢朓楼饯别校书叔云》中有句云"中间小谢又清发"，对诗风清新俊美的谢朓十分叹赏，也表明他主张清新自然。

清新之外，李白崇尚风骨，重视兴寄。但他并不简单重复陈子昂关于"风骨"、"兴寄"的论述，他的诗文中对二者的论述所在多有：

> 蓬莱文章建安骨，中间小谢又清发。俱怀逸兴壮思飞，欲上青天揽明月。（《宣州谢朓楼饯别校书叔云》）
>
> 兴酣落笔摇五岳，诗成笑傲凌沧州。（《江上吟》）
>
> 笔鼓元化，形成自然。明珠独转，秋月孤悬。（《江宁杨利物画赞》）
>
> 还归布山隐，兴入云天外。（《赠别王山人师布山》）
>
> 感叹发秋兴，长夜鸣松风。（《岘山怀古》）
>
> 人分千里外，兴在一杯中。（《江夏别宋之悌》）

此类诗句在李白集中俯拾即是，加上前引《泽畔吟序》，足见李白无论诗学观念还是诗歌创作都追求壮大高迈的情思，重视情感兴发。崔成辅的《泽畔吟》诗今已无由得见，但将这篇序文与陈子昂《与东方左史虬修竹篇序》对读，就会发现其中语言上的微妙关系："逸气顿挫，英风激扬，横波遗流，腾薄万古"是否就是"骨气端翔，音情顿挫"的同义语？"微而彰，婉而丽"是不是将"光英朗练，有金石声"做了更为明确的表达？"悲不自我，兴成他人……览之怆然，掩卷挥涕"不就是说诗有"兴寄"，诗中浓烈动人的情感寄托使人情不自禁，潸然泪下？李白的诗学观念与陈子昂一脉相承，只不过李白更多地借助于创作来表明自己的观念。这是另一种诗学形态，是理论观念内化为创造力的表现。

二、李白评价历代诗歌——贬抑屈、宋、汉赋，特别是建安以来的远离"正声"的诗赋，颂扬唐诗。《古风》（其一）以《诗经》为正声、正风，而对《诗经》以下，包括屈、宋在内的诗赋多有微词。他认为，屈、宋的辞赋特多哀怨，去"正声"已远；汉代的司马相如、扬雄的赋，铺采摛文，夸饰苑囿，则犹如颓波浊流；建安以来的文章，文词绮丽，不足珍视。总之，战国以来，诗赋的发展背离了《诗经》确立的"正声"传统，每况愈下。孟棨《本事诗·高逸》也有李白推崇《诗经》四言体，轻视后代诗体的言论：

> 白才逸气高，与陈拾遗齐名，先后合德。其论诗云："梁、陈以来，艳薄斯极，沈休文又尚以声律，将复古道，非我而谁与？"故陈、李二集，律诗殊少。尝言："兴寄深微，五言不如四言，七言又其靡也，况使束于声调俳优哉！"

很明显，李白评诗的基本标准是"兴寄深微"。在他看来，《诗》的四言体最好，建安以来盛行的五言体要差一些，南朝开始流行的七言体则更差，南朝后期的永明体、宫体，则更是等而下之，所谓"束于声调俳优"，"艳薄斯极"。与陈子昂一样，李白对六朝诗风极为不满，而将颓靡诗风的根源追溯至屈、宋，其偏激则与王勃、杨炯类同。应该说明的是，李白在其他的诗文中对建安文学以及六朝的一些优秀作家多有夸赞，甚至崇拜，写诗时也常常学习和仿效。

在《古风》（其一）中，李白着力颂扬唐王朝，进而赞颂唐诗。认为唐王朝统治者提倡质朴刚健的文风，重视清真自然，力图矫治南朝以来的浮靡文风，使得唐代诗歌走向繁荣，成就辉煌，涌现出了一大批诗人，犹如群星闪耀。对唐代文学所取得的成就给予了高度评价。

与其先贤相比，李白表现出了更多的振兴唐代文学的自信和责任感使命感。综合两首《古风》来看，从"大雅久不作，吾衰竟谁陈"到"我志在删述，垂辉映千春"，再到"安得郢中质，一挥成斧斤"，李白所表现出的欲振兴《大雅》，澄清浮靡文风，舍我其谁的自信心和责任感使命感，超越此前的任何一位理论家和诗人，这不但和李白狂放的性格及其天纵诗才有关，也和盛唐时代诗人们高度自信、渴望建功立业的时代精神有深切的联系，反映出了盛唐人的整体精神面貌。

（四）殷璠

唐诗选本是唐诗批评的重要形式。殷璠就是借"选"来申述自己的诗学观和对诗人诗作的看法的。其书前集序和书中评语，处处闪耀着作者对唐诗的睿智的评价，尤其是《丹阳集序》和《河岳英灵集序》中所表现出来的诗史眼光和对唐诗质性的全面深刻的把握，更具有深远的意义。他说：

> 李都尉没后九百余载，其间词人，不可胜数。建安末，气骨弥高，太康中体调尤峻，元嘉劬骨仍在，永明规矩已失，梁、陈、周、隋，厥道全丧。盖时迁推变，俗异风革，信乎人文化成天下。（《丹阳集》序）

又说：

> 夫文有神来、气来、情来，有雅体、野体、鄙体、俗体。编纪者能审鉴诸体，委详所来，方可定其优劣，论其取舍。至如曹、刘诗多直语，少切对，或五字并侧，或十字俱平；而逸驾终存。然犟瓶庸受之流，责古人不辨宫商征羽，词句质素，耻相师范。于是攻乎异端，妄穿凿，理则不足，言常有余，都无兴象，但贵轻艳。虽满箧笥，将何用之？
>
> 自萧氏以还，尤增矫饰。武德初，微波尚在。贞观末，标格渐高。景云中，颇通远调。开元十五年后，声律风骨始备矣。实由主上恶华好朴，去伪从真，使海内词场，翕然尊古，南风周雅，称阐今日。（《河岳英灵集序》）

殷璠在这两篇短短的序文中，将汉魏至唐开元 900 多年的诗歌演变轮廓勾勒出来，详略有致，要言不烦。有三点值得注意：一是两篇序文中都对诗史发展流变作了简单概括，但各有侧重。前者以历代为主，后者以唐代为主，说明其关注的重心逐渐转移到唐代，立论的目的是有利于唐诗的建设和发展。二是于前代诗歌，殷璠最推崇建安气骨和太康体调，而对于本朝，他认为开元十五年以后的诗歌"声律风骨始备矣"。三是首次提出了"兴象"这一概念，并用来评价诗人诗作。它和"风骨"、"声律"三个概念都是唐诗的主要质素。总起来说就是诗史的眼光、以构建典型唐诗为出发点和兴象、风骨、声律兼备的唐诗观。可以说，到殷璠这里，全面而又深刻的唐诗学理论已经具备了较为清晰的轮廓。归纳如下：

一、风骨论。到了殷璠的时代，倡言"风骨"已经不再是英雄先驱的孤独的呐喊，而成了盛唐诗人的共识。在创作中，盛唐诗人重视风骨，注意使作品的思想感情表现得鲜明爽朗，语言刚劲有力，风格清新俊美，如高、岑、王、孟等著名诗人都是如此。而在殷璠，"风骨"是他选诗评诗的标准。对整个唐诗，他认为"开元十五年后声律风骨始备"。对诗人诗作的评价，他也常常用到"风骨"。明代胡应麟说："唐人自选一代诗，其鉴裁亦往往不同。殷璠酷以声病为拘，独取风骨。"可见殷璠之重视风骨。在《河岳英灵集》所选盛唐 24 家诗中，直接用"风骨"加以评价的有 6 家，其余或用语稍异，其意则类同于"风骨"者又有数家：

> 评陶翰："既多兴象，复备风骨。"
>
> 评高适："然适诗多胸臆语，兼有气骨。"
>
> 评崔颢："晚节忽变常体，风骨凛然。"
>
> 评刘眘虚："情兴悠远，思苦语奇。……然声律宛态，无出其右。唯气骨不逮诸公。"
>
> 评薛据："据为人骨鲠有气魄，其文亦尔。"
>
> 评王昌龄："昌龄以还，四百年内，曹、刘、陆、谢，风骨顿尽。顷有太原王昌龄，鲁国储光羲颇从厥游。且两贤气同体别，而王稍声峻。"
>
> 评李白："其为文章，率皆纵逸。至如《蜀道难》等篇，可谓奇之又奇。然自骚人以还，鲜有此体调也。"

> 评岑参："参诗语奇体峻，意亦奇造。至如'长风吹白茅，野火烧枯桑。'可谓逸矣。"

> 评储光羲："格高调逸，趣远情深，削尽常言。挟风雅之道，得浩然之气。"

又其残存不多的《丹阳集》中也能见到使用"骨气"等语评诗的：

> 评蔡隐丘："诗体调高险，往往惊奇，虽乏绵密，殊多骨气。"

从辑录的这些评语来看，殷璠评诗殊重"风骨"、"气骨"等，推重那些情感鲜明爽朗，语言刚健有力，格调高逸的作品。这是殷璠对陈子昂"风骨"说的继承。不同的是，殷璠论"风骨"，常常结合了"奇"与"逸"，不仅在"风骨"中灌注刚健之气，还涵蕴了逸怀浩气，又可见出殷璠的风骨说对陈子昂的发挥。另一方面，殷璠的风骨论是和声律问题连在一起的。他编选《河岳英灵集》主要选取那些"既闲新声，复晓古体，文质半取，风骚两挟，言气骨则建安为传，论宫商则太康不逮"的诗人诗作，为后人提供真正的唐诗范本。他认为真正的唐诗应该是兼备声律与风骨。陈子昂重风骨而不重人工声韵，他所谓的"音情顿挫"主要指诗的自然声律，而不是近体诗的格律声韵，他自己的诗也以五古为主。殷璠既注重自沈约以来至沈、宋等人定型的格律诗的声韵——"新声"，也重视古体诗中的自然声韵。与陈子昂相比，殷璠开始关注格律诗，关注人工声韵。他选诗既重风骨又讲声律，要求诗歌从内容到形式都尽可能完美。这固然是诗歌理论发展演进的必然结果，亦是盛唐时期古近各体诗成熟和繁荣的反映。

二、兴象说。"兴象"之说始见于殷璠《河岳英灵集》。在该集中，"兴象"一语共出现三次：

> 1. 序文中批评南朝以来诗：理则不足，言常有余。都无兴象，但贵轻艳。

> 2. 评陶翰诗：既多兴象，复备风骨。

3. 评孟浩然诗：至如"众山遥对酒，孤屿共题诗"，无论兴象，兼复故实。

此外，还有单用"兴"评诗人诗作的两处：

1. 评常建：其旨远，其兴僻，佳句辄来，唯论意表。
2. 评刘脊虚：情幽兴远，思苦语奇。忽有所得，便惊众听。

但关于"兴象"一语的含义，殷璠本人未作阐释。殷璠是通过选诗来进行批评的，其诗歌批评的概念范畴大体来源于两个方面：一是盛唐诗人丰富的创作实践。唐诗发展至盛唐，各种诗歌体式已经完善，更为重要的是诗歌在表达技巧、创造艺术意境等诸多方面都已经完全成熟，且达到了从未有过的高度，这就为殷璠及其他诗歌理论家总结诗歌艺术经验，提炼诗歌美学范畴提供了现实基础。二是中国诗歌理论的发展和深化。中国诗歌理论的历史源远流长，有着丰厚的理论积累。其间具有丰厚的理论意蕴、高度凝练的理论术语不计其数，这就为后人根据创作实践提出切合实际的理论范畴术语提供了理论背景和基础。殷璠着眼于创作实践，秉承丰厚的理论遗产，将历来流传已久的"兴"与"象"两个概念组合在一起构成了总结唐诗艺术美学经验的范畴——兴象。但"兴象"绝不是两个历史概念的生硬拼合，而是根据诗歌创作所提供的审美实践创建的一个新的诗歌美学范畴。

人们对"兴象"的理解常常作简洁的处理，以为"兴"就是情感，"象"就是外在物象、景物，"兴象"结合在一起，就是外物感动、引起情感活动而产生的一种情景交融的艺术境界。而实际上，立足于生动丰富的盛唐诗歌的创作实践，秉承着源远流长的诗歌理论精华，"兴象"的内涵并不限于人们简单理解的"情景交融"或"情景相生"。它是盛唐诗歌艺术成就的高度凝结，有着更为丰富的内在意蕴，揭示出更为复杂的艺术创作规律。

结合中国诗学史上对"兴"和"象"这两个概念的理解，我们对

"兴象"作如下界定："兴象"，作为"兴"和"象"两个名词概念组成的复合体，它不是一个偏正结构（如所谓"有兴发力之形象"），而是蕴含着对立统一关系的层深组合。"象"就是物象，指文学作品中写到的事物形象，或是通常所说的人生图画。"兴"应该是从钟嵘"文已尽而意有余，兴也"的说法中延伸下来，指诗歌表现上特具的那种言近意远、吞吐不尽的美学属性和艺术情趣。"兴"和"象"，都属于诗歌艺术构成的要素。"象"较为质实，偏于艺术形象的显在方面；"兴"更为空灵，构成艺术形象的潜隐部分。"兴象"合成一体，是要求诗歌形象除了外形的鲜明生动外，还需具备内在的兴味神韵，要能透过外表事象的描绘，导引和展示出内部涵藏丰富、包孕宏深的艺术境界来。

为了说明"兴象"所揭示的诗歌艺术境界的层深和隽永，我们不妨来看孟浩然的《永嘉上浦馆逢张八子容》诗：

> 逆旅相逢处，江村日暮时。众山遥对酒，孤屿共题诗。廯宇邻鲛室，人烟接岛夷。乡关万余里，失路一相悲。

殷璠在《河岳英灵集》孟浩然评语中有："至于'众山遥对酒，孤屿共题诗'，无论兴象，兼复故实"之语。所以，研读这首诗，也许可以弄清楚殷璠"兴象"的涵蕴。

孟浩然此诗就"象"——也就是我们常说的景物描写方面说，选取的是黄昏日暮时分，逆旅相逢，这一处馆舍不在热闹繁华的都市，而在较为荒僻的江村孤屿之上。他乡遇故知，对酒题诗，本是人生乐事，但乡关之思、失路之感，恰在日暮江村对酒题诗之时涌上心头，则诗中弥散在乡野宁静中的愁怨就如黄昏时分的夜岚愈来愈浓重。一般借景抒情的诗，景物的特色紧紧扣住情感，让人明显地感觉到景物是为抒情服务的，景物只是情感的陪衬。孟浩然此诗中人和自然密合无间，对酒吟诗似乎不只在诗人和朋友之间，众山、孤屿也参加了进来。但作者的真意似乎不在反映人与自然亲密无间以及人和自然相与相乐的热闹，"众山"

与"孤屿"之间的对比反差，很容易让人联想到诗人"沦落明代，终于布衣"的失路遭遇。细读第二联，有三个层次需要把握：第一层次是描写景物和叙事——孤屿、青山，与友朋相对饮酒赋诗；第二层次是寻常所说的情景交融——身在他乡江村孤屿客舍之中，与朋友相遇，对酒赋诗，畅叙友情，其乐融融，众山孤屿也似乎凑热闹，加入到诗人与朋友的相聚之中；第三层次是兴在象外——在此圣明时代，诗人却始终沦落，布衣终老，英雄失路之悲不禁涌上心头，似乎热闹是属于那些乘时英雄的，孤独寂寞失意才是属于诗人的。但联语于这种孤独失意的情感却不曾用力，所以古人评曰："孟公胸襟远旷，出语另有一种深长意趣，如此诗便自高华。"（《唐诗选脉会通评林》）

由以上分析可知，"兴象"是在情景交融之上的更深一层的抒情表意。因为兴象不光要求抒情与写景高度综合，还要求这种综合不单纯停留在"象内"世界这一个平面上，而要能形成"象"和"兴"、"象内"和"象外"的深层组合——一个"形象的二重世界"，这就和一般所谓情景相生或情景交融有了区分。明人胡应麟《诗薮》内编卷六云："盛唐绝句，兴象玲珑，情景交融，句意深婉，无工可见，无迹可寻。"清纪昀《挹绿轩诗集序》云："要其冥心妙悟，兴象玲珑，情景交融，有余不尽之致，超然于畦封之外者。"二人所论近乎玄，但也抓住了"兴象"的审美特征。"兴象"是一种冥心妙悟，以纯粹的审美把握方式创造出来的艺术境界，其所表现出来的美是一种玲珑透脱，情、景、词采、声韵混沦一气，寄托深微，无工可见，无迹可求的整体美。盛唐人所追求的也就是这种玲珑不可凑泊，浑化无迹的美。

三、推重唐诗，特别是盛唐诗。殷璠在《河岳英灵集序》中，站在诗史流变的立场上对魏晋六朝以至于盛唐的诗歌发展流变进行了概论。其中对唐初武德年间至开元年间的唐诗发展变化的论断颇为简明精到。他认为，武德初年，唐诗尚沿袭六朝余习，无多新变，走六朝缘情体物的老路；至贞观（627—649）末年，经过唐太宗及其文臣史家对六朝文学的批判，提出融合南北文学之长以发展唐代文学的主张之后，唐代文学开始走上正确发展的途路，渐渐脱去六朝绮靡之习，渐趋刚健明朗，感情充实，所谓"标格渐高"；至景云（710—712）年间，唐代文学经过"四杰"和陈子昂在理论上进一步澄清六朝余习，确立唐代诗歌重风骨、尚兴寄的基本审美质素，以及他们在创作上的大刀阔斧的变革，作品的题材、反映的生活面越来越宽广，诗人真实的情感在作品中得到淋漓尽致的抒发，对现实生活的慨叹亦寄寓于作品中。如陈子昂的《感遇》、《登幽州台歌》是这一时期的突出代表。殷璠所谓"颇通远调"也主要是就作品所具有的鲜明爽朗的情感、深远的寄托等特征而言的。开元十五年（727），也就是陈子昂去世 25 年以后，此时正好新一代诗人崛起于盛唐诗坛并处于创作旺盛时期。其时，孟浩然 39 岁，王昌龄 38 岁，李白、王维 27 岁，高适 26 岁，崔颢 24 岁，都处在才华横溢、精力弥满、诗情飞动的大好年华。他们都在盛唐诗坛上留下了不朽的诗篇，而且他们的诗体式多样，近体古体一应俱全，讲究声律辞藻，意境优美，格韵高华，情采飞扬，所以说"开元十五年后声律风骨始备"。

殷璠对唐诗自高祖武德年间至盛唐开元、天宝年间的唐诗发展作了简明的概括，勾勒了唐诗一百多年的发展历程，展示了唐诗脱胎六朝、批判六朝、创建唐音的渐进过程，准确到位，具有诗史的通观通识，对唐诗，特别是盛唐诗给予了高度评价，标举盛唐诗，十分鲜明地亮出了自己的唐诗观。这在唐诗学史上还是第一次。

总而言之，盛唐的诗学理论观照的主要对象就是当代的诗歌创作，而且，诗歌创作很好地印证了诗学理论。初唐时期所提倡的合南北文学之两长，"四杰"、陈子昂所追求的有风骨、重兴寄的诗歌理想，王昌龄倡导的诗境，李白所主张的清新天然，殷璠所讲究的声律、风骨兼备，这些人们认为唐诗所应该具备的质素都很鲜明而完美地在盛唐诗歌创作中体现出来，使得盛唐诗歌成为中国诗歌史上一种美的范型。

第三节　唐前期唐人的格法理论

　　格法是研究诗歌体式结构等方面问题的。张伯伟《全唐五代诗格汇考》考及全唐五代各类诗格著述 31 种，另存目 21 种。可见唐人关于诗歌格法问题的著述之丰富。

　　在一般人的心目中，中国古诗就是指格律诗，这一说法是不全面的。尽管如此，它却从一方面说明了中国古代的格律诗在人们的心目中留下了很深的印象。中国诗歌发展的实际情况是严格的格律诗到唐代才完型和成熟，唐人在构建唐音的过程中很重视诗的形式要素——声律、对偶、句式等形式问题，这些问题都属于诗歌格法问题。唐人使用"格"，其要义有三：一是体格、体制的法式或标准；二是用意、取象、定体之类较高层次的技巧或规律；三是作品的某种独特审美特征或感染人的艺术力量。概括起来说，在唐人的论述中"格"包括作品的体格、格式、格力等方面的意义。我们在此处谈唐人格法主要谈论诗歌的体制、格式方面的问题，具体说来，就是指声律、属对、句式等问题。

唐人声律论的主要内容

　　讲究声律是中国古代诗歌最为显著的特点。但声律问题被注意却迟至魏晋时期，较为系统的诗歌声律理论则至南朝永明年间才诞生。声律理论诞生之前，中国诗歌也讲究声韵节奏，大都纯任自然，不假雕琢，不受什么律令限制，我们称之为自然声韵阶段。声律论诞生以后，诗歌创作便有了诸多规定和避忌，在声韵的运用上不再像以前自由随便了，而要依据声韵规则回忌声病，用心揣摩不同声调的和谐使用问题，以达到诗语音节的谐畅和美，这就是人工声韵的阶段。自然声韵讲究声韵的自然流畅，偏重于情志的充分表达；人工声韵则更为重视诗歌声韵的人工锤炼，重视形式美、音韵美的讲求，以达到内在情志和外在形式的完美结合。人工声韵的讲求始于六朝，毁誉不一，至唐代经过改造后为世人全面接受，成为诗歌创作普遍遵循的法则。

永明声律论的主要内容简单地说就是四声八病。所谓四声即指汉字音平、上、去、入四种声调的总称。"四声"在诗歌创作中运用的主要特点是注意字句间不同声调的协调配合，其适用范围主要是五言诗，而其运用的重点又主要是在五言诗的一联之中，所谓"一简之内，音韵尽殊；两句之中，轻重悉异"（《宋书·谢灵运传论》）、"十字之文，颠倒相配"（沈约《答陆厥书》），对四声的运用范围和基本要求作了明确的说明。

关于四声的具体运用规则和要求，则涉及到所谓"八病"。"八病"就是指声律运用过程中必须回忌的八种病犯，即平头、上尾、蜂腰、鹤膝、大韵、小韵、旁纽、正纽等八种病犯。在八病之中，前四种病犯主要是讲四声在五言诗上下联之间的适用过程中必须回忌的声病，在当时是十分严格的规定，创作中很难完全做到，常常使人感到触处犯禁，动辄得咎。

唐人对声律论的发展主要体现在三个方面：四声的二元化，粘对规则的创立，对偶说的发展。

唐初诗坛的创作主体是以唐太宗为首的一批宫廷诗人，他们在创作中开始有意识地追求声律声韵。唐太宗后期，君臣酬唱宴饮之风大盛，唐太宗常常写一些律化的新诗，要求臣下赓和，一时间对声韵、对偶等技巧的讲求颇为盛行。但在相当一段时间里，声律并不普及，社会上精于此道者比较少见。卢照邻《南阳公集序》："八病爰起，沈隐侯永作拘因；四声未分，梁武帝长为聋俗。后生莫晓，更恨文律烦苛；知音者稀，常恐词林交丧。"所谓"后生莫晓"、"知音者稀"，当是就实际情况发论的。《朝野佥载》卷二载："冀州参军麹崇裕送司功入京诗云：'崇裕有幸会，得遇明流行。司士向京去，旷野哭声哀。'司功曰：'大才士，先生其谁?'曰：'吴儿博士教此声韵。'"这一段记载可说明两个问题：一是当时人们已经有意识地注意到诗歌的声韵问题；二是从所引诗的声律来看，既未押韵，复犯平头、蜂腰、鹤膝等声病，可见当时人们疏于声韵之道。

在这种情况下，研讨声律并在创作实践中示人以规范，使声韵逐渐推广开来，使人们逐渐精于此道，宫廷诗人功不可没。从太宗贞观后期到武后长安末年约六十余年的时间里，涌现出一大批探讨诗歌声律、病犯、属对等技巧问题的诗学论著，如佚名的《文笔式》、《诗格》、《诗式》，上官仪的《笔札华梁》，元兢的《诗髓脑》，崔融的《唐朝新定诗格》，旧题李峤《评诗格》等。其后天宝年间又有旧题王昌龄的《诗格》。张伯伟《全唐五代诗格汇考》一书中，考及自唐初至安史之乱前的唐前期这一时间段里，唐人诗格论著共九种，除上述八种外，尚有旧题魏文帝撰《诗格》。我们择其要者略加介绍。

首先应该注意的是宫廷诗人、诗论家上官仪。上官仪（约607—664），字游韶，陕州陕县人。《旧唐书》本传称，上官仪"本以文彩自达，工于五言诗，好以绮错婉媚为本。仪既显贵，故当时多有效其体者，时人谓为'上官体'"。

上官仪之诗以"绮错婉媚"为特征，其内容多为应制奉和，其诗在当时诗坛影响甚大。刘𫻎《隋唐嘉话》载："高宗承贞观之后，天下无事。上官侍郎仪独持国政，尝凌晨入朝，巡洛水堤，步月徐辔，咏诗云：'脉脉广川流，驱马历长洲。鹊飞山月晓，蝉噪野风秋。'音韵清亮，群公望之，犹神仙焉。"可见其诗之工美，其受人仰慕敬重之甚，也可窥见"上官体"之流布影响。他在唐诗学上的创建集中反映在其诗学论著《笔札华梁》中。《笔札华梁》在南宋之前已佚，但南宋初年旧题蔡传所编《吟窗杂录》卷一所收之魏文帝《诗格》，校以《文镜秘府论》有关内容，十之八九出于《笔札华梁》和《文笔式》，并与李淑《诗苑类格》引述的上官仪之说能相印证。张伯伟参校各种见在文献，得其大体，录于《全唐五代诗格汇考》一书。

《笔札华梁》主要论及诗的对属、病犯等方面的问题。今见《笔札华梁》的内容主要包括：八阶、六志、属对、七种言例句、文病、笔四病、论对属。在这些内容中，最有分量的是关于病犯与对属两个问题的论述。

关于病犯，上官仪《笔札华梁》首列"八病"之名，对前人有关声病理论和实践进行了总结，并使之凝定下来。稍后的元兢在《诗髓脑》中对声律、声病理论作了新的发挥，成为唐人可以遵循、易于操作的声律规则，促进了近体诗的完型。

上官仪《笔札华梁》的另一重要内容就是论对属问题。在《论对属》一节中，上官仪首先提出了属对的基本原则。他认为，对属乃为"文章"的起码要求。这里的"文章"，指的是包括诗歌在内的文学作品。对属常见的无非有两大类：一是正反相对，如"高"对"下"、"尊"对"卑"等；一是同类相对，如"一二三四"之数类相对，"东南西北"之方类相对。此外，则有"偶语重言，双声叠韵"等依据语言形式而相对者。总之，应遵循"以事不孤立"，相互"匹配而成"的原则。具体言之，一要"远近比次"；二要"大小必均"；三要"强弱须异"。与此相应，"异名"而"同体"则是属对之大忌，也就是说，同一个事物的不同名称绝不可以对属。

其次，上官仪也指出了一些具体的属对方法。常见的有："上下相承，据文便合"，即上下句的同位同类相对；"前后悬隔，隔句始应"，即隔句相对；"反义并陈，异体而属"，即反义相对；"同类连用，别事相成"，即一个句子中的同类对举，与另一个句子中的同类对举相对，共四种。但这只是常见的方法，上官仪还列举了诸如"上升下降"和"前复后单"两种不对之"对"以表明他更加灵活的属对原则。他反复强调，属对不仅要遵循一定的原则，更要灵活掌握，灵活处置，不可拘泥于固定的格套，"可于义之际会，时时散之"。

此外，《笔札华梁》中还有《属对》一节，提到九类不同名目的对属。宋人魏庆之《诗人玉屑》上卷七引李淑《诗苑类格》一段：

　　唐上官仪曰：诗有六对：一曰正名对，天地日月是也；二

日同类对，花叶草芽是也；三曰连珠对，萧萧赫赫是也；四曰
双声对，黄槐绿柳是也；五曰叠韵对，彷徨放旷是也；六曰双
拟对，春树秋池是也。又曰：诗有八对：一曰的名对，"送酒
东南去，迎琴西北来"是也；二曰异类对，"风织池间树，虫
穿草上文"是也；三曰双声对，"秋露香佳菊，春风馥丽兰"
是也；四曰叠韵对，"放荡千般意，迁延一介心"是也；五曰
连绵对，"残河若带，初月如眉"是也；六曰双拟对，"议月眉
欺月，论花颊胜花"是也；七曰回文对，"情新因意得，意得
逐情新"是也；八曰隔句对，"相思复相忆，夜夜泪沾衣；空
叹复空泣，朝朝君未归"是也。

　　从这些属对名目和词例、诗例看，前六对说的是词类对，后二对说
的是句对，从这种分类来说，上官仪已经注意到对属在诗中可用于单句
的结构和联语的构造，和南朝时人笼统地谈对偶俪辞问题而不加分类相
较，对问题的研究要细密、深刻得多。如六对、八对之中都有的双声对
和叠韵对，已经精细到每个字的字音的考究安排，将声韵与用字构句结
合起来，更加实用更加有利于近体诗的创作。特别是从单纯的遣词造句
的技巧提升到联语的构造，可以说是一个飞跃，因为后者已经涉及到诗
歌意境的营构等审美创造的重大问题。跟六朝相比，唐人已经将声律理
论的研究与诗歌审美创造较好地结合在一起，使之成为创造声韵流美、
意境优美的诗歌之利器。

　　上官仪之外，隋末唐初对声律问题的研究还有很多颇具代表性的著
作，如佚名的《文笔式》、元兢的《诗髓脑》等等。他们研究属对问题，
提出具体的属对方法，详细划分类别：如《文笔式》有 13 种对之说，
《诗髓脑》有八种对之说。其总的倾向是日益趋向于灵活、宽泛。佚名
的《文笔式》就有"意对"、"头尾不对"和"总不对对"几种，已经完
全打破了传统格套，更加自由灵活。

　　元兢的诗学论著《诗髓脑》主要分为"调声"、"对属"、"文病"三

个部分。其论诗之声韵与对属问题的突出特点有以下三个方面：

一、将传统的四声作二元化处理，简化放宽了声韵规则的限制。在
"文病"部分，元兢论"平头"说：

> 此平头如是，近代成例，然未精也。欲知之者，上句第一
> 字与下句第一字，同平声不为病；同上去入声，一字即病。

论"蜂腰"说：

> 诗曰："闻君爱我甘，窃独自雕饰。""君"与"甘"非为
> 病，"独"与"饰"是病。所以然者，如第二字与第五字同上
> 去入，皆是病，平声非病也。

从这两则解说看，元兢已将"平声"与"上去入"三声分成了两大类，
所缺的只是给"上去入"取一个总名而已。平声相犯不为病，比齐梁人
所规定的限制已经放宽了。一句中第二、第五字均可为平声，不算犯蜂
腰，则律诗中"平平仄仄平"的格式便能成为一格。

又"文病二十八种"中的"龃龉病"，在齐梁八病之外，其名称当
系元兢所加。凡五言诗句的中间三字，若有两字相连为上声、为去声、
为入声，如曹子建"公子敬爱客"句中"敬"、"爱"均为去声，即是犯
了此病。上官仪曾言及此病云："犯上声是斩刑，去、入亦绞刑。"元兢
则说："平声不成病，上去入是重病。文人悟之者少，故此病无其名。
兢按《文赋》云：'或龃龉而不安。'因以此病名为龃龉之病焉。"平声
字连用不为病，上去入声字连用则为病。也是将平声字与上去入三声字
区别开来。元兢在"调声"中又有"护腰"、"相承"之说：

> 护腰者，腰，谓五字之中第三字也。护者，上句之腰不宜
> 与下句之腰同声。然同去上入则不可，用平声无妨也。庾信
> 诗曰：
> 谁言气盖代，晨起帐中歌。
> "气"是第三字，上句之腰也。"帐"亦第三字，是下句之

腰。此为不调。宜护其腰，慎勿如此也。

相承者，若上句五字之内，去上入字则多，而平声极少者，则下句用三平承之。用三平之术，向上向下二途，其归道一也。三平向上承者，如谢康乐诗云：

溪壑敛暝色，云霞收夕霏。

上句唯有"溪"一字是平，四字是去上入，故下句之上用"云霞收"三平承之，故曰上承也。三平向下承者，如王中书诗曰：

待君竟不至，秋雁双双飞。

上句唯有一字是平，四去上入，故下句末"双双飞"三平承之，故云三平向下承也。

在对"护腰"、"相承"之法的分析中都是将平声与上去入三声对举，将它们作了"平"与"非平"的区分。虽无"平仄"之名，已有平仄之实。也就是说，声律中"四声"发展至元兢实际上已经二元化，简化放宽了声律规则，使得初唐人在创作中有较为宽松的声韵适用规则，加速了近体诗的成熟和繁荣。但元兢在这里论述的重点并不在四声的二元化的问题上，他是在说明"调声"的理论和方法，教人在创作过程中将平上去入四声按声律规则严格地安置在诗句中甚至整首诗中，以达到音韵错落有致、谐畅和美的效果。在论述过程中结合实例进行解说，生动适用，让人大可遵循效仿。

二、属对之法较前人更为精细，其诗学功能也更为丰富。元兢论对属，在上官仪"六对"、"八对"的基础上提出了"八种切对法"，即"正对"、"异对"、"平对"、"奇对"、"同对"、"字对"、"声对"、"侧对"。与上官仪"六对"、"八对"相对照，我们会发现元兢的"八种切对法"较上官仪内容更为丰富，也更为适用。如与上官仪相比，同是"的名对"，上官仪只列举了"天、地，日、月，好、恶，去、来，轻、重，沉、浮"等字词，元兢则从中细分出"平对"（若青山、绿水等）

与"奇对"（若马颊河、熊耳山，漆沮、四塞等），使得所对事物的性质更相契合。其他如"同类对"、"异类对"，元兢都较上官仪有更加细腻深刻的发挥。此外，元兢还独辟"声对"一类，指出："声对者，若'晓路'、'秋霜'，'路'是道路，与'霜'非对，以其与'露'同声故。"[1]"晓路"与"秋霜"本不相对，但因"路"与"露"谐音，才能构成对仗。这种属对之法已经突破前人，更为灵活，更为宽泛，也更为适用。

　　三、元兢最先比较完整地表述了近体诗粘对规则。元兢《诗髓脑·调声》曰：

　　　　换头者，若兢《于蓬州野望》诗曰：

　　　　飘摇宕渠域，旷望蜀门隈。水共三巴远，山随八阵开。桥形疑汉接，石势似烟回。欲下他乡泪，猿声几处催。

　　　　此篇第一句头两字平，次句头两字去上入；次句头两字去上入，次句头两字平；次句头两字又平，次句头两字去上入；次句头两字又去上入，次句头两字又平。如此轮转，自初以终篇，名为双换头，是最善也。若不可得如此，即如篇首第二字是平，下句第二字是用去上入；次句第二字又用去上入，次句第二字又用平。如此轮转终篇，唯换第二字，其第一字与下句第一字用平不妨，此亦名为换头，然不及双换。又不得句头第一字是去上入，次句头用去上入，则声不调也。可不慎欤！此换头，或名拈二。拈二者，谓平声为一字，上去入为一字。第一句第二字若安上去入声，第二、第三句第二字皆须平声。第四、第五句第二字还须上去入声，第六、第七句第二字安平声，以次避之。如庾信诗云：

　　　　今日小园中，桃花数树红。欣君一壶酒，细酌对春风。

---

① 　元兢《诗髓脑·对属》，张伯伟《全唐五代诗格汇考》页 118，江苏古籍出版社 2002 年版。

　　"日"与"酌"同入声。只如此体，词合宫商，又复流美，此为佳妙。

其引诗中凡与"平声"相对的第二句与第三句、第六句与第七句头两字，均为"去上入"三声混用。这表明四声二元化在元兢的"换头"说中已经定型，粘对规则也已成形。这段话有三点值得注意：第一，由此前论者多着眼于一联二句的声律协调，扩展而为一首五言诗整体声律的和谐搭配；第二，以五言八句诗为例证，改变了此前五言新体诗或六句或八句、十句乃至十二句以上的混乱局面，确立了五言律诗八句四十字的范型；第三，由每联两句间平仄相对的关系，发展为联与联之间平仄相粘的关系，在理论上界定了律诗的"粘式律"。

　　从上官仪到元兢，唐前期的格法理论得到了长足的发展，四声二元化、粘对规则及属对类别、方法都趋于细密化、定型化，齐梁以来的声律理论变得简洁明了，具有可操作性。在处理声病的时候，唐人表现出了十分豁达通脱的理论眼光和气度，汰除了"八病"说中"大韵"、"小韵"、"旁纽"、"正纽"等苛繁的要求，代之以实用性强的积极的声律、属对规则，为近体诗的完型和繁荣奠定了基础。

　　上官仪、元兢之后，与沈、宋同时稍后的诗学理论家崔融、李峤诸人，在声律、属对等格法理论方面亦有所研究，有所发挥。崔融《唐朝新定诗格》较之上官仪、元兢有关唐诗声律、属对等问题的论述进一步有所发明，提出了"九对"之说，即在前人"双声对"、"叠韵对"的基础上，提出了"切对"、"字对"、"声对"、"字侧对"、"切侧对"、"双声侧对"、"叠韵侧对"等新的名目，并予以简要解说。在"文病"条下，设有"相类病"、"不调病"、"丛木病"、"形迹病"、"翻语病"、"相滥病"等六条，发前人所未发。值得注意的是，在论及其中"不调病"时引上官仪《从驾间山咏马》"晨风惊叠树，晓月落危峰。定惑关门吏，终悲塞上翁"[①] 的后两句诗为例，可见崔融是从当时诗歌创作中存在的

————————————

① 《全唐诗》载上官仪此诗与此处有出入，后两句为"定惑由关吏，徒嗟塞上翁"。

实际问题出发，纠正时病，示学诗者以轨辙，具有实用价值。李峤《评诗格》内容上无新的发明，所论无出崔融之外，此不赘叙。

唐前期是一个热衷于探讨声律、病犯、属对等诗歌格法问题的时期，不但有许多诗歌理论家的结撰，诗人们也在创作中大显身手，崔融、李峤、杜审言、李适、崔湜、杨炯诸人都有不少合符格律、清新可读的五言诗，对近体诗的完型作出了贡献。当然，最有影响的要数沈佺期、宋之问。《新唐书·宋之问传》云："魏建安后迄江左，诗律屡变，至沈约、庾信，以音韵相婉附，属对精密。及之问、沈佺期，又加靡丽，回忌声病，约句准篇，如锦绣成文，学者宗之，号为沈、宋。"又《杜甫传》赞云："唐兴，诗人承陈、隋风流，浮靡相矜，至宋之问、沈佺期等，研揣声音，浮切不差，而号律诗，竞相沿袭。"可见，沈、宋二人在律诗的完型方面所作出的贡献是得到史家认同的。沈、宋二人最大的贡献是在上官仪、元兢所建立的声律理论的基础上，进行了大量的诗歌创作实践。沈佺期现存诗约160首，宋之问约200余首，其中近体诗的数量超过大半，其合律程度之高远超过同时期的其他诗人。有人曾就李适、李峤、宋之问、沈佺期、杜审言、杨炯诸人的五言诗进行过统计。宋之问现存四韵以上的五言新体诗共33首，合乎粘式律的就有31首，占93.93％；沈佺期四韵以上新体诗共有37首，合乎粘式律的有31首，占83.78％，高于李峤、杜审言、杨炯等人。可见沈、宋二人以诗歌创作实践促进了近体律诗的完型。至此，唐前期关于诗格诗法的探讨走完了从理论建构到创作实践的全过程，格律诗也在这一过程中成熟起来。罗根泽先生指出："诗格有两个兴盛的时代，一在初、盛唐，一在晚唐五代以至宋代的初年。"① 初盛唐，特别是初唐，诗格格法的研究适应近体诗完型的需要，如火如荼，热闹非凡。清人赵翼《瓯北诗话》有言："汉魏以来，尚多散行，不尚对偶。自谢灵运辈始以对属为工，已为律诗开端；沈约辈又分别四声，创为蜂腰、鹤膝诸说，而律体

---

① 罗根泽《中国文学批评史》页186，上海书店出版社2003年版。

始备。至唐沈、宋诸人，益讲求声、病，于是五、七律遂成一定格式，如圆之有规，方之有矩，虽圣贤复起，不能改易矣。盖事之出于人为者，大概日趋于心，精益求精，密益加密，本风会使然。故虽出于人为，其实即天运也。"① 也就是说，诗歌格法研究在初唐的兴盛，是"风会"使然，"天运"使然，是诗歌发展的必然所致。

唐前期格法理论的新变

诗格研究在初唐时期告一段落之后，盛唐时期出现新变。开始由注重声韵、属对、病犯的研究转向于立足声韵、对属而兼及体势风格的研究，将声韵、属对等诗歌写作技巧技术方面的问题与诗歌的整体风貌联系起来考察，这固然是声律理论进一步发展的必然结果，但也不能不说是唐人唐诗学理论的创造。这种新变在元兢关于"属对"和"病犯"的阐述中就已经露出端倪。

《文镜秘府论》东卷《二十九种对》引元兢《诗髓脑》论及八种切对之法：正对、异对、平对、奇对、同对、字对、声对、侧对。元兢于其中异对、奇对、字对、声对、侧对都有独到的发挥。论述的重点已由前人的讲究整饬精工转而追求变化流动之美。元兢认为"异对胜于同对"，因为"异对"能呈示不同事物的不同特性，从而显示物象的多样性，用在诗中可使诗意丰富而富于变化。而"同对"要求同类事物并列出现，则物象雷同，显得呆板滞涩，无变化之美。在论到病犯中的"丛聚病"、"长撷腰病"、"长解镫病"时，反对同类物象的"丛聚"，反对相同句式的连用，都是着眼于诗歌体势风格的变化。元兢认为："撷腰、解镫并非病，文中自宜有之，不间则为病。然解镫须与撷腰相间，则屡迁其体。不可得句相间，但时然之。近文人篇中有然，相间者偶然耳。然悟之而为诗者，不亦尽善者乎？"② 要求诗篇句式勤于变化，相参为

---

① 赵翼《瓯北诗话》卷十二，人民文学出版社 1963 年版。
② 元兢《诗髓脑·文病》，张伯伟《全唐五代诗格汇考》页 123，江苏古籍出版社 2002 年版。

用，以臻多姿多态。元兢在声律论中所表现出的这种新变，昭示着唐前期声律理论由关注诗歌外在形式的整饬精工到重视风格体式的转变。这既是声律理论发展完善的必然结果，也是唐人在声律理论方面的创建。

元兢之后，崔融的《唐朝新定诗格》虽在论及声病、属对等方面无多新见，但他借鉴上官仪的"八阶"、"六志"之说创立"十体"之论，从语言特色、艺术表现手法和意境表达方式等诸多方面将诗歌体貌风格归为"十体"。大致可分为三大类：一、属于论析诗歌语言特色的有"雕藻体"、"飞动体"、"清切体"三体，分别就诗歌语言的绮靡妍丽、飞扬灵动和清雅贴切等不同风格特色进行论述；二、属于论析诗歌艺术表现手法的有"直置体"、"婉转体"、"菁华体"三体，言及铺写物象、直陈其事，隐微含蓄、婉曲见义以及援引典事、巧用修辞等诗歌艺术表现手法；三、属于论析诗歌意境表达方式的有"形似体"、"质气体"、"情理体"、"映带体"四体，要求诗歌意境的表达或勾勒点染环境物事而达于逼真，或有"骨"有"气"而劲健宏壮，或情理一体而情理俱佳，或反复对举、相映成趣。十体之中有沿用六朝人习惯的如质气、飞动、清切，注重对诗歌风貌特征的把握；更有着眼于表现手法的如形似、情理、直置、雕藻、映带、婉转、菁华，注意到对具体艺术形式运用的分析。这一变化标志着诗歌批评由传统的才性批评向文本批评的转变，它是在唐初诗歌创作蓬勃发展，迫切要求诗人、理论家展开对诗歌文本研究的形势下产生的。

唐诗格法的研究发展到元兢，声韵、属对和病犯等有关近体诗的体制结构的技巧问题不但在理论上基本解决，而且在创作实践层面上也已得到认可。此后，人们若进一步研究诗歌格法理论势必展开新的视野。崔融"十体"之说发前人所未明，将基本的格法问题和诗歌风貌结合起来，探讨声韵、属对等技巧对诗歌整体风貌的影响，由此可以窥见唐中后期诗格研究的大致走向和内容概貌。

王昌龄《诗格》论及"十七势"。以"势"论文自南朝刘勰始，《文心雕龙·定势》有云："夫情致异区，文变殊术，莫不因情立体，即体成势也。势者，乘利而为制也。如机发矢直，涧曲湍回，自然之趣也。圆者规体，其势也自转；方者矩形，其势也自安：文章体势，如斯而已。"推原这段文字，刘勰所说的"势"当是指由文章体裁和所表现的情致相互作用所形成的外在风貌，有类于后世所言"风格"、"气势"等。隋代刘善经在其诗学论著《论体》、《定位》① 中亦论到"势"，指文学作品语言所表现出来的流动不息的气势。王昌龄《诗格·十七势》则主要就诗歌章法、句法等体式结构问题进行讨论。王氏云：

> 诗有学古今势一十七种，具列如后。第一，直把入作势；第二，都商量入作势；第三，直树一句，第二句入作势；第四，直树两句，第三句入作势；第五，直树三句，第四句入作势；第六，比兴入作势；第七，谜比势；第八，下句拂上句势；第九，感兴势；第十，含思落句势；第十一，相分明势；第十二，一句中分势；第十三，一句直比势；第十四，生杀回薄势；第十五，理入景势；第十六，景入理势；第十七，心期落句势。（张伯伟《全唐五代诗格汇考》）

细究"十七势"所论及的内容，可分为两大方面：一是论诗歌篇章结构之法，即关于"诗头"（第一至第六势）、"诗肚"（第八、第十一、第十四至第十六）、"诗尾"（第十、十七势）作法；二是论诗歌句法，涉及句式结构和修辞手法（第七、第九、第十二、第十三势）。王昌龄还在《论文意》中对其中重要关节进行了论述："夫诗，入头即论其意。意尽则肚宽，肚宽则诗得容预，物色乱下。至尾则却收前意。节节仍须有分付。"又云："诗头皆须造意，意须紧，然后纵横变转。"认为在诗歌的章法结构中，"诗头"的作法极为重要，影响着"诗肚"、"诗尾"的安排乃至全诗的风格。

《十七势》承续了崔融《十体》的基本精神，不再关注诗人才性，

---

① 刘善经《论体》、《定位》两文见于《文镜秘府论》南卷，参见王利器《文镜秘府论校注》本，中国社会科学出版社 1983 年版。

完全进入文本层面，通过摘句式的分析使体式落实为种种手法。《十七势》取例多自王昌龄的诗作，这已经是彻头彻尾的唐诗体式研究。

唐前期唐人格法理论的发展与唐人近体诗的发展成熟是相互为用的。唐初，近体诗还在声律、属对、病犯等基本技巧问题上磨合的时候，诗歌格法理论也就将眼光聚焦在声韵、属对、病犯等问题上，为近体诗的完型提供指导。近体诗完型之后，格法理论的研究则向纵深发展，将研究的重点转向体貌风格和章句结构等方面，而不再拘泥于基本格律和规范。这种转变发端于元兢，经崔融至王昌龄而达成。

第四节　创作与研究的同步

唐诗质素的确立是唐人长期探索的结果。唐人在理论上确立唐诗的质素和体式也就是对唐诗创作的认可和接受。诗学理论的发展源于创作经验的积累，而诗学理论的成熟与发展又会对创作产生良好的影响。唐前期的唐诗创作与唐诗研究无疑是同步发展的。

唐初的宫廷诗创作对应于唐初文臣史家对六朝文学创作经验的总结与接受，亦反映出唐代统治者对唐诗发展方向的预测与设定，虽然在具体把握上仍有所摇摆。总的说来，唐初的宫廷文人创作群体既写过较为质朴劲健的作品，又有不少承袭南朝绮艳风格的咏物之作。以唐太宗和虞世南为例，《全唐诗》录存唐太宗诗共86题，98首，其数量在当时的宫廷诗人中是首屈一指的，其诗歌体裁内容较为丰富：有追忆戎马征战、抒写豪情之作，也有描写景色、雕琢物事之作，甚至不乏追步齐梁的浮艳平庸之作。虞世南有集三十卷，已散佚，《全唐诗》录存其诗仅一卷，计32首。这些诗中既有歌功颂德、堆砌词藻的浮艳之作，也有英爽精工、清新刚健的边塞游侠之诗。其他人的创作情形大抵如此。

及至武后、中宗时期，先是位下名高、年少才茂的"四杰"在诗坛上崛起，猛烈抨击绮艳华靡的宫廷诗风，开阔了生活的视野，扩大了诗歌的题材，从宫廷走向社会，从台阁移至江山塞漠，给诗歌注入一种青春的朝气与活力。他们的诗作名篇后世有口皆碑，如王勃的《送杜少府之任蜀川》、杨炯的《从军行》、卢照邻的《长安古意》、骆宾王的《在狱咏蝉》等。继之，陈子昂举起复古革新的旗帜，扫荡齐梁遗风，高倡"汉魏风骨"，讲究比兴寄托，他所创作的《感遇》38首、《登幽州台歌》、《蓟丘览古赠卢居士藏用》7首，或有感于身世，抒发理想；或感慨悲歌，倾诉忧愤；或直面现实，讽刺时弊，都具有真情实感，质朴苍凉、寄托遥深，被誉为"唐之诗祖"（方回《瀛奎律髓》卷一）。与"四杰"、陈子昂同时占据诗坛的有一大批宫廷诗人，其实力甚至远远大于前者。武后和中宗继承太宗设馆招贤的传统，开设并扩大了修文馆，馆中有李峤等四大学士，李适等八学士，薛稷、宋之问、沈佺期等十二直学士，他们同另外的许多文臣组成了庞大的宫廷诗人集团。这时期宴饮酬唱赋诗的规模之大、次数之频繁以及制作的数量之多都远远超过前朝，其声势亦不亚于"四杰"、陈子昂等人。

　　这两种几乎对立的诗歌创作倾向，反映了当时诗坛对唐诗质素的认识的分歧。"四杰"、陈子昂诗歌创作抒发真实情感，追求"风骨"刚健，讲究比兴寄托，旨在确立唐诗的"风骨"与"兴寄"质素。而以上官仪为代表的宫廷诗人，其主要的创作倾向则是踵武六朝，题材较为狭窄，感情缺乏深度，追求形似精美，词藻华丽。可见唐诗应具有怎样的审美形态，在把握上还是很有差异的。但要看到，也正是这两股不同潮流相互碰撞所产生的合力，推动了唐诗质性的建构。反齐梁的复古论者高扬"风骨"与"兴寄"，为唐诗的发展与创新确立了方向；而追随新变的宫廷诗人讲究对仗、声韵等，亦为唐诗的声律与辞章走向精致典丽作出了贡献。尤其是近体诗的完型，更离不开上官仪和沈、宋等宫廷诗人的努力。赵翼《瓯北诗话》有云："至唐初沈、宋诸人，益讲求声病，于是五、七律遂成一定格式，如圆之有规，方之有矩，虽圣贤复起，不能改易矣。"高度评价了沈、宋在律诗定型过程中的贡献。

　　延及开元、天宝年间，两股思潮汇流，唐诗确立了自身完整的质性，更由于"风骨"、"兴寄"、"声律"、"辞章"诸要素的结合而形成"兴象"的审美境界。以"兴象"论诗，正足以概括那个时代诸多诗人诗作的艺术特质，包括以王、孟为代表的山水诗人群体，以高、岑为代表的边塞诗人群体，以及在诗坛上自由飞翔的伟大诗人李白。

　　王、孟的山水诗创作以空明澄澈的山水情怀观照山水，追求玲珑剔透、静逸明秀的诗境。其中王维的山水诗描绘了缤纷多彩的大自然，具有丰富多样的意境和风格：或从大处落笔，写出对大自然的总体感受和印象，气魄宏大，笔力劲健，意境壮阔；或以轻灵的笔触和匀润的色泽渲染溪山幽景，从纷繁的景物中摄取某个最为鲜明最为别致的具象加以刻画，并细致地表现景物瞬间声息动态的微妙变化。孟浩然的山水诗则长于表现大自然清幽的景象，创造出各具特色的清幽境界。如《宿业师山房待丁大不至》、《夏日南亭怀辛大》、《夜归鹿门歌》等名篇，写景清幽，情思亦清幽，主体与客体，思想境界与艺术境界，得到和谐统一。他善于运用白描手法，捕捉鲜活的景物意象，出神入化地刻画物象，以臻于清空之极境。如《晚泊浔阳望庐山》，施补华《岘佣说诗》评为"清空一气"、"最为高格"，"所谓羚羊挂角，无迹可求"。王士禛《带经堂诗话》更赞叹说："诗至此，色相俱空"。但孟诗亦有雄浑、壮逸之作。《吟谱》云："孟浩然诗祖建安，宗渊明，冲淡中有壮逸之气。"（胡震亨《唐音癸签》引）清人潘德舆也指出，其部分作品"精力浑健，俯视一切，正不可徒以清言目之"（《养一斋诗话》卷八）。王、孟之外，山水诗人还有储光羲、刘眘虚、常建、张子容、裴迪、卢象等人，他们的诗风格近于王、孟，亦能够刻画出山水的宁静之美和空灵境界。殷璠常以"兴"或"兴象"评价他们的山水诗，如评常建"其旨远，其兴僻"，刘眘虚"情幽兴远"，孟浩然"无论兴象，兼复故实"。在殷璠的眼中，王、孟等山水诗人的创作是合乎"兴象"的。

　　与王、孟山水诗人所表现的美不同，高适、岑参等为代表的边塞诗人出于强烈的功业心和使命感，向往立功边塞。他们在诗中借描写军旅生活和边塞风光表达自己渴望建功立业、实现理想的思想情感，也表达对社会和时事的看法。如高适的《燕歌行》、《送李侍御赴安西》、《塞下曲》、《武威作二首》等，或壮志满怀，粗犷豪放；或慷慨悲凉，感慨深沉。殷璠在《河岳英灵集》中称赞高适："诗多胸臆语，兼有气骨。"岑参与高适诗风相近。杜甫在《寄彭州高三十五使君适虢州岑二十七长史参三十韵》中说："高岑殊缓步，沈鲍得同行。意惬关飞动，篇中接混茫。"从此高、岑并称，后严羽在《沧浪诗话》中也说："高、岑之诗悲壮，读之使人感慨。"岑参一生曾两次亲历边塞，深入西北边陲，写下了不少优秀的边塞诗篇，如《白雪歌送武判官归京》、《轮台歌奉送封大夫出师西征》、《热海行送崔侍御还京》等。在这些诗中，军旅生活、边塞风情、异域风物，都变得神奇瑰丽。诗人用慷慨豪迈的语调和奇特的艺术表现手法创造了别具一格奇伟壮丽之美，意奇，语奇，调亦奇。殷璠评曰："参诗语奇体峻，意亦奇造。"实为的论。此外，王之涣、陶翰等人的诗也以气骨奇高、意境壮阔、苍凉慷慨见称。

在清幽的山水诗与壮丽的边塞诗之外，李白则天才逸气，任情而发，追求自然之美。"清水出芙蓉，天然去雕饰"既是李白诗的风格特征，也是李白诗歌创作的审美追求。李白曾经概括自己的创作过程曰："观夫笔走群象，思通神明，龙章炳然，可得而见。"（《冬日于龙门送从弟京兆参军令问之淮南觐省序》）意思是说，诗的灵感到来时，平日在生活中观察所获得的形象倏然而来，仿佛冥冥之中有神力相助，因而能够创作出生动逼真的作品。盛唐诗歌的"神来，气来，情来"，在李白的诗中表现得淋漓尽致。李白的作品中充满澎湃的激情和神奇的想象，既有气势浑大、变幻难测的壮丽，又有风神散朗、自然天成的明丽。其集中名篇佳什不胜枚举。

应该说明的是，追求自然天成、不假雕饰的艺术境界是盛唐诗人的共同艺术倾向。他们追求意境天成、出语天然，讲究全诗气韵流美圆转，将唐诗推上了中国诗歌艺术的顶峰。唐诗的创作到了开元、天宝年间，可谓万美齐备，各种风格和体派的诗都达到了美的极致，为后代唐诗的发展提供了多种范式。

　　要之，在唐诗学的发展过程中，唐前期的唐诗创作作为一种诗学形态，呼应了唐人对唐诗的研究，实践着唐人的唐诗观念，对推动唐诗学的发展起到了巨大的作用。我们在以往的诗学研究中，常常忽略"创作"作为一种诗学形态的意义和影响，这会使我们的研究带有一定的片面性，唐诗学研究中更是如此。

第三章
唐中期的唐诗研究
——自立后的初步展开

　　天宝十四载（755）十一月，安禄山起兵范阳，安史之乱爆发。唐王朝长期隐藏的各种矛盾终于白热化，各种社会危机全面激化。持续八年之久的安史之乱使得唐王朝的国力、民生遭受了极大摧残。史载："函、陕凋残，东周尤甚。过宜阳、熊耳，至武牢、成皋，五百里中，编户千余而已。居无尺椽，人无烟爨，萧条凄惨，兽游鬼哭。"（《旧唐书·刘晏传》）安史之乱后，藩镇割据、宦官专权、朋党之争成为唐朝社会的三大毒瘤，唐王朝从此风雨飘摇，盛世不再。惨烈的社会现实，盛与衰的巨大反差使得诗人心态发生了极大的变化。这种变化在诗歌创作中明显地表现出来，对比考察一下盛、中唐诗歌就可以清楚地看到："前者更富理想色彩，而后者更带生活倾向；前者更多的带着才气写诗的痕迹，后者更多的是功力；在诗的精神风韵上，仿佛由少年情怀而中年心境。"[1] 这种变化不只是反映在创作上，也反映在诗学观念上，更体现在唐诗学上。

---

[1]　罗宗强《隋唐五代文学思想史》页 100，中华书局 1999 年版。

第一节　选诗、品藻中唐诗主体地位的确立

选诗中的唐诗主体地位

自殷璠《河岳英灵集》出，唐人选唐诗在选诗观念、选诗体例各方面都已经成熟，作为一种诗学批评形态，它标举盛唐诗为唐诗正宗，以"风骨"和"兴象"作为唐诗的审美批评标准，影响后世极深极远。安史之乱后，唐人的唐诗观念随着唐中期诗歌创作的新变发生了极大的变化，是独立唐诗意识确立之后的展开与分化。

（一）元结《箧中集》

元结，字次山，唐代中期著名的诗人和古文家。编有唐诗选本《箧中集》一卷，收录盛唐沈千运、王季友、于逖、孟云卿、张彪、赵微明、元季川7家诗24首。自称书成于肃宗乾元三年（760），均取自"箧中所有"，故名。所选皆为五言古体，内容多抒发个人坎坷失意与生离死别之慨，风格质直古雅。《四库全书总目》称"其诗皆淳古淡泊，绝去雕饰"，明毛晋《汲古阁书跋》亦谓"磊砢一派，实中世所难"，但许学夷《诗源辩体》却认为此书"于唐律一无足采，而惟古声是取耳，岂识通变之道哉？"

元结在序文中感叹"风雅不兴，几及千年"，批评当时的诗风"拘限声病，喜尚形似，且以流易为词，不知丧于雅正"，明确指出了他的选诗标准和审美趣尚。其所选诗人诗作也表明，元结不满于唐初以来蓬勃发展的近体诗，认为它单纯追求声律、形式以及语言的流美，失掉了《诗经》质朴古雅、有益政教的传统。因而竭力推崇与近体诗大异其趣的古体诗作。

这种思想，元结在另外一些文章中表达得更为清楚具体。在《二风诗论》里，他表示"欲极帝王理乱之道，系古人规讽之流"；在《系乐府序》中，他主张诗歌应当起到"上感于上，下化于下"的作用。这一

切清楚地表明了元结的诗歌复古观念。他强调继承《诗经》讽刺比兴的传统，要求诗歌关心民生、关心现实，是值得肯定的。杜甫对此就大为赞赏，以为"复见比兴体制"，称扬其"两章对秋月，一字偕华星"（《同元使君春陵行并序》）。这一特重兴寄的倾向已孕育着唐诗未来分途的种子，并开启了中唐元白新乐府运动及其讽喻诗风。但是，从另一方面看，元结褊狭的复古思想置唐初以来近体诗创作的丰硕成就与经验于不顾，也表露了他对当时诗歌创作认识的不足。正如葛立方所评判的那样，杜甫对元结的赞扬，恐怕主要是赞同他诗歌中那种讽刺比兴的精神，"盖非专称其文也"。当然，元结《箧中集》的出现体现了唐人唐诗批评标准的趋向多元化，这样大胆的批判精神仍有其自身的价值。

（二）高仲武《中兴间气集》

高仲武，郡望渤海（今河北南皮）。大历十四年，编《中兴间气集》二卷，录唐肃宗至德元载（756）至代宗大历末年（779）26家诗130余首，以肃宗、代宗朝当安史乱后唐室"中兴"之际，故名。编选范围在时间上大体与殷璠《河岳英灵集》衔接，体例也略仿殷璠《河岳英灵集》，每位诗人名下皆附评语。对钱起、郎士元两人最为推重，分别置于上下卷之首，可见是一部以反映钱、郎为代表的大历诗风主要趋向的选本。后人从宗尚盛唐的观念出发，对其每有贬抑，以至陆游谓其"议论凡鄙"、"品评多妄"（《跋中兴间气集》）。而《四库全书总目》却赞许其"持论颇矜慎"、"大抵精确"。明胡震亨《唐音癸签》所云"殷璠酷以声病为拘，独取风骨；高渤海……似又专主韵调"，较为公允得当。这也正说明了高仲武与殷璠选诗标准的重大区别。

《中兴间气集》选诗标准为"体状风雅，理致清新"，即要求诗作无论内容、形式，均要符合清新、雅正的特点。这个标准在诗人评语中时有反映。如评钱起"体格新奇，理致清赡。……皆特出意表，标准古今"；评郎士元"郎公稍更闲雅，近于康乐"；评张继"诗体清迥，有道者风"；谓刘长卿"诗体虽不新奇，甚能炼饰"。通过选诗，可以进一步明了这个标准的具体内涵。在《中兴间气集》中，依题材言，对那些写景抒情的诗篇、诗句所选最多；依形式言，多选律诗，尤重五律，喜好构思新颖、语言清新流转、对偶工致的诗篇诗句。高仲武十分推重王维诗风从容闲雅的一面，在钱、郎的评语里，他声称钱、郎是王维之后两位最杰出的诗人。这样的审美趣味，可以说与大历诗歌的创作实际基本上是一致的。

总之，高仲武《中兴间气集》专选大历诗人诗作，是继殷璠《河岳英灵集》总结盛唐诗风之后，对唐代诗歌的又一次总结。其中对大历时期诗歌的创作趣尚、风格及其内在的时代精神都有所反映，为后人的唐诗研究又提供了新的领地和具有启发意义的经验。当然，其缺陷也是存在的。比如不重视唐诗风骨的发扬，已为后人指出；又如对刘长卿创作成就评价过低，亦是其不足之处。

（三）令狐楚《御览诗》

令狐楚，字悫士，祖籍敦煌（今甘肃），实居并州（今山西太原）。工于诗。所编《御览诗》，共选中唐诗人 30 家，收诗 286 首，起刘方平，至梁锽止。皆为大历至元和年间诗人，所选诗皆为五七言律诗绝句，尤以五言律诗和七言绝句居多。

《御览诗》书题下署"翰林学士朝议郎守中书舍人赐紫令狐楚奉敕纂进"。据此，我们可弄清楚两个问题：一是此书编纂的时间。据《旧唐书·令狐楚传》及《重修承旨学士壁记》，令狐楚于元和九年（814）为翰林学士，十二年（817）三月为中书舍人，八月因草裴度淮西招抚使制问，不合裴度意出院。由此可知，《御览诗》当编成于元和十二年（817）三月至八月间。二是该书为"奉敕"所编，当是为满足当时宪宗皇帝的阅读需要而编纂的。看来，此书的选诗标准不仅是编者自己的诗学偏好，更大程度上要体现统治者的喜好，借此亦可窥见当时整个社会的诗学宗趣。《御览诗》有明人毛晋的跋语曰：

　　唐至元和间，风会几更。章武皇帝命采新诗备览，学士汇次名流，选进研艳短章三百有奇。至今缺佚颇多，已无稽考。
间有顿易原题，新缀旧幅者，无过集柔翰以对宸严。此令狐氏
引嫌避讳之微旨也。

在毛晋看来，唐诗发展至元和年间，风会几经变易。令狐氏此选则是专
选"研艳短章"和"柔翰"之"新诗"以供皇帝备览。这些"新诗"有
何特点呢？元稹在元和十年作《见人咏韩舍人新律诗因有戏赠》，诗云：

喜闻韩古调，兼爱近诗篇。玉磬声声彻，金铃个个圆。高
疏明月下，细腻早春前。花态繁于绮，闺情软似绵。轻新便妓
唱，凝妙入僧禅。欲得人人服，能教面面全。延之苦拘检，摩
诘好因缘。七字排居敬，千辞敌乐天。殷勤闲太祝，好去老通
川。莫漫裁章句，须饶紫禁仙。

元稹在这里指出了"新律诗"的特点：音韵清妙婉转，多写"花态"与
"闺情"，细腻绵软，便于歌伎演唱，融会僧禅妙理。这实际上也是当时
诗坛风会。更有意思的是，以恢复儒家道统为己任的韩舍人韩愈竟也追
随时风，弃古调而作新律诗，且深受时人喜爱。

《御览诗》选"研艳短章三百有奇"，实际上是顺乎当时诗坛潮流，
迎合皇帝口味和时风的。它标示了大历以后诗歌宗尚的新变化。另一方
面，《御览诗》所选皆是近体律、绝，而全然不选古体古调，则明显地
反映出唐人选诗由重古体向重近体的转变过程：殷璠《河岳英灵集》选
诗重古体，近体诗只占全选的四分之一。到高仲武《中兴间气集》，近
体诗比例上升到 80%，其中五言律诗占到 60%，而七言极少。令狐楚
全选近体，且七言诗比例高于高氏所选。诗歌体式由古体而近体，由四
言而五言而七言是一个必然趋势。唐诗的发展过程也遵循这一规律。唐
人选本选诗由重古体转向重近体，唐诗研究的时代眼光凸显。

（四）姚合《极玄集》

姚合，吴兴（今浙江湖州）人，有《姚合诗集》十卷。颇精鉴赏，
编有《极玄集》。"极玄"之名当来自《老子》"玄之又玄，众妙之门"。

其《极玄集自序》曰：

> 此皆诗家射雕手也。合于众集中更选其极玄者，庶免后来
> 之非，凡廿一人，共百首。

极为简略地叙述了选诗的标准——"极玄"。所选21人分别是王维、祖咏、李端、耿㳘、卢纶、司空曙、钱起、郎士元、韩翃、畅当、皇甫曾、李嘉祐、皇甫冉、朱放、严维、刘长卿、灵一、法振、皎然、清江、戴叔伦。除王维、祖咏外，其余均为大历诗人。

《极玄集》的选录标准，姚合不曾有明白的解释，我们可以从两个方面来研究推测：一是将《极玄集》与《中兴间气集》的选诗情况加以对比，以见其旨趣；二是分析《极玄集》所选具体诗篇的风格，以观其宗尚。

《极玄集》所录诗人中，有钱起、郎士元、韩翃、皇甫曾、李嘉祐、皇甫冉、刘长卿、灵一、戴叔伦等9人此前曾入选《中兴间气集》，相同者达40％以上。就诗篇论，二集选诗相同者有21首，其中《极玄集》选戴叔伦8首中有7首与《中兴间气集》相同。两个选本在选择诗人诗作上存在较大比例的相同，自然是编选者有着共同的审美评价标准和诗学宗趣，之所以如此，乃是姚合对大历诗风的推崇与接受，更离不开社会文化背景的相似性。大历诗人处在唐王朝由盛转衰的时期，姚合则处在元和中兴失败之后唐王朝前途渺茫之时，士人心态内敛，视野狭窄，对社会现实的迷惘使得他们渐渐将注意力转向自我，关注个体情感，追求清新的理致。这使得姚合同高仲武一样，对大历诗风有一个大体上的认同。不同的是，姚合选诗上溯盛唐，精心挑选了王维、祖咏8首五言律诗置于卷首。盛唐诗人诗作林林总总，姚合独取王维、祖咏二人，不难推测其用意。王维、祖咏二人可以说是盛唐山水诗的代表，其诗模山范水，清幽淡远，且寓禅趣禅理。这正是姚合诗歌创作所追求的，也是姚合编选《极玄集》的旨趣所在。姚合此举显然是以王维、祖咏为范式，标举清幽淡远的诗风。再从诗人的取舍上，高仲武《中兴间气集》

所选 26 位大历诗人中，姚合只选了钱起、郎士元等 9 人，所以如此，也是诗学旨趣不同所致，钱起、郎士元等 9 人的诗风正是姚合所喜好的。以高氏所推崇的钱起、郎士元为例，高仲武评价钱起"文宗右丞，许以高格，右丞没后，员外为雄"，评郎士元"右丞以往，与钱更长，……两君体调，就中郎公稍更闲雅，近于康乐"，指出了钱、郎二人与王维诗风的关系。更应该注意的是，二集在选诗篇目上并不雷同，以钱起为例，《中兴间气集》选了 12 首，《极玄集》选了 8 首，相同的只有 2 首，即《裴迪书斋玩月之作》（《极玄集》题作《裴迪书斋望月》）和《送李长史赴洪州》（《极玄集》题作《送弹琴李长史赴洪州》）。这两首诗的情调以清幽冷寂为主。为了更清楚地说明问题，不妨举钱起《宿洞口观》为例，此诗《中兴间气集》未选：

> 野竹通溪冷，秋蝉入户鸣。乱来人不到，寒草上阶生。

全诗描写了一种荒凉冷寂的深秋景象，笼罩着冷清萧瑟的氛围，表达出一种孤独寂寞的情怀。

尤其值得注意的是，《极玄集》选了《中兴间气集》未选的 10 位大历诗人的诗作，其中最能体现姚合独特审美眼光的当是耿㳠和司空曙。姚合选了二人的诗作各 8 首，与钱起、郎士元、皇甫冉等列为选诗最多的诗人。关于耿㳠和司空曙的诗风，后人有较为允恰的评价：贺裳《载酒园诗话又编》云："耿㳠善传荒寂之景，写细碎之事。"《吴礼部诗话》云："司空文明结思尤精。"《唐诗品》云："文明诗气候清华，感赏至到……模写切至，景物萧然，虽桓大司马汉南之叹，无是过矣。"看来，姚合之取二人诗，其标准当是"荒寂"、"细碎"、"结思精"、"气候清华"、"景物萧然"等等。

此外，姚合还用了十分之一的篇幅选了四家诗僧之诗 12 首，比《中兴间气集》多出三倍。这些诗僧之诗，诗法精工，意境超然，清幽淡远，正是姚合所激赏的。

这些都较为明显地反映了姚合《极玄集》与高仲武《中兴间气集》

选诗宗趣的不同，其"极玄"二字之玄意也就豁然而解。

品藻中的唐诗主体地位

品藻当源于汉末的人物品鉴。汉代选官有察举与征辟两种方式。所谓察举，是由地方把那些有德行、有才干的人用"贤良方正"、"孝廉"等名义加以举荐，任以官职。所谓征辟，则是由中央和地方政府直接征召委任。不管是察举还是征辟，被选拔者都要在地方上得到美誉嘉声。与此相应，当时盛行人物评品。及至魏晋六朝，此风更盛。《世说新语》有"赏誉"和"品藻"等目，即是此种世风的反映。人物品鉴大多用生动的比喻、形象精炼的语言点染勾勒出人物的基本特点，其影响中国文学批评极为深远。唐人笔记中对文学人物的品藻较早的当是前已述及的《大唐新语·文章》篇所记载的张说与徐坚对李峤、崔融等当时文士的评点，其继承六朝人物评品善用比喻法之长，形象生动，开唐人文学品藻之风气。其后，杜甫、元稹、白居易、韩愈等也对同时代诗人有所评品。

（一）杜甫的唐代诗人品藻

杜甫诗歌创作方面主张"转益多师"，吸取各家之长，因此能包容历代诗人的成就，形成"集大成"的风格，对待同时的诗人也能够给予通达公允的评价。初唐时期完成律诗形式创建的杰出代表是沈佺期、宋之问、杜审言诸人。杜甫十分重视律诗的写作，对其祖杜审言非常推崇，自称"吾祖诗冠古"（《赠蜀僧闾丘师兄》）；对沈、宋也十分肯定，其《秋日夔府咏怀奉寄郑监李宾客一百韵》云："郑李光时论，文章并我先。阴何尚清省，沈宋欻连翩。律比昆仑竹，音知燥湿弦。"其诗虽是为了赞颂郑审、李之芳的诗，但也表现了他对沈、宋诗律精工的赞美。

初唐四杰时代略早于沈、宋，他们的五律颇有成就，可视为沈、宋之先驱。杜甫对他们颇为推崇，其诗有云："近代惜卢王"（《寄高适岑参三十韵》），"学并卢王敏"（《寄峡州刘伯华使君四十韵》）。在《戏为六绝句》其二中，杜甫对于当时有些人鄙薄"四杰"深表不满，对他们的作品给予了公正的评价，认为他们的作品虽不及汉魏文章，却也如"龙文虎脊"，光彩焕发，能够"不废江河万古流"，垂诸后世。

杜甫对陈子昂极为推崇，评价也极高。其诗《陈拾遗故宅》云：

> 位下何足伤，所贵者圣贤。有才继骚雅，哲匠不比肩。公
> 生扬马后，名与日月悬。……终古立忠义，《感遇》有遗篇。

认为陈子昂上继《诗经·小雅》和《离骚》，在蜀地著名文士司马相如、扬雄之后足以名垂不朽。杜甫对陈子昂的评价着重于两个方面：一方面是肯定其关心国计民生的思想内容；另一方面则是朴实刚健的文风。

杜甫对同时代的诗人李白、高适、岑参都十分赞赏，给他们以很高的评价。如评价李白：

> 白也诗无敌，飘然思不群。清新庾开府，俊逸鲍参军。
> （《春日忆李白》）
> 笔落惊风雨，诗成泣鬼神。（《寄李十二白二十韵》）

肯定李白诗想象丰富，飘然不群，其风格俊逸如鲍照、清新秀丽有似庾信，表现出对李白的倾慕。

评价高适则曰：

> 当代论才子，如公复几人？骅骝开道路，鹰隼出风尘。
> （《奉简高三十五使君》）
> 方驾曹刘不啻过。（《奉寄高常侍》）

兼评高适、岑参则曰：

> 意惬关飞动，篇终接混茫。（《寄高适岑参三十韵》）

赞美高适、岑参的诗俊爽刚健、风骨不凡，甚至可以凌驾曹刘之上。盛唐诗人力追建安风骨，高适、岑参是其中的佼佼者。杜甫是着重从风骨

的角度赞美高、岑的。

对擅长描写山水景物并以清丽见长的王维、孟浩然，杜甫也十分推崇。他赞美王维"最传秀句寰区满"（《解闷》），赞美孟浩然"清诗句句尽堪传"。以"秀句"、"清诗"概括王、孟山水诗的艺术特色，颇为精准。而"寰区满"和"尽堪传"则肯定了王、孟诗的影响和成就。

此外，杜甫还十分推崇元结一派风格质朴古雅的作品。认为元结的诗，语言质朴古雅，反映民生疾苦，重新强调诗教风雅传统。

杜甫在诗中评品过的同代诗人远不止这些，上述所举是其中较为重要的一部分，足见杜甫在评品同代诗人诗作时的通达态度，也是其"转益多师"的诗学主张的最好体现。

（二）元白的唐代诗人品藻

杜甫之后，对同时诗人诗歌的品藻较有代表性的当属元稹、白居易及韩愈。元、白在诗学主张上基本一致，倡导新乐府式的讽喻诗。二人的诗人诗作评品最具特色、对后世影响极为深远的当属对李杜的评品。

白居易从倡导讽喻诗论出发，对唐兴以来二百余年的诗歌发展史作出了评价，其中就牵涉到李杜的比较问题。《与元九书》中说：

> 唐兴二百年，其间诗人不可胜数。所可举者，陈子昂有《感遇诗》二十首，鲍鲂有《感兴诗》十五首。又诗之豪者，世称李、杜。李之作，才矣奇矣，人不逮矣；索其风雅比兴，十无一焉。杜诗最多，可传者千余首，至于贯串今古，覼缕格律，尽工尽善，又过于李。然撮其《新安》、《石壕》、《潼关吏》、《塞芦子》、《留花门》之章，"朱门酒肉臭，路有冻死骨"之句，亦不过三四十。杜尚如此，况不逮杜者乎？

很明显，这些评价是从提倡讽喻诗的立场出发，而未能对唐兴二百年以来的诗歌发展的特色与成就作出恰如其分的公允评价。在这一立场上，李白缺少风雅比兴，就连杜甫反映现实、讽刺时政的作品亦不过三四十首。明显地表露了白居易在评价标准上的偏颇。其实，在其他一些情况下，白居易对李白、杜甫有很高的评价：如《李白墓》诗有句云："可怜荒陇穷泉骨，曾有惊天动地文。"《读李杜集因题卷后》曰："吟咏留千古，声名动四夷。"对李、杜推崇备至。可见，从提倡讽喻诗的立场出发所作的评品并不代表白居易对唐诗的全部看法。

元稹，字微之。京兆万年（今陕西西安）人。工于诗文、书法和传奇，诗与白居易并称"元白"，是中唐"新乐府运动"的主要推动者之一。著有《元氏长庆集》。元稹的诗学主张与白居易大同小异，提倡讽喻诗和新乐府诗。其唐诗观亦受其诗学观念的影响很深，主要表现在以下两个方面：

一是对杜甫的评价。《乐府古题序》是元稹的一篇重要诗学专论。在这篇序文中，元稹对杜甫的乐府体裁的诗给予了特别赞美：

> 近代唯诗人杜甫《悲陈陶》、《哀江头》、《兵车》、《丽人》等，凡所歌行，率皆即事名篇，无复倚旁。予少时与友人乐天、李公垂辈谓是为当，遂不复拟赋古题。

认为杜甫《悲陈陶》、《哀江头》等诗篇，继承汉魏古乐府的现实主义精神，采用乐府诗体来反映时事，不沿袭古乐府的题目和题材，开创了创作新乐府的新途径。在《唐故工部员外郎杜君墓系铭并序》中，他说：

> 至于子美，盖所谓上薄《风》《骚》，下该沈宋，古傍苏李，气夺曹刘，掩颜谢之孤高，杂徐庾之流丽，尽得古人之体势，而兼今人之所独专矣。使仲尼考锻其旨要，尚不知贵其多乎哉？苟以为能所不能，无可无不可，则诗人以来，未有如子美者。时山东人李白，亦以奇文取称，时人谓之"李杜"。予观其壮浪纵恣，摆去拘束，模写物象及乐府歌诗，诚亦差肩于子美矣。至若铺陈终始，排比声韵，大或千言，次犹数百，词气豪迈而风调清深，属对律切而脱弃凡近，则李尚不能历其藩翰，况堂奥乎！

特别推崇杜甫，认为杜诗自《国风》、《离骚》以下，于苏、李之高古，曹、刘之气骨，颜、谢之孤高，徐、庾之流丽，沈、宋之律切，莫不旁搜博采，"尽得古人之体势，而兼今人之所独专"，是一位空前的集大成诗人。这个评价应当说是确实而中肯的。

二是李杜优劣论。元稹把杜甫与李白进行了比较，他认为在唐代诗坛，堪与杜甫比肩的惟有李白，视李杜为唐代诗歌创作的两座高峰。但是，元稹肯定李白，只限于他"摆去拘束"奔放不羁的诗风、"模写物象"的技巧及其所擅长的乐府歌行，至于说成为唐代近体诗标志的律诗特别是铺陈排比、属对律切的长律，李于杜则望尘莫及，"尚不能历其藩翰"。这个评价不免有失公允。究其原因，和元稹受杜甫后人之请为杜甫写墓志的身份有关，同时也反映了元稹个人酷爱长律的偏见，在一定程度上代表了那个时代较为普遍的审美趣尚。

这种言论的影响相当广泛。后世历代文人多因个人偏好、时代风尚等诸种原因，发表了许多有关李杜优劣的言论。赞同元稹者，如刘昫《旧唐书·杜甫传》、翁方纲《石洲诗话》等都很有代表性。但李杜双峰并峙，为有唐一代诗坛之双璧已成公论，唐人中就有杨凭、韩愈、杜牧、李商隐等力倡李杜并称论者，后世如元好问对元稹此说提出质疑也大有人在。不管怎么说，由于李杜在唐诗乃至中国诗歌史中的重要地位，李杜并称或李杜抑扬已构成历代唐诗研究中的重要论题之一。

（三）韩愈的唐代诗人品藻

韩愈对唐诗的批评主要表现在《荐士》、《调张籍》、《送无本师归范阳》等诗篇中。其《荐士》诗云：

> 国朝盛文章，子昂始高蹈。勃兴得李杜，万类困陵暴。后来相继生，亦各臻闳奥。

对陈子昂、李白、杜甫加以称美。李杜并称，屡见于韩愈诗章。如《醉留东野》云："昔年因读李白杜甫诗，长恨二人不相从。"《城南联句》云："蜀雄李杜拔。"《石鼓歌》云："少陵无人谪仙死，才薄将奈石鼓何。"足见韩愈对李杜的倾慕之情。《调张籍》云：

> 李杜文章在，光焰万丈长。不知群儿愚，那用故谤伤？蚍蜉撼大树，可笑不自量。伊我生其后，举颈遥相望。夜梦多见之，昼思反微茫。徒观斧凿痕，不睹治水航。想当施手时，巨刃磨天扬。垠崖划崩豁，乾坤摆雷硠。惟此两夫子，家居率荒凉。

《唐宋诗醇》乾隆批曰："此示籍以诗派正宗，言己所手追心慕，惟在李杜，虽不可几及，亦必升天入地以求之。籍有志于此，当相与为后先也。所以推崇李杜者至矣。"诗中对李杜诗歌雄伟非常、劲健壮阔的气势和构思取象不避艰险、怪怪奇奇的审美特色倍加赞叹，亦表明了韩愈自己的审美趣味。可以玩味的是，此诗虽李杜并称，但还是有倾向性的。程学恂《韩诗臆说》曰："此诗李杜并重，然其旨意，却著李一边多，细玩当自知之。"其原因当是李白诗中更多神奇瑰丽的意象。

韩愈还评价了同时代的诸多诗人，如《荐士》在称美李、杜之后，即对孟郊诗歌的审美特点进行了评价：

> 有穷者孟郊，受才实雄骜。冥观洞古今，象外逐幽好。横空盘硬语，妥帖力排奡。敷柔肆纤余，奋猛卷海潦。荣华肖天秀，捷疾逾响报。

又《贞曜先生墓志铭》云：

> 及其为诗，刿心鉥目，刃迎缕解；钩章棘句，掏擢胃肾；神施鬼设，间见层出。

韩愈先是指出孟郊诗的特点是构思搜求意象于幽冥窈深、常人思维所不到之处；诗的风貌或从容舒缓，或猛气奋飞，给人以突兀强硬之感，却又十分稳顺妥帖，有自然天成之致。李肇《国史补》云："诗章则学矫激于孟郊"。韩愈所云或许可用"矫激"二字概括之。接着，韩愈从阅读感受方面评价孟郊的诗，说读孟郊的诗如同被针棘兵刃刺痛心目，抽掏内脏一般，感到一种痛楚的美。但其诗思快利，表现事物有如神工，纷纭万象，无所不至。

孟郊之外，韩愈给予很高评价的诗人还有贾岛。其《送无本师归范阳》云：

> 无本于为文，身大不及胆。吾尝示之难，勇往无不敢。蛟龙弄角牙，造次欲手揽。众鬼囚大幽，下觑袭玄窨。天阳熙四海，注视首不颔。鲸鹏相摩窣，两举快一啖。夫岂能必然，固已谢黯黮。狂词肆滂葩，低昂见舒惨。奸穷怪变得，往往造平淡。蜂蝉碎锦缬，绿池披菡萏。芝英擢荒榛，孤翮起连菼。

称赞贾岛为诗搜奇抉怪，穷情尽变。其诗风格多样，有怪变奇诡者，亦有平淡自然者；有细碎狭小者，亦有舒展狂放者。诗中不乏惊警之句，深僻幽微之境。十分精到地指出了贾岛的诗歌美学风格。在唐诗发展史上，韩愈、孟郊、贾岛之诗实为一大变，主张苦吟为诗，刻意搜求，追求硬语盘空，气势谲怪。韩愈对孟郊、贾岛诗的评价实是宣示自己的诗歌美学追求。郊、岛之外，韩愈还对同时代的其他诗人诗作进行了批评，如《赠崔立之评事》云："才豪气猛易语言，往往蛟螭杂蝼蚓。"《卢郎中云夫寄示送盘谷子诗两章歌以和之》云："闭门长安三日雪，推书扑笔意慷慨。旁无壮士遗属和，远忆卢老诗颠狂。开缄忽睹送归作，字向纸上皆轩昂。"分别评价了友人崔立之、卢云夫的诗风。

唐诗品藻中的唐诗主体地位的确立是唐代唐诗学走向独立迈出的重大一步，表明唐诗学已在各种批评形态中延伸和生长。

第二节　阅读、批评与写作中诗学观念的分流

时至中唐，诗学宗趣各异，对唐诗的批评取舍亦呈现出多样性。如前文所论到的，唐中期前段，元结推崇沈千运复古一派，要求诗歌发挥讽谏作用，能够救时劝俗，而反对当时讲究词藻、声律的近体诗，主张

写古朴的古体诗。皎然则与之背道而驰，认为诗歌的主要功用不在规讽、教化，而在于娱情悦性，转而追求辞藻的典丽精工、情韵的自然流畅、格力的遒劲壮逸。因此，他对沈千运等《箧中集》诗人评价不高，将他们置于情格俱下的第五格。同是评价大历诗人，高仲武《中兴间气集》专选大历诗人诗作，对大历诗人作品给予充分肯定，认为它们"体状风雅，理致清新"，于大历诗作格力柔弱之病全然不顾。皎然则又抓住大历诗人气格柔弱之病加以批判，只肯定大历末年诗人们改弦易辙之后的格力劲健的作品。其诗学观念之分流于此可见一斑。这种状况到元和年间，表现更加明显，李肇《国史补》论曰："元和以后，为文笔则学奇诡于韩愈，学苦涩于樊宗师。歌行则学流荡于张籍，诗章则学矫激于孟郊，学浅切于白居易，学淫靡于元稹。"道出这一时期唐诗风格选择的多样性。

皎然"五格"品唐诗

皎然，字清昼，本姓谢。《诗式》是现存唐人文学理论著作中分量最大的一部，从多方面论述了作诗的原则和方法。其条目文辞简要，内容却较为丰富。这种近于语录式的写法可能受禅宗语录的影响，与皎然身在释门有关。皎然论诗，重"作用"，认为诗歌创作必须苦心经营，才能在立意取境、遣词造句等方面有所创造，但表现时则须从容自然，不假雕饰，不露痕迹，而且要含蕴深远，有"文外之旨"，也就是经由人工锻炼以达到妙造自然之境。他重"中和"、"适度"之美，提出了诗有"四不"、"四深"、"二要"、"六至"等创作原则。

五格品诗在《诗式》中所占比重很大，是皎然的诗学观念在诗歌批评中的具体运用，皎然的唐诗观就融贯其中。所谓"五格"见于《诗式》卷一"诗有五格"条：

> 诗有五格：不用事第一；作用事第二；直用事第三；有事无事第四；有事无事，情格俱下第五。

首标不假用事，情格自胜；次为作意用事而痕迹不显；三为用事直露；四为用事无效等于无用；五则用事无效且情格俱下。所谓"用事"，一般认为在诗中征引古事、运用典故等就是用事。皎然则不一概视之为用事，将借古事以抒发自己的情志与叙说古事区别开来，以前者为比，后者为用事。其实两者的区别仅在于前者作用之功浑化无迹又能发抒情性，而后者直叙古事，痕迹明显。可见，皎然将诗歌分为"五格"，其根本标准就是"真于情性，尚于作用"。以情性为诗歌之根本，同时又不废锻炼之功。所谓"格"，《诗式序》曰：

> 今所撰《诗式》，列为等第，五门互显，风韵铿锵，使偏
> 嗜者归于正气，功浅者企而可及，则天下无遗才矣。

五格相当于"五门"，有"列为等第"的用意。所以，简单地说，"格"即"类别"、"等第"之意。但在《诗式》中，"格"的涵义还指"体格"、"气格"。

（一）不用事第一格

"不用事"就是任情任性，自然而发，诗中不涉典事。皎然称为"情格并高"。在这一格中，皎然举汉班婕妤、苏武、蔡邕、《古诗》以至魏晋齐梁时谢朓、江淹、吴均等的诗句为例，来说明"不用事"、"情格并高"，这些汉魏古诗全任自然情形，随口而出，不假雕饰，情格并高，实是诗歌创作的最高境界，后人难以企及。此格中几乎没有例举唐人诗句，只在这一格的总评中有一段话：

> 又有三字物名之句，仗语而成，用功殊少，如襄阳孟浩然
> 云："气蒸云梦泽，波撼岳阳城。"自天地二气初分，即有此六
> 字，假孟生之才加其四字，何功可伐，即欲索入上流邪？若情
> 格极高，则不可屈；若稍下，吾请降之于高等之外，以惩
> 后滥。

这里举了孟浩然的名句，但认为它"仗语而成，用功殊少"，并非情格

俱高之句，"请降之于高等之外"，评价不甚高。《文镜秘府论·南卷》引皎然云："或引全章，或插一句，以古人相粘二字三字为力，厕丽玉于瓦石，殖芳芷于败兰，纵善，亦他人之眉目，非己之功也。"胡震亨《唐音癸签》卷五云："孟氏洞庭一联，皎然论诗降居中驷，良有深旨。"这"深旨"当是指皎然认为孟氏此联用功不深，创意造言不精。皎然有此说，究其原因当是唐中期主意诗学萌生导致对苦吟诗派的认同。《诗式》中有关议论可以见证：

> 夫诗人之思初发，取境偏高，则一首举体便高；取境偏逸，则一首举体便逸。才性等字亦然。体有所长，故各功归一字。（《辩体有一十九字》）

> 或云，诗不假修饰，任其丑朴，但风韵正、天真全，即名上等。予曰：不然。无盐阙容而有德，曷若文王太姒有容而有德乎？又云，不要苦思，苦思则丧自然之质。此亦不然。夫不入虎穴，焉得虎子？取境之时，须至难至险，始见奇句。（《取境》卷一）

对诗格、诗境的讲究导致苦思立格、苦思取境的诗学观念的出现，皎然的这些理论论述和诗评是唐人诗格诗境理论发展的结果，是唐中期主意诗学观念萌生后的必然产物，是苦吟诗派的理论宣言。

（二）作用事第二格

"作用事"指诗中涉及事典，但并不直用其原意，而是经过作用锻炼，使之浑化无迹，或是引古事作比以申自己的情志。皎然此格的命意在于"尚作用"。此格引用了四十多家诗人诗句，其中引唐人诗八家，分别是宋之问、沈佺期、李峤、杨师道、孟浩然、杜审言、阎朝隐、王维。其中引宋之问五例，沈佺期三例，最多；李峤、孟浩然各二例，次之；其余杨师道、杜审言、阎朝隐、王维各一例，皆为初盛唐时期诗人诗作，其中多为近体诗。并有《律诗》一条专论沈、宋之诗曰：

> 楼烦射雕，百发百中，如诗人正律破题之作，亦以取中为

高手。洎有唐以来，宋员外之问、沈给事佺期，盖有律诗之龟
鉴也。但在矢不虚发，情多、兴远、语丽为上，不问用事格之
高下。

由此可见皎然对唐人律诗的赞许。皎然是极为推崇谢灵运的，认为《诗经》、《楚辞》之后，以谢灵运诗歌成就最高。他赞美谢灵运诗"尚于作用"而又"风流自然"。将这些唐人诗作与谢灵运放在同一格，足见皎然对他们的评价之高。

（三）直用事第三格

"直用事"即事直露。相对于第二格"作用事"，二者都用事，不同的是："直用事"征引古事，少作用之功而流于刻露。此格引诗例颇多，上起汉代，下至唐中期。其中引唐人诗十八家：唐太宗、宋之问、沈佺期、陈子昂、阎朝隐、崔融、崔颢、章玄同、王昌龄、张九龄、王维、祖咏、钱起、杜甫、朱放、僧灵一、韩翃、刘长卿等。引诗较多者为唐太宗四例，宋之问七例，张九龄八例，陈子昂、王维、钱起各三例。这表明在皎然论诗视野中，唐代诗人甚或同时代的诗人如钱起、刘长卿、朱放、僧灵一、韩翃等都占有一定分量。他的诗歌批评具有鲜明的时代特征。在这一格中有三个问题值得我们注意：

一是关于陈子昂。皎然在这一格的卷首专设一条：论卢藏用《陈子昂集序》，足见他对关于陈子昂问题的重视，急欲一申自己的观点：

卢黄门《序》，评贾谊、司马迁，"宪章礼乐，有老成之风"；让长卿、子云"'王公大人'之言，溺于流辞"。又云："道丧五百年而有陈君乎！"予因请论之曰：司马子长《自序》云，周公卒五百岁而有孔子，孔子卒五百岁而有司马公。迩来年代既遥，作者无限，若论笔语，则东汉有班、张、崔、蔡；若但论诗，则魏有曹、刘、三傅，晋有潘岳、陆机、阮籍、卢谌，宋有谢康乐、陶渊明、鲍明远，齐有谢吏部，梁有柳文畅、吴叔庠。作者纷纭，继在青史，如何五百之数独归于陈君

乎？藏用欲为子昂张一尺之罗盖，弥天之宇，上掩曹、刘，下
遗康乐，安可得耶？……此《序》或未湮沦，千载之下，当有
识者，得无抚掌乎？

很明显，皎然认为卢藏用对陈子昂评价过当，对魏晋六朝众多杰出人物
视而不见。对于陈子昂，皎然的评价显然不如卢藏用高。在《诗式》卷
五"复古通变体"一条中，他将沈、宋和陈子昂并论，认为"陈子昂复
多而变少，沈、宋复少而变多"。从《诗式》全书选用诗例的情况来看，
皎然在第二格中选用了宋之问五例、沈佺期三例，而没有选用陈子昂的
诗句；第三格中选用宋之问七例、沈佺期二例，选用了陈子昂诗句三
例，将陈子昂置于沈、宋之下的倾向性极为明显。其所以如此，当是皎
然评诗重在艺术造诣，重新变，贵创新，而不太重视诗的美刺比兴
功能。

二是皎然对李、杜的评价问题。皎然在这一格中引用了杜甫《哀江
头》中的诗句，《诗式》中举杜甫诗也仅此一例。皎然欣赏此诗大概是
因为此诗哀悼唐王朝社稷倾覆、玄宗出走、杨贵妃被杀，感情深沉，意
旨婉曲，情与格近于王粲《七哀》诗的缘故。而在《诗式》五格中，李
白的诗则一例也没有，只在卷一《调笑格一品》中引用了李白《上云
乐》"女娲弄黄土，抟作愚下人。散在六合间，濛濛若沙尘"一首为例，
而在这一格的评语中则曰"此一品非雅作，足以为谈笑之资矣"。从上
述情况来看，皎然对李、杜的伟大成就认识还很不够。这可能是大历、
贞元年间，李、杜在诗歌创作上的艺术成就还不被时代公认的缘故。等
到元和、长庆年间，韩愈、元稹出，李、杜的杰出之处才被人们充分
认识。

三是对张九龄、王维的评价问题。皎然在这一格中例举张九龄的诗
句有八例之多，王维有三例。此外在第二格中举王维一例，第四格中另
举张九龄四例。可见其对张、王二人的重视。皎然之推崇张、王二人重
在体、辞与理三个方面，这可从他的《读张曲江集》中找到答案。他称

赞张九龄诗说:"春杼弄湘绮,阳林敷玉英。飘然飞动姿,邈矣高简情。后辈惊失步,前修敢争衡。……体正力已全,理精识何妙。"重在辞采似"湘绮"、"玉英"而又具有"飘然飞动"之姿、高妙简古的情韵,讲究体制雅正、识理精妙。这两点也正是王维诗所具有的。从这里我们一方面可以窥见中晚唐时期追求辞采、情韵的惟美诗歌理论的萌芽,另一方面也可以较为清楚地感受到讲究理趣的宋型诗歌理论的声息。

(四)有事无事第四格

"有事无事"即指用事无效,不能关乎诗情。皎然于此格标题下注曰:"于第三格情格稍下,故居第四。"意即不管用事如何,只要情与格低于第三格,就属第四格。此格中选唐人诗例颇多,有二十九家,其中例诗较多者为宋之问十例、沈佺期六例、张九龄四例、王维十三例、祖咏六例、钱起五例。在这些诗例中,一些至今布在人口的名篇佳句大多包含其中,如:

> 宋之问《渡江汉》:岭外音书断,经冬复历春。近乡情更怯,不敢问来人。
> 杜审言《早春游望》:云霞出海曙,梅柳渡江春。
> 张九龄《望月》:海上生明月,天涯共此时。
> 王维《田家》①:漠漠水田飞白鹭,阴阴夏木啭黄鹂。
> 王维《汉江临泛》:楚塞三湘接,荆门九派通。江流天地外,山色有无中。
> 常建《吊王将军墓》:战余落日黄,军败鼓声死。
> 钱起《湘灵鼓瑟》:流水传湘浦,悲风过洞庭。曲终人不见,江上数峰清。

皎然例举其前辈诗人和同时代人的诗作加以评点,显示其诗歌批评和诗歌理论的当代性和现实针对性,直接面对当下诗歌创作中存在的得

---

① 此诗标题应为《积雨辋川庄作》,皎然或有误。

与失进行理论研究，以期对当时的创作有所补益。具体说来，皎然以五格论诗就是为了提高唐诗的"情"与"格"，"使偏嗜者归于正气，功浅者企而可及"。应该指出的是，皎然将这些布在人口的名篇佳句列在第四格，评价失当，甚至有失公允。与殷璠《河岳英灵集》评点同一诗人诗作相比，显得太低。

（五）有事无事情格俱下格

此格谓用事无效，且情格俱下。即不管用事如何，只要体格不高、情志卑下之作，都归入最劣下一格。此格中引诗自南北朝至于唐代，家数颇多。其中唐代有35家。在这一格中，有两个问题值得注意：一是关于沈千运、孟云卿等《箧中集》诗人的评价问题。皎然在前四格中未曾例举他们的诗句，仅在第五格举出其诗句，说明在皎然的心目中，《箧中集》诗人的诗作情格俱下。而《箧中集》诗人属中唐复古派，是元结乃至杜甫都推崇的一派。这种评价上的出入说明皎然对复古派诗人的轻视，这与前面论到的将陈子昂置于沈、宋之下同出一个立场，即反对复古，主张新变。二是关于大历诗人的评价。这一格中所举钱起、严维、皇甫冉、李嘉祐等皆为大历年间著名诗人，皎然在此前的第三、第四格中也曾例举大历诗人诗作，但不及第五格多，说明皎然一方面对大历诗人的优秀之作给予较高评价，一方面也不满大历诗人作品，认为其情格俱下的作品居多。造成这一状况的原因，皎然在"有事无事第四格"中"齐梁诗"一条论述极为明确：

> 大历中，词人多在江外，皇甫冉、严维、张继、刘长卿、李嘉祐、朱放，窃占青山白云、春风芳草以为己有。吾知诗道初丧，正在于此，何得推过齐梁作者？迄今余波尚寝，后生相效，没溺者多。大历末年，诸公改辙，盖知前非也。如皇甫冉《和王相公玩雪诗》"连营鼓角动，忽似战桑乾"；严维《代宗挽歌》"波从少海息，云自大风开"；刘长卿《山鹧鸪歌》"青云杳杳无力飞，白霜苍苍抱枝宿"；李嘉祐《少年行》"白马撼

金珂，纷纷侍从多。身居骠骑幕，家近滹沱河"；张继《咏镜》
"汉月经时掩，胡尘与岁深"；朱放诗"爱彼云外人，来取洞底
泉"。已上诸公，方于南朝张正见、何胥、徐摛、王筠，吾无
间然也。

皎然以为这些大历诗人到大历末年，改弦易辙，自悟前非，才写出了较
为劲健壮丽的诗篇，也就可以和南朝时的张正见、徐摛、王筠等人比
肩了。

纵观《诗式》五格品诗，有两个较为明显的倾向：一是皎然推崇汉
魏古诗，对唐诗的伟大成就估价不足，特别是对为后来历史所公认的
李、杜的艺术成就和在诗史上的地位未能给予足够的注意。二是在选诗
时，以五言诗为主，七言极少，特别是擅长七言歌行的李白、高适、岑
参、李颀等的七言诗更是一例未见。而七言较之五言，有很多优势在，
是诗体进化的自然趋势。皎然忽视了这一点。

元白的唐诗观

白居易是中唐时期的伟大诗人，同时也是伟大的诗歌理论家。此时
的唐朝，国势日渐衰微，各种社会矛盾日益加剧。白居易深感作为诗人
的使命在于用诗歌讽喻君王，补时救弊。因此，他特别强调诗歌的社会
功用，大力提倡写讽喻诗。在《与元九书》中，他说：

> 自登朝来，年齿渐长，阅事渐多，每与人言，多询时务；
> 每读书史，多求理道，始知文章合为时而著，歌诗合为事而
> 作。……仆当此日，擢在翰林，身是谏官，手请谏纸，启奏之
> 外，有可以救济人病，裨补时阙，而难于指言者，辄咏歌之。
> 欲稍稍递进闻于上，上以广宸聪，副忧勤；次以酬恩奖，塞言
> 责；下以复吾平生之志。

白居易把"歌诗合为事而作"作为讽喻诗的主要精神，认为讽喻诗可以
"救济人病，裨补时阙"。为了达到这一目的，他要求诗歌作品"首句标

其目，卒章显其志，诗三百之义也。其辞质而径，欲见之者易谕也；其言直而切，欲闻之者深诫也；其事核而实，使采之者传信也；其体顺而肆，可以播于乐章歌曲也。总而言之，为君、为臣、为民、为物、为事而作，不为文而作也。"（中华书局版顾学颉校点本《白居易集》卷三《新乐府序》）白居易诗歌作品的语言通俗流畅，在唐代诗坛上形成了一道独特的风景。

元稹在诗学观念上与白居易同声相应，也提倡讽喻诗和新乐府诗。元稹写了许多不同体制和题材的诗歌，其中他重视的是讽喻诗。在《进诗状》中说：

> 臣九岁学诗，少经贫贱；十年谪官，备极恓惶。凡所为文，多因感激。故自古风诗至古今乐府，稍存寄兴，颇近讴谣，虽无作者之风，粗中道人之采。自律诗百韵至于两韵七言，或因朋友戏投，或以悲欢自遣，既无六义，皆出一时，词旨繁芜，备增惭恐。

元稹重视讽喻诗，因为其中有"寄兴"，又"近讴谣"，能"粗中道人之采"。而认为律诗"无六义"，且"词旨繁芜"。如此看来，元稹与白居易一样，是以《诗经》六义或风雅比兴为衡量标准的，要求诗歌密切关注国计民生，为政治服务。将唐诗创作引上了重政教尚浅易的道路。

元白的新乐府创作"因事立题"、"即事名篇"，有着共同的美学价值取向。在内容上，以《诗经》"六义"或曰"风雅比兴"为标准，主张诗歌关心现实、关注社会、反映民生疾苦，起到讽喻、寄托作用；在形式上，以《诗经》和汉乐府民歌为范式，强调形式和内容的一致。新乐府创作还得到张籍、王建、李绅等的赞同，在当时的诗坛上形成了热潮。新乐府之外，元稹等人还创作古题乐府。古题乐府有的沿袭古题，有的借古题以寓时事。元稹更赞赏后者，其《乐府古题序》云："沿袭古题，唱和重复，于文或有短长，于义咸为赘剩；尚不如寓意古题，刺美见事，尚有诗人引古以讽之义焉。"

元稹唐诗观的另一方面是对律体诗的赞赏。白居易《余思未尽，加为六韵重寄微之》云："制从长庆辞高古（微之长庆初知制诰，文格高古；始变俗体，继者效之也），诗到元和体变新（众称元白为'千字律诗'，或号'元和体'）。"元稹在《酬乐天余思不尽加为六韵之作》云："次韵千言曾报答。"自注云："乐天曾寄予千字律诗数首，予皆次用本韵酬和，后来遂以成风矣。"从二人的诗书往还酬答之中可以看出，二人对所为长篇律体诗都颇为自得。元稹在《上令狐相公诗启》：

> 某始自御史府谪官于外，今十余年矣，闲诞无事，遂用力于诗章。日益月滋，有诗向千余首。其间感物寓意，可备矇瞽之讽达者有之；词直气粗，罪戾是惧，固不敢陈露于人。惟杯酒光景间，屡为小碎篇章，以自吟畅。然以律体卑痹，格力不扬，苟无姿态，则陷流俗，常欲得思深语近，韵律调新，属对无差，而风情自远，然而病未能也。江、湘间多有新进小生，不知天下文有宗主，妄相仿效，而又从而失之，遂至于支离褊浅之词，皆目为"元和诗体"。某又与同门生白居易友善，居易雅能为诗，就中爱驱驾文字，穷极声韵，或为千言，或为五百言律诗，以相投寄。小生自审不能有以过之，往往戏排旧韵，别创新词，名为次韵相酬，盖欲以难相挑耳。江、湘间为诗者，复相仿效，力或不足，则至于颠倒语言，重复首尾，韵同意等，不异前篇，亦目为"元和诗体"。而司文者考变雅之由，往往归咎于稹。

元稹这篇文章意在自辩，其内容则主要介绍了他自己元和时期的诗歌创作。文中两次提到"元和诗体"。一处称其自御史府贬官后，十几年致力于诗歌创作，对各种风格题材都进行了尝试，特别是对近体短章写作较多，努力追求达到"思深语近，韵律调新，属对无差，而风情自远"的境界，遂引起"新进小生"的仿效，但却并没有得其根本，而至于"支离褊浅之词"，时人称之为"元和诗体"。另一处又称，当时新进诗人仿效他与白居易相唱和的排律，亦失其精髓，至以模仿抄袭为能事，时人亦称此为"元和诗体"。可见这里所说的"元和诗体"，主要是指元和时期受元、白诗风影响而形成的一种新诗体，包括学习元白而入其末流的浅俗诗风。白居易所谓"元和体"，显然仅指元白的排律。

"元和体"当有广、狭二义：广义是指整个元和诗风的新变；狭义则是指元白体，特别是近体短章和千字排律。其实，从唐诗创作风气的转变来看，无论是广义还是狭义的元和体，都具有创新意义。后人关于"元和体"的说法也大多是从肯定其新变意义这一点出发的。张洎谓"元和中，公（张籍）及元丞相（稹）、白乐天、孟东野歌词，天下宗匠，谓之元和体"（《四部丛刊》影明本《张司业集》卷首）。此"元和体"当指元和时期为时人仿效的元、白、张、孟诗风。李肇《唐国史补》言"歌行则学流荡于张籍；诗章则学矫激于孟郊，学浅近于白居易，学淫靡于元稹，俱名为元和体"（上海古籍出版社排印本《唐国史补》卷下）。杜牧、皮日休包括后世史家也多是从元白诗作的新变及其影响来谈的。综合诸说，元和体当是元和时期各种不同诗风的总称，张籍之流荡、孟郊之矫激、白居易之浅易、元稹之淫靡都包括其中，是对元和时期诗风新变的概括。

元稹关于长篇律诗的评价有两方面应予注意：一方面，元稹本人是新体长律的创作者，而且对自己的作为颇有自负之感，其批评难免带有主观片面性；另一方面，他针对当时的唐诗创作中的新现象进行批评，不作空疏的脱离创作实绩的高头讲章，又体现了唐代唐诗学研究的针对性和当代性。

韩孟诗派的唐诗观

韩孟诗派的核心成员有韩愈、孟郊、李贺等。

孟郊在韩孟诗派诗人中最为年长，成名也最早，其诗学观念反映在对唐诗的接受方面主要有以下两点：一是倡言六义、国风，主张诗歌

"证兴亡"、"备风骨"，推崇李白。其《读张碧集》云：

> 天宝太白殁，六义互消歇。大哉国风本，丧而王泽竭。先生今复生，斯文信难缺。下笔证兴亡，陈词备风骨。高秋数奏琴，澄潭一轮月。谁作采诗官，忍之不挥发。

以李白为"六义"之代表，"国风"之本，李白逝去，诗教传统就告断绝。他认为诗人之作要能够"证兴亡"，又能够"备风骨"。从诗教传统出发解读时人诗作，接受李白。二是论诗重"心气"，而"心气"之"悲乐"由于"时故"。在《送任、齐二秀才自洞庭游宣城诗序》中他将诗文生成过程描述为：时故→心气→文章，既重视诗文反映社会现实的功能，又强调"心气"在诗文创作中的作用。《赠郑夫子鲂》云："天地入胸臆，吁嗟生风雷。文章得其微，物象由我裁。宋玉逞大句，李白飞狂才。苟非圣贤心，孰与造化该？"主张以"心气"裁抑物象，由是而赞赏李白之狂才。

孟郊曾从皎然学诗，诗学观念受皎然影响，以"意"裁物的主意倾向十分明显。另一方面，尚"雅正"是唐中期诗风的主流，孟郊也不脱潮流。

韩愈，字退之，河南河阳（今河南孟县）人。诗与孟郊并称"韩孟"。其诗学思想集中反映在《送孟东野序》以及《荆潭唱和诗序》两篇文章中。前一篇是送孟郊老年出任溧阳尉而作的赠序，承司马迁《报任安书》的"发愤著书"之论而倡"不平则鸣"说，以为古来文士为文，其心中"皆有弗平者"，"天假之"或鸣时代昌明、国运之盛，或鸣世道衰坏、国家之亡，或"自鸣其不幸"。从文章的语感看，孟郊、李翱、张籍显然都是后一类。命运的穷愁困顿酿就了他们内心那股愁思百结的不平之气，其郁积于中，不能自已，乃泄于外，发而为文辞、歌诗。后者是一篇书序，文中进一步申论：

> 夫和平之音淡薄，而愁思之声要妙；欢愉之辞难工，而穷苦之言易好也。是故文章之作，恒发于羁旅草野。至若王公贵人气满志得，非性能而好之，则不暇以为。

认为创作欲望产生于愁苦困穷，而表现愁苦悲忧之情的作品最易动人。在《荐士》诗中，韩愈反复用"穷"、"酸"、"寒"、"苦"等字眼描述孟郊，这正是孟郊的命运，也是他的不平，郁郁不平之气外现为文辞，便形成了他"横空盘硬语，妥帖力排奡"的诗风。

这一主张导致韩、孟一派在根本的创作方法上有别于盛唐诗人。盛唐人重"兴感"，由"兴感"直接引发抒情写景。而"不平则鸣"说却突出强调"心气"在创作中的主导地位，要求从特定的意气或意念出发熔裁物象。他们不仅是把表达意念的形式具象化了，同时又把意念本身的内涵抽象化了，也就是说，诗歌所要表现的内容，不再是某种确定的意思，而是一种崎岖不平的意气或矫情越俗的意趣。创作方法上的这种差别，正是"主意"诗学与盛唐"主情"诗学的分野。这也是韩愈唐诗观的出发点。韩孟重"心象"、以"意"裁抑物象的创作方式发展到李贺手中就变成"笔补造化天无功"，凭心造象，构拟各种幻象，以补造化之不足。意与象之间平衡关系被打破，主意诗学衍变成熟。

综上所述，唐诗创作和唐诗观念至中唐进入一个分化分流时期，在创作和批评以及批评方式等方面都呈现出多元化的格局。

第三节　研究形态的多样化

随着唐诗创作的高度繁荣和审美趣尚的多元化，唐人有关唐诗的批评形态也呈现出多种样态。

唐诗选学形态从选诗到评品的进一步成熟和完善，批评功能凸显

唐人选唐诗发展到这一时期，已经明显地摆脱了唐前期选诗体例杂乱和目的不明的缺点，呈现出成熟的特点。这些特点主要表现在以下几

个方面：

一是明确的选诗标准和目的。唐前期唐人选唐诗大都具有模拟和续仿的特点，选诗的体例主要仿六朝时《文选》，通选历代诗文，唐诗只占其中极小的份额，成为历代诗文的附庸，其成熟的形态要等到殷璠《河岳英灵集》出现，唐人选唐诗才算有了完整的体例。唐中期的唐人选唐诗继承了殷璠《河岳英灵集》明确的唐诗意识和成熟的体例，起点高，表现出更为鲜明的独立意识。如高仲武《中兴间气集》寓评于选，专选大历诗人诗作，明确标举"体状风雅，理致清新"的选诗标准。尽管后人认为其在体例上模拟《河岳英灵集》过多，甚至"议论文辞皆凡鄙"（陈振孙《直斋书录解题》语）。但我们认为高氏此选在选诗标准和观念上迥异于《河岳英灵集》，有以自立，且选诗范围亦不同于《河岳英灵集》之尚有地域性局限。

此外，元结《箧中集》、姚合《极玄集》等都有明确的选诗标准和目的，亦都能紧紧扣住时代的变化和诗风的走向，或标举风雅，倡言教化；或推崇清幽，追求玄意。较之唐前期的一些选本，其体例的成熟自不待言，选诗标准和目的性都极为明确。这是唐中期唐人选唐诗的一大特点。

二是文人交游的反映与文学流派的酝酿。唐中期唐诗选本数量较前期大增，可考知者有 44 种，其中各种文人交游唱和的诗集就达 30 种之多。这些唱和集或以地域，如《大历年浙东唱和集》、《荆潭唱和集》、《华阳属和集》等；或以志趣、友情，如元稹、白居易编《元白往还诗集》，白居易编《刘白唱和集》等；或因事理，如《集贤院壁记诗》、《诸朝彦过顾况宅赋诗》等；各有成集缘由。其诗风或因地域影响，或因情趣相投，往往呈现相近或相同的风貌，虽未必构成明确的诗歌流派，而已为流派的出现奠立了基础。这一时期最具典型性的选本如《中兴间气集》、《箧中集》、《极玄集》等，在这一方面表现得极为明显。《箧中集》诗人因其写诗迥异于情采飞扬的盛唐诗人，重风雅教化而为元结、杜甫所推崇，实可视为一个流派。《中兴间气集》专选大历诗人，其范围较后来所为"大历十才子"要宽泛得多，但推崇钱起、郎士元，标榜雅致清新的诗风，实已将"大历十才子"这一诗歌流派烘托出来。《极玄集》以王维、祖咏为宗，专选清幽淡远一派诗人诗作，其体派倾向也是极为鲜明的。总之，这一时期唐人选唐诗较之前一时期具有的一个重大特点就是重体派，具有鲜明的流派意识。

三是当代意识更浓。我们曾论及前一时期唐人选唐诗常常通选历代诗文，而专选唐诗的极少。这一时期恰恰相反，通选本极少，现能考见的大约只有李吉甫编《丽则集》五卷，选"自梁到开元间诗"。其他则基本为唐诗选集。更为重要的是很多选本将眼光聚焦于大历、贞元、元和诗坛，立足于选当代诗人诗作，如我们前已论及的《箧中集》、《中兴间气集》、《极玄集》等等，体现出浓厚的当代批评意识。这是前一时期唐人选唐诗所不及的。

总之，这一时期的唐人选诗较之前一时期体现出了更为鲜明的理论批评意识，选诗作为一种诗学批评形态的功能得到了很好的发挥。

杜甫《戏为六绝句》以诗论诗，开后世法门

如果将以诗论诗分为广义和狭义两种，则广义的以诗论诗就是在诗中论到有关诗的问题，而这样的诗不一定专为论诗而作。如杜甫的《春日忆李白》云："白也诗无敌，飘然思不群。"《寄李十二白二十韵》云："笔落惊风雨，诗成泣鬼神"等。狭义的以诗论诗当是用诗的形式专论诗的问题，是专为论诗而作，也就是我们常说的论诗诗。如杜甫的《戏为六绝句》，后世如元好问的《论诗绝句三十首》皆是。诗是唐人生活的伴侣，不可须臾离开。所以广义的以诗论诗比比皆是，难以穷尽。狭义的以诗论诗则从杜甫《戏为六绝句》开始，为后世论诗诗之先声。

《戏为六绝句》集中反映了杜甫的诗学思想，也比较集中地表现了他的唐诗观念，表明了他对唐诗发展的战略构想。《戏为六绝句》的唐诗学意义最重要的就是其理论的包容性。作为诗人，他是个集大成者；

作为批评者，他也主张兼收并蓄，博采众长。对历代诗歌的发展，杜甫不像他的前辈那么偏激，他既能高标《风》《雅》传统，又不刻意贬低六朝人的成就。他可以《风》《骚》并称，屈宋并举，谓"汉魏近《风》《骚》"，连曾被视为"文章罪人"的庾信，他也能看到其"凌云健笔"的长处。对前代诗人，他主张根据当时的历史条件给予客观的评价。在诗歌内容与形式的关系上，他形质并重，既注重内容，取效《风》《雅》的美刺比兴传统，又强调形式的"清词丽句"，精益求精。"别裁伪体亲《风》《雅》，转益多师是汝师"是杜甫诗学理论的主导思想。

特别值得注意的是，杜甫开创了"以诗论诗"的体制。这种论诗绝句的优点，一是义精词简，集中含蓄，把丰富的内容浓缩在短小精致的篇幅中，使人印象深刻；二是它常用具体的形象评品作家和揭示诗歌规律，迥异于逻辑说理，便于记诵，易于流传。所以此例一出，仿效者层出不穷，或以之谈艺术，如宋之吴可、戴复古，明之方孝孺，清之赵翼、张问陶；或以之论作家，如金之王若虚、元好问，明之李濂，清之王士禛、袁枚等。于中国诗学影响极为深远。

序、书信、碑铭、诗、文等多种批评形态层见错出

就批评形态而言，唐中期的唐诗批评形态已经多种多样，除了上述所论及的"选"和"论诗诗"两种外，序、书信、碑铭、诗、文等多种批评形态层见错出，下面分类简述。

序，可以分为两类：一类是赠序，有临别赠言之意，用于送别亲友。韩愈首创这类文体并将其发挥到极致。其《送孟东野序》阐发自己的文学主张兼及诗歌理论，以为李白、杜甫乃是世间最善作"不平之鸣"者。其《送高闲上人序》虽是就书法艺术发论，但其所言实与抒情诗义理相通。其《送王秀才序》论及阮籍、陶潜及王绩等遁世诗人之诗，其遁世之意实为不平之鸣，一语中的。其他如权德舆《送灵彻上人回沃州序》等，难以枚举。另一类则是书序，写在诗集的前面，或是阐

发诗歌旨趣，或是评点集中诗人诗作。如高仲武《中兴间气集序》，说明编选诗集的体例、选诗标准等事宜，亦以表明自己的唐诗观念。韩愈《荆潭唱和诗序》，申论"穷苦之言易好"的诗学观念，对时人裴均等人的诗加以赞扬。皇甫湜《唐故著作左郎顾况集序》，评价顾况："翕轻清以为性，结泠汰以为质，煦鲜荣以为词。偏于逸歌长句，骏发踔厉，往往若穿天心、出月胁，意外惊人，语非寻常所能及，最为快也。"可谓得其诗心。其他如元结《系乐府序》、杜甫《同元使君春陵行并序》、白居易《新乐府序》、刘禹锡《竹枝词序》都是有关唐诗批评的重要序文。不一而足。

　　书信，在古人是一种用途极广的文体，可以抒友情、言世事、论文艺等等，举凡生活中的话题无施不可。在唐人，以书信论诗自然也是题中应有之义。白居易《与元九书》阐发自己的唐诗观，并从自己的诗学观出发，就唐兴二百年以来的唐诗发展史发表评论，虽狭隘而有欠公允，也不失为一家之言。元稹《叙诗寄乐天书》，其中论及陈子昂、杜甫等诗人，不乏精辟之见。其他如李观《上梁补阙荐孟郊崔宏礼书》评价孟郊"五言高处，在古无二，其有平处，下顾两谢"，亦是中的之言。此外，唐人诸多论文的书信中亦常常涉及有关唐诗的问题，兹不一一例举。

　　碑铭，原是一种悼祭文体。若祭悼的对象是诗人，则文中常会涉及到诗的有关问题。唐人的碑铭文中涉及诗学问题的为数不少。如韩愈《贞曜先生墓志铭》指出孟郊诗意象幽冥窈深，诗风或从容舒缓，或猛气奋飞，有突兀强硬之感，亦有自然天成之致；《南阳樊绍述墓志铭》则强调"词必己出"、"文从字顺"，虽为文则，亦是诗法。元稹《唐故工部员外郎杜君墓系铭并序》盛赞杜甫"上薄《风》《骚》，下该沈宋"、"尽得古人之体势，而兼今人之所独专矣"。其他如韩愈《柳子厚墓志铭》、刘禹锡《祭韩吏部文》均可据以由文风窥见诗风。

　　诗、文论诗可涵盖于上述各种文体之中，亦可作更为广泛的界定，举凡所有唐人论到唐诗的诗与文都可归于此类，则今之所见《全唐文》、

《全唐诗》中数量之多可以想见。

专门诗学著作为世所重

　　唐中期的唐诗批评形态除了上面论到的，还有专门的诗学著作。皎然《诗式》是唐中期也是整个唐代最有分量的诗学著作，它有一个自足的理论体系。跟唐前期上官仪《笔札华梁》、元兢《诗髓脑》、崔融《唐朝新定诗格》等诗学著作着重诗格研究不同，皎然"《诗式》对诗歌的探讨，并没有像其他著作那样仅止于对外部形式和方法的肤浅罗列，而能着眼于诗歌艺术的内部规律，对诗的本质、创作、鉴赏、风格等各方面均有比较深刻的见地"。[1] 这跟只专注于外部形式研究的诗格著作相比，《诗式》要深刻得多，全面得多。可能出自晚唐人之手的旧题白居易的《金针诗格》、《文苑诗格》两书，论诗虽不及《诗式》全面，却分别论及"诗有内外意"、"诗有物象比"和诗的意境。亦可能为晚唐人伪托的旧题贾岛的《二南密旨》则论及诗之南北二宗，谓"南宗一句含理，北宗二句显意"，论及诗有"情、意、事"三格。这些问题都涉及到唐诗，也不单是论及诗的外部形式，而深入到诗的内部规律的探讨。

　　总之，唐中期的唐诗批评形态多样，表明了唐人唐诗研究的进步和发展。

---

① 李壮鹰《诗式校注·前言》页3，齐鲁书社1986年版。

第四章
晚唐五代的唐诗研究

——唐诗总体意识的萌生

第一节　从专选走向通选

唐诗至晚唐，即将结束它的旅程。唐初的工巧、清丽，盛唐的宏伟、博大，中唐的异彩纷呈，晚唐的夕辉晚照，一幕一幕展示出来，唐诗已经从婴儿步入老年。晚唐人当然最有资格回首反思整个唐诗的历程，对它进行全面观照。就选诗而言，人们常把这一时期称为唐人选唐诗的总结期。这一时期的唐诗选本可以分为三类：一是诗歌专选，共有26种，今仅存两种，以顾陶《唐诗类选》二十卷、韦庄《又玄集》三卷、韦縠《才调集》十卷为代表；二是诗文合选，共有后蜀佚名编《大还丹照鉴登仙集》一卷、南唐乐史编《唐登科文选》五十卷两种，前一种今存；三是唱和集，共六种。另家集四种，与一般选本有别。这一时期唐人选唐诗最突出的特点就是断代通选唐诗的出现。下面就具有重要唐诗学意义的几种加以介绍。

顾陶《唐诗类选》

顾陶，钱塘（今浙江杭州）人。会昌四年进士及第。大中间，为太子校书郎。编有《唐诗类选》二十卷，按题材内容分类纂集，收录唐初至晚唐诗作 1232 首，后续有增补，是唐人选唐诗中规模较为宏大的一种。此书成书于宣宗大中年间，是我们至今所知道的最早的一部唐诗通选本（此前有李戡的《唐诗》可能也是通选，但进一步证实尚缺材料），南宋时尚存，今已佚。《唐诗纪事》、《能改斋漫录》、《艇斋诗话》引有逸文数十则。《全唐文》收其《序》及《后序》两篇。

顾陶编撰《唐诗类选》，自称前后积 30 年，"不惧势逼，不为利迁"，力求客观公正，也颇为自负地说"终恨见之不遍，无虑选之不精"。序中列数前人唐诗选本，总体予以肯定，同时指出它们存在的不足："体词不一，憎爱有殊"。他认为面对丰富多彩的唐代诗歌，前代选家多缺乏兼容并包、客观公正的博大胸怀。他陈述自己的选诗标准，首取"关切时病"、"风韵特标"、"讥兴深远"者，亦不废华艳俚俗的作品，惟一的条件就是"不亏六义之要"。也就是说以雅正为标准。

在序中，他对唐代诗人评价道：

> 国朝以来，人多反古，德泽广被，诗之作者继出，则有杜、李挺生于时，群才莫得而并。其亚则昌龄、伯玉、云卿、千运、应物、益、适、建、况、鹄、当、光羲、郊、愈、籍，合十数子，挺然颓波间，得苏、李、刘、谢之风骨，多为清德之所讽览，乃能抑退浮伪流艳之辞宜矣。爰有律体，祖尚轻巧，以切语对为工，以绝声病为能，则有沈、宋、燕公、九龄、严、刘、钱、孟、司空曙、李端、二皇甫之流，实繁其数，皆妙于新韵，播名当时。亦可谓守章句之范，不失其正者矣。（中华书局影印本《全唐文》卷七六五）

他最推崇的诗人是李白和杜甫，其余诗人他分为两类：一类以陈子昂、王昌龄为代表，长于古体，继承骚雅传统，能"抑退浮伪流艳之辞"的"风清骨健"者；一类以沈、宋为代表，长于律体，偏于绮丽者。顾陶标举前者，亦不弃后者，可谓兼收并蓄。在后序中，顾陶陈述自己不选元、白的理由或是"家集浩大，不可雕摘"，也不讳言中有"微志存焉"。不选刘、柳及杜牧的理由或是"文集未行"，或是"身没才二三年"。这或许是顾陶的局限。

由此看来，顾陶的选本与论述已经开始对唐诗进行综合整理、综合认识，这对后代的唐诗研究乃至唐诗学的真正确立功不可没。

韦庄《又玄集》

韦庄，字端己，京兆（今陕西西安）杜陵人。工诗擅词，有《浣花集》、《浣花词》传世。于光化三年（900）编选《又玄集》。

《又玄集》全书分为三卷，共选诗人 146 家，诗 299 首。如其序所言：

> 自国朝大手名人，以至今之作者，或百篇之内，时记一章，或全集之中，唯征数首。是掇其清词丽句，录在西斋，莫穷其巨派洪澜，任归东海。总其记得者，才子一百五十人。诵得者，名诗三百首。（《唐人选唐诗新编·又玄集》卷首，下同）

规制虽小，但所选诗人诗作时间跨度大，自初唐至晚唐，有代表性的名家几乎全部入选。所选诗人初唐有宋之问，盛唐有张九龄、李白、杜甫、王维、孟浩然、王昌龄、常建、崔颢等 19 人，中唐有韩愈、贾岛、姚合、元稹、白居易、刘禹锡等，晚唐有李商隐、杜牧、温庭筠、许浑、方干、罗隐等，此外还有皎然、无可、清江等十位诗僧，李季兰、薛涛、鱼玄机等 19 位女诗人。颇有总结一代诗歌之意味。

关于《又玄集》选诗的宗旨和标准，在序言中有两处材料应予注意：一是上文所引"是掇其清词丽句"；一是序言结尾的一段：

> 昔姚合所撰《极玄集》一卷，传于当代，已尽精微。今更采其玄者，勒成《又玄集》三卷。记方流而目眩，阅丽水而神疲。鱼兔难存，筌蹄是弃。所以金盘饮露，唯采沆瀣之精；花

> 界食珍，但飨醍醐之味。非独资于短见，亦可胎于后昆。采实
> 去华，俟诸来者。

综合起来分析，可以明了韦庄此选受姚合《极玄集》影响颇深，"又玄"
得名于"极玄"。但其录诗以"清词丽句"为尚，两集的不同亦很明显：
姚合《极玄集》以王维、祖咏为宗，置于卷首；而《又玄集》则以杜甫
为宗，选其诗七首，为集中最多且置于卷首，则其"清词丽句"当与杜
甫"不薄今人爱古人，清词丽句必为邻"有一定渊源。在杜甫看来，举
凡古今一切感情深挚、词句优美、音韵朗畅、能引起人共鸣的诗歌都可
称为"清词丽句"。韦庄之"清词丽句"与姚合之"清淡玄远"相去较
远，而更近于杜甫。从其选诗来看，以选近体为主，五七律、五七绝都
选，又不废古体，如李白的《蜀道难》、高适的《燕歌行》等乐府名篇，
任华的《杂言寄李白》、《杂言寄杜甫》等古诗也选入其中。可见其选诗
视野之开阔。

韦縠《才调集》

韦縠，仕后蜀孟氏父子，官至监察御史。所编《才调集》十卷，录
唐诸家诗1000首，为现存唐人选唐诗中规模最大者。然其编次颇紊乱，
名家名篇多有缺漏，其中误收、误植、重见、讹脱现象很多，故常遭到
后人的讥评。而从其搜罗广泛看，又可资于诸家别集辑佚、校勘之用，
因此也受到后人的重视。其序言曰：

> 暇日因阅李、杜集，元、白诗，其间天海混茫，风流挺
> 特。遂采撷奥妙，并诸贤达章句。不可备录，各有编次。或闲
> 窗展卷，或月榭行吟，韵高而桂魄争光，词丽而春色斗美。但
> 贵自乐所好，岂敢垂诸后昆？今纂诸家歌诗，总一千首，每一
> 百首成卷，分之为十目，曰《才调集》。（《唐人选唐诗新编·
> 才调集》卷首）

其选诗标准可用"韵高"、"词丽"四字括之，即以语言华美、情韵优胜

为准。从其选诗情况看，以日常生活情景之作和反映男女之情、妇女生活的艳情诗、艳体诗为多。入选诗人起于初唐沈佺期，迄于唐末五代罗隐、郑谷、韦庄等，而以晚唐为多。其中韦庄录诗最多，选63首；温庭筠选61首，次之；元稹、李商隐、杜牧又次之；李白、白居易、曹唐、许浑又次之；未录杜甫、韩愈诗，这大概与序文标榜的"韵高而桂魄争光，词丽而春色斗美"的旨趣有关。冯班指其原因谓"盖是崇重老杜"，颇难服人。《四库全书总目》则以为"老杜高古"，与其书体例不合。均是推测而已，不可为定评。倒是胡震亨说此书乃"随手编成，无伦次"（《唐音癸签》卷三一），有一定道理。

晚唐五代诗风上承中唐"元和体"及晚唐温、李流丽浮艳一脉，形成了一种形式上追求华美，内容上描写情爱的香艳诗风。黄滔《答陈磻隐论诗书》指出："咸通、乾符之际，斯道隙明，郑卫之声鼎沸，号之曰今体才调歌诗"。《才调集》的出现，正是这种诗风的直接产物。《四库全书总目》认为韦縠《才调集》"于五代文弊之际"，"取法晚唐，以浓丽宏敞为宗，救粗疏浅弱之习"，有一定道理。清人吴玉伦在《才调集序》、邓华熙在《重刻才调集补注序》中对此都极力表示赞同。

出于上述原因，在选诗时惟绮艳是珍，即便是选李白的诗也不选最能代表其飘逸豪放风格的作品，而选了《长干行》、《长相思》、《白头吟》等着重表现怨妇情思的作品。选元稹、白居易、李商隐、杜牧等人的作品亦是着重选录吟咏艳情的作品。如要追寻《才调集》在唐诗学上的意义，则是此选从绮艳、才情一路总结了唐诗创作，也反映了晚唐五代诗坛风会之变。

第二节　从具体评论进入总体概括

晚唐五代对唐诗的发展进行总结的思想意图不仅仅表现在选学上，

在其他诗学形态中也表现得极为鲜明。时至晚唐，唐诗发展的总体轮廓已经呈现出来，整体风貌特征也有较为清晰的表现。晚唐诗学理论家有条件对唐诗进行总结性研究，改变局限于具体评价，缺少总体性论断的局面，将唐诗研究推进到一个新的阶段。

固然，对唐诗进行整体观照，有意识地总结唐诗发展的得与失的研究和论述，晚唐以前也出现过，如上文提到的白居易《与元九书》，其中就对唐兴二百年以来唐诗的发展历程进行了总结性的评价，但其惟风雅比兴是重，所以他眼中的唐诗可称道者只有陈子昂、鲍防，加上三四十首杜诗，其论太过偏颇。到晚唐，诗论家的理论视野要宽阔得多，理论识见也要深刻得多。

顾陶于大中年间编辑《唐诗类选》，以通选一代诗的形式对唐诗进行总结，其推崇李、杜，将唐诗划分为"风骨派"和"律体派"，注意兼收并蓄，颇有整体观照的气派，这也逗引了其后对唐诗总结性的"选"与"论"。

司空图《与王驾评诗书》

顾陶而后，唐末司空图在《与王驾评诗书》一文中，对自唐初以来各期诗歌的发展成就、代表性诗人及其诗风，以及一些诗人在创作上的不足，都作了简要而较为全面的概括，是现今所能见到的唐人有系统地归纳唐诗发展历史的诗学文献。其云：

> 国初，上好文雅，风流特盛。沈、宋始兴之后，杰出于江宁，宏肆于李杜，极矣！右丞、苏州趣味澄夐，若清风之出岫。大历十数公，抑又其次。元白力勍而气孱，乃都市豪估耳。刘公梦得、杨公巨源，亦各有胜会。阆仙、东野、刘得仁辈，时得佳致，亦足涤烦。厥后所闻，逾褊浅矣。河汾蟠郁之气，宜继有人，今王生者寓居其间，沉渍益久，五言所得，长于思与境谐，乃诗家之所尚者。（《四部丛刊》本《表圣文集》卷一）

司空图就唐诗发展理出了一条历史线索。其中有三个问题需要注意：一是关于李杜的评价。司空图认为唐诗"宏肆于李、杜，极矣"，当是自唐中期元稹、韩愈给予他们较高评价以后，李杜在诗歌上的成就已为世所公认，所以司空图附从公议。二是元、白的评价问题。司空图认为，元白之诗才力虽富，但气格卑弱，像都市的豪商大贾，资财雄厚，但品格俗而不雅。元白诗以通俗浅易为特征，有如白居易自评的"理太周则辞繁，意太切则言激"（《和答诗十首序》），因而缺乏深长韵味，没有意在言外的艺术效果。司空图的审美趣味与元白相去甚远，也就无怪乎其对元白诗的讥评了。三是特别致赏于王维、韦应物的诗风。王维诗在盛唐以及大历诗坛上的影响很大，后来姚合编《极玄集》还奉为宗师，但元和新变以后，李、杜被公认为旗手，王维的地位不免有所下降。司空图在总结唐诗发展过程时特别将他挑出来与韦应物并举，实含有在李杜之外别立一宗的用意，这也是同他论诗标举"味外之旨"、"韵外之致"的美学宗旨分不开的，对后世神韵一派诗学有深远的影响。当然并不能因此说司空图只欣赏这一种风格，他后面还列举了刘禹锡以下一批人，认为他们都有"胜会"、"佳致"。在《题柳柳州集后》一文中，他称赞韩愈诗"驱驾气势，若掀雷抉电，奔腾于天地之间，物状奇怪，不得不鼓舞而循其呼吸也"，评价柳宗元诗"味其深搜之致，亦深远矣"，说明其于讲究韵味的王、韦一派之外，亦能兼容其他风格。

总之，司空图此文，虽规制短小，但要言不繁，列举了各时期唐诗的代表作家，总括了各时期诗歌创作的基本风貌，反映出唐诗的发展概貌。

皮日休等人的唐诗观

皮日休，字逸少，襄阳竟陵（今湖北天门）人。晚唐著名散文家和诗人，与陆龟蒙齐名，世称"皮陆"。有《皮子文薮》十卷、《松陵唱和集》十卷传世。

皮日休的唐诗观主要有以下几个方面：

一是关于唐诗体裁的论述。在《松陵集序》中，皮日休论曰：

> 在诗有三言、四言、五言、六言、七言、九言之作。三言者，曰"振振鹭，鹭于飞"是也；五言者，曰"谁谓雀无角，何以穿我屋"是也；六言者，曰"我姑酌彼金罍"是也；七言者，曰"交交黄鸟止于桑"是也；九言者，曰"泂酌彼行潦挹彼注兹"是也。盖古诗以四言为本，而汉氏方以五言、七言为之也。其句亦出于周诗。五言者，李陵曰"携手上河梁"是也；七言者，汉武曰"日月星辰和四时"是也。尔后盛于建安。建安以降，江左君臣，得其浮艳，然诗之六义微矣。
>
> 逮及吾唐开元之世，易其体为律焉，始切于俪偶，拘于声势。然《诗》云"遇悯既多，受侮不少"，其对也工矣。《尧典》曰"声依永，律和声"，其为律也甚矣。由汉之唐，诗之道尽矣。吾又不知千祀之后，诗之道止于斯而已耶！后有变而作者，余不得以知之。（《皮子文薮》卷一〇）

他首先对诗之三、四、五、六、七、九言各体均溯其源流，并指出唐诗已"易其体为律"的标志性变化。由此认为，"由汉至唐，诗之道尽矣"。的确，正如胡震亨所云"诗之至唐，体大备矣"。唐诗如此丰富的体裁应当也必然会成为后人的重要研究课题。皮日休较早注意到这个问题，并已显露出划分古近各体的意识。

在皮日休之前，独孤及已经触及到古、近体的划分问题，皎然则试图辨析三、四、五、六、七言各体源流。这一切说明，由于唐诗的发展所带来的诗歌体裁的变化，正日益受到唐人的关注。五代王睿《炙毂子诗格》虽也从区分各体源流入手，但却着重从声律、对偶的角度划分诗歌体裁，分诗为"三韵体"、"连珠体"、"侧声体"等十四种体裁，已有转换视角、深化唐诗体裁研究的意图。唐诗体裁研究，是唐诗学的一个重要内容，同时也是唐诗高度发展之后的必然结果。进入晚唐，唐诗已渐由它的繁荣发展期步入总结期，许多前期诗人、理论家尚未来得及反思的问题，都已摆到晚唐及后人面前。皮日休等人所关注的体裁问题正属其中之一。

二是提倡诗歌讽喻教化功用，称美白居易的讽喻诗。诗入晚唐，追求形式美成为一时主流。一部分诗人、理论家则为唐末激烈动荡的社会现实所震撼，日益清醒地认识到这股重形式诗风的弊端，进而把目光投向现实：在创作上，致力于揭示时代矛盾与民生疾苦；在理论上，呼吁恢复《诗经》以来的美刺比兴传统，从而掀起了一股复古思潮。皮日休就是其中的代表。在《文薮序》里，自称作文"非空言也"，而要"上剥远非，下补近失"，即指陈古今的是非得失，使文学有益于政治教化，直接打出文学为现实政治服务的旗号。因此，皮日休对提倡讽喻诗的白居易十分推崇。他有《七爱诗》，分别赞美唐代政治、军事、文学等诸种类型的优秀人物，最后一首《白太傅》就是称赞白居易的，其曰：

吾爱白乐天，逸才生自然。谁谓辞翰器，乃是经纶贤。欸从浮艳诗，作得典诰篇。立身百行足，为文六艺全。

赞美白居易擅长辞翰，有经国大才，能够写作像《尚书》典、诰一样雅正的诗篇。

与皮日休如出一辙，吴融把"善善则颂美之，恶恶则风刺之"作为诗歌创作的准则。他赞美李白"气骨高举，不失颂美风刺之道"，称白居易讽喻诗为"一时奇逸极言"。黄滔亦强调诗歌"刺上化下"的功能。出于同样的认识，顾云称赞杜荀鹤的诗作"可以润国风，广王泽"，"使贪吏廉，邪臣正，父慈子孝，兄友弟悌，人伦之纪纲备矣"。

晚唐这股诗潮虽带有复古倾向，但上承中唐元白"讽喻诗"的感事诗风并有新的开拓。理论上，积极倡导诗歌关心现实，干预政治；创作上也涌现出一些佳作，如皮日休《正乐府》，韦庄《秦妇吟》，罗隐、杜荀鹤的政治讽刺小诗，聂夷中等人反映民生疾苦的五言短古，无形中为晚唐柔弱、靡丽的诗风增添了一点亮色。

三是对李杜等其他诗人的评价。皮日休强调诗歌的讽喻教化功能，但并不否定和排斥其他在艺术上有卓越成就的诗人诗作。在《七爱诗》中有《李翰林》一首对李白大加称美：

> 吾爱李太白，身是酒星魂。口吐天上文，迹作人间客。礚硠千丈林，澄澈万寻碧。醉中草乐府，十幅笔一息。……五岳为醉锋，四溟作胸臆。惜哉千万年，此俊不可得。

对李白豪迈不羁的个性和诗风颇多赞美。在《刘枣强碑》中他评价李白诗道：

> 吾唐以来，有是业者，言出天地外，思出鬼神表，读之则神驰八极，测之则心怀四溟，磊磊落落，真非世间语者，有李太白。百岁有是业者，雕金篆玉，牢奇笼怪，百锻为字，千练成句，虽不追蹑太白，亦后来之佳作也，有与李贺同时者刘枣强焉。（《皮子文薮》卷四）

认为李白诗想象丰富奇特，境界开阔，读之能摄人心魄。继而对李贺、刘枣强的诗也给予了很高的评价。其《郢州孟亭记》云：

> 明皇世，章句之风，大得建安体。论者推李翰林、杜工部为之尤。介其间能不愧者，唯吾乡之孟先生也。先生之作，遇景入咏，不拘奇抉异，令龌龊束人口者，涵涵然有干霄之兴，若公输氏当巧而不巧者也。（《皮子文薮》卷七）

认为孟浩然置于李杜之间亦不感惭愧，而且写景抒情清新俊爽，得建安诗体之长，诗风自然而又含蕴深远，颇有兴味。其《和鲁望以五百言见贻》诗中推尊陈子昂、李白、杜甫、孟浩然云：

> 射洪陈子昂，其声亦喧阗。惜哉不得时，将奋犹拘挛。玉垒李太白，铜缇孟浩然。李宽包堪舆，孟澹凝漪涟。……猗与子美思，不尽如转轮。纵为三十车，一字不可捐。既作风雅主，遂司歌咏权。谁知耒阳土，埋却真神仙。当语李杜际，名辈或沿沿。

诗中以"澹"概括孟浩然的艺术风格，准确明了。尊杜甫为风雅之主，司歌咏之权，给予了崇高地位，可见其对杜甫推崇备至。这也合乎其风雅教化的诗学主张。

《旧唐书》的唐诗观

《旧唐书》旧题五代刘昫编，实非出自刘昫之手，因此书完成于后唐末帝时刘昫监修国史期间，故署昫名。而实际参编者很多，尤以张昭远、贾纬、赵熙等所做最多。故该书的文学史观非一人观点，而代表晚唐五代上层士人的普遍认识。

《旧唐书·文苑传序》总结唐代文学的发展历程道：

> 爰及我朝，挺生贤俊，文皇帝解戎衣而开学校，饰贲帛而礼儒生，门罗吐凤之才，人擅握蛇之价。靡不发言为论，下笔成文，足以纬俗经邦，岂止雕章缛句？韵谐金奏，词炳丹青，故贞观之风，同乎三代。高宗、天后，尤重详延，天子赋横汾之诗，臣下继柏梁之奏，巍巍济济，辉烁古今。如燕、许之润色王言，吴、陆之铺扬鸿业，元稹、刘蕡之对策，王维、杜甫之雕虫，并非肆业使然，自是天机秀绝。若隋珠色泽，无假淬磨，孔玑翠羽，自成华彩，置之文苑，实焕缃图。其间爵位崇高，别为之传。今采孔绍安以下，为文苑三篇，觊怀才憔悴之徒，千古见知于作者。

《旧唐书》的文学观念，在内容上重视与现实政治有关的方面；在形式上推崇近体诗、骈文。在对唐代诗歌创作的历史评价方面，则对关乎政治教化的诗歌作品及其作家比较看重，而于形式尤褒美讲求声律、对偶的近体诗。《文苑传序》总论前代文学，极称沈约，以为其"律吕和谐，宫商辑洽"，可与曹植、谢灵运比肩。于唐代诗人只举王维、杜甫，而不及李白。原因就是王、杜是当时公认为写近体诗的大家，李白则不是。但王、杜也并未被看作唐代诗歌成就的最高代表，相反，他们却很看重元、白。在《旧唐书》列传部分，为元稹、白居易单立合传，即仿沈约《宋史·谢灵运传》的体例，因为沈约视谢灵运为南朝宋代文学的顶峰，而他们则把元、白看作唐代文学的顶峰，认为元和时期是唐代文学的鼎盛时期，元、白作为元和文坛盟主其成就可与建安曹刘、永明沈谢相媲美。给予元、白这样高的评价，首先与《旧唐书》作者尊崇时文的文学观念有关，是他们对元、白时文创作成就的充分肯定，亦是对韩、柳古文运动一次有意识的反拨。但不可否认，这也与元、白诗歌内容关乎政教，形式擅长流美、平易的近体诗，比较符合他们的文学观念有关。于此暴露出这些史臣对唐诗以及唐代文学存在着明显的认识不足。

此外，《旧唐书》在《文苑传》有众多诗人小传，保存了许多有价值的诗人生平资料及文学活动史料。如《文苑传上》录载了《大唐新语·文章》关于开元中张说与学士徐坚评点当时诗人的一段材料，很有价值。在列传部分，史臣们还为诸多较为重要的诗人立传，并时有对诗人诗作的批评意见。这些都是后期唐诗学发展的基础。

第三节　诗派、诗体、诗法、本事诗
诸领域的进一步开发

晚唐人对唐诗所进行的整体观照，导致在诗派、诗体、诗法、本事诗等诸多研究领域对唐诗学进行开拓。

旧题司空图《二十四诗品》①

旧题司空图《二十四诗品》，专门讨论诗歌风格的问题。共有雄浑、

---

① 关于《二十四诗品》的作者是否司空图的问题，已经有人提出异议。陈尚君、汪涌豪认为是明代人怀悦所作，此后很多研究者纷纷著文展开讨论，张健、祖保泉、张少康、张柏青、束景南、周裕锴、刘永翔等人都参加了讨论，观点不一。我们在学术界尚无定论的情况下，仍将《二十四诗品》放在晚唐时期讨论，为慎重起见，在作者之前加"旧题"。

冲淡、纤秾、沉着、高古、典雅、洗练、劲健、绮丽、自然、含蓄、豪放、精神、缜密、疏野、清奇、委曲、实境、悲慨、形容、超诣、飘逸、旷达、流动等二十四品，每品都用四言十二句的韵文，运用比喻象征性的手法，对诗歌风格加以描述性的解释。清人许印芳称之为"比物取象，目击道存"（《二十四诗品跋》)，如"典雅"、"清奇"二品：

　　　　玉壶买春，赏雨茆屋。坐中佳士，左右修竹。白云初晴，
　　幽鸟相逐。眠琴绿阴，上有飞瀑。落花无言，人淡如菊。书之
　　岁华，其曰可读。

　　　　娟娟群松，下有漪流。晴雪满汀，隔溪渔舟。可人如玉，
　　步屟寻幽。载瞻载止，空碧悠悠。神出古异，淡不可收。如月
　　之曙，如气之秋。

几乎全是比喻象征的语句。在这些具体的描述中，既有幽美的自然景物和环境，也有幽人逸士的高雅情趣和活动，二者共同构成了幽美和谐的意境。这种通过意境表现诗歌风格特征的写法是《二十四诗品》的重要特色。

　　在唐代，关于诗歌风格的研究，唐前期李峤《评诗格》中说诗有"十体"：形似、质气、情理、直置、雕藻、影带、宛转、飞动、清切、精华等。其中形似、直置等体明显是指诗歌写作方法，说明这时期的风格研究还缺乏明确的概念和范围界定。到唐中期，皎然《诗式》卷一"辩体有十九字"条，提出了十九种诗体：高、逸、贞、忠、节、志、气、情、思、德、诚、闲、达、悲、怨、意、力、静、远。十九体的名目多数是从作者的思想感情和品质修养着眼的。因为在皎然看来，作品的体格风貌是以思想内容为基础的，是思想情感和艺术形式的综合表现。皎然生活在大历、贞元年间，其后的中晚唐时期，诗坛上又出现了不少杰出的诗人诗作，唐诗近三百年的辉煌历史，其多姿多彩的风格自然会反映到诗歌理论上来，旧题司空图《二十四诗品》就是在这种背景下产生的。既继承和发扬了前人关于诗歌风格研究的理论成果，又将诗

歌风格研究推进一步，使之更加明晰。

仔细研究《二十四诗品》，可以看出此书虽所列风格类型有二十四种，但其喜爱冲淡、自然一派诗风的倾向性极为明显。二十四品中可以归入这一路的有冲淡、高古、典雅、自然、疏野、清奇、超诣、飘逸、旷达等九品，其阐释韵语中大量使用素处、妙机、真、道、天钧、性、适意、澹、神等等与天道自然、率性适意有关的语词，此外还有奇人、畸人、真人、闲云、野鹤、流水等许多以任性任情为本的幽人逸士和自然景物。这些都十分明显表现出其好尚和倾向性，同时可以看出作者深受老庄道家思想影响。这和晚唐时期追求幽美、抒写个人感伤情怀的诗风也是合拍的。

张为《诗人主客图》

张为，闽（今福建）人。工于诗，《新唐书·艺文志》著录《张为诗》一卷，今不传。另有《诗人主客图》一卷，原书已佚，清李调元《函海》及近人丁福保《历代诗话续编》中收录了佚存部分。

以体派论唐人诗，初唐时已有此做法，如史载上官仪擅长五言诗，风格"绮错婉媚"，引来许多效仿者，时人称此体为"上官体"。其后随着唐诗的发展流变，又出现了"徐涩体"、"富吴体"、"元和体"等体派名号。唐人论诗还有一个习惯性做法，即把某些诗人同提并称，其中如"四杰"、"沈宋"、"元白"、"姚贾"等显然与流派有关。

张为《诗人主客图》主要对中晚唐诗进行分门别派的研究，其序言可算是全书的一个总纲：

> 若主人门下处其客者，以法度一则也。以白居易为广大教化主，上入室杨乘；入室张祜、羊士谔、元稹；升堂卢仝、顾况、沈亚之；及门费冠卿、皇甫松、殷尧藩、施肩吾、周元范、况元膺、徐凝、朱可名、陈标、童翰卿。以孟云卿为高古奥逸主，上入室韦应物；入室李贺、杜牧、李余、刘猛、李

涉、胡幽正；升堂李观、贾驰、李宣古、曹邺、刘驾、孟迟；及门陈润、韦楚老。以李益为清奇雅正主，上入室苏郁；入室刘畋、僧清塞、卢休、于鹄、杨洵美、张籍、杨巨源、杨敬之、僧无可、姚合；升堂方干、马戴、任蕃、贾岛、厉元、项斯、薛涛；及门僧良乂、潘诚、于武陵、詹雄、卫准、僧志定、喻凫、朱庆馀。以孟郊为清奇僻苦主，上入室陈陶、周朴；及门刘得仁、李溟。以鲍溶为博解宏拔主，上入室李群玉；入室司马退之、张为。以武元衡为瑰奇美丽主，上入室刘禹锡；入室赵嘏、长孙佐辅、曹唐；升堂卢频、陈羽、许浑、张萧远；及门张陵、章孝标、雍陶、周祚、袁不约。（《全唐文》卷八一七）

张为将中晚唐诗人按风格分为六派。每派有一“主”，并有“上入室”、“入室”、“升堂”、“及门”各等“客”。各家之下均录其诗句或全篇以示例。所论多有失当之处，但其专注于流派研究，重视白居易，推其为“广大教化主”，应当说是颇有见地的。特别是其中的分门别派意识，已开后人以流派论唐诗之端绪。

溯源流、别流派以论唐人诗，至五代后已渐成风气。张洎《项斯诗集序》析出张籍至朱庆馀再至任蕃等人一派，把项斯归入其流。王赞《玄英先生诗集序》有“张祜入杜甫之堂，方干入钱起之室”之语。虽然所论不一定完全恰当，但其区分流派的意识却是强烈的。宋明之世，此论尤多，如杨慎《升庵诗话》的“晚唐两诗派”说，李栻的唐人五古“二派”说，叶羲昂的唐诗分“正派”、“别派”说，而胡震亨又析出晚唐五古源出于孟郊一派者。他们都试图从流派角度对唐诗作出总结和研究。流派论的提出，一向被认为是文学研究走向成熟的标志。唐诗流派观的出现，虽不能等同于唐诗学的成熟，但至少可以表明，自晚唐五代起，唐诗学的领域愈来愈宽阔，并日益显示出其作为一门自具规模的学科的发展趋势。

孟棨《本事诗》

孟棨，一作孟启。大约生于唐元和、长庆年间。所著《本事诗》多记唐诗之本事。分情感、事感、高逸、怨愤、征异、征咎、嘲戏七类，四十一则。有《顾氏文房小说》、《古今逸史》、《津逮秘书》、《四库全书》、《历代诗话续编》诸本。

孟棨自序云：

> 诗者，情动于中而形于言。故怨思悲愁，常多感慨。抒怀佳作，讽刺雅言，虽著于群书，盈厨溢阁，其间触事兴咏，尤所钟情，不有发挥，孰明厥义？因采为《本事诗》，凡七题，犹四始也。情感、事感、高逸、怨愤、征异、征咎、嘲戏，各以其类聚之。亦有独掇其要，不全篇者，咸为小序以引之，贻诸好事。其有出诸异传怪录，疑非是实者，则略之。拙俗鄙俚，亦所不取。闻见非博，事多阙漏，访于通识，期复续之。时光启二年十一月，大驾在襄中，前尚书司勋郎中赐紫金鱼袋孟棨序。（《历代诗话续编》本《本事诗》卷首）

由此看来，其写作主旨为以诗系事、发明诗歌背景材料。这显然是对孟子"知人论世"解诗传统的继承和发扬。集中保存了不少唐代诗人的轶事，虽有附会之处，但不无史料价值。有些材料与唐诗批评也有较密切的关系。如李峤《汾水篇》等条，对了解当时诗风及审美趣尚就极有帮助。贾岛因诗不第、刘禹锡游玄都观赋诗等条目，亦有助于对诗人生平事迹的推断，以及诗作原义的正确理解。还有一些条目因叙事委曲，情致宛然，而广为后人所传诵。如"人面桃花"条，虽是小说笔法，却洋溢着诗情画意，令诗境盎然在目，不妨看作是对原诗的一种独特解读方式。

五代人处常子曾仿其例作《续本事诗》，惜其书今已不传。倒是唐人笔记小说中保留了大量的唐诗本事，可与孟棨《本事诗》视为一类。

其中尤以范摅《云溪友议》最多。比如"红叶题诗"诸条，对认识当时诗风及其与当时社会生活的密切关系，就有相当重要的价值。其他如《隋唐嘉话》载"武后游龙门"、"上官仪巡洛水堤吟诗"条，则把唐初宫廷内部诗歌创作的盛况生动地记录下来。《集异记》中有关王之涣等人"旗亭画壁"的传说，又生动反映了唐代诗人特殊生活方式的某些方面。其他如《唐语林》等后人辑本也多保留了这一传统。

正如《四库全书总目》所言，由于《本事诗》，"唐代诗人轶事颇赖以存"。加之唐人小说的有关记载，为后代的唐诗研究提供了许多不可忽视的材料。唐诗本事已成为唐诗学一笔有价值的财富。这种系事于诗的方式，乃前人笔记小说以只言片语纪事、品人的传统与唐代诗文化相互交渗的产物，可谓独特文化背景之下笔记小说的新形式。它直接衍化出了《唐诗纪事》等一脉诗学著作，也开启了宋以后诗话叙实事、资谈助的风气。

晚唐五代的诗格研究著作

晚唐五代的诗格研究著作众多，张伯伟认为在内容和形式上有三个方面的特色，即"门"、"物象"和"体势"。形成这些特色的原因与佛教有密切关系。所以如此，一是受皎然的影响，一是由于这些诗格作者多为僧徒，或与僧人过从甚密。① 现择其要者略加介绍。

（一）齐己《风骚旨格》

齐己（约864—943），本姓胡，名得生，潭州（今湖南长沙）人。所著《风骚旨格》包括六诗、六义、十体、十势、二十式、四十门、六断、三格等内容。其六诗是指大雅、小雅、正风、变风、变大雅、变小雅；六义是指风、赋、比、兴、雅、颂。这些名目都是传统诗学所常用的。齐己举晚唐诗人和自己的诗句进行阐释，无甚新见，甚或牵强附

---

① 参见张伯伟《全唐五代诗格汇考》页19，江苏古籍出版社2002年版。

会。其十体、十势、二十式、四十门等则是研究句法，名目繁杂，亦无甚新见。其六断是指合题、背题、即事、因起、不尽意、取时，主要阐释诗的结尾，属章法问题。表明作者对诗的结尾问题极为重视。

《风骚旨格》所举诗例，据张伯伟《全唐五代诗格汇考》共一百零二例，去其重复者，不计今本缺佚者，共有九十八例。其中能考知作者的七十六例，齐己自己的诗例有三十一例之多。卢照邻、王昌龄、李白、杜甫各一例，其他如崔峒、贾岛、周贺等二十余人全为中晚唐作者，大多每人引诗一例，贾岛多至六例。所引诗句绝大多数是平仄谐调的律诗律句，而且以律诗颔联为主。这一情况反映了晚唐诗坛追求形式精工，讲究锤炼的诗学宗趣。因为律诗颔联是近体诗创作中诗人用功最多的一联，也常是诗中最为工整的一联。另一方面，在中晚唐诗人中，除去作者自己外，贾岛是选诗例最多的，其中缘由大概是贾岛长于律诗，尤其是五言律诗，诗风偏于清瘦寒苦，又喜于日常生活中搜抉幽奇，诗句锤炼稳帖精工。他的诗从内容到形式都适合晚唐人的口味，齐己自然也不例外。由此可以窥见齐己的唐诗观。

（二）徐衍《风骚要式》

徐衍，生卒年不详。从其引诗多引贾岛、郑谷、齐己、虚中等人诗句的情况来看，当为五代时人。此书内容共分五门：君臣门、物象门、兴题门、创意门、琢磨门。其论诗解诗有较为浓厚的政教倾向，又以"门"标目，受齐己《风骚旨格》影响较为明显。又多引贾岛、郑谷、齐己等中晚唐诗人诗句为法以教人，其诗学旨趣笼罩在《风骚旨格》之中，无多发明。

（三）徐寅《雅道机要》

徐寅，生卒年不详。字昭梦。泉州莆田（今属福建）人。昭宗乾宁元年（894）进士及第，授秘书省正字。后归闽。与司空图、黄滔、罗隐等人有交往。著有《钓矶文集》。所著《雅道机要》主要内容为"明"与"叙"两部分。"明"的内容包括：明物象，明门户差别，明联句深浅，明势含升降，明体裁变通，明意包内外。"叙"的内容包括：叙体格，叙句度，叙搜觅意，叙磨炼，叙血脉，叙通变，叙分剖，叙明断。其中明门户差别、明联句深浅、明势含升降、明体裁变通等内容大体上录自《风骚旨格》的十体、十势、二十式、四十门等。其他部分则大抵可以归纳为三个方面：一是关于"意"与"象"的关系。此点未能超出以往人们关于意象的论述，甚至有些倒退。二是关于诗句锤炼。承中晚唐苦吟炼句风气而来，强调字字工致，推崇贾岛苦吟炼句。其"叙体格"云："未论古风，且约五七言律诗，惟阆仙真作者矣。"反映出晚唐重视律诗的写作，讲究字句锤炼的风气。三是关于诗禅关系的看法。《雅道机要》云："夫诗者，儒者之禅也，一言契道，万古咸知。"将诗与禅并提，反映出晚唐时诗人好禅理，僧人喜吟诗的社会风气，揭示了晚唐诗与禅理的密切关系，成为中国诗禅关系理论链上的一个环节。

晚唐五代诗格著作繁多，大多为初学者开示作诗门径，内容较为肤浅繁杂，所举诗例多为中晚唐诗人诗句，且多为清奇寒苦之句。颇能映射出当时诗坛风会。除以上所介绍的几种外，类似著述还有王叡《炙毂子诗格》、李洪宣《缘情手鉴诗格》、虚中《流类手鉴》、王玄《诗中旨格》、王梦简《诗要格律》等，内容或有异同，兹不赘述。

第四节 创作实践与研究视野间的反差

就唐诗学理论的发展来说，晚唐五代是全面开拓的时期：整体唐诗意识确立，人们对唐诗的发展有了通观通识，开始总结唐诗创作的风格、技巧、体式门派及其整体流变过程。但唐诗创作的辉煌盛大景象已经去而不返。两者之间形成较大反差。

创作主体的末世情结导致创作题材的转变和萎缩

晚唐五代时期，盛唐风流已经走远，连背影也看不见了。元和中兴的希望也如泡影，幻化无迹。呈现在晚唐诗人面前的是大和九年（835）甘露之变的血腥场景、牛李党争的死活闹剧以及此伏彼起的藩镇叛乱。诗人们面对动荡飘摇的朝政、满目疮痍的家国，其心也哀愁，其情也悲凉，其志也销蚀，其意也迷惘。政治现实再也不能唤起人们一丝兴趣，诗人们开始关注历史和自身，追怀往日的繁华，发怀古之幽思。关注一己的悲欢，抒缠绵之艳情成为诗歌创作的主要内容。盛唐时期广阔社会生活内容和昂扬向上的激情杳无踪影，创作题材明显转变和萎缩。

首先是带有浓重感伤情调的怀古、咏史诗大量出现。唐穆宗长庆四年（824）韩愈卒，至此中唐时期一些重要的作家相继辞世。白居易、元稹、刘禹锡虽然在世，但创作倾向已经发生了变化。刘禹锡于这一年写的《西塞山怀古》就流露出浓重的感伤情调。《唐诗纪事》记载此诗创作本事曰："长庆中，元微之、梦得、韦楚客，同会乐天舍，论南朝兴废，各赋《金陵怀古》诗。刘满饮一杯，饮已即成。白览公诗曰：'四人探骊龙，子先获珠，所余麟爪何用耶？'于是罢唱。"细玩此则本事，有两方面颇有意味：一是元、白、韦、刘相聚而论六朝兴废，大有意味。政治飘摇动荡，士人危机感日益浓重，所见所闻无不引起人们兴亡之叹，友朋相聚不论其他而论及兴亡之事，吊古伤今之意十分明了。二是见刘诗而罢唱，大有意味。本事表面上说是因为刘诗艺术成就之高使得众人罢唱，此固宜然。恐怕还有另一层意义就是刘禹锡道出了所有人心中的那份吊古之情和伤今之意，"于我心有戚戚焉"，众人无须再说。读完此诗，浓重的伤悼情绪如长江水、芦荻秋，滚滚萧萧，无穷无尽。刘禹锡在这一段时间里还有《金陵五题》、《金陵怀古》、《台城怀古》等等一系列吊古伤今之作，短短的时间之内，写了这许多情调题材相同的诗作，是很值得玩味的。自此之后，许浑也写了一系列相似的作品，如《金陵怀古》、《咸阳城东楼》等等。其《咸阳城东楼》写道：

一上高城万里愁，蒹葭杨柳似汀洲。溪云初起日沉阁，山
雨欲来风满楼。鸟下绿芜秦苑夕，蝉鸣黄叶汉宫秋。行人莫问
当年事，故国东来渭水流。

面对秦苑汉宫，追想当年的繁华兴盛，而眼前山雨欲来，令人窒
闷，令人忧心。现实的衰败与往昔的繁华形成鲜明的对比，能不激起诗
人的伤时忧怀？强盛与繁荣属于过去，中兴希望幻成泡影，晚唐诗人们
在对过去的眷念中走向失望与绝望。于是，怀古伤今成为诗歌中一个很
普遍的主题。杜牧、李商隐、温庭筠、皮日休、章碣、郑谷等晚唐著名
的诗人都写过怀古题材的诗。在这些诗中伤感情绪、无可奈何的心情笼
罩着全诗，而且愈到后来愈益加重，诗人的人生态度就变得消沉落寞。
如薛逢的《悼古》诗：

细推今古事堪愁，贵贱同归土一丘。汉武玉堂人岂在？石
家金谷水空流！光阴自旦还将暮，草木从春又到秋。闲事与时
俱不了，且将身暂醉乡游。

与前面所引刘禹锡诗对照，吊古伤今已演化成对现实的失望、人生的虚
幻和落寞消沉。

其次是闺阁生活、男女之情成为诗歌描写的对象。这类题材在盛唐
诗歌中较为少见。中唐以后，元稹写了许多艳情诗，诗风浓艳甚至轻
佻。李贺也写爱情诗，将情感写得色彩斑斓而又惝恍迷离。但这些尚不
能构成诗坛的主流。直到晚唐以后，闺阁生活、爱情、艳情才大量入
诗，成为一种主要创作倾向。所以如此，乃是对现实的失望乃至绝望使
得诗人将眼光聚焦于自身情感，抒写自身的忧闷，发泄失意与落寞。这
类诗歌写得最多最好的要数李商隐、温庭筠。

李商隐的爱情诗情意真挚，深厚缠绵。他致力于情感意绪的体验与
把握，在表达上则采取幽微隐晦、迂回曲折的方式，将自己心中的凄苦
迷惘、感伤寂寞、失望向往等等情感幻化成惝恍迷离的意象传达出来。
最能表现李商隐诗这些特点的是他的无题诗。如大家熟知的《锦瑟》，

境界与情思的朦胧构成了内涵上的多义性，历来聚讼纷纭，多种笺解，似乎都有道理，但又似乎意犹未尽，所谓"味无穷而炙愈出，钻弥坚而酌不竭"①。其他如《无题》之"相见时难别亦难"、"昨夜星辰昨夜风"、"来是空言去无踪"等诗篇在艺术上都具有相同的特点。李商隐的无题诗在抒写隐曲情感方面富有创新意义，在于它以最大的限度扩展了诗篇的心理空间，以致把全部外在的情事都包罗、消融到这里面来，从而给作品带来了巨大的心理容量。加上诗人发挥了律诗的精工辞调与绵密体势，造成一波三折、回环映带的抒情格局，更便于淋漓尽致地摹写人的心曲。无题诗成了古典诗歌园地里的一株奇葩，并给予宋以后的婉约词风以深刻的影响。除了无题诗，李商隐其他描写闺阁、爱情等题材的诗如《春雨》、《嫦娥》等等在情感的表达上也莫不如此。

温庭筠，作风浪漫，诗风华美秾艳。现存诗约三百三十首，其中约六分之一多写闺阁艳情题材。跟李商隐相比，其在诗中所追求的情感更形世俗化，更重感官的满足。如《经旧游》：

> 珠箔金钩对彩桥，昔年于此见娇娆。香灯怅望飞琼鬓，凉月殷勤碧玉箫。屏倚故窗山六扇，柳垂寒砌露千条。坏墙经雨苍苔遍，拾得当时旧翠翘。

旧地重游，忆起当年的歌笑生活，流连、寻觅，拾得当年笑闹留下的"翠翘"。这些描写，勾勒出当年灯红酒绿、拥姬狎酒的轻狂生活情景。温庭筠还常常对感官满足进行细腻的描写，诗中多有挑逗的情调，如《偶游》等诗。

温李之后，韩偓、吴融、唐彦谦等是其诗风的继承者。韩偓以写绮艳的香奁诗著名。严羽谓其诗"皆裙裾脂粉之语"（《沧浪诗话·辩体》）。其诗大致有三种类型：一是写男女之情而有一定品位，如《绕廊》、《哭花》；一是关乎时事，有所寄托的，如《思录旧诗于卷上凄然

---

① 葛立方《韵语阳秋》卷二："公（杨亿）尝论义山诗，以谓包蕴密致，演绎平畅，味无穷而炙愈出，钻弥坚而酌不竭。"见中华书局《历代诗话续编》本。

有感因成一章》、《代小玉家为蕃骑所虏后寄故集贤裴公相国》;一是淫狎轻靡,与六朝宫体相承的,如《咏手》、《咏浴》。吴融、唐彦谦等在诗风和题材上与韩偓有许多相似之处。

晚唐士人寄情闺阁,一方面是由于政治社会衰微,在科举和仕途上少有出路,转而从男女情爱中寻找慰藉,企求补偿;另一方面也由于晚唐时期礼教松弛、淫靡享乐之风盛行,狎妓侑酒成为时风。这些反映在诗中就导致其他表现广阔社会生活内容题材的萎缩,而闺阁艳情大量泛滥。

总之,晚唐诗人受社会背景变化的影响,创作视野越来越狭窄,创作题材不断萎缩。

门径纷出,境界深狭,追求形式美

从诗歌风格方面来看,晚唐诗坛风气庞杂,门径纷出,难以理清头绪。晚唐诗人中,除李商隐、杜牧等少数名家外,缺少卓然屹立、开宗立派的大诗人,多数作者往往成为前一时期某家诗风的追随者。如李频、方干、周朴、李洞学贾岛的清苦,项斯、司空图、任蕃、章孝标学张籍的雅正,于濆、曹邺、刘驾、邵谒学元结的简古,皮日休与陆龟蒙学韩愈的博奥,杜荀鹤、罗隐、胡曾、韦庄学白居易的通俗,而李群玉、唐彦谦、吴融、韩偓诸人则学温庭筠、李商隐的精工典丽。他们各就性之所好,趋其一端,或浅切,或深奥,或平正,或奇僻,或简朴,或藻饰,或独标古风,或专攻近体,从而造成了诗界的大分裂。与此同时,晚唐诗人还常有徘徊、折中于不同派别门户之间的情形。如杜荀鹤《时世行》等讽喻诗作学白居易,多数五言律体接近贾岛,而《春宫怨》之类篇什又带有温、李风味。皮日休除了模仿韩愈逞奇斗险的诗风写了《吴中苦雨》、《太湖诗》诸作外,其《三羞诗》三首、《正乐府》十篇则明显承袭了白居易《秦中吟》、《新乐府》白描写实的精神。皮、杜尚且如此,其余小家更可想见。这种多元歧出而又务求折中的现象,也是诗歌创作沦于退化的重要表征。盛唐时期那种壮大宏阔的气势、清新明快的格调都难以再现诗坛。"唐祚至此，气脉浸微，士生斯世，无他事业，精神技俩，悉见于诗，局促于一题，拘挛于律切，风容色泽，轻浅纤微，无复浑涵气象。"（宋俞文豹《吹剑录》）尽管门径纷出，但大都题材窄小，视野褊狭，"无复前人浑老生动之妙矣"（清贺贻孙《诗伐》）。

但晚唐诗自有其独到之处。晚唐人的抒情诗虽狭却十分深蕴，如上已述及的李商隐，其无题诗抒写自己的隐曲，深刻婉转，动人心魄。其意象迷蒙，含蕴多义，虽令人费解，也令人流连难舍。其他诗人如温庭筠、韩偓等抒写艳情而别有怀抱，深致婉转。其成就难以与李商隐比肩，但风格追求上仍属一路。晚唐诗人重视诗歌形式的锤炼。就律诗而言，晚唐时期最为发达，晚唐诗人从姚合、许浑到司空图、韩偓皆工于律体，他们或致力于锤字炼句，把五律的形式琢磨得更加精莹润妥；或刻意以声调波峭取胜，发展了拗体七律。晚唐三大家杜牧、李商隐、温庭筠堪称七律圣手。他们将七律诗锤炼得典丽精工，使得晚唐七律诗在形式上达到完美的境地。

晚唐人在创作上的追求走向了深狭之境，但唐诗学在晚唐时期却得到了全方位的大发展：唐诗选学从专选到通选，有了整体的唐诗意识；唐人论唐诗有意识地从风格、体派以及唐诗发展历史等各方面全面总结唐诗；从批评形态上看，阅读、品藻、写作、格法专著专论、本事诗、论诗诗等都出现在唐诗研究领域。总之，唐诗学在晚唐时期已经站到一定的高度，其学科形态已经呈现出初步的轮廓。令人遗憾的是，对唐诗的通观通识并未能积极影响晚唐诗人的创作，创作题材萎缩，境界深狭，诗风细美幽约，与唐诗研究眼光的全面开阔形成反差。当然也不能将晚唐人的创作实践与理论眼光完全打成两截，晚唐五代诗格研究的琐碎支离，选诗的偏向缘情绮靡，正是当时重形式的诗风在研究领域的反映；而那种含蓄空灵的"韵味"的发扬，更是那个时代所追求的细美幽约的审美风尚给诗学理论建设带来的贡献。矛盾而又统一，这便是诗歌创作与诗学接受间的辩证关系。

第二编

唐诗学的成长（宋辽金元）

第一章
概　说

在古典唐诗学史上，宋辽金元是唐诗学的成长期。这一时期，唐诗研究的演进大致可分为三个阶段：一，北宋，在探索建构宋诗范型的过程中，唐诗作为最切近的诗歌传统乃至典范为宋代诗人广泛借鉴，唐诗学初步形成；二，南宋和金，在唐宋诗立异的基础上，人们逐渐对唐诗的质性、渊源、流变、分期、分体等进行较为系统的研究，有了自觉的理论观念和学科意识，较为明晰地树立起唐诗学的架构；三，元代，唐诗研究进一步发展，诗坛宗尚弃宋归唐，转折过渡，成为明清唐诗学盛兴和成熟的前奏。

第一节　唐宋诗风的交替与唐诗学的确立

宋代社会文化的转型与唐宋诗风的交替

公元960年，赵匡胤"黄袍加身"，即位称帝，揭开了有宋三百多年的王朝史。此后不久，他和他的弟弟赵光义便结束了五代十国的分裂割据局面，重新建立起与汉、唐并称的统一王朝。但在体制上，赵宋有别于汉、唐，在建立、发展的过程中形成了自身一套"祖宗家法"。它实行权力制衡、强内虚外、厚禄养士、佑文抑武等一系列政策措施，以其独有的社会政治文化个性彪炳于中华历史之上。

宋代社会政治文化有异于前代。对此，中外不少学者提出"唐型文化"与"宋型文化"之辨的问题，就宋代社会与文化的转型及其内涵加以论断。在政权建设上，宋承隋、唐中央集权制，而皇权得到空前加强，王朝的政权基础更为广泛，与前代形成某种区别。据统计，仅北宋一代共开科 69 次，取正奏名进士 19281 人，诸科 16331 人，合计 35612 人，如果包括特奏名及史料缺载者，取士总数约为 61000 人，平均每年约为 360 人。① 宋代在取士上不仅数量远超唐代，在择选的公平性、开放性上也较唐代为优。这从深层次上打破了势家大族把持权柄的局面，对赵宋政权的稳固和社会文明的进程起到了积极的推动作用。在政权结构上，赵宋统治者普遍引进权力制衡机制，希望通过相互牵制，强化皇权和实现社会的全面稳固。这一措施在客观上膨胀了官吏队伍，加重了国家的财政负担，但同时也助长了士人议政讲学之风，在很大意义上，又有助于社会思想的沟通与文化的拓建。赵宋统治者的"佑文"政策在中国历史上是极为突出的。文士的社会地位得到空前提高，表现在政治前途、经济待遇、自由论说等各个方面。赵宋统治者曾立下不杀士大夫及上书言事者的"祖宗家法"，对文学之臣尤加礼遇，这增强了士大夫以道自任的独立自主意识，浓厚了文士们的淑世情怀，直接导致士人对儒学道统精神的弘扬。士人或忧怀国事，执著淑世；或忠节相望，自励名节；或自由论议，优游自处，对宋代社会的发展与文化的建构起到了积极的推动作用。

王国维曾言："天水一朝，人智之活动，与文化之多方面，前之汉唐，后之元明，皆所不逮也。"② 陈寅恪更云："华夏民族之文化，历数

---

① 张希清《北宋贡举登科人数考》，《国学研究（第二卷）》，北京大学出版社 1994 年版。
② 《宋代之金石学》，《王国维遗书》第五册页 70，上海书店 1983 年版。

千年之演进，造极于赵宋之世。"① 宋代作为我国古代社会文化发展的一个中继点，对后世产生了深远的影响。陈来指出："中唐的中国文化出现了三件大事，即新禅宗的盛行、新文化运动（即古文运动）的开展与新儒家的兴起。宗教的、文学的、思想的运动的出现，共同推动了中国文化的新发展。三者的发展持续到北宋，并形成了主导宋以后文化的主要形态，也是这一时期知识阶层的精神表现。"② 事实确如此，在唐宋之际盛行的这多种文化潮流中，新禅宗的盛行，导致了人们对生存方式、生存样态的价值观念的转变，追求自适、自乐、任运、平淡的作风在社会中广泛濡染开来。儒学的再创造，则将传统以礼教为核心的儒学转移到对人的道德价值的实现的探讨上来，追求自持、自省成为社会的普遍人格，道德主义蔚为时代风气，希望通过"正心诚意"走向"修、齐、治、平"，最终达到内外一贯，成为宋人所执著追求的人格方式与人生境界。

与以上社会文化的转型相联系，宋代诗歌创作中也出现了唐宋诗风的交替。唐代独特的社会文化形态使唐诗在整体上呈现出自由抒写，辞采华茂，情脉流动，意象玲珑，意境浑融，兴味盎然等特征。从唐人诗歌创作的态度来看，他们大多即兴而起，自由吟唱，更多地继承了风骚的传统，将诗歌创作当成一种生存形式和生命快乐与托寄，取的是艺术化、诗性化的人生态度和创作精神。在语言运用上，唐诗辞采华茂而又自然天成，通俗畅达然又丰腴华美。唐人惟情而动，一任情感的自由宣泄或曲折摆弄，立足于"情"的本体是大多数唐人诗歌的生发机。唐人追求在意象的创构中生成诗境，追求情景的共构共生，以营造出浑融汪茫的诗歌境界和摇曳不尽的兴味神韵，故能在接受时空的不断变化中显现出永恒的魅力。相对于唐诗，宋诗在逐渐的学习、吸收、融化、生成的过程中形成了自身创作的体制、特征，这与宋代社会文化的多方面转

① 《邓广铭〈宋史职官志考证〉序》，《金明馆丛稿二编》页 245，上海古籍出版社 1980 年版。
② 陈来《宋明理学》页 16，辽宁教育出版社 1992 年版。

型是紧密相联的。宋人在诗歌创作态度上，大都以意为上，因思而起，他们在"诗庄词媚"传统观念的影响下，托心志于诗，走的是精思于诗的道路。在语言运用上，宋诗平淡枯涩、极少修饰，不求天成，转逐思虑，这使宋诗在欣赏形式上不太适应于"唱"、"吟"，而更趋近于"读"。宋诗惟意而动，追求诗意的深远，诗人们对浅显平易之作极为漠视，并强调诗意与"风人之旨"的谐合。宋人在意象的运用上不尽下力，他们常常补之以议论，直入诗意诗理，这使宋诗极见筋骨；宋人强调"意从境中宣出"，将诗意标树于诗境之上，这导致了宋诗以"思"代"境"，理趣的巧妙、深刻往往成为宋诗的特色之一。在总体上，宋人更多的是以一种严肃化、实体化的态度于诗，对诗歌创作持内敛观照与人格自省的取向。这实际上界分出了以唐宋为代表的两种诗歌范型，为唐诗学的成长与确立，奠定了比照分析与理性抽绎的基础。

宋诗的创建与唐诗传统的发扬

　　宋诗的创建是从对前代文学传统，尤其是唐诗传统的直接承传中切入的。唐诗传统在宋人心目中已成为一个包容众多的集合体，宋人对它进行了多方面的学习、借鉴与吸收。在很大意义上，宋诗的创建过程，便是唐诗传统的发扬生新过程，它们成为同一事物的两个不同方面。

　　宋代诗坛承唐五代而下，在最初的六十多年间，白体、晚唐体、西昆体诗人们在探索自身诗歌发展路向时，便对唐诗传统自觉地予以继承与发扬。与后来的宋诗创建者不同的是，他们虽然也是诗歌新变的产物，但相对于欧、梅、苏、黄等人，他们更重视对唐诗传统中某一血脉的接通与放大，在变异改造、综合生新上还显得不够成熟与到位，因而难以自成体格，但他们也为宋代唐诗学的建立作出了初步贡献。如白体诗在艺术表现上以白居易诗的平直、浅切、流畅为创作宗尚，这继承了唐诗传统中所涵容的"讲"的因子；晚唐体诗对贾岛等人炼辞炼意创作取向的追求，又发扬了唐诗传统中追求精工的特色。西昆体诗人在对李商隐的一意高标中，一方面将事典大量运用于诗歌创作，另一方面又努力雅化诗歌，追求诗意的深远，这接通了唐诗传统中对诗意表现的企求与化学问入诗的气脉。宋初"三体"为宋人创建自身诗歌体制和进一步扬弃唐诗传统提供了直接的实践准备与理性思考的平台。

梅尧臣作为宋诗的开创者，他与宋初"三体"诗人不同的是，在对唐诗传统的学习、吸收中不名一家，追求自立的气度。他的诗，早年师法王、韦，中年以后学习韩、孟，而用笔命意又多本于白居易。他将上述诸人的创作特征加以糅合，其诗作呈现出劲峭老健、平淡简远的特征。梅诗在对唐诗传统的融通上作了文章，对唐诗的平淡与劲健予以了发扬生新。欧阳修作为领袖北宋中期文坛风会之人，他在参与宋诗的创建过程中，主要继承发扬了李白、韩愈等人的创作路径。他一方面将古文章法运用于诗歌创作中；另一方面，又浓厚了诗歌的散文化色彩，将中唐以文为诗的血脉予以接通和生新。欧阳修在执矫昆体雕琢之弊中，还"专以气格为主"，将盛唐诗及韩愈等人诗中以气为主的传统因子加以放大。苏舜钦进一步张扬中唐以文为诗的创作取向。其作诗，写景、状物、咏史、言情，触处即生议论，他又在几乎所有的题材中都寓道谈理，初步体现出了宋诗在创作观念与思维方式上的转换。苏舜钦的创作，也表现出将唐代文学传统中的养料加以糅合的特征。之后，在创建宋诗中起到不可替代作用的王安石，一方面大力发扬中唐以文为诗的创作路径；另一方面又努力追求晚唐作者余韵悠然的诗歌趣尚。他早期诗作直抒胸臆，语意直露；中年以后遍览唐人诗，博观约取，逐渐形成了自己峭拔遒丽、跌宕绵密的风格；晚年致仕后诗风则变为优游不迫，精工华美。王安石对宋诗体制的探索是以他深得唐诗之风神骨髓为基础的。作为一个诗歌创作的多面手，他将创建宋诗与发扬唐诗传统并置地凸显了出来。

苏轼和黄庭坚是最终使宋诗在创作质性上与唐诗区别开来，形成自身体制的关键人物。如果说，梅、欧、苏（舜钦）、王等人的探索仍处于宋诗由量变到质变积累的话，那么，苏、黄的创作则意味着宋诗创建的成熟。作为一种诗型，宋诗的一些特色如平淡、老劲、瘦硬的风格，押险韵、造硬语、以议论为诗、以文为诗、以才学为诗等手法，在苏、黄手中得到了成熟和拓展。严羽在《沧浪诗话·诗辨》中曾指出，苏、黄对宋诗之体的定型是以"自出己意"为出发点的。他们在新变取得实绩的基础上，进一步继承发展，融通生新，立足于自身主体素质的基点，各自从不同方面完成了宋诗的创建。

苏、黄在完成宋诗创建的过程中，对唐诗传统这一集合体是持扬弃态度的。他们确立了李、杜、韩、白作为学习的典范，但又并不盲目追随。苏轼曾批评李白诗"伤于易"，批评杜甫诗"村陋"，批评白居易诗"俗"，黄庭坚"于退之诗少所许可"（均见《苏东坡诗话》），他们对晚唐诗在整体上则持否定态度，强调对唐诗传统与典范的学习应取法乎上，从而，将唐诗中的优秀传统有机地融入到了自身诗歌体制的创造中。苏轼作诗为文主张行于所行，止于所不可不止。在笔法结构上，他深受歌行体的影响，将李白等人对古文章法的运用进一步发挥，跌宕起伏，收放自如；在思想人格上，他推崇杜甫；在对生活的体认与人生的态度上，他又崇尚陶渊明的平淡和白居易的随缘放旷。综合上述几方面取向，苏轼的诗作纵横自如中深寓理趣，自现平淡，显现出才气过人、识度博大的特征。黄庭坚与苏轼同中有异。其《与徐师川书》指点后学说，作诗要熟读"老杜、李白、韩退之诗"。他与苏轼一样推崇杜甫的人格情怀，但他对杜诗的技巧、法度更为激赏，深入研究，大力提倡，身体力行地在创作实践中学杜、扬杜。正因此，张戒《岁寒堂诗话》说："子美之诗，得山谷而后发明。"黄庭坚诗作多方面地从杜诗中获取养料。黄庭坚也吸纳了李商隐等人诗作中的审美质素。朱弁《风月堂诗话》曾评价他"独用昆体功夫，而造老杜浑成之地"。他充分利用艺术的融通生新与反常合道原则，将创建宋诗与发扬唐诗传统有机地结合了起来。

总之，梅尧臣、欧阳修、苏舜钦、王安石等人在前人基础上，一方面从人格层面入手，使宋诗进一步主体人格化，内在地提升了宋诗的审美品格；但更重要的是，他们对唐诗传统广泛吸取，发扬生新。如将中唐以文为诗创作因子加以放大，将古文章法广泛运用于宋诗的创作中，这浓厚了宋诗的散体化色彩，强化了其议论性，使宋诗在诗意的表现上更见凸显，而对唐人一唱三叹的诗歌审美模式构成了突破。苏轼的崇陶、崇李、崇白，进一步从个体人格和生命情趣层面强化了宋诗的生命化意蕴；其自由放舒的创作精神，一定意义上开启了后来诗学中的"活法"，对润滑宋诗流程，促进宋诗自我否定、自我扬弃起到了不可替代的作用。黄庭坚及江西派诗人对作诗体制、法度、格式、词语、具体技巧等的广泛学习探求，最终使宋诗沿着杜甫等人所开创的以意为旨、法度森严，然又自如舒放的道路前进。他们在从创作程式、体貌上规范宋诗的同时，实际上也从血脉精气上接通了唐诗，是对唐诗传统的创造性继承与发扬。

"宋调"的质疑与"唐音"的凸显

宋诗在经过梅、欧、苏（舜钦）、王等人的探索，开创出诗歌创作的新局面之后，苏、黄又进一步发展了以才学为诗和以技巧、法度为诗，他们使"宋调"与"唐音"判然有别，为宋诗体制的最终确立作出了贡献。但正像任何事物的成熟也就意味着衰变的开始一样，对于北宋中期以来自成体制的"宋调"，从它成熟、昌盛之日起就有不少诗论家对之提出质疑，予以反思。他们在质疑和反思中，往往将"宋调"与"唐音"对举，努力在两者的比照、融化中进行其批评，标树其理论。这使北宋后期至南宋末唐诗学的发展在对"宋调"的质疑和反思中鲜明地凸显出了唐诗的质性，为古典唐诗学的确立奠定了扎实的根基。

早在北宋中后期，魏泰就对苏、黄诗作及前人诗作中近于"宋调"者提出了质疑和批评。他在《临汉隐居诗话》中批评苏轼诗"逞豪放而致怒张"，评断黄庭坚诗专使"古人未使之事"，又爱用"奇字"，这使其诗"句虽新奇，而气乏浑厚"，又批评石延年"长韵律诗善叙事，其他无大好处"，还指责杨亿、刘筠"作诗务积故实，而语意轻浅"。魏泰以"余味"为论诗的准则，对宋人作诗缺失较早提出了批评。魏泰对唐诗中近于"宋调"者也不满。他指责韩诗乃"押韵之文"，批评白居易等人新乐府诗"述情叙怨，委曲周详，言尽意尽，更无余味"。魏泰对"宋调"的质疑及对韩、白等人诗作的批评，在审美本质上体现出对诗歌应具浑融气韵和意境的呼唤。

进入南宋，随着江西诗创作弊端的日益显露，对"宋调"的质疑之声不断出现。叶梦得《石林诗话》从诗作须有蕴藉之味的角度立论，批评宋代学欧阳修者"往往遂失其快直，倾困倒廪，无复余地"；针对江西诗用事下语之习气，强调用事的自然与妥帖，宣扬诗的工妙不在言语，而在"缘情体物"；在论述宋人学杜时，又批评他们流于从"模放"字句入手，"偃蹇狭陋，尽成死法。不知意与境会，言中其节，凡字皆可用也"。叶梦得还借论评王安石晚年律诗，提出了"意与言会，言随意遣，浑然天然"的美学原则，强调诗歌应在内容与形式的统一中达到完融的艺术表现效果。他对"宋调"的质疑比魏泰更具体化了。

之后，张戒对"宋调"进一步予以反思。《岁寒堂诗话》直言批评代表"宋调"的苏、黄道："诗妙于子建，成于李杜，而坏于苏黄"，尖锐指出苏黄"用事押韵"，乃"诗人中一害"，认为只有使"苏黄习气净尽"，方可以论唐人诗。他明确地将"唐音"与"宋调"并置地对照了起来。张戒在唐人中又高标杜诗高古莫及，推尚"韦苏州诗，韵高而气清；王右丞诗，格老而味长"，还认为"义山多奇趣，梦得有高韵"，等等。他从诗作的多样审美特征上对唐宋诗人进行了评析，在通过质疑宋诗而凸显唐诗质性上迈出了一大步。

向后延展，严羽将对"宋调"的质疑与对"唐音"质性的凸显推向了高峰。他从总结诗歌艺术规律入手，对典型地体现"宋调"的江西诗和归宗唐人的"四灵"、"江湖"诗都作了审视。《沧浪诗话》认为江西诗最根本的缺陷在于"以文字为诗，以才学为诗，以议论为诗"，此三方面特征的凸显使"宋调"在体制、面貌、韵味上远离"古人之诗"，这便是缺少兴味与吟咏。《沧浪诗话·诗评》概括道"本朝人尚理而病于意兴；唐人尚意兴而理在其中"，见出了唐宋诗在不同审美质性要素间的差异。严羽论诗高标盛唐，他概括"盛唐诸公"在创作构思上基于"透彻之悟"，在审美表现上"惟在兴趣"、"言有尽而意无穷"。这一比照辨析，将"唐音"的质性、特征更为清晰地凸显了出来。

之后，刘克庄、范晞文又将对"宋调"的质疑与"唐音"的凸显推进了一步。刘克庄《后村诗话》在努力融通唐宋中，对宋人多有反思。他说："元祐后，诗人迭起。一种则波澜富而句律疏，一种则锻炼精而情性远。要之，不出苏、黄二体而已。"刘克庄对一味翕张开合的苏体诗和远离情性的黄体诗都持有不满。他同时对唐代诗人也进行了论评。他批评韩诗"但以气为之，直截者多，隽永者少"，肯定陈子昂"首倡高雅冲淡之音，一扫六朝之纤弱"，称扬杜甫诗语有骨气，柳宗元为本色诗人。刘克庄对唐宋诗人的评析建立在"言近旨远"，"意在言外"，"意兴而理长"的审美准则之上。范晞文《对床夜语》在周弼《三体诗法》纵论情景、虚实关系，张扬唐近体诗的基础上，通过辨析唐宋不同诗人诗作，亦对唐诗质性予以凸显。他指斥宋人在对唐人的承传、吸纳中"徒法其句"，虽"毕力竭思"，亦"非其意"，批评"四灵"一派模拟尤甚，其"立志未高而止于姚贾"，"相煽成风"，"万喙一声"，流于"尖纤浅易"。他称赞唐人行旅之作，"殆如直述"，"最能感动人意"；认为杜甫诗呈现出"情景相触而莫分"的特征，即一方面"景无情不发"，另一方面"情无景不生"；还评断刘长卿诗辞妙气逸，郑谷咏物诗自在，王建等人诗有曲折之意，等等。范晞文实际上也将情景交融、自然流畅视为对"宋调"纠偏的根本途径。《四库全书总目》称其"沿波讨源，颇能探索汉魏唐人旧法，于诗学多所发明"，道出了范晞文对唐诗质性凸显的努力。

总的来说，唐宋诗风的交替是与宋代社会文化的转型紧密相联的。这种"交替"在前半阶段体现在宋诗的创建和唐诗传统的发扬中；在后半阶段体现在"宋调"的质疑与"唐音"的凸显中。这一承一转的关系，从内在来看，便是宋诗的创建需要多方面发扬唐诗传统，而对宋调的质疑和反思则凸显出"唐音"的质性。宋代唐诗学就在宋人诗歌创作的这一"变"一"复"、一去一来中得以成长和确立。

第二节 宋代唐诗学演进的轨迹

宋代作为我国古典唐诗学的成长期，在唐诗学史上占有重要的地位。宋代唐诗研究的展开和演进呈现出多头并进的特征，从文献资料的整理到创作实践中的取径，再到理论探讨的深入，宋人在对唐诗的整理、接受、读解和阐释上倾注了大量心力，最终促成了唐诗学作为学科的确立。

文献资料的整理加工

宋代是我国图书文献资料的重要繁荣时期，无论官方或民间，都为辑编、整理古代文化典籍作出了重大贡献。表现在对唐诗文献的整理加工上，成就尤为显著。

唐人诗文经过唐末五代的战乱，到宋时已亡佚惨重，所传大致占其总数的十分之一二。赵宋建制后，推行"偃武修文"的基本国策，重视文治；加之此时雕版印刷的发展和活字印刷的出现，大大提高了出书效率，有力地促进了古籍整理事业的发展。

宋人对唐诗文献资料的整理首先是从辑佚和校勘入手的，所做工作艰苦而卓有成效。宋辑唐人别集、总集数量甚多，各具特色。在对唐人别集的辑佚、校勘上，出现有：赵彦清编《杜审言诗集》，沈侯、宋敏求、留元刚分别所编《颜鲁公集》，乐史、宋敏求、曾巩分别所编《李翰林集》，王钦臣、韩琮、魏杞分别所编《韦苏州集》，孙仅、苏舜钦、王洙、王淇分别所编《杜工部集》，刘敞编《杜子美外集》，王安石编

《杜工部诗后集》,黄长睿编《校定杜工部集》,穆修、欧阳修分别所编《昌黎先生集》,穆修、沈晦、李石分别所编《河东先生集》,宋敏求编《刘宾客集》、《孟东野集》,韩盈、胡如埙分别所编《玉川子诗集》,陈起编《李贺歌诗》,刘麟、洪适分别所编《元氏长庆集》,黄公度、黄沃分别所编《黄御史集》等。在对唐人诗歌的选编上,出现有:王安石《唐百家诗选》,佚名《唐五言诗》,佚名《唐七言诗》,佚名《唐贤诗范》,佚名《唐诗主客集》,佚名《唐名僧集》,张九成《唐诗该》,佚名《唐三十二僧诗》,佚名《唐杂诗》,佚名《唐省试诗集》,刘充《唐诗续选》,孙伯温《大唐风雅》,鲁苍山《鲁苍山选唐诗》,赵师秀《众妙集》、《二妙集》,林清之《唐绝句选》,柯梦得《唐贤绝句》,刘克庄《唐五七言绝句》、《唐绝句续选》,李璲《唐僧弘秀集》、《剪绡集》,时少章《续唐绝句》,周弼《三体诗法》,陈德新《陈德新选唐诗》,姚铉《唐文粹》(诗文合选)等。宋编唐人诗或诗文大型汇总,据不完全统计,也有 30 多种。如李昉等编《文苑英华》,赵孟奎辑《分门纂类唐歌诗》,郭茂倩《乐府诗集》,洪迈《万首唐人绝句》。上述成就的取得,其间都经过了艰苦的辑校。如对杜集的辑收,据今人周采泉《杜集书录》所收,仅宋代所编杜集就有近百种。而当时的情况则是,《旧唐书》本传记载杜集原有六十卷之多,后来亡逸甚众,至晚唐五代间,主要靠一种六卷本的小集和几种残卷行世。孙仅、刘敞、苏舜钦、王洙、王安石、王淇等人各以所见,对杜集重加辑校,才使杜诗终于有了比较可靠完备的本子。韩愈的集子,在长期流传中虽散佚不多,但五代宋初骈文盛行,韩集受到冷落,传世的几种抄本,讹夺零乱,脱略颠倒,几不可读。穆修、欧阳修分别以几十年心力辑校整理,方使韩集得以流播。杜甫、韩愈作为宋人最推重的唐代诗人,其作品的辑佚、校勘尚需经过这样的周折,其他诗人之作便可想而知了。

在辑佚、校勘的基础上,宋人进一步对唐诗文献资料整理加工,这便是集注和编年工作。宋代曾出现"千家注杜"、"五百家注韩"、"五百家注柳"等盛况。注家们各以自己所历、所知、所感、所识,对唐诗作出诠释阐说，这使对唐人唐诗的接受呈现出各擅一途、百花齐放的繁盛局面。宋代出现的著名唐人诗文注本有：赵次公《杜诗注》，王彦辅《增注杜工部诗》，蔡兴宗《杜诗正异》，郑卬《杜诗音义》，郭知达《杜工部诗集注》，徐居仁、黄鹤《集千家注分类杜工部诗》，刘辰翁等《集千家注批点杜工部诗》，蔡梦弼《杜工部草堂诗笺》，方崧卿《韩集举正》，朱熹《韩文考异》，魏仲举《新刊五百家注音辩昌黎先生文集》，廖莹中《世彩堂昌黎先生集注》，张敦颐《柳文音释》，魏仲举《新刊五百家注音辩唐柳先生文集》，杨齐贤《注李翰林集》等。这些工作，将唐人文献的整理加工切实推进了一步。

对唐人诗作进行编年，更标志着宋人对唐诗文献资料整理的深化。宋代学者认识到，对诗作正确系年，"知人论世"，是进行唐诗研究必不可少的关节之一，对正确理解诗作具有不可替代的意义。宋人对诗作编年的成就突出体现在杜诗上。早在北宋宝元年间，王洙辑编杜集，得诗1405首，他在将其分为古、近体的同时，即对杜诗进行了初步的编年，这成为杜集中最早的一个编年本。黄伯思《校定杜工部集》，在王洙辑收杜诗分体编年的基础上，将杜集古、近体分编的体例打破，对杜诗予以进一步补充考实，以编年排列诗作，遗憾的是此本未流传下来。蔡兴宗《少陵诗年谱》，也是对杜诗编年的一个本子。不过，蔡氏仍坚持分体而编，目的是为了让读者感受杜甫的多舛人生及悯世情怀。赵次公《杜诗注》，也是一个编年本的杜诗注本。他在吕大防、蔡兴宗编年的基础上完成，亦以编年为序排列诗作。黄鹤、黄希父子在对杜诗的编年上用力最勤。他们在引史证诗，匡谬辨伪方面做了大量工作，把杜诗编年推到了一个新的阶段。黄氏父子编年力求对每首诗都予以坐实，他们纠正了前人及同时代人编年中的不少错误，在编年中注重注明编于此年的理由和根据，为后人更精确地对杜诗进行编年和较完整、切近地把握杜诗作出了贡献。

批评与理论探讨的逐步深入

宋代诗学的主要载体是诗话、笔记及文人在相互交往中所写的序、跋、书信等。这些形式中，笔记以志人志怪为旨，对唐人唐诗逸闻趣事多有载录；诗话从笔记中脱胎而出，体制为漫笔散条，亦多记诗事趣闻，品评论说，以"资闲谈"为特征，因而，述事、考证、品评相互糅合。在这两种形式中，诗话又是不断演变的，由重述事到重品评是宋代诗话发展的基本趋势。诗论是较纯粹的论诗之体，随着时代的发展，论者的视点也由窄到宽，由拘限到贯通。上述几方面综合，使宋代唐诗研究对诗歌的批评、对唐诗理论的探讨呈现出由局部性论析到整体性观照的特征。

宋人对唐诗的批评探讨主要体现在三个层面：一是对单个诗人诗作的具体论评；二是联系具体诗人诗作，对唐代某个特定历史时期的诗歌发展及其特征，或对具有创作共性的诗人群体进行分析；三是站在审视唐诗发展的视点，结合自身所持诗学主张，对唐诗的特征、流变及其内蕴规律所进行的整体性观照。

宋代唐诗研究中涵量最大的是对单个唐人唐诗的具体论评。这方面论析出现最早，而后大量充斥于宋人笔记、诗话和诗论中。以北宋为例，如：钱易《南部新书》评"诗人三才绝"；司马光《答福昌张尉来书》评柳宗元"变古体，造新意"；王得臣《麈史》评李贺"才力奔放，不惊众绝俗不下笔"；苏辙《诗病五事》评李白诗"华而不实"，"不知义理之所在"；秦观《秦少游诗话》评杜甫、韩愈"集诗文之大成"；郭思《瑶溪集》评杜诗宗法《文选》；范温《潜溪诗眼》评李商隐诗"盖俗学只见其皮肤，其高情远意，皆不识也"；王直方《王直方诗话》评王维凭己之才而善取前人句；叶梦得《石林诗话》评杜甫诗用意深远；吕本中《童蒙诗训》评韦应物诗有六朝风致；等等。延展到南宋，这一层面论评仍然占极大比重，我们不作过多述及。

大致从北宋中期开始，对唐人唐诗的论评在对不同历史时期及创作群体共性的把握上向前迈出了一步。欧阳修《六一诗话》较早对晚唐人诗作共性作出归纳，认为他们"无复李杜豪放之格，然亦务以精意相高"。之后，蔡居厚《诗史》、《蔡宽夫诗话》、吴可《藏海诗话》、韩驹《陵阳室中语》等都对晚唐诗作审美特征、作诗优长与缺欠作出了多样化的论评。如蔡居厚《诗史》说晚唐诗"多小巧，无风骚气味"；"尚切对，然气韵甚卑"。认为晚唐诗一味追求细碎工巧，这使其脱离了诗骚的法乳，在气格、诗韵上也显得甚为卑弱。韩驹《陵阳室中语》持论则与蔡居厚稍有差异。他认为："唐末人诗，虽格致卑浅，然谓其非诗则不可。今人作诗，虽句语轩昂，但可远听，其理略不可究。"韩驹也认为晚唐诗作格调卑弱，但在与宋人诗的比照中，却又较符合诗歌作为艺术之体的内在要求，与宋诗判然有别。北宋中期，魏泰《临汉隐居诗话》还针对唐代新乐府诗的创作优缺点，范温《潜溪诗眼》针对李、杜、韩几大诗人学建安诗作了论析。这一层面批评探讨在进入南宋后亦得到倡扬。

从北宋中后期开始，对唐诗的批评探讨进一步显示出整体性观照和较深层次理论抽绎的特征。佚名《雪浪斋日记》在对唐代诸大诗人不同风格特征作出肯定后，提出："予尝与能诗者论书止于晋，而诗止于唐。盖唐自大历以来，诗人无不可观者，特晚唐气象衰茶耳。"作者较早从历时的角度论及唐诗，在对唐诗流程的粗线条勾画中含蕴了其诗史观。王得臣《王彦辅诗话》则清晰地为我们拉出了一条由初唐延展到杜甫的文学思潮发展演变线索，特别是对开元、天宝期间不同诗人创作审美特征予以了辨析，在此基础上，他归结杜诗"卓然为一代冠，而历世千百，脍炙人口"。蔡绦《蔡百衲诗评》评议唐宋十四家诗风，其中唐诗人十一家，在极为形象的描述中直入各家精蕴。他在品评中，皆长短并举，最后归结到"皆吾平生宗师追仰"，表现出对有唐一代典范诗人的整体性辨识眼光和对唐人诗作质性的深层次把握。如说："白乐天诗，自擅天然，贵在近俗；恨为苏小虽美，终带风尘。李太白诗，逸态凌云，照映千载；然时作齐梁间人体段，略不近浑厚。"均见传神到位。

与蔡绦相类的还有南宋中期的敖陶孙，其《敖器之诗话》评古今诸名人诗，皆要言不烦，形象生动而切中肯綮。没有对诗歌历史的整体把握与辨识，是不可能达到其标度的。

发展到南宋，这一批评探讨取向得到加强和深化。张戒《岁寒堂诗话》将历代诗歌发展分为五等，其中"唐人诗为一等"。他从学诗溯源的角度立论，认为由唐上溯六朝、汉魏以至风、骚，是后人悟入诗道的必然途径。他以讲"声律"为唐人习性，明确标示出唐诗与六朝诗、与宋诗的界限，触及唐诗的独特质性。朱熹和张戒一样，从绵延的历时视域观照唐诗，他将颜、谢以至唐初诗定为二等诗，是上溯"古诗"的津梁，而到律诗出现，其创作程式、格调则与"古诗"大相径庭，失却了"古诗"之风味。刘克庄亦多整体性观照的眼光，其《后村诗话》在肯定陈子昂一扫六朝诗风的同时，上挂下贯，对初唐至盛唐的诗歌发展作出了勾勒。发展到严羽，则将对唐诗的整体性观照和深层次质性的把握推向了高峰。他从师法盛唐出发，探讨到唐诗的一系列根本问题。《沧浪诗话》对唐诗不同历史时期、不同诗人群体作出了分辨，划分出唐诗的五种基本体式：初唐、盛唐、大历、元和、晚唐，实即唐诗发展的五个不同时期，成为后世长期沿用的"四唐"说的直接先导。《沧浪诗话》又依据诗中"词、理、意、兴"美学质素的互动消长，将汉魏至宋的诗歌区划为四个类别，在相互的比照中阐释唐诗的质性。他以"尚意兴"为唐诗的本质特征，树立起了唐诗之为唐诗的基本观念。这在唐诗学史上显示出划时代的意义。

创作范型的推移转换

宋代唐诗研究的演进还体现在创作接受方面。宋代诗歌的发展是在对前人诗作特别是唐诗的继承、吸收、消化、转换的过程中建构起来的。宋人面对唐诗近三百年中不同的创作范式，结合其自身所处社会文化思潮及诗学趣尚、审美个性，在不断转换创作路径的过程中，寻求适合宋诗自身发展的道路。

三百余年宋诗的流程是从对晚唐五代的承续中起步的。宋代初年，结束了五代十国动荡不安的社会现状，但此时王朝初立，文事尚未兴盛，以后周旧臣李昉、南唐旧臣徐铉为代表的一批诗人直接将晚唐五代诗风带入了北宋。蔡居厚《蔡宽夫诗话》曾说："国初沿袭五代之余，士大夫皆宗白乐天诗，故王黄州主盟一时。"道出了宋初白体诗的流行。另一方面，一批僧人、隐士及下层官吏和潦倒文人则承袭五代以来流行的晚唐体诗风，以学贾岛为创作宗尚。此两方面双线并行，大致构筑出了宋初诗坛的平台骨架。

白体诗人着重学白居易的两个东西：一是学其平易浅切的语言，流畅自然的做派；二是在相互应酬唱和中学白氏的闲适旷放。因此，白体诗在缘情遣兴、流连光景中不免题材狭窄，诗风平直乏味。王禹偁中年后创作了大量讽喻诗。他努力继承白居易诗作反映时政民瘼的内容，在对白体诗内容的空乏上有所消解；他还就诗作语言稍加锻炼约束，对白体诗一味浅白放任的作风也有所修正。王禹偁后来由学白进而学杜，以自身的实践探索寓示了宋诗发展的方向，遗憾的是随其早殁，未能产生普遍的影响。与白体诗执著创构平易、闲适的风味不同，晚唐体诗人则表现出对构思与用语的精心讲求。在诗作内涵上，他们追求创造清幽意境，凸显清苦意味，强调将个体孤芳自赏的人格旨趣艺术化地呈现于诗作中。因晚唐体诗当时主要在一批在野的文人逸士中倡扬，加之他们一味注重字语的锤炼而相对忽视内容的开拓，与社会历史的发展不相合拍，故在诗坛上始终未能上升到权力话语系统中去。

诗歌创作在承续晚唐五代中，如何能更好地与社会文化氛围、当下气象及时代精神结合起来，这便成为宋初诗坛弄潮儿们深入思考的问题。这一历史任务落到了西昆诗人身上。杨亿等人找到了李商隐，他们希望能在对李诗的标树、学习中走出宋诗发展的坦途。他们努力消解白体诗的浅俗、鄙俚和平易，以"雕章丽句"为主要宗旨，追求华美、丰腴、雍容的做派；同时，顺应宋代社会文化对博大深远的追求，他们努力从遣词用语上深化诗意表达，希冀涵容更丰富的诗歌信息，因而大量用典使事，堆砌故实，从学问化的角度切入创作。这一体诗在宋初诗坛倡扬了一段时间。

但西昆体毕竟只是在李商隐的藩篱中兜圈子，加之作风过求典丽，弊端日益显露，到北宋中期人们对它已生厌倦。如何走出一条宋人诗歌创作自身的可行之路，成为摆在人们面前的时代课题。这不得不促使人们继续寻求新变。欧阳修等人开始将学习的对象转为取径中唐，他们将中唐以文为诗的因子加以放大，从而走出了一条变唐成宋的新路。山东、汴京、西京出现的几个文人小团体促成了这一创作范式的推移。范沨、石延年、刘潜、石介、杜默、穆修、苏舜钦等人是欧、梅变革诗风的先导。欧阳修等人在创作中主要从以下几个方面进行了新变。一，首先从题材上进行拓展，他们将中唐韩孟诗派写日常生活中一切情事细节的做法加以发扬，占领了唐贤这片未及占尽的空间；二，在题旨表现上，他们一方面将传统题材翻出新意，从前人不太留意处拓展，另一方面，以议论直入所有题材，在写景、状物、咏史、言情中无处不生发议论；三，在艺术表现上，大量引"古文章法"入诗，使诗作显示出散文般流动的气韵与品格；四，在诗作章法行布上，又极为注重将自然天成和注重剪裁锻炼结合起来。由于梅、欧、苏（舜钦）、王等人的共同努力，前后相继，终于基本上打破了唐代近三百年形成的诗歌传统及其基本的创作模式。

之后，苏、黄等人进一步将取径上溯杜甫，主要从以下两方面推陈出新。一是在欧阳修等人广泛拓展诗歌题材的基础上进一步开掘，从时政民瘼到艺术之道，从山川物理到禅宗偈颂，无不化入诗中；二是在艺术表现上，既驰骋才力，又讲究技巧、法度，从而将"才"和"学"较好地统一到诗中，将"有法无法"、"无法而法"有机地融合了起来。黄庭坚对创作范型的推移尤其值得一提。他的诗更加内敛，更趋于个体文人生活感觉的表达，更显示出士人的审美情趣和价值取向，他在对技巧、法度、学力的重视和张扬中，消释了诗歌创作普遍需有的激情，他将"文人之诗"改变成了"学人之诗",又将唐诗以丰神情韵取胜和圆熟浑成的风格意境,彻底变成以筋骨思理为主,形成拗峭锻炼的风格意境。苏、黄在诗作意境、风格、技巧、法度多方面的努力,终于使诗歌创作不再向"唐音"回归。到他们手里,才算真正完成了"宋调"的创造。

研究形态的多样发展

宋代唐诗学的研究形态是多种多样的。我们知道,衡量某一历史时期的文学研究必须从多方面加以观照,这些方面大致体现在"编、选、注、考、点、评、论、作"上。宋代唐诗研究在上述方面都得到不同程度的发展。

就"编、选、注、考"几方面而言,如前所述,宋人做了大量工作,取得了卓著成就,为同时代人及后人评点唐人唐诗,探讨唐诗理论,效仿唐诗创作提供了坚实的文献依据。我们完全可以说,没有对唐诗的"编、选、注、考",就不可能有对唐人唐诗的切中肯綮的评点和论述。在"编"和"选"中,实际上含蕴了其诗学观念、诗学思想,也间接地反映出时代的审美思潮及其变化。宋人在选诗形式上,有通选有唐一代诗作的,如王安石《唐百家诗选》;亦有分体而选的,如佚名《唐五言诗》,佚名《唐七言诗》,林清之《唐绝句选》,周弼《三体诗法》;还有分题而选的,如佚名《唐省试诗集》。不少选集或附以序跋,或添加评点,为后人更好地研究唐人唐诗积累了资料。注释方面,宋人逐渐地将注、解、笺、释有机地结合起来,并创造出集注的形式,极大地开拓了对唐诗意蕴的读解;"千家注杜"、"五百家注韩"局面的产生,也促进了唐诗作为经典范式的确立。宋人还特别致力于对唐诗本事的发掘和考证,这在诗话、笔记中广有表现,极大地夯实了唐诗之学。在此基础上,创立了诗人年谱和诗作系年的专门性研究形式。如黄伯思《校定杜工部集》,吕大防《杜少陵年谱》,注重将诗人、诗作与社会历史挂起钩来,"知人论世",诗史互证,为深化唐诗研究开辟了道路。

宋人对唐人唐诗的评点,相对其他研究形态,显得较为晚起和单薄。唐宋间,人们在阅读中,开始使用点、划,起提示、辅助阅读的作用。到南宋,圈点才广为流行。后又与评语、批语相结合,成为一种紧密结合文本的研究形态。作为一种符号化的批评形式,宋人对它的运用还处于起步阶段,显得较为稚嫩。目前,我们所能见到的最早的圈点唐诗的本子,是南宋末年刘辰翁评点的《李长吉歌诗》和《王右丞集》(另严羽《评点李太白集》真伪未定,目前学界多倾向于明人伪托)。刘辰翁曾投入了大量精力评点唐人诗作,他成为我国文学史上的第一位评点大师,开后世戏曲、小说评点之先河。

"评"、"论"两种形态大量存在于宋人诗话、笔记和相互交往所写的序、跋、书信中。据郭绍虞先生《宋诗话考》所断,宋人诗话共 139部。王大鹏等编《中国历代诗话选》,宋代部分(含金代)共选 258 部,很大一部分是宋人笔记。吴文治主编十卷本《宋诗话全编》,将各种论评材料都归辑为诗话,得宋诗话 562 部。从这些数字看出,宋人诗话、笔记的数量是极为可观的,其中包含了极为丰富的对唐诗的论评。宋人诗话、笔记的内容大致又可分为三大块:一是纪事,二是诗评,三是诗论。值得注意的是,宋代直承唐五代而下,在收辑唐人唐诗史实上具有得天独厚的优势,成为与新旧《唐书》等史书同等重要的考证渊薮;其中汇集的大量评论材料,也为唐诗学的理论建构奠定了基础。宋代诗话在体制上还存在一个不断发展的特征,即由重述事逐渐走向重品评,由对诗人诗作的零碎性之论逐渐走向较为宏通的观照与把握,显示出这一研究形式的强大的生命力、内驱力。文人相互交往间的序、跋、书信中也含有大量诗论成分,是唐人唐诗评论的重要形式。据蒋述卓等编《宋代文艺理论集成》所收录宋人有关诗文书艺方面的序、跋、书信共有200 多家 1100 多篇,可以看出宋人论诗品文的热衷程度。不少诗话家、诗论家围绕唐宋诗的异同展开了探讨,对唐诗的质性、特征、流变、分期等努力作出了自己的考察,最终确立起了古典唐诗学大厦的骨架。

最后是"作"。宋人作宋诗就是从学唐诗开始的。除白体、晚唐体、西昆体直接规范唐人外，像王安石晚年学晚唐人诗，苏轼在创作思想旨向上学白居易诗，黄庭坚宗奉杜诗，杨万里激赏晚唐诗味等，都是著名的例子。他们通过创作实践，有力地共构和推进了其他形式的唐诗研究，最终使各种研究形态多样发展，分途并进。

总之，宋代唐诗的研究形态广泛体现于编、选、注、考、点、评、论、作各种形式中，虽起时各异，发育不同，但已初步地展示出了唐诗学的整体体貌，规划出了后世唐诗研究的基本形态。

第三节　辽金元在唐诗学史上的贡献

辽金元在唐诗学演进中的转折过渡作用

辽金元是我国历史上分别由契丹族、女真族和蒙古族建立的三个政权。它们相对于汉、唐、宋、明等朝代的一个最大特点便是具有或多或少的异域文化色彩。辽金元在中国诗歌发展史上是一段相对低迷的时期，无论从诗歌创作的数量，还是从诗歌创作所取得的成就来看都大率如此。辽代留存下来的诗歌包括断句残篇总共不过 100 余首。金元之际除出现元好问等大诗人外，诗歌创作与文学批评成就也始终停步于二三流的水平。尽管如此，从诗歌历史发展与诗学传承、接受的视点来看，辽金元三朝却又有其不可取代的地位，它们在唐诗学的南北分流及对唐诗传统、唐诗风尚的承传、转变上扮演着重要的角色，起着转折过渡的作用。

辽代诗歌创作绍述唐风。漠北民族社会文明进程及文化发展的相对滞后，使他们极易接受汉唐文化的影响。北方民族直率豪放的性格气质，昂扬豁达的民族精神，使他们在天性上容易与直切浅俗、慷慨豪放的艺术表现发生共鸣。唐人随兴而吟的诗歌创作态度在辽人中体现得甚为明显，白居易诗风和盛唐边塞诗风在辽代首先为人们所受容。辽诗在与宋人的隔断中直承唐风而下，与宋代诗人对"唐音"的变革异趋分途。

金人兼承辽与北宋，但在诗学取向上整体呈现出崇苏贬黄和桃宋祖唐的特征。他们对苏学广为吸纳，对江西诗风极为贬抑。金源一代"苏学北行"，苏轼自由放舒的文人精神与女真民族的性格气质互为创构，这使他们在文学上执著于抒写性灵。由崇苏而发扬性灵、取尚唐人成为金代诗学的一大特色。金人由贬黄而批评江西诗风，这也促使他们走向桃宋祖唐。具体来看，金代诗学又可大致分成两派：一是赵秉文、王若虚等人带有性灵论倾向的诗学，论诗强调上溯唐人、汉魏以至风雅正音；二是李纯甫、雷渊等人重视独创，追求新奇，更多地带有中唐李贺、卢仝师心自用的气息。

金人对唐诗的观照、把握是与宋人立异的。宋人在对唐诗的学习、反思中观照唐诗，而金人则是在对唐宋诗的参酌中将唐诗作为经典传统加以标举。宋人学习唐诗，往往从一己门户出发，或取中唐，或尚晚唐，或标盛唐。而金代诗论家们在"祖唐"中，对唐诗盛、中、晚各期皆取，表现出宏通的传承和接受意识。如王若虚提出了"唐人风致"的命题，并深致仰慕之意。王郁论诗以《三百篇》、汉魏和唐人为旨归，刘祁《归潜志》曾载王郁鄙薄唐以后诗"尖慢浮杂，无复古体"。元好问以"诗中疏凿手"自任，"别裁伪体"，他视唐诗为接承风雅"正体"的必然路径，标举出崇尚壮美、天然、古雅的唐诗观。

元代，诗学亦是兼承金与南宋，而"宗唐得古"、"弃宋归唐"是其基本趋向。它首先在对江西诗的反拨中开始建构，提倡广泛学习唐诗，重视情采之美；对宋代诗学的过重文字、法度明确表示不满。在对唐人的推尊中，郝经、虞集、戴良等人主要从政治教化的角度推尊；戴表元、袁桷、杨维桢等人则侧重于从性情、格调上推尊；吴澄、刘埙、傅若金、周霆震则从因革转替的角度阐述由唐至宋、由宋返唐的必然性。

元人注重对宋金诗学的流弊进行反思；一种是对主意诗学的过重文字法度表示不满，提倡复古，显示出明确的宗唐倾向，这以戴表元、袁桷为先驱；另一种则是对模仿、追随苏、黄诗风的做法提出异议，强调个人才性意趣的抒发，重视写性情之真，从江西派分化出来的赵文、刘壎、吴澄、刘将孙即其典型。这开启了延祐以后元代诗学的基本潮流，使元人在宗唐中显示出"师古"与"师心"的差异，预示了明代诗学发展的基本格局。

总之，辽金元三代在唐诗学的发展过程中，呈现出一个梯度演进的轨迹。它由辽代较"纯净"地接受唐人影响；到金代在对唐宋的历时与共时接受中，逐渐转向弃宋学唐之路；再发展到元代，在对宋诗的反拨中"宗唐抑宋"。唐诗始终是作为一种优秀的诗歌传统在逐渐的比照、辨析中加以标举和探讨的。由此构成了与宋代唐诗学并行而异趋的一条唐诗的传承、接受与研究线索。它在对唐人的直承中扭转了宋人变异唐诗所走过的"以文为诗"、"以学为诗"的道路，直接开启了明代复古派和性灵派的唐诗学。因而，从整体观照的意义上来看，辽金元在唐诗学的演进中起着不可替代的转折过渡作用。

金元唐诗学的特色与贡献

金元唐诗学作为古典唐诗学的转折过渡时期，它具有自身鲜明的特色。这主要表现在如下几个方面：

首先，从金元唐诗学的体制和构架来看，除少数专著外，一般多停留于具体问题的探讨，未有明确、系统的理论标树。诗论家们对唐人唐诗的论评大都显得较为零碎，缺少像宋代张戒、严羽、刘克庄那样理论色彩颇浓、观照视野宏通的思想建构。金元诗话著作相对较少；相应地，诗法、诗格类著作则甚多。这在有利于开拓探讨诗歌创作技巧、法度的同时，不可避免地消歇了对诗人诗作论评的热潮，而不少对唐诗的论评是通过论诗诗及诗法等形式体现出来的，因论诗诗的感性化特征及诗法类著作的内在拘囿，其理论深度也必然受到一定的影响。

其次，在研究形式上，金元唐诗学更多呈现出的是创作与接受实践和诗法总结中的唐诗学。人们在将唐诗当作经典传统推崇的世风下，努力在诗作实践中对之加以弘扬。他们在参唐酌宋中，较清晰地见出了近三百年的唐诗传统是一个包融众多形神风味的集合体，其中含蕴着不同的创作传统、创作范式。金元人对唐诗的接受在宋人的基础上，有机地化入到了他们"宗唐得古"的创作追求中。同时，如上所述，诗法类著作的兴盛，促使人们进一步从细部特征上探讨唐诗的美学特征及其内在所含蕴的法度、规律。从而，把唐诗当作一种研究的对象加以把握。

再次，金元唐诗学在整体取向上，不是将唐诗当作力求消解的对象，而是当作传统经典予以接受和倡扬。这与宋代诗学的主体取向是不同的。宋人是在努力学习、转化、变异中追求建构自身的诗歌体制。他们从唐诗传统的无数支脉中吸收、组合了一些支脉，并加以放大、变异。唐诗在他们眼里，更多的是作为一种"难以企及的范本"出现的。相对于宋人，金元人则"先天地"将唐诗当作宗奉的对象，他们在对风雅传统的上溯中，总是将唐诗归入其必经之途。唐诗的做派、血脉、气质、精神各方面引导着金元诗人们。

金元唐诗学的贡献也是巨大的。首先，金元诗论家们在探索积累中提出了"宗唐得古"的创作标树。他们在尊唐、崇唐并上溯风雅的过程中，对唐诗发展的各个历史时期的特征既能有较理性的辨析，又能有热情的高标。他们又将不同时期宋人的宗尚加以组合，从宗晚唐、中唐，一直上溯到尊盛唐、初唐，将整个唐代近三百年诗歌的发展有机地纳入进了观照的系统中，为明人高标"唐音"筑建了平台。

金元两代出现了不少诗话、笔记及诗法、诗格类著作，前者如王若虚《滹南诗话》、蒋正子《山房随笔》、韦居安《梅磵诗话》、吴师道《吴礼部诗话》、刘祁《归潜志》、刘埙《隐居通义》等，后者如杨载《诗法家数》、范梈《木天禁语》、陈绎曾《诗谱》、傅若金《诗法正论》、揭傒斯《诗法正宗》等。这些著作在"论诗及事"和对诗歌法度的探求中，都曾多方面探讨到唐诗，如范梈《木天禁语》在剖析诗人"家数"、提倡"中庸之道"时认为：李白诗"雄豪空旷"，其反面则为"狂诞"；韩愈、杜甫一派诗"沉雄厚壮"，其反面则为"粗硬"；陶渊明、韦应物一派诗"含蓄优游"，其反面则为"迂阔"；孟郊诗"奇险斩截"，其反面则为"怪短"；王维诗"典丽靓深"，其反面则为"容冶"；李商隐诗"微密闲艳"，其反面则为"细碎"。这些把握均见准确。

　　元代还出现了两部极为重要的著作，对唐诗学的贡献尤大。一是杨士弘《唐音》，一是辛文房《唐才子传》。《唐音》作为一部极有特色的唐诗选本，积编者数十年之力而成。在诗史观上，作者持"诗莫盛于唐"之论，其编选目的即试图通过重点择取初、盛唐诗人之精粹，以示学诗者以正轨。在构架上，杨士弘奉严羽《沧浪诗话》之说，以始音、正音、遗响来分选唐诗，在梳理唐诗流变上具有不可替代的贡献，直接影响到明代高棅的《唐诗品汇》，是在宗唐、宗宋的交互作用中以实际行动为唐诗派张目的充分体现。辛文房《唐才子传》则是一部专门为唐诗人立传的著作。此书借鉴唐宋诗选、诗话、笔记的材料与观点，对唐诗的演变、发展及特征作了相当清晰的描述。如论沈、宋诗，论陈子昂的贡献，对盛唐李、杜、崔颢、王昌龄、常建、陶翰、刘长卿、李颀诸人的评论，对晚唐温庭筠、李昌符、李商隐、罗虬等人绮艳诗风的批评等，均甚为中肯。它在体例上的显著特点是"传赞结合"，在为诗人立传后，常常用"论曰"一类的文字来评论诗人、诗体或具体历史时期的创作特色与风格流变，既吸取了史书的特色，又兼采"诗文评"著作之长，从而形成了自身鲜明的特色。此外，辛文房《唐才子传》还对唐诗诸种专门问题，如女诗人的诗作、释道之诗、隐逸之诗、中晚唐次韵酬唱之风等作出了比较深入的研究，在唐诗学史上起到了拓展研究范围与论题的作用，对后世唐诗研究产生了重要的影响。

第二章
北宋的唐诗研究

第一节　作为文学遗产的唐诗文献整理工作

北宋开国，统治者注重以人文化成天下，藉文献经邦治国。在承五代动乱，形成文物凋丧、卷帙散坠的局面后，不少人开始了辑佚理旧的工作。其中，对作为文学遗产的唐诗文献的整理便成为一项重要的内容。

宋人对唐诗文献的整理主要体现在以下三个方面：1. 对唐人别集的辑佚与校刊；2. 编录大型诗文总集及汇纂有关文学史料；3. 写作杂史、野史、笔记小说以保存唐诗文献资料。

唐人别集的辑佚与校刊

唐代文人别集经过唐末五代的战乱，至宋时很多已经亡佚，所存者不少也脱漏严重，讹误迭出，不能适应宋代社会与文化建设的需要。为此，宋人整理前代文学遗产的第一步工作便是对唐人别集予以搜辑和校刊。

北宋人辑校唐人别集数量极为可观。我们今天所见到的唐人集子，大部分是经过他们整理出来的。如乐史所编《李翰林集》，穆修所编

《河东先生集》，宋敏求所编《李白草堂集》、《颜鲁公集》、《刘宾客集》、《孟东野集》，曾巩所编《李翰林集》，韩盈所编《玉川子诗集》，韩琮所编《韦苏州集》，魏杞所编《韦苏州集》，沈候所编《颜鲁公集》，刘麟所编《元氏长庆集》，沈晦所编《河东先生集》等。这些唐人集子，在辑收过程中历经曲折，不少诗集经过多人之手才得以基本完备。这对推动宋代社会文化发展，传播唐诗文化起到了很大的作用。

李、杜、韩诗文集的辑收，就典型地体现出逐步完备的过程。李白的集子在唐时曾有魏颢、李阳冰、范传正等人的几种本子流传。但李白诗在长期流传的过程中，特别是经过唐末五代的战乱，已"十丧其九"。到北宋咸平年间，乐史广泛搜辑整理，编成《李翰林集》二十卷，"凡七百七十六篇"。在此基础上，宋敏求进一步辑收，其《李太白文集后序》曾说："治平元年，得王文献公溥家藏白诗集上中两帙，凡广一百四篇，惜遗其下帙。熙宁元年，得唐魏万所纂诗集二卷，凡广四十四篇。因哀唐类诗诸编，洎刻石所传，别集所载者，又得七十七篇。无虑千篇，沿旧目而厘正其汇次，使各相从，以别集附于后，……合为三十卷。"之后，曾巩又对李白诗进行编年。其《李太白集分类补注序》云："李白集三十二卷，旧歌诗七百七十六篇，今千有一篇，杂著六十五篇者，知制诰常山宋敏求字次道之所广也。次道既以类广李白诗，自为序，而未考次其作之前后。余得其书，乃考其先后而次第之。"曾巩在宋敏求对李白诗分类的基础上进一步排定其顺序，努力为其编年，这使《李白集》更趋于完善。

杜甫的集子，北宋时先后有孙仅、刘敞、苏舜钦、王洙、王淇、王安石、黄庭坚等人进行过辑佚、整理工作，最终使之趋于完善。北宋人所编杜集有：孙仅所编《杜工部集》、苏舜钦所编《杜工部集》、王洙所编《杜工部集》、刘敞所编《杜子美外集》、王安石所编《杜工部诗后集》、王淇所编《杜工部集》等。这些集子，在所收篇目上不断充实，在编次上也渐趋合理。他们为宋人学杜、崇杜奠定了最初的文献基础。孙仅是北宋辑编杜诗的第一人。其编本虽只有一卷，但引领了宋人整理杜诗的风气。大致从苏舜钦开始，对杜诗的整理就日趋追求完备。据苏舜钦在《题杜子美别集后》中所说，他通过参考五代本、韩琮本、王纬本等"杂录成册"，理校而成。王洙《杜工部集》则是北宋杜集整理中较好的一种。王洙在"集序"中曾交代说，他经过广泛的搜辑整理后，"除其重复，定取千四百有五篇，凡古诗三百九十有九，近体千有六。起太平时，终湖南所作，视居行之次，若岁时为先后，分十八卷。又别录赋笔杂著二十九篇为二卷，合二十卷。"此编在收诗数量上最多，且以杜甫人生经历为编次依据，时间跨度亦长，它成为北宋杜诗整理中较完备的本子。对于当时这种学习、编辑杜诗的热潮，王淇在其刊后本中曾作过形象的描述："近世学者争言杜诗，爱之深者至剽掠句语迨所用险字而厝画之，沛然自以绝洪流而穷深源矣，又人人购其亡逸，多或百余篇，少数十句，藏弄矜大，复自为有得。"① 这在历代唐诗文献整理工作中是极为独特的。

韩愈文集辑佚、校勘也经过了艰辛的过程。穆修、沈晦、欧阳修等人致力于对其文集进行整理。穆修对韩愈恢复古代道统，变当世之文极为称赏。他以二十余年心力校勘、整理韩集，用力甚勤，成为韩集整理史上的第一人。欧阳修对韩集的校勘也甚为下力。他少年时即对韩愈诗文极见会心，入仕后常托心志于韩集。他前后三十年相续校勘、整理韩集。其在《记旧本韩文后》中曾言："凡十三（按：疑为三十）年间，闻人有善本者，必求而正之。"其所校编的《昌黎集》终于成为"时人共传"的"善本"。

韦应物、颜真卿、柳宗元、刘禹锡、孟郊、杜牧等人文集的辑佚、整理情况无不如此。《韦应物集》在《新唐书·艺文志》中著录为十卷，这个本子虽在北宋时仍存于世，但据王钦臣《韦苏州集序》所言，已"缀叙猥并，非旧次矣"。王氏在嘉祐元年（1056）参用了几个本子，对《韦应物集》予以重编，定为十卷，别分诗十五类，共571篇。这成为

① 引自万曼《唐集叙录》页109，中华书局1980年版。

宋代第一个较完备的《韦应物集》。颜真卿生前诗文甚多，相传每官一集。有《庐陵集》、《临川集》、《吴兴集》等，但到宋初皆散佚不传。沈候、宋敏求、留元刚等人不断收辑、整理，终使颜集有了一个十五卷的本子。虽仍然只保留了颜真卿诗文中的极小一部分，但为后人了解颜氏提供了弥足珍贵的文献依据。柳宗元诗文，唐时曾由刘禹锡编为三十卷的集子。到北宋，穆修和李之才重新对柳宗元诗文加以校订，遂编为一个四十五卷本的集子。政和四年（1114），沈晦又以穆修本为底本，参以"元符间京师开行"三十三卷本、"曾丞相家本"及晏元献家本重加校订，增编外集二卷，遂成为宋代最流行的本子。孟郊诗集的整理情况则是：据宋敏求所见，当时曾有多种本子，"家家自异"，如"汴吴镂本甲卷"124 篇，"周安惠本"十卷 331 篇，"蜀人塞潜用退之赠郊句纂《咸池集》"二卷 180 篇。在这种情况下，宋敏求"总括遗逸，摘去重复若体制不类者"，得 511 篇，编为《孟东野诗集》十卷，亦成为孟集最为完善的版本。《刘禹锡集》原有四十卷之多，至宋时已佚十卷，其中诗仅存十卷，392 篇。宋敏求根据见存的《刘白唱和集》等总集、《柳柳州集》等别集以及其他各种文献广泛搜求《刘禹锡集》以外的诗文，共得诗 407 篇，杂文 23 篇，编为十卷，刻为《刘宾客外集》。其所辑得诗数，竟超出原集。杜牧诗作，唐时曾由其外甥裴延翰编为《樊川文集》二十卷，但所收并不完备。入宋后，李昉等编《文苑英华》，即对其予以了补辑。到北宋中期，有人把各种总集、选集中的杜牧集外诗汇集在一起，出现了一个"家家有之"的"集外诗"本。之后，杜陵人田概又搜得 59 首正、外集中均未收的杜牧逸诗，编成《樊川别集》。于是，便形成了流传至今的《樊川文集》二十卷、《外集》一卷、《别集》一卷的本子。

此外，北宋人辑佚、校刊的唐人诗集还有很多。这在整体规模上呈现出首见宏大的气势，在辑校编次上亦呈现出不断完备的特征。这方面工作，为宋人唐诗接受和研究准备了基本的文献。

大型诗文总集及其他文学史料的汇纂

宋代推行"佑文"政策，重视文化建设，注意保存前代文化典籍，开国不久便组织大批人力，陆续修成《文苑英华》、《太平御览》、《太平广记》、《册府元龟》四大类书。私家修纂方面，则出现有姚铉《唐文粹》等。它们对后世产生了深远的影响。

《文苑英华》是对前人文章的整理集结。宋太宗于太平兴国七年（982）命学士李昉、扈蒙、徐铉、宋白等编撰此书，至雍熙三年（986）书成。此书共一千卷，上承萧统《文选》，起于南朝梁末，下讫唐五代。共收近 2200 位作家的诗文 20000 篇。其中，唐代诗人几乎占了全书的 9/10，包括唐诗 1500 余首，首次对唐人诗作予以汇辑。明人胡震亨《唐音癸签》曾评价说："唐人诗得传，实藉此书为多。"

《文苑英华》的编撰目的即在于完整而有条理地保存前人文献。它仿《文选》分类辑编，而门类更为繁多，共划分为三十八类。它在汇编上有以下几方面的特点：（1）主要汇辑的是唐人诗文。《四库全书总目》曾说："考唐文者，惟赖此书之存，实为著作之渊海。"《文苑英华》在对唐人诗文的收辑上是极为下力的，不少诗文甚至是从未刊印的唐集钞本中编入的。宋初，唐人别集流传不广，编者们有意以这种方式来保存唐人诗文。周必大在《文苑英华志》中谈到当时的诗文留存与辑收情况时，曾说："是时印本绝少，虽韩柳元白之文，尚未甚传，其如陈子昂、张说、九龄、李翱等诸名士文章文集，世尤罕见。修书官于宗元、居易、权德舆、李商隐、顾云、罗隐辈或全卷收入。"这道出了《文苑英华》编者们的努力。（2）按类书体例汇编。从编目上看，除了乐府诗以诗体名目编选外，其余都以门类编入，这多方面反映出唐诗丰富的创作形态，为后人研究唐诗从体制上便提供了一个宏通的视域。（3）《文苑英华》还依据诗人的创作情况，类收其不同方面的诗作，较充分地反映了他在各类诗作上的擅长，为人们了解具体诗人创作提供了一个切实的视点。正因此，作为一部大型诗文总集，《文苑英华》对唐诗研究具有重要的文献资料价值。

　　姚铉《唐文粹》是北宋初年编辑的又一大型诗文总集，共一百卷，收唐人诗文 2085 篇，其中收诗最多，共 981 篇。作为一部私修的断代诗文集，《唐文粹》具有通过择选诗文以导引、扭转、推动宋初文学发展的企求。是书开始编选于宋真宗咸平五年（1002）。姚铉在《唐文粹序》中曾明确提出了选录标准："止以古雅为命，不以雕篆为工，故侈言曼词率皆不取。"整部书基本贯穿了这一主旨。诗赋只选古体，文章以古质简奥为主，骈体入选极少，四六文一篇未选，复古倾向甚为明显。《唐文粹》是一部从根本上区别于《文苑英华》，在内容、风格、体制、编排上都具有自身独特价值的诗文集。

　　《唐文粹》在唐诗文献资料整理工作中的作用则体现在以下两个方面：首先，它对后世整理、研究唐代文学具有不可替代的作用。由于它与《文苑英华》选文标准不同，所收诗文很多并不见于《文苑英华》，有不少唐人诗文正是因为被选进了《唐文粹》，才赖以保存下来，为后世《全唐文》、《全唐诗》的收辑及辑补唐人文集作出了贡献。《唐文粹》的诗歌部分共收 153 位诗人的作品，其中大部分亦见于《文苑英华》，但却有宋华、韦楚老、高骈、孟迟、卢仝、谢陶、李华、胡幽贞、裴迪等 26 位作者不见于其中。也有一些文人如李华、独孤及等，虽然选进《文苑英华》中，但《文苑英华》没有选他们的诗歌，而选了其他体裁的作品。这样，《唐文粹》在保存这些诗人的诗作上就显示出不没之功。即使选相同的诗人，也有不少作品《文苑英华》未收，《唐文粹》却加收录。如《唐文粹》中所收 6 首韩愈诗，5 首萧颖士诗，7 首司空图诗，40 首吴筠诗，《文苑英华》均一首未录。《唐文粹》所收唐人诗作在补充《文苑英华》之缺上显示出独有的价值。其次，《唐文粹》对唐代诗文的校勘具有很重要的作用。由于材料来源不同，《唐文粹》在与存世唐人别集互校时，提供了与《文苑英华》不同的另一种文本。清人谭献在光绪十六年许增刻本《唐文粹·序》中曾说："《文粹》与《英华》先后成书，其时唐代别集所存略具，得以左右采获。"这道出了此书的校勘价值。[①]

　　另外，《太平广记》、《太平御览》、《册府元龟》等类书，则汇纂、保存了丰富的唐诗研究材料。以《太平广记》为例。它专门收集自汉代至宋初的野史小说，汇聚了大量的历史文献。其征引材料之丰富甚为惊人。据旧刻本书前所引用书目，共 343 种，但实际上并不止此数。兹据《太平广记引得》所统计，其中，书目有而书中没有的 15 种，书目没有而书中实引的 147 种，合计引书 475 种。这些野史、杂记、笔记小说半数以上都已散佚。此书题材分为九十二大类，又分一百五十余细目。"其书五百卷，并目录十卷，共五百十卷。"[②]《太平广记》在所列九十二大类题材中，有不少涉及到唐人唐诗本事、逸事，有些诗人还不止一次出现在不同题材史料的汇纂中，为后世了解唐人唐诗作出了有益的贡献。当然，笔记小说中的材料来自传闻，非必实事，但我们仍可藉以考见文坛风尚及时人心目中的作者形象。如在"神仙四十二"贺知章条中，《太平广记》引《原化记》，记述贺知章如何"入道还乡"的经过，甚为警人。其事大致为：贺与一老人相交，赠之以明珠，然老人命童子以珠换饼而食。贺以其轻用，"意甚不快"，"老人曰：夫道者可以心得，岂在力争？悭惜未止，术无由成，当须深山穷谷，勤求致之，非市朝所授也。贺意颇悟。"贺知章后来才知老人乃仙人。此材料看似荒诞不经，但有助于后人了解贺知章人生情趣与价值观念的变化。在"知人二"韩愈条中，《太平广记》引《云溪友议》所记："李贺以歌诗谒吏部韩愈，时为国子博士分司。时送客出归，极困，门人呈卷，解带旋读之。首篇《雁门太守行》云：'黑云压城城欲摧，甲光向日金鳞开。'却插带，急命邀之。"这则材料生动地反映了韩愈与李贺之间的一段交往及韩愈作为当世文豪对后辈的赏重，亦可由此考见唐代以诗干谒风气之一斑。在"俊辨二"李白条中，《太平广记》又引《摭言》记："开元中，李翰林

①　郭勉愈《〈唐文粹〉"铨择"〈文苑英华〉说辨析》，《北京师范大学学报》2002 年第 6 期。
②　李昉等编《太平广记》页 1，中华书局 1982 年版。

白应诏草白莲花开序及宫词十首。时方大醉，中贵人以冷水沃之，稍醒。白于御前，索笔一挥，文不加点。"生动形象地描述出了李白的不羁个性及才气横溢的形象。如此等等，不一而足。

杂史、野史、笔记小说对唐诗文献的保存

北宋，唐诗文献整理工作的成就还体现在杂史、野史、笔记小说的写作中。宋代文人士夫生活较为优裕，吏事之余有大量的闲暇时间，加之俸禄较为优厚，这为他们驰骋笔力、寄托闲趣提供了条件。宋人承袭唐五代文人余习，遂使杂史、野史、笔记小说一类著作大量产生。这些著作与正史、事典相比，具有民间性、闲话性、零碎性等特征。所记内容多道听途说，甚至荒诞不经，但有时亦可补正史与文集之不足，或为之提供参证。

宋人杂史、野史、笔记小说的写作，在唐五代的基础上，向更为综合的方向发展；出现的数量，亦比唐五代为多。较著名的如孙光宪《北梦琐言》、晁迥《法藏碎金录》、钱易《南部新书》、李上交《近事会元》、沈括《梦溪笔谈》、佚名《雪浪斋日记》、王得臣《麈史》、苏辙《诗病五事》、郭思《瑶溪集》、黄朝英《缃素杂记》、王谠《唐语林》、陈正敏《遁斋闲览》、马永卿《懒真子》、邵博《邵氏闻见后录》、庄绰《鸡肋编》、吴垌《五总志》、叶寘《爱日斋丛钞》等。这些著作，保存了大量的唐诗文献材料。下面，我们选择几部例举之。

孙光宪《北梦琐言》共二十卷。此书记唐至后唐、后梁、后蜀江南诸国史实，其中，记载了不少唐五代著名诗人的轶事，尤以记诗人的坎坷遭遇为多。如孟浩然、白居易、李商隐、温庭筠等人之压抑，均在书中有所反映。特别是书中记述了一些女诗人如乐安孙氏、鱼玄机、萧惟香等的不幸遭遇，对研究唐代女性作家亦有一定参考价值。如该书记孟浩然以诗失意事："一日，玄宗召李（白）入对，因从容说及孟浩然。李奏曰：'臣故人也，见在臣私第。'上令急召赐对，俾口进佳句。孟浩

然诵诗曰：'北阙休上书，南山归敝庐。不才明主弃，多病故人疏。'上意不悦，乃曰：'未曾见浩然进书，朝廷退黜。何不云"气蒸云梦泽，波动岳阳城"？'缘是不降恩泽，终于布衣而已。"这则材料并不可靠，但为后人认识孟浩然的为人、作诗及唐代君臣以辞章相交和唐人以诗干谒、取终南之路等提供了参考。此外，像李德裕抑白居易诗，陆龟蒙被追赠等故实均记于内，不一而足。

又如王谠《唐语林》，乃由诸家著作选辑而成。其仿《世说新语》体例分门论述，内容多有关唐代政治、历史、文学等方面的遗闻轶事，所述事可与新旧《唐书》相发明。在诗歌创作方面，它记载了李白、王维、王勃、刘禹锡、韦应物等人的有关故实。如记："王勃凡欲作文，先令磨墨数升，饮酒数杯，以被覆面而寝。既寤，援笔而成，文不加点，时人谓为腹稿也。"此则材料形象地反映出王勃作文的才子习性及独特的创作情态。又如，有反映唐代凡人皆能诗的史实载录："衡山五峰曰紫盖、云密、祝融、天柱、石廪。下人多文词，至于樵夫往往能言诗。尝有广州幕府夜闻舟中吟曰：'野鹊滩西一棹孤，月光遥接洞庭湖；堪憎回雁峰前过，望断家山一字无。'问之，乃其所作也。"从这则史实中，我们可深刻地感受到唐代作为"诗的时代"所呈现出的气象风尚。此外，所记白居易对徐凝、张祜诗的衡定，李白作《蜀道难》之因等，均为后人多方面、多视域地了解唐人唐诗提供了参考。

第二节　作为创作范式的唐诗模本的选择与改造

白体、晚唐体、西昆体的唐诗接受

赵宋建制后的六七十年中，诗坛流行白体、晚唐体、西昆体，此"三体"作为宋诗创建自身体制前的过渡，它们对宋诗艺术实践具有重要的借鉴反思意义。宋初"三体"具有很强的模仿性，它们是在对唐诗传统的直接承纳中切入的，体现出对整个唐诗传统这一集合体所含蕴血脉的不断选择、学习的特征。

宋诗的演进过程首先是从白体诗和晚唐体诗发端的。白体诗流行于宋初至真宗朝，代表人物有李昉、徐铉、徐锴、王奇、王禹偁等，学者称之为"香山派"。宋代结束了五代十国的分裂局面，政局重趋稳定，经济再获复苏，这给文人士夫提供了一个安定悠闲的生活环境。赵宋统治者所奉行的"佑文"政策，也客观上助长、浓厚了雍和安闲的社会生活氛围。当时，在宫廷和群僚之间，由于最高统治者的身先垂范，相与唱和之风极为盛行。《禁林宴会集》、《二李唱和集》便是这一风潮的产物。位居清要的文人们，其清贵优闲的生活正相类于晚年的白居易，加之宋初受佛道思想影响所形成的清静无为士风以及晚唐五代以来士人中所潜存的苟安循默之习，促使不少文人士夫把闲适之求当作人生的得意之境和生命快乐。于是，张扬闲适竟成了他们表述其生存状况与人生理想的主旨所在。在形式上，他们接受了白居易诗的浅切直率之风，力图通过平和的形式趋近于清宁心境。《二李唱和集》中有诗云："秘阁清虚地，深居好养贤。不闻尘外事，如在洞中天。日转迟迟影，炉梦袅袅烟。应同白少傅，时复枕书眠。"这点出了白体诗人们的地位处境与创作追求。有别于一般白体诗人的是，王禹偁将对白居易的学习拓展了开来，他不仅着眼于学白诗的浅易平直，还继承了其"歌诗合为事而作"的讽喻精神。在创作旨向上，他将人们执著于对晚年白居易的学习拉回到学中年白居易，并进而导向学习杜甫。王禹偁的创作为白体诗灌输进了新的血液，他将中唐诗歌创作的事功精神与散体化的艺术追求接受、发扬了开来。

与白体诗共同构筑宋初诗坛平台的晚唐体诗，则承衍了五代以来对贾岛等人的宗尚。这派诗人主要从炼辞炼意的角度接受唐诗的传统营养。其代表人物有魏野、潘阆、林逋、寇准、九僧等，其人员身份大多为隐士、僧人与下层官僚文人。他们在诗作题材和创作旨向上多描摹凄清幽寂的山水景物，发挥超尘出世的隐逸之趣，反映出倾向内敛的一部分人的精神状态。潘阆《逍遥集·叙吟》曾云："发任茎茎白，诗须字字清。搜疑沧海竭，得恐鬼神惊。此外非关念，人间万事轻。"此诗形象地道出了晚唐体诗人为力求精警而耽于苦吟、脱却世俗的创作理念和审美追求。正由此出发，晚唐体诗人们在诗歌体式上主要创作律诗，个中又偏爱五律。他们注重在创作实践中锤炼诗律，如八句中尤重二联，首尾则一笔带过，中二联又刻意锤炼写景的一联等。这使他们的诗作整体上显示出工巧精警，但缺乏浑融的特征。晚唐体诗人们在创作上的另一特征则是反对用典。杨慎《升庵诗话》曾概括为"惟搜眼前景而深刻思之"，这使他们诗作审美特征表现为"不隔"，与白体诗所追求的浅切直率有异曲近趋之效。

之后，在对白体和晚唐体诗风予以消解和修正的基础上出现了西昆体。西昆体本身也是诗歌新变的产物，它一方面针对白体诗的浅直缺乏蕴藉而来；另一方面也力图对晚唐诗的清瘦野逸、诗境狭窄予以修正，努力体现出王朝的雍容典雅之态。杨亿、刘筠、钱惟演等人在李商隐诗中找到了血脉。杨亿甚至由此欲对宋初诗坛进行"若涤肠而换骨"的改造。他们主要从以下几个方面开展了工作：（1）在创作取向上，一改白体诗的清贵优闲和晚唐体诗的内敛避世，而换之以意象措辞寓深妙之意，托意微婉，然不乏讽喻之旨。（2）在诗作风格上追求典丽精工，深刻细密，音律谐和，含蓄蕴藉，努力以富丽典雅取代山林村野之气，以含蓄丰腴取代工巧精警之习，从而，整体上呈现出较浓郁的铺陈、装饰意味。（3）极为重视用典和安排密集的意象，努力融学问于诗，融"肌理"于诗；同时，也甚为注重对其他诗歌技巧的运用。西昆体将晚唐李商隐等人的诗歌理念予以了倡扬，在晚唐体的基础上，进一步体现出了宋人对诗歌创作的严谨追求。

宋初"三体"对唐诗的接受，总体来看，分别接通了唐诗传统中的不同血脉，在彼此的相异和解构中，建构出了北宋前期诗歌的发展历程和诗坛面貌。他们对唐诗的接受，是以选择和改造为内蕴的。白体诗主要选择学白居易的浅切和闲适，而抛却其铺叙和讽喻，取的是白诗中"讲"的因子；晚唐体诗将唐人对意境的努力创构，对诗味的执著倡导落实于对诗语和诗意的锤炼中，在创作旨向上显示出"内转"的特征，在创作态度上则体现出对谨严的追求；西昆体在李商隐诗的"深情绵邈"创作特征中，取的是其绵丽与"层深创构"，他们特别注重从字语的运用和结构的安排上开掘诗意。上述这些，充分显示出了宋初"三体"对唐诗传统的选择性接受。

"诗文复古"与唐诗范式的转换

宋人对作为创作范式的唐诗模本的选择和改造，和北宋中期出现的"诗文复古"运动更紧密相联。后者凭借着对复兴儒学文化的倡扬，对宋代诗文发展的执著革新，最终使宋诗走上了转换唐诗范式的道路。上述两方面相辅相成，共同推动了宋代社会文化和诗歌创作的发展。

赵宋立国之初，统治者在实施"佑文"政策的同时，就采取了一系列提高儒学地位的措施，这为北宋"诗文复古"运动的出现准备了条件。针对北宋初承衍的晚唐五代浮靡文气，柳开、王禹偁、穆修、尹洙、苏舜钦等先驱们从反对时风出发，逐渐形成了一个在文学创作上主张复古的群体。他们以尊经相号召，倡导为文作诗应关注现实，济世致用，传道明心；在文风上主张贵实尚散，平易自然，这在当时产生了不小的影响。柳开首倡"复古"，终生以此自任。他倡导尊韩，认为韩文体现出了儒家文化的内涵。王禹偁诗文亦独立当世，他主张"远师六经，近师吏部，使句之易道，义之易晓，又辅之以学，助之以气"，"有言"，"有文"，"传道而明心"（《答张扶书》，《王黄州小畜集》卷十八）。其诗文风格简淡古雅，自然明快，体现出对儒学精神的弘扬。穆修在柳、王之后，继续倡导宗经尊韩，反骈尚散，努力创作古文，他曾前后用二十多年的时间校勘、整理韩愈集子，并募资刻印，成为倡导文风复古的一大力举。尹洙亦主张"立言矫当时以法后世"（《志古堂记》，《河南集》卷四），反对为文而文或狭隘地以功利为文，表现出执著于现实的文学致用观。苏舜钦则提出为文须"原于古，致于用"，"泽于物"（《石曼卿诗集序》，《苏舜钦集》页192），他对"诗文复古"也始终不渝。上述诸人的所言所行，直接开启了"诗文复古"潮流。

北宋中期，是"诗文复古"鼎盛并取得重大成就的时期，在宋人对唐诗模本的选择和改造中起着举足轻重的作用。《宋史·文苑传》曾说："庐陵欧阳修出，以古文倡，临川王安石、眉山苏轼、南丰曾巩起而和之，宋文日趋于古矣。"这句话简洁地概括了欧阳修等人对宋代诗文的变革。当时，以欧阳修和苏轼为前后核心，形成了一个虽无严格结构关系，但又具有相当亲缘的创作群体。这一创作群体前后包括欧阳修、梅尧臣、范仲淹、石介、孙复、李觏、曾巩、王安石、苏轼、黄庭坚等人。他们前后相续、互为呼应，以群体的力量顺应时代而振兴于文坛。

北宋"诗文复古"运动具有强烈的革新意义，大致表现在如下几个方面：（1）一定程度上突破了传统儒家之道以伦理纲常为核心的局囿，而以"百事"、"万物"为道，以"事实"为道，以"理"为道，这极大地扩充了儒家道统论的内涵。（2）在创作旨向上，"诗文复古"者一方面强调诗文匡正时世的社会政治作用，另一方面，也更多地把诗文当作人格气韵的一种对象化产物，从而，将"外求"与"内功"较好地结合了起来。（3）在创作风格上，普遍追求化骈为散，内实外素，气势充蕴，博奥畅达。他们的创作对宋初诗文是一次有力的消解和替代。

北宋中期的这场"诗文复古"运动在诗歌历史发展上的一个最大成就，便是促进了宋人诗歌创作对唐诗范式的转换。"诗文复古"者高扬尊韩、扬杜的大旗，从转变以西昆体为代表的流行诗风入手，对诗歌创作的题材、主旨、表现手法、语言运用、格调气韵等都进行了改造。他们努力从前人特别是唐人文学传统中接通、吸纳，建构出了新的诗歌范式。

"诗文复古"者首先在诗作题材表现上，继承了杜甫、韩愈以来对诗歌题材的拓展。最早，苏舜钦、梅尧臣诗中即出现了大量描写日常生活，抒写日常情怀的作品，发展到苏轼，在题材的多样化、日常化上几乎达到了无事无物不可入诗的境地。胡仔《苕溪渔隐丛话》评苏诗云："凡古人所不到处，发明殆尽。""诗文复古"者不避凡俗，大量叙写日常生活中的细事琐物，从经国政事到生活琐细，从社稷民生到谈玄说理，无不呈现于他们的笔端，极大地开拓了诗歌的表现领域，从源头活水上赋予了诗歌创作以生命力。缪钺《诗词散论·论宋诗》在谈到此特点时曾说："韩愈、孟郊等以作散文之法作诗，始于心之所思，目之所睹，身之所经，描摹刻画，委曲详尽，此在唐诗为别派。宋人承其流而衍之，凡唐人以为不能入诗或不宜入诗之材料，宋人皆写入诗中，且往往喜于琐事微物逞其才技。"这充分揭橥出了"诗文复古"者对诗歌题材表现的开拓运用之功，诗歌创作在他们手中变得更为贴近生活、贴近大众了。在诗作主题表现上，"诗文复古"者极为注重抒写日常情怀，关注社会民生，这在欧阳修、苏舜钦、梅尧臣、苏轼几人的诗作中表现得甚为明显，黄庭坚进一步发展到表现富有道德人格的精神境界。其间，"诗文复古"者一方面将诗作主题世俗化，另一方面又极为注重反常合道，以俗为雅。这从现实针弊而言，当然也是基于力矫晚唐体清幽脱世与西昆体点缀雍容之弊。"诗文复古"者使诗歌在一个更为广阔的范围内抒情言志了。在表现手法上，欧阳修、苏舜钦、梅尧臣、王安石、苏轼等人发扬了杜甫、韩愈以来"以文为诗"的创作取向，他们改借景传情式的兴象风神为铺叙直陈式的委曲详尽。欧阳修较早将古文的一整套路数运用到诗歌创作中来，之后，苏轼又继之，这不仅使诗歌句法趋于散文化，在谋篇布局上也极见翻转变化。借助于这种形式，诗歌的意象组合与比兴寄托便从内在转化成了条分缕析的表情达意。这使北宋中期以来的诗歌创作主流自然转到了对诗意凸显的轨道上来。在语言运用上，"诗文复古"者承杜甫的"语不惊人死不休"和韩愈的"惟陈言之务去"创作宗旨，又提出了"意新语工"和"含不尽之意见于言外"的命题，希望通过工巧的语言，穷形尽相，创造出"不隔"之意境，这成为"诗文复古"者普遍的用语创意原则。"诗文复古"者还极为注重从内在提升诗作的品格，他们虽然大量抒写凡物俗事，运用俚词俗语，但大都能从诗歌的内蕴艺术机制上化俗为雅，展示出对社会现实的感慨，对自然大化的体味与对人生万象的超拔。特别是发展到黄庭坚，他从"忌俗"的审美理想出发，将诗歌创作当作高尚人格境界与丰沛生命精神的体现，以自身的创作实践充分地表现了"诗文复古"者的人格理想。黄庭坚的诗作，往往在平淡中包孕骨力，透出劲健峭拔，而其实质则是超旷的人生态度中所内含的秉持节操的道德人格，从而将陶渊明、杜甫以来的寓超旷之志和道德之求于诗的创作旨向进一步予以了张扬。

归结北宋中期所掀起的"诗文复古"运动，体现在对诗歌创作的影响上，就是多方面地促成宋人对唐诗传统血脉的接通与转化。"诗文复古"者从唐代不同时期诗人，特别是从韩愈、杜甫等人身上借鉴、放大了其无事无物不道，以俗为雅，以文为诗，意新语工以及贯注气格于诗等创作特征，重新加以组合，建立起新的诗歌范式，亦是对唐诗范式的转换。

"诗圣"观念的形成及其形象的变化

杜甫的诗歌创作作为唐诗模本中的一种经典范式，在宋人中得到广泛的推扬。但宋人对杜甫的推扬经历了一个由低到高，由异到同，由局部到整体，由零碎到系统的过程，发展到北宋中后期，杜甫得到极致的高标和神化，一定程度上还出现了穿凿、曲解杜诗的接受、批评取向，典型地体现出了宋人对唐诗模本的选择与改造的时代特征。

杜甫生前，其诗作并未被社会广泛接受和重视。但韩愈、白居易、元稹等人对他作出了高度评价，这为宋人高标杜甫奠定了基础。入宋后，社会的各种矛盾、理学文化思潮的兴盛及审美思潮的嬗变，深深地触动和影响着文人士夫敏感的神经及其文心，杜诗的意旨与此时社会情境，杜甫的人格旨趣与文人士夫的忧患情怀，杜诗的创作特征与宋人对诗法的讲究与推尚至为合拍，杜甫及其诗作逐渐为人们所推重。

　　宋初，人们对杜甫的认识还各从己出，尚未有模式化的倾向，也还未有推其为"诗圣"的迹象，对杜甫的论评主要围绕其诗风及"以时事入诗"而展开。王禹偁《日长简仲咸》诗称："子美集开诗世界"，他肯定杜甫独特的诗作取向和艺术表现为人们开掘出了一个新的诗美世界。之后，很多人从不同方面对杜甫进行论评，孙仅《读杜工部诗集序》认为杜诗具有一定的包容性，它"支而为六家"，影响到孟郊、张籍等人的创作。田锡在比较唐人诗文特点时，则较早指出了杜诗具有"豪健"的审美特征。欧阳修进一步认为杜诗的这种审美风格特征是后人无与伦比的。姚铉《唐文粹序》从标举、振兴风雅之道的角度出发，认为杜诗接承诗歌传统之正，是风雅精神的杰出体现者。张方平在《读杜诗》中，则以形象化的语言详尽地对杜甫人格情怀、人生历程、诗作技巧及其高度的现实价值作出了综合性的肯定。此时，承继晚唐孟棨"诗史"之论，诗僧文莹在《玉壶诗话》中指称杜诗乃"一时之史"，简练地概括出了杜诗善记时事的写实特征。之后，胡宗愈在《成都草堂石碑序》中进一步指出杜诗对历史的反映不是照章实录，而是融强烈的情感体验和评判于诗，以此来切入现实。他并概括杜诗的这一特征是一般历史所不能比拟的，通过它，人们可知人论世，抑扬史笔，洞见出一个更鲜活的历史时代。

　　北宋中后期，随着民族的衰敝对人们心脉的扣动及理学文化思潮对人的思维方式、价值观念的影响，杜甫的形象发生着细微的变化。人们从忠君和诗教的角度来标树杜甫及其诗作，表现出从创作旨向上对杜甫形象予以改造的特征。

　　王安石最早揭橥出杜甫人格具有道德典范的意义。其《杜甫画像》诗吟道："吾观少陵诗，为与元气侔。……吟哦当此时，不废朝廷忧，常愿天子圣，大臣各伊周，宁令吾庐独破受冻死，不忍四海寒飕飕！"王安石首将杜诗中吟咏个人悲哀而能推己及人的仁学内涵发掘出来，将其阐释为忠君、爱国、病民的责任感。之后，苏轼在标树杜甫为"集大成者"的同时，也从忠君的角度阐释杜甫的思想情怀。其《王定国诗集叙》云："古今诗人众矣，而子美独为首者，岂非以其流落饥荒，终身不用，而一饭未尝忘君也欤？"他着力标树杜甫为古今诗人忠君的典范。此论成为后世变化杜甫形象的一个重要切入点。孔武仲《书杜子美哀江头后》亦称杜诗"褒善贬恶，尊君卑臣，不琢不磨，闇与经会"，论断杜甫为倡导"尊君卑臣"的典范。黄彻在《䂬溪诗话》中承苏轼等人之论，也认为杜甫"其所以悉愤于干戈盗贼者，盖以王室元元为怀也"，评断杜甫忠君之耿耿心可见。潘淳《潘子真诗话》也记黄庭坚之言道："老杜虽在流落颠沛，未尝一日不在本朝。"刘宰则完全从封建正统伦理思想出发来阐释杜诗广阔深厚的社会内涵。他认为，杜诗"无一篇不寓尊君敬上之义"，将杜甫忧国患民的形象很大程度上歪曲了。

　　一些人又从诗教的角度诠释杜诗，司马光较早开启这一接受与批评取向。他认为，杜诗贵于意在言外，闻之足戒。之后，陈造、张戒、陈善等人予以了发挥。陈造《答陈梦锡书》把杜诗看成是合于封建诗教之正的典范。张戒《岁寒堂诗话》则通过比照李、杜诗作取向、意旨，评断杜甫得孔子删诗之本旨，诗作温柔敦厚，和平中正；又直接从"思无邪"的角度标举杜诗文质纯正，思虑清洁。陈善《扪虱新话》则干脆说："老杜诗当是诗中《六经》，他人诗乃诸子之流也。"把杜诗比譬为"六经"，在狭隘地从道德化的立场理解杜诗上走得更远。

　　在从道德人格和诗教角度推扬杜甫及其诗作的同时，人们对杜甫作为艺术上的"集大成者"展开了论析。宋祁在《新唐书·杜甫传》中首先作出了综合评价。他认为杜甫承前启后，总萃诸家，是善于创造出浑茫无垠诗境的大家。其诗作的思想内涵和艺术技巧深刻影响到后世。王安石也十分形象地道出了杜诗所蕴内涵及其风格特征的多样性。他并且认为杜诗肌理细密，思虑深至，由此十分推重。苏轼《书唐氏六家书后》在肯定"杜子美诗，格力天纵，奄有汉魏晋宋以来风流"的同时，直言其为"集大成者"，高扬杜诗集诸家之长而为诸家所不及。秦观在《韩愈论》中也高度肯定杜诗善于继承，取人所长，艺术地共鸣了时代社会的变化发展，确是诗坛上的集大成者。陈师道《后山诗话》则通过比照"宋调"中的几个典范诗人，简练地概括出杜诗具有包融众长的技巧表现之功。蔡宽夫《蔡宽夫诗话》则认为："杜子美最为晚出，三十年来，学者非子美不道。"见出了杜甫对时人诗歌创作影响的威力。北宋文人士夫们以群体的力量逐渐将杜甫推到了"诗圣"的高台上。

发展到南宋中后期，随着江西诗风的由盛渐衰，"四灵"等人归宗晚唐，以诗学批评中的唐宋之争为背景，诗论家们能以较辩证的视点来观照杜甫及其所持有的唐诗范式，这使杜甫的形象得到一定程度的修正。洪迈《容斋随笔》在论"唐诗无忌讳"时，认为杜甫一生经历玄宗、肃宗、代宗三朝，其诗作中对他们都有很鲜明尖锐的批评。这对论断杜诗极合于微言大义、含而不露的中和诗教是一个极好的修正。刘克庄在《韩隐君诗序》中也认为："古诗出于情性，发必善；今诗出于记问博而已。自杜子美未免此病。于是张籍、王建辈，稍束起书雏，划去繁缛，趋于切近。"他在对晚唐人及同时代人创作取向的批评中上溯杜甫，明确指出杜诗亦有"记问博"之弊。其论对宋人盲目崇拜杜诗予以洞穿，在客观上一定程度地把杜甫还原为了处在具体社会历史情境中的人，在消解"诗圣"的道路上迈出了可贵的一步。

总之，对杜甫诗歌范式的推崇是和"诗圣"观念的形成紧密联系在一起的，"诗圣"观念的形成过程便是杜诗作为经典范式的确立过程。它典型地体现出了对作为创作范式的唐诗模本的选择与改造。

第三节　诗话、诗论、诗选中的唐诗研究

宋人对唐诗的研究形式多种多样，有诗话、笔记、论诗诗、诗选、文人相互交往间的序、跋、书信等形式。本节主要从诗话、诗论、诗选三个角度谈谈其唐诗研究。

北宋诗话中的唐诗研究

通过诗话研究唐诗，是宋代唐诗研究的主体形式之一。北宋期间，诗话之体开始产生，并由简渐繁，由零碎渐系统，其对唐诗的研究也呈现出不断拓展、深化的特征。

北宋诗话对唐诗的研究，从历时角度大致可分为三个阶段：一是以欧阳修为首的文人群体创作的一批诗话，如欧阳修《六一诗话》、司马光《温公续诗话》、刘攽《中山诗话》等。这一阶段诗话主要针对宋代前期诗坛现状"闲谈"发挥，如对西昆体学李商隐便多有所论，体制相对短小，以述事为主，但在诗学思想上开崇韩尊杜之滥觞。其中对晚唐诗的论评也不少，隐约显示出以欧阳修为首的诗话家们为树立新的诗学规范所作的探求。二是以苏轼、黄庭坚为首的文人群体写作的一批诗话，如陈师道《后山诗话》、范温《潜溪诗眼》等。这些诗话在梅尧臣、苏舜钦等人变更晚唐诗风旧习，促使宋诗渐成自身体制的过程中，站在比较、辨析的角度，对唐诗予以多样化研究。其述事和论评的范围超过了以欧阳修为首的诗话家们，在诗话的体制、研究的内容上都有较大的扩充。三是主要结合江西诗创作为话题而产生的一批诗话，如王直方《王直方诗话》、叶梦得《石林诗话》、吕本中《童蒙诗训》等。它们在唐诗研究范围上进一步扩大，考典述事，鉴赏佳语妙字，评诗论人，有些还鲜明地标举出自身的诗学理论主张，在体制上有所增扩，在论评的逻辑性、理论性、系统性上也更为增强，显示出北宋诗话对唐诗研究梯度拓展、上升的轨迹。但总体来看，北宋诗话对唐诗的研究大多停留于表层的、零碎的、平面的层面，对诗歌历史发展及其特征也较少整体观照的眼光，理论层面的阐发相对南宋诗话而言也显得较为薄弱。尽管如此，北宋诗话在对诗人诗作的论评中，还是形成了一些评论的集中点，如对晚唐诗，对李杜，对韩愈，对李商隐，对元白、郊岛等，通过这些论评，可以从不同视域见出北宋人所关心的诗学取向与对不同唐诗传统认识与把握的变化。

如对晚唐诗的论评，在北宋前期晚唐体诗成为宋初"三体"盛行之后，欧阳修《六一诗话》论道："唐之晚年，诗人无复李杜豪放之格，然亦务以精意相高。"他在对晚唐诗局促感到遗憾的同时，对晚唐诗的构思造意还是持以称扬的。但到黄庭坚，其《与赵伯充书》中便把学晚唐诗归为诗病，指出"学晚唐诸人诗，所谓作法于凉，其弊犹贪。"之后，蔡居厚《诗史》一方面概括晚唐诗在诗作技法上小巧细琐，缺少风骚之味；另一方面又指出其诗律工切，但在诗作气韵上显得甚为卑弱。吴可《藏海诗话》在肯定晚唐诗"造语成就"的同时，也认为其"格不高"，"有衰陋之气"，在诗作构思上"虽稳顺而奇特处甚少"；又从诗词两体内在联系与转化的角度提出："晚唐诗失之太巧，只务外华，而气弱格卑，流为词体耳。"见出了晚唐诗在艺术表现上的根本缺陷。韩驹与吴可持论相近相异。其《陵阳室中语》论道："唐末人诗，虽格致卑浅，然谓其非诗则不可。"一方面承认晚唐诗诗格卑弱，但另一方面却肯定其未脱却诗体的规范。这些论评，主要围绕晚唐诗的审美表现特征而展开，间接体现出了北宋人对诗作审美表现的要求及其变化。

对韩愈的论评，也成为北宋诗话唐诗研究的集中点之一。北宋中期以后，对韩诗的评价日渐走低。苏轼《东坡诗话》评韩柳诗时，认为"退之豪放奇险则过之，而温丽靖深不及也"，将韩愈在诗史上的地位界定在柳宗元之下。魏泰《临汉隐居诗话》则借沈括之言"韩退之诗乃押韵之文尔，虽健美富赡，而格不近诗"，从诗作审美表现的角度指责韩愈以文为诗。陈师道《后山诗话》把韩诗和苏词类归在一起，认为他们的创作分别脱却了诗体和词体的本色。晁说之《晁氏客语》也对韩诗表现手法持以批评："韩文公诗号壮体，谓铺叙而无含蓄也。若虽近不亵狎，虽远不背戾，该于理多也。"他一方面批评韩诗过于铺叙展衍，另一方面又指责其凸显诗理。但蔡绦《西清诗话》则对韩诗不拘于用韵予以称扬，认为其能"摆脱拘忌"，泛取旁韵，"盖笔力自足以胜之"，肯定韩诗在艺术技巧表现上的独创性。北宋人围绕韩愈以文为诗展开了多样的论评。

　　北宋诗话对李杜的论评也较为集中，这从一个视域大致反映出宋人诗学批评的取向及其变化。北宋初期，人们对李白还是持以高标的，后来便渐由高趋低，与杜甫被分置了开来（直到南宋严羽才发生根本性的变化）。钱易《南部新书》概括"李白为天才绝"，对李白诗艺才情推崇备至。王巩《闻见近录》亦记王安石之言，认为"李、杜自昔齐名，何可下之"。之后，遂出现对李白的批评及抑李扬杜之声。苏辙《诗病五事》较早开启对李白的批评，他说："李白诗类其为人，骏发豪放，华而不实，好事喜名，不知义理之所在也。"又云："杜甫有好义之心，白所不及也。"从诗作思想内涵上对李诗予以指责，将李杜予以分置。郭思《瑶溪集》在论述杜诗宗法《文选》中，推尚杜甫"前无古人，后无来者"。陈师道《后山诗话》肯定杜诗为"集大成者"，提倡"学诗当以子美为师"，"而子美之诗，奇常、工易、新陈，莫不好也。"他同时也肯定李白诗"如张乐于洞庭之野，无首无尾，不主故常，非墨工椠人所可拟议"，但实际上对李杜还是有所轩轾。唐庚《唐子西文录》高标杜甫与司马迁在诗文二体上的典范性。他说："六经已后，便有司马迁；三百五篇之后，便有杜子美。六经不可学，亦不须学，故作文当学司马迁，作诗当学杜子美。"他亦将杜诗标举到极致的高度。吴可《藏海诗话》一方面肯定杜诗善于变化，"少而锐，壮而肆，老而严，非妙于文章不足以致此"；另一方面，又指出"老杜句语稳顺而奇特"。他还提出"学诗当以杜为体，以苏黄为用。""看诗且以数家为率，以杜为正经，余为兼经也。"极力界定杜诗为诗中的正体和典范。综观北宋诗话对李杜的论评，论李少而论杜多，并高标后者，李杜在不经意中被分置开来。

　　对唐诗精言妙语的赏鉴与对唐诗作品的辨识，也是北宋诗话唐诗研究的主要内容之一。这方面研究显示出了北宋诗话家们对唐人诗艺成就的多方面学习和探求，对唐诗作为传统的各异理解，在促进宋人对唐诗的学习、消化及变异中起到了重要的作用。

　　如司马光《温公续诗话》云："郑工部诗有'杜曲花香醲似酒，灞陵春色老于人'，亦为时人所传诵，诚难得之句也。"他欣赏郑谷精致的写景之句。又从"古人为诗，贵于意在言外"的角度辨析杜甫《春望》诗道："近世诗人，惟杜子美最得诗人之体，如'国破山河在，城春草木深。感时花溅泪，恨别鸟惊心。'山河在，明无余物矣；草木深，明无人矣；花鸟，平时可娱之物，见之而泣，闻之而悲，则时可知矣。"从"意在言外"、"思而得之"的角度对《春望》一诗的前四句作出了独到的辨释。王直方《王直方诗话》中亦多对诗人诗作的赏鉴辨析。如辨析白居易诗与韦应物、杜甫诗意虽同然高低有别，但称赏白居易《昭君词》"古今人作昭君词多矣，余独爱乐天一绝云：'汉使却回传寄语，黄金何日赎蛾眉？君王若问妾颜色，莫道不如宫里时！'其意优游而不迫切。"又评"李商隐《柳》诗云：'动春何限叶，撼晓几多枝？'恨其有斧凿痕也。"评"老杜：'风吹客衣日杲杲，树搅离思花冥冥。'此最著意深远。"表现出对唐人诗歌艺术表现的细致判析。

北宋诗话唐诗研究的再一重要内容则是对唐人诗事的录载，对诗作用事的辨析，以及对各种各样轶闻趣事的记述品评。这方面内容极为丰富而芜杂，我们不作述及。

北宋文人的唐诗论评

北宋文人对唐诗的论评广泛体现于他们在相互文事交往中所写的序、跋、书信中。这方面内容也极为丰富；有对诗人单个作品或某一类作品的品评，有对单个诗人的评价，有对诗人群体或相互间有比照性诗人诗作的辨析，有对唐诗诗史流变的观照等。现择其主要加以叙述。

（一）对唐诗历史发展的观照和评论

北宋文人面对作为一种已然存在的近 300 年唐诗，是有着不同的认识的。他们对唐诗发展的不同环节：孕育与新变、发展与衰弱进行了梳理，不少人作出了富于启发性的论评。

北宋初年，田锡在《贻陈季和书》中较早从历时视野论评了唐代文学发展。他说："李太白天付俊才，豪侠吾道。观其乐府，得非专变于文欤！乐天有《长恨词》、《霓裳曲》，五十讽谏，出人意表，大儒端士，谁敢非之！何以明其然也？世称韩退之柳子厚，萌一意，措一词，苟非美颂时政，则必激扬教义。……然李贺作歌，二公嗟赏；岂非艳歌不害于正理，而专变于斯文哉！"田锡从文章不必拘于常态而应变化自如、出人意表的角度肯定李白等人诗作，认为他们各以自己的创作个性推进了唐代文学的历史发展。穆修在《唐柳先生集后序》中认为，唐代诗歌开初在努力去除"周隋五代之气"中发展，一直到李杜，才开始以本色称雄于诗坛，而文道的真正充蕴则应从韩柳二人起。他从唐诗作为独特的诗体及其附道的功能立论，表现出对唐代文学发展的阶段性的辨识。石介《上赵先生书》则在深斥文风日衰，古道不存，时弊难救之后，结合唐代文学风尚的变化，着重阐述了韩愈"应期会而生，学独去常俗，直以古道在己"在唐代文学发展中的作用；同时，对中唐柳宗元、孟郊、张籍、元稹、白居易等人的创作从历史的角度予以了肯定。苏轼在《书〈黄子思诗集〉后》中，对李杜及其之后的唐诗发展予以了观照。他论道："李太白、杜子美以英玮绝世之姿，凌跨百代，古今诗人尽废。然魏、晋以来高风绝尘，亦少衰矣。李、杜之后，诗人继作，虽间有远韵，而才不逮意。独韦应物、柳宗元发纤秾于简古，寄至味于澹泊，非余子所及也。唐末司空图，崎岖兵乱之间，而诗文高雅，犹有承平之遗风。"苏轼从唐诗发展的历时之维中对盛唐到晚唐一些诗人诗作特征予以了论评，粗略而切中地辨析出了这一段诗史中几个关节点的创作特征。他在评韩愈时又道："诗之美者，莫如韩退之，然诗格之变自退之始。"从诗史的角度见出了韩愈在转变唐诗体制与风格中的关节意义。之后，苏辙亦从整体观照的角度概括说："唐人工于为诗，而陋于闻道。"虽具封建正统观念，但见出了唐人在追求艺术表现和含蕴道统上的不平衡性。张耒则云："唐之晚年，诗人类多穷士。如孟东野、贾阆仙之徒，皆以刻琢穷苦之言为工。"也从共性概括的角度对晚唐诗创作主体的特征予以了论评。沿此论评取向延展到南宋，陆游《宋都曹屡寄诗且督和答作此示之》、杨万里《周子益〈训蒙省题诗〉序》、李洪《檞株集序》、刘克庄《山名别集序》、《林子显序》等，都从不同角度、不同方面对唐诗的历史流变及其分期、特征予以了整体的观照，为后人对唐诗的更深层次整体把握作出了引导。

（二）对唐诗人的不同推重、批评及对其各自创作特征的剖析

北宋文人唐诗论评中的大量内容是对唐代不同诗人的推重、批评及对他们各自创作特征的剖析。宋代文人最为推崇的唐代几大诗人如杜甫、韩愈、柳宗元，以及次为推崇的李白、韦应物、白居易、孟郊、贾岛等也都得到各样的论析。其内容之丰富，是甚为可观的。

早在北宋初年，孙仅在《读杜工部诗集序》中就对杜甫予以标举，视杜甫为"风骚而下，唐而上，一人而已"。虽不无偏颇地把杜甫标树为像圣人一样的诗人，但他从杜甫为人、作诗立论，又分析在其之后派生出的六家，见出了杜诗深广的包容性。梅尧臣《答裴送序意》针对晚唐诗人剖析其创作缺欠，认为"安取唐季二三子，区区物象磨穷年"。他反对晚唐诗人一味胶着物象，内敛诗意。欧阳修对韩、孟甚为推重。其《读蟠桃诗寄子美》在提出"韩孟于文词，两雄力相当"时，又剖析道："孟穷苦累累，韩富浩穰穰，穷者啄其精，富者烂文章；发生一为宫，挚敛一为商，二律虽不同，合奏乃锵锵"。这里，欧阳修实提出了兼容二美的主张。曾巩在《代人祭李白文》中，则对李白极尽高标之能事，他称赞说："子之文章，杰立人上。地辟天开，云蒸雨降。"之后，又对李白诗作特征予以了形象的描述："播产万物，玮丽瑰奇。大巧自然，人力何施？又如长河，浩浩奔放。万里一泻，末势犹壮。大骋厥辞，至于如此。意气飘然，发扬俊伟。飞黄驶骎，轶群绝类。"苏轼在《潮州韩文公庙碑》中高倡韩愈"文起八代之衰，而道济天下之溺"。在《王定国诗集叙》中，则从忠君思想的角度论析杜甫诗歌创作，认为其"一饭未尝忘君"，开后世圣化杜甫形象之滥觞。黄庭坚《题李白诗草后》说："余评李白诗，如黄帝张乐于洞庭之野，无首无尾，不主故常，

非墨工橐人所可拟议。"黄氏作诗法度森严，但他持论通脱，对李白亦极尽形象之高标。秦观《韩愈论》认为杜甫"实积众家之长"，他详细分析自苏武、李陵直到徐陵、庾信诗作的审美风格特征，提出"于是杜子美者，穷高妙之格，极豪逸之气，包冲澹之趣，兼峻洁之姿，备藻丽之态，而诸家之作，所不及焉。"将杜诗的广泛包容性内涵形象地呈现了出来。张守《姚进道文集序》也评李贺诗文，"绝出笔墨畦径间"。之后，李纲在《读〈四家诗选〉并序》、《五峰居士文集序》、《重校正杜子美集序》、《书〈四家诗选〉后》中，对杜甫、李白、韩愈等诗人予以了多层次的论析。如其《书〈四家诗选〉后》说："子美之诗，非无文也，而质胜文；永叔之诗，非无质也，而文胜质。退之之诗，质而无文；太白之诗，文而无质。"从我国传统文论中的文质关系入手，比照辨析杜、欧、韩、李四家诗，极见简约而自有见地。

值得指出的是，北宋文人文事交往间的序、跋、书信对唐人唐诗的论评、剖析，是与诗话中对唐人唐诗的论评紧密相联的。它们互相印证、生发，论评条目由少渐多，论评层度由表及里，发展到南宋，诗人诗作之评更蔚为气候。这对促进宋代诗学理论于具体批评中产生具有十分重要的意义。

《唐百家诗选》及其他

除诗话、诗论外，诗选也是唐诗研究的形式之一，它是一种独特而微的研究。北宋时期，唐诗选本留存下来的不多，王安石《唐百家诗选》是其中的代表。它首次切实地体现出了宋人以选诗形式所进行的唐诗研究。

《唐百家诗选》是我国古代著名的唐诗选本之一，作为唐诗择选历史上第一部完整的通代诗选，具有一定的开创意义。在王安石之前，唐人亦曾自选唐诗，但多是就某一历史阶段，或某一地域、某一体式而选的，较少从事整体观照。进入晚唐五代，顾陶《唐诗类选》、韦庄《又玄集》、韦縠《才调集》开始具有通代唐诗选本的性质，但因唐诗的历史行程尚未终结，故也还不能算严格意义上的通代诗选。王安石《唐百家诗选》始以后代人的眼光来通检唐诗。全书共二十卷，选唐诗人104家，诗作1246首，按诗人时代先后编次。其中，选王建诗最多，共92首，以下分别是：皇甫冉85首，岑参81首，高适71首，韩偓59首，戴叔伦47首，杨巨源46首，李涉37首，卢纶36首，孟浩然33首，许浑32首，吴融27首，薛能26首，司空曙、雍陶各25首，李颀24首，贾岛、王昌龄各23首，储光羲、郎士元各21首，李频19首，李郢18首，羊士谔、刘言史各17首，戎昱16首，曹松14首，长孙佐辅、卢仝、张祜各13首，李嘉祐、项斯、崔鲁各12首，卢象10首，余皆不满10首。此选集不选李白、杜甫、韩愈、柳宗元、王维、元稹、白居易、刘长卿、刘禹锡、韦应物、杜牧、李商隐、孟郊、张籍这些大家名家。对于这点，后人曾有无数的辩说，自宋至清，争议不绝。或驳其序论中的观点，责其偏隘，或释其选诗原委，辨其识力。如赵彦卫《云麓漫钞》说是"荆公当删取时……吏惮于巨篇，易以四韵或二韵诗"。朱熹《答巩仲至书》说是"就宋次道家所有因为点定"。陈振孙《直斋书录解题》则解释为："意荆公所选，特世所罕见，其显然共知者，固不待选耳。"这大致是切合王安石编选初衷的。因为王安石另有《四家诗选》，专选杜甫、韩愈、欧阳修、李白四家诗以作标树；同时，王安石在《题张司业诗》中对张籍，在《读柳宗元传》中对柳宗元等人均有称扬。《唐百家诗选》就是要选出那些大家名家之外的诗人诗作，以便将人们的目光引向"中小家"，从而窥见唐诗全貌，可谓用心别具。

　　从入选诗人来看，晚唐最多，有28人，盛唐20人，中唐17人，大历14人。从作品数量来看，中唐诗人入选诗作最多，初盛唐次之，晚唐最少。从诗体看，诗选对初、盛、中唐的古近体诗兼收并蓄，对晚唐则多收近体，诗选中还编选有长篇的古体诗、乐府歌行及精致的律绝。从题材看，诗选所选诗作反映社会生活面极为广阔，如登览、抒怀、怀古、酬赠、征戍、田园、山水、旅况、悲悼、禽鸟花卉、戏谑、闺怨、怀春等无不涉及。该书在唐诗研究中具有重要的价值。它比较全面地展示出唐诗创作发展的全貌。诗选不同于"唐人选唐诗"中的或以分体选，或以时代分期选，或以一定地域空间选，或以某种审美标准选，而是编选者根据自己对有唐一代大小诗人的理解予以通选。这之中，又专注于对"中小家"诗作的选录，这与其他唐诗选集形成一种互补，拓展了择选唐诗的范围，基本反映出唐诗广阔的风貌，也在一定程度上显现出诗歌变化发展的流程，为人们从纵向动态地把握唐诗发展提供了参照。王安石在创作上是一个唐宋兼收、各体擅长的大家。他在创建宋诗的努力中，广泛吸取的是中唐以文为诗的传统血液，强调诗作对"意"的凸显，晚年致力于追求晚唐人的精工与蕴藉，这在选诗中也得到体现。在体制上，他对古、近体唐诗兼融并收，实际上似含蕴着这样的理念：古体诗纵横开阖，利于显意；近体诗律绝精工细密，便于敛情。两种诗风都是王安石所激赏的。

除王安石《唐百家诗选》外，北宋出现的唐诗选本还有佚名《唐五言诗》、佚名《唐七言诗》、佚名《唐名僧诗》等。这些唐诗选本，现都已散佚，故无从得知其选编情况。但从所编集名目来看，它们无疑继承了"唐人选唐诗"的传统，或分体而选，或分门而录。这方面工作与宋人诗话、诗论对唐诗的研究一起，极大地推动了宋人对唐诗的学习和研究。

第四节　史学家、理学家、博学家论唐诗

宋代，在文人唐诗研究之外，一些史学家、理学家、博学家在考史论文、寓道谈理中，从他们自身所具知识结构、所持批评原则出发，对唐人唐诗也多有所论，进一步拓展了唐诗研究的视域。

《新唐书》的唐诗观

赵宋建制后，以文治天下。统治者对历代兴衰之变极为警悟，命人修史撰文，一方面以史为鉴，以助政治；另一方面，在考史论人中标树典范。首先出现的是宋祁、欧阳修编撰的《新唐书》。这部著作从历史的角度，以史家之识多方面论及到唐诗。

《新唐书》对唐诗的论述主要集中在《文艺》传中。它共分上、中、下三卷，录载唐代文学家 79 人（含附收）。其中，上卷 32 人，分别是袁朗、贺德仁、蔡允恭、谢偃、崔信明、刘延祐、张昌龄、崔行功、杜审言、杜甫、王勃、杨炯、卢照邻、骆宾王、元万顷等；中卷 26 人，分别是李适、沈佺期、宋之问、尹元凯、刘宁、李邕、吕向、王翰、孙逖、李白、张旭、王维、郑虔、萧颖士、皇甫冉、苏源明等；下卷 21 人，分别是李华、孟浩然、王昌龄、崔颢、刘太真、邵说、于邵、崔元翰、于公异、李益、卢纶、欧阳詹、李贺、吴武陵、李商隐、薛蓬、李频、吴融等。史书编者在对上述文学家的记述及少量论评中显示出了或隐或明的唐诗观，主要体现在以下三大方面：

首先，《新唐书》在对唐代文学家的归类和立传中即隐性地体现出了其对唐人唐诗的一些基本观点。它并未将大量唐诗人列入《文艺》中，相反，只选取了其中极少部分诗人，一些大诗人如陈子昂、高适、岑参、贺知章、张说、白居易、元稹、韩愈、柳宗元、孟郊、贾岛、杜牧、司空图等均未列入。他们有的作为不同的传主被列入其他类中，如司空图被归入“卓行”类，王绩、吴筠、贺知章、张志和、陆龟蒙被归入“隐逸”类，有的则无传。在列进《文艺》的 79 位诗人中，著名诗人屈指可数，如李白、杜甫、王昌龄、孟浩然等，总共不过 20 来位；相反，一些成就甚小的诗人则因附传的原因而得以列入，如王勔、王助、萧存等。《新唐书》在归类唐人上的特点，似大致体现在以下两方面：（1）它不是纯粹地把凡能作诗之人都当作诗人看，而是综合地考察人生经历、性格气质等方面因素对其的影响。如司空图虽为诗人兼诗论家，但因其遗世独立、卓然特行的气质秉性为当世所敬重，故归之于"卓行"类中。一些唐代诗人是因隐而为诗的，作诗只是其隐居生存方式与生命体验的一种表现形式而已，故这些人也不宜列入《文艺》中。(2) 从列入《文艺》的 79 人的身份来看，大多在仕途上无显要之位，且不少以文学为终身之事，除王维等极少数人曾身居高位外，大多为落拓无羁、以文为寄或在文学流变的关节中产生过一定影响的人。

其次，《新唐书》对唐诗的演变发展有自己独到的看法，显示出对唐诗历史的清晰勾勒和对唐人诗风整体而又细致的把握。《文艺传序》在总体概括唐代文风演变时曾说："唐有天下三百年，文章无虑三变。高祖、太宗，大难始夷，沿江左馀风，缔句绘章，揣合低昂，故王、杨为之伯。玄宗好经术，群臣稍厌雕琢，索理致，崇雅黜浮，气益雄浑，则燕、许擅其宗。是时，唐兴已百年，诸儒争自名家。大历、贞元间，美才辈出，擩哜道真，涵泳圣涯，于是韩愈倡之，柳宗元、李翱、皇甫湜等和之，排逐百家，法度森严，抵轹晋、魏，上轧汉、周，唐之文完然为一王法，此其极也。若侍从酬奉，则李峤、宋之问、沈佺期、王维，……言诗则杜甫、李白、元稹、白居易、刘禹锡，谲怪则李贺、杜牧、李商隐，皆卓然以所长为世冠，其可尚已。"这段文字为我们具体勾勒了唐立国三百年中文风的三次重大变化，即由太宗时的"缔句绘章"，到玄宗时的"崇雅黜浮"，再发展到德宗时的"擩哜道真"而臻于极致。其中对中唐韩、柳所倡导的古文运动大力肯定，认为其使"唐之文完然为一王法"。《新唐书》同时充分肯定唐诗人各家之所长，肯定他们在诗史上都具有独特的价值。《杜甫传》中又论道："唐兴，诗人承陈、隋风流，浮靡相矜。至宋之问、沈佺期等，研揣声音，浮切不差，而号'律诗'，竞相袭沿。逮开元间，稍裁以雅正，然恃华者质反，好丽者壮违，人得一概，皆自名所长。"这段话对初唐至盛唐的诗歌发展作出了梳理，见出唐诗风尚由"浮靡"到"雅正"，而后"自名所长"、各擅一途的轨迹分化，显示出唐诗发展所走过的自我否定和不断倡扬的过程。

再次，在对具体诗人诗风的论评上，《文艺》传中往往对所录诗人不评一词，但在杜甫、王翰、王昌龄、李商隐等人"传"中，则有评论性话语，从中可看出《新唐书》不拘一隅、甚为宏通但又追求融会众家、缜密警迈的唐诗观。如评杜甫："至甫，浑涵汪茫，千汇万状，兼古今而有之，它人不足，甫乃厌馀，残膏剩馥，沾丐后人多矣。故元稹谓：'诗人以来，未有如子美者。'甫又善陈时事，律切精深，至千言不少衰，世号'诗史'。昌黎韩愈于文章慎许可，至歌诗，独推曰：'李、杜文章在，光焰万丈长。'诚可信云。"《新唐书》大力推崇杜甫集众家之长，认为其诗作显示出浑茫博大的气象，这多方面影响到后人，成为后世诗作的典范。在《王翰传》中，又评论道："翰为文精密而思迟，常从令皇甫会求音乐，思涸则奏之，神逸乃属文。"以"精密"、"思迟"评断王翰创作构思特征，认为其作诗与"下笔如有神"的创作路径绝然不同。在《王昌龄传》中，则评道："昌龄工诗，绪密而思清，时谓王江宁云。"抓住王昌龄诗作构思和结构予以评断，见出其诗作思致清迈、结构严密的特征。又评李贺："辞尚奇诡，所得皆警迈，绝去翰墨畦径，当时无能效者。乐府数十篇，云韶诸工皆合之弦管。"李贺诗作奇诡超迈，但在入宋后影响并不彰，《新唐书》有别于时论，对李贺诗作持以大力肯定的态度，从其用语、立意、格调、声律诸方面予以论评，全面地见出了李贺诗作在审美上的特征。《新唐书》还评曰："商隐初为文瑰迈奇古，及在令狐楚府，楚本工章奏，因授其学。商隐俪偶长短，而繁缛过之。时温庭筠、段成式俱用是相夸，号'三十六体'。"从李商隐的生平经历，立论其诗风的演变，指出其由最初的"瑰迈奇古"演变为追逐偶俪，诗作极见"繁缛"。这在诗歌审美表现上已见退化，但李、温、段三人仍以此相夸，终于在晚唐形成了一种独特体制与风格的诗作——"三十六体"。对此，《新唐书》实际上是持以批评态度的。

理学家论唐诗

宋代是我国传统儒学发展的一个高峰，理学在思想学术界占有重要地位，成为学术史上与经学、玄学、佛学相并立的一种哲学伦理思想。理学家们以探讨天理、人性、人生境界为旨归，他们在将理学思想贯注于品诗论文时，也偶尔触论到唐诗。

李觏在《上宋舍人书》中认为：魏晋以后，"斯道（指文道）积羸，日剧一日"，"虚荒巧伪，灭去义理"，"赖天相唐室，生大贤以维持之：李、杜称兵于前，韩、柳主盟于后，诛邪赏正，方内向服。尧、舜之道，晦而复明；周、孔之教，枯而复荣。"李觏从阐扬义理的视点出发，对魏晋至唐前的大多数作品予以了痛斥，认为它们使文道不振，义理丧尽；但延展到盛唐和中唐的李、杜、韩、柳，他们四人各以自己的创作努力使"灭去义理"的文章之道又回归到了正途。李觏接着批评晚唐五代至宋初文坛状况道："近年以来，新进之士，重为其所扇动。不求经术，而摭小说以为新；不思理道，而专雕镂以为丽。"对其时流行的靡丽、空泛的文风予以严厉批评，这当然主要是针对西昆体而发的。从上述可看出，李觏崇尚的是高古充蕴之音。

程颐是宋代理学家中极为贬视文学之道的代表人物，他提出了"作文害道"的论断，把"为文"视为"玩物丧志"。其《论诗》云："圣人亦摅发胸中所蕴，自成文耳"，"有德者必有言"。由此出发，他反对对诗作艺术表现力的探求，认为"既用功，甚妨事"，"某素不作诗，亦非是禁止不作，但不欲为此闲言语"。体现于对唐诗的论评中，他甚至对杜诗中别具一格的名句也持否定态度："且如今言能诗，无如杜甫。如云：'穿花蛱蝶深深见，点水蜻蜓款款飞。'如此闲言语道出作甚。"从极为狭隘的功利观出发，将杜甫直写景象，移情于物的诗句界断为闲言碎语，极见短视。

杨时也立足于推尊"六经"和孔孟的视点，表现出轻视文学的思想旨向。他在《送吴子正序》中曾严苛地论评道："积至于唐，文籍之备，盖十百前古。元和之间，韩柳辈出，咸以古文名天下，然其论著不诡于圣人盖寡矣。"从所谓的"圣人"之道出发观照唐人诗文，立论甚见理学旨趣。又说："自汉至唐千余岁，而士之名能文者无过是数人，及考其所至，卒未有能倡明道学，窥圣人阃奥如古人者。"在《与陈传道序》中，杨时进一步论道："若唐之韩愈，盖尝谓世无仲尼，不当在弟子之列，则亦不可谓无其志也。及观所学，则不过乎欲雕章镂句，取名誉而止耳。"这里，他表现出比其师程颐更为严苛的文道观，在保守、狭隘之路上走得更远。

但杨时论唐诗也有其独特的贡献之处。《龟山先生语录》云："诗自河梁之后，诗之变，至唐而止。元和之诗极盛。诗有盛唐、中唐、晚唐。五代陋矣。"杨时立足于诗歌流变的视点观照唐诗，大致道出以下三方面内容：（1）诗作体制、形式自汉魏以来不断变化发展，到唐已基本定型；（2）界定"元和诗"是唐诗发展中的高峰，故相对于其他历史时期，他更择取中唐；（3）他将唐诗历史发展区划为三个时期，这直接影响到后世严羽、高棅等人对唐诗的历史分期。顺便指出的是，杨时的这一区划未将初唐作为一个独立的发展时期勾出，似寓含着认为此期在承前人中还未形成唐诗的体制，也即是说，唐诗真正体制的确立是在盛唐。杨时的上述论断，在宋代理学家对唐诗的偶然之论和严苛指责中不失为一个闪光之点。

博学家论唐诗

宋代文化昌盛，科技发达，两方面都达到了很高的水平。此一时期，少数人博取广收，将多门类知识集于一身，成为了名著一时的博物学家，如沈括、洪迈等。他们在谈诗论艺中，对唐诗也予以了论评。

沈括是北宋著名的博物学家。他通晓天文、历算、音乐、方志、律历、医药等。他从自身所具知识结构出发，为唐诗研究作出了贡献。

他首先从音律的角度切入论诗。《梦溪笔谈·乐律》论道："古诗皆咏之，然后以声依咏以成曲，谓之协律。……唐人乃以词填入曲中，不复用和声。……然唐人填曲，多咏其曲名，所以哀乐与声尚相谐会。今人则不复知有声矣，哀声而歌乐词，乐声而歌怨词，故语虽切而不能感动人情，由声与意不相谐故也。"沈括从诗乐相入的视点考察自古及唐宋间诗乐关系的变化。他认为，古人依声以咏而成曲，唐人则依曲填词，但声与乐谐，在情感表现上达到了相生相成的效果；宋人则抛开依曲填词、情声相谐的传统，这导致声情相隔，音声不谐。《梦溪笔谈》又说："外国之声，前世自别为四夷乐。自唐天宝十三载，始诏法曲与胡部合奏。自此乐奏全失古法。以先王之乐为雅乐，前世新声为清乐，合胡部者为宴乐。"明确厘清了几种不同的诗乐，特别是将"先王之乐"与"唐人之乐"予以了别分。沈括还将雅乐与燕乐予以了比照，探析"新声"不能与诗意相谐之因，论析亦极见中的。

其次，沈括将"学理"运用于对唐诗的研究中。他考释诗句、语词的来龙去脉，广涉经史及诸子百家，旁征博引，为人们理解唐诗作出了有益的帮助，在唐诗考据学上有开风气的意义。如关于李白作《蜀道难》之意，历来有不同的说法，《梦溪笔谈》论道："前史称严武为剑南节度使，放肆不法，李白为之作《蜀道难》。按孟棨所记，白初至京师，贺知章闻其名，首诣之，白出《蜀道难》，读未毕，称叹数四，时乃天宝初也，此时白已作《蜀道难》。严武为剑南，乃在至德以后肃宗时，年代甚远。盖小说所记，各得于一时见闻，本末不相知，率多舛误，皆此文之类。李白集中称刺章仇兼琼，与《唐书》所载不同，此《唐书》误也"。沈括征引孟棨《本事诗》所载史实，依据历史事件顺序考实《旧唐书》所记有误，这为人们理解李白《蜀道难》诗作奠定了基础。《梦溪笔谈》还载："《庄子》言，'野马也，尘埃也'，乃是两物。古人即谓野马为尘埃，如吴融云：'动梁间之野马'。又韩偓云：'窗里日光飞野马。'皆以尘为野马，恐不然也。'野马'乃田野间浮气耳，远望如群马，又如水波，佛书谓'如热时野马阳焰'，即此物也。"这段文字辨析"野马"与"尘埃"之别，对人们理解唐诗人吴融、韩偓诗意是极有帮助的。

当然，沈括在论诗中也表现出缺失，这就是过重诗意的考实，漠视诗歌作为艺术之体所具有的审美特征。如《梦溪笔谈》说："又如白乐天《长恨歌》云：'峨嵋山下少人行，旌旗无光日色薄。'峨嵋在嘉州，与幸蜀路全无交涉。杜甫《武侯庙柏》诗云：'霜皮溜雨四十围，黛色参天二千尺。'四十围乃径七尺，无乃太细长乎？"以纯粹的逻辑事理解诗、论诗，无视艺术的想象与夸张功能，在琐细拘泥中未能切入诗意诗味。这显示出其作为博物学家的不足。

　　值得指出的是，自沈括以博学论诗，将学理考据运用于唐诗研究中后，发展到南宋，不少人借博学论诗，实证、考据研究蔚为一股不小的风潮。这对唐诗学研究整体上起到了推进作用。

第三章
南宋的唐诗研究

第一节　"千家注杜"与唐诗文献学的深化

对唐人诗作的辑佚、编集，经过北宋人的努力取得了很大的成绩。到宋室南渡以前，可以说，有关唐人诗集的搜辑工作已基本完成。人们更多地将目光转向对唐人别集的校勘、注释、考辨、编年及编纂大型诗歌总集等方面，这使唐诗文献学得以深化。

唐集校勘、整理工作的进一步发展

南宋人将对唐人别集的校勘、整理作为他们深化唐诗研究的第一步工作。因北宋以来，在民间传抄和雕版印刷的过程中，唐集版本甚多，文字互有不同，有的甚至错讹不少，有些则收诗仍然不全。南宋人对唐诗文献的整理首先循此而入，校勘同异，订正讹误，增补诗作，努力使唐人别集有一个较完备的本子。南宋人下力校勘、整理的唐人集子甚多，我们择要略述之。

北宋时期，《韦应物集》曾有嘉祐年间出现的王钦臣校本和熙宁年间出现的葛蘩校本，此二本文字相差甚多。南宋绍兴二年（1132）又曾出现过一个校补本。在这种情况下，宋孝宗乾道七年（1171），魏杞以葛繁本为底本，参以王钦臣本、绍兴本等诸本，择善而从，勘正葛繁本讹误达 300 多处，并补辑了韦应物诗作。《韦应物集》从此有了一个较好的本子。

在杜甫集的校勘、整理方面，宋宁宗嘉泰年间，蔡梦弼在前人辑佚、校勘的基础上，进一步对杜诗进行笺注。其《杜工部草堂诗笺跋》说："博求唐宋诸本杜诗十门，聚而阅之，三复参校，仍用嘉兴鲁氏编次先生用舍之行藏、岁月之先后，以为定本。每于逐句本文之下，先正其字之异同，次审其音之反切，方作诗之义以释之，复引经子史传记以证其用事之所从出"。编成《杜工部草堂诗笺》四十卷，外集一卷，补遗十卷，传序碑铭一卷，目录二卷，年谱二卷，诗话二卷。蔡梦弼在题记中谈到其校雠时曾说，他所参阅的版本甚多，有前人的不同校本十几家，如樊晃本、顾陶本、后晋开运四年官书本、欧阳修本、宋祁本；有前人"义说"本十家，如宋次道本、崔德符本；也有前人"训解"本十家，如徐居仁本、谢任伯本、吕祖谦本等。在此基础上，"复参以蜀石碑，诸儒之定本，各因其实以葛记之。至于杨德硕儒，间有一二说者，亦两存之，以俟博识之抉择。"这样，综合数十种本子而成的蔡本便成为杜集中甚为完善的一个本子。

在韩愈集的校勘、整理上，北宋时曾出现欧阳修本。此本是具有相当权威性的本子，但遗憾的是没有雕版印行，流布不广。穆修本曾印行过，奇怪的是影响不大。结果是各本之间相差不小，人们迫切希望能有一个集众本之长的本子出现。在这种情况下，方崧卿《韩集举正》和朱熹《韩文考异》将韩集的校勘、整理推向了一个新的高度。宋孝宗淳熙年间，方崧卿广搜韩集古本、旧本及韩文石本，来校正当时通行的监本。他以祥符杭本、嘉祐蜀本及阁本为主校本，互为参校，并参考《文录》、《文苑英华》、《文粹》等书，对当时刊行的杭监本、潮本、袁本也都广加涉猎，终成《韩集举正》一书。它成为韩集流传中的"善本"之一。之后，朱熹又在方崧卿的基础上，进一步网罗综合官本、古本、石本、祥符杭本、嘉祐蜀本、莆田方氏本等版本，比较参酌，作成《韩文考异》，将韩集的整理又往前推进了一步。朱熹《韩文考异》并代表了宋代版本校勘之学的卓越成就。

"千家注杜"、"五百家注韩"

在校勘、整理唐人别集的同时，南宋人为唐人诗集作了大量笺注。因从北宋中期以来，人们日益从创作取向和道德人格上推崇韩愈、杜甫等人，故在校勘、笺注过程中，很多人选择了杜集、韩集作为下力的对象，这使杜集、韩集的注释达到了空前繁荣的程度，出现了所谓"千家注杜"、"五百家注韩"的繁盛局面。

在上章中，我们已经述及，早在北宋时，一些学者曾给杜集作过辑佚、校勘或笺注工作，如孙仅、刘敞、苏舜钦、王洙、王淇、王安石、黄庭坚等人。但他们对杜诗的笺注大多停步于偶然的读书之得，尚未形成系统，如荆公注、山谷注都散见于诗话、笔记中。发展到南宋，注杜局面发生了很大变化。

南宋绍兴年间，赵次公《杜诗注》是宋代唐诗研究中取得的一个优秀成果。曾噩《九家集注杜诗序》在批评一些人注杜"牵合附会，颇失诗意"，甚至有"挟伪乱真"之病时曾说："惟蜀士赵次公为少陵忠臣"，对赵注杜诗予以了很高的评价。

赵次公《杜诗注》共五十九卷，"因留功十年"而成。在注解源流上，它继承了吕大防《少陵年谱》、蔡兴宗《诗谱》等著作对杜诗编年的成就，以吴若注本为底本，在注杜上取得了很大的成就。赵注杜诗的成就主要体现在以下几方面：（1）紧扣文本，注解杜诗中的各种用事之法。它对杜诗用典、借语溯根探源，明其所本，评其新意，往往能使诗意明了清楚。赵次公认为，笺注的任务之一便是要将杜诗中的多种用事之法辨析出来，以使后人能知见到杜诗的用事之妙。（2）通过注解以证误，澄清杜诗研究中的"舛缪"。赵注杜诗注重探源溯流和比照辨析，匡正了长期以来形成的一些舛误。（3）对杜诗的脉络结构进行考察，努力提供人们认识杜诗诗法、句法的各种门径。（4）对杜诗习用的比兴手法予以阐释，揭示杜诗具体物象与抽象名理的内在联系，从"意深"的角度对杜诗进行破解和诠释。赵次公《杜诗注》在后代产生了很大的影响。

此外，南宋出现的杜诗注本还有黄鹤父子编辑的《补注杜诗》（三十六卷）和蔡梦弼《杜工部草堂诗笺》（五十卷）等，我们在后文另有介绍。

淳熙年间，郭知达的《九家集注杜诗》则是南宋时较好的一个杜诗集注本。郭知达在《杜工部诗集注序》中曾言其"因辑善本，得王文公、宋景文公、豫章先生、王原叔、薛梦符、杜时可、鲍文虎、师民瞻、赵彦材，凡九家，属二三士友，各随是非而去取之，……精其雠校，正其讹舛，……庶几便于观览，绝去疑误"。这表明郭氏在集注中并非只做了一些简单的汇辑工作，它将对杜诗的笺注推上了一个台阶。曾噩在《九家集注杜诗序》中也曾联系当时的注杜现状及郭氏集注的特点说："独少陵巨编，至今数百年，乡校家塾龆总之童琅琅成诵，殆与《孝经》、《论语》、《孟子》并行。况其遭时多艰，瘦妻饥子，短褐不全，流离困苦，崎岖埏厄，一饭一啜，犹不忘君，忠肝义胆，发为词章，嫉邪愤世，比兴深远，读者未能猝解，是故不可无注也。"从曾氏序文可以看出，郭氏集注很重视注解杜诗的深远"比兴"。

佚名《分门集注杜集》是南宋宁宗（1195—1224）年间出现的又一个杜诗集注本。此书把杜诗按诗题分为七十二门类，书前亦开列注家150人，名录有虚张声势之嫌。但此集注本有两个明显的优点：一是收杜诗较全，除一首重复的以外，达1454首，几乎接近清人钱谦益、朱鹤龄注本数量；二是注解收罗比较完备，颇多可采之处。虽然所收远不到150家，但仍然比较广泛，可省去读者搜寻之劳。其缺点是失于详考，有时不免穿凿附会；繁重复沓，往往按而不断。

在对韩集的注释上，宋代也曾先后出现过很多韩集注本。如樊汝霖《韩集谱注》，韩醇《新刊训诂唐昌黎先生集》，文谠注、王俦补注的

《新刊经进详注昌黎先生文》，祝充《音注韩文公文集》等。魏仲举《新刊五百家注音辨昌黎先生集》和廖莹中世彩堂注《昌黎先生集》则是南宋时期两个影响最大且后世又有翻刻的注本。

魏仲举《新刊五百家注音辨昌黎先生集》，是一个集注性质的注本，共四十卷，外集十卷。魏仲举在书前共开列注家 148 家，又注明"新添集注五十家、新添补注五十家、新添广注五十家、新添释事二十家、新添补音二十家、新添协音十家、新添正误二十家、新添考异十家"，总计 378 家。魏氏此书虽亦夸大了汇集注释的家数，但的确集中了不少宋人的注解，像樊汝霖、韩醇、祝充以及孙汝听、张敦颐、刘崧、蔡元定诸家注及方崧卿等人的校订，他都采用了。此书的最大价值就在于保存了大量今已罕见的宋人注说和丰富的资料，为研究者提供了可贵的线索。

廖莹中世彩堂注《昌黎先生集》，共四十卷外集十卷遗文一卷，成书于宋度宗咸淳年间（1265—1274）。它是在魏仲举所编《五百家注》的基础上编撰的。但它对《五百家注》作了两方面较大的改革：一是韩愈诗文以朱熹《韩文考异》文本为准。魏仲举《五百家注》文本是兼用诸家校订，包括方崧卿《韩集举正》等，但没有参用较晚的《韩文考异》；而廖注则完全以《考异》校订的文字为准，故在文本上较魏本更完善。二是魏注引众家之说，虽然资料丰富，有保存文献之利，但对读者来说，毕竟显得繁冗，魏注对他人注释又毫无辨证，不利读者识断；廖注则酌取魏本，参与己见，融为一体，从而自成一家新注。它比起魏注要清楚、简明得多。当然廖注也有缺点，最明显的是它删节撮抄魏仲举《五百家注》，但抄时却不注意鉴别，往往抄出错误来。

在注杜、注韩之外，南宋注家也对其他唐代诗人文集予以注释。如柳宗元集注本有：童宗说《增广注释音辨柳先生集》，韩醇《新刊训诂唐柳先生文集》，魏仲举《新刊五百家注音辨唐柳先生文集》，郑定《重校添注柳文》，廖莹中《世彩堂河东先生集》。李白诗文注本有杨齐贤注《李翰林集》（二十五卷），这是历史上第一个李白诗注本。

诗作系年与诗人年谱的编撰

对唐人诗作进行系年和编撰唐诗人年谱，是南宋唐诗研究文献深化的又一重要表征。南宋学者们已经认识到，对诗作的理解与对诗人生平经历的把握是紧密相联的。他们将我国传统文论中的"知人论世"原则，以具体的方式落实进了唐诗文献整理中。这方面，仍然以对杜诗的编年最为典范。

早在北宋宝元二年（1039），王洙编杜集得诗1405首，分为古、近体时，在编排上便大体以时间为序。其所编《杜工部集》，便是杜集中较早的一个编年本。北宋以来，杜诗为"诗史"之说逐渐深入人心，更引发了宋人对杜诗反映出的诗人生平行迹考辨研究的兴趣。

吕大防首先创为《年谱》。《分门集注杜工部诗》载其《后记》云："既讐正之，又名为《年谱》，以次第其出处之岁月，而略见其为文之时，则其歌时伤世、幽忧切叹之意，粲然可观。"吕氏年谱虽属草创，却成为此后杜甫年谱之始祖。之后，蔡兴宗亦有《少陵诗年谱》，是杜诗的一个编年本，鲁訔有《编次杜工部诗》，是一个分体兼编年的本子。他们的工作，为南宋人对杜诗的编年打下了基础。

两宋之交，士人在杜甫研究中特重知人论世，以诗鉴史，因而年谱、编年之学在此时更为勃兴。李纲为之作序的黄伯思本《校定杜工部集》，就是将王洙以来杜集古、近体分编的体例打破，对杜诗作编年排列的。此编年本特点，诚如李纲在所"序"中云："随年编纂，以古律相参，先后始末，皆有次第，然后子美之出处及少壮年老成之作，粲然可观。"很明显，这是南宋对杜诗完全据写作时间编年的一个本子，可惜的是未流传下来。

之后，赵次公《杜诗注》也是一个编年体的杜诗注本。赵次公在吕大防、蔡兴宗编年的基础上，以诗作先后为序注解杜诗，因其对杜诗所作年月大体把握有据，这为其成为宋人杜诗注中较好的一种提供了前提。

在上述基础上，黄鹤用力于杜诗系年。他在引史证诗、匡谬辨伪方面做了大量的工作，把杜诗文献整理推到了一个新的阶段。黄鹤对此前的吕、蔡、鲁三家年谱曾有一个评说，其《黄氏补千家集注杜工部诗史序》说："吕汲公年谱既失之略，而蔡、鲁二谱，亦多疏卤。"因此，其志在补充三家年谱之粗略，纠正其疏误。黄氏年谱较为详尽地勾勒出了杜甫生平的轮廓，杜甫一生的重大事件都基本涉及到了，它为后世对杜诗的更准确系年确立了梗概。黄鹤编年努力对每首诗都加以考实，纠正了前代及同时代人编年中的不少错误。他在编年中注重注明所编于此年月的依据，为此，曾大量征引新旧《唐书》和其他史籍、方志，为后来治杜者树立了榜样。如关于杜甫向朝廷献《三大礼赋》的时间，《旧唐书》对此语焉不详，只言"天宝末献《三大礼赋》"。《新唐书》则记载道："天宝十三载，玄宗朝献太清宫，飨庙及郊，甫奏赋三篇。"鲁訔年谱把杜甫献赋编于天宝九载，但黄鹤经过细致考订，把献《三大礼赋》的时间定在天宝十载。此界定为现代绝大多数学者所肯定。又如杜甫《封西岳赋》的写作时间，鲁訔认为作于天宝九载，因为这一年唐玄宗封西岳。但黄鹤经过详细考证，界定杜甫进《封西岳赋》最早也得在天宝十二载，这一系年也为现代大多数学者所接受。黄鹤对杜诗的系年是附在与其父黄希合编的《黄氏补千家集注杜工部诗史》中的，其书是一个将系年和注释加以综合的本子，虽曰"补注"，实功在编年。它于正文前冠以黄鹤所订《杜甫年谱辨疑》，以下则按年编诗，所作岁月注于篇下，使读者得以清晰地见出杜甫诗作先后之大致。诚如其"序"所说，该书参核诸说，"或因人以核其时，或搜地以校其迹，或摘句以辨其事，或即物以求其意"，从诗作中所涉及具体人物、地点、事物、时期中钩连引申，考证辨析，所获颇多。

此外，如对韩愈诗集，北宋元丰年间，吕大防曾编《韩昌黎文集》四十卷外集十卷，这是现在可知的第一个有年谱的韩集。进入南宋以后，韩集异本纷出，版本甚多。此时，洪兴祖、樊汝霖尽己之力，各为年谱附入韩集。之后，方崧卿《韩集举正》在校勘韩集的同时，也考订了韩愈诗文中的一些年代、人物、事件等。他们的工作，促进了对韩集的编辑与注释，为后人准确理解韩愈诗文确立了基础。

《乐府诗集》、《万首唐人绝句》和《分门纂类唐歌诗》的汇纂

南宋期间唐诗文献学的深化，还表现在编纂大型诗歌总集上。此时，对唐集的辑收在规模上大大超过北宋，在体制上也见出新意。

郭茂倩《乐府诗集》，是宋人就乐府诗体裁所汇编的一部大型诗歌总集。它汇编上古至唐末五代的乐府歌诗和谣词，其中半数以上是唐人的乐府诗。此书网罗丰富，共一百卷，分为十二大类。具体为：郊庙歌辞十二卷、燕射歌辞三卷、鼓吹曲辞五卷、横吹曲辞五卷、相和歌辞十八卷、清商曲辞八卷、舞曲歌辞五卷、琴曲歌辞四卷、杂曲歌辞十八卷、近代曲辞四卷、杂歌谣辞七卷、新乐府辞十一卷。其分类比较简括而不繁琐，适应了乐府诗的时代变化发展。在内在结构编排上，每题以古辞居前，拟作则按时代顺序居后，从中可考见各题乐府的原始与流变。在外在结构编排上，十二大类各有叙说，一些大类又分若干小类，各小类亦有叙说。各曲题有解题，它们对各类别、各曲题歌辞的源流、内容、特色等均有详细精当的论述，引用了许多有价值的资料，成为研究汉魏迄唐五代乐府诗最重要的总集。

《乐府诗集》对唐诗研究具有多方面的价值。首先，它提供了研究唐人乐府诗的完整素材和历史状况。《乐府诗集》收集了唐代40多位诗人的400余首新乐府诗，素材完整，题材多样，为后人研究唐代乐府诗提供了大量极有价值的文本依据。在所收不同时期乐府诗中，以收中唐乐府诗数量最多，较清晰地反映出了唐代乐府诗的发展状况。其次，它提供了唐诗与音乐关系的线索。《乐府诗集》以音乐曲调分类，在每一类乐府诗前都附有解题，这不仅能帮助人们了解音乐类型，而且标示出了它们的演变过程，人们可从某一诗人的乐府诗同前代乐府诗或同时代

乐府诗的比照中，看出唐代诗人同类同曲乐府诗内在神髓与外在风格的变化。再次，它还提供了研究唐代诗人对乐府旧题的运用和创造的材料。《乐府诗集》把前代乐府诗和唐代乐府诗在同一旧题名目下按历史顺序排列在一起，人们可从其提示的本事和感情基调中对比这些诗，从中看出唐人对乐府旧题的创造性运用以及他们不同的创作个性。

洪迈《万首唐人绝句》，是宋人第一次对唐人绝句所作的大规模的集收、整理。此书系分体唐诗总集。书成于宋光宗绍熙三年（1192）。其初衷为教稚儿诵唐人绝句，先得 5400 余首，后不断补充至万首，以进呈孝宗。洪迈在"序"中曾说："搜讨文集，傍及传记小说，遂得满万首。"它共收唐人七言绝句七十五卷，五言绝句二十五卷，末附六绝一卷，诗 37 首。此书的编纂，事先并没有周详的计划和合理的体例，随得随录，所以编次较为紊乱，重收、误收现象也不少，还偶有删律诗为绝句或取宋人诗以凑万首之数者。该书对唐诗研究的意义在于它全面地汇存了有唐一代绝句诗，为后人学习、鉴赏、研究唐诗提供了最基本的文献；同时，它将七绝和五绝类分开，又大致以时代先后为汇编依据，这也为研究唐人绝句诗，特别是其发展、分布等情况作出了初步的铺垫。之后，明代赵宦光等人对《万首唐人绝句》进行了重新整理，补充其数量，厘正其顺次，为后人全面地认识唐人近体诗创作作出了贡献。

赵孟奎《分门纂类唐歌诗》则是宋代所编规模最大的唐诗总集。该书共一百卷，现存十一卷，分八大类，依次是："天地山川类"、"草木虫鱼类"、"朝会宫阙类"、"经史诗集类"、"城廓园庐类"、"仙释观寺类"、"服食器用类"、"兵师边塞类"，每类之下又分若干小类。作为一部唐诗总集，它共收诗人 1352 家，录诗作 40791 首，虽然诗人数量还不算多，但收诗数量已接近清编《全唐诗》。赵孟奎在"序言"中曾说："是集之编，搜罗包括，靡所不备。凡唐人所作，上自圣制，下及俚歌、郊庙、军旅、宴飨、道途、感事、送行、伤时、吊古、庆贺、哀挽、迁谪、隐沦、宫怨、闺情、闲居、边思、风月、雨雪、草木、禽鱼，莫不类聚而庐分之，虽不足追思无邪之盛，要皆由人心以出，非尽背于情性之正者也。"从这段序言中，可以看出编者旁搜逸坠，网罗散佚的功夫。此总集以"类聚而庐分之"的结构单独汇纂唐诗，相对于北宋初年所汇编的《文苑英华》，在体例上实推进了一步。同时，它基本按照诗作的题材进行分类，这在诗文总集汇编上亦表现出有别于前人处。

第二节　唐宋诗之争的发轫

从魏泰、叶梦得到张戒

北宋中期以后，苏、黄的影响日益扩大，"宋调"终于有别于"唐音"自成面目。到北宋末年，代表"宋调"的江西诗创作已进入鼎盛时期。随着诗坛上江西诗独自为家局面的形成，对其不满之声也开始出现，由此开启了历经千年之久的唐宋诗之争的端绪。

与苏、黄约略同时的魏泰，是较早捅开这一窗户的人。他在《临汉隐居诗话》中说："诗者述事以寄情，事贵详，情贵隐，及乎感会于心，则情见于词，此所以入人深也。如将盛气直述，更无余味，则感人也浅，乌能使其不知手舞足蹈；又况厚人伦，美教化，动天地，感鬼神乎！"魏泰从诗歌创作述事寄情的角度，提出了以"余味"为论诗的审美标准。那么"余味"从何而来呢？就来自于隐情于词的含蓄蕴藉，其对立面则是"盛气直述"的浅直。魏泰将有"余味"界定为诗作能感动人心及产生社会现实作用的关节所在，由此出发，对唐宋一些著名诗人展开了论评。

魏泰一反当时人惯例，对代表宋诗正宗的苏、黄及创建宋诗的欧阳修、苏舜钦等人多有批评。《临汉隐居诗话》论道："黄庭坚喜作诗得名，好用南朝人语，专求古人未使之事，又一二奇字，缀葺而成诗，自以为工，其实所见之僻也。故句虽新奇，而气乏浑厚。"魏泰指责黄庭坚作诗过于在用事、使字等细微技巧上下工夫，这使其诗作本末倒置，在诗意、诗味表现上缺乏浑融与气象。他也评及欧阳修："凡为诗，当使挹之而源不穷，咀之而味愈长。至如永叔之诗，才力敏迈，句亦清健，但恨其少余味耳。"一方面肯定欧阳修诗有才思，句语风格清健；另一方面，又指出其诗缺咏长之味。很显然，主要是针对其诗的散体化特征而论的。其《东轩笔录》批评苏舜钦、苏轼等人道："皇祐已后，时人作诗尚豪放，甚者粗俗强恶，遂以成风。"强调"诗主优柔感讽，不在逞豪放而致怒张也"。他又批评宋前期西昆诗人道："杨亿、刘筠作诗务积故实，而语意轻浅。一时慕之，号'西昆体'，识者病之。"已寓有反对用典，但要求诗意深致之意。在宋人中魏泰较为称赏的是梅尧臣和王安石。《东轩笔录》云："梅尧臣作诗，务为清切闲淡，近代诗人鲜及也。"对梅尧臣淡而有味的诗作甚为高标。

魏泰对唐人也多有批评。《临汉隐居诗话》说："唐人亦多为乐府，若张籍、王建、元稹、白居易以此得名。其述情叙怨，委曲周详，言尽意尽，更无余味。及其末也，或是诙谐，便使人发笑。"指出唐人新乐府在艺术表现上过于浅切直露，个别末流诗人更使新乐府诗偏离了文学之体。他对韩愈、白居易等人又各有批评，认为韩愈以文为诗，"乃押韵之文尔"，"格不近诗"；论评"白居易亦善作长韵叙事，但格制不高，局于浅切，又不能更风操，虽百篇之意，只如一篇，故使人读而易厌也"。在诗作格调上反对俚俗，诗作表现上反对浅切，诗作风格上反对千篇一律。这实际上为其"余味"说从内涵上进一步作了展开。

总之，魏泰在对唐宋诗人的论评中显示出的基本原则是反对细枝末节地追求技巧表现，反对意轻语浅，主张情隐词中，有格调，有气韵。在论评中，他虽未明确界分唐宋，但他所标举的有"余味"，恰是唐诗之长而成为宋诗之短，实际上已隐约将唐宋诗作为了具有不同质性的诗作加以观照，这成为唐宋诗之争的滥觞。

之后，叶梦得承魏泰论评取向多有发挥。他论诗强调自然天成之美，在江西诗风正炽之时，明确批评其牵率斗凑，故求奇僻之习，在对唐诗传统回归的呼唤中显示出重要的意义。

叶梦得论诗建立在一定的理论根柢之上。《石林诗话》评曰："王荆公晚年诗律尤精严，造语用字，间不容发。然意与言会，言随意遣，浑然天成，殆不见有牵率排比处。"可见言意相融和诗境的浑然天成，成为其根本的美学原则。他又以"气格"作为论诗的标准之一，赞扬欧阳修诗"专以气格为主"。叶氏由上述原则出发，展开了他对唐宋诗的论评。

他区分杜甫诗与江西诗道："诗人以一字为工，世固知之，惟老杜变化开阖，出奇无穷，殆不可以形迹捕。……而此老独雍容闲肆，出于自然，略不见其用力处。今人多取其已用字模仿用之，偃蹇狭陋，尽成死法。不知意与境会，言中其节，凡字皆可用也。"肯定杜诗使字用语无法而妙，明确反对江西诗人对杜诗流于字句的模仿，堕入牵率斗凑之迹，违背了杜诗创造的精神。他又批评不少学欧阳修的宋代诗人"往往遂失其快直，倾囷倒廪，无复余地"，对一味散体化的作风表示不满。对于宋人作诗好用事典，叶梦得也主张："诗之用事，不可牵强，必至于不得不用而后用之，则事词为一，莫见其安排斗凑之迹。"强调用事的随意妥帖与自然谐和，以此抗对江西诸人。他称赞杜甫"自汉魏以来，诗人用意深远，不失古风，惟此公为然，不但语言之工也。"（均见《石林诗话》）叶梦得对江西诗的批评和对杜甫的推崇，将宋人对唐宋诗的比照和反思凸显了出来。

进入南宋，对江西诗批评不遗余力，并努力上溯诗歌传统的是张戒。张戒论诗从"言志"和"缘情"两方面切入，高标"言志乃诗人之本意"，"情动于中形于言"。他主张诗应"情真"，"味长"，"气胜"，由这些方面切入，他对唐宋诗展开了广泛的论评。

张戒较早从诗歌历史流变的视点出发，对历代诗予以分等。《岁寒堂诗话》论道："国朝诸人诗为一等，唐人诗为一等，六朝诗为一等，陶、阮、建安七子、两汉为一等，《风》、《骚》为一等。学者须以次参究，盈科而后进，可也。"张戒将自古至今的诗歌厘为五等，在区划中已表现出了具有诗歌类型的观念，"国朝诗"在其心目中被认为是与唐以前各朝诗不一类的诗作。他提倡由近而远，逐渐上溯的学诗路径。张戒的诗歌等次说，为唐宋诗之争奠定了基本的理论前提。针对宋人作诗喜用事、押韵，张戒疾呼道："苏、黄用事押韵之工，至矣尽矣，然究其实，乃诗人中一害。使后生只知用事押韵之为诗，而不知咏物之为工，言志之为本也。风雅自此扫地矣。"批评苏、黄在创作上有本末倒置之嫌，又从"以议论作诗"和"专以补缀奇字"两大方面剖析宋人创作缺失，见出了江西诗之弊端。

　　张戒在诗作审美理想上是崇尚汉魏古诗的。循此出发，他对唐人诗也予以多样的论评。他认为杜诗高古莫及："世徒见子美诗多粗俗，不知粗俗语在诗句中最难；非粗俗，乃高古之极也。"以"高古"界定杜诗质性，将其纳入到古诗之道中。他又认为唐代新乐府诗诗意浅直，诗味寡索："意非不佳，然而词意浅露，略无余蕴。元、白、张籍，其病正在此，只知道得人心中事，而不知道尽则又浅露也。"他还评价"韦苏州诗，韵高而气清；王右丞诗，格老而味长"；批评"李义山诗，只知有金玉龙凤；杜牧之之诗，只知有绮罗脂粉；李长吉诗，只知有花草蜂蝶"等，均能从不同诗人的创作特征、审美风格入手，进行具体而微的论评，深见出不同唐人诗作之个性。总之，立足于情志而归于无邪，以韵味为审美理想，张戒较全面地从甚具理论辨识力的高度论评了诸多唐宋诗人，显示出了有别于前人的独特意味，从而正式开启了唐宋诗之争的大门。

陆游与杨万里的唐诗观

　　自张戒发难之后，公开批评宋诗流弊，转趋唐人的倾向，便日益滋长起来。陆游、杨万里在不脱尽江西而又广泛吸取唐人之中，对唐诗给予高度评价。

　　陆游早年学诗于曾几，自江西诗入，但不嗣江西。他兼融陶渊明、李白、杜甫、白居易、梅尧臣、苏轼各大家，并濡染晚唐精细之长，诗风雄豪工丽，遂成为南宋诗坛的大家。陆游论诗强调"养气"，倡导"悲愤激于中"，断言"工夫在诗外"。他的唐诗观就建立在上述基础之上。

　　陆游论唐诗主要表现在高标李、杜之作和对晚唐诗的批评上。他从对诗歌传统的继承上推崇李、杜。其《白鹤馆夜坐》诗吟道："屈宋死千载，谁能起九原？中间李与杜，独招湘水魂。自此竞摹写，几人望其藩？兰苕看翡翠，烟雨啼青猿，岂知云海中，九万击鹏鹍？"陆游认为李、杜继屈原、宋玉之后，创造出了令后人难以企及的成就。他们的诗作讲究意象的配合，在繁富流动的审美形式中蕴含高健之气。在《感兴》诗中，陆游标树李白诗为"正声"："感慨发奇节，涵养出正声。故其所述作，浩浩河流倾。岂惟配诗书，自足齐癥癜。"在《读杜诗》中，他称扬杜甫有宇宙社稷之志向："看渠胸次隘宇宙，惜哉千万不一施！空回英概入笔墨，生民清庙非唐诗。"在《老学庵笔记》中，他又界定杜诗"妙绝古今"，不可以出处求。在《淡斋居士诗序》中，则概括道："杜甫、李白，激于不能自已，故其诗为百代法。"《读李杜诗》还肯定二人诗作具有永恒的历史价值："濯锦沧浪客，青莲澹荡人。才名塞天地，身世老风尘。士固难推挽，人谁不贱贫？明窗数编在，长与物华新。"论断二人虽然一生都履历贫贱，但李白性情澹荡，胸襟豁达；杜甫弥纶群才，身老志坚，他们的诗作将与物华长新。

　　陆游在创作上实濡染晚唐，但他对晚唐诗却提出了切中肯綮的批评。《宋都曹屡寄诗，且督和答，作此示之》吟道："天未丧斯文，杜老乃独出。陵迟至元白，固已可愤疾。及观晚唐作，令人欲焚笔。此风近复炽，隙穴始难窒。淫哇解移人，往往丧妙质。苦言告学者，切勿为所怵。"在对唐诗发展作出简要概括和对南宋诗坛现状的针砭中，批评晚唐诗作气格消弭，旨趣幽暗，偏离了诗歌"正声"的传统。在《追感往事》之四中，他又吟道："文章光焰伏不起，甚者自谓宗晚唐。欧曾不生二苏死，我欲痛哭天茫茫。"针对南宋不少诗人崇尚晚唐，诗作局促内敛，他深情呼唤北宋中期欧、苏等人凸显意气的创作追求的回归，以此纠正当世创作之弊。

和陆游的唐诗观相近而又相异，杨万里在最终走向通脱自如、自成一体中也极为趋近唐诗传统。他早年学诗亦从江西入，既而学王安石，晚乃学绝句于唐人，后"忽若有悟"，终于摆脱前人影响，形成了自己的风格。杨万里在诗作审美本质上承袭了司空图"味外之味"说，认为好诗当"意味深远，悠然无穷"。他辨析诗歌主张重味而不泥形，尚风致而不拘体貌，反对"舍风味而论形似"，这使其对前人诗作的辨识能契入神理之中。

杨万里对李、杜诗也极为推崇。其《江西宗派诗序》说："江西之诗，世俗之作，知味者当能别之矣。昔者诗人之诗，其来遥遥也。然唐云李杜，宋言苏黄，将四家之外，举无其人乎？门固有伐，业固有承也。……今夫四家者流，苏似李，黄似杜；苏李之诗，子列子之御风也；杜黄之诗，灵均之乘桂舟、驾玉车也。无待者神于诗者欤？有待而未尝有待者，圣于诗者欤？"这段文字从述流别和辨"味"、悟"法"的角度论评李、杜、苏、黄四家诗，把他们标举到了一个很高的创作境界。其中李白是"神于诗者"，杜甫则成为"圣于诗者"，他们将诗歌创作推进到了无"法"而"法"，因"法"而超"法"的境地。他们的艺术境界在苏黄诗中又得到了完美的复现。

对晚唐诗，杨万里与陆游持论不同。其《读笠泽丛书》吟道："笠泽诗名千载香，一回一读断人肠。晚唐异味同谁赏？近日诗人轻晚唐。"借论评陆龟蒙诗批评江西诗人的创作追求，独标晚唐韵味。在《颐庵诗稿序》中，述及"尝食夫饴与荼乎？人孰不饴之嗜也，初而甘，卒而酸；至于荼也，人病其苦也，然苦未既，而不胜其甘"后，指出"三百篇之后，此味绝矣，惟晚唐诸子差近之"。杨万里从辨"味"的角度肯定晚唐诗作，认为其中涵容了辛酸甘苦"杂拌"后所生成的"悠然无穷"之味。在《答徐子材谈绝句》中，杨万里又吟道："受业初参且半山，终须投换晚唐间。《国风》此去无多子，关捩挑来只等闲。"对自己学诗的过程由学王安石到上溯学晚唐予以了形象的描绘。杨万里对晚唐绝句之工也极为称赏，《诚斋诗话》云："五七字绝句最少，而最难工，虽作者亦难得四句全好者，晚唐人与介甫最工于此。"此外，杨万里还推崇唐人七律工致奇巧，独步古今。《诚斋诗话》云："唐律七言八句一篇之中，句句皆奇，一句之中，字字皆奇。古今作者皆难之。"推崇溢于言表。

综观陆游、杨万里二人的唐诗之论，可以看出：他们在魏泰、叶梦得、张戒对江西诗反思、批评的基础上，已开始将目光直接转向了唐人，试图在对唐诗传统的借鉴中寻找创作的突破口。在诗作审美理想上，他们都高标李、杜；但在具体诗作实践上，则又围绕晚唐诗或批评，或推扬。他们将宋人对唐诗的研究推进了一步。

朱熹对唐宋诗的论析

朱熹的诗论集宋代理学家之大成。在诗文和道的关系上，他主张文道一体，比喻其如枝叶和本根无法分开，认为文是和道一起"流"出来的。在诗学趣尚上，他标举冲和平淡和蕴含劲气健骨的创作风格；在对诗歌传统的崇尚上，他又主张取法汉魏六朝古诗，以《文选》诗为论评后世诗歌的标的。他从理学家的视点出发，对唐宋诗展开了多样的论析。

朱熹《答巩仲至第四书》在对古今诗歌的流变进行勾勒的过程中，对唐宋诗予以了类分。他说："古今之诗，凡有三变。盖自书传所记，虞夏以来，下及魏晋，自为一等；自晋宋间颜谢以后，下及唐初，自为一等；自沈宋以后，定著律诗，下及今日，又为一等。然自唐初以前，其为诗者，固有高下，而法犹未变。至律诗出，而后诗之与法，始皆大变，以至今日，益巧益密，而无复古人之风矣。"朱熹将自古至今的诗作类分为三个等次。上古至魏晋为第一等，晋宋间至唐初诗为第二等，唐自沈、宋以后的律诗与宋诗为第三等。一、二两个等次的诗作其"法"相同，近体律诗在诗法上则发生了很大变化。朱熹从诗体变化的角度见出了不同时期诗的大致差异，其间以沈、宋为界对唐宋人诗是作出了区划的。他提倡以《诗经》、《楚辞》、经史诸书所载韵语、《文选》、汉魏古词、郭璞、陶渊明之作为"诗之根本准则"。循此取向，落实于对唐人诗作的择取中，《朱子语类》指出："如李之《古风》五十首，杜之秦蜀纪行、遣兴、出塞、潼关、石壕、夏日、夏夜诸篇；律诗则王维、韦应物辈，亦自有萧散之趣，未至如今日之细碎卑冗，无余味也。"这充分表现出朱熹对唐人诗作的去取，李、杜、王、韦四人诗，在其心目中是唐诗中的"近于古者"。朱熹还初步勾画了宋诗的流变及个别关节处诗人创作的特征。《朱子语类》说："江西之诗，自山谷一变，至杨廷秀又再变。杨大年虽巧，然巧中又有混成底意思，便巧得来不觉。及至欧公，早渐渐要说出来"。朱熹在这里较早理清了宋诗流变的线索，其勾勒和描述清晰而中的。

　　在对唐宋诗人的具体论析中，朱熹对"唐音"中的大家普遍加以称扬，对"宋调"中的典范则多予指责。《朱子语类》评李杜道："李太白终始学《选》诗，所以好。杜子美诗好者，亦多是效《选》诗。渐放手，夔州诸诗，则不然也。"从诗法渊源上论析李杜二人诗作"所以好"之因；同时，又将杜甫晚年诗与学《选》体诗加以界分了开来。又说："杜诗初年甚精细，晚年横逆不可当。……李太白诗非无法度，乃从容于法度之中，盖圣于诗者也。"分别细致地比照、剖析李、杜诗作，指出杜甫早期诗的优长在精工细腻，晚年诗则纵横出入，无"法"而"法"自寓其中；李白诗也是表面无法度，实却深寓法度于诗作的变化中。朱熹还超乎众人地指出了李白诗风的多面性。《朱子语类》说："李太白诗，不专是豪放，亦有雍容和缓底。如首篇'大雅久不作'多少和缓。"他称赏："韦苏州诗，高于王维、孟浩然诸人，以其无声色臭味也。"从理学家的文道观和对心性涵养的要求出发，极力抬高韦应物诗。他论评卢仝诗亦颇高："诗须是平易不费力，句法浑成。如唐人玉川子辈，句语虽险怪，意思亦自有混成气象。"从卢仝能从深层凸显浑成之意上对之加以肯定。但朱熹对唐代一些诗人也进行了寓含批评的评析。其《跋病翁先生诗》云："李、杜、韩、柳初亦皆学《选》诗者，然杜、韩变多而柳、李变少。"细致敏锐地省察到李杜韩柳之间的差异。实际上，在对汉魏六朝诗歌传统的承继中，柳李主要是"继往"，杜韩则更多地属"开来"。朱熹在渊源之论上对后二人是有所隔的。《朱子语类》又批评："孟郊吃了饱饭思量到人不到处，联句被他牵得亦著如此做。"这是从作诗应平易，反对奇险的视点立论的。他还批评："李贺诗怪些子，不如太白自在。"

对于宋诗，朱熹整体上持以贬抑，但亦能对其中一些优长处辩证地作出肯定。《朱子语类》云："古诗须看西晋以前，如乐府诸作皆佳。杜甫夔州以前诗佳，夔州以后，自出规模，不可学。苏黄只是今人诗，苏才豪，然一滚说尽无余意，黄费安排。"朱熹从历时视域比照分析，立足于推尚古诗平易味醇的基点，批评苏黄诗或一味逐豪，余味不存；或空费安排，舍本逐末，都在一定程度上脱离了诗歌创作的法乳。《答谢成之》批评苏轼道："若但以诗言之，则渊明所以为高，正在其超然自得，不费安排处。东坡乃欲篇篇句句依韵而和之，虽其高才合凑得著，似不费力，然已失其自然之趣矣，况今又出其后。……但为才气所使，又颇要惊俗眼，所以不免为此俗下之计耳。"从具体分析苏轼的《和陶诗》入手，却界分陶、苏二人，认为陶渊明诗作旨趣超然自得，而苏轼则一味"合凑"，丧却自然之趣。《朱子语类》又评道："山谷诗精绝，知他是用多少功夫。今人卒乍如何及得？可谓巧好无余，自成一家矣。但只是古诗较自在，山谷则刻意为之。又曰：山谷诗忒巧了。"虽然称赏黄诗精巧工绝，自成一家，而对其刻意雕琢深致不满，这与他对"古诗"气象的追求是相一致的。此外，朱熹对不少宋代诗人都有所评析，或褒或贬，均具深意。如："或谓梅圣俞长于诗，曰：'诗亦不得谓之好。'或曰：'其诗亦平淡。'曰：'不是平淡，乃是枯槁。'""张文潜诗，有好底多，但颇率尔，多用重字。""曼卿诗极雄豪，而缜密方严，极好。……曼卿胸次极高，非诸公所及。其为人豪放，而诗词乃方严缜密，此便是他好处，可惜不曾得用。"

总结朱熹对唐宋诗的论析，我们不时可感受到他作为理学家的立场、视点在论评中的闪现。但他往往又能脱开理学思想的羁绊，对唐宋诗作出切中肯綮的论析。其论拓展了唐宋诗之争的领域，丰富了唐宋诗之争的内涵。

叶适与"永嘉四灵"的倡"唐音"

南宋中后期，江西诗的创作仍然影响很大，绵延不绝。中间，陆游、杨万里等人虽趋尚"唐音"，试图以唐弥宋，但未能从根本上改变江西诗的做派；朱熹等人标举性理之学，以汉魏六朝冲融淡远的古诗为依归，对纠正江西诗尖新瘦硬产生了一定影响，而在创作实践中则不能形成与江西诗的对垒之势。真正能与江西诗创作分庭抗礼的，是活动于南宋孝宗至宁宗朝的"四灵"（指徐照、徐玑、赵师秀、翁卷）诗派。

"永嘉四灵"的创作是宋诗发展中一次显著的转型。北宋后期以来，宋诗主潮愈益体现出耽于说理、恣肆直露，或生涩奥衍、粗硬枯瘠等特色。人们以各种方式补江西诗之弊。"永嘉四灵"的创作顺应了这一时代特征。他们公开打出宗晚唐的旗号。在创作上，多写山水小景和日常生活中的闲情雅趣，风格清瘦野逸；在体式上以律诗为主；在艺术表现上则以白描见长，努力脱却事典，追求在字语运用的凝练、密集中体现精巧与灵秀。他们以自身切实的创作实践表达着对"唐音"回归的倡导。以"永嘉四灵"为核心，当时诗坛上造成了一股气势不小的规模唐体的风气。王绰在《薛瓜庐墓志铭》中对此曾有详细载录："永嘉之作唐诗者，首四灵。继灵之后，则有刘咏道、戴文子、张直翁、潘幼明、赵几道、刘成道、卢次夔、赵叔鲁、赵端行、陈叔方者作。而鼓舞倡率，从容指论，则又有瓜庐隐君薛景石者焉。……继诸家后，又有徐太古、陈居端、胡象德、高竹友之伦。风流相沿，用意益笃，永嘉视昔之江西几似矣，岂不盛哉！"这段文字，为我们详细地列出了南宋中后期与"四灵"一起，以创作实践的方式倡导回归"唐音"的诗人名录，可见一时影响之巨。在诗作崇尚上，赵师秀则通过编选《二妙集》、《众妙集》，为倡导"唐音"作出了标树。《二妙集》专选姚合、贾岛诗，共202首，其中，姚合121首，贾岛81首。每人前各附小传一篇，充分地显示出了"永嘉四灵"对姚、贾的独尚。《众妙集》共选76家唐代诗人的诗作228首，大多偏于轻灵精切。它于李白、杜甫、王昌龄、高适、韩愈、元稹、白居易、韦应物、柳宗元等大家名家均不收，而一些小家，如林宽、薛能、杨发、处默、包何、秦系、贯休、护国、无可等倒都收入。所选诗也不一定都是名篇。《四库全书总目》说："是集乃以风度流丽为宗，为近中唐之格"。与"四灵"一派的创作实践极为谐和一致。

对于"永嘉四灵"这种消弭江西诗风、努力回归"唐音"的创作实践，永嘉学派大师叶适曾给予大力鼓倡和支持。他从理论批评的角度为"永嘉四灵"创作"护法"，相互间形成呼应之势。

叶适在《徐斯远文集序》中说："庆历、嘉祐以来，天下以杜甫为师，始黜唐人之学，而江西宗派章焉。然而格有高下，技有工拙，趣有浅深，材有大小。以夫汗漫广莫，徒枵然从之而不足充其所求，曾不如腒鸣吻决，出豪芒之奇，可以运转而无极也。故近岁学者，已复稍趋于唐而有获焉。"叶适从宋诗的宏观历史发展立论，画出了北宋中期至南宋中后期宋代诗歌发展所走过的"之"字形轨迹。他又详细分析江西诗末流之弊，认为他们使诗歌创作走进了死胡同。正是在这一点上，叶适认为"永嘉四灵"对回归唐音的倡导和追求，有矫江西诗之弊的功绩。在《徐道晖墓志铭》中，他又说："盖魏晋名家，多发兴高远之言，少验物切近之实。……故善为是者，取成于心，寄妍于物，融会于法，涵受万象，猗苓、桔梗，时而为帝，无不按节赴之，君尊臣卑，宾顺主穆，如丸投区，矢破的，此唐人之精也。……然则发今人未悟之机，回百年已废之学，使后复言唐诗自君始，不亦词人墨卿之一快也！"认为唐人接承魏晋名家诗歌创作传统，更在"验物切近之实"上予以充实、发挥，指出了唐诗注重心物交融，意象缤纷的艺术特点，这正是宋诗缺陷之所在。《徐文渊墓志铭》又论道："初，唐诗废久，君与其友徐照、翁卷、赵师秀议曰：'昔人以浮声切响、单字只句计巧拙，盖《风》《骚》之至精也。近世乃连篇累牍，汗漫而无禁，岂能名家哉？'四人之语，遂极其工，而唐诗由此复行矣。"从诗歌创作技巧表现的角度，评析唐人创作使"风骚至精"，可起到对江西诗风纠偏的功效，由此肯定"四灵"倡唐音的功绩。

　　叶适对"永嘉四灵"的鼓倡又是建立在其深层次理论辨识的基础上的。其《习学记言序目》对唐人唐诗各有论评，某些论断极具理论色彩。他说："后世诗，《文选》集诗通为一家，陶潜、杜甫、李白、韦应物、韩愈、欧阳修、王安石、苏轼各自为家，唐诗通为一家，黄庭坚及江西诗通为一家。"在这一梳理勾画中，叶适已隐然将唐诗作为了一种具有独特规定性的诗歌传统加以看待。但他并不认为所有唐人诗作都属于"唐诗"的范围，其中有独自为体者，如杜、李、韦、韩等人；也有其他不相类者，"如郊寒苦孤特，自鸣其私，深刻刺骨，何足以继古人之统？"也有"以多为能"，"专以讽为主"的白居易、元稹等人。叶适在《王木叔诗序》中又云："木叔不喜唐诗，谓其格卑而气弱。近岁唐诗方盛行，闻者皆以为疑。夫争妍斗巧，极外物之变态，唐人所长也；反求于内，不足以定其志之所止，唐人所短也。木叔之评，其可忽诸？"在这段论述中，叶适更进一步地区划、描述出唐宋诗作为两种具有不同质性的"诗的集合体"所分别具有的特征。他概括唐诗在语言运用上尚华丽之美，在描摹事物上尽物态之变，在表达志趣、凸显诗意上则不注重内敛情性，积聚思绪，而力求在意象的多样组合中创造诗美。看来，叶适虽曾支持"四灵"倡"唐音"，但并不以唐诗为绝响，从道学家立场出发，他对唐诗的长于体物而短于气格是有所不满的，《王木叔诗序》正反映出他的这种态度。

　　叶适和"永嘉四灵"对"唐音"的鼓吹和实践，进一步浓厚了唐宋诗之争的氛围，促进了人们对唐宋诗的更深层次的比照分析，在南宋唐诗研究之路上又迈出了一大步。

戴复古、刘克庄的唐诗观

稍后于"永嘉四灵"和叶适对"唐音"的鼓倡，戴复古、刘克庄对唐宋诗予以进一步辨析。他们在努力融通唐宋，力诋"四灵"中，不主一时、一体，显示出卓然高标的唐诗观。

戴复古所处的时代，诗歌创作中"唐音"、"宋调"已成对垒之势。"四灵"派以晚唐体对抗江西诗，在当时产生了很大的影响。受时风影响，戴氏学诗也由晚唐入手。他曾对赵师秀给予过不低的评价。其《哭赵紫芝》吟道："呜呼赵紫芝，其命止于斯。东晋时人物，晚唐家数诗。瘦因吟诗苦，穷为宦情痴。忆在藏春圃，花边细语时。"但戴复古对"晚唐家数"又是不满的。其《论诗十绝》之一云："文章随世作低昂，变尽风雅到晚唐。举世吟哦推李杜，时人不识有陈黄。"既从文学发展的角度肯定晚唐诗流行的必然趋势，又指出学诗还是应向李杜学习，对江西诗学中的精髓也不能偏废。《论诗十绝》之六直接论评道："飘零忧国杜陵老，感寓伤时陈子昂。近日不闻秋鹤唳，乱蝉无数噪斜阳。"戴复古认为，对照忧国伤时的杜甫和陈子昂诗作，南宋"四灵"诗派承继了晚唐诗的做派，呈现出"乱蝉无数噪斜阳"的创作情势，他们虚化了诗歌创作的社会内涵。此论实际上也对晚唐诗吟风弄月、局促内敛提出了批评。王埜《石屏前序》对戴复古欲超脱晚唐、浓化诗作内涵予以了描述。他说："近世以诗鸣者，多学晚唐，致思婉巧，起人耳目，然终乏实用。所谓言之者无罪，闻之者足以戒，要不专在风云月露间也。式之独知之，长篇短章，隐然有江湖廊庙之忧，虽诋时忌，忤达官，弗顾也。"王埜评断戴复古深识"四灵"等人学晚唐诗之特征及弊端，努力在诗作中凸显社会政治内涵，对"四灵"一派的创作起了纠偏和充实的作用。对于戴复古这种诗学思想和创作追求，赵以夫《题石屏诗集》概括道："戴石屏诗备众体，采本朝前辈理致，而守唐人格律，其用功深矣。"方回《跋石屏诗》则曰："诗无事料，清健轻快，自成一家，在晚唐间而无晚唐之纤陋。"赵以夫之论道出了戴复古参酌唐宋，诗兼众体的特色；方回之评则见出了戴氏诗脱却事典，清新劲健，远离晚唐纤弱法乳的创作特征。

比戴复古稍后，刘克庄执著于反思与整合的诗学理论和批评，他将对唐宋诗彼此消长、转替的观照及其意义进一步予以深化。

刘克庄是江湖诗人中少有的显达者，为江湖诗派实际上的领袖人物。刘克庄在创作上表现出融晚唐家数及江西诗为一体的特征，显示出浓厚的整合唐宋的风格特色。吴之振等《宋诗钞》曾对其作出过高度评价："论者谓江西苦于丽而冗，莆阳（指刘克庄）得其法而能瘦，能淡，能不拘对，又能变化而活动，盖虽会众作，而自为一宗也。"

刘克庄早年作诗亦曾从晚唐、四灵入手，收入《江湖集》中的《南岳稿》就体现了这一创作倾向。但随着唐体在诗界的日渐风行乃至成为诗坛的主潮，刘克庄较他人更清醒地看到了它的偏颇与弊端，于是试图扭转此偏向。他参酌唐宋，努力在调和中力辟新境，这成为其诗论的基本特色。他在《序刘圻父诗》中说："余尝病世之为唐律者，胶挛浅易，僻局才思，千篇一体；而为派家者，则又驰骛广远，荡弃幅尺，一嗅味尽。"他准确地见出了南宋后期诗坛"为唐律者"与"为派家者"相互间的缺失。界定前者胶着于诗歌的意象组合，局促的诗境表现拘限人的才思，且面目大同小异，千篇一律；而后者则驰骋才思，脱却尺幅，因一味凸显诗意而使诗的含蓄蕴藉之味丧失殆尽。在《宋希仁诗序》中，他又论道："近世诗学有二：嗜古者宗《选》，缚律者宗唐。……余谓诗之体格有古律之变，人之情性无今昔之异。《选》诗有芜拙于唐者，唐诗有佳于《选》者。常欲与同志切磋此事，然众作多而无穷，余论孤而少助。晚见宋君希仁诗……皆油然发于情性，盖四灵抉露无遗巧，君含蓄有余味。余不辨其为《选》为唐，要是世间好诗也。"此说又针对南宋诗坛宗古诗与宗唐诗两种创作倾向立论，认为宗尚并不能成为评价诗之优劣的根据，《选》诗与唐诗中各有芜拙与优秀的篇什。他立足于诗作对人之情性的表现，以此为支点，作为脱略"体"、"派"之论的根本，在一般宗唐、宗宋者的基础上显示出迥异于时人的看法。

在此基础上，刘克庄对唐人唐诗作出了多样的论评。他肯定了陈子昂对唐代诗风转变的重要功绩。《后村诗话》说："唐初王、杨、沈、宋擅名，然不脱齐、梁之体，独陈拾遗首倡高雅冲淡之音，一扫六朝之纤弱，趋于黄初、建安矣。太白、韦、柳继出，皆自子昂发之。"他论断柳宗元为"本色诗人"："韩、柳齐名，然柳乃本色诗人。自渊明没，雅道几熄，当一世竞作唐诗之时，独为古体以矫之。"对韩愈诗，他评论道："自唐以来，李、杜之后，便到韩、柳。韩诗沈着痛快，可以配杜；但以气为之，直截者多，隽永者少。"对温庭筠、李商隐诗，《后村诗话》又评道："二人记览精博，才思横溢，其艳丽者类徐、庾，其切近者类姚、贾。李义山之作，尤锻炼精粹，探幽索微，不可草草看过。"此外，刘克庄还对杜甫诗语有骨气，杜牧、许浑诗体迥异于时，卢纶、李益五言绝句意在言外，郑谷诗格不高，孟郊诗中亦有淡雅风格等，作出了多样的论评。其中贯穿着一个基本的宗旨，就是脱却"体"、"派"，立足于具体诗人的具体诗作，把他们放到诗歌发展的历时之维及相互间影响互动的共时视域中，看其是否接承诗歌传统，是否富于创造性，是否抒发性情之真，是否合乎诗歌创作的内在规律。刘克庄的唐诗观内涵又一次将宋人唐宋诗之争抬升到甚具理论意味的层面，他与严羽一起标示出了宋代唐诗学所达到的高度。

总之，宋代作为唐宋诗之争的发轫期，自身有一个演化的过程。大体说来，魏泰、叶梦得尚处在孕育阶段，唐宋之争是透过具体作家评论而反映出来的，并未明确揭示。张戒始揭开唐宋诗的分野，且带有扬唐抑宋的倾向。由此而到"四灵"，"唐音"与"宋调"的对立愈益尖锐，但其间也有调和超越的追求，如朱熹和晚年叶适，都有超越唐宋、上溯魏晋以前的表示。南宋末年江湖派起，在创作上折中江西与四灵，理论上亦趋于融会唐宋，引导此风会的戴复古、刘克庄即体现出这一动向

（严羽的极端崇唐贬宋是特例，不代表晚宋诗坛一般风气）。他们为上千年唐宋诗之争画出了第一段曲折繁复的轨迹。

第三节　严羽：古典唐诗学的奠基人

严羽的诗学理论主张

严羽的诗学理论主张是建立在对宋代诗学特别是江西诗学的猛烈抨击之上的。北宋中后期以来，不少江西诗人逞才使学，在充分呈现宋诗特色的过程中，也将诗歌创作引向了歧途。归宗唐人、意欲纠偏的"四灵"派、"江湖"派诸人之作，则多局促拘限，雕镂细碎，伤于清苦；而理学家的论诗取向又驱引宋诗成为"讲义语录之押韵者"。为拯一代诗弊，严羽遂起而"定诗之宗旨"。他在《答吴景仙书》中宣称，所作《诗辨》，"其间说江西诗病，直取心肝刽子手"，道出了其理论的针对性。

严羽的诗学理论主张集中体现在《沧浪诗话》中。此书共分五个部分：即《诗辨》、《诗体》、《诗法》、《诗评》、《考证》，后附《答吴景仙书》，是宋代诗话中最有系统的著作。在内容安排上，《诗辨》主要谈诗歌的基本理论问题，《诗体》辨别诗歌的种种体制，《诗法》示人以作诗之法，《诗评》主要是对诗人诗作的评论，体现出作者的诗歌美学观念，《考证》则辨证诗歌中的一些具体问题。五部分相互呼应，成为一个有机的整体。

严羽的诗学观甚为丰富，主要表现于以下几个方面："兴趣"说，"妙悟"说，"体制"说。其中又包含"以盛唐为法"、"以识为主"、严唐宋畛域诸说。我们择要论述之。

"兴趣"是严羽就诗歌审美本质所提出的一个基本概念。《诗辨》

云："夫诗有别材，非关书也；诗有别趣，非关理也。然非多读书，多穷理，则不能极其至。所谓不涉理路，不落言筌者，上也。诗者，吟咏情性也。盛唐诸人，惟在兴趣，羚羊挂角，无迹可求。故其妙处，透彻玲珑，不可凑泊。如空中之音，相中之色，水中之月，镜中之象，言有尽而意无穷。"这段文字中，严羽集中论述了诗歌有别于其他文章之体的独特的审美本质。他认为，诗歌创作需要特殊的才能，这与从书本上得来是不相关涉的，诗歌需要表现的是别一样的情味，这与逻辑事理也是了不相涉的，它应在对人的情性吟咏的基础上，创造出融含兴象，韵味深具的诗歌艺术之美。严羽使用了一系列意象性的语言来表达这种诗歌艺术之美，归结其特征是"言有尽而意无穷"。这一理论主张是建立在对江西诗的猛烈批评之上的，所谓"近代诸公乃作奇特解会，遂以文字为诗，以才学为诗，以议论为诗。夫岂不工，终非古人之诗也。盖于一唱三叹之音，有所歉焉"，正是出于对江西诗缺乏兴象与情味的消弭，严羽才上溯唐人以至汉魏，提出对诗作的这一审美要求，而从理论渊源上讲，它与钟嵘的"滋味"说、殷璠的"兴象"说、司空图的"韵外之致"说等可谓一脉相承。

　　对于诗歌的创作和鉴赏，严羽提出了"妙悟"说。《诗辨》论道："大抵禅道惟在妙悟，诗道亦在妙悟。且孟襄阳学力下韩退之远甚，而其诗独出退之上者，一味妙悟而已。惟悟乃为当行，乃为本色。然悟有浅深，有分限，有透彻之悟，有但得一知半解之悟。汉魏尚矣，不假悟也。谢灵运至盛唐诸公，透彻之悟也；他虽有悟者，皆非第一义也。"这段文字中，严羽以禅为喻，集中论述了诗歌创作和欣赏的法门在悟入，并以孟浩然和韩愈作诗为例，说明悟入为诗歌创作的当行本色工夫。之后，他又提出悟入有层次之分，有分限之别，强调应立足于"透彻之悟"，以切入诗歌的骨髓神理之中。严羽对"妙悟"的倡导并非立足于虚空之地，而是有其根基的，它建立在"熟参"和获得"真识"的基础之上。在《诗辨》中，严羽泛列"汉魏之诗"一直至"本朝苏黄以下诸家之诗"，主张不断上溯，盈科而后进。又道："夫学诗者以识为主，入门须正，立志须高；……工夫须从上做下，不可从下做上。先须熟读《楚辞》，朝夕讽咏，以为之本；及读《古诗十九首》、乐府四篇、李陵苏武汉魏五言，皆须熟读，即以李杜二集枕藉观之，如今人之治经，然后博取盛唐名家，酝酿胸中，久之自然悟入。"可见"悟入"有一套切实的工夫为凭借，并非灵机一动的产物。当然，"妙悟"的对象虽也涉及到前人诗作中遣字、造句、篇章、韵律等具体诗法，但主要还是指"气象"、"兴趣"之类的审美范畴。严羽所言"妙悟"，作为对诗歌艺术特点的把握，就在于超越技法，直探"兴趣"。

严羽诗学理论主张的第三大方面是"体制"说。他在《答吴景仙书》中说："作诗正须辨尽诸家体制，然后不为旁门所惑。今之作诗，差入门户者，正以体制莫辨也。……仆于作诗，不敢自负，至识则自谓有一日之长，于古今体制，若辨苍素，甚者望而知之。"严羽于诗强调对其体裁与风格的辨析，他界定这是学诗、悟诗、作诗的前提，并对自己的"辨体"功夫是甚为自信的。《诗辨》又胪列道："诗之法有五：曰体制，曰格力，曰气象，曰兴趣，曰音节。""体制"成为严羽观照诗歌的首要因素。他曾根据不同时代及历史上单个诗人的创作特征，归结诗体有：建安、太康、大历、元和诸体；有选体、柏梁体、玉台体、西昆体、香奁体、宫体；有苏李、曹刘、徐庾、沈宋诸体等。由此切入，他将《楚辞》以后诗歌历史的发展分为汉魏、南朝、唐、宋四个历史时期，将唐诗类分为五体亦即五个发展时期，对宋诗历史发展，他也从风格学的角度加以了勾勒，显示出从深层次把握诗作差异与诗歌发展的努力。

总之，严羽结合对当下诗歌创作的批评与思考，多方面提出了有别于前人的诗学理论主张。这些主张又范围着他对唐诗的观照和研究，为其多方面建构古典唐诗学打下了基础。

严羽对古典唐诗学的多方面建构及其意义

在唐诗研究史上，严羽是使古典唐诗学的理论构架得以确立的奠基人。他对唐诗学进行了多方面的建构，有力地促进了唐诗学理论的渐趋成熟，深刻地影响了整个古典唐诗学的历史流程，在唐诗学上具有十分重要的意义。

首先，严羽在历时比照的视野中对唐诗美学质性进行了探讨。《沧浪诗话·诗评》论道："诗有词理意兴。南朝人尚词而病于理；本朝人尚理而病于意兴；唐人尚意兴而理在其中；汉魏之诗，词理意兴，无迹可求。"立足于诗歌所包容的不同美学质素的视点，比照和界定汉魏、南朝、唐人与宋人诗，着眼于诗中"词、理、意、兴"诸美学质素的互动消长。其中，汉魏古诗在综合"词理意兴"诸要素上最能达到浑融无迹；而唐诗则承继了汉魏古诗的传统，以意兴为尚，极为注重对诗兴的凸显与追求气象的浑成，且又能融理于诗中；南朝人诗及宋人诗则走向了歧途，或过于重词，或偏于重理，破坏了诗作的浑融谐和之美。《诗评》又论及："唐人与本朝人诗，未论工拙，直是气象不同。"从诗作所呈面貌特征上立论唐宋诗的差异。其对唐宋诗作整体观照的追求于此可见。

唐诗各体中，严羽着重对盛唐诗的审美特征予以探析。《诗辨》云："诗者，吟咏情性也。盛唐诸人，惟在兴趣，羚羊挂角，无迹可求。故其妙处，透彻玲珑，不可凑泊。如空中之音，相中之色，水中之月，镜中之象，言有尽而意无穷。"这是严羽在集中论述诗歌有别于其他文体后而提出的。他认为，盛唐诗立足对人的情性的吟咏，在此基础上，诗人们执著于创造出兴象融合、韵味深永的诗歌艺术之美。其《答吴景仙书》又针对对方用"雄深雅健"评论盛唐诗作答复道："仆谓此四字，但可评文，于诗则用'健'字不得。不若《诗辨》'雄浑悲壮'之语为得诗之体也。……盛唐诸公之诗，如颜鲁公书，既笔力雄壮，又气象浑厚。"在这里，严羽细致地辨析盛唐诗的审美风格特征，不赞成以"健"字来标示盛唐诗风，正是有鉴于宋人诗作一味尚"健"导致诗意凸显和诗境破碎，而要求将雄壮的笔力消融于浑厚的气象之中。

严羽对唐诗美学质性的探析及其师法盛唐的主张，在反拨"宋调"

的基础上确立了宗唐派唐诗学的典型范式，成为古典唐诗学的正宗，它深刻影响到后世"格调"、"神韵"乃至"性灵"诸家诗说，亦为人们广泛学习唐诗、普及唐诗提供了理论根据。

其次，严羽从学诗辨体入手，对不同时期唐诗进行了区划，作出了较为合理的历史分期。《诗辨》在论述学诗"须从最上乘"入手时说："论诗如论禅，汉魏晋与盛唐之诗，则第一义也。大历以还之诗，则小乘禅也，已落第二义矣。晚唐之诗，则声闻、辟支果也。学汉魏晋与盛唐诗者，临济下也。学大历以还之诗者，曹洞下也。"这是以入禅的不同层境为喻，对不同时期唐诗予以初步然又明确的区划。他认为，由盛唐经大历到晚唐，唐诗在历时流变中呈现出一条不断衰变的道路。在严羽之前，佚名《雪浪斋日记》、杨时《龟山先生语录》、朱熹《答巩仲至书》均对唐诗流变作过勾画，但显粗略。《雪浪斋日记》认为"诗止于唐"，唐诗有大历和晚唐两个一盛一衰的历史时期。杨时《龟山先生语录》以盛、中、晚三期界分唐诗的历史发展，并界定元和为唐诗的盛期。朱熹《答巩仲至书》则从诗歌体制与体格着眼，大致以沈、宋"定著律诗"为界，将唐诗的流程断分了开来。严羽创造性地发展了上述几人对唐诗流变的勾画。《诗辨》在论述学诗需盈科而后进，不断上溯古人时说道："次取沈、宋、王、杨、卢、骆、陈拾遗之诗而熟参之，次取开元天宝诸家之诗而熟参之，次独取李杜二公之诗而熟参之，又取大历十才子之诗而熟参之，又取元和之诗而熟参之，又尽取晚唐诸家之诗而熟参之。"这里，严羽进一步细致地论及唐诗的分期。王、杨、卢、骆、陈子昂诸人，处于初唐；而李、杜则处开元、天宝年间，属盛唐。这样，严羽实际上将唐诗历史勾画为了初唐、盛唐、大历、元和、晚唐五个阶段。与上述几人的区划相对照，严羽凸显出了"初唐"这一历史时期，很显然这是顺乎唐诗历史发展内在规律的。同时，他又融合了《雪浪斋日记》作者和杨时分别持论大历、元和为唐诗之盛的意见，将它们单独别分为两个时期，与初、盛、晚唐并列，足以见出严羽对唐诗历史发展勾画的良苦用心。《诗评》对此予以进一步地阐说："大历以前，分明别是一副言语；晚唐，分明别是一副言语；……如此见，方许具一只眼。""大历之诗，高者尚未失盛唐，下者渐入晚唐矣。"严羽既以大历为断限勾画其前后诗，又从唐诗历史发展之维上将大历诗作为了一个独立的时段看待，在其诗人诗作的高下之别中，体现出其沟通盛唐与晚唐的过渡性。

严羽还通过论诗体，对唐诗历史分期作出了实际上的勾画。这与《诗辨》中从学诗角度所论是完全一致的。《诗体》说："以时而论，则有……唐初体（唐初犹袭陈隋之体）、盛唐体（景云以后，开元天宝诸公之诗）、大历体（大历十才子之诗）、元和体（元白诸公）、晚唐体。"他具有明晰的诗体流变意识，所勾画出的唐诗五体实际上便是唐诗演进的五个阶段。值得指出的是，《诗体》明确界分唐诗五体，并各加简注，正可看出其盛衰正变观念。这显示出严羽对一代诗歌流变的系统、深入的观照。

"五体"说将唐诗发展的历史和内在逻辑较好地钩连贯通了起来，为认识三百年唐诗发展勾画出了一个初步然却又极具意义的链节。它成为后世"四唐"说的直接雏形，为"四唐"说的出现奠定了基础。严羽之后，方回《瀛奎律髓》将"大历以后，元和以前"归并为中唐，寓含出"四唐"说之意。杨士弘选编《唐音》，虽未从理论上阐发唐诗的分期，但正式列出了"初、盛、中、晚"的标目，为"四唐"作了断限。高棅《唐诗品汇》则将"四唐"说扩展成了一个完整的系统，对唐诗在四个时期的流衍变化作出了具体的分析。之后，徐师曾《文体明辨序》则明确提出了"四唐"说的具体界标。"四唐"说遂成为影响至今、流行最为久远的唐诗分期说。

再次，严羽从论评原则的角度对唐诗风格学加以建构。宋人对唐人诗作风格有着极为丰富的论评，大量充斥于宋人诗话、笔记及文人相互交往间所写的序、跋、书信中。著名的如蔡條《蔡百衲诗评》评唐宋十四家诗风，敖陶孙《敖器之诗话》评古今诸名人诗，均极为集中形象，要言不烦。在前人基础上，严羽赋予了唐诗风格学以较为平正的视点。

如《诗评》论李杜时说："李杜二公，正不当优劣。太白有一二妙处，子美不能道；子美有一二妙处，太白不能作"；"子美不能为太白之飘逸，太白不能为子美之沉郁"；"论诗以李杜为准，挟天子以令诸侯也"。一反前人及同时代大多数人对李杜所持的或扬或抑态度，高标二人在诗史上都具有崇高的地位，各有其妙处。他分别以"飘逸"和"沉郁"概括李、杜诗作的主体风格特征，认为他们诗风各有所长，彼此不可替代，也无法比其优劣。在论及二人诗法时，严羽同样持以辩证的观照，《诗评》论道："少陵诗法如孙吴，太白诗法如李广，少陵如节制之师"；"少陵诗，宪章汉魏而取材于六朝。至其自得之妙，则前辈所谓集大成者也"；"太白天才豪逸语，多率然而成者。学者于每篇中，要识其安身立命处可也"。对李杜二人诗法特征、诗作渊源予以形象而切中肯綮的比照辨析。这样一来，李杜优劣的传统争议便转换成了风格比较，从而为唐诗学中李杜并立宗主打下了基础。对于唐代其他诗人诗作，严羽虽各有褒贬，但从风格特色的呈现上，他对凡深具个性特征、符合诗歌发展内在规律的诗作均加以肯定。《诗评》认为："玉川之怪，长吉之瑰诡，天地间自欠此体不得"；"孟浩然之诗，讽咏之久，有金石宫商之声"；"太白天仙之词，长吉鬼仙之词耳"。这些论评体现出他对艺术风格独创性的重视，发扬光大了唐诗风格研究。当然，严羽风格论仍有宗盛唐的取向，这从他批评某些晚唐诗风气局狭小中可以见出。

最后，严羽对唐诗学的建构还体现为提出了一个极具理论意义的命题和卓然高标的倡导。《诗评》说："或问：唐诗何以胜我朝？唐以诗取士，故多专门之学，我朝之诗所以不及也。"严羽从唐代以诗取士的社会文化背景立论，提出了唐诗多"专门之学"的论断。这里所谓的"专门之学"，虽然不等同于今天意义上的"唐诗学"，但为"唐诗学"的称名确立了基础。《诗辨》又表述道："近世赵紫芝、翁灵舒辈，独喜贾岛、姚合之诗，稍稍复就清苦之风。江湖诗人多效其体，一时自谓之唐宗。不知止入声闻、辟支之果，岂盛唐诸公大乘正法眼者哉？嗟乎！正法眼之无传久矣。唐诗之说未唱，唐诗之道或有时而明也。今既唱其体曰唐诗矣，则学者谓唐诗诚止于是耳，得非诗道之重不幸耶！故余不自量度，辄定诗之宗旨，且借禅以为喻，推原汉魏以来，而截然谓当以盛唐为法，虽获罪于世之君子，不辞也。"这段话在古典唐诗学史上具有十分重要的意义。严羽在这里提出了"唐诗之说"、"唐诗之道"的命题。当然，"唐诗之说"、"唐诗之道"也并不就是今天所说的唐诗学。"唐诗之说"是指对唐诗的倡扬，"唐诗之道"则指按唐诗的路子写作，但此论为"名正言顺"地开创唐诗学鸣了锣，开了道。严羽见出了"四灵"派、"江湖"派诸人在以晚唐姚、贾为宗，"自谓之唐宗"中的偏颇与荒唐，由此，他高声疾呼真正的"唐诗之说"并未得到倡扬，博大丰厚的"唐诗之道"并未真正得到继承和弘扬，这是唐诗的不幸，却成为他执著呼吁、鼓倡的历史使命。由此，我们可见出严羽对建构唐诗之为"学"坚定追求，为后人全面地宗唐、学唐洞开了大门。

第四节　《唐诗纪事》：第一部唐诗研究专著

《唐诗纪事》的编撰及其创体价值

《唐诗纪事》是计有功晚年归乡闲居时，为保存唐人诗歌文献而编撰的一部著作，大约成书于南宋高宗末年至孝宗初年。初刻于南宋宁宗嘉定甲申（1224）年间。

《唐诗纪事》共八十一卷，收入 1150 家唐诗人的诗作、联句、本事、品评等。全书按人立目，对不同类别的诗人分类收辑。其中，第一卷至第二卷辑录唐帝王诗人 8 家，分别是太宗、高宗、中宗、明皇、德宗、文宗、宣宗、昭宗。第三卷至第七十一卷辑录唐代一般诗人 1053 家，其中包括后妃和王侯诗人 5 家，分别是武后、徐贤妃、上官昭容、越王贞、韩王元嘉。第七十二卷至第七十七卷辑录僧诗人 43 家，如皎然、无可、贯休等。第七十八卷至第七十九卷辑录唐代女诗人 40 家，如薛媛、鱼玄机、薛涛等。第八十卷至第八十一卷则记佚名、方外、仙道诗人 6 家。

计有功在《唐诗纪事序》中曾说："唐人以诗名家，姓氏著于后世，殆不满百，其余仅有闻焉，一时名辈，灭没失传，盖不可胜数。"基于此，他遍访搜罗，开展了此项保存前代诗歌文献的工作。"序"中又交代说："敏夫闲居寻访，三百年间文集、杂说、传记、遗史、碑志、石刻，下至一联一句，传诵口耳，悉搜采善录；间捧官牒，周游四方，名山胜地，残篇遗墨，未尝弃去。"可看出他辑录此书所付出的艰辛。此书又是在计氏晚年所居僻陋及经济状况较为窘迫的情况下编撰的。"序"中亦有言："所恨家贫缺简籍，地僻罕闻见，聊据所得，先成八十一卷。"编撰体例上，"取自唐初首尾，编次姓氏可纪，近一千一百五十家；篇什之外，其人可考，即略记其大节，庶读其诗，知其人"。这表明《唐诗纪事》是一部以时代先后排列唐代诗人诗作及其本事、轶事、品评的著作。

《唐诗纪事》在继承前人相似著作优点的基础上有自身鲜明的特点，它将录诗、纪事、品评有机地结合了起来。凡唐代诗人，有名必录；既辑存其诗作，也载录其本事及有关评论；如其人可考者，还撮述其世宗爵里及生平经历。它在汇录诗歌，载纂诗歌史料上具有重要的创体价值。

《唐诗纪事》在辑收唐人诗作诗事的数量上是超过前人的。王安石《唐百家诗选》收唐诗人 108 家的诗作 1246 首，而《唐诗纪事》是其 10 倍之多，极大地扩充了对唐人诗歌的保存。《唐诗纪事》之后，明代高棅《唐诗品汇》收唐诗人 620 家，张之象《唐诗类苑》收诗人"至千余"，胡震亨《唐音统签》收诗人近 2000 家，清代季振宜编录《唐诗》，收诗人 1895 家，诗作共 40000 余首。这些大型唐诗总集的汇编，均受到《唐诗纪事》的影响。

《唐诗纪事》又将 1150 位唐代诗人按帝王后妃、文士、僧道、妇女及其他（包括佚名、外夷、神仙传说等）五个大类编次，每一类别中大致按时代先后排列诗人的诗作诗事。这使后人对唐诗的发展脉络和创作主体有一个整体的了解，实际上以"纪事"的形式梳理了唐诗的发展及诗事诗评的变化，为后世观照唐人唐诗提供了一个纵向而立体的流程。

《唐诗纪事》对唐末以来纪事体著作大大予以了充实、拓展。如晚唐孟棨《本事诗》一书，作为我国历史上第一部记载诗歌本事的专著，它多记唐诗之本事，同时也载录了一些诗人轶事，在体例上分为情感、事感、高逸、怨愤、征异、征咎、嘲戏七个类别。但此书在记载诗人和诗歌本事时类别太窄，分量太轻，影响到它作为唐诗研究史料的价值。范摅《云溪友议》也多记中晚唐诗坛轶事，但形式也见单一，且篇幅不大。《唐诗纪事》在载录本事、轶事时，大大开拓了辑录范围。凡能够有助于了解诗人诗作的材料一并辑录，涉猎极为广泛。它广征博引各种文献资料：正史如《旧唐书》、《新唐书》；杂史如李肇《唐国史补》、王定保《唐摭言》、王溥《唐会要》；杂记如范摅《云溪友议》、刘𫟉《隋唐嘉话》、段成式《酉阳杂俎》、钱易《南部新书》、洪迈《容斋随笔》；神怪小说如唐谷神子《博异志》、薛用弱《集异记》及《太平广记》中的杂记笔谈。另外，还参考和征引了各种文集中的序、跋，各种目录学书中的题解，各种墓志铭、诔、祭文，各种赠诗、酬答诗以及唐宋的各种诗格、诗话，极为繁富。总之，计有功从数百种前人著作中辑集了大量有关唐代诗人的资料，包括许多现已遗佚的文献材料，对研究唐人唐诗极有作用。

在继承前代"本事"体著作传统，载录诗人诗作本事时，《唐诗纪事》有一个不同于前人的鲜明特征，便是将录诗与纪事紧密结合，首开综合辑录之路。它以人系诗，以诗系事，诗事互证互见，在相互结合中，编者的处理极见灵活自如。

《唐诗纪事》深刻影响了后世的"纪事"之作。清人厉鹗《宋诗纪事》，近人陈衍《辽诗纪事》、《金诗纪事》、《元诗纪事》，陈田《明诗纪事》，今人钱仲联《清诗纪事》，可以说无不沿其而下。

《唐诗纪事》对唐诗文献资料的整理与研究

《唐诗纪事》在唐诗学史上具有十分重要的意义,具体体现在它对唐诗文献资料的整理与研究上。

此书内容广泛,在辑收上,编者是费了一番心机的。它不是将唐代这 1150 家诗人的诗作、诗事尽数载录,而是有选择性地、避熟就生地加以辑录。前述杜甫、白居易等人诗,因唐宋以来广为流传,对他们诗集的整理、版印也较普遍,基于这种情况,《唐诗纪事》就不录其诗作,而单纯纪其事。如杜甫名下共纪事 8 条,诗作一首不录;白居易名下纪事则多达 34 条,诗作一首不录;载录李白诗的情况也与此近似。李白诗作在宋代得到较完整的辑集,《唐诗纪事》主要载录了《乌栖曲》、《蜀道难》、《宫中行乐词》(8 首)、《清平调词》(3 首)、《浔阳紫极宫感秋》、《胡无人》等诗作。而相对地,对一些较为生僻少见的诗人,《唐诗纪事》则对其诗作尽可能地予以收辑,如杨巨源收诗 20 多首,于鹄收诗 7 首,梁锽收诗 4 首。对有些诗人则加以极见综合性地辑录,如贾岛名下共纪事 8 条,录诗 11 首,其中附后纪事的 1 首,又收他人诗 4 首:分别是王建《寄贾岛》诗 1 首,李克恭诗 1 首,李洞《过浪仙旧地》诗 1 首,姚合《寄贾岛》诗 1 首。为后人了解贾岛提供了多种途径、多维视域。

在对诗作本事的载录上,《唐诗纪事》将出自前人或同时代人文献的不同材料,根据编者对诗人的排列,较好地整合进了一个有机的系统中,又将关于唐人唐诗的零散的文献材料予以归类整理。这将分部类的集中整理转变成了初步的综合研究,使原属分散的材料在一定程度上得到了互融互渗。如卷一唐太宗条中,"纪事"在辑录太宗 26 首诗之后,征引三条材料。第一条:"帝尝作宫体诗,使虞世南赓和。世南曰:圣作诚工,然体非雅正,上有所好,下必有甚;臣恐此诗一传,天下风靡,不敢奉诏。帝曰:朕试卿耳!后帝为诗一篇,述古兴亡,既而叹曰:钟子期死,伯牙不复鼓琴,朕此诗何所示耶!敕褚遂良即世南灵坐焚之。"这则材料反映出唐初宫体诗创作由上至下及在朝堂间开展的情形，也见出少数诗人在论及和创作宫体诗时对风雅的提倡，为后人认识唐代诗歌发展提供了背景。第二条："贞观六年九月，帝幸庆善宫，帝生时故宅也。因与贵臣宴，赋诗。起居郎请平宫商，被之管弦，命曰功成庆善乐，使童子八佾为九功之舞，大宴会，与破阵舞皆奏于庭。"此则材料进一步反映出了初唐宫廷诗歌创作的时代氛围与诗入乐律的审美特征。在卷二十三孟浩然条中，则先纪事录评，后录孟诗8首为证，为研究孟浩然提供了综合性了解。第一条："孟浩然，襄阳人也。骨貌淑清，风神散朗。救患释纷以立义，灌园艺圃以全高。交游之中，通脱倾盖，机警无匿。学不攻儒，务掇菁华；文不按古，匠心独妙。五言诗天下称其尽善。……游不为利，期以放情，故常贫。名不系于选部，聚不盈担石，虽屡空不给，自若也。"这则材料较为全面地反映了孟浩然的精神气质、情性格调及其为文的特征与擅长。第四条："皮日休孟亭记云：明皇世，章句之风，大得建安体，论者推李翰林、杜工部为尤。介其间能不愧者，惟吾乡之孟先生也。先生之作，遇景入咏，不钩奇抉异，令龌龊束人口者，涵涵然有干霄之兴，若公输氏当巧而不巧者也。"这则材料反映出孟氏诗作审美上的特征大有建安诗体之风。第六条："殷璠云：余尝谓祢衡不遇，赵壹无禄，其过在人。及观襄阳孟浩然，磬折谦退，才名日高，天下籍甚。竟沦落明代，终于布衣，悲夫！予方知命矣！且浩然诗文，华采丰茸，经缕绵密，半遵雅调，全削凡体。"又表现出孟浩然高妙的诗作与贫寒的身份之间的反差。几条材料从其人、其诗的不同角度表现出了孟浩然"高才何必贵，下位不妨贤。孟简虽持节，襄阳属浩然"的人生。

《唐诗纪事》对唐诗文献材料的整理与研究还有在不同条目中互相参证的特点。如卷十八纪杜甫、李白时，在李白条中有"饭颗山头逢杜甫，顶戴笠子日卓午。借问因何太瘦生？总为从前作诗苦。此诗载于唐旧史"的记载。在杜甫条中又记载有："段成式《酉阳杂俎》云：李白集有尧祠亭上宴别杜补阙者，老杜也。诗曰：我觉秋兴逸，谁言秋兴悲，山将落日去，水共晴空宜。烟归碧海夕，雁度青天时。相失各万里，茫然空尔思。不独饭颗山头之句也。"两条材料一对照，那种认为李白作诗讥讽杜甫、对杜甫缺乏真正友谊的说法就不攻自破了，而他对杜甫的依依惜别和深长思念于此可见。又如卷三十五孟郊条中，编者除了辑录孟郊《烈女操》、《楚怨》、《塘下行》等 8 首诗外，还引了李翱《荐孟郊于张建封书》、李观《荐孟郊于梁肃书》、韩愈《送孟郊诗》、《答郊诗》、韦庄《奏请追赠十余人瘗书》、张为《诗人主客图》等相关文献材料，为人们了解孟郊提供了一个广阔的视域。

　　《唐诗纪事》还独家保存了许多行将亡佚的诗歌和诗人资料，在订正他书所误上，也有很高的参考价值。如卷二十二万齐融条，《唐诗纪事》就更正了《旧唐书》之误。《旧唐书·文苑·贺知章传》不仅将贺朝与万齐融误为"贺朝万、齐融"，而且记载也只有短短五字，仅说他任过昆山令。《唐诗纪事》通过征引《越州开元寺僧昙一碑》、李华《润州鹤林寺经州大师碑铭》及《于休烈传》，提供了不少万齐融的资料。又如许浑《丁卯集》中有一首著名的诗，题作《咸阳城东楼》，但《唐诗纪事》卷五十六却题作《咸阳西楼晚望》，其所题与《文苑英华》所题正同。今天的研究者认为，从题目的地理位置和诗意来看，《唐诗纪事》所引当更为切合。又如卷三十五王履条，《唐诗纪事》先引了他的一首诗《青云干吕诗》，后附注曰："履，贞元七年《青云干吕诗》登第。"这为我们了解王履这个极为生僻的诗人提供了信息，据此也可校正《全唐诗》误作"王履贞"的错误。

　　当然，《唐诗纪事》作为第一部唐诗研究专著，也存在某些方面的缺憾，一是有些比较有价值的资料还未被收录；二是个别材料偏离了诗人和诗作，少数材料甚至荒诞不经，编者却把它引入诗人本事之中，反而对理解诗人诗作产生了消极的作用；三是在所辑诗作中，应制、奉和、陪侍、游宴、投献、赠答一类作品较多，而反映社会现实的作品较少。但瑕不掩瑜，《唐诗纪事》作为有目的、有系统地把唐代诗人的生平行踪、作品及评论等文献资料汇集在一起编纂成书的开始，在积累和整理唐诗文献上，其价值和意义是前无古人的。胡震亨《唐音统签》认为："计氏此书，虽诗与事迹、评论并载，似乎诗话之流，然所重在录诗，故当是编辑家一巨撰。收采之博，考据之详，有功于唐诗不细。"概括甚为中的。

第五节　诗话、评点与《三体诗法》

南宋诗话、笔记中的唐诗研究

南宋诗话、笔记对唐人唐诗予以大量的文献载录和品评赏鉴，其研究丰富而具体。除本章第二节和第三节中所述及的有关诗话对唐诗的论评和研究外，尚有很多诗话、笔记涵容了此方面丰富的内容。这些研究内容，大致体现在三个方面：

（一）对唐诗传统及其质性的认识和把握

早在南宋初年，陈善对唐诗即极见会心，深味其诗性。他在《扪虱新话》中曾针对沈括评杜诗"霜皮溜雨四十围，黛色参天二千尺"，"无乃太细长乎？"认为此论"束缚太过"，失却"诗人之意"，为论诗之一"弊"。在论王维"雪里芭蕉"、"渡水罗汉"等画时，也认为"玩意笔墨之外"，可通于诗。对唐诗艺术显示出相与契合的把握。俞成《萤雪丛说》论诗持儒家诗教观。他在论卢仝《茶歌》诗时，认为其"尽臣子敬上念下之意"，实际上是将《茶歌》这类的诗作作为传统来沟通唐宋诗。姚宽《西溪丛语》较早见出不同的唐诗选本，代表着对不同创作体式、趣味的追求。他说："殷璠为《河岳英灵集》不载杜甫诗；高仲武为《中兴间气集》不取李白诗；顾陶为《唐诗类选》，如元、白、刘、柳、杜牧、李贺、张祜、赵嘏，皆不及收；姚合作《极玄集》亦不收杜甫、李白，彼必各有意也。"吴沆《环溪诗话》认为："杜甫长于学，故以字见功；李白长于才，故以篇见功；韩愈长于气，故十数篇见功。"从诗作所呈美学特征的角度界分具体诗人诗风，这是极有意义的。俞文豹《吹剑录》对唐诗发展变化及其特征作出了极富启发性的论断。他由晚唐"气脉浸微，士生斯时，无他事业，精神伎俩，悉见于诗。局促于一题，拘挛于律切，风容色泽，轻浅纤微，无复浑涵气象"，论到"求如中叶之全盛，李、杜、元、白之瑰奇，长章大篇之雄伟，或歌或行之豪放"而不可复见，再论到"故体成而唐祚亦尽，盖文章之正气竭矣"。极为切中要害地见出了由盛唐、中唐至晚唐诗歌的衰变及其内在缘由。范晞文《对床夜语》亦对唐诗作出了多方面研究，他不仅承周弼《三体诗法》，从"情景虚实"出发论唐诗，且用以辨析具体诗作，如言杜甫《自京赴奉先县咏怀五百字》"入门闻号咷"等句，"舐犊之悲，流出胸臆"，又言唐人行旅之作，"殆如直述"，"最能感动人意"。见出了唐诗以情为尚，以直述为诗作表现形式之一的特质。《四库全书总目》评论《对床夜语》，谓其："沿波讨源，颇能探索汉魏唐人旧法，于诗学多所发明。"道出了范晞文在探讨唐诗创作传统及其质性特征中的努力。

（二）对唐代不同诗人的推重、批评及对诗作多方面审美特征的剖析

南宋诗话、笔记在北宋诗话、笔记重纪事、相对少品评的基础上有所变化发展，一些诗话、笔记加大了品诗论人的比重，由记而评，由评到论，显示出更多的理性论评色彩。

黄彻《䂬溪诗话》品评诸家之诗，极为推崇杜甫。他认为杜诗模写景物，出于风花，亦极绮丽；又能"穷尽情理，移夺造化"，所以妙绝古今；杜诗又善用俗字，避艰涩而能通彻无碍，故广为后人宗奉。陈善《扪虱新话》以"气韵"论诗，他对李白之"神气"，杜甫之"意度"，韩愈之"风韵"均为称赏；在诗作技巧上，他推尚"精工"而不取"雕刻"，对"韩以文为诗，杜以诗为文"作出辨析，认为杜甫夔州以后诗自然之中寓含精工。吴聿《观林诗话》对白居易诗持批评态度，质疑诗人"而乃自甘心于浅俗，何耶，岂才有限乎？"他是将论断立足在"诗

意深远"的追求上的。胡仔《苕溪渔隐丛话》则以李、杜、苏、黄为诗之集大成者，各加品藻，而"以子美之诗为宗"，谓学诗当"师少陵而友江西"。又从敢于、善于"破体"上称赏杜诗富于创造性，提出："古诗不拘声律，自唐至今诗人皆然，初不待破弃声律。诗破弃声律，老杜自有此体，如绝句《漫与》……皆不拘声律，浑然成章，新奇可爱。"陈岩肖《庚溪诗话》历叙唐宋诗家，各为评述。如评杜诗"语自混成，何必屑屑较琐碎，失大体"。葛立方《韵语阳秋》在推崇"杜甫诗，唐朝以来，一人而已"的同时，对唐诗人也各有论评：如云"李（白）诗思疾而语豪"，"韦应物诗平平处甚多，至于五字句，则超然出于畦径之外"，孟郊不少诗作"皆造语工新，无一点俗韵"，均从诗作审美特征的角度加以把握。陈知柔《休斋诗话》认为杜诗"识物理"，柳宗元诗"幻眇清妍，与元、刘并驰而争先，而长句大篇，便觉窘迫，不若韩之雍容。"赵与时《宾退录》记"刘中叟次庄尘土黄诗序谓：乐府以来，杜甫则壮丽结约，如龙骧虎伏，容止有威；李白则飘扬振激，如游云转石，势不可遏。"以极具生发性的意象语言辨析李、杜诗作风格特征，均见中的。张淏《云谷杂记》辨析杜荀鹤诗有孟郊、贾岛之风。罗大经《鹤林玉露》论析杜甫《登高》、李商隐《汉宫》等诗，俱是"字少意多"的佳作；评杜甫为"千载诗人之冠冕"，杜诗合于"风人之体"，具有恻怛规诫，含蓄不露的特征。方岳《深雪偶谈》辨贾岛作诗"诚不欲以下气力势，掩夺情性，特于事物理态，毫忽体认。深者寂入仙源，峻者迥出灵岳"。郑景韦《离经》评断李杜不可优劣："李谪仙，诗中龙也，矫矫焉不受拘束；杜子美，则麟游灵囿，凤鸣朝阳，自是人间瑞物。二豪所得，殆不可以优劣论也。"此论与严羽"不谋而合"，在宋人大多扬杜抑李的时风背景下，从创作路径、诗作风格的角度比照二人，高倡李杜"不可以优劣论也"，将南宋诗话、笔记中的诗评提升到一个平正的视点之上。

（三）对唐人逸事、诗作本事的载录考证与对唐诗用字下语的例析

南宋诗话、笔记中大量充斥的仍然是对诗人逸事、诗作本事的载录

及对诗作用字、下语的赏鉴例析，表现在唐诗研究上同样如此。

朱翌《猗觉寮杂记》对唐宋不少名家逐一列出用事、用典之例。他以考据的方法得出杜诗"真诗史也"的结论。佚名《桐江诗话》中载有白居易作诗寓兄弟中第之事，又有"许浑千首湿"之评。胡仔《苕溪渔隐丛话》记有王维《山中送别诗》用楚辞中事。曾季貍《艇斋诗话》有对严维、杨巨源、韦苏州"用'迟'字皆得意"的例析。陈岩肖《庚溪诗话》有对张继咏夜半钟诗的考辨。葛立方《韵语阳秋》有对"杜荀鹤、郑谷诗，皆一句内好用二字相叠"的分析。吴曾《能改斋漫录》对前人作诗用典征事之误，与个别语词的诠释，多所考辨。如对杜诗用字的辨析，认为杜甫"飞萤自照水，宿鸟竞相呼"，一本为"暗飞萤自照，水宿鸟相呼"，"虽一字不同，便觉语胜于前"。又如杜甫诗句"东阁官梅动诗兴，还如何逊在扬州"，吴曾即据《三辅决录》谓其并非出自何逊五言《早梅》，所本当为四言诗。又考柳宗元自永州还朝，"过衡州，正春时，适见雁自南而北"，故其诗云："晴天归路好相逐，正是峰头回雁时。""岂专谓雁至此而回乎？乃古今考柳诗不精故耳。"周必大《二老堂诗话》亦多对诗作的考证、辨析。如他辨刘禹锡《淮阴行》中"无奈脱莱时"应为"无奈挑菜时"，又如对杜甫《游何将军山林》"再抛金锁甲，苔卧绿沉枪"一句中"金锁甲"的考证，对"舒州司空山李太白诗"的考证，《四库全书总目》称其"皆极精审"。张镃《诗学规范》辨析王维、李白诗用事之误：王维诗句"卫青不败由无幸，李广无功缘数奇"乃混用霍、卫两家事；李白诗句"山阴道士如相访，为写《黄庭》换白鹅"，乃混用《黄庭》为《道德经》。赵彦卫《云麓漫钞》有对李白诗中"压酒"，杜甫诗中"赤羽"的辨析。如云："李太白诗'吴姬压酒劝客尝'，说者以为工在'压'字上，殊不知乃吴人方言耳。至今酒家有'旋压酒子相待'之语。"如此等等，不一而足。

综观南宋诗话、笔记对唐诗的研究，虽仍偏于散碎，但与北宋诗话、笔记相比，又确有所深入，这表现在对唐人诗作质性的把握更见切中，对不同唐诗人的推重或批评更见合理，对诗作本事的考证和对用字、下语的例析也更为详尽。所有这些，都标示出宋代唐诗学研究的提高和深化。

刘辰翁与唐诗评点

对诗人诗作的评点也是南宋唐诗研究的一种重要形式。与诗话、笔记等形式不同，评点表现为紧密结合具体诗人诗作，随兴而发，引申评释，成为一种具体而微的研究。

两宋时期，较早对唐诗人作出评点的是时少章。他曾批点过王安石所编《唐百家诗选》，可惜其底本在元代遗失，元人吴师道《吴礼部诗话》和明人胡应麟《诗薮》中曾分别有所载录，但并不切实可靠。对前人诗歌创作进行大量评点的是南宋末年的文学评点大师刘辰翁。刘辰翁所处的时代为宋末元初社会动荡时期，这与其高超的才学与超拔的人生旨趣、曲折的个人经历相结合，造就了他成为诗歌评点的大家。现存刘辰翁评点著作主要有《须溪批点选注杜工部诗》、《笺注评点李长吉歌诗》、《王孟诗评》等。

刘辰翁对诗歌的评点，几乎都集中在唐宋，尤以唐代诗人为多，共涉及 46 家。包括李白、杜甫、王维、孟浩然、常建、储光羲、韦应物、柳宗元、崔颢、卢仝、贺知章、王昌龄、王之涣、高适、岑参、杜审言、陈子昂、张九龄、骆宾王、刘长卿、戴叔伦、王建、张籍、韩愈、孟郊、贾岛、李贺、司空曙、杜牧等。他评点的形式不拘一格，字数或多或少，以夹批和尾批两种为基本形式。在视角上，有从诗体渊源与发展来评的，有从章法结构来评的，有从表现手法、风格特色来评的，更有从诗作立意与其旨趣来评的。在评点方式上，既有意象性评点，也有比较式评点，更有饱含理论性的评论。他评点唐人唐诗不仅数量多，较为系统，且能将评人和评诗较好地统一起来，大大开拓了古典诗歌的评点领域和途径。

刘辰翁对唐诗人的评点视野是较为开阔的，显示出多样而通脱的审美趣味。他评陈子昂说："于音节犹不甚近，独刊落凡语，存之隐约，在建安后自成一家，虽未极畅达，如金如玉，概有其质矣。"（引自《唐诗品汇》卷三）撇开一般的诗艺技巧，着眼于从"自成一家"的诗作特质上加以评点，充分见出了陈子昂有别于他人的文学追求。评孟浩然云："孟浩然诗如访梅问柳，偏入幽寺，与韦苏州意趣虽相似，然入处不同。"（同上，卷九）既以意象性的语言点出孟诗的审美特征，又从创作切入点上比照其与韦应物诗的不同，这在识见上是高出常人的。评柳宗元又道："子厚古诗，短调纡郁，清美闲胜，长篇点缀精丽，乐府托兴飞动，退之故当远出其下。并言韩、柳，亦不偶然。"（同上，卷十五）他评断柳宗元在作诗中各体擅长，当在韩愈之上，见出韩、柳并称是建立在诗文合称的基础上的。评戴叔伦则道："幼公诸诗，短处更深，长处愈浅。"（同上，卷十九）更从艺术辩证法的角度揭橥出戴诗在篇幅和表现效果上相互间的反差。

在唐诗人中，刘辰翁对李贺之评更见其"用心"。他在《评李长吉诗》中道："旧看长吉诗，固喜其才，亦厌其涩。落笔细读，方知作者用心，料他人观不到此也。是千年长吉犹无知己也。以杜牧之郑重，为叙直取二三歌诗而止，始知牧亦未尝读也，即读亦未知也。微一二歌诗，将无道长吉者矣。谓其理不及骚，未也，亦未必知骚也。骚之荒忽则过之矣，更欲仆骚亦非也。千年长吉，予甫知之耳。诗之难读如此，而作者尝呕心何也？"（《须溪集》卷六）这段文字，充分显示出了刘辰翁对李贺诗的"细读"及其精悟。他辨析李贺诗作之妙，认为即使是为李贺诗集作序的杜牧亦未深解，其序语未能见出李贺歌诗真正的价值所在。刘辰翁视自己为李贺的知己，强调李贺作诗的"呕心"孤诣，有力地引导了后人对李贺诗作的深层次读解。

刘辰翁对唐人诗作的评点亦要言不凡，新见迭出，极为精当。他评王维《李陵咏》："卷耳之后，得此吟讽。""情至自然，掩抑有态。"（引自《唐诗品汇》卷九）评《终南别业》："无言之境，不可说之，味不知者以为淡易。""其质如此，故自难及。"（同上）评《送别》又道："古

今断肠，理不在多。"（《唐诗品汇》卷三十九）评《华子冈》曰："萧然
更欲无言。"（同上）评《鹿柴》曰："无言而有尽意。"（同上）评《辛
夷坞》："其意不欲着一字，渐可语禅。"（同上）均以凝练的笔墨，切中
地点出了王维诗所具的余味悠长、无言而妙的特征。他评韦应物《相逢
行》："极似惬意，又似鬼语。"（同上，卷十四）评《青青河畔草》："柔
肠欲无，而有不可犯之色。"（同上）评《西北有高楼》："别是清丽，超
凡入圣，可望而不可即者。未极寻常，以古调胜。"（同上）评《庭前有
奇树》："常言常语，枯淡欲无。"（同上）对韦应物诗作情味、风格、诗
法的把握均见入髓。他又评李贺评《梦天》："意近语超，其为仙人语亦
不甚费力。使尽如起语，当自笑耳。"（同上，卷三十五）评《美人梳头
歌》："如书如画，有情无语，更自可怜。"（同上）前者抓住其诗作用语
之超妙立论，后者从诗作情感表现入手，细致中见出精当。刘辰翁诗歌
评点中还常有发人所未发之处。如针对前人评孟浩然诗枯淡，他评《月
下有怀》一诗说："亦自有纤丽，与'疏雨滴梧桐'相似，谓其诗枯淡，
非也。"（同上，卷九）又针对前人对王维诗多加称美，他评《和贾至舍
人早朝大明宫之作》中"九天阊阖开宫殿，万国衣冠拜冕旒"一句道：
"帖子语，颇不痴重。"（同上，卷八十三）凸显出自己对唐人诗作的独
到解会。胡应麟《诗薮·外编》说："刘会孟之诗评，深会理窟。"这是
对刘辰翁诗歌评点所作的极好评价。

《三体诗法》：唐诗研究在"诗法"中的阐扬

《三体诗法》是周弼所编的一个唐诗选本。此选本将唐诗择选与诗
法探讨加以结合，用所选诗以说明七绝、七律、五律诸体的特点及其创
作方法，在唐诗学史上具有重要的意义。

《三体诗法》又称《三体唐诗》，其编定时间大致在 1257 年前，原
本已失传。今传元释圆至注本，有方回序，元成宗大德九年（1305）由
长洲陈湖碛砂寺僧魁天纪出资刻置寺中，故又名《碛砂唐诗》。作为一

部诗选，它择选唐人近体诗：七言绝句、七言律诗和五言律诗，故名
"三体"。全书共六卷，每"体"二卷。正文前有选例，每一"体"列出
若干项选诗的准则，并据以分类。这些准则中，七绝有七项，分别是实
接，虚接，用事，前对，后对，拗体，侧体；七律有六项，分别是四
实，四虚，前虚后实，前实后虚，结句，咏物；五律有七项，分别是四
实，四虚，前虚后实，前实后虚，一意，起句，结句。周弼打破了或以
时代、或以人物、或以诗作内容为依据的编排顺序，而以"格"为规
范，依"格"编排，即按诗作在艺术构思上的不同方式排列，这在宋人
诗选中显示出独特的价值。

周弼编撰《三体诗法》是有其深意的。南宋中后期，一方面江西诗
继续流衍，一味枯瘠瘦硬，高标格调，滋味寡淡，缺乏生气；另一方
面，则是"四灵"、"江湖"诸人对"宋调"的反拨。他们试图对玄虚的
诗风加以修正，将之拉回到凭借物象托寄兴味的轨道上来，但在纠偏中
又不经意地走向了堆垛景物、处置失当的窘境。周弼编撰《三体诗法》，
即在于针对上述两种不良创作路径，努力指示出一条学唐、趋唐的创作
道路。因此，该书多论情景虚实之法，实际上是一种以"诗法"的形式
而展开的对唐诗的研究。

在《三体诗法》中，"虚"、"实"二字是反复出现的理论术语。所
谓"实"是指景物描写，所谓"虚"则指情意表达。周弼由虚实关系入
手，对唐人近体诗创作展开了细致的研究。他从诗歌创作所寓艺术规律
出发，系统地探讨了七绝、七律和五律的结构理论，特别强调处理好诗
歌创作中虚与实的辩证关系，强调诗歌的主旨在于寓诗人的情思于景物
之中。他将宋人对唐诗的研究推向了一个更实体化的层面。

针对江西诗因重意而偏向枯涩的弊端，周弼强调以景传情，注重将
情思贯注于景物中，在情景交融中达到虚实相生，增加兴象感。《三体
诗法》论七律四虚云："其说在五言，然此于五言，终是稍近实而不全
虚，盖句长而全虚，则恐流于柔弱，要须于景物之中而情思贯通，斯为
得矣。"周弼对七言律诗的创作从整体上提出了"须于景物之中而情思

贯通"的原则，强调只有情景的融通，才可避免诗作的柔弱，达到虚实相生的审美表现效果。论五律四虚又说："谓中四句皆情思而虚也，不以虚为虚，以实为虚，自首至尾如行云流水，此其难也。元和以后用此体者，骨骼虽存，气象顿殊。向后则偏于枯瘠，流于轻俗，不足采矣。"周弼又反对只重情思贯注不著物象显意的诗歌创作模式，他认为，这容易导致诗作在审美表现上的虚化，因一味专注于抒情写意，消弭了诗歌的兴象，使诗作只存骨骼，又容易流于轻俗，中晚唐一些诗歌创作即有此弊，实不足为尚。

针对晚唐体堆垛景物，过于实化的创作偏向，《三体诗法》则强调化实入虚，增强诗性和美感。其论五律四实时云："谓中四句皆景物而实，开元大历多此体，华丽典重之间有雍容宽厚之态，此其妙也。稍变而后入于虚，间以情思，故此体当为众体之首。"周弼认为，以景物坐实诗作，是诗歌创造的方法之一，它可使诗作风格"华丽典重"，气象"雍容宽厚"。但如果能化实入虚，"间以情思"贯注于诗中，则当为所有五言律诗构思结构中最妙者，是极值得提倡的诗歌创作方法。

《三体诗法》实际上归结创作之道便在于情景交融，虚实相生。其论七律前实后虚时指出："然句既长，易于饱满，若景物情思互相杂绊，又无痕迹，惟才有余者能之。"明确从情景交融、了无痕迹的角度论及诗作的"饱满"，并认为这需以才思为前提，而不是以学问、议论为基础。其论五律前虚后实时又道："谓前联情而虚，后联景而实。实则气势雄健，虚则态度谐婉。轻前重后，酌量适均，无窒塞轻俗之患。大中以后多此体。"细致地分析"虚"与"实"的不同审美情态及相互结合中所产生的美学效果，极见细致而中的。值得提及的是，《三体诗法》对情景、虚实关系的探讨，在范晞文《对床夜语》中又得到进一步的发挥，如云"情景相触而莫分"，"景无情不发，情无景不生"，"置静意于动中"，"置动意于静中"等。它们对明清两代诗学产生了重要影响。

《三体诗法》还认真探讨了唐以来近体诗创作的音节、韵律问题。如论七绝虚接时说："第三句以虚语接前两句也，亦有语虽实而意虚者。

要于承接之间略加转换，反与正相依，顺与逆相应，一呼一唤，宫商自谐，如用千钧之力而不见形迹。绎而寻之，当有余味矣。"较为纯粹地从诗歌创作的"形式"层面探论诗味之源，强调句语在正反相承与顺逆相呼中达到声律的和谐生味。其论七律前虚后实又说："其说在五言，但五言人多留意颈联颔联之分，或守之大过，至七言则自废其说，音节谐婉者甚寡，故特标此以待识者。"着意将声韵谐婉的细部讲究从五言律诗推广到七言律诗，实际上对七言律诗提出了更精细的声律化要求。总之，《三体诗法》作为唐诗选本，将选诗与探讨近体诗作法有机地结合了起来，也就是将标举唐诗传统的实践与对唐诗学理论的探讨、建构贯通了起来，其别开生面之处正在于此。

第四章
辽金的唐诗研究

第一节　辽代诗歌创作中的唐诗接受

辽代是唐末五代时契丹族在我国北方建立的少数民族政权,历时209年,其间属五代时期43年,与北宋对峙166年。辽代的发展演变是北方以契丹族为主体的各少数民族逐步接受中原文化,不断交流融会以建构自身文化形态的过程。辽代的诗歌创作就建基在这样一个大的文化背景之下。

《辽史·文学传》曾记:"辽起松漠,太祖以兵经略方内,礼文之事固所未遑。及太宗入汴,取晋图书礼器而北,然后制度渐以修举。至景圣间,则科目聿兴,士有由下僚擢升侍从,骎骎崇儒之美。"崇儒修文,是辽代统治者在立国后所逐渐采取的重要文化认同措施。它首先表现在官制礼仪和典章文饰方面,后又落实于科举和史著中。在汉族士人的帮助和民族融合的促动下,辽人创制出了本民族的文字,建立起了一整套的社会文化规范,迅速从原始—奴隶制社会向封建社会过渡。

辽代诗歌,作为中国古代诗歌传统发展过程中一个不可分割的链节,明显地具有承前启后的特征。北方民族淳朴质野的心态极易接受前代文学的滋润,尤以唐诗对其的滋润最为突出。辽诗虽然留存至今的数量很少,包括断篇残句总共只有100余首,但它们体现出北方文学接受中原文化影响、特别是唐宋文化影响的历程及特征，在唐诗学史上也富于接受学观照的意义。

辽代诗歌创作以圣宗为界，大致分为前后两期。前期主要是以汉文写作的汉语诗，当然也有少量的辽语口语诗；后期以辽语、汉语两类诗并存共长。从作者而言，辽诗可分为契丹族诗人作品和汉族文士作品两类。其中，最能体现辽诗成就的，是为数众多的契丹族诗人之作。这些诗人，大多是君主、皇族、后妃等，诗歌创作主体的贵族性特征比较明显。

辽代文学可说是唐代文学的一个衍流。它发端于唐末五代时期，形式以诗文为主。由中原入辽的汉族文士本为唐季臣民，一些契丹贵族也生长于唐朝末年，他们深染于唐代文风，具有唐代士人的气质和素养。辽代诗歌创作所受唐诗的影响，首先表现在诗歌体裁的运用上。辽诗直承唐而下，几乎唐代各种体裁诗皆备，这与宋代所出现的词曲与诗分离、挤兑诗坛的情形是有所不同的。辽代主要的文学形式是诗，词曲在文学百花园中所占比重极小。诗体主要有五言绝句、五言律诗、七言绝句、七言律诗、五言古诗、七言古诗、歌行体诗、骚体诗，此外还有口号、回文诗、咒语诗等。最突出的是五言近体诗和七言近体诗，这是承唐诗发展一脉而来的。被辽俘虏后得到重用的汉族文人和凝，其《题鹰猎兔画》诗云："虽是丹青物，沉吟亦可伤。君夸鹰眼疾，我悯兔心忙，岂动骚人兴，惟增猎客狂。鲛绡百余尺，争及制衣裳。"以较严整的五字律借物自伤，其创作对引导辽代诗人向唐诗学习起到了一定作用。辽兴宗耶律宗真《赐耶律仁先》诗句："自古贤臣耳所闻，今来良佐眼亲见。"诗味虽不足，但讲究平仄和对仗，已是较严整的七律诗句。宣懿皇后萧观音的《怀古》诗："宫中只数赵家妆，败雨残云误汉王。惟有知情一片月，曾窥飞燕入昭阳。"用七言绝句体，平仄相间，音韵谐畅，深得唐人韵味。

其他体裁方面。寺公大师《醉义歌》，形式为七言歌行，其受唐人七言歌行体的影响也甚为明显。萧观音、萧瑟瑟所作骚体诗，则隐约可以看出秦汉骚体古诗的痕迹。

　　辽人作诗，前期主要学唐，后期则唐宋兼收。在长达 200 多年的吸收、消化、融合中原文化的过程中，唐诗的影响已深入到其骨髓中。

　　白居易在辽代是首起影响的作家之一。契丹民族直率粗朴的性格，使他们在天性上激赏白居易诗"直切"的艺术表达方式；而白居易所倡导的诗作讽喻精神，也深中契丹民族崇儒教化的文化心态，由此，白居易为辽代诗歌创作所首先受容。

　　辽太祖耶律阿保机的长子东丹王耶律倍作诗便深受白居易影响。其自叙被黜，投南寓居后唐时的《海上诗》云："小山压大山，大山全无力。羞见故乡人，从此投外国。"诗作在表现形式上极见平易，不乏寓沉痛于质直之中，与白诗所追求童叟皆知的特征近似。但此诗在寓意上又很见巧妙，汉字"山"的意象与契丹文"汗"的意思相合，深具隐喻。《尧山堂外纪》曾记载："东丹王有文才，博古今，习举子。每通名刺云'乡贡进士黄居难字乐地'，以拟白居易字乐天也。"于此可见其对白居易的倾心。

　　辽圣宗耶律隆绪亦深受汉文化儒染，对中原诗人，他也最为推崇白居易。其《题乐天诗》（佚句）自述道："乐天诗集是吾师"，明确申言白居易为其宗法的对象。他倡导学习白居易不仅在白诗的审美风格特征，也在白居易以教化为目的的诗学观念。《契丹国志》卷七曾载其"亲以契丹字译白居易《讽谏集》，召番臣等读之"。所作《传国玺诗》云："一时制美宝，千载助兴王。中原既失守，此宝归北方。子孙皆慎守，世业当永昌。"在明快直切中极富劝诫色彩，正体现出与白居易新乐府诗相类的质性。在他的倡扬下，白氏寓讽喻教化于平易直畅的诗风在辽代风行一时。如天祚帝耶律延禧的文妃萧瑟瑟《讽谏歌》、《咏史》便极富于教化性能。其《咏史》诗有云："丞相来朝兮剑佩鸣，千官侧目兮寂无声。养成外患兮嗟何及，祸尽忠臣兮罚不明。亲戚并居兮藩屏位，私门潜畜兮爪牙兵。可怜往代兮秦天子，犹向宫中兮望太平。"此诗借咏史来讽喻朝政的昏暗，剀切直露，具有很强的冲击力。无名氏《投阮伎诗》："百尺竿头望九州，前人田土后人收。后人收得休欢喜，更有收人在后头。"此诗在通俗的叙述中，将批判的锋芒指向一般的豪强地主，在讽喻中透露出哲理。辽末民歌中也有深具讽喻精神和旨向的。如："五个翁翁四百岁，南面北面顿瞌睡，自己精神管不得，有甚心情管女直。"对辽代统治集团进行了辛辣的嘲讽，亦富于白居易新乐府诗的意味。

对唐人边塞诗传统的接受，是辽代诗歌创作的又一特征。北方游牧民族具有强悍、豪旷的性格气质，其诗作似"先天"地与唐人边塞诗融为一体。归辽汉人赵延寿《失题》诗云："黄沙风卷半空抛，云重阴山雪满郊。探水人回移帐就，射雕箭落著弓抄。鸟逢霜果饥还啄，马渡沙河渴自跑。占得高原肥草地，夜深生火折林梢。"诗写辽地景物和军旅生活，抓住典型物象来创构诗的意境，风格质朴雄旷而夸张浪漫，有岑参诗之"奇"与高适诗之"气"，从中隐约可见盛唐边塞诗的影响。萧观音《伏虎林侍制》诗云："威风万里压南邦，东去能翻鸭绿江。灵怪大千俱破胆，那教猛虎不投降？"诗风雄旷豪放，气势雄奇，在博大动态的意象中，创造出阔大的意境，并渗透着强烈的政治立意，充满了强烈的民族自豪感与自信心。唐人边塞诗中所常有的高亢之气也在诗中勃然而出。又《君臣同志华夷同风应制》诗云："虞廷开盛轨，王会合奇琛，到处承天意，皆同捧日心。文章通谷蠡，声教薄鸡林。大寓看交泰，应知无古今。"以女性之身份却写出如此自傲浪漫、叱咤雄健之诗作，巾帼不让须眉之气流于诗外。本为汉人而身为辽官的李良嗣《绝句》云："朔风吹雪下鸡山，烛暗穹庐夜色寒。闻道燕然好消息，晓来驿骑报平安。"在苍劲雄浑中透露出平和自得之意，从中依稀可见唐代边塞诗人王昌龄等人的影响。

辽代诗歌接受晚唐诗的影响也是显而易见的。因情为诗，含蓄深婉，这在少数辽代诗人的创作中体现得较为明显。前引萧观音《怀古》诗，便是借汉代赵飞燕姊妹擅宠败政的史实兴发感慨，在对"败雨"、"残云"、"一片月"、"昭阳"意象的艺术性排列组合中，含蓄深婉地表达出了她对历史的感悟，深得晚唐诗之味。辽道宗耶律洪基的《题李俨

〈黄菊赋〉》诗，也以意象的流动表现旨意，兴味深永。其云："昨日得卿黄菊赋，碎剪金英填作句。袖中犹觉有余香，冷落西风吹不去。"诗作精选意象，构思巧妙，含有言外之意，是辽诗中少有的"纯诗"，从中依稀可以看出李商隐等人的影响。

对唐诗中李白、杜甫的受容，在辽代长诗《醉义歌》中表现得极为明显。《醉义歌》是辽代寺公大师用契丹文字写的一首歌行体长诗，它是辽代流传至今的惟一一首长诗。可惜原诗已不存，现传汉译诗是由金末元初人耶律楚材翻译而来的，收于其《湛然居士文集》卷八中。全诗共120句，分成结构整齐的4段，共842字。诗作以重阳饮酒为抒情契机，抒发对人生的感慨。其思想意蕴深受陶渊明、李白、杜甫等人的影响。陶渊明皈依自然的思想，李白纵酒放歌，超轶尘世的精神境界及其浪漫气质，杜甫结悲于怀，沉郁执著的生命情怀，都含隐于诗作中。

也有个别诗作类似王孟诗歌的风味。天祚时进士王枢的《三河道中》："十载归来对故山，山光依旧白云闲。不须更读元通偈，始信人间是梦间。"诗风淡泊而诗艺精湛，意境清醇，感慨深邃，在辽诗中显得颇为独特。

总之，辽代诗歌创作多方面地接受了唐诗的影响。由于辽代社会文化发展的相对滞后，辽人在文学创作之外，缺少独立的文学批评体式，少量论评也常通过诗的形式体现出来。这使辽代的唐诗研究大多体现为一种在创作实践中的接受研究，在古典唐诗学史上显得颇为独特。

第二节　金代的唐诗研究

金代诗学风气及其唐诗研究概况

金代是女真族在我国北方建立的少数民族政权，它上承北宋和辽，与南宋基本上处于同一时期。金代文学的发展在直接途径上受辽、宋二代的影响；在间接渊源上，则深受唐代文学的濡染。金代文学的发展过程，便是兼采唐宋文学传统，由异趋走向合流的过程。

金代文学的发展大致经历了三个时期。初期，即所谓"借才异代"时期。此时，金代文学的总体面貌比较朴陋，由来自辽宋的文人学士在文坛上争雄竞胜。这些人主要是由辽入金的韩昉、左企弓、虞仲文、张通古、王枢等和由宋入金的宇文虚中、蔡松年、高士谈、吴激、张觯等。他们入金后大都有相当的社会或文化地位，在金人中产生了不小的影响。中期，即大定、明昌时期。此期间，一批金代作家在比较安定的社会环境和崇尚儒雅的文化氛围中成长起来，他们将金代文学推向了一个新的境界。这些作家主要有：蔡珪、党怀英、王寂、王庭筠、刘迎、赵沨及稍后的周昂等人。后期，即南渡（金宣宗迁都汴京）至金亡时期。这时期，赵秉文、李纯甫、王若虚、元好问等文坛大家豪杰相继涌现，他们无论在诗文创作还是理论批评上都将金代文学推向了巅峰。

金代诗学风气是与其整个文学的阶段性发展相一致的。初年，由辽入金的文士带来的主要是"唐音"传统，由宋入金的文士捎去的则主要是"宋调"习气，他们把中原诗歌的血脉培植到了塞北的溯漠之中，支撑起金源诗歌的大厦。因此，金代前期唐宋两种文学传统呈现出异趋共构的特征。中期以后，诗歌创作风气逐渐发生变化。刘祁《归潜志》对此有所论述："明昌、承安间，作诗者尚尖新，……南渡后文风一变，文多学奇古，诗多学风雅，由赵闲闲、李屏山倡之。屏山幼无师傅，为文下笔，便喜左氏、庄周，故能一扫辽宋余习。而雷希颜、宋飞卿诸人皆作古文，故复往往相效法，不作浅弱语。赵闲闲晚年诗多法唐人李、杜诸公，然未尝语于人。"这段文字描述出了金代中后期诗学思潮的变化，从中可看出金代诗风实走过了一个由泾渭分明到形成主导诗风，由承衍"辽宋余习"到上溯古代风雅的过程。其中，中期诗家深受宋诗的影响，好尚造语奇峭，雕琢诗笔，追求生新。南渡后，则诗风崇尚古雅，表现出对辽宋旧习的扫除之功。赵秉文晚年以创作实践倡导取法唐人，这成为金末以至元代"宗唐得古"的先声。

金代的唐诗研究集中在中后期，与其诗风的嬗变紧密相联。据《金史·章宗纪》载：明昌年间，在金章宗的授意下，"学士院新进唐杜甫、韩愈、刘禹锡、杜牧、贾岛、王建、宋王禹偁、欧阳修、王安石、苏轼、张耒、秦观等集二十六部"。开始大规模地编印唐宋诗人的专集，这为金人唐诗研究提供了基本的文献依据。

金人研究唐诗的方式主要还是论评，具体表现为对唐诗质性的把握、对唐诗艺术规律的认识、对唐诗发展的整体观照以及对具体诗人诗作的品评。

刘祁是金代努力从质性特征上把握唐诗的不多的几人之一。其《归潜志》云："予观后世诗人之诗，皆穷极辞藻，牵引学问，诚美矣，然读之不能动人，则亦何贵哉！故尝与亡友王飞伯言：'唐以前，诗在诗；至宋，则多在长短句；今之诗在俗间俚曲也，如所谓源土令之类。'飞伯曰：'何以知之？'予曰：'古人歌诗皆发其心所欲言，使人诵之，至有泣下者。今人之诗，惟泥题目事实、句法，将以新巧取声名。虽得人口称，而动人心者绝少。不若俗谣俚曲之见其真情，而反能荡人血气也。'飞伯以为然。"刘祁在对唐宋诗的比照辨析中直入唐诗质性，揭橥出唐诗发人所欲，以情动人，"荡人血气"的特征，与宋诗迥然不同。宋人将饱含的真情转移到了"俗谣俚曲"中，其诗则"惟泥题目事实、句法"，"以新巧取声名"，这在很大程度上脱离了古代以来的"诗缘情"传统。刘祁对唐诗以情为本质性的把握是甚为准确的。

在对唐诗艺术规律的把握上，李冶在《敬斋古今黈》中表现出可贵的辨识。他论道："子美咏马则云：'所向无空阔，真堪托死生。'子美未必曾跨此马也。长吉状李凭箜篌。则曰：'女娲炼石补天处，石破天惊逗秋雨。'长吉岂果亲造其处乎？惟其不经此境，能道此语，故子美所以为子美，长吉所以为长吉。"李冶在这里将自己对杜甫、李贺二家诗的推崇建基在一个凸显艺术规律的支点之上，这便是他见出了杜诗、李诗善于通过艺术想象而"亲造其处"的特征，把握到杜甫、李贺诗艺之精髓。

在对具体唐人唐诗的研究上，赵秉文、李纯甫、王若虚、元好问等人有不少论评，将在后文详细述及。其中如赵秉文《答李天英书》对唐代一些著名诗人诗作风格的评论与分擘，王若虚《滹南诗话》对白居易及其诗作的多方面评析，元好问《论诗三十首》在高扬汉魏、晋、唐风雅传统中，对陈子昂、李白、杜甫、李商隐、孟郊、韩愈、李贺等诗人的评论，均联系诗坛有感而发，细致入理，显示出金代唐诗研究的实绩。此外，如周昂从历时比较的角度，抓住杜诗审美表现特征予以论评，更较早体现出金代唐诗研究的不平凡处。其《读陈后山诗》云："子美神功接混茫，人间无路可升堂。一斑管内时时见，赚得陈郎两鬓苍。"以形象的语言界定杜诗具有浑融汪茫的艺术表现特征，认为它已达到后无来者之境，这是如陈师道一类的讲究诗法、句法、字眼等作诗路径的诗人所不能比拟的，论评极见识断。

赵秉文、李纯甫的唐诗观

赵秉文是金代中后期著名的文学家。他论诗主张在"师古"的基础上"自成一家"。其《答李天英书》云："足下之言，措意不蹈袭前人一语，此最诗人妙处，然亦从古人中入，譬如弹琴不师谱，称物不师衡，上匠不师绳墨，独自师心，虽终身无成可也。"又云："为诗当师三百篇、离骚、文选、古诗十九首，下及李杜，……尽得诸人所长，然后卓然自成一家，非有意于专师古人也，亦非有意于专摈古人也。"赵秉文反对"师心"自用，他将师法古人作为了诗歌创作的前提，表现出对古代风雅统绪的追求。他又以自身的创作实践力倡风雅，在执掌文坛几十年中"多法唐人李、杜诸公"，体现出对金代中期求奇尚新诗风的反拨。在诗歌创作原则上，赵秉文主张以"达意"为准，反对雕饰。其《游玉泉山》论道："文以意为主，辞以达意而已。古之人不尚虚饰，因事遣词，形吾心之所欲言耳。间有心之所不能言者，而能形之于文，斯亦文之至乎。"强调直言发抒，以意为本。赵秉文的诗学主张，虽没有多少创新，却具有很强的现实意义。

在对唐诗的把握上，赵秉文首先是将唐诗当作一种典范来加以师法，尤其主张将李、杜诗当作是和《诗》、《骚》并列的传统经典认真学习，认为惟其如此，才可避免"终身无成"。至于具体师法的途径，他说："太白、杜陵、东坡，词人之文也，吾师其辞，不师其意。渊明、乐天，高士之诗也，吾师其意，不师其辞。"针对不同的诗人诗作，将"师其辞"与"师其意"分擘，在对诗歌传统学习吸收上极见识断。赵秉文同时以创作实践显示了自己对唐诗传统的学习，在引导时人上溯唐人之风上产生了重要的影响。刘祁《归潜志》对此曾有言："赵闲闲晚年诗多法唐人李、杜诸公，然未尝语于人，已而麻知几、李长源、元裕之辈出，故后进作诗者争以唐人为法也。"可见赵秉文在转变金代诗学风气中的作用。

赵秉文对唐代诗人诗风有甚为细致的把握，对唐诗内在流变也有识断破的之言。其《答李天英书》似一篇浓缩的诗歌风格史论。他论道："尝谓古人之诗，各得其一偏，又多其性之似者。若陶渊明、谢灵运、韦苏州、王维、柳子厚、白乐天，得其冲淡；江淹、鲍明远、李白、李贺，得其峭峻；孟东野、贾浪仙，又得幽忧不平之气；若老杜可谓兼之矣。然杜陵知诗之为诗，未知不诗之为诗；而韩愈又以古文之浑浩，溢而为诗，然后古今之变尽矣！太白词胜于理，乐天理胜于词。"这里，赵秉文从诗歌风格的分类入手，肯定了唐人诗歌风格的多样性。他极为推崇杜甫兼采众体，但认为其仍拘守传统诗体观念，到韩愈才实现诗体之突破，明确指出了唐诗的内在流变及其必然趋向。

赵秉文曾大量拟作前人诗歌，其中，又以拟唐人诗作数量最多。从一定意义上说，他以创作实践的方式表达了其对唐人唐诗作为经典的推崇。赵秉文拟作涉及的唐诗人主要有严武、王维、李白、杜甫、郎士元、张志和、韦应物、刘长卿、李贺、卢仝等。他曾有《拟和韦苏州》20首，大多形神逼真。如拟韦应物《咏夜》诗，原诗为："明从何处

去，暗从何处来。但见年年老，半是此中催。"赵秉文拟作为："明从暗
中去，暗从明中来。流光不待晓，暗尽玉炉灰。"诗作旨趣、神髓极似。
此外，如《仿摩诘〈独坐幽篁里〉》、《仿老杜〈无家〉》等，均惟妙惟
肖，深得唐人神理。

　　比赵秉文稍后，又几可与其相颉颃诗坛的是李纯甫。从现存材料来
看，李纯甫的诗学主张主要有两个方面：一是倡导诗为"心声"，"唯意
所适"。他在为刘汲所作《〈西岩集〉序》中说："人心不同如面，其心
之声发而为言。言中理谓之文，文而有节为之诗，然则诗者，文之变
也，岂有定体哉？故三百篇，什无定章，章无定句，句无定字，字无定
音。大小长短，险易轻重，惟意所适，虽役夫室妾悲愤感激之语，与圣
贤相杂而无愧，亦各言其志也已矣。"李纯甫从传统"诗言志"的角度
立论，认为"心声"便是诗歌所言之"志"，它应无所拘限，"唯意所
适"。因此，凡诗只要来自内心，便可"与圣贤相杂而无愧"，即自抒一
片天地，何其乐哉！其次，他作诗力主创新，主张自成一家。刘祁《归
潜志》曾记："李屏山教后学为文，欲自成一家。每曰：'当别转一路，
勿随人脚跟。'故多喜奇怪。然其文亦不出庄、左、柳、苏；诗不出卢
仝、李贺。晚甚爱杨万里诗，曰：'活泼剌底，人难及也！'"努力通过
求奇以创新，这成为李纯甫所秉承的创作原则之一。

　　在"师心"、求新诗学思想的指导下，李纯甫论唐诗也就表现出与
赵秉文趣尚的不同。他在《〈西岩集〉序》中着重批评后代三种可笑、
不公的议论时说："李义山喜用僻事，下奇字，晚唐人多效之，号西昆
体，殊无典雅浑厚之气，反晋杜少陵为村夫子，此可笑者二也。"李纯
甫反对李商隐及西昆体诸人在诗中大量使事寓典，使用奇字僻语，他认
为，这必然使诗作缺乏"典雅浑厚"之气。在作诗上他也是主张求新
的，但他将"新"建基于言为心声、独出机杼、自成一家的基点之上，
与西昆诸人意欲通过使事下字以求生新有本质区别。李纯甫接着又说：
"黄鲁直天资峭拔，摆出翰墨畦径，以俗为雅，以故为新，不犯正位，
如参禅着末后句为具眼，江西诸君子翕然推重，别为一派，高者雕镌尖

刻，下者模影剽窃，公言韩退之以文为诗，如教坊雷大使舞，又云学退之不至，即一白乐天耳，此可笑者三也。"他推重黄庭坚，但对江西末学厚此薄彼，否定韩愈、白居易的偏执提出批评。从上述持论可以看出，李纯甫立足于自成一家的视点，对唐人诸家采取的是一种融通的眼光，即不管在艺术表现上有何特点，只要能师心自用，便是好诗。

李纯甫也通过自己的创作实践及为人处世表达了他对李贺、卢仝、韩孟及李白的肯定。他的诗作《雪后》、《送李经》、《为蝉解嘲》、《怪松谣》等，与李贺等人诗风极为相近，均用语狠重，兀傲不平，豪放任诞。在现实生活中，他使酒玩世、谈玄论道、出入三教，辩锋四起，极尽为人之酣畅，这又与李白相似。

王若虚的唐诗观

王若虚是金代著名学者和文学家，少时从其舅周昂学诗，其诗学思想与周昂有着明显的承传关系。他与赵秉文、李纯甫为同时代人，但在诗学批评上独持己见，自立一门户。针对江西派作诗强调从古人入，从书本中讨生计，王若虚要求诗歌创作要表现自己对生活的真切感受，有自己独特的审美感悟和体味，"从肺脏中流出"。其《滹南诗话》论道："然郑厚评诗，荆公、苏、黄辈，曾不比数，而云：'乐天如柳阴春莺，东野如草根秋虫，皆造化中一妙。'何哉？哀乐之真，发乎情性。此诗之正理也。"王若虚从发乎情性之真的角度肯定白居易、孟郊之作有其独特的艺术价值，强调二人虽然诗风不同，但都抒发了真性情，写出了真襟抱。在诗歌表现上，王若虚提出"以意为主"的主张。《滹南诗话》记述道："吾舅尝论诗云：'文章以意为之主，字语为之役。主强而役弱，则无使不从。世人往往骄其所役，至跋扈难制，甚者反役其主。'可谓深中其病矣。"这里，他针对江西诗及金代中期出现的追求险怪的诗歌创作之弊，借周昂之语提出了"意"为"主"、"字语"为"役"的主张，对针砭时风产生了积极的作用。王若虚在诗作风格上又力主辞达理顺，典实平易；在欣赏上，主张戒忌末理，玩索诗味；在诗歌批评的现实取向上，则力主尊苏抑黄，集矢于江西。

王若虚的唐诗观与其诗学主张和文学批评的现实针砭紧密相联。他在唐人中最为推崇白居易。《滹南诗话》云："乐天之诗，情致曲尽，入人肝脾，随物赋形，所在充满，殆与元气相侔。至长韵大篇，动数百千言，而顺适惬当，句句如一，无争张牵强之态。此岂捻断吟须悲鸣口吻者之所能至哉！而世或以'浅易'轻之，盖不足与言也。"又云："公诗虽涉浅易，是大才，殆与元气相侔。"他极力反对少数人对白居易诗作追求的诋毁，从发乎情性、随物赋形、辞达理顺等角度推尚白诗，认为它在情感内容表现上"所在充满"，在艺术形式的运用上"无争张牵强之态"，寓丰实于简便，是常人所难以做到的。王若虚又曾作《论诗诗》四首，驳斥王庭筠对白居易诗的低视，其三云："妙理宜人入肺肝，麻姑搔痒岂胜鞭。世间笔墨成何事，此老胸中具一天。"高度评价白居易"志在兼济，行在独善"的人格襟怀，其四又云："百斛明珠一一圆，丝毫无恨彻中边。徒渠屡受群儿谤，不害三光万古悬。"极力称赞白诗无"经营过深"、"雕刻太甚"之病，实为精妙，痛斥王庭筠等人对白居易的谤伤。在《高思诚咏白堂记》中，王若虚又评白居易道："为人冲和静退，达理而任命，不为荣喜，不为穷忧……乐天之诗，坦白平易，直以写自然之趣，合乎天造，厌乎人意。"将白居易及其诗作推到了一个很高的标度。《滹南诗话》还从写真胜于"泛用"的角度例析白居易诗作："乐天《望瞿塘》诗云：'欲识愁多少，高于滟滪堆。'萧闲《送高子文》词云：'归兴高于滟滪堆。'雷溪漫注，盖不知此出处耳。然乐天因望瞿塘，故即其所见而言。泛用之，则不切矣。"这段辨析甚为警切。白居易《望瞿塘》诗本借眼前所见之景喻心中抽象之愁，景真情真，自然妥帖；而萧闲词泛用"滟滪堆"之景比喻"归兴"之高，句法并无毛病，但意象浮泛而不真切，所以不如白诗。总之，王若虚对白居易的推崇，大不同于宋人的一般观念，他直接开启了后世如赵翼等性灵论的唐诗观，也从一个视角上反映出了金代唐诗学的特色。此外，王若虚还从情真的角度肯定了孟郊的诗歌创作，反对时人对孟郊诗如"草根秋虫"式的低视，倡言其不失为"造化中一妙"。

王若虚在唐人中又极为推崇杜甫。其《文辨》云："世称李、杜，而李不如杜。"《滹南诗话》又云："荆公云：'李白歌诗豪放飘逸，人固莫及，然其格止于此而已，不知变也。至于杜甫，则发敛抑扬，疾徐纵横，无施不可。盖其绪密而思深，非浅近者所能窥，斯其所以光掩前人而后来无继也。'而欧公云：'甫之于白，得其一节，而精强过之。'是何其相反欤？然则荆公之论，天下之至言也。"这里，首先应该指出的是王若虚和王安石所持抑李扬杜及欧阳修所持抑杜扬李都有偏颇，违反了文学风格各有所长、难以妄比高下的原则。但王若虚在对杜诗的推尚中又充分体现出他的唐诗观。他承王安石之论，认为杜诗在艺术表现上开阖舒展，极见灵活自如，其肌理细致，思致深密，是那些浅近之诗人所无法望其项背的。联系王若虚对苏轼次韵诗及江西诗人的批评来看，其论评的寓意甚为明显。他还指出江西诗人"用昆体功夫"，"必不能造老杜之浑全"，体现出对杜甫浑涵汪茫艺术之境的极至推崇。

总结王若虚对白居易、杜甫等人的论评可以看出，他既推尚写性情之真、颇为"自得"的诗作；又称扬"疾徐纵横"、绪密思深的作品，确实高出一般论者之上，显示出不拘一隅、较为宏通的唐诗观。

第三节　元好问与《唐诗鼓吹》

元好问的诗学主张及其唐诗观

元好问不仅是金源一代的大诗人，亦是著名的诗论家，在中国诗论史上具有重要地位。在诗歌创作上，他力倡以"诚"为本。其《杨叔能小亨集引》云："诗与文特言语之别称耳。有所记述之谓文，吟咏性情之谓诗，其为言语则一也。唐诗所以绝出于三百篇之后者，知本焉尔矣。何谓本？诚是也。……故由心而诚，由诚而言，由言而诗也。三者相为一。"元好问从诗文创作之源立论，将"吟咏情性"界定为作诗之本，亦是"诗"有别于"文"的特点所在。情性发自于心，发抒为诗，这便是诗歌创作的内在动力机和本质内涵，它内在地生成并影响着诗歌的创作。这样将情性提到了诗歌本体的地位，将真情实感的自然流露概括为知"本"见"诚"，是对我国传统"言志"、"缘情"理论的弘扬。元好问进一步将"诚"与儒家所倡导的"中和"诗教和诗歌发挥艺术功能紧密联系起来。他界定"不诚无物"，将"诚"视为诗作获得外在表现形式与规定的前提，强调没有真情实感的自然流露，便不会有合乎雅正的诗歌表现形式，在此基础上，言为心声，才能产生出"动天地，感鬼神"的艺术表现效果。元好问对诗歌创作中的不"诚"现象曾加以无情的批评。其《论诗三十首》之六云："心画心声总失真，文章宁复见为人。高情千古《闲居赋》，争信安仁拜路尘。"对潘岳创作弄文失真，文品与人品之间的乖张异途给予辛辣的讥讽。

在诗歌创作和追求的境界上，元好问主张"学至于无学"，他将艺术辩证法的精神切实贯彻到了诗学主张中。在《杜诗学引》中，元好问对杜甫诗法及其创作境界极为推崇，他归结杜诗之妙便在于"学至于无学"。杜诗"浩浩瀚瀚"、"千变万化"，表面看来随意挥洒，脱却规则，但仔细"含咀"，则见出"九经百氏，古人之精华"都尽融化于其诗中。这使杜诗呈现出自成体制然又确给人以似曾相识之感，也成为后人在评杜时所产生分歧的关节所在。在《陶然集诗引》中，他进一步将为诗之学与道释之学相联系比譬，认为只有技进于道，才可达到杜甫、白居易、苏轼等人晚年诗所表现出的"不烦绳削而自合"的创作境界。

在对唐人唐诗的整体把握和具体论评上，其诗学趣尚主要表现在如下一些方面。

创作宗旨上，元好问从整体上肯定了唐诗的典范作用及多方面价值，提出了"以唐人为指归"的论断。《杨叔能小亨集引》在论述诗需以"诚"为本之后道："唐人之诗，其知本乎，何温柔敦厚蔼然仁义之言之多也！幽忧憔悴，寒饥困惫，一寓于诗，而其厄穷而不悯，遗佚而不怨者，故在也。至于伤谗疾恶不平之气，不能自掩，责之愈深，其旨愈婉，怨之愈深，其辞愈缓，优柔餍饫，使人涵泳于先王之泽，情性之外不知有文字。幸矣，学者之得唐人为指归也！"从整体上明确提出了推尊唐人的要求。对唐诗所含纳的内在质性，他在这里实际上也予以多方面的阐说，大致体现为如下四点：（1）唐人之诗乃"知本"之诗，它立足于性情的自然发抒，以情为本，是对我国诗歌传统吟咏情性的发扬。（2）唐诗平和中正，入乎诗教，在艺术表现上凸显"温柔敦厚"之情味，由此上接古代诗歌传统。（3）唐诗题材广泛，根基于人们现实生活，有感而发，它极大地表现出人们对现实的不平与愿望。（4）唐诗在艺术表现上含婉深致，较典型地体现了我国古典诗歌艺术的优长。

从雅正原则出发，元好问表现出趋尚古雅的唐诗观。他曾以"古意"、"高意"、"高趣"、"蕴藉"、"温润"等语词广泛品评同时代诗人诗作，深切企盼着古雅之作的出现。他从古雅的角度推崇杜诗为典范。《论诗三十首》之二十八云："古雅难将子美亲，精纯全失义山真。论诗宁下涪翁拜，未作江西社里人。"以"古雅"概括杜诗的审美特征，界定江西诗既未亲近杜诗的"古雅"之气，又失却了李商隐诗的"精纯"之美，在诗作表现上走向了偏途。《论诗三十首》之二十道："谢客风容映古今，发源谁似柳州深？朱弦一拂遗音在，却是当年寂寞心。"称赞柳宗元诗发扬了谢灵运的风格，深具淡远雅致之高韵。《论诗三十首》之八又云："沈宋横驰翰墨场，风流初不废齐梁。论功若准平吴例，合著黄金铸子昂。"认为陈子昂在初唐时期齐梁诗风浸染之时，致力于接承风雅传统，扭转不良诗风，其功绩极值得人们称道。

元好问又崇尚壮美、天然的诗风，贬抑柔弱、巧饰与险怪做派。《论诗三十首》评论了陈子昂、李白、杜甫、李商隐、温庭筠、卢仝、孟郊、韩愈、柳宗元、李贺等15位唐代诗人，自始至终贯穿着崇尚壮美与天然的诗学观。其十五云："笔底银河落九天，何曾憔悴饭山前。

世间东抹西涂手，枉著书生待鲁连。"对李白诗作驰骋洒脱，一意宏壮，不拘法则极见称扬。其十八云："东野穷愁死不休，高天厚地一诗囚。江山万古潮阳笔，合在元龙百尺楼。"在对比孟郊和韩愈诗中，对韩诗笔意纵横、充满刚健遒劲之美予以称赏。对于唐诗中的险怪之作，元好问则予以有力的斥责。其十三云："万古文章有坦途，纵横谁似玉川卢？真书不入今人眼，儿辈从教鬼画符。"他把卢仝诗比譬为"鬼画符"一样的书体，认为其创作追求已背离了作诗的坦途大道。其十六云："切切秋虫万古情，灯前山鬼泪纵横。鉴湖春好无人赋，'岸头桃花锦浪生'。"指责孟郊诗作似秋虫喃喃自吟，李贺诗风则内敛幽诡，二人诗作虽深寓诗旨，但已失却自然明丽之美。其十二还评道："'望帝春心托杜鹃'，佳人锦瑟怨华年。诗家总爱西昆好，独恨无人作郑笺。"一方面称扬李商隐诗旨意深微，婉转典丽；另一方面，又通过批评西昆体诗，惋惜其诗作表现过于晦涩，令人难以读解。

归结元好问对唐人唐诗的论评，可以看出，他顺应时代的发展，同时又纠正、拓展、提升了时人的审美趣味，为元人"宗唐得古"的风气作出了引导和标示。其唐诗观也显示出了金元宗唐思潮中"师古"与"师心"两股溪流的分流与交汇。

《唐诗鼓吹》

《唐诗鼓吹》是历来唐诗选本中产生了重要影响的一种，对引导金元之交诗坛风尚，指导诗歌创作发挥了不小的作用。

此书究竟为何人所编，有不同的说法。赵孟頫在为郝天挺《注唐诗鼓吹》所作序中，极称该选本精美，认为"非遗山不能尽去取之工"。赵序又极称郝注之精湛，认为"郝公当遗山先生无恙时，尝学于其门，其亲得于指授者，盖不止于诗而已"。但也有人对此持有异议。杨慎《升庵诗话》、沈德潜《说诗晬语》、罗汝怀《七律流别集述意》均对"元氏说"提出过质疑，但缺乏有力的证据。钱谦益《唐诗鼓吹评注序》、翁方纲《石洲诗话》及《四库全书总目》则肯定为元好问所编。今人胡传志《金代文学研究》也力主为元好问所编，曾列举材料一则为证：与元氏交好、过从甚密的曹之谦有《读〈唐诗鼓吹〉》一诗，其云："杰句雄篇萃若林，细看一一尽精深。才高不似人间语，吟苦定劳天外心。白璧连城无少玷，朱弦三叹有余音。不经诗老遗山手，谁解披沙拣得金。"韩成武、贺严、孙微点校《唐诗鼓吹评注》的前言中亦持此看法。此说具有一定的说服力。《唐诗鼓吹》首次刊刻于元至大元年（1308），现有数种元刻本和明刻本存世，《四库全书》亦加收录。它问世后，影响甚大，出现了不少注释本，解评本。如元郝天挺《注唐诗鼓吹》，明廖文炳《唐诗鼓吹注解大全》，清钱朝瞻、王俊臣、王清臣、陆贻典《唐诗鼓吹笺注》，钱谦益、何义门《唐诗鼓吹评注》，朱三锡《东岩草堂评定唐诗鼓吹》，以及民国时期吴汝伦《评点唐诗鼓吹》等。

《唐诗鼓吹》是我国古代最早的唐诗七律专选。该书与方回《瀛奎律髓》同出元初。元代，武乙昌《注唐诗鼓吹序》曾说："唯近体拘以音韵，严以对偶，起沈、宋而盛于晚唐，迄今几五百年，未有能精其选者。国初遗山元先生为中州文物冠冕，慨然当精选之笔，自太白、子美外，柳子厚而下凡九十六家，取其七言律之依于理而有益于性情者五百八十余首，名曰《唐诗鼓吹》，如韶章奏于广庭，百音相宣，而雷鼓管籥，实张其要眇也。"武乙昌交代出此选本的选编情况，隐约道出选本对"唐音"近体的张扬之旨。《四库全书总目》也说："其书与方回《瀛奎律髓》同出元初，而去取谨严，轨辙归一。大抵遒健弘敞，无宋末江湖、四灵琐碎寒俭之习，实出方书之上。"全书共十卷，择选唐诗人 96 家，诗作 596 首。其中，除吴商浩处世不详及误收宋人胡宿、王初之外，共选录盛唐王维等人 7 家 18 首诗作，中唐柳宗元等人 33 家 107 首诗作，晚唐谭用之、李商隐等人 52 家 438 首诗作。

从诗作选目看，《唐诗鼓吹》于盛唐诗家只择选了王维、高适、岑参、张说、崔颢、李颀、苏广文 7 人，诗作总共才 18 首，在全书中所占比重甚少。而于中晚唐诗人如许浑（31 首）、薛逢（22 首）、陆龟蒙

（35 首）、皮日休（23 首）、杜牧（32 首）、李商隐（34 首）、谭用之（38 首）等人则选录作品为多。很明显，这是一个以选中晚唐诗人诗作为主的选本。它反映了唐代七言律诗发展的历史，也表现出由宋金至元的唐诗选者对中晚唐诗的重视。唐人五言律诗在初唐即已成熟、定型，涌现出大量的优秀作品。但七言律诗则兴起较晚，其粘对规则在初唐时期尚未达成共识，题材内容更长时期未摆脱应制和应酬，作品数量也不多。盛中唐之交的杜甫在推动七律的成熟、繁荣上起到了巨大的作用，所作七律 151 首，相当于初盛唐七律总数的五分之二，而且在题材及艺术表现上冲破了前人的藩篱，使七律能够像其他诗体那样广阔而深刻地反映社会现实。之后，经过中晚唐诗人的继续探索和完善，这一诗体才愈来愈引起世人的瞩目。《唐诗鼓吹》所选，总体上吻合唐代七言律诗发展的情况。

《唐诗鼓吹》表现、引导了元代诗坛宗尚"唐音"近体的风气。元代初年，方回为总结宋代江西诗人创作，进一步扩大"宋调"的影响，曾编有《瀛奎律髓》，选唐代诗人 180 余家，宋代诗人 190 余家，共选诗 2989 首，诗体则兼选五、七言律。方回于诗学力主"一祖三宗"之说，尽管此选本所择选宋人诗中亦有西昆、四灵、江湖诸家，而以江西为宗主的诗旨还是显见的。在唐宋诗人中偏尚"主宋"。与此相对，《唐诗鼓吹》则全选唐人七律，意在与南宋盛行的江西诗风抗衡，故其诗作风格大都"遒健宏敞"，所选中晚唐七律既多又浑融圆熟。这在实质上形成对"宋调"近体诗创作的消弭，促进着"宗唐"近体诗创作的发展。

《唐诗鼓吹》所选诗作主旨、意蕴与时代精神是相当契合的。可以说，它为元代士人精神情感生活开拓出了一片天地。编者将一些忧时伤世情怀较为浓烈的作品收入选本中，集中反映出中晚唐的社会现状与诗坛面貌。安史之乱后，唐代社会每况愈下，外族入侵，藩镇割据，权臣当道，民不聊生，忧时感怀成为诗作的主调，由杜甫开创的用七律反映社会现实民生的创作取向，已被许多中晚唐诗人所继承、弘扬。《唐诗鼓吹》中的很多诗作体现出了这一时代特征与大众心态。如许浑《咸阳城西门晚眺》对风雨飘摇国势的艺术概括，薛能《江南春望》对战乱后田园荒废景象的痛心描绘，李商隐《马嵬》对大唐帝国衰落的反思和讽刺，韩偓《伤乱》对遭逢战乱、流寓他乡的诉说，杜牧《洛阳》、刘沧《长洲怀古》选择典型场景所描画出的衰残、荒废等，无不与元好问本人所处的金末元初社会现实相似。由努力通过选诗以张扬唐律到士人精神层面与诗作内涵的至通往契，是书实已超过一般唐诗选本所具有的意义。当然，作为诗歌读本，《唐诗鼓吹》也收录不少娱情悦志的篇什，如柳宗元《柳州寄丈人周韶州》等，反映编者对唐人社会生活与艺术追求丰富性的认识，显示出编者较为宏通的视域。

《唐诗鼓吹》沟通了宋金两朝学唐、崇唐间的差异。北宋梅尧臣、欧阳修、王安石、苏轼、黄庭坚等人变唐为宋，在创建一代诗歌体制的过程中更多取法的是中唐，他们在放大中唐诗人创作路径中"以文为诗"因子的同时，也将他们诗作中常凸显的风雅之求加以弘扬。到南宋，杨万里、叶适、"四灵"等人推尊晚唐，严羽独尊盛唐，都重在诗歌情韵。金人则在崇苏学、重性灵中，对唐代李、杜、韩、白乃至李贺、卢全诸家兼取并收，与北宋诗人注重吸纳中唐，南宋诗人或宗晚唐、或标盛唐有所不同。《唐诗鼓吹》体现出盛、中、晚并取的选编精神（取盛唐少是为七律所限，非薄盛唐，观其重豪迈慷慨之音可证），它实际上将宋金历时而下的两条学唐、崇唐线索予以了融合，使风雅论的唐诗观与主情论的唐诗观得到较好地互渗，为元代诗坛"宗唐得古"开启了先声。

第五章
元代的唐诗研究

第一节　方回与《瀛奎律髓》：
江西诗派唐诗学的衍流

宋末元初，江西诗派之势力虽远不及南宋前、中期，但与当时的四灵体、江湖派亦成三家鼎立之势。方回，作为江西诗派的护法、最后的中坚，其带有总结性的诗论，在唐诗学史上颇具意义。

方回诗论见于《瀛奎律髓》、《桐江集》、《桐江续集》及《文选颜鲍谢诗评》四书。《瀛奎律髓》，成于至元二十年，是其最重要的诗学著作，《四库全书总目》卷一六六称其："专主江西，平生宗旨，悉见所编《瀛奎律髓》。"此书为诗歌总集，四十九卷，收录了385位唐宋诗人的五七言律诗3014首（重出22首，实为2992首）。按题材分编为四十九类，每类又分五言、七言，大致按时代先后编排。每卷有小序，各诗人附有小传，诗则多有评注圈点，是一部规模宏大、体制完备的唐宋律诗选本，后世流传颇广，影响甚大。编者自序称："所选，诗格也；所注，诗话也。学者求之，髓由是可得也。"融"诗选之学"与"诗话之学"于一体，其问世虽距宋亡已七年，代表的却是典型的宋人趣味，成为江西诗派对唐宋律诗的结晶之论。

该书现存元至元二十年（1283）初刻巾箱本、明成化三年（1467）

紫阳书院刻本、清康熙四十九年（1710）陆士泰刻本和康熙五十一年（1712）吴之振黄叶村庄刻本，《四库全书》亦加收录。另历来评点此书者不下 10 余家，专集行世有清纪昀《瀛奎律髓刊误》四十九卷及《删正方虚谷瀛奎律髓》四卷、许印芳《律髓辑要》七卷、吴汝纶《评选瀛奎律髓》四十五卷。今人李庆甲以诸本参校、集 10 余家评语及有关资料，成《瀛奎律髓汇评》，1986 年上海古籍出版社出版。

论唐诗分期

方回对唐诗的分期有自己的见解，他在《仇仁近百诗序》一文中说：

> 降及西都苏李，东都建安七子，晋宋陶谢，律体继兴，自盛唐、中唐、晚唐而及宋，代有作者。虽未尽合宫商钟吕之音，不专主怨刺讽讥之事，而诗号为能言者，往往相与笔传口授于世而不朽。

从文中可以看出，方回认为唐诗在"律体继兴"之后，经历了"盛唐"、"中唐"、"晚唐"等发展时期，至于各期的大致时间断限，方回也有粗略之论：

> 予选诗以老杜为主，老杜同时人皆盛唐之作，亦皆取之。中唐则大历以后，元和以前，亦多取之。晚唐诸人，贾岛开一别派，姚合继之。沿而下，亦非无作者，亦不容不取之。（《瀛奎律髓》卷十《春日题韦曲野老村舍》评）①

可见方回大致是以杜甫生活的时期为盛唐，以大历以后元和以前为中唐，至贾岛、姚合而下为晚唐。《瀛奎律髓》正按这几个阶段来编选唐诗，且在编选内容上有所侧重，盛唐之选最多，中唐"亦多取之"，

---

① 按：本节引文出自《瀛奎律髓》时均仅列卷数，省略书名。

对晚唐评价虽低，但"亦不容不取"。对各个时期的诗风方回也有整体评价，如论盛唐气象："盛唐律，诗体浑大，格高语壮。"（卷十五《晚次乐乡县》评）"盛唐人诗气魄广大"（卷四十二《赠升州王使君忠臣》评），论中唐诗风之变："大历十才子以前，诗格壮丽悲感；元和以后，渐尚细润，愈出愈新。"（卷一《金山寺》评）对晚唐诗则颇不为意："晚唐下细功夫，作小结裹。"（卷十五《晚次乐乡县》评）"晚唐人诗工夫纤细"（卷四十二《赠升州王使君忠臣》评）。

在唐诗分期上，方回没有提出"初唐"之名，但他隐然以杜甫之前为初唐阶段，在有些地方，方回称这一时期为"唐律诗初盛"阶段。如"唐律诗初盛，少变梁、陈，而富丽之中稍加劲健，如此者是也"（卷四十七《游少林寺》评）。从中可以看出，"初唐"的概念在方回诗论中已具雏形。

最早对唐代文学加以分期的是《新唐书·文艺传》，其云："唐有天下三百年，文章无虑三变"，至严羽，则以"五体"为唐诗分期，即《沧浪诗话·诗体》中说到的唐初体、盛唐体、大历体、元和体、晚唐体。方回的分期当有严羽的影响，但也有拓展和推进：其一，严羽的唐初体，仅为"犹袭陈隋之体"，而方回则扩大了范围，还包括了"少变梁陈"、"自成唐律"之体。其二，严羽将大历、元和分为两体，方回则将其整合为"中唐"，是严羽五分法的一个发展，对于高棅"四唐说"的正式提出，应有积极的影响。

尊杜：倡"一祖三宗"与嗜"瘦硬枯劲"

倡"一祖三宗"为方回诗学主张的一大关节。所谓"一祖三宗"即以杜甫为江西诗派的始祖，以黄庭坚、陈师道、陈与义为此派的三大宗主，意在通过明确江西诗派的渊源承传，来确立江西诗派在诗坛的正统地位，进而确立宋诗之地位。

推崇杜甫，至北宋中叶已蔚成风气，《蔡宽夫诗话》言："三十年来学诗者，非子美不道，虽武夫女子，皆知尊异之。李太白而下，殆莫与抗。"可知杜诗在当时已具无可争辩的独尊地位。诗坛尊杜有如儒生之宗孔。江西诗派自黄庭坚、陈师道始亦十分推崇杜甫，但至南宋中、后期，江西末流的学杜已成有名无实，他们虽知山谷、后山之学杜，却不去学山谷、后山之所学，整日只在黄、陈集中讨生活，"近时学诗者，率宗江西，然殊不知江西本亦学少陵者也。……今少陵之诗，后生少年不复过目，抑亦失江西之意乎？"（胡仔《苕溪渔隐丛话》前集卷四十九）方回鉴于此，为光大门户、重振江西诗风，特提出"一祖三宗"之说，所谓"古今诗人当以老杜、山谷、后山、简斋为一祖三宗"（卷二十六《清明》评）。

方回推崇杜甫，是为建立一条贯通唐宋的诗学通道，以此来发扬宋诗。严羽标举盛唐以批驳宋诗，四灵、江湖等则专师晚唐以寻幽径，方回认为都非诗歌发展的出路，因而提出"一祖三宗"，将宋诗看作唐诗"正宗"的直接继承与光大者，实际是借杜甫来推尊宋诗，即"移唐就宋"，故而他声称："老杜诗为唐诗之冠，黄陈诗为宋诗之冠。黄陈学老杜者也。"（卷一《与大光同登封州小阁》评）《瀛奎律髓》中处处把江西派诗人作为老杜嫡派，如其云"简斋诗即老杜诗也"（卷一六《道中寒食二首》评），"江西诗派非江西，实皆学老杜耳！"（卷二十五《题省中院壁》评）这样，尊唐通于尊宋，学杜宜学黄、陈，江西诗派的正统地位由此而得以确立，宋诗的地位也因此而获得巩固。

方回沿此为江西诗派进一步拓宽门户："简斋诗气势浑雄，规模广大。老杜之后，有黄、陈，又有简斋，又其次则吕居仁之活动，曾吉甫之清峭，凡五人焉。"（卷二十四《送熊博士赴瑞安令》评）"大概律诗当专师老杜、黄、陈、简斋，稍宽则梅圣俞，又宽则张文潜，此皆诗之正派也。"（《送俞唯道序》，《桐江集》卷一）虽如此，这些主张仍不免门径太窄，门户太深，因而颇为后世所讥，纪昀《瀛奎律髓刊误序》即以"党援"、"攀附"来指斥"一祖三宗"。冯班在《钝吟杂录》中攻击得最为厉害："方君所娓娓者，止在江西一派，观其议论，全是执己见以绳缚古人，以古人无碍之才，圆变之学，曲合于拘方板腐之辈，吾恐其说愈详而愈多所戾耳。

方回推崇杜甫，论及杜诗处极详赡，从杜诗渊源、杜诗风格、杜诗技法、学杜门径等多方面加以探讨，从中可以看出江西诗派的审美理想及技法特征，也可知杜诗在宋末元初接受的大致情况。

（一）杜诗渊源

方回虽独以杜甫为"初祖"，却也明白杜诗本身是"致广大而尽精微"、转益多师的产物，因而对其师承渊源细加推寻，他说："学古诗必本苏武、李陵；学律诗必本子昂、审言辈，不可诬也。此四人者，老杜之诗所自出也。"（卷四《早发始兴江口至卢氏村作》评）又说："（杜诗）盖出于其祖审言，同时诸友陈子昂、宋之问、沈佺期也。"（同上）这里把子昂、审言、沈、宋四人推为杜甫律诗的直接渊源，并以此推举此四人为唐律诗之祖，这有助于探讨律诗在唐代的发展规律，特别是陈子昂、杜审言二人在律诗发展史上的地位，由此而为更多人所重视。

承认杜甫诗是集众美之大成，客观上也有矫正江西诗学所循守的褊狭之见的效用。方回在评刘元辉《观渊明工部诗因叹诸家之诗有可憾者二首》中说："唐诗固是杜陵第一，然陈子昂、宋之问，初为律诗，杜之所宗；李太白、元次山，杜之所畏；韩柳又岂全不足数乎……至开元而有李杜，然杜陵不敢忽王、杨、卢、骆，李邕、苏源明、孟浩然、王维、岑参、高适，或敬畏之，或友爱之，未始自高。盖学问必取诸人以为善，杜陵集众美而大成，谓有一杜陵而天下皆无人可乎？"（《桐江集》卷五）开列的这份名单中，初盛唐诗人大多皆为杜甫所师所友，这对墨守杜诗、不敢越雷池一步的江西末流无疑有很重要的救济之用，也说明方回独尊老杜，尚无意尽废唐代其他诗家。

（二）杜诗风格

方回曾作《题郭熙雪晴松石平远图为张季野作是日同读杜诗》一诗，典型地反映了在他眼中杜诗所代表的审美境界，其云：

　　书贵瘦硬少陵语，岂止评书端为诗。五百年间会此意，画师汾阳老阿熙，嵬诗琐画世一轨，肉腴骨弱精神痴。……郭生此画出自古心胸，亦如工部百世诗中龙。清癯劲峭谢妩媚，略无一点沾春风，市门丹青纷俗工，为人涂抹杏花红。老夫神交此石与此松，留眼雪天送飞鸿。

　　"肉腴骨弱精神痴"是方回极恶的画品、诗风，一为"腴"之媚，二为格之"弱"，三为气之"浊"。他所追求的境界是"清癯劲峭谢妩媚，略无一点沾春风"，在他看来，杜诗的意味正是此"清劲"、"瘦硬"，墨色淋漓，全无俗媚。在方回心中，画意与诗境中美的风标乃是典型的宋人趣味，清气流转，瘦硬枯劲，古峭嶙嶙。正因此，方回虽常李杜并标，也以为太白诗"清新而不刻，俊逸而不放，飘然不群之思，与光风霁月，浮动天外"（《跋赵一溪诗》，《桐江集》卷三），但终究"舍李取杜"，杜诗正代表了这种审美理想的极境："留眼雪天送飞鸿"。

　　在《读张功父南湖集并序》中方回也明确表示，最推崇的是杜诗"不丽不工，瘦硬枯劲，一斡万钧"（《桐江续集》卷八）之美，又谓后山学老杜正得"枯淡瘦劲，情味深幽"（卷四十二《寄外舅郭大夫》评），这些与上文的"清癯劲峭"属同一的审美旨趣。本于此，他认为杜甫中年"工且丽"的诗"未足为雄"，所极推重者乃其晚年之作，所谓"一节高一节，愈老愈剥落也"（卷十《春远》评）。在他看来，杜甫夔州以后的晚年之作，骨骼最峻，剥落浮华，一片真淳，最为胜境。

　　对杜诗风格实行分期研究，并高度评价杜甫夔州以后的晚期之作，在黄庭坚已开其端，并成为江西诗派的普遍主张。黄庭坚在《与王观复书一》中说："观杜子美到夔州后诗、韩退之自潮州还朝后文章，皆不烦绳削而自合矣。"（《豫章黄先生文集》卷十九）方回继承此说，在《程斗山吟稿序》中更详细分析了杜诗不同阶段的诗风特征，认为杜甫中年成都之作"如绣如画"，诗工且丽；晚年夔州、湖南之作，则入于"绣与画之迹俱泯"的境界，诗格"顿挫悲壮，剥浮落华"。他又在杜甫

《陪郑广文游何将军山林》评中说:"天宝未乱之前,老杜在长安,犹是中年,其诗大概富丽,至晚年则尤高古奇瘦也。"(同上,卷十一)由"如绣如画"到"绣与画之迹俱泯",由"大概富丽"到"剥浮落华"、"高古奇瘦",正是由雕饰进入平淡,由丰腴趋向瘦硬,这是江西诗派倾力追求的最高美境,是"平淡而山高水深"(黄庭坚《与王复观书二》,同上,卷十九),是"由至工而入于不工"(方回《程斗山吟稿序》,《桐江集》卷一)。方回在杜诗"愈老愈剥落"中寻求到了这种美,并通过对这种美的阐发,形成了其美学理想的独特范式:风骨则"瘦硬枯劲,一斡万钧";情味则"枯淡深幽";辞章则"剥浮落华"、"不丽不工"。亦如其所言:"夔峡湘湖,笔尤老健,瘦铁屈盘,而哀怨痛快。"(《刘元辉诗评》,《桐江集》卷五)这正是对江西诗派美学精神的总结。

后世对方回的解读杜诗多有责难,纪昀在《瀛奎律髓刊误序》中说:"虚谷乃以生硬为高格,以枯槁为老境,以鄙俚粗率为雅音,名为遵奉工部,而工部之精神面目迥相左也。"这里指出了方回美学趣味的偏颇处,但未免论之过苛。事实上方回的这种美学趣味,沉淀了深厚的宋型文化内涵,是以宋型文化为本位的解读之法。从这个角度,我们或许可以更深一层地理解宋代"杜诗崇拜"、以"平淡"、"瘦硬"相尚等诗学与文化现象的内蕴。

(三)学杜门径

怎样学杜,从何门径而入,这是宋代唐诗研究中的一个热点问题,且众说纷纭。方回总结了三条学杜门径:

(1)由黄、陈入杜。方回倡"一祖三宗"即是开出一条由黄、陈入杜,且由杜返黄、陈的回旋通道,这也是他认可的诗学正道、学杜正门,对此他多有论及。如《过李景安论诗为作长句》:"由陈入黄据杜坛,当知掬水月在手。后生可畏尝闻之,君友何人师者谁?……郁轮袍曲异筝笛,藐姑射姿无粉脂。梯危磴绝不可近,尚有简斋横一枝。"(《桐江续集》卷十四)《赠江东李提学浩》:"少陵一老擅古今,学所从入须黄陈。"（《桐江续集》卷十四）明言学诗当由二陈入黄，再由黄而入于老杜门下，此为江西诗派之"一脉正传"。

（2）由贾岛入杜。方回偏爱贾岛之诗，在《春半久雨走笔五首跋》中称自己诗中"有阆仙之敲"。他认为"贾浪仙诗得老杜之瘦，而用意苦矣"（卷二七《病蝉》评）。"瘦"之一字泄露了这一门径所有机关。因而方回在猛烈讨伐晚唐的同时，却开了这条由贾岛而入杜的特别通道，其言："老杜诗如何可学？曰：自贾岛幽微入，而参以岑参之壮，王维之洁，沈佺期、宋之问之整。"（卷二十三《题李频新居》评）无怪纪昀会以此为大谬："全是欺人之语！学杜从贾岛入，所谓北行而适越。"（《瀛奎律髓汇评》卷二十三）方回以贾岛入杜，正是为突出杜诗"瘦硬"之风，正如其所言："姚之诗小巧而近乎弱，不能如贾之瘦劲高古也。"（卷十一《闲居晚夏》评）"瘦劲高古"正是江西诗派所崇尚的美学精神。

（3）由汉魏与盛唐入杜。这是方回从杜诗渊源入手，并旁参博取杜甫交游圈中的盛唐诸名家而提出的学杜之法。其言："学老杜诗而未有入处，当观老杜集之所称咏敬叹，及所交游倡酬者，而求其诗味之，亦有入处矣。其所称咏敬叹者，苏武、李陵、陶潜、庾信、鲍照、阴铿、何逊、陈子昂、薛稷、孟浩然、元结之类。其所交游倡酬者，李白、高适、岑参、贾至、王维、韦迢之类是也。"（卷二十四《送怀州吴别驾》评）这里以学杜为契机，通过追溯杜诗之源，将汉魏诗歌也作为取法的对象，又通过杜诗所交游的诗圈，将盛唐诗坛亦作为参学的样式，由此而开阔视野，一定程度补救了"一祖三宗"所带来的门户之陋。

由这三条门径，可见方回对杜诗有自己独到的理解。他在"江西家法"的基础上，从杜诗风格的渊源承传上讲师法杜诗，既能从上而下，溯源探流，又能由下而上，沿波讨源；既强调由宋、晚唐而入杜，更提出由汉魏、盛唐而寻杜，这样广参博取，实际对其"一祖三宗"之说带来的偏失起到了某种矫正的作用。这也预示着至宋末元初，诗坛已由对杜甫的独力推崇，开始演进为对唐诗较为普遍地师法，即使在江西诗学里亦不能不有所反映。

论"格高"及唐诗诗法

方回论诗最重视的是"格高","格高为第一，意到自无双"。（《诗思十首》其五）这是他论诗的根本标准，也是他诗论中最有心得的部分。所谓"格高"，方孝岳先生认为是指"注意于意在笔先，先在性情学问上讲求……颇与钟嵘《诗品》中的'风力'二字相当。"[1] 此说法有一定道理，而或推许稍过。方回所言"格高"之内涵为何，尚须联系其具体诗论来探讨，其云：

> 诗以格高为第一，《三百五篇》圣人所定，不敢以格目之……自骚人以来，至汉苏、李，魏曹、刘，亦无格卑者。而予乃创为格高、卑之论者，何也？曰：此为近世之诗人言之也。予于晋独推陶彭泽一人，格高足方嵇、阮；唐惟陈子昂、杜子美、元次山、韩退之、柳子厚、刘梦得、韦应物，宋惟欧、梅、黄、陈、苏长翁、张文潜，而又于其中以四人为格之尤高者，鲁直、无己，上配渊明、子美为四也。（《唐长孺艺圃小集序》，《桐江续集》卷三十三）

> 诗先看格高，而意又到，语又工为上，意到，语工，而格不高，次之。无格，无意，又无语，下矣。（卷二十一《上元日大雪》评）

这里可注意的有几点：一，特标"诗以格高为第一"，这与方回还大量论及响字、活句、拗体等诗歌形式、技法相比，遂有了本末之别；二，汉魏俱高格，而晋至南宋，历代格高者不过数十人，"格尤高者"仅四人：陶、杜、黄、陈，可见其所谓格高，似重在"风骨清健"；三，以"格"、"意"、"语"为三层面的要素，共同建立一种系统的评价体

———

[1]　方孝岳《中国文学批评》页 137，北京三联书店 1986 年版。

系，其最上者为"格高意到语工"，这就把"格高"之精神境界与诗歌的"语、意"表现形式统一起来。

方回以"格高"盛赞的诗人，最具典范意义的仍是老杜，诗风则为"盛唐"。其言："善学老杜而才格特高"（卷二十四《送徐君章秘丞知梁山军》评），"简斋诗独是格高，可及子美"（卷十三《十月》评）。他认为后世学杜得髓者，或"格调高胜"，或"恢张悲壮"，都是从性情、风骨上获得。但另一方面，他又认为杜诗格高在于多用拗体，其拗体"往往神出鬼没，虽拗字甚多，而骨格愈峻峭"（卷二十五《拗字类小序》），笔头一转，似又从语言形式上探求格高，这是方回论诗的矛盾。事实上方回论格高，不时有偏重骨骼挺拔、语意峻峭的形式化倾向，这与"风力"一词所注重的气势遒劲浑厚，实有差异，也是江西诗派易陷于刻画过甚的原因所在。

初盛唐诗人，方回认为大多格高情放。初唐以陈子昂"一扫南北绮靡"，而盛唐则以"诗体浑大，格高语壮"为时代特征，王孟、高岑、李杜虽取法不同，却各擅胜场，登峰造极。

中唐诗人，方回以刘禹锡为诗格最高者，"刘梦得诗格高，在元白之上，长庆以后诗人皆不能及。"（卷四十七《送景玄师东归》评）认为刘诗"句句精绝"（卷二十四《送浑大夫赴丰州》评），"格高律熟"（卷四十八《赠东岳张炼师》评）。刘禹锡有些诗句实已开江西诗派，所以深得方回称赏。

论盛唐诗人，方回能从"恢弘壮大"的境界中展现"高格"，而论中唐诗人，就完全以清峻峭拔、瘦硬通神为审美特征来建构其"格高"的理想。因而认为韩愈诗"舒之不如衾也，腴之不如瘠也，丽之不如质也"（《跋吴古梅诗》，《桐江集》卷三），且"取柳不取韩"（《读太仓稊米集跋》，《桐江集》卷三）。另一方面，他对号为五言长城、骨韵天然的刘长卿诗，却颇有微词，认为不够"深峭"，"颇欠骨力"，难入"高格"（卷四十七《寄灵一上人》评）。这里颇能体现方回所代表的江西诗派对"格高"内涵的理解。

　　格高之反面则为格卑、格弱、格俗，这是方回对晚唐，尤其是对姚合、许浑的批评。方回提倡"格高"，某种程度而言就是针对当时"四灵"、"江湖"诗派而发。"四灵"竞效晚唐贾岛、姚合的清切之音，流于纤仄；"江湖"则远宗晚唐许浑，组丽浮华、偶比浅近、末流更入卑靡。方回力倡"格高第一"以挽救俗世颓风，因而抨击晚唐许、姚最不遗余力，其言："姚合、许浑，格卑语陋，恢拓不前。"（《送俞唯道序》，《桐江集》卷一）评许浑"体格太卑，对偶太切，……近世晚进，争由此入，所以卑之又卑也"（卷一四《晓发鄞江北渡寄崔韩二先辈》评）；评姚合"格卑于岛"（卷十《游春》评），"气格卑弱"，"不惟卑，而又俗矣"（卷二十四《送李侍御过夏州》评）。

　　方回对晚唐许、姚等人的批判有其合理性，但他救补的药方却纯粹是"江西"的。一方面，要以"瘦硬"来拯救晚唐之"轻""俗"。江西诗派论诗首重去俗，此说起于黄庭坚，其《书嵇叔夜诗》云："士生于世，可以百为，惟不可俗，俗便不可医也。"方回痛斥晚唐轻俗之风，更不遗余力。其言许、姚"俗流无骨但有肉"（《过李景安论诗为作长句》)，正宜以"一斡万钧之势"，"一贯万古之胸"（《送胡植芸北行序》，《桐江集》卷一）来拯之济之，"每以许诗比较后山诗，乃知后山万钧古鼎，千丈劲松，百川倒海，一月圆秋，非寻常依平仄、俪青黄者所可望也"（卷十《春日题韦曲野老村舍》评）。其《跋方君至庚辰诗》又云："东坡谓郊寒岛瘦，元轻白俗。予谓诗不厌寒，不厌瘦，惟轻与俗则决不可。"（《桐江集》卷四）更明言不惜以寒瘦之偏锋来杜绝诗家之轻俗。

　　另一方面，则以"枯淡"来祛除晚唐之"浮华"。如以杜甫、陈与义诗的"枯淡瘦劲，情味深幽"，力矫晚唐人"风花雪月"之柔艳（卷四十二《寄外舅郭大夫》评）。《送胡植芸北行序》也标举"淡而峭"，"槁而幽"之美，以"淡远"与"峻峭"相济。可见方回言"格高"，多落实在"瘦硬"、"淡远"的风格上。

　　倡言"格高"之时，方回还大量论及"响字"、"活句"、"拗字"、"变体"等诗法。杜甫作诗，本重句法，宋人尤其是江西诗派对此更是精研细味。方回"响字"之论，远绍黄庭坚，近法潘邠老、吕居仁。"响字"，即诗眼、诗中眼，黄庭坚《赠高子勉》："拾遗句中有眼，彭泽意在无弦。"（《豫章黄先生文集》卷十二）方回继承诸家之说，时时拈出"诗眼"详示后学。"活句"亦言"活法"，是规矩备具，而能出于规矩之外，即"圆活"之法。自吕居仁拈出之后，此一话头盛极于南宋。方回用这些诗法详论唐宋律诗，后人多认为过于琐碎，斥为"逐流失本"，不无道理。但需注意的是方回论诗自成体系，并非执一而为。如其所言，"在乎抑扬顿挫之间，以意为脉，以格为骨，以字为眼，则尽之"（卷四十二《次韵和汝南秀才游净土见寄》评）。可见响字、活句之类仅为一端。一字之好，或可令通篇意脉豁然；同样，若格高意深，而又句有眼、用字响，自然更活气跃然。方回把"炼字"与文气、诗境相关联，其"响字""活法"之论也就有了其存在的一定价值。

　　《瀛奎律髓》特设"变体"一卷，这是方回论诗法的精当处。变体是指不拘情一联景一联，虚实对称的惯例，而以情对景，以虚对实，"翻窠换臼"之后，获得一种新的高妙境界。方回认为杜甫《九日》二首为"变体之祖"，书中列举了多种杜诗诗例说明变体之妙，贾岛则是方回推举的又一变体典范，江西诗派学此法多尊二人。书中所列如杜诗："即今蓬鬓改，但愧菊花开"，贾岛《病起》："身事岂能遂，兰花又已开。病令新作少，雨阻故人来"等，以"蓬鬓"对"菊花"，"身事"对"兰花"，"雨"、"病"相对，"（字）甚为不切，而意极切"（卷二十六《病起》评），一我一物，一情一景，变化无尽，妙境叠出。江西诗派学此，更"变之又变，在律诗中神动鬼飞，不可测也"（卷二十六《和师厚郊居示里中诸君》评）。方回此论甚为精妙，这是他在总结大量唐宋诗的基础上，既寻其渊源，又辨其分别，从唐诗中看出的宋诗"向上一路"，亦可为宋诗争得存在的合理性。变体理论得到后人很高评价。纪昀《瀛奎律髓刊误》指出："盖其平生学问尽在此矣！"许印芳称道："可谓独抒己见，得古人秘诀矣！"（《律髓辑要》卷一）今人朱东润《述方回诗评》也说："虚谷论诗真本领在此"①。

《瀛奎律髓》对拗字诗也甚为重视，特设"拗字类"一卷。这种打破平仄之拗，往往容易流于怪异生涩，但杜诗拗字甚多，却能神出鬼没，令语句浑成，气势顿挫，诗格因而愈奇愈峭。此法深为北宋黄庭坚所好，竭力追模，因而在江西诗派中颇为盛行，方回云："自山谷续老杜之脉，凡江西派皆得为此奇调……乃后始盛行晚唐，而高致绝焉。"（卷二十五《张祎秀才乞诗》评）江西诗派为何喜杜诗拗体，胡仔在《苕溪渔隐丛话》前集卷七中说："律诗之作，用字平侧，世固有定体，众共守之；然不若时用变体，如兵之出奇，变化无穷，以惊世骇目。"方回自言："拗字甚多，而骨格愈峻峭"（卷二十五《拗字类小序》），"拗而律吕铿锵"（卷二十六《题省中院壁》评）。从这里可知，用拗体之妙，一为得其铿锵劲健之力，因拗而转谐，或反谐以取势，拗而能妙，常能斡旋一股"万钧九鼎"之力，这正合于江西诗派的美学旨趣。再者可得诗家"出奇之变"。诗中拗字，使诗歌部分解脱了声律之缚，合于黄庭坚的"皆不烦绳削而自合"的美学思想。江西诗派一方面常立规则，广兴诗法，另一方面又恐学者拘于规矩，因循法则，法成死法，因而又能时破规则，以破为立，亦破亦立，求不合之合。这是其重变体与拗字的内在原因。在唐诗已发展到了极其充分的前提下，宋代律诗要寻求自身的发展，只能从唐诗中挖掘隐含的一切变机，所以看似刻意求奇，实则为在变化中获得生机。

从方回的整个诗学思想看，无论"响字"，还是"变体"、"拗体"，都是以其"格高"为核心的，或者说是服从于"格高"的美学趣味的，"响字"、"变体"、"拗体"都只是"格高"之诗的形式之美。但方回从这些"细微处"着手，的确触到了宋诗的美学质性。

《瀛奎律髓》对后世影响甚大，宗宋诗者多尊奉其说。身处宋末元初，作为江西诗派之殿军，其诗学观点成为"南北宋一朝多数大家递变

① 朱东润《中国文学批评论集》页63，开明书店1942年版。

日新，最后结晶之思想的总汇"①，因而他的唐诗观，既是宋人唐诗观的总结，亦堪称宋人唐诗观之典型，但随着"宗唐抑宋"风气在元代的盛兴，方回之主张终成一代之异调了。

第二节　"宗唐得古"思潮下的元人唐诗观

明初李东阳《麓堂诗话》云："元诗浅，去唐却近"，道出了元诗近唐这一整体倾向。清人顾嗣立《元诗选凡例》中更详细论及元诗的创作风气："骚人以还，作者递变。五言始于汉魏，而变极于唐。七言盛于唐，而变极于宋。迨于有元，其变已极，故由宋返乎唐而诸体备焉。百余年间，名人志士项背相望，才思所积，发为词华，蔚然自成一代文章之体。"这里描述了历代诗体之递变，特别提出元诗处在唐、宋诗之后，各种诗体经历了盛极、变极，此种处境之下，元人选择"由宋返唐"之径，带来了诗歌创作的兴盛。这一论述较为客观，反映了元代广泛学唐的创作风气，事实上，"宗唐抑宋"、"宗唐得古"确也成了整个元代诗歌批评的主调。

元人"宗唐"的风尚，不同于南宋之宗唐。南宋人宗唐，多为借唐人以自重门户；元人则是在辨别唐音宋调之异后，借唐风以明诗之正变，并沿唐而上归风雅，因而具有较浓厚的复古色彩。但是，开启元人"宗唐"风气者，仍要上溯到南宋的严羽和金代的元好问。南宋中后期，诗坛由"江西"、"四灵"、"江湖"诗派三足鼎立。江西诗派刻画过甚、追求瘦硬枯淡，有乖音节与浑厚之美；"四灵"、"江湖"以晚唐贾岛、姚合、许浑为宗，耽于风云月露，力屡气弱，诗道衰颓。惩于时弊，南方的严羽与北方的元好问振起而呼，同时以"盛唐"雄健之音相倡。元

---

① 方孝岳《中国文学批评》页135。

人灭金、灭宋以后，北方多承袭元好问的诗学思想，南方则多与严羽同调，因而形成整个元代诗坛反思宋末诗风，追宗唐诗，求雅、尚古的时代潮流。

综观整个元代诗学思潮，虽在宗唐抑宋的趋势上具有普遍性，但大家各抒己见，文学批评的空气颇为自由，因而其"宗唐得古"的角度又各不相同，约而言之，可分为四类：一，宗唐教化论，此派多为儒生或理学家之正统诗论，他们从儒家政教出发，论诗以唐为宗，上追《诗经》，以倡导风雅之义、雅正之音为旨归。二，宗唐复古论，此派多从诗歌艺术精神出发，宗尚唐调，且上溯汉魏高古之风、浑厚之格，直至风雅之源。三，唐宋因革论，此派为唐宋折中之论，他们站在较为调和的立场，宣扬唐诗，同时也能关注到宋诗对唐诗的继承与发展，还宋诗一席之地，此多为江西诗派之余绪，或与江西诗派有一定渊源者。四，宗唐性灵派，此派反对一味模拟古人，主张"人人有情性，则人人有诗"（赵文《萧汉杰青原樵唱集序》，《青山集》卷一），因而其学唐、学古，实为获古人之心，得其情性，以悟自得之境，而作诗终要自抒胸中之妙、自成一家之真，此派开明清性灵派之先声。

宗唐教化论

宗唐教化论，是元代诗学中最为正统的一派，自元初直至元末，皆较盛行，代表人物有郝经、胡祗遹、虞集、欧阳玄、戴良等。

郝经为元初理学名儒，曾受业于元好问，又问学于刘祁、赵复，于文学、理学均获沾溉，形成了其儒家色彩很浓的诗学观念，宣扬诗道助于王道。他曾选编汉至五代的诗歌，宗旨是"抑扬刺美，反复讽咏，期于大一统、明王道"，名之《一王雅》，序中论及唐诗：

> 李唐一代，诗文最盛，而杜少陵、李太白、韩吏部、柳柳州、白太傅等为之冠。如子美诸怀古及《北征》、《潼关》、《石濠》、《洗兵马》等篇，发秦州、入成都、下巴峡、客湖湘、

《八哀》九首伤时咏物等作，太白之《古风》篇什，子厚之《平淮雅》，退之之《圣德诗》，乐天之讽谏集，皆有风人之托物、"二雅"之正言，中声盛烈，止乎礼义，抉去汙剥，备述王道，驰骛于月露风云花鸟之外，直与三百五篇相上下。

他选诗的宗旨十分明确，需"述王道"，有补于世事、王政；他评诗的标准也很鲜明，要以"风雅"为旨归，以教化为目的，所以对某些唐诗深致推许，以为"备述王道，……直与三百五篇相上下"。可见他推重唐诗的原因正是因为合于"风雅"之义、诗道之正，因而他评论唐诗"有风人之托物，二雅之正言"，"中声盛烈，止乎礼义"，把唐诗看作是直承《诗经》的诗之正脉，"宗唐"便与重经，与风雅之义、教化之旨统一起来。六年后，他又有《原古录》之选，宗经意味更浓，完全把历代诗歌放置在经学之下，宗唐亦在此一前题之下。考虑到金元之际汉民族的生存及传统文化受到极大的威胁，此时倡导宗经之正统，提倡唐音之正脉，实含有保存汉文化的积极意义，不应简单斥之为迂腐。

此时期，还有胡祗遹亦是持以同调者。他以儒者自居，时时发明宋儒理学之说，因而诗论也本于儒家立场，但能批判俗儒的拘执，"俗儒拘名教，促缩如寒龟"（《古意》），较能重视一己之体认，重视"我心即天心，人天本无二"（《无题》）。对唐诗亦以能获得自己的精神、传达自己的情怀为足称道，其《论诗六章》云："英哉杜少陵，作语期惊人"（其一），"太白固豪放，不受义理拘，诵诗想其人，飞龙叫天衢"（其二）。胡祗遹也谈到了诗歌的风雅之义、教化之用："大哉风雅颂，用之亦非轻。至情为物激，哀乐即成声。民心见向背，国政知瑕贞。"（其六）他强调唐诗能获取风雅之义，却又不泥于古人，不拘于义理，百物扣心，肆口成声，元气淋漓，得浑全之美。

郝经、胡祗遹之后，元中期诗坛则有虞集倡以同调。虞集以文章起东南，陶铸群材，主持风气，为元一代文宗，又以治经名世，居于馆阁，故诗学正统色彩也很浓。其主"宗唐"，以雅正为归，宗唐教化论的倾向相当明显。虞集曾为杨士弘的唐诗选本《唐音》作序，称道其所选唐诗有"风雅之遗、骚些之变、汉魏以来乐府之盛"，足见对唐诗之表彰。又云："音也者，声之成文者也，可以观世矣。"可见他看重唐诗的原因，是因盛唐之音代表着升平盛世，而他正欲以诗道来济世道。在《郑氏毛诗序》中其云："圣贤之于诗，将以变化其气质，涵养其德性，优游厌饫，咏叹淫泆，使有得焉。则所谓温柔敦厚之教，习与性成，庶几学诗之道也。"又云："古之人，以其涵煦和顺之积，而发于咏歌，故其声气明畅而温柔，渊静而光泽"，"虽能悲宕动人，察其意，则能深省顺处，无怨尤忿厉之气。"（《李景山诗集序》，《道园学古录》卷五）都是从诗道出发，倡"温柔敦厚"之旨，重性情之和正，足以发明畅、渊静的盛世之音。因而他论李白曰："李太白浩荡之辞，盖伤乎太雅不作，而自放于无可奈何之表者矣。"（《胡师远诗集序》，《道园学古录》卷三十四）论杜甫："唐杜子美之诗，或谓之诗史者，盖可以观时政而论治道也。"（《曹士开汉泉漫稿序》，《道园学古录》卷三十三）无不归于风雅之正。

元末诗坛，更有傅若金、戴良等高倡雅正之音，戴良曾作《皇元风雅序》，述及从诗经至元代的诗体之变，其中比较了唐、宋诗与风雅之关系，认为："唐诗主性情，故于风雅为犹近；宋诗主议论，则其去风雅远矣"（《九灵山房集》卷二十九），同时论及元诗与唐、宋诗之渊承，认为元诗上承唐诗而"得夫风雅之正声，以一扫宋人之积弊"（同上），宗唐抑宋更为鲜明。

总之，元初郝经至中期虞集以至元末戴良，都是从风雅之义、雅正之音出发，倡言复古宗经，推重唐诗，一脉相承，同声相和，共同构成了弥漫于元代诗学批评的主音。

宗唐复古派

宗唐复古派与宗唐教化派颇多相近处，但教化派侧重于复兴风雅之教义，复古派则更重诗之高格，具有格调论的倾向，对明代复古派有较为重要的影响，代表人物有戴表元、袁桷等。

戴表元在元初文坛有很重要的地位，《元史·儒林传》称其"慨然以振起斯文为己任"，《四库全书总目》卷一六六称其"清深雅洁，化腐朽为神奇"，可见他有扭转宋诗风气，确立元诗发展方向之功。他对整个宋代诗坛进行了反省，主张径师唐人，以臻于古。他倡扬唐音、批驳宋调大致有三方面的原因：一、宋之理学家废诗不为；二、唐宋科举之异，使诗道风气不同；三、宋之诗人溺于时风，深于门户，更使诗道衰颓。

戴表元在《张仲实诗序》中描述了宋末道学家不屑于唐诗的风气："异时搢绅先生无所事诗，见有攒眉拥鼻而吟者，辄靳之，曰：'是唐声也，是不足为吾学也。吾学大出之，可以咏歌唐、虞，小出之，不失为孔氏之徒，而何用是喁喁为哉！'其为唐诗者，泪然无所与于世则已耳。"在《陈晦父诗序》中，他分析了诗与科举的关系，道出宋诗不及唐诗的另一重要原因，他认为唐代以诗赋取士，"人不能诗，自无以行其名"，宋代科举以策论为主，"诗事几废，人不攻诗，不害为通儒"，"所见名卿大夫，十有八九出于场屋科举，其得之之道，非明经则词赋，固无有以诗进者。间有一二以诗进，谓之杂流，人不齿录。"务道学者或不屑为诗，务科举者或不暇为诗，此种时风，诗道之衰可想而知了。

戴表元又从诗歌传统接受的角度，指出宋诗不及唐诗的内在原因：

> 始时汴梁诸公言诗，绝无唐风，其博赡者谓之义山，豁达者谓之乐天而已矣。宣城梅圣俞出，一变而为冲淡，冲淡之至者可唐，而天下之诗于是非圣俞不为；然及其久也，人知为圣俞，而不知为唐。豫章黄鲁直出，又一变而为雄厚，雄厚之至者尤可唐，而天下之诗于是非鲁直不发；然及其久也，人又知为鲁直而不知为唐。非圣俞、鲁直之不使人为唐也，安于圣俞、鲁直而不自暇为唐也。迩来百年间，圣俞、鲁直之学皆

厌。永嘉叶正则倡"四灵"之目，一变而为清圆，清圆之至者
亦可唐，而凡枵中捷口之徒，皆能托于"四灵"，而益不暇为
唐。唐且不暇为，尚安得古？（《洪潜甫诗序》，《剡源集》卷
九）

宋代梅尧臣的"冲淡"、黄庭坚的"雄厚"、"四灵"派的"清圆"
皆源自唐人，且唐诗为其极至，但宋人却不知溯源，反而溺于时风众
势，只知奉时人为宗主，致使宋诗风气愈转愈下，所以他认为欲振诗
道，必追唐音，以至于古。这种主张，前与严羽相近，后与明七子相
类，但他虽主唐音，却并不执守一格，因而少了七子的流弊。在《许长
卿诗序》中他说："无味之味，食始珍；无性之性，药始匀；无迹之迹，
诗始神也。"可见其所谓宗唐、复古，不必泥于体制形貌，需不失古意，
化于无迹之迹，方为妙。因而其宗唐复古取的又是一种颇通达的态度
了，学而至不学，"能为唐而不为唐"（《张仲实诗序》，《剡源集》卷
八），诗中方有真精神。

戴表元以后，传其学者有袁桷。袁桷曾师事戴表元，诗学思想也与
之较为接近。其批评晚宋诗风，认为归根结底是因为理学空疏虚矫之
弊，重理者轻文，重文者气格卑弱，在《乐侍郎诗集序》中慨然发出了
"理学兴而诗始废"的感叹。由此他论诗把目光转向了理学未兴以前，
转向了唐、建安、黄初，"诗盛于唐，终唐盛衰，其律体尤为最精，各
得所长，而音节流畅，情致深浅，不越乎律吕"（《书番阳生诗》，《清容
居士集》卷四九）。"松雪翁诗法，高踵魏晋，为律诗则专守唐法，故虽
造次酬答，必守典则"（《跋子昂赠李公茂诗》，同上）。这里，袁桷推尊
唐诗，"不越乎律吕"，称赞赵孟𫖯作诗师法盛唐，"必守典则"，都是强
调唐诗合于法度之美，可见其宗唐重在唐诗合于典正的法度。在《跋吴
子高诗》中，他说道："诗本性情，能知之矣；本于法度，知之不能详
矣。"于是他给古体立"风雅颂"为法度，律体立"盛唐"为法度，欲
建立一种诗格雅正、情致婉平、音节谐畅的典范之美，认为因法度逐渐

不存，致使"绮心者流丽而莫返，抗志者豪宕而莫拘"，诗之情性、音节、体制俱坏，故不足观。

本于法度，袁桷对"风"、"雅"二体，作了进一步地辨析。他认为"风"悲愤怨刺而远于和平，"雅"则春容怡愉以和平为尚，所以他更重"雅"体，更重"雅"体的法度之美。在《跋吴子高诗》中，他论及风雅之变："黄初而降，能知风之为风，若雅、颂则杂然不知其要领，至于盛唐，犹守其遗法而不变，而雅、颂之作，得之者十无二三焉。"在唐诗中他特别推崇情致婉缛、深情绵邈、近于雅体的李商隐诗。在《书汤西楼诗后》中其言："玉溪生往学草堂诗，久而知其力不能逮，遂别为一体。然命意深切，用事精远，非止于浮声切响而已也。"李诗之长正在一方面既悲愤怨刺，另一方面又并不径陈直露，既有深情，又重法度，恰好折中于"江西"和"四灵"之间，这种看法在元代有一定影响，而以袁桷之推崇尤隆，遂形成了元代宗唐复古思潮中的一个支流。对李商隐诗的关注，还与推尊杜甫有一定关联。《蔡宽夫诗话》云："王荆公晚年亦喜称义山诗，以为唐人知学老杜而得其藩篱，惟义山一人而已。"《石林诗话》亦称："学诗者未可遽学老杜，当先学商隐。"清代钱谦益在《注李义山诗集序》中就部分揭示了元人推崇李商隐的用意，其引释道源语云："元季作者惩西江学杜之弊，往往跻义山，祧少陵，流风迄国初未变。"（《有学集》卷十五）袁桷以李商隐为门径，复唐音，归雅体，对于扭转宋诗流弊，建立元人的近唐诗风，确实收到了较好的效果。

唐宋因革派

宋代，江西诗派长期主持风会，形成了与唐诗异质的宋诗诗型，使得居于其后的元代诗坛在两种美学范式、诗学传统之中选择、辨析，其结果是一方面大倡宗唐抑宋之风，另一方面，仍有一些诗人上承江西统系，徘徊于唐、宋之间，探索二者之渊承，欲以调合唐诗宋调。代表人物有吴澄、刘壎、周霆震等。

吴澄为元代南方大儒，江西抚州人，他注重在历史流程中考察唐、宋诗之"因"与"变"，并指出其合理性。在《皮昭德诗序》中他简要地勾勒了自《诗经》至宋代诗体演变的过程，并阐明了唐、宋诗之间的因革关系，指出宋代王安石、苏轼、黄庭坚三家"各得杜之一体"，而黄、苏诗风迥然。他认为产生变化的原因在于："诗之体不一，人之才亦不一，各以其体，各以其才，各成一家"（《吴文正集》卷十五），承认诗体递变的合理性。他还批驳了当时一些人以"清圆偶傥"为尚而"极诋涪翁"的偏见，肯定了黄诗的独特风格。

在《诗府骊珠序》中，吴澄考察了五言诗的流变："汉魏晋五言讫于陶，其适也。颜、谢而下勿论，浸微浸灭，至唐陈子昂而中兴。李、韦、柳因而因，杜、韩因而革。"他辨别李、韦、柳与杜、韩在诗体变革中不同的作用，充分肯定杜、韩之"变创"、"因革"之功，对二人的肯定也就隐含着对继承唐诗的宋诗予以肯定。他又认为"律虽始而唐，然深远萧散不离于古为得"（同上），此语可见吴澄不但欲得唐宋之融合，同样也欲得唐宋与汉魏之融合，其流变观颇为通达。

刘壎，江西南丰人，受江西文化涵泳颇深，当时诗坛宗唐抑宋之风颇盛，而方回仍坚守江西派之门户，他则折中其间，其《隐居通议》比较了唐诗与宋诗、李白与杜甫之异，也论述了苏、黄对李、杜之传承，持论较公允，其言：

> 少陵诗似《史记》，太白诗似《庄子》，不似而实似也；东坡诗似太白，黄、陈诗似少陵，似而又不似也。（卷六）
>
> 太白以天分驱学力，少陵以学力融天分；渊明俯太白而差婉，山谷跂子美而加严。（卷十）

"不似之似"、"似而不似"，刘壎对李、杜，苏、黄的品评有其不落形迹处。他还言及诗体之数变："古诗一变'骚'，再变'选'，三变为唐人之诗，至宋，则'骚'、'选'、唐错出。"对宋诗之集众变于一时，有所肯定。又说"唐自少陵外，大抵风、兴工；江西作者，大抵雅、颂长"，也是称赞江西之体有"诗三百"之遗意。但他并不讳言宋诗之弊、江西之陋，其言："晚唐学杜不至"，"江西学山谷不至"，还指出黄庭坚开创的"事宁核毋疏，意宁苦毋俗，句宁拙毋弱"的瘦硬诗风，"犹佛氏之禅，医家之单方剂"（以上均见《隐居通议》卷十），虽自成一格，终难免褊狭之弊。

周霆震，其论诗也能破除流行之见，较理性地对待唐、宋诗之优劣论。他对当时过于偏执的宗唐抑宋习气有所不满，批评那种"谓宋诗举不足观，弃去之惟恐不远；专务直致，傲然自列于唐人"的作风（《刘遂志诗序》，《石初刻》卷六），他从诗歌发展史的角度来评论唐诗、宋诗："魏晋以降，变而辞游气卑而声促。唐初始革其敝，至开元而极盛，李、杜外，又各自成家，"对唐诗予以全面的肯定；又云："宋世虽不及唐，然半山、东坡诸大篇苍古，慷慨激发，顿挫抑扬，直与太白、少陵相上下。"（同上）对宋诗的成就也同样给予赞赏。这些评价更具有一种辩证的史观。

以上诸论虽议论各别，均涉及唐宋诗之承续、因革，多从诗体流变的历史轨迹中寻找二者之相因相续的历史必然，所论亦多持平，体现了当时诗坛，上承江西统系与宗唐复古之间的一种折中倾向。

宗唐性灵派

元人牧马南下，大宋江山易主，以儒家为中心的汉民族文化受到重创，其约束力也大为减弱。士大夫们一方面努力保存传统文化，一方面又不禁深深反思，当时思想界、文学界都出现了这种怀疑精神、反思情绪，他们对于儒家主流文化既有一份追怀、传承之想，又有一种冷静与独立之思，因而对于传统便有了一定的超越，出现了宣扬个性、尊重一己之情性的思想，在唐诗的接受上则表现为宗奉唐诗之精神，更寻求自我之发抒，其性灵化的倾向使诗学获得了更多的发展空间。代表人物有赵文、刘壎、刘将孙、杨维桢等，他们的思想对于明清性灵派的诗学均有开启之功。

赵文，元初文学界张扬性灵的第一人，《四库全书总目》卷一六六称其诗文："皆自抒胸臆，绝无粉饰，亦可谓能践其言矣。"其在《送罗山禺序》中自称："余畸人也，畸人之言，率与时左。"因而于诗则倡言"人人有情性，则人人有诗"（《萧汉杰青原樵唱序》，《青山集》卷一），在《黄南卿齐州集序》中谓："诗之为物，譬之大风之吹窍穴，唱于唱喁，各成一音，刁刁调调，各成一态，皆逍遥，皆天趣。"本于此，其诗论最能超越于种种门户流派之上，三百篇、汉魏、唐宋，他主张不立一格，不拘一体。他对宋人学诗的态度深致不满，其《高信则诗序》云："固，诗病也，有心于为不固，亦病也。"固为拘泥于某家某体，某声某格；不固为放纵恣肆，有心与古人异。显然，他认为宋人之有心学唐，或有心变唐，其态度都是错误的，不合于作诗本于情性的原则。在《诗人堂记》中，他还批驳了当时诗坛各种蹈袭模拟之风：

> 近世士无四六时文之可为，而为诗者益众。高者言三百
> 篇，次者言骚，言选，言杜，出入韦柳诸家，下者晚唐、江
> 西，而夷考其人，衣冠之不改，化者鲜矣。……故今世诗多而
> 人甚少。

在他看来，当世诗人追模三百篇、汉魏、唐宋，取法对象虽有异，其实质却一样，都不能学其人，化其性，仅得章句，终究情性不移，所以理想中诗之至者，乃是"翛然溪水之上"，"浩然天地之间"，"宽闲之野、寂寞之滨"，使人"感发兴起"而作，"其形全，其神不伤"。若心求闻达，又"拘拘于声韵，规规于体格，雕镂以为工，幻怪以为奇，诗未成而诗之天去矣"（《萧汉杰青原樵唱序》，《青山集》卷一）。赵文在宗唐得古的思潮下，颇有一点异端，他对于当时诗坛种种取法皆有不屑，其宗唐的意味也较为淡漠，但唐诗多情韵、重感兴，宋诗多刻削、求奇拗，从其重情性、尚天趣的观念出发，扬唐抑宋的意味已蕴涵其中了。

赵文之同乡刘壎，诗学主张虽与江西诗派有所关涉，因而有折中唐宋诗之言，但其诗论也有重情性之发抒的一面。他一面极推崇杜甫、黄庭坚之诗，以为"至三百篇以来，跨汉魏，历晋唐，以迄于宋，以诗名家者亡虑千百。其正派单传，上接风雅，下逮汉唐，宋惟涪翁，集厥大成，冠冕千古。……学诗不以杜、黄为宗，岂所谓识其大者"。(《禁题绝句序》，《水云村稿》卷五)另一面却反对江西诗派执守杜、黄之皮相，在《雪崖吟稿序》中记载了他与友人谈自己的学诗之法，其言：

> 予为言杜、黄音响，又为言陶、柳风味，又为溯"江沱"、《汝濆》之旧，《生民》、《瓜瓞》之遗，又为极论天地根原，生人性情。语未竟，君叹曰：旨哉！

刘壎于此标出了学诗的四重境界，首为杜甫、黄庭坚的"音响"，此为格律一层；其次为陶渊明、柳宗元的"风味"，此为情韵一层；这尚是格调层面的推究，但已打破汉魏、唐宋之界限。更深一层，则上溯到《三百篇》之遗，这是本原之养，涵养性情之醇正；最后归于"天地根原，生人性情"，这是得诗外之悟，是诗之极境也是人之极境。若前三层为学，为可法，则此为不学，是直见本心、性情处，是天地人相合相应处。既以"生人性情"为诗之极境，则门户之见、诗法之说在他眼里就落入下乘了。由此，刘壎论诗也偏于"宗唐抑宋"，唐人作诗，多自得之境、自然之趣，宋人诗则学人之格，不复自写性情，所以其言："宋人诗体多尚赋而比与兴寡"，"唐诗之清丽空圆者，比与兴为之也"，"后村'经义策论之有韵者'一句，最道著宋诗之病"(《隐居通议》卷七、卷十)，对比中可见其取舍。

濡染赵文的诗学思想最深者乃刘将孙。刘将孙在当时诗坛学界影响颇大，其论学论诗都强调本人的领悟与涵泳，为诗更重性情笔力。对宋末元初专宗江西、晚唐、选体的诸流派深为不满，驳斥他们为古人约束，步三尺不可过，又各以门户自高，诗中不复有真性情，因而主张作诗应不受常料、常格的束缚。其《彭宏济诗序》云："夫言亦孰非浮辞哉！惟发之真者不泯，惟遇之神者必传，惟悠然得于人心者必传而不朽。"（《养吾斋集》卷十一）发之真、遇之神、悠然得于心的诗，自有一片天机，一片深情，因而其论诗重情志、尚意趣，不重体制、诗法，对唐诗之哀乐随兴，感慨真挚，深致好感。其《魏槐庭诗序》言：

> 鸣呼，诗固仁人志士忠臣孝子之所为作也，岂直章句之巧而风月之尚哉！古所谓惊风雨泣鬼神，非以其奇崛突兀，以其志也。刺心血以食无母之凤雏者，杜陵之所以一饭不忘者也；呼穹穹与厚厚者，李习之所以识苦语之动神理者也；"天若有情天亦老"者，长吉之所以使金铜堕泪而能言者也；"此身无处哭田横"，玉川子之怨魄所以痛绝于玉泉之会者也；"白草建康官，反袂哭途穷"者，徐骑省之所以辟言易世而无忍疵者也。二千年间，此语有数。

刘将孙充分肯定了"情性"在诗中的地位，提出诗歌当以抒发个人情志、意趣为宗，情之至者都得到他的高度评价。所举上述唐诗人，除杜甫外，如李翱、李贺、卢仝、徐铉都是难合于正统派所言的性情和正、雅正之风者，惟其感发深挚，而得到刘将孙的充分褒扬，因而其唐诗观较正统派之倡言风雅、和正，高言治世、王道，颇有不同，更重在唐诗之情味与个人之感兴。

元代中后期，诗坛巨擘杨维桢为倡言性灵最着力者。其所作诗被称为"铁崖体"，风靡文坛，宋濂为之作墓志铭言："元之中世，有文章巨公起于浙河之间，曰铁崖君，声光殷殷，摩戛霄汉，吴越诸生多归之，殆犹山之宗岱，河之走海，如是者四十余年。"可见影响之大。杨维桢的唐诗观建立在较为浓厚的复古意味之上，他曾说："惟好古为圣贤之学，俞好俞高，而入于圣贤之域"（《好古斋记》，《东维子文集》卷十五），因而他对元中期文坛的复古风尚持以肯定的态度，认为元代至虞、欧、揭、宋，"文为全盛"（《王希赐文集再序》，卷六）。但他与虞集、欧阳玄等人的宗唐复古又颇有不同，所重者还在诗之性情、神气，因而又颇有性灵化的倾向，是复古与师心的奇特融合。基于此，他之推重唐音有两个特色。其一，重在得"意"，反对模拟形迹。其言："梅一于酸，盐一于咸，饮食盐梅，而味常得于酸盐之外，此古诗人之意也。……务工于语言，而古意浸矣，语弥工、意弥陋、诗之去古弥远。"（《潇湘集序》，《东维子文集》卷十一）"摹拟愈逼而去古愈远。"（《吴复诗录序》，卷七）所以他的宗唐复古皆是着力于情其情，味其味，是为获其高古之意、浑厚之格。其二，重诗人之"性"与"神"，这是得"意"之法门。在《赵氏诗录序》中杨维桢明言：

> 评诗之品无异人品也，人有面目骨体，有情性神气，诗之丑好高下亦然。风、雅而降为骚，而降为十九首，十九首而降为陶、杜，为二李，其情性不野，神气不群，故其骨骼不庳，面目不鄙。嘻！此诗之品，在后无尚也。下是为齐、梁，为晚唐、季宋，其面目日鄙，骨骼日庳，其情性神气可知已……
>
> 然诗之情性神气，古今无间也。得古之情性神气，则古之诗在也。然而，面目未识，而［谓］得其骨骼，妄矣；骨骼未得，而谓得其情性，妄矣；情性未得，而谓得其神气，益妄矣。

他把诗歌分成"面目"、"骨骼"、"情性"、"神气"四层来论，且一层深于一层，最重视的是诗之"情性"与"神气"，这是好古学唐的全部意义所在。"诗之情性、神气，古今无间，得古之情性、神气，则古之诗在也。"唐诗多情性、神气俱佳者，日夕涵泳，必然"庶乎情性、神气者并得"。他列举了风雅而下，《骚》、《十九首》、陶、杜、二李，"其情性不野，神气不群，故其骨骼不庳，面目不鄙"，为诗之至者，可见其心目中盛唐之音，足与风雅之源、汉魏之健，鼎足而立。而齐梁、晚唐、季宋，"面目日鄙，骨骼日庳"，最为所厌。另一方面，他以性情、神气通于面目、骨骼，则其性灵中又有格调之意义了，诗不可无性情，而情性不离面目、骨骼，情性有高下，欲求情性之高，不得不取法于汉魏、盛唐，取法于高格，因而其师心兼而师古，性灵兼摄格调，由此而开明代诗论之种种。宋濂《杨君墓志铭》云："君遂大肆其力于文辞，非先秦、两汉弗之学，久与俱化，见诸论撰。如睹商敦周彝……寒芒横逸，夺人目睛，其于诗尤号名家，震荡凌厉，骎骎将逼盛唐。"这种倾向已与前、后七子颇为相近了，明代宗唐复古之高潮已经呼之欲出。

第三节　元人诗法著作中的唐诗研究

元代诗法论著的盛行

古代论诗著作可分为两大系统，一为诗话系统，一为诗法系统。唐代以诗法较为盛行，如皎然《诗式》、齐己《风骚旨格》，署王昌龄《诗格》，白居易《金针诗格》及贾岛《二南密旨》等，都是代表。宋代自欧阳修《六一诗话》出，而诗话风行一时。至元，诗话归于沉寂，诗法再度流行。

元代诗法著作，较为重要的有传为杨载撰《诗法家数》、《诗解》（或《诗格》），范梈撰《木天禁语》、《诗学禁脔》，范梈门人所述《诗法正论》（亦作《诗法源流》）、《吟法玄微》、《总论》，虞集撰《虞侍书诗法》（与《诗家一指》略同），揭傒斯撰《诗法正宗》（亦题作《虞侍书金陵诗讲》）、《诗宗正法眼藏》，佚名的《名公雅论》、《类编》，陈绎曾、石桭的《诗谱》，范梈的《杜诗批选》、《李诗批选》等。这些著作的作者，绝大部分今天已难以确知。其中一部分，前人曾有质疑，如许学夷《诗源辩体》就以《木天禁语》、《诗学禁脔》为伪托，并指出："当时虞、杨、范、揭俱有盛名，故浅陋者托之耳。"《四库全书总目》录元代诗法著作三种（即《木天禁语》、《诗学禁脔》、《诗法家数》），也都一一指为坊贾伪撰。

上述著作是否出于伪作,尚难遽下结论。虞、杨、范、揭是元代最享盛名的诗人,称"元四家",都对诗法有相当的兴趣。据《元史·儒学记》载,杨载"于诗尤有法,尝语学者曰:'诗当取材于汉魏,而音节则以唐为宗。'"① 又《蜀中诗话》:"虞伯生先生、杨仲弘先生同在京日,杨每言伯生不能作诗。虞载酒请问作诗之法,杨酒既酣,尽为倾倒,虞遂超悟其理。""于诗有法"、"问作诗之法"是当时的时尚,而四人尤为当行本色。诗法著作中还载有一些过来人的甘苦之言,如《诗法家数》说:"予于诗之一事,用工凡二十余年,乃能会诸法而得其一二,然于盛唐大家数,抑亦未敢望其所似焉。"(亦见《诗解》)这也足以证明,上述著作当出于有一定创作经验的作家之手。可能的情况是,有四人之作,有四人的门生弟子辑录之作,也有假托之作②。尽管还有待进一步研究,但可以肯定这些作品反映了元人的诗学观念。

《木天禁语》云:"诗之说尚矣。古今论著,类多言病,而不处方,是以沉痼少有瘳日,雅道无复彰时。兹集开元、大历以来,诸公平昔在翰苑所论秘旨,述为一编。"这段话有两层含义:一是关于诗法写作的目的在于为"诗病"开"处方"。相对而言,诗话侧重于从批评的角度品评高下(指摘"诗病"),而诗法则重在从诗歌创作的角度祛除"诗病"。二是关于诗法材料的来源,有时人的心得体会(平昔所论),也有对前人(开元、大历以来)经验的总结。将诗法源头上溯到开元、大历,符合诗法兴起于唐代这一历史事实,也在一定程度上反映出宗唐的观念。

诗话与诗法在元代的一消一长,表示出元人与宋人对待诗歌发展的不同态度。宋人居唐之后,力欲蹊径另辟,别开生面,重心放在对唐诗

① 按,《名公雅论》引杨载语:"取材于《选》,效法于唐。"谢榛《四溟诗话》卷一引作范梈语:"诗当取材于汉魏,而音律以唐为宗。"

② 可参见张健《元代诗法校考》,北京大学出版社2001年版。按,本节所引诗法著作概出此书。

的超越上；元人面对唐、宋两大诗歌高峰，追求的则是如何越过宋人，承接唐风。换句话说，宋诗虽与唐诗不同，却是在向前走，元人要度越宋人，但目标是回到唐人，目光是向后的。在元人看来，唐宋诗之别，或者说宋诗不及唐诗的原因，在一定程度上与宋人"言病而不处方"，重视诗话而不重视诗法有关。《名公雅论》引杨载语云："宋人诗多尚意，而不理会句法，所以不足观"，就是将宋诗的"不足观"视作"不理会句法"的结果。所谓"句法"，正是元人诗法研究的重要内容之一。

《诗法正论》引范梈语云："吾平生作诗，稿成，读之不似古人，即焚去改作。"《名公雅论》引揭傒斯语："初学必须步步要学古，作为样子模写之，如学书之临帖也。岁月久，自然声韵相合于古人矣。"学古以"合于古人"，这是元人诗法追求的目标，也反映出元人诗学上"守成"的总体倾向。但元人诗法提倡"只将古人一个门户，日夜参考将去，看他的受用处"（范梈门人集录《总论》），由于用力勤，功夫深，对前代诗歌特别是对唐诗的"受用处"，也就不乏独到之见。

元诗法著作中的诗史观

要了解元人诗法著作中的唐诗史观，先得了解其诗史观，也就是从其对历代诗歌的认识、评价来看唐诗的定位。元人诗法著作甚多，观点颇有歧异，粗略归纳起来，有"三段论"、"四体论"和"通论"几种。

"三段论"将整个诗歌流程分为三个阶段。《诗法家数》云："诗体，《三百篇》流为《楚词》，为乐府，为《古诗十九首》，为苏、李五言，为建安、黄初，此诗之祖也。《文选》刘琨、阮籍、潘、陆、左、郭、鲍、谢诸诗，渊明全集，此诗之宗也。老杜全集，诗之大成也。"从历史时段上，将周秦汉魏视为诗之"祖"，以两晋南北朝为诗之"宗"，而以老杜（唐诗）为"诗之大成"。

《木天禁语》论"家数"，所举有：三百篇、离骚、选诗、太白、韩杜、陶韦、孟郊、王维、李商隐。论"家数"，而非论时段，但所论之家数并未超出《诗法家数》"三段论"的范围，不过是在"老杜"的基础上，大大扩充了唐代诗人的队伍。又，《名公雅论》引范梈语："《骚》、《选》、韩、杜为之骨，十五《国风》、李白为之黻藻。"实际也是"三段"论诗，《风》、《骚》、选诗和李、杜、韩各代表了一个时段。

"四体论"可视作"三段论"的扩展，其说法也见于《诗法家数》："体者，如作一题，须自斟酌，或骚，或选，或唐，或江西。骚不可杂以选，选不可杂以唐，唐不可杂以江西，须要首尾浑全，不可一句似骚，一句似选。"将诗分为"四体"，即骚、选、唐、江西。实际是在"三段"的基础上，增加了一个时段——宋代，并以江西诗作为"宋体"的代表。

《诗法正论》则历数先秦以至元代的诗歌创作，一一加以褒贬评说，具有一定的"通论"性质。作者认为："《诗》亡而《离骚》作"，由骚变而为赋，再变而为李陵、苏武五言诗，"当时去古未远，故犹有《三百篇》之遗意"，具有显明的"宗经"意味。对六朝诗歌的看法，则与上述各家不同，认为："魏晋以来，则世降而诗随之。故载于《文选》者，词浮靡而气卑弱。要以天下分裂，三光五岳之气不全，而诗声遂不复振尔。"贬抑六朝，指称"载于《文选》者"词藻浮靡，气格卑弱，并认为"天下分裂"是诗道不振的原因，显然是"以世论音"思想的反映。"以世论音"，自然会对唐诗特别是盛唐之诗大加肯定。作者说："唐海宇一而文运兴，于是李、杜出焉。……太白天才放逸，故其诗自为一体；子美学优才赡，故其诗兼备众体，而述纲常、系风教之作为多。《三百篇》以后之诗，子美又其大成也。"又遍举盛唐、中唐诗人10余家，予以赞赏。

循此继论宋诗，以唐宋诗相较而言，认为"宋诗比唐，气象复别"，究其实，"盖唐人以诗为诗，宋人以文为诗。唐诗主于达性情，故于《三百篇》为近；宋诗主于立议论，故于《三百篇》为远。然达性情者，国风之余；立议论者，国风之变，固未易以优劣也。"关于唐宋诗之优劣，在宋就已成为人们关注的一个热点，这里从"性情"、"议论"加以分别，并主张"未易优劣"，不失为平情之论。

至言及"本朝"，则云："大德中，有临江德机范先生，独能以清拔之才，卓异之识，始专师李、杜，以上溯《三百篇》。其在京师也，与伯生虞公、仲弘杨公、曼硕揭公诸先生，倡明雅道，以追古人。"通过表彰"元四家"，再次明确作者的观点，即以"倡雅道"、"追古人"为宗归。其所倡之"雅道"为《三百篇》，所追之"古人"则为李、杜。作者还说："法度既立，须熟读《三百篇》，而变化以李、杜，然后旁及诸家，而诗学成矣。"明确以李、杜上接《三百篇》。

"三段"、"四体"以及"通论"，观点和表述方式或有不同，但有两点基本一致。一是以《三百篇》为诗歌之源、诗法之源、雅道所在。再就是以唐诗为"大成"、为嫡派、为楷法，特别是李、杜，被视做通往"三代性情风雅"的津渡。对唐诗不同发展阶段的认识，或者尚有一定分歧（如晚唐诗），但对整个唐诗尤其是盛唐诗在文学史上的突出地位则并无异议。

唐诗与"三代"或《三百篇》之关系，已如上说。唐诗与"选诗"、宋诗的关系，在当时诗法著作中亦有讨论，从中尤能见唐诗在元人心目中的地位。

唐诗与"选诗"之别，是从诗歌的体裁之变，也即由古体向近体的演进这一角度论及的。《吟法玄微》说：

> 问："古诗径叙情实，于《三百篇》为近；律诗则牵于对偶，去《三百篇》为远。其亦有优劣乎？"先生曰："世有谓此诗体之正变也。自《选》以上，皆纯乎正者，唐陈子昂、李太白、韦应物，犹正者多而变者少。子美、退之，则正变相半。变体虽不如正体之自然，而音律乃人声之所同，对偶亦文势之必有，如子美近体，佳处前无古人，亦何恶于声律哉！但人之才情，各有所近，随意所欲，自可成家，并行而不相悖也。此

殆未然。夫正变之说本于《三百篇》，自有正有变，何必古诗为正、律诗为变耶？立意命辞，近于古人，则去《三百篇》为近，远于古人，则去《三百篇》为远，何待拘于声律，然后为远？自《选》以上纯乎正，吾亦未之信也。自《选》以下，或正多而变少，与正变相半，恐亦未然。"①

以"正变"论诗，伸正诎变，这是汉儒以来论诗的一大法门，后人多有沿用。有人用此法来区分选诗与唐诗、古体与近体，但遭到了范梈反对。虽然持此说者也表示不必"恶乎声律"，古体、近体可"随意所欲"，"并行不悖"。然而在范梈看来，以"正变"立论本身就存在问题。因为从所谓"选诗纯正"、"正多变少"、"正变相半"的说法看，势必会导出古诗高于唐诗、古体优于近体的结论。范梈提出，音律对偶并非是辨别"正变"的依据，要区分与《三百篇》的远近，只能从"立意命辞"上去找根据。这显然是要廓清一种似是而非的流行观点，这种观点是不符合当时"宗唐"的趋势和潮流的。

言及唐宋诗之别，"扬唐抑宋"差不多是元人一致的倾向。《诗法正论》以"国风之余"和"国风之变"论唐宋诗，实际也是从"正变"的角度立论。虽说"未易优劣"，但"一正一变"，实际已有高下之分。再以范梈"立意命辞"的标准看，唐诗"主于达性情"，宋诗"主于立议论"，与《三百篇》恰好是一近一远。这与前面所引杨载宋人诗尚意而不理会句法，故而"不足观"的说法，立场是一致的。

这就是说，以"正变说"施之于古诗、唐诗之别，则不可，施之于唐诗、宋诗之别，则未为不可。简言之，在元人心目中，唐诗上承《三百篇》，地位要在宋诗之上。

──────────

① 这段话也见于《诗法正论》。二书可能都出自范梈的门人弟子之手，为范梈诗法语录的汇编。对此问题的论述，二书文字上大抵相同，但意思相差甚远。《诗法正论》将古、近体之别作为"诗体之正变"当作范梈的观点，而此处则是作为范梈批评的对象。细味上下文，再两相比照，当以《吟法玄微》为是。

宗唐的基本内容

唐诗的发展盛况空前，后人常有"高山仰止"之叹。但这是远而望之，如迫而察之，则对唐诗的看法千差万别，各不相同，这种情况同样表现于元代诗法著作。就其主导倾向看，《吟法玄微》的说法较有代表性："诗至唐而盛，而莫盛于盛唐，李、杜则又其盛也。"宗唐、宗盛唐、宗李、杜，在元人诗法中基本上不存在分歧。

元人诗法著作中的宗唐，提法不一，内容颇多，如认为唐代"海宇一而文运兴"；唐诗主性情，其"风雅性情"于《三百篇》最近，等等，但最为重视的，仍在唐诗的法度方面。《诗宗正法眼藏》说："学诗宜以唐人为宗，而其法寓诸律。"又说："然诗至唐方可学，欲学诗，且须宗唐诸名家，诸名家又当以杜为正宗。"按照这种表述，宗唐、宗盛唐，宗杜，实为三位一体。诗至唐方有法度可寻，李、杜等大家的法度最为典正。尤其是杜诗，"铺叙正、波澜阔、用意深、琢句雅、使事当、下字切"（《诗宗正法眼藏》），故在盛唐诸名家中又最有典型性。

《诗宗正法眼藏》是从五七言律的角度立论，故举杜甫。而元人诗法同样重视古诗，论古诗，自然要标举李白。陈绎曾、石栢《诗谱》论"古体"云："李太白，风度气魄，高出尘表，善播弄造化，与鬼神竞奔，变化极妙，乃诗中之仙，诗家之圣者也。其雄才大略，亘古尊之，无出右者。""杜子美，体制格式，自成一家。祖雅颂之作，故诗人尚之，以为诗家之贤者也。"陈、石以李白为"诗家之圣"，杜甫为"诗家之贤"，这是在"古体"方面，以李白在杜甫之上。但杜甫的古体创作也有人所不可及处，因而又有人将二人相提并论。《名公雅论》引杨载论李、杜说："李诗，七言歌行自是好，至于五言古诗又更好。作出来皆无迹，此是他天资超逸处。""杜诗，五言自是好，七言歌行又更好。老杜全是学力，所以不乏险阻艰难，愈见精到，他一生把做事业看待处，在诗而已。"认为李、杜在五七言古诗方面，各擅胜场。一般而言，李白在古体方面最为卓出，杜甫在近体方面无出其右，而二人于古近体又都造诣甚高，所以在《诗谱》中，李白、杜甫同被列为五七言古、五七言律各体的"模范"。范梈既作《杜诗批选》，又作《李诗批选》，无所轩轾。

李、杜而外，元人对初、盛、中唐其他诗人也十分推重。《诗谱》言及的"盛唐"（实总初、盛、大历诗人而言）"古体"诗人23人，"律体"诗人17人；"中唐"（将李商隐、杜牧、贾岛划入其中）"古体"诗人12人，"律体"诗人10人。这些，都被推为诗家学习的"模范"。

相形之下，元人对晚唐诗歌的态度，分歧较大。《吟法玄微》论晚唐说："皆纤巧浮薄，而不足观矣。"这颇能代表元人对晚唐诗的看法，但也有例外，有对晚唐情有独钟的。《诗学禁脔》论七言律十五格，所举15首诗例大多是晚唐之作，计李商隐3首，刘禹锡、韩偓各2首，李郢、刘长卿、张佐（或为张祜）、韦庄、胡曾、罗邺、姚合、李建勋各1首。晚唐诗虽在气格上不及盛唐和中唐，但七律至晚唐最为发达，并能在艺术上臻于"精纯"之境，确有超迈前人之处。可知元人的宗唐，虽以初、盛唐为主，但不废中唐；批评晚唐虽多，而对晚唐诗歌的特色和成就也并非全然视而不见。

元诗法讨论诗歌作法，品目繁多，内容丰富。如《木天禁语》有"六关"，曰：篇法、句法、字法、气象、家数、音节；《虞侍书诗法》有：三造、十科、四则、二十四品、道统、诗遇；《诗法正宗》有：诗本、诗资、诗体、诗味、诗妙，凡此等等，不一而足。从不同角度讨论了作诗之法，提出了不少有价值的见解，而且大多是结合唐诗批评进行的。这里举有关"起承转合"的观点，以见元人诗法解读唐诗的基本立场和方法。

"起承转合"是元人有关"篇法"问题的一个十分重要的观点，不少诗法著作都有涉及。作为一种诗法原则，最初当是从绝句和律诗的创作中总结出来的，《诗法正论》说："作诗成法，有起、承、转、合四字。以绝句言之，第一句是起，第二句是承，第三句是转，第四句是合。律诗，第一联是起，第二联是承，第三联是转，第四联是合。"如何"起承转合",又有具体说明,如《诗法正论》所说:"大抵起处要平直,承处要春容,转处要变化,合处要渊永。起处戒陡顿,承处戒迫促,转处戒落魄,合处戒断送。起处必欲突兀,则承处必不优柔,转处必至窘束,则合处必至匮竭矣。"

近体诗确立并成熟于唐代,要阐明"起承转合"之法,往往需要结合唐诗"模范"相辅而行。《诗法正论》解读杜甫《绝句二首》其一,就是从"起承转合"的角度进行的:

> 第一句"迟日江山丽",是《中庸》"天地位"之意;第二句"春风花草香",是《中庸》"万物育"之意。起、承处可谓平直而从容矣。第三句、四句是申言万物育之意,然"泥融飞燕子",是言物之动者得其所也;"沙暖睡鸳鸯",是言物之静者亦得其所也。转、合处,可谓变化渊永,而升降开合之妙者见矣。

从立意、意脉上把握作者的用心,可谓探骊得珠,搔到了痒处。这是运用"起承转合"之法解读唐诗较为成功的一个示例。

对同一法则,可以有不同理解,也可施于不同的方面。《吟法玄微》就不赞成以"起承转合"配律诗四联之说,认为:"首句是起,二句是承,中二联则衬贴题目,如经义之大讲,七句则转,八句则合耳。"并以杜诗为例说:"杜子美《江村》诗:'清江一曲抱村流'是起,'长夏江村事事幽'是承,'自去自来堂上燕,相亲相近水中鸥',此则物意之幽也,'老妻画纸为棋局,稚子敲针作钓钩',此则人事之幽也。至于'多病所需惟药物,微躯以外复何求',则一句转,一句合。大抵无非幽事耳。若非中联衬贴,则所谓幽事者果何在耶?"这种认识,显然比简单地拿"起承转合"配以四联的作法更为圆活、贴切,对《江村》的解读也符合原诗的情感节奏。

"起承转合"一般被视作"律诗要法",但也有将其作为普遍之法的。《诗法正论》就不仅用此法论近体,也以此法论古体,还将此法提升为一种具有普遍意义的文章作法。

元诗法讨论唐诗艺术的其他方面，也时有卓异之见，如《诗谱》论唐人古诗，将其分为三节，认为："盛唐主辞情，中唐主辞意，晚唐主辞律。"从主辞情到辞意，再到辞律，不仅反映了唐人古诗不同发展阶段的特点，也代表了整个唐诗演进的趋向。对具体诗人创作风格的评价，也不乏妥帖之论，如说高适"尚质主理"，岑参"尚秀主景"，贾岛则"炼景清真，太拘声病"，都是要言不烦，一语中的。

元诗法还涉及诗歌创作中的"情景"关系，《总论》论"景中写意"与"意中言景"，就不失为知者之言。一方面，作者认为，"善诗者，就景中写意，不善诗者，去意中寻景。如杜诗：'无边落木萧萧下，不尽长江滚滚来。''疏灯自照孤帆宿，新月犹悬双杵鸣。''殊方日落玄猿哭，故国霜前白雁来。'即景物之中含蓄多少愁恨意思，并不消言愁恨字眼，但写愁中之景，便自有愁恨之意，若说出'愁恨'二字，便意思短浅。"另一方面，又意识到，"然亦有就意中言景，而意思深远者，不可以一概论也。如：'苦遭白发不相放，羞见黄花无数新。'李频诗：'远树依依如送客，平田漠漠独伤春。'韦应物诗：'世事茫茫难自料，春愁点点独成眠。'亦何尝意思不渊永！大抵善诗者或道情思，或言景物，皆欲意味深长，不至窒塞，不流腐弱，斯为得体矣。"就"景中写意"而不是"去意中寻景"，已成为一般言诗者的共识。这里偏能翻进一层，认为虽"意中言景"，只要"不至窒塞，不流腐弱"，同样可以做到"意味深长"。这是关于"抒情"与"写景"，也是关于"含蓄"和"直露"的艺术辩证法。这种认识对后世影响甚大，这里的"景中写意"，实相当于后人所说之"景语"，"意中言景"则相当于后人所说之"情语"，二者与王国维的"无我之境"和"有我之境"也颇有相通之处。

元人诗法既着力于体会创造者之用心，其于前人作品就有不少会心之论，而在唐诗的鉴赏方面亦为后人提供了许多宝贵的经验，如范梈《杜诗批选》、《李诗批选》中的话，就有多处为《唐诗品汇》所收录。

再举《诗宗正法眼藏》之一例，以见其实。其解析杜甫《收东京三首》
其二云：

> 生意甘衰白，天涯正寂寥。衰白之时，生意自少，故下一
> "甘"字，他字便不可代。忽闻哀痛诏，又下圣明朝。圣明之
> 朝，岂有哀痛之诏？纵使有之，一已甚，可又下乎？"忽闻"、
> "又下"四字，多少惊且疑意。盖是玄宗播迁，已有诏罪己矣，
> 肃宗即位，又一诏焉。羽翼怀商老，文思忆帝尧。此十字浑涵
> 多少意思。"抚军监国天子事，何乃促取大物为"，山谷用十四
> 字，太露，如何有此十字之高。叨逢罪己日，沾洒望青霄。

掘出"甘"字，再说"'忽闻'、'又下'四字，多少惊且疑意"，又以此
十字比较山谷十四字，如诉自家衷肠。如果未曾下过一番工夫，怎能对
诗人的情感脉络体察得如此准确到位。元人如何从立意、谋篇、炼字等
角度，揣摩、推寻前人诗中的法度，于此可略见一斑。

元人诗法著作偏重于从辞章、声律的角度论唐诗，而对唐诗其他方
面的美学质素则相对忽略，不能不说是其一个严重的缺失。但这并不意
味着他们对唐诗美学质素的其他方面毫无感知。《诗法家数》在论及
"荣遇之诗"时说："如王维、贾至诸公《早朝》之作，气格雄深，句意
严整，如宫商迭奏，音韵铿锵，真鳞游灵沼，凤鸣朝阳也。学者熟之，
可以一洗寒陋。后来诸公应诏之作，多用此体，然多志骄气盈，处富贵
而不失其正者几希矣。"盛唐王维、贾至诸公的"荣遇之诗"，不像后世
作者，言及"荣遇"，则流露出"志骄气盈"之态，故可令人"一洗寒
陋之气"。这实际上已触及了盛唐诗歌内含的特有的时代精神，从某种
意义上说，唐诗的"气格雄深，句意严整"，正是这种内在精神的外现。
可见作者由推尊唐诗的格调，已进到了唐诗的总体美学风貌。

历史意义

元代唐诗学上承宋、下启明，这种承上启下的作用也从诗法著作中

体现出来。宋代虽以诗话盛，但于诗法也有所发明，并对元人有较大的影响。元人诗法受姜夔《白石道人诗说》、严羽《沧浪诗话》的影响为多，或直接引录，或隐括大意，两书的痕迹在元诗法著作中几乎随处可见。这与两书相对重视诗法有关，《白石道人诗说》议论诗法之处甚多，《沧浪诗话》则列有"诗法"专节。

元人接受宋人影响，并非囿于诗法一隅，而是对宋人诗学思想的许多方面都有所承传。如论李、杜，无论是"扬杜抑李"，还是"扬李抑杜"，都有宋人为其先导。《总论》说："杜诗所以高者，以其多忧国之事，能知君臣之义，所以说出便忠厚。李白所以不及子美者，以其篇篇无不说酒说色。"这一观点就源于《扪虱新话》和《岁寒堂诗话》所录王安石语。扬李而"志于悟之妙者"，则视李诗为不二法门，严羽的再传弟子黄清老可为其代表（见张以宁《黄子萧诗集序》），这又是《沧浪诗话》的美学趣味。

总的来说，元人基本上是"扬唐抑宋"，但对宋诗包括对江西诗派并不一概抹倒，且对江西诗派的诗学主张还有所因仍，如重"法"，尊杜，论诗歌源流言"祖"言"宗"，等等，内容虽有不同，但江西诗学的影子仍在。

元人诗法有明显的"宗唐复古"倾向，但并没有全然拜倒在唐人脚下，而是有自己的独立思考。对待诗歌法度，《诗法正论》就指出："法度可学，而神意不可学。"这就要求重法而又不可泥于法。《编类》中更有人提出："宋人诗虽不及唐，尚与唐人为宾主，今人诗句句学唐，何异唐人之臣仆?"这已对流行的宗唐复古倾向作了较为深刻的反思，不仅对"今人""句句学唐"提出了质疑，也对宋诗的路子作出了间接肯定。

总之，元人诗法论唐诗，接受了前代诗学的影响，并形成了有自身特色的唐诗学观，为明代唐诗学的发展提供了一些值得参考和借鉴的材料。

第四节　杨士弘《唐音》：
宗唐派唐诗学的早期范本

　　杨士弘（弘一作宏），字伯谦，生卒年不详，大约与元四大家虞、杨、范、揭同时。襄城（今属河南）人，寓居临江（今属江西）。好学能文，尤工诗，著有《览池春草集》，已佚。因感于此前各种唐诗的选集都有许多疏漏，积十年之力，精心选编了唐诗选集《唐音》。该书"去取颇为不苟"（《四库全书总目》卷一八八），对后世影响颇大，尤其是在明嘉靖以前流传甚广，开启了明代"诗必盛唐"诗学思潮的先河。

　　此书现存元至正四年（1344）刻本和明正统、成化诸刻本，多为十一卷本。另，明张震有《唐音辑注》十四卷（"遗响"析为七卷），建安叶氏广勤堂刻本，《四库全书》据以收录。又有顾璘《批点唐音》十五卷（"正音"析为十三卷，"遗响"并一卷），明嘉靖二十年（1541）洛阳温氏刻本和崇祯三年（1630）吴钺西爽堂刻本，并辑入《湖北先正遗书》；顾氏评点极其精当，为多种唐诗选本转引。

《唐音》之刊刻及流通

　　《唐音》的编选始自至元元年（1335），成于至正四年（1344）。半个世纪后，明初高棅编成《唐诗品汇》，被认为是明代影响最大的唐诗选本，这一说法并不确切。从明初到明中叶期间，《唐诗品汇》的影响力并不明显，它的影响要到明嘉靖（1522—1566）以后才显现出来，而元末至明中叶近两百年间，最有影响、流行最广的唐诗选集却是《唐音》[①]，这从明初、明中叶人的书志、笔记、诗话中的有关载录可以得到佐证。李东阳《麓堂诗话》云："选诗诚难，必识足以兼诸家者，乃

---

① 陈国球《唐诗的传承》页 218，（台湾）学生书局 1990 年版。

能选诸家；识足以兼一代者，乃能选一代。一代不数人，一人不数篇，而欲以一人选之，不亦难乎？选唐诗者，惟杨士弘《唐音》为庶几。"曾编撰《文渊阁书目》的杨士奇，也特别推举《唐音》，他在跋《录杨伯谦乐府》中说："杨伯谦，……尝选《唐音》，前此选唐者皆不及。"在为重刊《唐音》作跋时又说："余意苟有志学唐者，能专意于此，足以资益，又何必多也？"高儒《百川书志》亦谓："（《唐音》）审定音律，选择精严，非诸家所及"。当时还曾先后有多人据《唐音》所选之诗，逐一依题和韵。另一方面，从刊刻的情形来看，《唐音》自元代至正四年（1344）初刊，到明中叶嘉靖年间，屡屡重刊。周弘祖《古今书刻》上就有各地刊刻《唐音》的记录。《唐音》在这一时期的地位及流行盛况，于此可见大略。

高棅《唐诗品汇》初刻的时间不详，但高棅选本的广泛流行大概要到嘉靖时期。此时，《唐诗品汇》始与《唐音》共行于世。胡缵宗曾于嘉靖三年（1524）为《唐诗正声》作序，有云：

> 诗自杨伯谦《唐音》出，天下学士大夫咸宗之，谓其音正，其选当。然未及见高廷礼《唐声》也。[1]

从胡序中可知，嘉靖以前，《唐音》是最受欢迎的选本，高棅的选本当时似还不易见到。另，嘉靖中授南京翰林院孔目的何良俊，著有《四友斋丛说》，其曰："元杨仲弘（士弘）所选《唐音》，小时见其盛传。"又说："近世选唐诗者，独高棅《唐诗正声》颇重风骨，其格甚正。"正反映了嘉靖前后唐诗选本的流播情形。黄佐为潘光统的《唐音类选》（嘉靖本）作序时，亦云："宋元以来，选唐诗者独襄城杨士弘有《唐音》、新宁高棅有《品汇》大行于世，皆为词林所尚。"亦可见二者于嘉靖年间并行不悖的状况。

从《唐音》的刊刻及在明代的流行情形，可以推知《唐音》对明代

---

[1] 按：《唐声》即《唐诗正声》，为高棅的另一唐诗选本，是精选《唐诗品汇》而成。

唐诗学所发生的重要影响。深入研究《唐音》所蕴涵的唐诗观念，对于了解元代及明代的唐诗学思想有相当重要的意义。

《唐音》之体例、内容及其唐诗观

《唐音》共选录唐人各体诗1341首。选编此书的目的，书中自序说得十分明白：

> 观诸家选本，载盛唐诗者，独《河岳英灵集》。然详于五言，略于七言，至于律绝，仅存一二。《极玄》姚合所选，止五言律百篇，除王维、祖咏，亦皆中唐人诗。至如《中兴间气》、《又玄》、《才调》等集，虽皆唐人所选，然亦多主于晚唐矣。王介甫《百家选唐》，除高、岑、王、孟数家之外，亦皆晚唐人诗。《鼓吹》以世次为编，于名家颇无遗漏，其所录之诗则又驳杂简略。……大抵多略于盛唐，而详于晚唐也。后客章贡，得刘爱山家诸唐初、盛唐诗，手自抄录，日夕涵泳。于是审其音律之正变，而择其精粹，……总名曰《唐音》。

杨士弘不满历代选本的原因有几点：一是“多略于盛唐，而详于晚唐”，杨氏之前的唐诗选本大都有此倾向。宋末严羽始倡“盛唐之音”，从诗学观念上开启了“诗宗盛唐”之风，但响应者不多，更未在唐诗选本上得以实现。二是此前选本的体裁不够完备。杨士弘希望选本中五、七言，古、律、绝一应俱全，这样才可见其发展全貌，也更利于审音辨体。三是一般选本选诗不精。在他看来，选诗须“审其正变”、“择其精粹”，而不可驳杂不纯，杂然纷呈。可见，他是试图通过这一新的唐诗选本来建立自己的诗学思想，故在体例上，既有诗史的纵轴线索，按初、盛、中、晚的时间顺序排列，又兼该众体，以“正音”（正格）为轴心，明辨其源流正变。《唐音》的体例安排，显示出杨士弘有关唐诗学的系统构想。

全书分成三大部分：《始音》、《正音》、《遗响》。书前有“唐音姓氏"一目，列武德至天宝末，自王绩以迄张志和 65 家为唐初、盛唐诗；天宝末至元和，自皇甫冉以迄白居易 48 家为中唐诗；元和至唐末，自贾岛以迄吴商浩 49 家为晚唐诗，这样唐诗发展史的线索就已显现出来。

《始音》仅一卷，选录王勃、杨炯、卢照邻、骆宾王 4 家诗，谓其初变六朝而"开唐音之端"，然则"未能皆纯"。其卷首小序云：

> 右四人通诗九十三首。自六朝来，正声流靡，四君子一变
> 而开唐音之端，卓然成家，观子美之诗可见矣。然其律调初
> 变，未能皆纯，今择其粹者，列为唐诗始音云。

《正音》六卷是全书最重要的部分，选 69 家诗 885 首。此部分先按体分编，分五古、七古、五律（附排律）、七律（附排律）、五绝（附六言绝句）、七绝各一卷，每体中再以盛、中、晚等世次又分上下卷或上中下卷。具体为，五、七言古诗、五言律、绝共四卷，每卷再分上、下卷，上收"唐初、盛唐诗"，下收"中唐诗"。七言律、绝两卷，每卷又分上、中、下卷，上收"唐初盛唐诗"，中收"中唐诗"，下收"晚唐诗"。

《正音》部分最能体现杨士弘的唐诗观念：以初盛唐诗为主体，为正格、典型，同时附以中唐 33 家，晚唐李商隐、许浑、杜牧 3 家，择其体制、音律与盛唐相近者，共列为一代"唐诗正音"，即"唐诗正格"。如其在《正音》卷首序中所云，专取盛唐，是为了"见其音律之纯，系乎世道之盛"，而附之以中、晚唐，则是"幸其遗风之变而仅存也"。这种先分体再分期的体例，在以前的唐诗选本中从未出现，为《唐音》始创。

《遗响》部分选诗 363 首，收录从初盛唐至晚唐间，或存诗不多不足以名"家"者，或音调不纯不得列为"正格"者，旁及方外、闺秀、无名氏之诗，并加采录，"以见唐风之盛，与夫音律之正变"。这部分是为了与"唐音正格"相比较而特意旁列的"偏格"或"变格"，既可体现出唐诗之盛，更可从比较中见出唐诗音律之变。

从《唐音》三部分的安排，可以看出杨士弘非常重视辨析唐诗的"正"格和"变"格。唐诗以其风骨之浑健、兴象之玲珑、声律辞章之美赡而成为后世争相学习的楷式，但唐诗风格繁富，变化无穷，使后世学者莫衷一是，因而学杜、学义山、学晚唐者纷纭迭出，诗道却每况愈下。严羽出而标举"诗宗盛唐"，这种观念在元代逐渐衍为主流，"宗唐得古"的风气盛极一时。《唐音》正是在这种诗学思潮下应运而生。杨士弘欲廓清前人对唐诗的各种"误读"，而以选本的方式建立起一种真正的"唐诗正音"。其"正音"虽以"盛唐"为美学范式，但又并非简单地以世次而定。从三部分关系言，处于轴心的是"正音"，补充"正音"而存在的前有未纯之"始音"，后有已变之"遗响"，三者相较而观，"正音"的地位就凸显出来了。另一方面，"正音"又并非一成不变，也不是一时之体，从初唐至晚唐皆有与盛唐一脉相承、声气相通者，它们与盛唐一道构成了一代唐诗正音。杨士弘周密而较完备的辨体、正本、清源、别流观，较前人对唐诗的认识已起了深刻的变化。

值得关注者，《始音》与《遗响》两大部分的体例又与《正音》不同，并没有先分体再分期。这一点颇为后人所诟病，以为辨体不够精审，但杨士弘这样做的原因或许恰恰是出于辨体的需要。在凡例中他交代道：

> 《始音》不分类编者，以其四家制作，初变六朝，虽有五、七之殊，然其音声则一致故也。
>
> 《遗响》不分类者，以其诸家之诗，篇章长短参差，音律不能谐合，故就其所长而采之。

《始音》部分，初唐四杰时律体还处在形成阶段，甚至古、近体之分也还不是那么清晰可辨，将这些早期的"将分未分"、"非律非古"的诗作统作一类，不作强行分辨，当即他"辨体"思想的一个方面。《遗响》不分类，更是他"辨体"思想的体现，只有唐音正格，五、七言，古、律、绝才各具其独特品质，才有各自体制、声律的规范和要求，分体才有意义。"遗响"之变格是为陪衬"正格"而存在的，其神情、风骨渐远，格调、音律渐微，不足以也无须进行分体。所以，他的分体含蕴的是"正变"的观念，其实质是为了辨析"源流正变"，是为了建立真正能体现盛唐气象、代表唐型文化的诗歌范型。

"正音"的标准既是最具盛唐气象者，"诗宗盛唐"的观念自是不言而喻。《正音》卷首小序云：

> 专取乎盛唐者，欲以见其音律之纯，系乎世道之盛；附之以中唐、晚唐者，所以幸其遗风之变而仅存也。

"盛唐"诗歌，艺术上可得"音律之纯"，世运上可得"世道之盛"，足为万世师法，此为杨士弘最为关注与大力提倡者。因而大历以下能入"正音"（即"正格"）者，取舍颇严。《正音》卷首言：

> 自大历以降，虽有卓然成家，或沦于怪，或迫于险，或近于庸俗，或穷于寒苦，或流于靡丽，或过于刻削，皆不及录。

五言古诗卷下说：

> 中唐来，作者多无可取，独韦、柳远追陶、谢，有冲澹之味，可与前诸家相错而观，故取之为下卷，通二人，共诗五十九首。

七言古诗卷下说：

> 中唐来，作者虽多，音律往往不纯，独刘长卿近似前诸家，韦、柳数首，亦不可少。张籍、王建以七言为乐府，然声调亦有可为法者，故通得五人，共诗五十三首。

五言律诗卷下说：

> 中唐来，作五言律者亦盛，选其音律近盛唐者，通得十七人，共诗五十九首。

七言律诗卷中说：

中唐来，作者渐盛，然音律亦渐微，选其近盛唐者，通得
十七人，共诗五十八首。

这是中唐诗在《正音》中的大致收录情况。从上述议论可知，取录极
严，收录的人数很有限，五古仅取韦应物、柳宗元二人诗 59 首，七古
取刘长卿、韦、柳等五人 53 首，五律、七律人数虽较多而诗亦仅 50 余
首。而且，所有入选的中唐诗都必须是诗风"近盛唐者"，可与盛唐诸
家"相错而观"者。晚唐诗人入选《正音》就更少，七律仅李商隐、许
浑两人，七绝取李商隐、杜牧二人，一共三家 51 首。

后世尤其是明人，对杨士弘"专取乎盛唐"表示怀疑，以为并未落
到实处。如胡应麟《诗薮》虽称赞《唐音》之卓识，但以为"遗杜、
李，详晚唐，尚未尽善"。《唐音》未录李、杜诗，是出于作者体例上的
安排，《唐音》凡例中已注明："李、杜、韩诗，世多全集，故不及录。"
至于说他"详晚唐"，则是以明代格调论"诗必盛唐"的严格标准而定，
这是明人眼光的狭隘处，其实未必尽然。有学者统计，若把《始音》、
《正音》、《遗响》三部分合起来，总计收中晚唐诗 831 首，而初盛唐诗
仅为 591 首，单纯从这一数字看，杨士弘似乎确实有点背离他的"专取
乎盛唐"的宗旨，这大概是给人以"详晚唐"印象的原因。但是《唐
音》的体例表明，不能将三部分简单地混同看待。《正音》是其树立诗
歌范型的部分，所收全是足以让人取法的正格，可以见"音律之纯"
者，这部分的选诗比例才能说明其唐诗观念的实质。《正音》录初盛唐
诗 425 首（其中还不包括李杜二人的作品），中唐 409 首，晚唐 51 首
（李商隐 27 首，杜牧 14 首，许浑 10 首），可见他对晚唐并未滥取。至
于正格中不录的偏格，部分就入《遗响》之内，在叙目中已说明是"堕
于一偏"、"唐风之变"、"惜其音靡"者；又声明，在《正音》之外，旁
采这些，是仅供"益其藻思"，"知其正变"，这部分初盛唐有 73 首，中
唐 134 首，晚唐则收至 237 首。所以若简单地以数字加减，而说其"详
晚唐"，是无视于杨士弘非常重要的辨体观念与"正变"思想。只是杨

士弘的"诗宗盛唐",其内涵较明人要通达、合理得多。所注重的并不限于"盛唐人之诗",而在盛唐之格,所以,代表着"盛唐"的"正音",就不全在时间范畴上,而显现为特定的品格,若以一字定义,即"正",即"纯"。他认为从初盛唐至中晚唐,诗中皆有正品,即皆有盛唐之音。同理,初盛唐诗也有不堪入正音正格,而堕入《遗响》偏格的。

　　杨士弘的这种唐诗史观胸襟阔,立意深,手眼高,故而不易为人所理解。陆深在《重刻唐音序》中说:"襄城杨伯谦,审于声律,其选唐诸诗,体裁辩而义例严,可谓勒成一家矣。……独于初唐之诗无'正音',而所谓'正音'者,晚唐之诗在焉;又所谓'遗响'者,则唐一代之诗咸在焉。岂亦有深意哉!"指出了《唐音》体例中包含的某种"深意",但对此种"深意"则似乎未能了然,故而语焉不详。又如苏伯衡在《古诗选唐序》中也说:"自李唐一代之诗观之,晚不及中,中不及盛,伯谦以盛唐、中唐、晚唐别之,其岂不以此乎?然而盛时之诗不谓之'正音'而谓之'始音',衰世之诗不谓之'变音'而谓之'正音',又以盛唐、中唐、晚唐并谓之'遗响',是以体裁论而不以世变论也,其亦异乎大小《雅》、十三《国风》之所以为'正'为'变'矣。"以"体裁论"而未完全株守"世变论",这本是杨士弘的创获,但在苏氏看来,"正音"应指"盛世之诗","遗响"应为"衰世之诗"(中晚唐诗),而《唐音》之《正音》,内杂中、晚唐诗,《遗响》竟又涵盖有唐一代之诗,这些太不符合"音以世变"、"以音观世"的思想了。

　　这里涉及到中国诗学史上的一个重要命题,即"以音观世",这也是儒家诗教观的重要内容。"以音观世"的思想,源于孔子,《论语·阳货》云:"诗……可以观。"后世对此一命题的解释是:"观风俗之盛衰"(何晏《论语集解》卷十七引郑注);"可以观民风,可以观世道,可以知人"(赵孟頫《薛昂夫诗集叙》,《松雪斋文集》卷六)。何以"诗可以观"?《毛诗序》云:"治世之音安以乐,其政和;乱世之音怨以怒,其政乖;亡国之音哀以思,其民困。"因而,"声音之道与政通"。

　　"以音观世"的诗学思想，在元代也十分盛行。杨士弘《唐音序》言及他选诗的宗旨是："审其音律之正变，而择其精粹"；《凡例》中又提出"体制声响"、"音律谐合"、"选其精纯"、"精思温丽"等概念，有偏于从格调、音律论诗的倾向，正因为此，我们说《唐音》开启了明清两代格调论的先声。但杨士弘在《唐音序》中又说："诗之为道，非惟吟咏情性，流通精神而已。……求之音律，知其世道。"《正音》卷首小序自言其"辨体审音"的终极目的仍是"求之音律，知其世道"，仍旧回归于"以音观世"的思想。可见其宣扬"盛唐之正音"，建立唐诗一代正格，恰是为了世道之盛、文运之昌的理想，而其注重诗体之"正变"，也是为了考察"正变"与"世道"之间的关系。

　　但杨士弘的"观世"思想又有对传统儒家诗教的一定超越，他没有简单地把文学的演进等同于世道的升降，把诗体之正变等同于国运之盛衰，却是关注到了二者之间更为深刻更为复杂的深层联系，因而其"世变论"中又绾合了"体制论"，"体制论"中又糅杂着"世变论"，其体例也就呈现双线式而非单一式的结构。

　　虞集在给《唐音》作序时特别肯定《唐音》"以音观世"、"关乎风雅"的思想，他说："音也者，声之成文者也。可以观世矣。其用意之精深，岂一日之积哉？盖其所录，必也有风雅之遗、骚些之变、汉魏以来乐府之盛。"还进一步说道："先王之德盛而乐作，迹熄而诗亡，系于世道之升降也。风俗颓靡，愈趋愈下，则其声文之盛，不得不随之而然。"但似乎也只说得《唐音》"世变论"之一面，而于其审音辨体，细究正变，建立有唐一代正音，为古今诗歌树立典则的根本用心，却不甚了然。后世对其诗学思想的疑惑，是宗盛唐还是详晚唐，是格调论还是世变论等等，大多是未能会得此意所致。

《唐音》在唐诗学史上的意义

　　元代在唐诗学史上是一个较为特殊的阶段。它上承唐、宋两大诗学传统，下开有明一代诗学风气，是唐诗学发展中一个较为关键的转折阶段。这一阶段唐诗研究的原创性和理论建树相对较少，主要在廓清了宋末以来诗坛宗尚晚唐的习气，又在诗学主张上标举盛唐，由宋而返唐，为明代唐诗学的走向深入与全面繁荣，做了必要的准备。

《唐音》是元代唐诗研究中最丰硕的成果之一，在唐诗学史上有其特殊的一席之地。概言之有以下几点：

（1）《唐音》是第一个以盛唐为宗主的选本，它把严羽《沧浪诗话》所倡导的诗学理论首次运用于实际的诗选之中，大大推进了宗奉盛唐的诗学潮流。

（2）《唐音》是元代最具原创性的唐诗选本，通过独到的构思和体例安排，显示出作者独特的诗学观念，既有对元代唐诗学的总结，也有所突破和超越。

（3）《唐音》成于元末，是第一部从源流正变着眼来编录唐诗的选本，其编选主旨、体例结构、唐诗观念都对明人有重要的启示作用，对于明代唐诗学影响深远。明人对《唐音》多予好评，随之而来的辑注、批点、重刊、和韵也层出不穷。明初高棅《唐诗品汇》，其推崇盛唐的取向和按"四唐"、"九品"立目以概括诗歌源流正变的做法，即直接受到《唐音》的启发。因而，《唐音》又是研究明代唐诗学的重要源头。

《唐音》在明代前期之为世所重，前已述及。明后期，《唐音》的地位依然未减，胡应麟在评鉴历代选本时说："唐至宋元，选诗殆数十家，……数百余年未有得要领者，独杨伯谦《唐音》颇具只眼。"（《诗薮》外编卷四）。

至于《唐音》对《唐诗品汇》的影响，《唐诗品汇总叙》及后世的一些诗学著作亦均有论及。高棅《唐诗品汇总叙》中曾罗列历代各种唐诗选本，指责它们"皆略于盛唐而详于晚唐"，与杨士弘的口气极为接近。然后，极称道《唐音》的独树一帜：

　　唯近代襄城杨伯谦氏《唐音》集，颇能别体制之始终，审音律之正变，可谓得唐人之三尺矣。

"别体制之始终，审音律之正变"，是《唐音》提供给《唐诗品汇》以及此后诸家选本最重要的东西，即审音辨体的诗学观念，以及建立一种能显示诗体发展流变的编选体系。《唐诗品汇》正是从这一点上充分认可了它的价值，并进一步详取舍、校体裁、定品目，从体例结构、诗学思想上修正、发展了《唐音》。《四库全书总目》卷一八八说："高棅《唐诗品汇》即因其例（按：指《唐音》）而稍变之。"胡震亨在《唐音癸签》卷三十一中亦言："高廷礼巧用杨法，别益己裁，分各体以统类，立九目以驭体，因其时以得其变，……求大成于唐调。"

（4）在唐诗史观，即唐诗分期上，由宋末严羽《沧浪诗话》的"五唐说"，到明初高棅《唐诗品汇》"四唐说"的正式提出，标志着人们对唐诗发展历程的认识逐步走向成熟，而介于二者之间的《唐音》，已具有了"四唐说"的规模，对高棅的"四唐"理论有很重要的启示作用。表面看来，《唐音》以"初盛唐诗"、"中唐诗"、"晚唐诗"的名目，将一代唐诗界分成武德至天宝末、天宝末至元和间、元和至唐末三个阶段，似乎是主"三唐说"，但从《始音》、《正音》、《遗响》三部分的划分，尤其是把初唐四子归为单独的一个"始音"阶段，并概括了这一阶段自身独具的特征："开唐音之端"，音律"未能皆纯"，事实上已将初唐视作了一个与盛唐有所区别的独立阶段。可见《唐音》体系里，实已包含了四唐的分期，虽第一、二阶段稍含混，而梗概具存，轮廓已显，高棅"四唐说"正结胎于此。

第五节　辛文房《唐才子传》：
第一部唐诗专史的出现

《唐才子传》，作者辛文房，字良史，西域人。泰定元年（1324）官居省郎之职。生平不见于史传，陆友仁《研北杂志》称其能诗，与王执谦、杨载、卢亘同时，且齐名。《唐才子传·引》中自称酷好唐音，常"遐想高情，身服斯道"，于是"游目简编，宅心史集"，博采众集，撰写成第一部专门为唐代诗人立传的著作。此书共十卷，专传278篇，传中附带叙及者120人，共398人，而见于两《唐书》者仅百余人，"或求详累帙，因备先传，撰拟成篇，斑斑有据，以悉全时之盛，用成一家之言"。此书成于元成宗大德甲辰（1304），正是宗唐之风最盛的时代，其时元统一已近三十年，北方、南方诸种文学思潮已有充分的时间交流融会，《唐才子传》的问世正体现了这一融会的成果，也是宗唐之风的重要产物。它通过较全面而系统地收录初唐至晚唐间各个时期诗人的生平行事，品评其诗歌艺术成就，梳理出了一条较清晰的唐诗发展线索，因而《唐才子传》也可被视作第一部唐代诗歌发展史的雏形。

此书版本流传颇为曲折。明初杨士奇《唐才子传书后》称："十卷，总三百九十七人，皆有诗名当时。"此杨氏所见本当为完帙，今已佚。另全书曾收入明代《永乐大典》"传"字韵内。但至清乾隆年间编修《四库全书》时，《永乐大典》"传"字韵各卷已佚，十卷单刻本在国内也已失传，四库馆臣遂从《永乐大典》残存各卷采辑，厘为八卷，成为《四库》辑佚本。后在日本发现此书的元刊十卷足本，清光绪年间，黎庶昌以珂罗版影印归国，这是目前所见到保存原始面貌最多的版本。另有日本《佚存丛书》本，十卷，日本享和二年癸亥（1802）天瀑山人（林衡）刊行，民国十三年（1924）商务印书馆据以影印，流传较广。

《唐才子传》的唐诗史观

辛文房"宅心史集"，立志"成一家之言"，颇具史才与史识，其评论唐诗、探讨唐诗三百年之流变，亦有会心。卷首序云：

> 诗，文而音者也。唐兴尚文，衣冠兼化，……擅美于诗，当复千家。……溯寻其来，国风、雅、颂开其端，《离骚》、

《招魂》放厥辞；苏、李之高妙足以定律，建安之道壮粲尔成家；烂漫于江左，滥觞于齐、梁；皆袭祖沿流，坦然明白。铿锵愧金石，炳焕却丹青，理穷必通，因时为变，勿讶于枳橘非土所宜；谁别于渭泾投胶自定，盖系乎得失之运也。唐几三百年，鼎钟挟雅道，中间大体三变。

他叙述了从诗三百至唐诗经历的诗体数变，并肯定了诗体的每一次变化，认为其原因是"理穷必通，因时为变"，因时代、环境、社会诸因素而然。他对唐诗既有总体的评价，又有对各个时期诗风变化的认可，他以"鼎钟挟雅道"来定性三百年的唐诗发展史，较当时以盛唐为中心的诗论，更具融通倾向。

关于唐诗之分期，他持以"三变"观，此观点本于《新唐书·文艺传》。"三变"具体而言为：

（1）"唐诗变体，始自二公"（卷一沈佺期传）。即唐诗初变为唐初之沈佺期、宋之问，其言：

自魏建安迄江左，诗律屡变。至沈约、鲍照、庾信、徐陵，以音韵相婉附，属对精致。及佺期、之问，又加靡丽。回忌声病，约句准篇，著定格律，遂成近体……谓唐诗变体，始自二公，犹（汉人五言诗）始自苏武、李陵也。

这里肯定了沈、宋在律体完成中的重大贡献，"回忌声病，约句准篇，著定格律，遂成近体"，使初唐诗歌突破了"四声八病"的苛细束缚，获得了更自由、更谐畅的韵律形式，诗歌体裁遂完成了由古体向近体的转变。

（2）"子昂始变雅正"（卷一陈子昂传）。唐诗之二变为陈子昂，此言唐诗独特的精神内质的确立。陈子昂一扫六朝绮碎，使唐音归于"雅正"：

唐兴，文章承徐、庾余风，天下祖尚，子昂始变雅正……凡所著论，世以为法。

唐诗至沈、宋，具有了成熟的律体形式，但齐梁以来的颓靡诗风、"雅道沦缺"，也尚待廓清。从初唐各史家至"四杰"以至陈子昂均作出了一致的努力，他们以雅正、刚健相倡，尤其"四杰"，在文学创作上已突破了"积年之绮碎"，获得了诗歌新的灵魂，成为"唐诗始音"。但《唐才子传》则以"四子"之后更为成熟的陈子昂作为诗风获得根本改变的标志，可见是把陈子昂作为唐诗正音的确立者，即盛唐之音的先驱而提出的，谓其"凡所著论，世以为法"。所以《唐才子传》中初变、二变的含义并非仅具时间意义，也并不对应着初唐、盛唐的分期，而是分别从两条线索来探讨唐音之最终确立，旨在说明经由"沈、宋"与陈子昂，唐诗经过诗体与诗风的双重转变，终于形成了声律与风骨皆备的盛唐之音。

（3）"大历之变"。指盛唐之音异变为中唐之调：

> （卢）纶与吉中孚、韩翃、耿沣、钱起、司空曙、苗发、崔峒、夏侯审、李端，联藻文林，银黄相望，且同臭味，契分俱深，时号"大历十才子"。唐之文体，至此一变矣。纶所作特胜，不减盛时。（卷四卢纶传）

辛文房把"大历"作为唐诗的第三变，即盛唐之音变调的开始。与盛唐之音的浑厚雅正相比，中唐诗表现得繁富精工，好奇尚新，意趣颇有不同。辛文房以此为变调，符合史实，且联系他关于中唐诗的其他一些评论，可知其对中唐诗歌并不抱有成见；相反，仍作了相当的肯定，如称道卢纶"所作特胜，不减盛时"（卷四），钱起"体制新奇，理致清赡"（卷四），司空图"属调幽闲，终篇调畅"（卷四），崔峒"词彩炳然，意思方雅"（卷四）等。因而辛文房与元代拘守"盛唐"的论调颇有不同，他从"理穷必通，因时而变"的通变观出发，对唐代各种诗歌风格表现得较融通而宽容。

辛文房于中、晚唐诗未作明确的区分。可见其"三变"观是立足于盛唐之音的发展变化而言，初变、二变为盛唐之音确立之端，三变为盛唐之音流变之始，对于中、晚唐诗风之再变就未作进一步的划分。但他对二者的评价颇有不同，尤其对晚唐"拘束声律而入轻浮"之弊，抨击颇力：

> 当时作诗者拘束声律而入轻浮。……观唐诗至此间，弊亦极矣，独奈何国运将弛，士气日丧，文不能不如之。嘲云戏月，刻翠粘红，不见补于采风，无少裨于化育，徒务巧于一联，或伐善于只字，悦心快口，何异秋蝉乱鸣也。（卷八于渍条）

晚唐诗坛总体而言诗体颓靡，而宋末诗人以晚唐相尚，诗格更弱，流风所至，对元代诗坛亦形成不良影响，所以元人以剔除晚唐、宋末诗风流弊为己任。《唐才子传》基本认可了这种诗学思潮，但所论较为客观，对晚唐的具体诗人仍有不同程度的接受，如论晚唐之贾岛"游心万仞，虑入无穷"（卷五），杜荀鹤"极事物之情，足丘壑之趣"（卷九），李中"惊人泣鬼之语"（卷十），韦庄"一咏一觞之作，俱能感动人"（卷十）等，皆见好评。

《唐才子传》论唐代各期诗人及诗歌流派

元前期，无论北方还是南方，论诗都比较重视个人情志的抒发。有性灵化倾向的赵文倡言："人人有情性，则人人有诗"，"能使人感发兴起而不能已，是所以为诗之至也"（《青原樵唱序》，《青山集》卷一）；刘壎以"天地根原，生人性情"（《雪崖吟稿序》，《水云村稿》卷五）为诗之极境。所以重视诗人的个人情怀，以为一家应有一家之诗，成为这一时期解读唐诗的一个重要角度，如胡祗遹《高吏部诗序》中云："诗学至唐为盛，多者数千篇，少者不下数百篇，名世者几百家，观其命意措辞则人人殊，亦各言其志也"。辛文房论唐代诗人很好地落实了这种精神，他从作者各自不同的身世际遇、性情志趣出发，品论其诗歌创作的不同风格，所论颇为传神、精彩。这种方法贯穿全书始终，成为其评论诗人的基本方式，也是其颇为后世所重的一个重要原因。如：

> （王绩）有奴婢数人，多种黍，春秋酿酒，养凫雁，莳药草自供。以《周易》、《庄》、《老》置床头，……性简傲，好饮酒，能尽五斗，自著《五斗先生传》。弹琴、为诗、著文，高情胜气，独步当时。（卷一）

> （李群玉）清才旷逸，不乐仕进，专以吟咏自适，诗笔遒丽，文体丰妍。好吹笙，美翰墨。如王、谢子弟，别有一种风流。（卷七）

知人论世，重视诗人之情志，这本为儒家的传统论诗方法，但落实为一种具体的批评实践则远非易事，如虞集、戴良等人，为强调诗歌政治教化的功能，重视"以世次论诗"，"以音观世"，有时不免忽略了诗人独特的个性，所论嫌空泛。辛文房则对唐代各期的诗歌既有总体的评论，又对千差万别的个体风格也进行了较深入地评析，诗人的音容笑貌、精神气质宛然呈现于读者面前，对于真正领悟诗歌之精义、获得与诗人心灵的共鸣大有裨益。

唐代诗人，俊才云蒸，灿若繁星，从辛文房对他们所作的精心评骘中，亦能看出他的某些唐诗观念，兹分初、盛、中、晚唐略论之。

1. 初、盛唐诗人

辛文房对初、盛唐诗人的评价颇高，而且在评价这些诗人、诗风时较多地吸取了前史有关资料与前人的一些意见，而又出以己见。他论初唐诗的变化，沈、宋对律诗的贡献，陈子昂在唐诗发展史上的作用，以及对盛唐崔颢、王昌龄、常建、陶翰诸位诗人的评论都是如此。这里有两点需加以说明。其一，辛氏评诗注重以"兴象"、"风骨"、"格力"、"气调"为标榜，如评崔颢"风骨凛然"（卷一），评祖咏"气虽不高，调颇凌俗"（卷一），储光羲"格高调逸，趣远情深"（卷一），岑参"常怀逸念，奇造幽致，……与高适风骨颇同"（卷三），都本于此。上述诗学概念多为唐人所习用，辛文房则加强了对格调的分析，这是元人较为重视的一个方面，至明代更衍为诗学之主流。其二，论李杜，《唐才子传》卷二分别有李白、杜甫二人之传。杜甫传云：

> 观李、杜二公……语语王霸，褒贬得失，忠孝之心，惊动千古，骚雅之妙，双振当时，兼众善于无今，集大成于往作，历世之下，想见风尘。……昔谓杜之典重，李之飘逸，神圣之际，二公造焉。观于海者难为水，游李、杜之门者难为诗，斯言信哉！

辛文房以"神圣之际，二公造焉"来推尊李、杜，与宋代之独推杜甫颇有不同，反映了元代"宗唐得古"思潮下对唐诗的普遍宗奉。值得注意的是，在元代较为浓厚的崇尚"风雅"、重视诗歌教化的风气下，辛氏所标举的李杜"神圣"具有多重含义，他从"忠孝之心，惊动千古"、"骚雅之妙，双振当时"两个角度来标榜二人。"忠孝"乃性情之正，"骚雅"乃诗体之醇、才情之至。以往分李杜优劣者，多是以诗教为准绳，如宋代张戒《岁寒堂诗话》中云："杜子美、李太白，才气虽不相上下，而子美独得圣人删诗之本旨，与《三百篇》无异，此则太白所无也。"代表着宋人抑李扬杜的诗学观念。因而，辛文房能从性情之正、诗体之醇、才情绝伦这些角度来推举二人，既是针对宋人而发，同时也反映了元代诗学仍有颇浓厚的教化论意味。

2. 中唐诗人

《唐才子传》论中唐诗人重在评其体派，如论大历十才子、论韩孟诗派、论元白诗风。其他如论李嘉祐"善为诗，绮丽婉靡，与钱、郎别为一体，往往涉于齐、梁时风，人拟为吴均、何逊之敌。自振藻天朝，大收芳誉，中兴风流也"（卷三），又如论钱起、郎士元："二公体调，大抵欲同，就中郎君稍更闲雅，逼近康乐。珠联玉映，不觉成编，掩映时流，名不虚矣"（卷三郎士元传），都是立足于品评、比较同一流派或不同流派之间诗风之异同。中唐诗人中，他对大历十才子评价很高，如评钱起"体制新奇，理致清赡，芟宋、齐之浮游，削梁、陈之嫚靡，迥然独立也"（卷四）；司空曙"磊落有奇才"，"属调幽闲，终篇调畅，如新花笑日，不容熏染"（卷四）；吉中孚"神骨清虚，吟咏高雅，若神仙中人"（卷四）；韩翃"如芙蓉出水，一篇一咏，朝士珍之"（卷四）；耿沣"诗才俊爽，意思不群"（卷四）等，皆激赏有加。

对大历十才子，后世褒贬不一，《四库全书总目》卷一五〇中说："大历以还，诗格初变，开、宝浑厚之气，渐远渐漓。风调相高，稍趋浮响，升降之关，十子实为之职志。……然温秀蕴藉，不失风人之旨。前辈典型，犹有存焉。"此不失为平情之论。辛文房在这里并无意于评骘高下，而是从大历才子"神骨清虚"、"理致清赡"、"兴致繁富"、"幽闲调畅"等风格特征中，发现中唐诗人特别是大历诗人表现出来的一种新的审美风范。在辛文房看来，此调虽异于盛唐之音，但也可得"锵锵美誉"。

对韩、孟诗派，辛氏盛赞韩诗，于孟诗则有所保留。其言韩愈："公英伟间生，才名冠世，继道德之统，明列圣之心。独济狂澜，词彩灿烂，齐梁绮艳，毫发都捐。有冠冕佩玉之气，宫商金石之音，……歌诗累百篇，而驱驾气势，若掀雷走电，撑决于天地之垠。"（卷五）这种推崇与元代诗坛的风气颇为一致，标明了风雅之正统。对孟郊，则一方面认可其"工诗，大有理致"，另一方面又以其"思苦奇涩，读之每令人不欢"，"气度窘促"（卷五）为病，反映了元代诗坛对于宋末追求冷僻、拘束诗风的反拨。对元、白诗风，辛文房略有微辞，以"元和中，元、白变尚轻浅"（卷六）为讥，这也是元代诗坛重视诗体的雅正、诗教之"温柔敦厚"的体现。

3. 晚唐诗人

对晚唐诗风，辛文房总体评价不高，如评吴融"靡丽有余，而雅重不足"（卷九），评翁绶"音韵虽响，风骨憔悴，真晚唐之移习"（卷八）。然具体品评时，则流露出不少赞赏之意。其对贾岛评价颇高，于姚合、许浑也有称道，在对姚、许的态度上，正与元初代表着宋诗趣味的方回形成鲜明对比。卷五贾岛条云：

> 岛独按格入僻，以矫浮艳。当冥搜之际，前有王公贵人皆
> 不觉，游心万仞，虑入无穷。

对与贾岛同时且齐名的姚合，《唐才子传》论道：

> 岛难吟，有清冽之风；合易作，皆平澹之气。兴趣俱到，
> 格调少殊。所谓方拙之奥，至巧存焉。……性嗜酒爱花，颓然
> 自放，人事生理，略不介意，有达人之大观。（卷六）

贾、姚素来并称，但至方回，却一面倾心贾岛，称自己诗得"阆仙之
敲"，一面又深斥姚合，以为格卑气弱。辛文房则无此分别，大约当时
江湖诗派的影响已小，效法姚合诗的风气已趋弱，辛文房又以"异方之
士"，全然脱开了宋人的樊篱，代表着元人较少成见的唐诗观念，因而
在他的眼里，姚合诗亦有其"挺拔欲高"、"骨韵本清"之美。这同样表
现在对许浑的评价上，其言："浑乐林泉，亦慷慨悲歌之士，登高怀古，
已见壮心，故为格调豪丽，犹强弩初发，牙浅弦急，俱无留意耳。至今
慕者极多，家家自谓得骊龙之照夜也。"（卷七）对许浑诗，江西诗派目
为体格太卑，境界太小，其中尤以方回对其贬斥最多。而至辛文房眼
中，许浑诗慷慨悲歌、秀拔豪丽，如"骊龙之照"，评价甚高。这种诗
学观点，正可见出元人的趣味，杨士弘《唐音》于晚唐取许浑诗颇多，
与此亦有相通之点。

《唐才子传》的思想渊源与美学趣味

　　《唐才子传》补充了大量无传诗人的生平事迹，旁征博引，涉猎甚
广，其诗学观点亦较驳杂。若仔细考辨其征引材料，可发现：其一，辛
文房很重视两《唐书》。凡《唐书》有载者，多从之。特别是唐代的一
流诗人，其生平行事及在诗史上的地位，多是沿用、参照两《唐书》。
如有关初唐沈、宋，陈子昂，四杰，盛唐李杜、王维等人的事迹及评

价，全以《唐书》为本，因而可说《唐才子传》之唐诗观的框架是倚正史建构而成。

其二，《唐才子传》受唐人选唐诗影响颇深。《河岳英灵集》收评盛唐诗人 24 位，其诗评几乎都被《唐才子传》所征引。如论刘慎虚、祖咏、储光羲、卢象、李颀、綦毋潜、常建、孟浩然、岑参等条，更是完全沿用，此外，高仲武《中兴间气集》、姚合《极玄集》、韦庄《又玄集》，也为辛文房所重视。在品评大历十才子的诗风时就多沿用了《中兴间气集》之评语。在大量借鉴唐人评唐诗的诗学概念、吸收前人之评论的基础上，《唐才子传》也形成了自己的唐诗学思想以及其审美理想，概言之有二点：一方面，追求"风雅"之诗道，雅正之诗风；另一方面标举"清奇"之美，即对"凌俗"、"超拔"、"削凡"、"越常"等"奇造幽致"深致好感。既归于雅正之大道，又寻求"清奇凌俗"的诗境，这一诗学精神贯穿《唐才子传》的始末。

论诗首重风雅，这是传统的儒家诗教观，也是元代诗学批评的核心。郝经、虞集、戴良从诗教的角度宗经重道，标举风雅之旨；戴表元、袁桷等从格调的角度，以雅正为归。《唐才子传》也不例外，其论陈子昂"始变雅正"，储光羲"挟风雅之道"，刘长卿"伤而不怨，足以发挥风雅"，包融"纵声雅道"、"骚雅接响"，崔国辅"雅意高情"，孟浩然"半遵雅调"等，都是强调诗道的雅正。

推崇"清奇"之美，则是《唐才子传》诗学思想的独到之处。其表现为，一标举诗境清幽奇崛之美，二注重诗人高迈绝尘之性情。

《唐才子传·引》中，辛文房以"逸度高标"、"临高能赋，闲暇微吟"来标榜唐诗，又言其"淡寂无枯悴之嫌"，"清庙之瑟，薰风之琴，未或简其沉郁"。这里特别为唐诗中"淡寂"、"清薰"的诗风作了一番维护，足见意趣所在。又如对唐代隐逸诗人之宗王绩之高风绝尘的诗风，充满赞叹与赏慕。对盛唐之田园、山水一派最具会心，其言刘慎虚"情幽兴远，思雅词奇"（卷一）；祖咏"剪刻省静"，"调颇凌俗"（卷一）；储光羲"格高调逸，趣远情深"（卷一）；綦毋潜"善写方外之情，历代未有。荆南分野，数百年来，独秀斯人"（卷二）；常建"属思既精，词亦警绝，似初发通庄，却寻野径，百里之外，方归大道"（卷二）等，都体现了这一美学好尚。

在品评、载述诗人事迹时，辛氏对"笃志山水"、"投闲吟酌"、"调逸趣远"的诗人抱有普遍的青睐和关注，因而特别关注释、道和隐逸之诗。《唐才子传》中记载了许多有关诗人玄心禅意、高情独诣的事迹：

（阎防）诗语真素，魂清魄爽，放旷山水，高情独诣。（卷二）

（李颀）性疏简，厌薄世务，慕神仙，服饵丹砂，期轻举之道，结好尘喧之外。（卷二）

（殷遥）与王维结交，同慕禅寂，志趣高疏，多云岫之想。（卷三）

（杜荀鹤）于一觞一咏，变俗为雅，极事物之情，足丘壑之趣，……嗜酒，善弹琴，风情雅度，千载犹可想望也。（卷九）

（李约）每单枕静言，达旦不寐。……性清洁寡欲，一生不近粉黛，博古探奇，……坐间悉雅士，清谈终日，弹琴煮茗，心略不及尘事也。（卷六）

这类记载书中很多。对这种"风高尘绝"、"放旷山水"的性情的渲染，实与彰显唐诗"清奇"的诗境相关。而辛氏对山林隐逸及"清奇"诗境的标举，又与元代文人士子的沉沦境遇不无关系。在元代，文人地位低下，入仕无门，只有浪迹于山野、纵情于诗酒，所以，辛氏对唐代诗人隐逸的生存方式的称赞，对他们凌俗不羁的性情的赞美，对他们创造的清奇不俗的诗境的偏爱，正代表了元代文人一种较为普遍的审美情趣。当然，其中也渗透有辛文房自己"见嫉时流"的身世之感。

《唐才子传》在唐诗学史上的意义

作为第一部专门为诗人立传的著作，《唐才子传》在唐诗学史乃至中国诗学史上都具有开创意义。唐诗学著作如《河岳英灵集》以选诗兼评点诗人风格为主；王昌龄《诗格》、皎然《诗式》等重在探讨作诗技巧；《六一诗话》虽记诗人逸事，但并不重视诗人生平事迹的系统勾勒；计有功《唐诗纪事》也基本上是以保存逸事、记录趣闻为主。而《唐才子传》第一次系统而全面地为初唐至晚唐 300 余位诗人立传，其首创之功自不容抹杀。《四库全书总目》卷五八称："其体例因诗系人，故有唐名人，非卓有诗名者不录。即所载之人，亦多详其逸事及著作之传否，而于功业行谊，则只撮其梗概。"指明了《唐才子传》一书的立传体例和倾向，其突出的特征，一是编排上采纳史书的纪传体形式。二是内容上详于论文品艺，略于"功业行谊"，也就是说，立传的主旨是在因人而品诗，重点在标其诗格诗品，而不在考叙行迹。三是结构上借鉴了"传赞结合"的方式。辛氏在为诗人立传之后，常用"论曰"一类的文字，来评论一人、一体或一时的创作特色、风格流变等，这从史书的体例来说，与《史记》中人物传记末尾的"太史公曰"及后来史书中"赞"的部分相类似，但"论曰"的运用比史书中"赞"语更多，因而《四库全书总目》也称道这一特色："传后间缀以论，多掎摭诗家利病，亦足以津逮艺林。"（卷五八）既充分吸取史书的特点，又兼采"诗文评"一类著作之长，形成自己的独特风格，也是《唐才子传》中颇有价值的成分。

统观全书，《唐才子传》的唐诗学价值可分两方面。

诗评方面，辛文房吸取前贤之说，整理条贯，加以融会贯通，并出以己见，成一家之言。其借鉴唐宋史书、诗选、诗话、笔记的材料，对唐诗的发展、流变和特点作了清晰的描述，形成了自己的唐诗史观；同时对唐代诗人、诗派、诗风作了较细致的品评、分析，形成了自己的诗学主张。其中借鉴、引用前人论述处颇多，看似缺少创造性，但取舍、排比、综合之间，自有手眼。如论岑参，"博览史籍……常怀逸念，奇造幽致，所得往往超拔孤秀，度越常情，与高适风骨颇同"（卷三）一节，即是从杜确《岑嘉州诗集序》、殷璠《河岳英灵集》、计有功《唐诗纪事》、严羽《沧浪诗话》等诸家论评中摘取、采择、综合而成。

诗人传记方面，辛文房采集了不少珍贵的史料，使唐人生平事迹的大概得以保存、流传。如晚唐诗人韦庄，两《唐书》、两《五代史》均无传，《唐才子传》卷十为其立传，则综合了《蜀梼杌》、《北梦琐言》、《宣和书谱》、《郡斋读书志》、《朝野佥载》、《唐诗纪事》、《十国春秋》、《浣花集序》等著作而成。又如此书所载进士登第之年岁，为查考诗人的仕历提供了可靠的线索，清人徐松撰写《登科记考》就曾以《唐才子传》作为重要依据。

尤为可贵的是，书中"诗评"与"传记"二者融合无间。其诗评并非如一般诗论家的就诗而论诗，或发以空言，或出于灵机，而是结合诗人之生平、诗人之性情，把身世际遇、性情气质与诗人的艺术风格绾合一起。品人而论诗，知人而论世。如论唐才女李季兰："美姿容，神情萧散。专心翰墨，善弹琴，尤工格律。当时才子颇夸纤丽，殊少荒艳之态。"（卷二）即是抓住诗人颇为传神的个性特征，以品评其诗歌风格，这里又体现出《世说新语》、《诗品》之品藻人物与鉴赏艺术的双重特色。

此书有些地方也失于鉴别，史实上有一些疏误，如《四库全书总目》所指出的，"谓骆宾王与宋之问倡和灵隐寺中，谓《中兴间气集》为高适所选，谓李商隐曾为广州都督，谓唐人学杜甫唯唐彦谦一人，乖舛不一而足"。（卷五八）是其局限。

辛文房以一西域人，而为一代诗人写传，确有非凡气魄，"应当看做是一项开拓性的工作，在中国古代，似乎只有钱谦益的《列朝诗集小传》能与它相并比"[①]。王宗炎"三草堂"本《唐才子传》序称道此书

---

①　傅璇琮《唐才子传校笺·前言》页2，中华书局1987年版。

"将以定品，概之流别……资宏览之衡裁，镜艺林之得失……继往开来，别具微旨；伸尊黜妄，体裁雅赡"。从不同层面论及《唐才子传》在唐诗学史上的重要地位。《唐才子传》与第一个以盛唐为宗主的唐诗选本《唐音》共同代表着元代唐诗研究的最高成就，"这两部专著的出现，尽管在当时属于'空谷足音'，却表明唐诗的研究正在向纵深发展，唐诗学的高潮即将来临"①。

---

①　陈伯海《唐诗学引论》页 190，知识出版社 1988 年版。

第三编

唐诗学的盛兴（明代）

第一章
概　说

第一节　明代唐诗学盛兴的原因

宋辽金元这一成长期的丰厚积累，为明代唐诗学的盛兴打下了坚实基础；元人开启了由宋返唐的通道，使宗唐得古的余绪直达明初。除此之外，明代唐诗学能够盛兴，当还有下述原因。

社会政治与士人心态

元明易代，汉族人从异族手中夺回政权。洪武元年《实录》说："初，元世祖自朔漠起，尽以胡俗变易中国之制……上久厌之，至是悉令复旧。衣冠一如唐制。""复旧"，也就是恢复汉族文化传统。朱元璋要求衣冠如唐制，体现了他对唐人精神风貌的怀恋和憧憬。他指责元代"废坏纲常"（《明太祖实录》卷二六），要求天下"讲论圣道，使人日渐月化，以复先王之旧，以革污染之习"（同上，卷四六）。这种复兴"古道"的权威导引，在民族心态的作用下，深得汉族士人感情上的认同。摆脱了异族人的统治，他们扬眉吐气，振兴汉族文化的历史责任感，使他们在前朝历史中寻找已逝的辉煌，明初的大批儒者，如宋濂、刘基、王祎、胡翰等，就像建文时的方孝孺一样，均有志于"驾轶汉、唐，锐复三代"(《四库全书总目·逊志斋集》)。从皇帝到士人，都视复古为强国兴邦的有效途径，都把前朝盛世如唐代看作自己的奋斗目标。其时弥漫的复古思潮，很大程度上是这种民族心态的显现。这一复古思潮一发而不可收，成为有明一代的主流思潮，为唐诗学的盛兴提供了空前契机。

刘基《苏平仲文集序》曾说："今我国家之兴，玉宇之大，上轶汉唐与宋，而尽有元之幅员，夫何高文宏辞，未之多见，良由混一之未远也。""远"到一百三十年后，"高文宏辞"的追求终于变成现实："文必秦汉，诗必盛唐"(《明史·文苑传》)。这得归功于明孝宗，他无意中给唐诗学的盛兴提供了一次历史性的机遇。

弘治即位后，整饬吏治，任用正臣，广开言路，尊重内阁，革除前朝弊端，全面推行新政，在位 18 年间，政治、经济、军事、文化诸方面欣欣向荣，史家多称"弘治中兴"。李梦阳曾描述："是时国家承平百三十年余矣。治体宽裕，生养繁殖，斧斤穷于深谷，马牛遍满阡陌。即闾阎而贱视绮罗，粱肉糜烂之，可谓极治。然是时海内无盗贼干戈之警，百官委蛇于公朝，入则振珮，出则鸣珂，进退理乱弗婴于心。盖暇则酒食会聚，讨订文史，朋讲群咏，深钩赜剖，乃咸得大肆力于弘学。於乎，亦极矣！"(《熊士选诗序》，《空同集》卷五二)弘治待人宽厚，是明朝惟一不施"廷杖"的皇帝，也是少数几个未兴过"文字狱"的皇帝之一。这使得明初以来一直备受压制的士人终于挺起腰杆，鼓足信心和勇气，他们积极进取，希图再创汉唐盛世。前七子都是弘治进士，他们高唱"文必秦汉，诗必盛唐"，模拟汉唐的高格逸调，正是这种理想心态的体现。"诗必盛唐"的倡扬，产生的影响广泛而深远，古典唐诗学真正进入了盛兴期。此后的复古派成员也抱有这一理想信念，如王世懋称"三代以后，汉唐为盛"，而明又胜过汉唐(《窥天外乘》，《凤洲杂编》二附)。直至胡应麟，他在论中国诗歌的发展盛况时，将汉、唐与明代并举而凸显："自《三百篇》以迄于今，诗歌之道，无虑三变：一盛于汉，再盛于唐，又再盛于明。"(《诗薮》续编卷二)李维桢则自豪地宣称:"所贵乎明者,谓其盛于唐,而久于唐也。"(《皇明律范序》,《大泌山房集》卷九)在他们的心灵深处,只有汉唐,才可与大明相提并论,只有明代,才能追步并超越汉唐。

除上述民族心态和理想心态外,士人的逆反心态也是唐诗学得以盛兴的重要原因。明初以来,政治上强化君权,削弱臣权,对知识分子采取高压政策,士大夫特别是普通士子社会地位很低。为在思想领域推行专制政策,朱元璋起即大力提倡程朱理学,朱棣上台后,继续加强文化钳制,限止士人思想自由,先后颁行《五经大全》、《四书大全》、《性理大全》,一时间,"世之治举业者,以《四书》为先务",言《诗》,"非朱子之传义弗敢道",言《礼》,"非朱子之家礼弗敢行"(朱彝尊《道传录序》,《曝书亭集》卷三五),程朱理学成为人世间的绝对真理,成为士人的精神规范和行为法则。黄佐《眉轩存稿序》说:"成化以前,道术尚一,而天下无异习。学士大夫视周、程、朱子之说如四体然,惟恐伤之。以故词虽往往弗华,而每根于理质。"借复古的时代思潮,否定不合理的现状,既是一种需要,也是一种机智。明人对"主理"的宋诗的厌恶,对"主情"的唐诗的推崇,曲折地反映了他们对现存秩序及其思想专制的不满,正是他们叛逆心态的体现。为此,他们喊出了"诗必盛唐"的口号,将求真的理想、主情的目标寄托于"风人之诗"盛唐诗,从而导致唐诗学走向繁荣。万历后性灵派对盛唐权威加以质疑,却进而解放了中晚唐诗,使得明代唐诗学发展更为全面,其逆反心态也体现得更为鲜明。

经济状况与文化条件

从朱元璋开始,明代君主就非常重视人才培养。明代办学规模远比前朝庞大,官学如太学、各州府县学遍布全国,大多读书人从读私塾接受启蒙教育开始,就为日后进入官学作准备,以便通过科举求取功名。弘治以后,农业的恢复、手工业的发达、商业经济的繁荣,为更多人提供了接受教育的条件。教育的相对普及，教育制度和科举制度的规范化，大大提高了明人的整体文化素养，仅《明史·艺文志》记载，明人的诗文别集达 1188 部，近两万卷，可见其时仍以传统的诗文创作为正宗。整体文化素养的提高，使得明代读者群空前壮大。已入仕的文人视书籍为雅品，如王士禛《居易录》卷七所记："明时，翰林官初上，或奉使回，例以书籍送署中书库。……又如御史巡盐茶、学政、部郎榷关等差，率出俸钱刊书，今亦罕见。"不少商人附庸风雅，与文人士子往来唱和，特别是在明代中后期文人圈中，一些未入仕途的平民文人人数众多，相当活跃，加上不断壮大的普通市民阶层对文化的需求，成为唐诗在明代得以广泛传播的人文基础。

读者群的壮大，为刻书业提供了广阔的市场。便于速成的活字印书始创于宋元，但没有流传开，至明代，铅活字、铜活字的采用，使印刷技术得以改进，成为刻书业的技术保证；经济实力更是刻书业发达的物质前提。陆容《菽园杂记》卷十二载："洪武年间，国子监生课簿仿书，按月送礼部，仿书发光禄寺包面，课簿送法司背面起稿，惜费如此。永乐、宣德间，鳌山烟火之费，亦兼用故纸，后来则不复然矣。成化间，流星、爆杖等作，一切取榜纸为之，其费可胜计哉？"明中叶后，中央及地方官府、藩王府等都有规模很大的刻书机构，民间的书肆更是遍布全国，仅福建建宁一地就有书坊 60 家①。叶德辉曾记载明人刻书风尚："数十年读书人，能中一榜，必有一部刻稿。屠沽小儿，身衣保暖，殁时必有一片墓志铭。"（《书林清话》卷七）周弘祖《古今书刻》上编记载，隆庆三年以前明代所刻书约有 2500 种。印刷技术的改进，刻书业的发达，为唐人诗集的纷纷面世，提供了便利的客观条件。以致出现了像《唐五十家诗集》、《唐百家诗》这样大型的汇刻以及《唐诗纪》、《唐诗类苑》、《四唐汇诗》、《唐音统签》之类集成性总集。

有明一代，文学集团林立，流派纷呈，据郭绍虞统计有 176 个。诗

---

① 张秀民《明代南京的印书》，《文物》1980 年 11 期。

人结社成风，明代初年，就有北郭社、南园社、闽中十子社、凤台诗社等，弘治、正德年间，新结诗社将近 10 个，嘉靖年间，各种新社或老社重组，则有近 20 个①。入仕的文人参与朝廷和地方政治，结社有助于凝集力量，扩大影响。求学与应考的经历，使他们非常看重同乡、同门、同年及师友关系，从而形成某种派系。无论是趣味相投的诗社还是情谊维持的派系，周围都有多人簇拥。这种集团性和规模性，有助于某种文学主张迅速传播，形成气候，扩大影响。前后七子倡导的一整套格调论唐诗学主张，之所以能得到迅速而广泛的传播，并产生深远影响，与提倡者的"人多势众"分不开。如在声应气求的前七子周围，就形成以李梦阳为首的开封作家群，以何景明为首的信阳作家群，以康海、王九思为首的关中作家群，以顾璘为首的南京作家群②。这些，都对唐诗学的盛兴起了推进作用。

第二节　明代唐诗学的主流与别派

明代唐诗学的主流

以前后七子为代表的格调派诗学是明代唐诗学的主流，其核心观念是从汉魏和唐人诗歌的体格声调切入，以上窥其兴象风神，进而把握古人的性情。更确切地说，古诗以汉魏为典范，近体以盛唐诸大家为模拟对象，歌行体则兼及初唐。总的说来，试图由复古的途径，在雅正的规范内，实现求真的目标。盛唐诗歌所具有的美学特质，是他们确立范型的依据，也是他们评价诗歌的标准，更是他们自我实现的目标。这一诗学潮流的源头上接南宋，贯穿整个明代，余波流衍入清，跨时最长，人

---

① 《明代的文人集团》，《照隅室古典文学论集》，上海古籍出版社 1983 年版。
② 廖可斌《明代文学复古运动研究》页 77，上海古籍出版社 1994 年版。

数最众，影响最大，古典唐诗学在此全面盛兴。

前七子唐诗观来自两股源头的交汇。

一是来自严羽重艺术重体格的一脉。南宋时严羽辨体立格，在汉魏六朝以至唐宋诗的相互比较中，鲜明地树立起唐诗之为唐诗的基本观念，明确提倡师法盛唐。严羽崇盛唐的观念在元杨士弘那里得到具体的贯彻和落实，杨士弘选《唐音》，"别体制之始终，审音律之正变"（高棅《唐诗品汇总序》所评），从体格声调入手分唐诗为"始音"、"正音"、"遗响"。明初，高棅辑《唐诗品汇》，继承并发展了严羽和杨士弘的诗学思想，通过世次与品第相结合的形式，深入细致地展现唐诗各体的纵向演变，以及同一时期诗人间的横向联系。这一思想径达前七子，启示他们致力于辨体制别流派，师法盛唐的高格逸调。

二是来自郝经重风教崇雅正的一系。从元朝初期的郝经、中期的虞集，直至末季的戴良，均从风雅之意、雅正之音的角度称颂唐诗（分见郝经《一王雅序》，虞集《唐音序》，戴良《皇元风雅序》等）。至明初，宋濂又以风雅作为评价历代诗歌的标准，推尚唐人，开启有明一代的复古思潮。宋濂重风教崇雅正的唐诗观，为台阁体诗人所继承。以三杨为代表的台阁诗人，从颂美盛世的角度，推崇盛唐和平易直之音，并将诗教与乐教相联系，提出了由诗歌音调识别诗人性情、进而考见时代盛衰的思路。成化年间李东阳就是顺着这条思路，对唐诗的调式进行细致的分析考辨，奠定了格调论唐诗学的理论基础。

在这两股源头的交汇处，前七子走上从格调入手的拟古之路，试图通过复古来改变文坛现状。从主情出发，他们确立唐诗接受的范型、美学视角、方式方法及终极目标，构成格调论唐诗学的完整体系。至此，唐诗学进入历史上的盛兴期。也需指出，作为创作的理想目标而提倡向上一路，本无可厚非，但复古论者要求所有作者古诗必法汉魏、近体必法盛唐，甚至专主李、杜一二家，就将唐诗的接受域压缩到一个逼仄的空间，反而不利于唐诗学的多方面开展。前七子周边的杨慎、樊鹏等人，就不满前七子将诗学范型限得太死，意欲有所扩展，主张由唐诗上溯六朝或初唐，提请人们注意唐诗的渊源流变，客观上冲击了诗必盛唐的封闭观念，拓宽了唐诗学的实体空间。

后七子踏着前七子的足迹，大力弘扬格调论唐诗学，再次树立盛唐诗歌的美学风范，再次倡导从体格声调模拟盛唐的风神性情。李攀龙固守唐人格调，身体力行，除了创作示范，还通过选本广为传播格调论的诗学主张；谢榛、王世贞等人对唐诗的体格声调作了较为细致的辨析。基于对前七子创作得失的反思，后七子对前七子的唐诗观有所突破、有所修正。

末五子及后学如许学夷等人，在坚持格调论唐诗学基本原则的前提下，就唐诗的理论问题进行了更为深入细致的研究，特别是对唐诗各个时期体格声调的辨析，对唐诗演变进程的勾画，几乎到了十分精微的地步，胡应麟的《诗薮》和许学夷的《诗源辩体》，是明代唐诗批评的重要结晶。

陈子龙等从经世致用的角度提倡复古，重新凸显盛唐诗的价值，试图通过对盛唐诗的阐释和拟作，鼓舞世人抗清御侮的斗志，增强自救的信心和勇气。

这是总的流衍脉络。其实，这一主流诗派内部，在基本观念一致的情况下，也存在明显的个体差异。大体而言，李梦阳最固守唐人格调，李攀龙、陈子龙属其忠实继承者；何景明更注重唐诗中神情的层面，这一思想在谢榛、胡应麟、许学夷那里得以强化，直至陆时雍完成格调向神韵的转化；徐祯卿则更在意唐诗中的才情因素，其思想在王世贞、屠隆、李维桢那里得到进一步弘扬。

明代唐诗学的别派

格调论唐诗学是明代唐诗学的主流，但并未一统天下。伴随着主流相终始，还存在着唐诗学的别派，主要有二：一重理道，一崇性灵。这两派更多的是作为宗唐（特别是宗盛唐）的对立面而深化、补充唐诗学。

　　重理道的一派源于宋朱熹，多由理学家构成，用理道的标准审视唐诗，其主要特点有二：一是对唐诗总体评价不高，尤其是贬低它的社会价值，而以其中直接阐发天理伦常者为上品；二是崇尚宋诗尤其是邵雍的理学诗，肯定其有补于世的道德价值或自然平和的心性修养。理学家的唐诗观在明代不绝如缕，显示出程朱理学继续作为官方哲学所产生的威力。

　　宋濂在《与章秀才论诗书》中以"纯粹冲和"的"性情"之音为唐诗中的高品，似为理学指导下的唐诗观设置了席位。瞿佑通过选诗的方式，表达了对举世宗唐的不满，首开明代宗宋派端绪，方孝孺从"发挥道德"的角度称扬杜甫、韩愈与宋诗，吴中诗人王行、吴讷等对韦、柳诗风的偏爱，均为对朱熹唐诗观的继承。

　　从永乐中期到成化末年的七八十年间，理学家对待唐诗表现为两种情形：一是继续进演唐宋之争的二重奏，扬宋抑唐；二是以程朱理学的义理性情为标准，度量唐诗的是非得失，总体上贬斥多于褒扬。

　　从弘治到嘉靖，理学家们继承明初理学家尚实用崇教化的唐诗观，要么重复着邵雍"删后无诗"的老调，以政治教化取代艺术追求；要么继续为宋诗喊冤叫屈，他们在与唐诗的比照中，推重宋诗或贬抑唐诗，努力为宋诗争得地位。

　　相对而言，万历以后道学家的唐诗观，体现了部分士人的社会责任感。如焦竑从美刺讽谏的角度推宗杜甫、白居易，郝敬持温柔敦厚的教旨说诗坏于唐，他们紧紧抓住儒学的传统命脉，通过对唐诗的阐释和褒贬，表达对社会的焦虑与关怀。

　　理学家对唐诗学的贡献至少表现在：其一，从反面凸显了唐诗的艺术质性；其二，发掘了唐诗中关注国计民生的那一类的社会价值；其三，提醒人们对和平淡泊的唐诗的重视；其四，显示了唐诗可被多向接受的艺术魅力。

　　崇性灵的一派源于元杨维桢。这一派主要以个体的自由心性来品味唐诗，反对复古模拟，要求学习唐人自然真率的精神，反对绳唐诗以格调，以及从新变的角度嗜好奇偏或清淡的诗篇，肯定中晚唐乃至宋诗。一定程度上显示出时代裂变所产生的心理效应。

具体说来，宋濂《与章秀才论诗书》提倡学唐人精神，已为日后师心自立的倾向埋下伏笔。吴中诗人中的高启、吴宽等崇尚唐诗"气格超然，不为律缚"、"本于自然"，更体现了怡情悦性、向往人格自由的吴中文化传统，启发了后来唐宋派和性灵派对唐诗的接受态度。

明中叶，敖英、黄姬水等人反对分唐界宋，主张惟真情是取，矛头直指前七子。以唐顺之、王慎中为首的唐宋派，则强调直抒胸臆，瞩目于唐宋诗中体现的鲜明个性。

至晚期，徐渭、李贽、汤显祖等人对唐诗的论说，均以自然性灵为核心理念，明显带有异端思潮的特色，直接开启了公安派的唐诗观。公安派以性灵说为核心，对唐诗作了别开生面的阐释，提示学唐人独抒性灵的内在精神；他们还打通初盛中晚乃至唐宋界阈来论述诗歌的流变，证明诗歌新变的历史合理性，显然是对传统唐诗学的一大突破，最明显的是韩柳元白李贺这类追新逐奇的诗人，获得了前所未有的诗学地位。

袁中道为解救该诗派于末路，进行着性灵派内部的自我修正，在性灵与格调之间，扬长避短调和折中。竟陵诗人钟惺谭元春也试图将格调与性灵弥合会通，重提取法古人，标举唐诗含蓄浑厚的风格；又要求取唐人之精神，避免徒习体貌。他们以清灵静远与奇险孤偏为唐人精神，带有个性思潮的特色。

崇尚性灵的一派对唐诗学的贡献主要体现在：其一，反对片面模拟唐诗的形式技巧，弘扬自然真率的内在精神，客观上更容易使唐诗的生命历久不衰；其二，为反击格调派，后期性灵派也在研究唐诗、阐释唐诗，由于角度不同，往往新意层出，使得明代唐诗学堂庑顿开；其三，性灵派为了冲破"诗必盛唐"的"格套"，致使不同风格的唐诗均得以受到重视，特别是中晚唐诗人纷纷登上前台，使得明代唐诗学得以奏全勋，达到真正意义上的盛兴，性灵派功不可没；其四，性灵派与格调派势均力敌，双方通过理论较量，既凸显或深化了彼此的唐诗观，又互为吸纳互相调剂形成互补，还有人力图在二者之间求取会通，建构新的唐诗学；与此同时，又常常通过刻唐诗、选唐诗、评唐诗的方式宣传各自的主张，万历中叶后唐诗文献的整理与开发掀起超乎以往的新高潮，除初盛唐诗继续得到刊刻外，大量中晚唐诗人集子得以面世，这是主要原因。

第三节　明代唐诗学的分期

明人接受唐诗与创作活动密切相关，《明史》这样论述明代诗文的发展变迁：

> 明初，文学之士承元季虞、柳、黄、吴之后，师友讲贯，学有本原。宋濂、王祎、方孝孺以文雄，高、杨、张、徐、刘基、袁凯以诗著。其他胜代遗逸，风流标映，不可指数，盖蔚然称盛已。永、宣以还，作者递兴，皆冲融演迤，不事钩棘，而气体渐弱。弘、正之间，李东阳出入宋元，溯流唐代，擅声馆阁。而李梦阳、何景明倡言复古，文自西京、诗自中唐而下，一切吐弃，操觚谈艺之士翕然宗之。明之诗文，于斯一变。迨嘉靖时，王慎中、唐顺之辈，文宗欧、曾，诗仿初唐。李攀龙、王世贞辈，文主秦汉，诗规盛唐。王、李之持论，大率与梦阳、景明相倡和也。归有光颇后出，以司马、欧阳自命，力排李、何、王、李，而徐渭、汤显祖、袁宏道、钟惺之属，亦各争鸣一时，于是宗李、何、王、李者稍衰。至启、祯时，钱谦益、艾南英准北宋之矩矱，张溥、陈子龙撷东汉之芳华，又一变矣。有明一代，文士卓卓表见者，其源流大抵如此。（《文苑传序》，《明史》卷二八五）

从中可以发现，明人的创作活动大体都和接受唐诗有关。因此，对明代唐诗学史的分期很难跳出一般文学史的框架。不过，如果坚持唐诗学史的视角，完全以唐诗为轴心，紧紧围绕唐诗展开的形态、唐诗接受主体的观念、唐诗接受活动的消长、唐诗接受重心的转移、唐诗接受环境的变迁等方面进行描述，我们就可以从一个新的角度展示它的面貌。根据这一视角，在把握明代唐诗学主流和别派流衍线索的基础上，考察他们在不同时期各自的表现以及彼此间的互动与消长，于是，我们看到，主流的形成以弘治年间前七子的兴起为标志，其强盛势态延至隆庆末；此前多向展开，主次莫辨，最终汇入主流；此后众派分流，性灵论略呈强势。明末陈子龙的区划，正可给我们以启示：

> 昭代之诗，自弘、正、嘉、隆之间，作者代兴，古体知法黄初以前，近体取宗开元以前，虽其间不无利钝，然大较彬彬有正始之遗。其后厌常之士，略去准绳以自标异，大约三家而已，或袭昌谷之奇凿，或沿长庆之率俗，或踵孟、韦之枯淡，而皆未得其真。（《成氏诗集序》，《安雅堂稿》卷三）

因此，我们将明代唐诗学史分为三期：前期，从洪武元年到成化末年（1368—1487）；中期，从弘治元年到隆庆末年（1488—1572）；后期，从万历元年到崇祯末年（1573—1644）。

明前期唐诗学

明前期唐诗学可以分为两个阶段。

开国之初的三四十年间，诗人大多由元朝跨入明代，他们的诗学观念明显带有前朝遗风，如普遍存在的复古尊唐倾向，就是元代得古宗唐风气的沿续。在总体倾向基本一致的局面中，唐诗学的研究却得以多方展开。最有影响的是江左诗人、吴中诗人和闽中诗人，他们为有明一代的唐诗学做了奠基工作。

在江左诗人中，宋濂的唐诗观对明代具有开启意义，贝琼、王祎、叶子奇、刘绩等人引导了明代唐诗学的主流风气，瞿佑、方孝孺作为尊唐的对立面，已开始从反面凸显唐诗的艺术质性。吴中诗人对唐诗的审美取向，偏于冲淡自然一格，更多地反映了政治高压下士人的无奈。闽中诗人的唐诗观具继往开来的意义，更多地体现了唐诗学自身生生不息的生命活力。闽中十子及崇安二蓝的诗学见解与诗歌作品，可视为对严羽诗学观的努力贯彻与落实，尤其是《唐诗品汇》的问世，终明一代馆阁宗之，具有划时代的意义。

从永乐中期到成化末年，唐诗的接受活动主要在理学家、台阁重臣与吴中诗人中展开。理学家的活跃固然显示了朱明王朝思想控制的成就，但影响却不及台阁体诗人。经过明初几十年的整治，经济逐渐恢复，政权相对稳定，国力渐趋强盛，一批身居要职、处境优裕的台阁重臣，从狭窄的生活洞孔中，看到了"海内晏安，民物康阜"（杨荣《杏园雅集图后序》，《皇明文衡》卷四三）的繁荣气象，他们开始歌颂圣德、美化生活。特务统治的恐怖震慑，使得一般士人在追求仕进的同时，牢牢把持着自我平衡，他们不敢表现广阔的社会生活，更不敢释放个人的思想激情，也附和台阁重臣润饰鸿业斧藻升平，造成诗坛五十年弥漫着雍容典雅的台阁气。以三杨为代表的台阁诗人，对唐诗的取向即具此特色。这一状况，直到成化时的李东阳才有所改变。在诗坛消弭自我附庸台阁的沉闷气候下，精神上接续高启的一批吴中诗人，正在热情而又谨慎地呼唤着人性的自由，他们从唐诗的自然音节中，体味到孑立特起的卓绝人格和自由创造的潇洒风度。

明前期，与平和冲淡的时代精神相一致，唐诗文献的整理和开发相对显得比较寂寥。但却显示出蓄势待发的气象，如《唐音》的多次重刊，并在社会上成为权威选本，特别是高棅选诗的问世，预示着明人演奏的"唐音"，在这段序曲之后，将逐步进入高潮。

明中期唐诗学

与前期的多元取向并存不同，明中期唐诗学形成单江入海之势。以前后七子为代表的格调论唐诗学成为诗坛的强势主流。其别派也曾多向展开，但终归被主流淹没。大体可分为三个阶段。

弘治、正德年间，前七子崛起诗坛，他们就"诗必盛唐"而提出的主张，无一不是有的放矢。姑且不论宋人主理不主情韵这些在明初已成共识的话题，即就《明史》所谓李梦阳讥李东阳萎弱而言，梦阳倡文必秦汉诗必盛唐，所讥的萎弱何止李东阳！由于元朝诗风的影响、程朱理学的规范、政治文化的高压、台阁重臣的颂美，从宋濂慕唐诗的"纯粹冲和之音"、朱右首称唐诗的"清而婉"、吴中诗人取唐诗的冲淡自然、高棅选《正声》"独得和平之体"，到理学家们绳唐诗以"平易和正"、台阁体视唐诗为和平典丽，雄壮刚健哪里找？萎弱之声处处闻。前七子以复古为新变的理论动机，已为越来越多的学者所认同。

在诗必盛唐的主旋律下，也时时传出异样的声音。或置疑唐诗，或高标六朝，或崇尚初唐，或推重宋诗，由于前七子的巨大影响，这些异调显得非常微弱。

嘉靖初期，唐宋派兴起，前七子倡导的复古运动一度趋于低落，但由于后七子迅速崛起，唐诗学在前后七子之间只形成一个短暂的低谷。

从嘉靖中叶到隆庆末，是后七子活跃的时期。他们为格调论唐诗学注入新的血液，在他们的带领下，师法唐诗再一次成为诗坛的时代主流，唐诗学达到了历史上的鼎盛期。

这一时期，唐诗文献的整理和开发走向全面繁荣。在"诗必盛唐"的倡导下，大量唐诗得以重刊、汇刻、选编和评点，尤其是李攀龙选唐诗后，各种唐诗选本广为流行，甚至出现不少大型唐诗汇选。格调论影响下出版的唐人诗集，在数量上占绝对优势，其特点是贯彻格调论的审美意图，体现格调论的诗学主张，范围多限大历以前。借助声势浩大的宗唐风气、优越的经济条件和先进的印刷技术，唐诗，尤其是初盛唐诗得到了空前广泛的传播。

明后期唐诗学

明后期，是中国思想史上发生巨变的时期。朝廷的无所作为，政治的腐朽黑暗，商品经济的发达，市民阶层的壮大，极端思潮的泛滥，激发着汉族与异族、皇权与绅权、都市与乡村、市民与士绅之间的种种冲突，最终导致现实秩序与传统文化的巨大裂变。性灵派的崛起，正是上述状况在文学上的体现。那寄托着美好憧憬、体现着高度权威、激发着无限热情、充满着高度自信的格调论，不再具有凝聚力和感召力。因此，明后期唐诗学，呈现众派分流的态势。大致可分为两个阶段。

万历时期。这个阶段性灵论唐诗学呈强势。万历初期，王学左派终于演变为有异端色彩的个性思潮，徐渭、李贽等人对唐诗的论说，已为公安派唐诗学的兴起作好了准备。万历中叶，公安派高扬"性灵"的旗帜，向格调论发起猛烈冲击，根本上动摇了格调论唐诗学体系，并逐步形成具有性灵特色的唐诗观。性灵思潮的巨大冲击，也刺激了格调论唐诗学向深层领域迈进，增强了其自我修正和改良的力度。从末五子到许学夷，格调论唐诗学中已经融入性灵论成分，表明其已进入蜕变阶段。万历后期出现的竟陵派，则站在性灵论的立场上，力图调和性灵与格调的冲突，使唐诗接受域向冷僻幽深的方向拓展。此外，还有道学家们在对危险时世的焦虑中，评判着唐诗的伦理价值。

天启至明末。格调论和性灵论的余波继续流衍，带有调和色彩的唐诗学成为主潮，如唐汝询的《汇编唐诗十集》、陆时雍的《唐诗镜》等。也有人沿着性灵论的思路，在唐诗中寻香觅艳，如杨肇祉的《唐诗艳逸品》等。直至末季，出于深厚的民族情感，以复社、几社诗人为代表，一批士人在血雨腥风中，凭着一份信念、一份执着、一股勇气，书写着悲壮激越的人生，让格调论唐诗学在明代最后一次大放异彩。

这一时期，唐诗文献的整理开发领域也热闹非凡。已有的唐人诗集继续得到大量重刻，新编的丛书层出不穷，选诗和评点更是蔚然成风。中晚唐诗的纷纷登场和汇评本的大量出现，成为最大亮点。特别是《唐音统签》的编撰，堪称是古典唐诗学的初步小结。

第二章
明前期的唐诗学

第一节　江左诗人的崇唐倾向

这是几位由元入明的浙江籍诗人，他们多与朱元璋密切配合，肩负开国文臣破旧立新的特殊使命。他们对唐诗发表的见解，拉开了明代唐诗学的序幕。

宋濂对明代唐诗学的开启意义

作为开国诗论家，宋濂的理论对明代唐诗学的发展产生了深远的影响。

《答章秀才论诗书》，是宋濂的一篇诗学专论，该文从强调师承出发，以发展史的眼光，对自汉至宋的主要诗人作了提纲挈领式的评价，其中谈论唐诗的文字比较集中地体现了宋濂的唐诗观：

> 唐初承陈、隋之弊，多尊徐、庾，遂至颓靡不振。张子寿、苏廷硕、张道济相继而兴，各以风雅为师；而卢升之、王子安务欲凌跨三谢，刘希夷、王昌龄、沈云卿、宋少连亦欲蹴驾江、薛，固无不可者。奈何溺于久习，终不能改其旧，甚至以律法相高，益有四声八病之嫌矣。唯陈伯玉痛惩其弊，专师

汉魏，而友景纯、渊明，可谓挺然不群之士，复古之功，于是为大。开元、天宝中，杜子美复继出，上薄风、雅，下该沈、宋，才夺苏、李，气吞曹、刘，掩颜、谢之孤高，杂徐、庾之流丽，真所谓集大成者，而诸作皆废矣。并时而作，有李太白，宗风骚及建安七子，其格极高，其变化若神龙之不可羁。有王摩诘依仿渊明，虽运词清雅，而萎弱少风骨。有韦应物祖袭灵运，能一寄秾鲜于简淡之中，渊明以来，盖一人而已。他如岑参、高达夫、刘长卿、孟浩然、元次山之属，咸以兴寄相高，取法建安。至于大历之际，钱、郎远师沈、宋，而苗、崔、卢、耿、吉、李诸家，亦皆本伯玉而宗黄初，诗道于是为最盛。韩、柳起于元和之间，韩初效建安，晚自成家，势若掀雷抉电，撑决于天地之垠。柳斟酌陶、谢之中，而措辞窈眇清妍，应物而下，亦一人而已。元、白近于轻俗，王、张过于浮丽，要皆同师于古乐府。贾浪仙独变入辟，以矫艳于元、白。刘梦得步骤少陵，而气韵不足。杜牧之沉涵灵运，而句意尚奇。孟东野阴祖沈、谢，而流于蹇涩。卢仝则又自出新意，而涉于怪诡。至于李长吉、温飞卿、李商隐、段成式专夸靡蔓，虽人人各有所师，而诗之变又极矣。比之大历，尚有所不逮，况厕之开元哉！过此以往，若朱庆馀、项子迁、李文山、郑守愚、杜彦之、吴子华辈，则又驳乎不足议也。（《宋文宪公全集》卷三七）

宋濂以"风雅"为最高典范，在他看来，汉魏及陶、谢等与风雅传统最为接近，他对唐诗的论说即以此为标准：张子寿等人"各以风雅为师"，陈子昂"专师汉魏而友景纯、渊明"，杜甫"上薄风雅"，李白"宗风骚及建安七子"，高、岑等"咸以兴寄相高，取法建安"。对唐初总体上评价不高，原因在"颓靡不振"、"以律法相高"；而长庆以后直至晚唐，则评之以"轻俗"、"浮丽"、"入辟"、"气韵不足"、"尚奇"、"蹇涩"、

"怪诡"、"靡蔓"、"驳";宋诗远不及盛唐,主要表现在:"乖古雅之风","句律疏"、"音节促迫","情性远"(同上)。这些,都和"风雅"的"纯粹冲和之音"相背离。对风雅的推崇,正是宋濂明道致用文学思想的体现。宋濂对盛唐诗人评价很高,但并不惟尊盛唐。他对陈子昂及大历、元和诗人也给予高评,这说明他对诗歌新变的认识尚且积极和通达。当然,其中虽说诗道在大历时为最盛,但从下文评李贺等"比之大历,尚有所不逮,况厕之开元哉"来看,大历的地位尚不能和开元等同。宋濂提倡复古尊唐,从理论上为明代首开师古端绪,尤其是宗汉魏、尚风骨,对后来的格调论也有开启作用。

其间,宋濂在论杜甫时,因袭唐元稹之说,更多地从艺术的视角评价杜甫。这一态度,在他的《杜诗举隅序》中表现明显:注杜者无虑数百家,"务穿凿者,谓一字皆有所出","骋新奇者,称其一饭不忘君,发为言辞,无非忠国爱君之意"。一语言中了自宋以来理学笼罩下杜诗的遭遇。在宋代,杜甫被尊为"诗圣",杜诗的主要价值被作为儒家经学的附庸。直至元代,人们还是偏重从政教立场接受杜诗。后来,明人主要从审美的角度研究杜诗的艺术价值,宋濂亦属开风气之先者。

在《答章秀才论诗书》中,宋濂还提出师古的方法,他力主师法汉魏晋及唐人诗,同时又强调诗吟咏性情、感事而成的特质。在批评师心自用的同时,指出若"体规画圆",必不能自成一家。既要汲取古人的营养,又不至流于机械模拟,具体方法是师其意不师其辞,"求其精神之所寓"。这一提议为明代师心派所继承,也为师古派自我修正提供了理论依据。

贝琼等的崇唐贬宋与朱右的四唐兼宗

贝琼对唐诗的认识与宋濂基本相同:

> 诗盛于唐,尚矣。盛唐之诗,称李太白、杜少陵而止。……予尝读二集而玩之,其凡则约乎情而反之正,表里国

风，而薄乎雅颂。代之作者，咸嗜其味矣，不过醢一于酢，醯
一于咸，而忘其醇且和者。长庆以降，已不复论。宋诗推苏、
黄，去李、杜为近，逮宋季而无诗矣。（《乾坤清气集序》，《清
江贝先生文集》卷一）

崇尚盛唐尤其李、杜，以合乎风雅为最高风范，贬黜"长庆以降"直至
宋诗。

与宋濂齐名的王祎也认为："《三百篇》而下，莫古于汉魏，莫盛于
盛唐。齐、梁、晚唐有弗论矣。"（《浦阳戴先生诗序》，《王忠文公集》
卷四）其《练伯上诗序》是一篇诗歌专论，描绘了自汉至元诗歌的发展
过程，观点甚至语辞都颇类宋濂，除推崇"风雅"古音外，他认为的
"唐世诗道之盛于是为至"，包括自开元至元和的所有重要诗人，所贬黜
的实际上也是长庆以后直至宋诗。

认为宋诗不如唐，这是明初浙派文人的共识。叶子奇就明确表露
过："宋之词胜于唐，诗则远不及也。"（《谈薮篇》，《草木子》卷四）我
们看到，宋诗作为与唐诗异趣的一种美学风范，在与唐诗的对举中，成
了唐诗的对立面，成为"诗之日降"的佐证。而唐诗也正是在宋诗的比
照下，其艺术风貌得以凸显。刘绩说得更直观：

唐人诗一家自有一家声调，高下疾徐，皆合律吕，吟而绎
之，令人有闻《韶》忘味之意。宋人诗，譬则村鼓岛笛，杂乱
无伦。

或问予唐宋人诗之别，余答之曰：唐人诗纯，宋人诗驳；
唐人诗活，宋人诗滞；唐诗自在，宋诗费力；唐诗浑成，宋诗
钉饾；唐诗缜密，宋诗漏逗；唐诗温润，宋诗枯燥；唐诗铿
锵，宋诗散缓；唐人诗如贵介公子，举止风流；宋人诗如三家
村乍富人，盛服揖宾，辞容鄙俗。（《霏雪录》卷下）

只是与上述各家以"风雅"为评判视角不同，刘绩是从纯艺术的角度指
出唐宋诗的区别。

就唐诗而言，界分四唐，推举盛唐，也是明初诗人学者的共识。除以上提到的各家外，苏伯衡即明确提出："盛唐之诗，其音岂中唐之诗可同日语哉！中唐之诗，其音岂晚唐之诗可同日语哉！自李唐一代之诗观之，晚不及中，中不及盛。"（《古诗选唐序》，《苏平仲文集》卷四）但是，朱右却表露了相异之趣，其《谔轩诗集序》有云：

> 诗以言志也，志之所向，言亦随之，古今不易也。……唐人以诗名家不下千数，其间忧喜怀思，放情感兴，或清而婉，或丽而葩，或跌宕而瑰奇，艰深而刻苦，亦皆各极其志而致其辞焉。姑未可以世之嗜好论优劣也。（《白云稿》卷五）

朱右认为唐诗尽管风格各异，但都表达了诗人的真情实感，因此世人不应该根据自己的嗜好谈优论劣。朱右的这一观点在明代虽不占主流，却有相当的分量。后来当七子格调派将唐诗的接受域压缩得近乎窒息时，人们往往从这种观念里寻找打开大门的钥匙。

第二节　吴中诗人对唐诗的审美取向

与浙派诗人的全面崇唐不同，吴中诗人对唐诗的审美取向有鲜明的特色，那就是对冲淡自然一格的选择。但从他们的理论动机看，似并不完全一致，大体可分为两类：一是沿续朱熹的理学视角，一是沿续吴中的地域传统。

理学视角下对韦、柳诗的推崇

继苏轼之后[1]，南宋朱熹多处表达了对韦、柳自在平淡诗风的欣

---

[1]　苏轼《书黄子思诗集后》："李、杜之后，诗人继作，虽间有远韵，而才不逮意。独韦应物、柳宗元发纤秾于简古，寄至味于淡泊，非余子所及也。"

赏："作诗须从陶、柳门庭中来乃佳。不如是，无以发萧散冲淡之趣，不免于局促尘埃，无由到古人佳处也。如《选》诗及韦苏州诗，亦不可不熟观。"（《与内弟程洵帖》，《宋朱子年谱》卷一上）朱熹推崇韦、柳，并不是基于冲淡的美学趣味本身，而是认为这种冲淡的趣味体现了"天道"的自然法则："（韦苏州）诗无一字做作，直是自在。其气象近道，意常爱之。"（《清邃阁论诗》，《朱子文集大全类编》）朱熹的这一观点延伸到明初。

王行论诗崇尚浑朴自然，他认为自然的艺术风貌是盛唐诗的根本特色，是它与晚唐诗的本质区别，不过，王行认为自然的艺术境界应该通过学习而获得："未有不由规矩准绳而能至乎自然者也。"（《唐律诗选序》，《半轩集》卷六）他多次提到学诗当先学韦应物、柳宗元，如：

> 诗亦学也，故必谨其始焉。朱子教人为诗须先学韦、柳。韦、柳固不足以尽诗之妙，然由是而往，虽求至于三百十一篇，亦犹洒扫应对求造夫圣贤之域，虽地位有高卑，道里有远近，往之则至，终无他岐之惑矣。（《柔立斋集序》，同上，卷五）

王行从"入门须正"的角度，指出韦、柳诗与《国风》的源流关系，其所论韦、柳诗的价值，表明他与朱子的理解并无大的出入。

与王行泛泛地称颂韦、柳不同，吴讷则专就五言古诗推举韦、柳。吴讷认为，五言古诗继杜甫、李白之后，"则有韦应物、柳子厚，发秾纤于简古，寄至味于淡泊，有非众人之所能及也"（《文章辨体序说》），沿续了苏轼的说法；然而在价值判断上，却直承朱熹，他在序朱熹诗集时说：五言古诗，唐以前，陶潜卓然称雄，入唐后，惟韦、柳超迈时流，"音节雅畅，辞意浑融"，步陶公之"高风逸韵"（《晦庵诗抄序》，《皇明文衡》卷四三）。吴讷将韦、柳浑朴自然的风格推举为唐人五古之极致。

从以上诸家对韦、柳的价值取向中，可以明显看出宋代理学对明代唐诗接受所产生的影响。

自由意识里对自然趣味的好尚

吴中地区有着怡情悦性、向往人格自由的文化传统，这也体现在明前期吴中诗人对唐诗的解读和接受之中。

"吴中四杰"之一高启，曾主张在"格""意""趣""三者既得"的前提下，兼师众长，去偏求全（《独庵集序》，《高太史凫藻集》卷二）。但追求意趣的高启在创作中也曾体现如此宗趣："胸中萧散简远，得山林江湖之趣"，"能变其格调，以仿佛乎韦、柳、王、岑于数百载之上"（吴宽《题重刻缶鸣集后》，《匏翁家藏集》卷四九）。高启的冲淡之趣更多地体现为自由心性下的主动追求。

张洪在正统二年写的《和唐诗正音序》中说："初唐尚有六朝气习，体制未纯；盛唐则辞气混厚，不求奇巧，自然难及；晚唐则有意于奇，语虽艰深，意实短浅。"表达的自然与蕴涵的意味是他看重盛唐的理由。晚唐"有意于奇"、"意实短浅"，破坏了诗歌自然的境界与深长的韵味。其间品不出道学的意味。

与张洪一样，倪谦也反对"有意"作诗，在《盘泉诗集序》中，他认为唐代韦应物、李白、杜甫之所以被世人广泛接受，就在于他们作诗"本于自然"。从引民歌为例、强调诗人的情性涵养、反对摹古、反对格律束缚来看，倪谦注目于唐诗的"音节自然"，也是源于他的自由心性。

吴宽虽然同王行一样，也以韦、柳为唐人称首，"书家有羲、献，犹诗家之有韦、柳也"（《跋子昂临羲之十七帖》，《匏翁家藏集》卷五〇），但他把韦、柳的"清婉和畅，萧然有出尘之意"看成唐诗的普遍风格，又把唐诗艺术上的成就概括为"出于自然，无雕琢之病"，而这一成就的取得，皆归因于唐人胸有"高趣"。从他称韦、柳为唐诗人之首的解释中，可以明白他所谓唐人胸中的"高趣"，是超尘脱俗、不累世情的恬淡情怀，是回归自然、钟情山水的闲情逸致（《完庵诗集序》，

《匏翁家藏集》卷四四）。吴宽对唐诗作如此解读，显然是基于怡情悦性、向往人格自由的文化传统。

王鏊接受唐诗的角度是自然和韵味。王鏊认为唐诗最大的成功就在韵味深长，而唐诗深长的韵味恰根源于诗人自然的表达：

> 唐人虽为律诗，犹以韵胜，不以钉饾为工。如崔颢《黄鹤楼》诗，"鹦鹉洲"对"汉阳树"，李太白"白鹭洲"对"青天外"，杜子美"江汉思归客"对"乾坤一腐儒"，气格超然，不为律所缚，固自有余味也。（《文章》，《震泽长语》卷下）

从"气格超然，不为律所缚"这句对唐人诗的评价中，可以感受到向往人格自由的心声。王行由自然浑朴的审美取向而提举韦、柳，王鏊则由自然韵味的艺术宗趣而推崇王、孟："摩诘以淳古淡泊之音，写山林闲适之趣，如辋川诸诗，真一片水墨不着色画。"（《文章》，《震泽长语》卷下）但他并非由此观道，而是从中体味到一种特立独行的人格，一种自由创造的风度："若夫兴寄物外，神解妙悟，绝去笔墨畦径，所谓文不按古，匠心独妙，吾于孟浩然、王摩诘有取焉。"（同上）

吴中诗人以自由心性的视角接受唐诗，对后来唐宋派与公安派唐诗观产生了影响。

第三节　闽中诗派与高棅选唐诗

闽中诗派的崇唐传统

南宋后期，邵武人严羽著《沧浪诗话》，揭示"法盛唐"的宗旨，当时诗坛风气整个地笼罩在江西、四灵、江湖诸派影响之下，严氏诗学主要流传于闽中，经元代而至明初闽派诗人那里得到一线延续。

最早有崇安人蓝仁（著《蓝山集》）、蓝智（著《蓝涧集》）兄弟，作诗规摹唐调，称"崇安二蓝"，为明初开闽中诗派先河者。而闽中诗派的首领当推林鸿。《明史·文苑传》谓："闽中善诗者，称'十才子'，鸿为之冠"，"闽人言诗者率本于鸿"。对于林鸿的诗，李东阳作如此评价："林子羽《鸣盛集》专学唐，……极力摹拟，不但字面句法，并其题目亦效之，开卷骤视，宛若旧本然。细味之，求其流出肺腑，卓尔有立者，指不能一再屈也。"（《麓堂诗话》）可见他膜拜唐诗的程度。其诗学言论见载于高棅的《唐诗品汇凡例》："先辈博陵林鸿尝与余论诗，上自苏、李，下迄六代：汉魏骨气虽雄而菁华不足，晋祖玄虚，宋尚条畅，齐梁以下，但务春华，殊欠秋实。惟李唐作者，可谓大成。然贞观尚习故陋，神龙渐变常调，开元、天宝间，神秀声律粲然大备，故学者当以是楷式。"林鸿明确提倡以开元、天宝为楷式，"神秀声律粲然大备"是他推举盛唐的理由。

"闽中十子"之一王偁说，选唐诗者非一家，"及至近代襄城杨伯谦《唐音》之选，始有以审其始终正变之音，以备述乎众体之制，可以扫前人之陋识矣"，又引高棅论诗言论："诗自《三百篇》以降，汉魏质过于文，六朝华浮于实，得二者之中，备风人之体，惟唐诗为然。然以世次不同，故其所作亦异，初唐声律未纯，晚唐气习卑下，卓卓乎其可尚者，又惟盛唐为然。"并称"此具九方皋目者之论也。"（《唐诗品汇序》，《唐诗品汇》卷首）其诗学主张确乎"本于鸿"。又如"十子"之一王恭，诗学王维、孟浩然，惟妙惟肖。仅从上述诸家，即可看出闽中诗派的崇唐传统。

明代唐诗学第一个范本《唐诗品汇》

高棅所编《唐诗品汇》，为明代唐诗学第一个范本。书成于洪武二十六年（1393），初编九十卷，录唐 620 家诗 5769 首，后又于洪武三十一年搜补 61 家诗 954 首为《唐诗补遗》附于书后。该书分体编排，每体中再分列正始、正宗、大家、名家、羽翼、接武、正变、余响、旁流九个品目（故名《品汇》）；每体前皆有"叙目"，说明该体的渊源及其在唐代的流变，与书前《总叙》一起构成系统的诗学理论。

《唐诗品汇总叙》实为全书的论纲。文中提及汇编宗旨是"以为学唐诗者之门径"："观诗以求其人，因人以知其时，因时以辩其文章之高下，词气之盛衰，本乎始以达其终，审其变而归于正。"从这一宗旨出发，重在辨别体制，包括描述各种体裁的兴衰流变和区别由"声律兴象文词理致"所决定的诗歌风格的优劣。从时代总体风貌而言，初唐、盛唐、中唐、晚唐各不相同，即便同一时代，各阶段亦有别：如初唐有"始制"和"渐盛"，晚唐有"变"和"变态之极"，其间贯穿着以"盛衰正变"论诗的指导思想；从个人风格及成就来说，虽皆"名家擅场，驰骋当世"，"靡不有精粗、邪正、长短、高下之不同"。要"辨尽诸家，剖析毫芒，方是作者"。在伸正诎变的观念支配下，他明确了自己的审美取向，即认为"开元、天宝间"是"盛唐之盛"。

《唐诗品汇》在九品区分中，便昭示了他崇盛唐、尊李杜的明显立意："大略以初唐为正始，盛唐为正宗、大家、名家、羽翼，中唐为接武，晚唐为正变、余响，方外异人等诗为旁流。间有一二成家特立与时异者，则不以世次拘之。"（《唐诗品汇》）其中列为大家者，仅杜甫一人；正宗则五古为陈子昂、李白，七古李白，五绝李白、王维、崔国辅、孟浩然，七绝李白、王昌龄，五律李白、孟浩然、王维、岑参、高适，七律崔颢、李白、贾至、王维等十四人。由此也可看出，高棅实际上着重发展了严羽诗论中辨别家数、剖析毫芒的"形而下"层面，却相对忽略了其兴象超逸、妙悟自得的"形而上"层面。可以说，明、清两代格调论唐诗学，即正式发端于此。

给唐诗作分期，始于严羽。此前，唐末司空图在《与王驾评诗书》一文中，初步理出了唐诗盛衰变化的脉络，但没有提出明确的分期。严羽《沧浪诗话·诗体》从诗风兴替因革的角度，将整个唐诗区分为唐初、盛唐、大历、元和、晚唐五种体式，通过简要辨析，勾画了唐诗流变的一个基本轮廓，即由六朝经初唐而趋向盛唐之盛，再经大历、元和而转入晚唐之衰的全过程。严羽的"五体"辨为后来的"四唐"说奠定了基础。宋、元之交的方回在《瀛奎律髓》中提到了"盛唐"、"中唐"和"晚唐",虽未出现"初唐"字样,实际上隐含了这一阶段。可见"四唐"说在当时已略具雏形。到元杨士弘选编《唐音》,正式标列"初、盛、中、晚","四唐"的分期终于取得了定型。但杨士弘仅为"四唐"作了断限,并未从理论上加以阐发。高棅则将"四唐"说扩展成一个完整的系统,对唐诗在各个时期的流衍变化情况作了具体分析,九个品目中,除"旁流"外,其余都和诗歌的历史演变有关。就这样,世次为经,品第为纬,组成了一个更为严整而细密的理论框架,唐诗盛衰因革的过程不再停留于"五体"、"四唐"之类轮廓式的区划,而分别呈现为各种诗体的纵向演变和同期作家间的横向联系,唐诗的分期至此进入圆熟境地。以后明清两代诗家,无论宗趣如何,大多未能越出此说矩矱(批评者亦未能提出新的分期意见),直至今天的学术界,仍有其重要影响。

此外,《唐诗品汇》在卷前特设"诗人爵里详节",对所收诗人可考者的生平事迹作简要提示,便于读者在解读唐诗时"知人论世"。另有"历代名公叙论"引述自唐至元评说诗人诗作的文字,使该书具有"汇评"的性质,一定程度上展示了唐诗接受的历史轨迹。

如果说,唐诗学的理论基础由严羽最初奠定,中间经过杨士弘《唐音》以选本的形式加以普及推广,那么直至高棅,才算建立起完备的体系。因此,《唐诗品汇》在唐诗学的历史上产生的影响是巨大的,《明史》说"终明之世,馆阁宗之"。但一味扬正抑变、尊崇盛唐,直接导致了笼罩有明一代的模拟复古思潮,诚如《四库全书总目》所云:"平心而论,唐音之流于肤廓者,此书实启其弊;唐音之不绝于后世者,亦此书实衍其传。功过并存,不能互掩。"

《唐诗品汇》卷帙浩繁,不便普及,高棅在此基础上精选出 140 余家诗 929 首,题名《唐诗正声》。此书共二十二卷,计五古六卷、七古三卷、五律三卷、五排三卷、七律二卷、五绝二卷、七绝三卷,每体按初、盛、中、晚世次排列。有些诗人、诗作后略附评语。书前《凡例》叙述他的选编宗旨、准则及体例。在解释为何题曰"正声"时，他指出两条入选准则：一是形式上要求"声律纯完"，二是内容上要求"得性情之正"，二者又相互关联，不可分割。"君子养其浩然，完其真宰，平居抱道，与时飞沉，遇物悲喜，触处成真，咨嗟咏叹，一出于自然之音，可以披律吕而歌"，声律与性情两全其美，皆得其正；"其发于矜持忿詈谤讪侵凌，以肆一时之欲者，则叫躁怒张"，于是"情与声皆非正也"。不过，在实际操作中，他似乎更注重声律上的要求。《正声》所录多盛唐中正和平之音，大历以下诗篇只占全书三分之一，几乎不选初唐四杰，胡应麟解释为"盖王、杨近体，未脱梁、陈；卢、骆长歌，有伤大雅。律之正始，未为当行。"（《诗薮》外编卷四）

《唐诗品汇》虽也崇尚盛唐，但它在诗歌收录方面海纳百川，门户开阔，后世不同宗趣的读者，均可出入其间，各取所需；《唐诗正声》则飞流直下，取径褊狭，"既无苍莽之格，亦无纤靡之调，而独得和平之体"（《诗源辩体》卷三六），更多地代表高氏一家之宗趣。后世崇尚"和平之体"者，往往奉之为矩矱。此外，它对前七子以声论诗、"诗必盛唐"的观念也有直接的开启意义。

第四节　理学家的唐诗观

明初诗坛虽宗主不一，然多扬唐抑宋。在这一主旋律下，我们也听到不同声音，恰从另一侧面昭示了明代唐诗学发展的曲折历程。

从伦理功用的角度扬宋抑唐

方孝孺在《谈诗五首》中表达了对诗坛习尚的不满：

　　举世皆宗李杜诗，不知李杜更宗谁。能探风雅无穷意，始是乾坤绝妙词。

　　前宋文章配两周，盛时诗律亦无俦。今人未识昆仑派，却笑黄河是浊流。

　　发挥道德乃成文，枝叶何曾离本根。末俗竞工繁缛体，千秋精意与谁论？

　　天历诸公制作新，力排旧习祖唐人。粗豪未脱风沙气，难诋熙丰作后尘。

　　万古乾坤此道存，前无端绪后无垠。手操北斗调元气，散作桑麻雨露恩。

（《逊志斋集》卷二四）

第一首明确批评世人只知崇尚李白与杜甫，不知李、杜亦有所本，进而指明须探源风雅，才能创作出绝妙好诗。然而，时代毕竟发展了，诗歌艺术从形式到内容都不可能回归成周之世，新的时代还是需要相应的艺术典范，于是，方孝孺在第二首便树立起宋人地位，认为宋代文章可以追配两周，诗律也无与伦比，同时批评时人清浊不分，高下莫辨。而奉宋诗为圭臬的真正原因，恰在第三首的"发挥道德"上，道德是聚"千秋精意"之本根，根深才能叶茂，这仿佛是唐代道统文论家韩愈"根之茂者其实遂"（《答李翊书》，《昌黎先生集》卷一六）的回音。基于此，第四首进一步讥评元人师唐之风，认为元诗"粗豪"，远不及宋。杨维桢的弟子贝琼在《林显之〈陇上白云诗稿〉序》中，历举元代诗人，称之"有李杜之气骨，而熙宁、元丰诸家为不足法"，返观方氏矛头真正所指，则为明初尊元一派。最后一首，总括强调上述理论的本根性及其价值所在。

　　作为宋代诗型的开启者，唐韩愈与杜甫有幸得到方孝孺的赏识："其体则唐也，而其道则古也。"（《时习斋诗集序》，《逊志斋集》卷一二）那么这古"道"是什么？方孝孺答："大而明天地之理，辩性命之

355

故，小而具事物之凡，汇纲常之正者，诗之所以为道也。"(《时习斋诗集序》，《逊志斋集》卷一二）也就是说，在方孝孺眼里，杜甫和韩愈的诗俨然成为"道"的载体。

稍后于方孝孺的黄容，在作于永乐十一年的《江雨轩诗序》中，痛斥刘崧"以一言断绝宋代，曰宋绝无诗"为"诟天吠日"，也是立足在"本于理"：

> 至宋苏文忠公与先文节公，独宗少陵、谪仙二家之妙，虽不拘拘其似，而其意远义该，是有苏、黄并李、杜之称。当时如临川、后山诸公，皆杰然无让古者。至朱子，则洞然诸家之短长，其《感兴》等作，日光玉洁，未易论也。何者？一本于理尔。(叶盛《水东日记》卷二六）

瞿佑则通过选诗的方式传播他的主张。他曾仿效元好问的《唐诗鼓吹》，取宋、金、元三朝名人所作，编成《鼓吹续音》，并明确表露："世人但知宗唐，于宋则弃不取。众口一辞，至有诗盛于唐坏于宋之说。私独不谓然，故于序文备举前后二朝诸家所长不减于唐者，附以己见，而请观者参焉。"(《归田诗话》卷上）

如果说，上述几家还是以"不减于唐"来在为宋诗争地位讨说法，希望给宋诗公平的待遇，希望求得与唐诗同等的尊严，那么，张宁和罗伦就显得有些不依不饶，欲与唐诗争高下。

张宁《学诗斋卷跋》云：

> 自"观""兴""群""怨"之教衰，而《三百篇》劝戒大义，尽湮于声律文词之末，虽盛唐诸家，亦不出此。……先辈谓"删后无诗"，盖自有见。或者遂洞视近古，至谓宋儒之诗为无物，几欲一扫而空焉者，弃本逐末，弊一至此。夫文章固各有体，声韵亦自不同，然未有外理趣、舍经典而可以言诗者。(《方洲集》卷二一）

罗伦《萧冰厓诗集序》云：

> 宋氏有国三百余年，治教之美，远过汉唐，道德之懿，上
> 承孔孟。南渡以后，国土日蹙，文气日卑，而道德忠义之士，
> 接踵于东南。其间以诗词鸣者，格律之工虽未及唐，而周规折
> 矩，不越乎礼义之大闲，又非流连光景者可同日语也。（《一峰
> 文集》卷二）

当然，倡扬宋诗的理由并没有变化："理"，是诗歌的根本。换言之，唐诗不如宋，就输在"理趣"或"礼义"上。

在以上诸公的倡导下，诗坛上掀起一股学宋流波："近时学诗者，以唐人格卑气弱，不屑模仿，辄以苏、黄自负者比比。"（吴宽《题陈起东诗稿后》，《匏翁家藏集》卷五十）

从自然见道的视角评价唐诗

尽管唐诗的主情和宋诗的主理根本异趣，但并非所有理学家都是宋诗的崇拜者。只是，他们在评价唐诗时依然遵循着自己的选择标准，依然有他们的独特视角，

陈献章为明前期性气诗派代表作家，论诗主张以自然见道。他对唐诗的评价就把持着这个标准，如：

> 晋魏以降，古诗变为近体，作者莫盛于唐，然已恨其拘声
> 律，工对偶，穷年卒岁为江山、草木、云烟、鱼鸟粉饰文貌，
> 盖亦无补于世焉。若李、杜者，雄峙其间，号称大家，然语其
> 至，则未也。（《夕惕斋诗集后序》，《明文海》卷二五九）

陈献章坚持自然法则，同时却又指责唐诗"无补于世"。这一看似自相矛盾的表述，恰恰暴露了陈献章"自然心性"的理道本质，即诗歌的政治伦理功能是根本、是核心，技巧上的刻意追求会削弱诗人对政治伦理的关怀与热情，艺术上的精深工炼会阻碍政治伦理观念的直接显现。

这并不是说陈献章根本否定诗歌的艺术价值，实际上他只是要求任何艺术上的追求不能对政治伦理效能的发挥构成妨害，尽管在强调时常

常偏激过头。所以我们还能听到他这样的声音："须将道理就自己性情
上发出，不可做议论说去。离了诗之本体，便是宋头巾也。"（《次王半
山韵诗跋》，《陈献章集》卷一）

与陈献章出自同一师门的胡居仁，对唐诗的认识与之近似，其《流
芳诗集后序》表露了对李、杜的看法：

> 李白之诗，清新飘逸，比古之诗温柔敦厚、庄敬和雅，可
> 以感人善心、正人性情，用之乡人邦国以风化天下者，殆犹香
> 花嫩芷，人虽爱之，无补生民之日用也。杜公之诗，有爱君忧
> 国之意，论者以为可及"变风"、"变雅"，然学未及古，拘于
> 声律、对偶，《淇奥》、《鸤鸠》、《板》、《荡》诸篇，工夫详密，
> 义理精深，亦非杜公所能仿佛也。（《胡文敬集》卷二）

胡居仁把持"义理"与"性情"两条准绳，指斥李杜的缺陷，所表露的
观点与陈献章基本相同。

桑悦也持类似见解，他在《复王元勋秋官书》中称："夫诗不在于
人，则在于天地之间，不过随日月之往来，与云霞之舒卷而已。"以自
然之道衡量，他说：

> 后世诗莫盛于唐，若李、杜大家，咏伤月露，搜尽珠玑，
> 果知是理否耶？故曰：删后无诗。（《庸言》，《思玄集》卷二）

与上述各家持理道标准指斥唐诗的缺失不同，何乔新则肯定唐诗合
乎理道。他认为"诗自《风》、《雅》、《骚》、《选》之后，莫盛于唐"
（《唐律群玉序》，《椒邱文集》卷九），但他对唐诗的认识，便带有"理"
的色彩："夫诗者，人之性情也。唐之律诗，其音响节族虽与古异，然
其本于性情而有作则一而已。读者因其辞，索其理，而反之身心焉，则
可兴可观可群可怨而有裨于风化者，岂异于《风》、《雅》、《骚》、《选》
哉？"（同上）这等于从总体上界定唐诗"其体则唐也，而其道则古"
（方孝孺《时习斋诗集序》）。

第五节　从"台阁"诗人到李东阳

"台阁"诗人的唐诗观

杨士奇在《书张御史和唐诗后序》中说："诗自《三百篇》后，历汉、晋而下有近体，盖以盛唐为至。"但他对盛唐诗的接受视角，不同于上述各家：

> 诗以理性情而约诸正，而推之可以考见王政之得失、治道之盛衰。……若天下无事，生民乂安，以其和平易直之心，发而为治世之音，则未有加于唐贞观、开元之际也。杜少陵浑涵博厚，追踪风雅，卓乎不可尚矣。一时高才逸韵，如李太白之天纵，与杜齐驱，王、孟、高、岑、韦应物诸君子，清粹典则，天趣自然。读其诗者，有以见唐之治盛于此，而后之言诗道者，亦曰莫盛于此也。（《玉雪斋诗集序》，《东里文集》卷五）

杨士奇心目中的唐诗之盛，主要着眼于"治世之音"，实际上是从"颂美"的角度推崇盛唐诗，充分展现了以"润饰鸿业，斧藻升平"为己任的台阁重臣对唐诗的期待视野。由此出发，无论是杜甫的浑厚、李白的"天纵"，还是王、孟等人的"清粹典则，天趣自然"，都成为"和平易直之心"的外发。杨士奇站在传统儒家的立场，强调唐诗的政教功用，自无甚新意，但他重提诗是诗人性情心声的外发、是时代风貌的体现，认为由唐音可识别诗人性情和时代风貌，却对格调派唐诗学有一定启示意义。

与杨士奇观点近似者有黄淮。黄淮重复着传统儒家诗教与乐教合一的话题（《读杜愚得后序》，《介庵集》卷十一），这一话题正是建立在"诗乐相通"观念的基础之上：

　　　　夫诗与乐相通，乐有五声八音九变而大成，或举其一声一
　　音而独奏之，得不谓之乐乎？诗至于律，其变已极，初唐盛唐
　　犹存古意，驯至中唐晚唐，日趋于靡丽，甚至排比声音、摩切
　　对偶以相夸尚，诗道几乎熄矣。（《虞文倩〈杜律虞注〉后序》，
　　《介庵集》卷十一）

从诗律与音乐的内在联系入手，探寻唐诗在表情达意时的音声表现，从
中辨别初盛中晚的差异，区分浑厚雅纯或靡丽驳杂，格调论正是遵循这
样的思路。

　　我们看到，台阁体诗人从儒家传统诗教与乐教合一的观念出发接受
唐诗，从而导致对唐诗音响格律的特别关注。李东阳的格调论，正是在
这一基础上产生的。

李东阳与"格调论"唐诗学的倡扬

　　"观《乐记》论乐声处，便识得诗法。"（《麓堂诗话》，下同）身为
台阁重臣的李东阳继承前人的诗乐同源说，特别看重诗的音乐属性，认
为诗的政治教化功能当通过诗的音乐属性而实现，并以此为诗与文的根
本区别所在。

　　有感于虽遵守格律却忽视音韵的时弊，李东阳对诗歌的格律声调进
行探讨，奠定了于后世影响深远的"格调说"理论基础。在《麓堂诗
话》中，李东阳多次提到"格调"一词，综而观之，其"格调"之含义
有三个层次：一是体制、格律，包括体裁及字句、对偶、平仄、押韵等
文字形式方面的格式和规律，他认为这些固定的范式表面看来并无区
别。二是由上述因素组合而总体表现出来的声音调门，即所谓"声调有
轻重、清浊、长短、高下、缓急之异"，"有节奏，有操有纵，有正有
变"，这是他关注的重点。三是由一经形成便相对稳定的声音调门的不
同特色而决定的时代风格及个人风格。所谓"调之为唐为宋为元者，亦
较然明甚"，说的是"时代格调"；而谓"李太白、杜子美之诗为宫，韩

退之之诗为角"，则述及个人的风格特色。"试取所未见诗，即能识其时代格调，十不失一，乃为有得"，"识先而力后"，于是，从格律音声入手，对唐诗作细致的辨析，成为李东阳研究唐诗的特色。如：

> 长篇中须有节奏，有操有纵，有正有变。若平铺稳布，虽多无益。唐诗类有委曲可喜之处，唯杜子美顿挫起伏，变化不测，可骇可愕，盖其音响与格律正相称。回视诸作，皆在下风。

> 诗用实字易，用虚字难。盛唐人善用虚，其开合呼唤，悠扬委曲，皆在于此。用之不善，则柔弱缓散，不复可振，亦当深戒。此予所独得者。

> 五七言古诗仄韵者，上句末字类用平声，唯杜子美多用仄，如《玉华宫》、《哀江头》诸作，概亦可见。其音调起伏顿挫，独为矫健，似别出一格。回视纯用平字者，便觉萎弱无生气。自后则韩退之、苏子瞻有之，故亦健于诸作。

李东阳之所以从这些"盖举世历代而不之觉"的"细故末节"辨识"时代格调"，就因为他认为这些"音响与格律"正是诗人性情真实而自然的表现，因此它们能客观地展现不同诗人、不同时代艺术风貌的特色，如谓：

> 《刘长卿集》凄婉清切，尽羁人怨士之思，盖其情性固然，非但以迁谪故，譬之琴有商调，自成一格。若柳子厚永州以前，亦自有和平富丽之作，岂尽为迁谪之音耶？

> 汉魏六朝唐宋元诗，各自为体，譬之方言，秦晋吴越闽楚之类，分疆画地，音殊调别，彼此不相入。此可见天地间气机所动，发为音声，随时与地，无俟区别，而不相侵夺。然则人囿于气化之中，而欲超乎时代土壤之外，不亦难乎？

所以，尽管从格律音响可以识察诗人的性情，却不可机械模拟格律音响的外表形式，因为那样会失却了自己的真性情：

今泥古诗之成声，平侧短长，句句字字，摹仿而不敢失，
非唯格调有限，亦无以发人之情性。……如李太白《远别离》、
杜子美《桃竹杖》，皆极其操纵，曷尝按古人声调？而和顺委
曲乃如此。

那么，诗人应该如何向古人学习？李东阳提示："大匠能与人以规矩，
不能使人巧。律者，规矩之谓，而其为调，则有巧存焉。苟非心领神
会，自有所得，虽日提耳而教之，无益也。""若往复讽咏，久而自有所
得。得于心而发之乎声，虽千变万化，如珠之走盘，自不越乎法度之外
矣。"反复讽咏，心领神会，古人之"巧"自然潜移默化于诗人之心。

此前，高棅也着重"审音律之正变"，在品第唐诗的过程中，显露
出格调论趋向，然其宗旨在别白源流体制。李东阳对诗歌音乐性的认
识，使他由风教说自然而然地转向了格调论。因此，在对唐诗声调格
律的探究上，显得更为具体。由此，也奠定了他在台阁文人和明"七
子"之间承上启下的诗学地位，直接开启了以前七子为代表的格调论
唐诗学的兴盛局面。此后，明代格调论者将诗歌"格调"作为研究重
点，做了大量深入、细致的辨析工作，不仅集传统文体风格之大成，
也把唐宋以来以境象批评为重点的中国诗学推进到了以文体批评为核心
的新阶段。

第六节　明前期唐诗文献的整理与开发

从洪武初年至成化末年，诗坛上虽主唐音，但与中后期比较起来，
对唐诗的重刊、选编与品评远未形成风气。一百二十年间，留传下来的
唐诗刊本不多。这固然与接续元代而坐享其成有关，亦反映出唐诗学的
鼎盛期还没有到来。

唐集的重刊

明前期唐诗的整理和开发主要体现在对旧本的重刊上。

就总集而言，唐宋元时一些有代表性的选本盛行于世。"《河岳英灵》、《中兴间气》、《唐音正声》、《三体鼓吹类编》、《光岳英华》等集，今唐人诗盛行于世者莫逾焉。"（叶盛《书雅音会编后》，《叶文庄公全集·泾东小稿》卷八）尤其是杨士弘的《唐音》，成为当时的诗学权威。梁潜说："唐诸家之诗，自襄城杨伯谦所选外，几废不见于世。虽予亦以为伯谦择之精矣，其余虽不见无伤也。"（《跋唐诗后》，《泊庵集》卷一六）杨士奇说："近代选古惟刘履，选唐惟杨士弘，几无遗憾，则其识有过人者矣。"（《沧海遗珠序》，《东里续集》卷一四）李东阳也说："选唐诗者，惟杨士弘《唐音》为庶几。"（《麓堂诗话》）《唐音》在明初当会大量刊刻，以致今天北京图书馆还藏有十一卷本两种刻本（一标"明初"刻本，一为正统七年道立书堂刻本）、十卷本两种刻本（魏氏仁实堂刻本、成化二十三年磻溪书堂刻本）。此外，宋赵蕃、韩淲辑，谢枋德、胡次焱注《唐诗绝句》存有宣德刻本，金元好问辑、元郝天挺注《注唐诗鼓吹》存有明初复元刻本，方回辑《瀛奎律髓》，今存成化三年紫阳书院刻本等。也有重刻合集者，如永乐十四年天台僧重刻宋淳熙十六年释志南编本《天台三圣诗集》。但总的说来，品种稀少，数量不多。

就别集而言，重刊杜诗较多。如宋黄鹤补注、刘辰翁评点《集千家注批点杜工部诗集》，今存明洪武元年会文堂刻本等多个重刻本，另有宣德四年刻本元张性撰《杜律演义》，正统石璞刻本《虞邵庵分类注杜诗》等。重刻杜集外，今所见重刻别集尚有：《寒山诗》，洪武郭宅纸铺印本；《钱考功诗集》，明景泰以前抄本；宋童宗说注释、张敦颐音辩、潘纬音义《增广注释音辩唐柳先生集》，今存明初刻本就有正统三年善敬堂刻递修本等五种；宋朱熹考异、王伯大音释《朱文公校昌黎先生外集》，有洪武十五年庐陵勤有堂刻本、正统十三年书林王宗玉刻本和成化刻本；李频《梨岳集》，有永乐中河南师祐刻本、正统中广州彭森刻本，"先后重刊者四"（《四库全书总目》）；陆龟蒙《唐甫里先生文集》二十卷（中有诗十三卷），有成化二十三年严春刻本；《孟东野诗集》，有明初抄本，等等。

明人对旧本的重刊无疑促进了唐诗的传播，特别是对一些久已湮没无闻的诗集，意义更为重大。如独孤及《毗陵集》，"为其门人安定梁肃所编，李舟为之序。凡诗三卷，文十七卷。旧本久湮，明吴宽自内阁抄出，始传于世"。（《四库全书总目》）又如张九龄集，"唐、宋二史《艺文志》俱载有九龄文集二十卷，其后流播稍稀。惟明《文渊阁书目》有《曲江文集》一部四册，又一部五册，而外间多未之睹。成化间，邱濬始从内阁录出，韶州知府苏磐为刊行之。其卷目与唐《志》相合，盖犹宋以来之旧本也"。（同上）今上海图书馆藏《曲江张先生文集》二十卷，即成化九年苏磐刻本，而今传《曲江集》亦多源于此本。

明人即便是重刊旧本，也往往请名家时流重新作序，以抬高刻本声望，扩大影响，达到迅速推广的目的，如王直序《虞邵庵注杜工部律诗》，既指出前代注者之功勤，又提示于后世作者之裨益；黄淮在高评杜诗后，则特别突出了注者的能力和水平（《杜律虞注后序》，《介庵集》卷一一）；杨士奇的《杜律虞注序》可以说是一则优秀的宣传广告："观水者必于海，登高者必于岳。少陵其诗家之海岳欤？……伯生学广而才高，味杜之言，究杜之心，盖得之深矣。"旧本重刊加入名流序文，达到了促进唐诗传播的目的。

唐诗的选编与评注

明前期唐诗的选编，成就最著、影响最远的自然是《唐诗品汇》和《唐诗正声》，已述如前，今所见最早刻本分别是成化十三年陈炜刻本和正统七年彭曜刻本。另余俨辑《唐世精华》，今存万历四其轩刻本。其时又有周叙辑《唐诗类编》（《明史》卷九九《艺文》四），朱元璋第十六子朱楩编辑《增广唐诗鼓吹续编》，收诗人达四百（《千顷堂书目》卷三一），惜今未见。

从所选体裁来看，除几部大型汇编外，如佚名氏《唐诸贤五言古诗》（叶盛《篆竹堂书目》卷四）那样选唐人古诗者很少，大多选取近体诗。如许中麓辑刻《光岳英华》，今存明洪武九年刻本，所选皆七律，自唐杜审言起至元代周启止，涉及的唐代诗人有 51 位。王莹辑《律诗类编》，也选七律（叶盛《水东日记》卷二六）；孙贲辑成的《七言集句诗》，专录唐人七律中的名句；宋棠《唐人绝句精华》、杨廉《唐诗咏史绝句》，则专选绝句。这既体现了时人好为近体的创作风气，也缘于唐人近体更有法度可循。

从编选体例来看，有的以体分编，有条不紊，如《唐诗品汇》按五古、七古（附歌行长篇）、五绝（附六绝）、七绝、五律、五排、七律（附七排）分九卷。有的以类分编，按题材归类，如吕炯《唐诗分类精选》二十卷凡 5000 首，即以类编次（见桑悦《唐诗分类精选后序》，《思玄集》卷五），又如孙贲在《七言集句诗序》中说，他将唐诗分为台阁、山林等十类。也有的按韵分次，如天顺七年康麟辑成《雅音会编》，选录唐人五、七言近体诗 3800 余首，"以一东、二冬等三十韵分布，以提其纲；取诗之同韵者以类从类，而详其目"（王钝《雅音会编序》，《雅音会编》卷首）。

从选编的意图来看，有的侧重于贯彻某种诗学观念或主张，如《唐诗品汇》着眼于源流正变，《唐诗正声》着眼于声律纯完，王行《唐律诗选》着眼于自然浑朴；有的侧重于展现某一时代的创作风貌，如吴复编《盛唐诗选》、尚冕辑《盛唐遗音》；有的力图存录地区人文资源的精粹，如《唐贤永嘉杂咏》、《唐贤昆山杂咏》、《唐贤金精山诗》、《唐贤君山诗》、《唐贤岳阳楼诗》等佚名氏所编诗集（叶盛《篆竹堂书目》卷四）；有的标榜用于自我赏玩，如何乔新辑《唐律群玉》，在序中即有此表白。但大多都持有为作诗者提供修习范例的实用目的，如孙贲在《七言集句诗序》中明言"为初学诗者亦不为无补"，王钝说《雅音会编》"各韵所载，众则毕备，其间四种、五法、七德、六义，旁犯、蹉对、假对、双声、叠韵，与夫正格、偏格、句法、句眼之类，一览而举在目前，其为后学启蒙者多矣"。

从入选诗人看，闽派诗人崇盛唐的观念，似乎尚未产生全局性的影响。即如高棅极称开元、天宝，但《品汇》所选兼备有唐一代之制作。今北图藏明初抄本佚名辑《唐十八家诗》，录李峤、郑谷、高适、马戴、李频、顾非熊、郑巢、许琳、刘叉、杨凝、李昌符、李建勋、包佶、王周、于邺、于濆、李中、章碣 18 人诗作，亦堪称宏制，竟多晚唐诗人。而孙贲《七言集句诗序》所标举的诗例，涉及的诗人有王建、杜牧、司空图、岑参、张籍、韩翃、许浑、李涉、秦系、赵嘏、钱起 11 位，也多中晚唐诗人，其中虽就绝句而论，但谓"诸体之诗，以此求之，无有出于范围之外者矣"。

明前期唐诗专门的注本很少。今所见有宣德九年刻本《读杜诗愚得》，单复注，《四库全书总目》谓："其笺释典故，皆剽缀千家注，无所考证。注后隐括大意，略为训解，亦循文敷衍，无所发明。"沿续前人旧说，无所发明，正是明初人"坐享其成"心态的体现，可能代表了当时注释的风气和水平。此外，又有弘治五年王弼、程应韶刻本《杜诗长古注解》，谢省注；成化十一年刻本《七体唐诗正音补注》，系王庸为杨士弘辑本作注。

明前期对唐诗的批评多体现于《诗话》一类著作中，专门评本很少。《抚州府志》卷七九《艺文志·集部》载王经撰《唐诗评》，惜今未见。叶盛的《水东日记》卷三六参评《诗林广记》，多少显露了明前期唐诗批评的一些信息。前有一则文字，提到《诗林广记》涉及的唐代诗人有李、杜等 30 位，其体例先出示原诗，继列前贤评语，末发表己见，以示参与评说之意。有的评语简洁，仅就前贤的意见作个表态，如"山谷说当矣"，但大多有评说，近似诗话的性质。叶盛表述自己对某诗的看法，往往可以体现他的诗学观念，也可照见时代印迹。如其时流行诗文之辨，他评杜甫《缚鸡行》："诗与文稍异者，以诗兼兴趣，有感慨调笑风流脱洒处。"又如时行辨声，他评杜子美《羌村》："'夜阑更秉烛'，

'更'当作平声读是"，评韩愈《方桥》："'作'，《唐韵》已在'佐'韵造也，亦见子史书，皆韵去声。"再如时风崇尚盛唐，他评韩愈《古意》时说："要之'白俗'之讥，亦出至公，而盛唐正音，兹所以为不可及也欤？"评李商隐诗："义山固是用事深僻之开先，杨大年诸公亦推波助澜矣。老坡一出而才高学富，至于全篇首尾句句用故事成说，则去盛唐为益远而不可救矣。"其间也表露了"唐诗主兴趣，宋诗主议论"的看法。

第三章
明中期的唐诗学

第一节 "格调论"唐诗学的盛兴

《明史·文苑传》谓:"弘治时,宰相李东阳主文柄,天下翕然宗之,梦阳独讥其萎弱,倡言文必秦汉,诗必盛唐,非是者弗道。……与(何)景明、(徐)祯卿、(边)贡、(康)海、(王)九思、王廷相号'七才子'。"这就是所谓前七子。前七子接受唐诗的审美取向、美学视角、方式方法及终极目标,构成了格调论唐诗学的完整体系。它与前七子及其追随者的诗学实践所形成的规模及影响一起,标志着格调论唐诗学的盛兴。

前七子唐诗接受范型的确立

《明史》说李梦阳倡言"诗必盛唐",并不准确,倒是钱谦益的说法更符合实际:"献吉以复古自命,曰古诗必汉魏,必三谢;今体必初盛唐,必杜,舍是无诗焉。"(《列朝诗集小传》丙集)后来郭绍虞先生也指出:"论诗,空同并不专主盛唐……古体宗汉魏,近体宗盛唐,而七古则兼及初唐。"① 李梦阳的观点基本代表了前七子对唐诗的审美取向。

---

① 郭绍虞《中国文学批评史》页 341,上海古籍出版社 1979 年版。

李梦阳《缶音序》谓："诗至唐，古调亡。"《刻陆谢诗序》谓："夫五言者，不祖汉，则祖魏，固也，乃其下者，即当效陆、谢矣。所谓'画鹄不成尚类鹜'者也。"这大概是七子派"古诗必汉魏"的发端，说明唐人创作的五言古诗没有被他作为范型而接受。其《与徐氏论文书》说："至元、白、韩、孟、皮、陆之徒为诗，始连联斗押，累累数千百言不相下，此何异于入市攫金、登场角戏也！"《潜虬山人记》又说"宋无诗"，这其中就透露了"今体必初盛唐"的消息。

李梦阳对格调范型的认定，大体为七子派所沿袭。何景明也有"宋无诗"（《杂言》，《何大复先生集》卷三八）之说。其《海叟集序》具体地列举他对各种体裁的审美取向：歌行、近体取法李白、杜甫，次则唐初和盛唐其他诗人，古诗取法汉魏，这是何景明确定的格调规范，这一思想与李梦阳无甚出入，只是表述得更加具体而集中。

王九思《明翰林院修撰儒林郎康公神道之碑》直接说："夫文必先秦两汉，诗必汉魏盛唐，庶几其复古耳。"王廷相多次表露了诗必汉魏初盛唐的思想，如：

> 天宝、大历以还，等而上之，晚唐不复言。苏、黄有高才远意，格调风韵则失之。元人铺叙藻丽耳，古雅含蓄，恶能相续？今礼乐百年，作者辈出，善厥斯艺，可以驰诸唐人真衢。
>
> （《寄孟望之》，《王氏家藏集》卷二七）

这里，明确了"唐人真衢"在大历以前。前七子的另一位诗人边贡，也有同样的思想："每忆边庭实，才清官更闲。……名致诸公早，诗卑大历还。"（徐祯卿《秋日怀李郎中及边熊二君子五首》之四）康海《韩汝庆集序》谓："古今诗人予不知其几何许也，曹植而下，才杜甫、李白尔。"魏诗他独列曹植，盛唐专推李、杜，取径很窄。至于徐祯卿的审美取向郑善夫作了交代："二十外稍厌吴声，一变遂与汉魏盛唐大作者驰骋上下。"（《迪功集跋》，《少谷集》卷一六）其《谈艺录》没有论及近体，因此只能把握他对古体诗的看法。他说："魏诗，门户也；汉诗，堂奥也。入户升堂，固其机也"（《谈艺录》），将李梦阳的"不祖汉，则祖魏"反向表述为"入户升堂"，区别于王九思、何景明笼统言"汉魏"。徐、李虽都强调了汉诗高于魏诗，但徐比李观点更明确。

　　显而易见，前七子对唐诗的审美取向，与严羽、高棅有直接的承传关系。这里要特别指出其间存在的区别：其一是对唐代古体诗的态度。严羽虽列"汉魏晋与盛唐之诗"为"第一义"，但又强调"推原汉魏以来，而截然谓当以盛唐为法"。而从作者在这句话后加的小注——"后舍汉魏而独言盛唐者，谓古律诗之体备也"（《沧浪诗话·诗辨》）来判断，严羽尚不认为"诗至唐，古调亡"，相反，他认为盛唐各体完备，足以为法。高棅则明确提倡以开元、天宝为楷式，对六朝甚至汉魏均有否定，其《唐诗品汇》在九品区分中，五言古诗列陈子昂、李白为"正宗"，七言古诗列李白为"正宗"，说明高棅对唐代古体诗的态度与严羽一致而有别于前七子。其二是对待中晚唐诗的态度。严羽虽要求人们"以盛唐为法"，但并不绝对排斥中晚唐以下，认为"晚唐人诗，亦有一、二可入盛唐者"，甚至认为宋诗也有近唐之作（见《沧浪诗话》中《诗评》、《诗辨》各章）；高棅《唐诗品汇》严格区分唐诗的流变，但他把中唐诗称作"接武"（接踵盛唐），又在晚唐诗里列出"正变"（变而不失其正），也体现出并不一概废弃的用意。可是，李、何却主张"诗自中唐而下，一切吐弃"（《明史·文苑传序》），这样就把可以继承的诗歌传统，压缩到一个很小的范围之内，从而束缚了唐诗学的拓展领域，使得模拟复古的弊病日益充分地暴露出来。

前七子接受唐诗的美学视角

　　前七子对唐诗为何作出上述取舍，李梦阳《缶音序》中的一段话作了回答。

　　　　诗至唐，古调亡矣，然自有唐调可歌咏，高者犹足被管弦。宋人主理不主调，于是唐调亦亡。黄、陈师法杜甫，号大

家，今其词艰涩，不香色流动，如入神庙坐土木骸，即冠服与
人等，谓之人可乎？夫诗比兴错杂、假物以神变者也，难言不
测之妙，感触突发，流动情思，故其气柔厚，其声悠扬，其言
切而不迫，故歌之心畅，而闻之者动也。宋人主理，作理语，
于是薄风云月露，一切铲去不为。又作诗话教人，人不复知诗
矣。诗何尝无理，若专作理语，何不作文而诗为邪？（《空同
集》卷五一）

这就是前七子接受唐诗的美学视角。要言之，有以下几点。

（一）流动情思

文中显示李梦阳继承了李东阳以声论唐诗的格调观，非常重视诗歌
的音乐性质。不同的是，李梦阳并非从风教说出发，而是极为重视诗的
情感性，注意到情和调之间的必然联系。他认为，情是根本，是核心，
它决定调的形成，而调形成之后，反过来又影响情，从而实现诗的审美
价值。在《潜虬山人记》中，他把"格古"、"调逸"放在"七难"之前
而统之以"情"，随后说"宋人遗兹矣"，言下之意是唐人做到了。由于
他极为重情，又极为重调，更把情和调看作密不可分，因此在推崇古
诗、唐诗的有情有调时，自然引发出对宋诗主理而不主调的批评。与李
梦阳一样，何景明也极为重情，"夫诗，本性情之发者也，其切而易见
者，莫如夫妇之间"。基于此，他认为杜诗乏情涉世，缺失"风人之
义"，脱离了汉魏以来"宣郁以达情"的诗歌传统。（《明月篇序》，《何
大复先生集》卷一四）注重唐诗的情感特征，是出于对宋明理学诗的反
拨，欲将"性理"为本复归于传统诗学的"情性"为本。

（二）文质彬彬

"今其词艰涩，不香色流动"，李梦阳指责黄庭坚、陈师道诗质木无
文。其《潜虬山人记》谓"非色弗神，宋人遗兹矣，故曰无诗"，也道
出他贬黜宋诗的理由。不过，李梦阳却并不以此矫枉过正，忽视作品的
内质，其《与徐氏论文书》即说"贵质不贵靡，贵情不贵繁"，可见他

欣赏的是文质彬彬。何景明在《与李空同论诗书》中说"近诗以盛唐为尚，宋人似苍老而实疏卤，元人似秀俊而实浅俗"，指出宋诗质而无文，元诗有文无质，言下之意：盛唐文质彬彬，所以值得效仿。前七子对"质"的重视主要落实于注重唐诗的抒情特征，而对"文"的强调往往落实到对唐诗法度的重视。李梦阳、何景明视法度为规矩，为物之自则；康海称古今诗人自曹植而下，只有杜甫和李白，主要理由就是其诗"法度宛然，而志意不蚀"（《韩汝庆集序》，《对山集》卷四），"法度"与"志意"正是文和质的落实。前七子确立文质彬彬的审美视角，是他们检视诗坛状况而后，欲矫正诗风流弊所致：宋人重质轻文，元人重文轻质，而"明初犹沿宋元之习"（皇甫汸《盛明百家诗集序》，《皇甫司勋集》卷三五）。

（三）意境浑成

"其气柔厚"，描述的是意境浑厚天成的艺术境界。李梦阳在《刻阮嗣宗诗序》中，也透露了这一视角，以阮籍为魏诗人之冠，因其诗"混沦"，不同于"镂雕奉心者"，说陈子昂、李白的五古比较接近阮籍，说明李梦阳对唐人五古的认识也是着眼于"混沦"的特色。"混沦"，即"柔厚"，即意境浑成，是诗歌的思想内容和艺术表现达到高度融合浑化的状态，这不仅指质与文之间的谐协，也包括质和文内部诸要素的融化通贯。何景明在《王右丞诗集序》中说：

> 窃谓右丞他诗甚长，独古作不逮。盖自汉魏后，而风雅浑厚之气罕有存者。右丞以清婉峭拔之才，一起而绰然名世，宜乎就速而未之深造也。（《何大复先生集》卷三四）

说王维诗乏浑厚之气，这正是前七子古诗不取唐而取汉魏的重要原因。李梦阳、何景明确立意境浑成的审美视角，也可以在严羽那里找到源头。《沧浪诗话·诗评》谓："诗有词理意兴。六朝人尚词而病于理，本朝人尚理而病于意兴。唐人尚意兴而理在其中。汉魏之诗，词理意兴，无迹可求。""汉魏古诗，气象混沌，难以句摘。"这些，都为前七子所继承。

（四）声调宛亮

"诗至唐，古调亡矣，然自有唐调可歌咏，高者犹足被管弦"，其中透露出李梦阳对唐诗声调的认识。这又可用他"宛亮者调"（《驳何氏论文书》）一语概括。宛者，柔宛顺畅，不险不涩，可谐管弦、供吟唱；亮者，高亢健朗，字正音圆①，抑扬合节，这二者结合在一起，就成为诗歌声调的理想范式。李梦阳认为汉魏唐人诗，就具备这一范式："古调"与"唐调"之"高者"，表现在"可歌咏"、"足被管弦"、"其声悠扬"，也即声调宛亮。何景明喜好初唐四子，就因为"至其音节，往往可歌"，而他不满杜甫，也是基于杜诗"调失流转"，"流转"则"宛亮"，杜诗丢失了这一传统，所以"调反在四子之下"（《明月篇序》）。

前七子对唐诗声调宛亮特征的标举，是对宋人"主理不主调"的有力反拨。宋人为了不步唐人后尘，力图打破唐诗已经凝固化了的声律规范，以拗体和险韵造成奇崛生新的效果。明代格调论者正欲以宛亮纠宋人的险拗，回归声韵和谐、平仄合律的古典审美理想。

（五）气势雄壮

前七子欣赏的唐诗，大都呈现出厚实稳健、卓立遒举的精神态势。《明史·文苑传》指出李梦阳独讥李东阳萎弱，李梦阳《章园饯会诗引》也谓："大抵六朝之调凄宛，故其弊靡；其字俊逸，故其弊媚。""靡"和"媚"即是"萎弱"的表现，正和沉著雄伟相对，这也透露出他对唐诗的接受视角；何景明《王右丞诗集序》说到"盖自汉魏后，而风雅浑厚之气罕有存者"，同样表明他对厚实稳健的精神意趣的关注；徐祯卿曾宣示"气本尚壮"（《谈艺录》），康海说"汉魏以降，顾独悦初唐"，理由是"正以承六朝之后而能卒然振奋其气，词或稍因其故，而格则力脱其靡"（《樊子少南诗集序》，《对山集》卷四），可见其共同的美学

① 李梦阳《潜虬山人记》提到"七者备而后诗昌"，"音圆"即为其一。

好尚。

前七子接受唐诗的方式方法

（一）由格调识察诗人性情

南宋严羽"辨尽诸家体制"（《答出继叔临安吴景仙书》）的理论主张和初步尝试，经由元人杨士弘编《唐音》时"别体制之始终，审音律之正变"（《唐诗品汇·总叙》）的诗学实践，再到明初高棅"辨尽诸家，剖析毫芒"（同上）的进一步努力，终于在李东阳那里形成"格调论"完整的理论模式，即通过形式上可感的格律声调，去揣摩、体味、把握、分辨诗歌的艺术风貌和诗人的性情。前七子接受唐诗，遵循的就是这一方式。

李梦阳以"格古、调逸"置于诗歌"七难"之首（《潜虬山人记》，《空同集》卷四八），在两次写给何景明的信中，他都明确主张拟则汉魏盛唐的高古之格和宛亮之调，并称之为"法"、"规矩"，他不仅确立了由格调师古这一思维模式的重要价值和地位，也使得这一模式更加具体、更加狭窄。

何景明虽然就"尺寸古法"同李梦阳发生过争执，但其理论实质与李氏并无差异，且看他在《内篇》卷二三中所说：

> 嗟乎！诗也者，难言者也。……彻远以代蔽，律古以格俗，标准见矣。故单辞寡伦，无以究赜；指众不一，无以合方；利近遗法，无以纯体。是故博而聚之，存乎学；审而出之，存乎心；明而辨之，存乎识。（《何大复集》卷三）

欲"格俗"、欲"究赜"、欲"合方"、欲"纯体"，就不能没有一个统一标准，不能因急功近利而抛弃法式，也就不得不以古为律。何景明所要求的博学、精审、明辨，终归还是落实到前人的格调。他的好友张含也留下这样的记载："予昔论诗于仲默，彼曰：'行空之马，必服衔控；高才之诗，必准古则。'"（《跋杨太史邯郸才人嫁为厮养卒妇》，《张愈光诗

文选》)

　　李东阳由声调的运用效果而识别气格的强弱，是通过声调去定"格"，通过声调而辨"格"，李梦阳也是这样做的。李梦阳虽多次"格"、"调"并举，诗学实践中却更多地落实到诗歌的声调。同李东阳一样，他也意识到声调"人有其巧"的艺术质性："至其为声也，则刚柔异而抑扬殊，何也？气使之也。"（《张生诗序》，《空同集》卷五一）在此基础上，他进一步由诗歌的声调辨识不同时代的艺术风貌，指出："诗至唐，古调亡矣，然自有唐调可歌咏，高者犹足被管弦。宋人主理不主调，于是唐调亦亡。"是否"主调"，成了各个时期诗歌风貌的根本区别。明初刘绩就曾指出唐宋诗声调之异（《霏雪录》卷下），不过，刘绩在比较唐宋诗时，同时列举八条区别，声调只是其中之一，而李梦阳则从众多差别中，单独标举"调"，说明他认为声调方面的差异是唐宋诗的根本区别。他由此推断宋人"不主调"是他们"主理"的结果，直接将"调"与"理"推向对立。

　　何景明说他爱《楚辞》的"词调铿锵、气格高古"（《楚辞序》），又说杜甫的七言歌行"调失流转"，并由杜诗声调的变化看到体格的变化，断定杜诗乃"诗歌之变体"（《明月篇序》）。在与李梦阳的那场论辩中，声调同样是他们争论的焦点，对此，胡应麟已经察觉，他说："律诗全在音节，格调风神尽具音节中。李、何相驳书，大半论此。所谓俊亮沉著，金石鞞铎等喻，皆是物也。"（《诗薮》内编卷五）

　　（二）在模拟中悟入变化，最终神似古人

　　由格调识察神情，就审美接受而言，这方式并没有错。但在实际中，接受者往往就是创作者，而创作者的思维方式刚好要与此逆向倒转，即从内在的真情实感出发，去寻求外在合适的格调。这样一来，问题就出现了——接受主体在进入创作阶段时，如果不能进行彻底的角色转换，就会使自己谨守古人格调而失却自我，徒袭其形而不得其神。出于元代的《诗法源流》虽认为"体制不一，音节亦异，大抵学者要分别得初唐、盛唐、中唐、晚唐及宋、元人诗，某也如何，某也如是"，却明确指出唐诗"原于德性，发于才情，心声不同，有如其面，故法度可学而神意不可学"。前七子则不但要从体制音节学唐诗的"法度"，还要由此学到唐诗的"神意"。要实现这一终极目标，就得处理好模拟格调和确立自我的关系。

李梦阳在《迪功集序》中虽说"追古者未有不先其体者也"，认为师法古人自然要先师体格，然而，紧接着他就对"守而未化，故蹊径存焉"表示相当的遗憾。即便在与何景明的论辩中，他也没有隐藏对"变化"的态度："守之不易，久而推移，因质顺势，融熔而不自知，于是为曹、为刘、为阮、为陆、为李、为杜，即今为何大复，何不可哉！此变化之要也。故不泥法而法尝由，不求异而其言人人殊。"（《驳何氏论文书》，《空同集》卷六二）由"同"入的目的即在由"异"出。对此，他在《答周子书》中作过更完整的表述："幸足下无悦其易，无惮其难，积久而用成，变化叵测矣。斯古之人所以始同而终异，异而未尝不同也。非故欲开一户牖、筑一堂室也。"这"变化叵测"，就是"积久"而悟入的结果，李梦阳视之为"幸"。"始同而终异"，从摹拟格调入，必先从形体上求同，但摹拟古人的目的是为了自己能写出好作品，因此，最后应在摹拟过程中自然而然地脱颖而出，摆脱前人的形貌，确立自己的面目，这是问题的一个方面；"异而未尝不同"，诗人是在前人格调规范下确立自我，所以必定神似古人，或者说，诗人应在确立自我时追求神似古人。这二者组合起来，就是这样一条思路：摹拟格调（同）→悟入变化（异）→神似古人（似）。这既是李东阳关于"悟"的思想的引申，也是格调论思维方式最明了、最凝练的概括。

何景明对"变化"一端的重视在与李梦阳的论辩中已表露无遗，研究者论述已多，此不赘言。此处想提及的是，他所主的"变化"，所标榜的神情，并非像有的论家所说，"开了师心派的先河"。他的"变化"观、"神情"说和后者有质的不同，表现在他也是遵循着格调论的思维方式。这不仅体现于他的"变化"是由"拟议"而成（《与李空同论诗书》），更体现于他在"变化"之后，也求神似古人。且这一观点并非出现于可能与他一贯立场产生矛盾的其他场合，而恰恰与"变化"观、"神情"说同时出现：

> 追昔为诗，空同子刻意古范，铸形宿模，而独守尺寸。仆则欲富于材积，领会神情，临景构结，不仿形迹。诗曰："惟其有之，是以似之。"以有求似，仆之愚也。近诗以盛唐为尚，宋人似苍老而实疏卤，元人似秀峻而实浅俗。（《与李空同论诗书》，《何大复集》卷三二）

这段话，与其说是就李梦阳的"尺寸古法"而展开的论辩，不如说是格调论思维模式进入创作后的一次检讨。所谓"以有求似"，正是格调论思维模式的精要表述。"有"就是格调的形体层面，就是所谓的"形迹"，"似"却是就格调的内蕴而言，在此是就"神情"而言。原来，他虽然极力强调"成一家之言"，却也以神情"似"古人为最终归宿。如果仅从"富于材积，领会神情，临景结构，不仿形迹"这句话判断，他似乎走着一条由"异"→"似"的路径，但既言从"有"而求，下文又倡"拟议以成其变化"、"泯其拟议之迹"，说明他在第一阶段就不可能由"异"而入。将这些思想综合在一起，我们就会发现他仍然没有离开李梦阳"始同而终异，异而未尝不同"的思维方式。

李、何之外，王廷相在《与郭价夫学士论诗书》中，对"久而纯熟，自尔悟入"后的境界，以兴奋的笔触，作了非常潇洒的描述：所有时间所有空间里的所有物象辞意，都汩汩而来，悉由我取，而这些"非取自外"，乃是"习而化于我"的产物。在这种情形下创作出来的诗歌，自然能"摆脱形模"，泯其旧迹，著上"我"之色彩。这也是由"同"而"异"。至于以重主体之情而著称的徐祯卿，主悟主变的思想更为突出，如谓"诗贵先合度，而后工拙。纵横格轨，各具风雅。"（《谈艺录》）"合度"而后的"纵横"，正是"入悟"的状态；"纵横"以"格轨"为界域，又是"珠之走盘"式的自由。由"合度"到"纵横格轨"，实质上就是模拟格调（同）→悟入变化（异）→神似古人（似）的思维方式。

我们看到，前七子尊唐复古的理论动机，就是为了诗歌创作，为了创作出符合古典美学特征的诗歌，他们虽不主张师心自用，却希望通过自己的努力，在与古人的默契会通中，在古典审美理想的天地里，纵横驰骋，体验自我、发现自我，希望在规则与自由的最佳契合点上，创造自我、展示自我。因此，格调论接受唐诗的方式方法是：通过熟读唐人的作品，体味唐诗的格调，会通唐人的神情，而后融浃于心，流注于手，写出既有自己创新，又能神似唐诗的作品。

前七子对接受主体与接受对象关系的初步思考

对唐诗的接受终归要落实到创作上。前七子要求人们遵循唐人的格调规范，要求在自己的作品中实现理想的唐人格调，结果很容易丢失自我。事实上，一些有成就的大家虽然在理论上笼统地推举盛唐诸大家，但创作中他们懂得依据自己的才性作出取舍，如顾璘指出："李气雄，何才逸，徐情深，皆准则古人，锻琢成体……知其渊源所自，未尝不择法于古人：李主杜，何主李，徐主盛唐王、岑诸公。"（《论诗书》，《明文海》卷一六一）因此，如何处理好接受主体与接受对象的关系，也即诗人才情与唐人格调的关系，一开始就摆在前七子面前。

李梦阳《潜虬山人记》对格调与情感作出这样的定位："格古，调逸，气舒，句浑，音圆，思冲，情以发之。七者备而后诗昌也。"他虽然强调包括格调在内的"七者备"，却以"情"收结，突出了"情"对"格"、"调"的统辖作用。当然，李梦阳对格调规范的强调，在七子派中最为突出，其时何景明已感觉到格调规范的束缚，所以要求进入创作后"领会神情"、"不仿形迹"。

前七子中，王廷相是比较清醒地意识到格调与才情相对立的一位，他在《答仇时茂》一文中明确提出"诗有体格，才有限分"。因此，一方面，他突出格调的重要性，指出诗人有才情，其作品不一定有格调，如"苏、黄有高才远意，格调风韵则失之"，并认为今人即便才能再高，也不能抛弃或随便变易古人之格调（《寄孟望之》，《王氏家藏集》卷二七）。但另一方面，他也承认，一旦诗人具备才情，又往往无法囿于格调：

> 古人之作，莫不有体。风雅颂逊矣，变而为《离骚》，为《十九首》，为邺中七子，为阮嗣宗，为三谢，质尽而文极矣；又变而为陈子昂，为沈宋，为李杜，为盛唐诸名家，大历以后弗论也。……神情才慧，赋分允别，综括群灵，圣亦难事。（《刘梅国诗集序》，同上）

合而观之，似乎王廷相对格调与才情同样重视，其实透露出他在二者之间无所适从的尴尬。他想弥合二者的裂痕，于是在《与郭价夫学士论诗书》中提出"四务"（运意、定格、结篇、练句）和"三会"（养才、养气、养道），这可看做分别就强化作品格调与作者才情提出的具体办法。

徐祯卿是前七子中对诗人情感关注较多的一位。他曾这样论述"情"与"格"的关系："夫情既异其形，固辞当因其势。譬如写物绘色，倩盼各以其状；随规逐矩，圆方巧获其则。此乃因情立格，持守圜环之大略也。"（《谈艺录》）徐祯卿主张"因情立格"，要求尊重创作主体，以诗人的情感为先导，但并不否定格对情的规范作用，他说："诗贵先合度，而后工拙。纵横格轨，各具风雅。"（同上）徐祯卿的创作实践与他的理论主张一致，王世贞《像赞》说他"既成进士，始与大梁李梦阳、信阳何景明善，而梦阳稍规之古。自是格骤变而上，操纵六代而出入景龙、开元间。初若要驾不受羁，徐而察其步骤开辟，鲜不中绳墨者"。

总体上说，由于前七子过分重视接受对象的格调，实际上冲淡了人们对接受主体的关注。致使其追随者——尤其是末流徒袭唐诗形貌，不顾自我才情。何景明、王廷相、徐祯卿等虽已意识到冲突的危机，但未能根本扭转诗人才情毁灭的局面。后七子吴国伦、王世贞等在反思中力图吸取教训，矫正时弊，更加细致地探讨格调与才情的关系。

前七子之外的"格调论"唐诗学

《明史·文苑传序》说："李梦阳、何景明倡言复古，文自西京、诗自中唐而下一切吐弃，操觚谈艺之士翕然宗之，明之诗文于斯一变。"现在我们看看其时"翕然宗之"的"操觚谈艺之士"如何谈唐诗。

陈沂与李梦阳、何景明等并称"十才子"，他对唐诗的接受方式、审美取向和接受视角都接近前七子。一是从格调入手识辨唐诗。如谓杜甫七律"声洪气正，格高意美"（《拘虚诗谈》，下同），"昌黎诗有气，声调不降，但少纤徐吟咏之味，柳宗元则不及矣"。二是对初唐及大历以后评价不高："初唐承齐梁靡丽之后，不能脱去。""晚唐杜牧、许浑、刘沧、李商隐亦是名家，但声气衰弱，字意尖巧，吟咏无余味，赏鉴无警拔，其余虽有可称，亦是小巧如'郑鹧鸪'之类。回视大历以前，不可同日语也。"三是贬黜宋、元诗："宋人诗如藏经中律、论，厌唐人多涉于景而无情致。不知诗人所赋皆隐然于不言之表。"四是师法典范同前七子："五言古必宗苏李，近体必宗开元以前，七言长歌必宗太白，七言律必宗少陵，绝句必以太白为师。"

徐献忠，字伯臣，号长谷，华亭（今上海松江）人，嘉靖四年举人，官奉化知县，著有《长谷集》、《唐诗品》等。他力主模仿唐诗的格调，在《唐诗品序》中，徐献忠先论述声调与情感的关系：时代风气不同，诗人感触的事物不同，由此导致诗人的感情内容不同，诗歌的声调也随之变化。而且这种变化有它的基本准则，有它的自然规律，即"必谐于歌唱"、"必备之弦管"，即必"入调"、必"合律"。他把这种"生于心"、"系乎治乱得失之感"、"发于欢畅悲思之会"的"律"，视为"与二仪俱生，万有同形者"，意同李梦阳所谓"物之自则"。谓"律""以和人声、感鬼神，其义浩乎远矣"，则将声调和品格糅合在一起。接着徐献忠依此"格调说"描述唐诗的发展与流变：

唐兴承六代之后，词华大备，风轨尚微。太宗以鸿哲之才，刚明之气，采撷余藻，济以格力，当时英贤遭遇，共谐景会，意主浑融，音节舒缓，不伤官征之致，其为当代之祖何疑焉。开元以还，绮文之士习气尚余，而暴乱之后，神理乏缺，虽鲜错之盛未殊，而感思之情不能无作，故其舒缓之节渐流为深密之致，而模写之言始盛矣。……元和而下，调变音殊，意浮文散。其上者，格气犹存，词旨漓薄；其下者，调卑词促，心灵流荡。究观其时，元气日削，国体伤变，而艺人风格，要亦与之俱下，盖至于开成极矣。夫流调不节，则律体靡陈；格力不持，则浮夸日胜。艺虽精到，亦无取焉，而况林壑弃人、倔奇怪士，意象疏略，音旨直致，无尚于风人之轨者耶？（朱警《唐百家诗》附）

不同的格调体现了不同的情感，不同的情感体现了不同的时势，这就类同李东阳所说的"时代格调"。其《唐诗品》也是依此格调说品评唐诗，如评崔颢"气格奇峻，声调茜美"，评李颀"情思清淡，每发羽调"等等。称盛唐，抑中唐以降，徐献忠和前七子也大体一致：如谓"元和以还，格调顿变"（"马戴"条），"晚唐诸子，不选格调，专事情景"（"李建勋"条），较前七子划定的"大历以还"时限拖后了一些。对唐人古体的态度与前七子如出一辙："唐人作古调，虽各有门户，要之律体方精，弥多附寄，而专业之流鲜矣"（"韦应物"条）。不同的是，前七子称初唐，仅就歌行体，而徐献忠对初唐律诗评价甚高，如谓"初唐律体，声华并隆，音节兼美"（"陈子昂"条），"唐初诸子，词心共艳，律调俱扬，不可尚矣"（"李峤"条）。

胡缵宗与李梦阳友善[1]，他认为"汉魏有诗，梁陈隋无诗；唐有

---

[1]　胡缵宗《哭崆峒先生李献吉》有"海内忽传崆峒颓，故人涕泗斯文衰"句（《鸟鼠山人小集》卷六）。李濂《胡可泉集序》亦谓缵宗"平生与康（海）、李（梦阳）友善，故驰声艺林，与之媲美"（《鸟鼠山人小集》卷前）。

诗，宋元无诗。"（《杜诗批注后序》，《鸟鼠山人集》卷一一）而他对汉魏和唐诗的接受方式，也是从格调入手。他说："李唐之诗，鸣金戛玉，引商刻羽，不谓之雅调乎？"（《唐雅序》，同上，后集卷二）其《刻唐诗正声序》谓：

> 诗岂易言哉！三复之，伯谦其主于调，廷礼其主于格乎？汉时无调与格，而调雅，而格浑。唐诗有调与格，而调适，而格隽。五代而下，调不协而格不纯，未见其有诗也。（《鸟鼠山人小集》卷一二）

胡缵宗认为杨士弘选《唐音》主要着眼于"调"，而高棅编《唐诗正声》则主要着眼于"格"，在对晚唐诗的把握上表现最为明显。他对汉、唐、五代以下各时期"格"与"调"的表现情况作了精要概括。

郑善夫与李梦阳等并称"十才子"，又曾从何景明学诗（《与可墨竹卷跋》，《少谷集》卷一六），其审美取向与接受方式与前七子基本相同，如他评前丘生"为诗实上下魏晋，抗声于武德、天宝之间，大历而还不论也。余诚爱之慕之。"（《前丘生行己外篇序》，同上，卷九）评叶元玉"余尝辨其音节，多放手唐宋之间，惟五言近体于杜为似。"（《叶古厓集序》，同上）郑善夫一生学杜，但他指出杜诗的变体特征，较何景明更为细致，有关论说为焦竑所记：

> 一云：诗之妙处正在不必说到尽，不必写到真，而其欲说欲写者，自宛然可想，虽可想而又不可道，斯得风人之义。杜公往往要到真处、尽处，所以失之。一云：长篇沉著顿挫，指事陈情，有根节骨格，此杜老独擅之能，唐人皆出其下；然诗正不以此为贵，但可以为难而已。宋人学之，往往以文为诗，雅道大坏，由杜老起之也。一云：杜陵只欲脱去唐人工丽之体，而独占高古，盖意在自成一家，不肯随场作剧也。如孟诗云："当杯已入手，歌伎莫停声。"便自风度，视"玉佩仍当歌"，不啻霄壤矣。此诗终以兴致为宗，而气格反为病也。

（《焦氏笔乘》卷三）

强调杜诗的变体特征，体现了格调论唐诗学的特色。南宋严羽说"五言绝句，众唐人是一样，少陵是一样"（《沧浪诗话·诗评》），明显将杜甫的绝句视做变调而与"众唐人"区别开来；明初高棅的《唐诗品汇》虽盛赞杜甫"尽得古人之体式，而兼昔人之所独专"，特设"大家"一目以置之，但在七类诗体包括杜甫最擅长的七律中，都没有把杜甫请上"正宗"席位，正因为他也看出杜甫"独异诸家"；后李东阳《麓堂诗话》谓"学者不先得唐调，未可遽为杜学"，又从音调上指出"唐调"与"杜学"之别。此后，视杜诗为异于"唐调"的变体，几乎是格调派的共识。除何景明外，王廷相、王世贞、王世懋、胡应麟、许学夷等人，都有相关论述①。然而，格调论者以"盛衰正变"为逻辑线索论唐诗，在对杜诗新变的评价和杜甫归属问题上，却碰上了难题。照格调派既成观念，"正"即"盛"，当伸；"变"即"衰"，当诎。格调论者一直面临着理论上的尴尬：一方面，他们宗盛唐，尊李杜，为了维护杜诗的权威，始终将杜甫归属于盛唐；另一方面，又视杜诗为"变调"，常常在与盛唐诗的对举中指出杜诗的变体特征，指出其开启宋诗的历史地位。胡应麟曾试图修补这一理论破绽，他在指出杜诗"参其格调，实与盛唐大别"后，辩之以"正而能变，变而能化，化而不失本调，不失本调而兼得众调"（《诗薮》内编卷四），但终究未能自圆其说。

黄佐从诗乐同源的传统学说出发，以乐声的不同律调对应诗歌的不同风格（《振美堂稿序》，《黄泰泉集》卷四一）基于这样的认识，黄佐提出作诗"必先审音"：

> 唐人以五七言绝句为乐音，如"水调六么"、"阳关三叠"，
> 至于"寒雨连江"、"黄沙北上"，无不可被之管弦者，则繁声
> 切响，必先审音，则诗不徒作，亦章明矣。（《瑶石类稿序》，

---

① 分见王廷相《与郭价夫学士论诗书》，王世贞《艺苑卮言》卷四，王世懋《艺圃撷余》，
胡应麟《诗薮》内编卷四、五，许学夷《诗源辩体》卷一七、一九。

同上，卷四三）

黄佐对唐诗的宏观把握，也是立足于"审音"，从音调的表现体会诗人的情感，从诗人的情感观察政治的变迁：

> 唐诗以音名矣。音由心起，与政通者也。……故初唐之诗，太宗为主，而承以虞、魏诸臣，其音硕以雄，其词宏以达，洋洋乎其岂矣哉！故贞观之治，几致刑措，然心则不纯，有愧汤、武，此女乱所由作。而王、杨、卢、骆犹袭六朝之绪，陈、杜、沈、宋虽力振之，时称其工，而犹谄事武、韦。噫，可耻也哉！盛唐之诗，玄宗为主，而张说、苏颋，世称"燕许"者，鸣于馆阁；李白、杜甫名为大家者，鸣于朝野；王、孟、高、岑名亦次之。然贵妃、禄山表里为乱，而词不能掩，故其音丰以畅，其词直而晦，文胜质矣。中唐之诗，德宗为主，时则内阉外镇，承敝擅权，虽欲拨乱而不能自强。其后奕叶，辅导无人。迄于元和，宪宗得裴度，始建淮西之勋，而蕃夷横犷，莫或遏之。故其音悲以壮，其词郁以幽。前则有刘长卿之峻洁、韦应物之冲淡，后则有韩愈之博大、柳宗元之超旷，皆其最也。晚唐之诗，文宗仅知绝句，而臣民习之，精致之愧盛时，然钜篇阒尔，蔑闻排律，惟应科第，拘拘对偶，恣为绮靡。杜牧、李商隐、温庭筠、许浑，其近焉者也。其音怨以肆，其词曲而隐，其五季之先驱乎？（《唐音类选序》，同上，卷四一）

由"其音硕以雄"到"其音丰以畅"，再到"其音悲以壮"，最后到"其音怨以肆"，分别代表了唐初、盛、中、晚的"时代格调"。黄佐将这些音声表现与时局变化紧密关联。

孙升非常崇拜李梦阳，称其"振古雄才，今之老杜"（《与陈山人论诗书》，《孙文恪集》卷一四，下同），论诗也主格调："诗不得舍声调而专气骨，不得遗色相而事模临；乐不得废音响而寻条理。诗本难言，然可意求；格由深造，亦由调入。"他对唐诗的接受角度就是"从调入"："古今论诗，主格调高古、宛亮，严沧浪诸人发明，……仆向云先结构而后修词，盖主最上乘说也。今海内诗人摹拟唐之声调，皆足成名。"

第二节　"格调论"唐诗学的异趋

质疑唐诗

从弘治到嘉靖初，在举世宗唐的风气中，也一直有人对唐诗的成就提出质疑。

崔铣曾与李梦阳、何景明游，对李、何也颇为景仰（《胡氏集序》，《洹词》卷一〇），但他对唐诗的态度与李、何并不相同：

> 诗之为用也风，忌显质而贵默移，今《三百篇》是也。唐人尚兴而失之浮丽，宋人谈理而失之僻滞。邵子盖曰"删后无诗"云与？不得已，唐为近之。（《绝句博选序》，同上）

崔铣固然对宋诗更无好感，但他说出唐诗近《三百篇》，态度非常勉强。在他看来，唐诗"失之浮丽"，不合诗之本旨。他引述邵雍"删后无诗"的断语，还说过"碑志盛而史膺矣，唐诗兴而教亡矣"（《松窗寱言》第十章，同上，卷九），表明崔铣继承了明初理学家崇实用尚教化的唐诗观，但较之更关注诗歌的艺术质性，因而能对宋诗表现出不同的态度。

姜南反对模拟古人格调的风气："后之学诗者，不过曰'取材汉魏，效法于唐'而已，所谓性情者，未之讲也。"（《学诗之法》，《蓉塘诗话》卷一二）对唐宋诗的区别，也认同时人之说："唐人诗主于性情声律，宋人诗主于义理用事，故唐人诗虽不至于用事，而卒未尝不用事也；宋人诗汲汲于用事以为工，其于声律远矣。"（《唐宋诗》，同上，卷七）在唐宋之间，显然倾向于唐诗。但是，他对唐诗的态度却与崔铣相差无几：

> 以唐人之作，欲窥郑卫《缁衣》、《鸡鸣》、《淇奥》、《定
> 中》之藩篱且不能得，况望二雅乎？以唐人之诗，被之管弦，
> 而歌于朝廷郊庙，其与成周诸雅类乎不类乎？唐节谓"删后无
> 诗"，则信然矣。（《太白论诗》，《蓉塘诗话》卷九）

他认为唐诗尚不能望《雅》之项背，无法承担起颂美教化的重任。

米荣在嘉靖年间作的《刻全唐诗选序》中，对唐代诗人之豪李白与
杜甫作出这样的评价：

> 二公之诗，岂尽合夫道耶？不费斧凿而清莹自然，忧思深
> 远而忠爱恳至，或无有逾于二公者。此人心之公，取予之正
> 也。彼熔意铸辞，敲金琢玉，非不富丽也；品题风月，颠倒景
> 象，非不奇绝也。一有意于求工焉，则精神运用，止于臆度想
> 象，非吾真性感通之妙用；竞巧争研，无复古人冲淡之真味。
> 诗虽工，艺焉而已矣，其可以立教而风天下乎？（嘉靖二十六
> 年曾才汉刻本《全唐诗选》卷首）

米荣站在理道的立场，重复着理学家"诗之工，诗之衰也"的传统话
题，以政治教化取代艺术追求。因此就连儒家一贯奉为"诗圣"的杜甫
也没能幸免于责。

高标六朝

如前所述，格调论者都是贯穿着由唐诗而上溯汉魏再到源头《诗三
百》，他们普遍鄙薄六朝诗，如李梦阳说："大抵六朝之调凄宛，故其弊
靡。"（《章园饯会诗引》，《空同集》卷五六）何景明谓："晋逮六朝，作
者益盛，而风益衰。其志流，其政倾，其俗放，靡靡乎不可止也。"
（《汉魏诗集序》，《何大复集》卷三四）胡缵宗所说的"汉魏有诗，梁陈
隋无诗"就代表了他们对六朝诗的看法。然而嘉靖初年，诗坛上掀起一

股学六朝的风气。

　　杨慎与何景明友善，在举世宗唐的风气中，杨慎对唐诗倾注了大量热情，他特别注意到唐诗和六朝之间的直接联系。为引起世人对这一联系的关注，他选取六朝俪篇，编成《五言律祖》、《选诗外编》、《选诗拾遗》等书，供时人取则。其《选诗外编序》曰：

　　　　以艺论之，杜陵诗宗也，固已赏夫人之清新俊逸，而戒后生之指点流传。乃知六代之作，其旨趣虽不足以影响大雅，而其体裁实景云、垂拱之先驱，天宝、开元之滥觞也。独可少此乎哉！（《升庵全集》卷二）

杨慎激扬六朝，主要着眼于六朝对唐诗的开启作用。杨慎由崇唐而寻根问祖至推举六朝，可以说是格调论唐诗学的异趋。但他突出唐诗与六朝之间的“血肉联系”，揭示六朝对唐诗的开宗意义，却是对唐诗学的一大贡献。

　　其时与杨慎相呼应者有沈恺，其《六朝诗序》谓：“今夫论诗者，往往祖尚唐人，……嗟乎！唐固尚矣，然缘裔穷宗，要有所自，溯流达支，岂无本源？故唐律者，后人之轨范也；而六朝者，尤唐之所自出也。直以六朝用文以掩质，故始苗而未全；唐人由质以成文，故体备而并美。唐太宗虽以英发盖世，一时赓倡，穷靡极丽，要之不出隋陈之习。而凡其猎秘搜奇、洋洋可听者，齐梁人又皆先为之矣。衍而及于少陵、太白，风俗体裁，曲尽其变，而诗至彬彬然盛矣。无亦六朝者，乃武德之先驱，开元、天宝之滥觞乎？”沈恺也是在不贬低唐诗的前提下，要求不废六朝，重视六朝的开启地位。

　　唐元荐曾致书杨慎论当朝之诗，其中说到：“至李、何二子一出，变而学杜，壮乎伟矣。然正变云扰，而剽窃雷同；比兴渐微，而风骚稍远……嘉靖初，稍稍厌弃，更为六朝之调、初唐之体，蔚乎盛矣。”（《胡唐论诗》，《升庵诗话》卷四）可见，杨慎们提出的观点在创作实践中已经蔚然成风。

酷尚初唐

钱谦益《列朝诗集小传》谓："正、嘉之间，为诗者踵何、李之后尘，剽窃云扰，应德与陈约之辈，一变为初唐，于时称其庄严宏丽，咳唾金璧。"（丁集上《唐金都顺之》）除唐顺之（字应德）、陈束（字约之）外，当时的薛蕙、高叔嗣、王廷陈、熊士选等人也是好为初唐体而颇有名气者。这说明，嘉靖初年诗坛习尚初唐确已形成气候。

为什么初唐诗能引起他们那么大的兴趣？他们对初唐诗作了怎样的读解？何景明弟子樊鹏专门选取自贞观至开元间律诗，于嘉靖十二年春编成《初唐诗》三册，供时人师法。自序曰：

> 余尝有言：初唐诗如池塘春草，又如未放之花，含蓄浑厚，生意勃勃；大历以后，锄而治之矣。……题曰《初唐诗》，而古诗不与焉。诚以律诗当于初唐求之，古诗当于汉魏求之，此则编诗意也。（《编初唐诗叙》，《明文海》卷二二〇）

何景明说过"学歌行、近体，有取于（李、杜）二家，旁及唐初、盛唐人，而古作必从汉魏求之"，樊鹏明确提出"律诗当于初唐求之，古诗当于汉魏求之"，其间虽可看出继承乃师的痕迹，但实际上何景明学初唐，仅就歌行而言，而且只是"旁及"，樊鹏提得如此响亮干脆，足以显示相异之趣。樊鹏欣赏初唐的理由是初唐诗浑成自然充满活力，盖因初唐诗格律尚不严，甚且以古为律、古律混淆，呈现一派自然生机，诗人在创作时显得自由灵活，全然不像明人严守格调那么死板拼凑。看来，标举初唐确有其针对性，实质上表露了对前七子及其追随者过分讲究格调的不满。

樊鹏的《初唐诗》编成后，王格（字汝化）序曰：

> 学者多称盛唐尚矣，而余略焉。余观中唐以降，雕章缛彩，刻象绘情，多浮靡肤露之词，乏古者雅驯之体，绌而不取，诚所宜也。至乃初唐居近体之首，质而不俚，华而不艳，

其浑厚茜郁之气，有足观法者。余尝总括上世作者之家，品其大较，以为唐人斯作，亦犹《三百篇》有殷周之盛，赋有屈原之体，五言有初汉之辞，皆当变更之始，为创制之宗，譬诸天地初分，百为未备，虽风教朴野，而元气蔼如也。美乎，樊子推言之也，曰"如池塘春草"，又曰"如未放之花"，斯不易之论矣。（《初唐诗叙》，《明文海》卷二二五）

王格认为中唐以降实不足取，称赏盛唐无可厚非，而于初唐不该忽略。初唐诗文质得中，浑厚有生气，属"创制之宗"，"元气蔼如"。钱谦益说："嘉靖初，唐应德、屠文升辈倡为初唐诗，汝化亦与焉。"（《王少卿格》，《列朝诗集小传》丁集上）如此看来，王格与樊鹏就属同声相应了。

如果说，上述各家对初唐诗歌的美学特征和诗学价值仅是作总体概括，那么何良俊则力图用具体诗例证实初唐诗如何"承六朝之后而能卒然振奋其气"。其《唐雅序》谓：

或者又以为唐初承陈隋之习，诗歌靡曼，君子盖无取焉。夫陈隋以偷安之君竞事淫侈，乃造为《玉树后庭花》、《春江花月夜》等曲，轻绮浮艳，特委巷之下者耳，亦何足宣之庙堂，布之典训？其风雅之罪人乎！若唐太宗以英武之姿，雄略盖世，卒能混一区宇，袭服蛮戎，故其诗有曰"雪耻酬百王，除凶报千古"，又何壮耶？至于所谓"庶几保贞固，虚己厉求贤"，则禹、汤之规也；"灭身资累恶，成名有积善"，则风怨之戒也。……且一时之臣，如魏征之咏汉书，则责难于兴礼；虞伯施之观宫体，则弼违于雅正；李景伯回波之辞，秩秩初筵之徽；李日知定昆之作，悠悠劳者之歌；宋延清应制龙门，追思农扈；魏知古从猎渭水，取类虞箴：并辞托婉讽，义存忠鲠，即《诗序》云"主文而谲谏，言之者无罪，闻之足以戒"。若此者非也？苟得推是而广之，亦三代之遗也。（《明文海》卷

二一五）

何良俊专就唐初君臣倡酬之作（包括诗、赋、颂），反驳世人对初唐诗歌的诋毁，而他所标举的显然是初唐诗"雄浑"的气格。

针对诗坛上这股崇初唐之风，前七子的追随者陈沂说："正德间，数家有可传者。后多宗初唐，用富丽堆积，如钉饾百家衣，毕竟到头无经纬也。"（《拘虚诗谈》）从创作实效上予以否定。

如前所述，在近体诗的范型选择上，以前七子为首的格调论者实际上贯穿着"诗必盛唐"甚至诗必李、杜的信条，取法面较窄，风格亦趋单一。对初唐诗歌的标举，冲破了"诗必盛唐"的封闭观念，拓展了唐诗学的实体空间，使得人们从艺术质性、从发展流变的角度认真关注初唐诗歌。

推重宋诗

都穆的《南濠诗话》多叙元及明初诗人佚事，其中有一段谈及他对宋诗的看法：

> 昔人谓诗盛于唐坏于宋，近亦有谓元诗过宋诗者，陋哉见也！刘后村云："宋诗岂惟不愧于唐，盖过之矣。"予观欧、梅、苏、黄、二陈至石湖、放翁诸公，其诗视唐，未可便谓之过，然真无愧色者也。元诗称大家，必曰虞、杨、范、揭。以四子而视宋，特太山之卷石耳。

都穆认为宋诗可以与唐诗媲美，元诗则远不如宋。可能是针对"国初诗人尚承元习"（何景明《汉魏诗集序》，《何大复集》卷三四）而发。

张琦在《论诗》一文中，先就唐诗发表与前七子相同的意见："唐人李杜当是大作家，王、岑、高、孟、韦、柳、陆、李辈，诸作家惟杨伯谦论得是，其分正音、余响，盛、中、晚唐皆合格中理。"接着，他表达对宋元诗的态度："若宋元诗则又当别看。苏全使学问，不妙于情志；黄乖杰不屑为纯平语，皆非正体。至陆放翁发纤秾，虽太过，然皆自学唐来。严沧浪学盛唐，律绝极类真。至元赵、谢诸公之作，颇伤弱，不抵玄奥。"其间提出三点意见，一是"当别看"，对宋元诗若以"正体"绳之，则显然不合格，应当换一个标准、换一种角度看待；二是"皆自学唐来"，宋诗并没有从根本上偏离唐诗的轨道，元诗更不用说；三是"极类真"，宋元有像严羽这样学盛唐而非常逼真的。这就委婉地表明不应废黜宋元的用意。与张琦的谨慎态度不同，夏尚朴明确表露出扬宋抑唐的倾向。

夏尚朴《书〈感兴〉诗后》有云：

> 古人之学，惟务养性情。故其为诗，自然止乎礼义。后世先王之教废，而人不知所养，其为诗也，率皆凿空强作，不复发乎性情之正矣。虽汉魏盛唐等作犹不能无憾，况其下者哉！予观子朱子《感兴》之作，才二十篇耳，天人禀赋之理，圣贤传授之旨，异端悖谬之失，俗学支离之陋，与夫千古史学难决之是非，而超然得于独断之余者，率于此发之，诚无愧于《三百篇》之作矣。（《东岩集》卷二）

夏尚朴以理学的眼光审察诗歌，从而作出朱熹高于汉魏盛唐的判断。

夏尚朴所持的是思想视角，俞弁则从艺术视角表露对"举世宗唐"的不满。其《逸老堂诗话》卷上有这样一段文字：

> 古今诗人措语工拙不同，岂可以唐宋轻重论之。余讶世人但知宗唐，于宋则弃不收。如唐张林《池上》云："菱叶乍翻人采后，荷花初没舸行时。"宋张子野《溪上》云："浮萍断处见山影，小艇移时闻草声。"巨眼必自识之，谁谓诗盛于唐而坏于宋哉！

俞弁举出例证，认为总体艺术上宋诗并不亚于唐诗，唐宋诗的区别在语言运用上有不同表现，人们不应据此掂量轻重。当然，俞弁在为宋诗抱不平时并没有贬黜唐诗，只是强调人们宗唐而不应弃宋。这一态度与张琦类似，但比张琦更果决而鲜明。持此见者又有薛应旂。

薛应旂在《枢管集序》中说：

> 唐人以诗取士，类多兴起，然唯张巡、元结、韩愈、颜真
> 卿、司空图犹有古意，李白、杜甫可为诗史。其诸若高、岑、
> 王、孟之属，则以不落言筌、不涉理路自相标致，而艺林词苑
> 遂目为家法，交相夸诩。一及宋人，则虽《击壤》、《感兴》诸
> 作，悉置勿论。……余尝谓唐人之诗，独尚乎风；宋人之诗，
> 则雅颂为多。（《明文海》卷二六二）

唐诗独尚《国风》，宋诗多宗《雅》、《颂》。其中表露了"世间欠此体不
得"的用意。

反对分唐界宋

格调论唐诗学宗唐黜宋，自然强调唐宋之别，又力主盛唐高格逸
调，必然严格界分四唐。这种做法，也引起一些人不满，如敖英《东谷
赘言》卷下谓："唐诗亦有极拙者，宋元诗亦有极佳者，不可以时代概
论也。"刘绘《答乔学宪三石论诗书》有云：

> 唐家三百余年，诗人成集者，起贞观虞、褚，历元和，迄
> 开成李、许、温、杜，至崔涂、韩偓，止五百余人耳。攻诗者
> 搜掮群集，浸玄咀腴，睹其班班离离，异调同声，异声同趣，
> 邈哉旨矣！恶可谓瑟愈于琴，琴愈于磬，磬愈于枳圄哉！故世
> 分一代初、盛、中、晚而妄错高下，即如杨伯谦、严仪卿、高
> 廷礼诸君之论，恐皆不足以服《英灵》、《国秀》之魂也。（《明
> 文海》卷一六〇）

刘绘认为唐诗无论初、盛、中、晚，"异调同声，异声同趣"，接受主体
完全可以各取所需，不必强求一律。"世分一代初、盛、中、晚而妄错
高下"，在当时可谓振聋发聩。

黄姬水在《刻唐诗二十六家序》（《明文海》卷二一五）一文中，表

述了下列观点：针对时兴认为唐诗自贞元以后不必观的论调，他提出应以诗歌作品是否"泄志而真"作为取舍标准，而不应机械地以某时某代判断优劣。格调派近体崇盛唐，主要是推举盛唐诗歌的高格逸调，推举那种自然、开朗、宏放、刚健的盛唐气象。黄姬水则认为，虽然气有强弱、调有高下，但作为创作中的客观存在，人们没有理由否定某一种存在的合理性："激烈雄邃者诗也，温柔畅婉者亦诗也。"因此，他对唐诗表现了这样的态度："有唐三百余祀，不知作者凡几，而流传于世者，仅百人耳。虽所诣不同，缅想吟魂，靡不极虑沉思，殚其生平者矣。则虽卑弱如晚唐，不可以训，而亦不可以湮也。况夫郎拾遗、秦隐君、皇甫、司空辈与钱、刘抗行者哉！至如李、苏、虞、许接轸于沈、宋，颢、咏、顾、建方驾于王、孟者，所不待赘也。"不以时代论优劣、不以格调别高下、惟真是取的观点，落脚到对中晚唐诗歌价值的适当肯定。黄姬水的进步意义就在于，他能紧紧把握住"真"这一合理的评判标准，不拘于时代，不泥于格调，以发展的观点，提倡对多种风格的唐诗兼容并包，在一定程度上矫正了格调派理论产生的流弊。

彭辂《钱临江集序》有云：

> 齐梁之婉逸，唐初所亡也。麟德、神龙风神之俊，天宝、大历易以飞动而凡；开元、天宝意象之浑，建中、元和移以倾露而弱；大历、建中思致之澈，会昌、咸通更以锻削而靡。大都后之视前，技巧日益；前之视后，浑沌渐销。（《明文海》卷二四六）

彭辂认为诗歌的新变，符合其内部发展规律，虽然新变的结果高下不一，但人们应肯定那些抒发了真情因而感人的篇章，而不应计较于某朝某代。

"唐宋派"的唐诗观

前七子后期，王慎中、唐顺之、归有光、茅坤等，针对前七子"文必秦汉"，在肯定先秦两汉散文的同时，力倡唐宋古文家的法度，而又不失自己的面目。后人称之为"唐宋派"。他们创作上以散文为主，诗歌理论也颇具特色。

唐顺之早年承前七子，中年后始改辙，成为颇有影响的唐宋派代表作家。曾与陈束等提倡学初唐诗，以抗衡前七子的"诗必盛唐"，实际上倡导直抒胸臆。他认为以苏、黄为代表的宋诗即属直写胸臆之作，因而超迈唐人。如他评苏东坡诗："公诗句句写胸臆，一滴水成大海翻。方皋牝牡无定相，曼倩滑稽有至言。扫除李杜刍狗语，出入鬼神傀儡门。异代或疑后身在，告终此地招其魂。"（《读东坡诗戏作》，《荆川先生文集》卷三）对唐宋诗的代表作家分别作出如此强烈的褒贬，着实走向了极端。又如评黄庭坚："黄豫章诗，真有凭虚欲仙之意，此人似一生未尝食烟火食者。唐人盖绝未见有到此者也。"（《书黄山谷诗后》，同上，卷一七）对黄庭坚的称扬也是建立在贬抑唐人的基础之上。对邵雍，唐顺之也是叹服之至："诗思精妙，语奇格高，诚未见有如康节者。"（《与王遵岩参政》，同上，卷七）

与唐顺之一样，王慎中诗文初期亦承前七子，后来也主直抒胸臆。其《寄道原弟书七》有云：

> 初唐之诗，千篇一律，数家之集，皆若一人，而一人之作，亦若一首，其声调虽俊美，体格虽涵厚，而变化终不足。
> 盛唐之诗，则人人有眼目，篇篇有风骨。（《遵岩集》卷二四）。

针对诗坛崇初唐的倾向，王慎中为盛唐张目，表面上看，似在弘扬前七子的观点。但前七子及其追随者指出初唐不足之处，均着眼于"从陈、隋之后"体格"靡丽"、声调"不纯"，而王慎中则说初唐诗体格"涵厚"、声调"俊美"，这与崇尚初唐者意见相合；而他认为初唐的缺陷表现在风格单一，缺少变化，因而不值得提倡。如前所述，前七子及其追随者崇尚盛唐着眼于整体的古典美学特征，王慎中称盛唐则注目于"人人有"、"篇篇有"的鲜明的个性特征。重变化与重个性观念一致，这样，在王慎中心目中，盛唐诗正是不袭格套人人独创的典范。由此我们也就看到，王慎中推尚盛唐与前七子旨趣不同，因此仍属格调论唐诗观的异趋。

"唐宋派"唐诗观的形成与当时流行的心学关系密切。唐、王与心学的关系，袁震宇、刘明今《明代文学批评史》第四章第五节论及，兹不赘述。

第三节 "格调论"唐诗学的复兴

钱谦益《列朝诗集小传》载："嘉靖初，王道思、唐应德倡论，尽洗一时剿拟之习，伯华与罗达夫、赵景仁诸人，左提右挈，李、何文集，几于遏而不行。"（丁集上《李少卿开先》）以唐顺之、王慎中为代表的唐宋派在文坛占主导地位，前七子所代表的复古运动渐趋低落。但是，提倡所谓"率意信口，不调不格"（《答皇甫百泉郎中》，《荆川先生文集》卷六）的唐宋派古典诗歌创作的失败，使人们重新审视前七子的是非功过，从而重续其复古余绪，进行恢复古典审美理想的又一次努力。谢榛、李攀龙、王世贞、梁有誉、徐中行、宗臣、吴国伦（即"后七子"）便是这次复古思潮的主要代表。他们与前七子声应气求，基本观点一致，但在上述"别趋"诸家的巨大冲击和自身遭遇困境的情势下，后七子作了不同程度的改良与修正。

后七子对"格调论"唐诗学的弘扬

李攀龙《唐诗选序》谓：

> 唐无五言古诗而有其古诗，陈子昂以其古诗为古诗，弗取也。七言古诗惟子美不失初唐气格，而纵横有之。太白纵横，

> 往往强弩之末，间杂长语，英雄欺人耳。至如五七言绝句，实
> 唐三百年一人，盖以不用意得之，即太白亦不自知其所至，而
> 工者顾失焉。五言律、排律，诸家概多佳句。七言律体，诸家
> 所难，王维、李颀颇臻其妙；即子美篇什虽众，惯焉自放矣。
> 作者自苦，亦维天实生才不尽。后之君子，乃兹集以尽唐诗，
> 而唐诗尽于此。（《唐诗选》卷首）

唐人五古丢失了汉魏古诗的传统，不可取法。这一观点来自前七子，李
梦阳的"诗至唐，古调亡"（《缶音序》），何景明的"古作必从汉魏求"
（《海叟集序》），都含有李攀龙所说的意思。但李攀龙比前七子更固守格
调，表现在他有更明确的诗体流变意识，更执著于"正"体。何景明
说："学歌行、近体，有取于（李、杜）二家，旁及初唐盛唐人"（同
上），李梦阳更是全面学杜。李、杜的最大成就恰分别在七言歌行和七
律，李攀龙却绳之以"初唐气格"和盛唐正体，很在意其间的变体特
征，因而对此完全予以否定，对杜甫的七古也稍致微辞。至谓"乃兹集
以尽唐诗，而唐诗尽于此"，将堪为范型的唐诗压缩到一个更为逼仄的
空间。这些见解，都体现在《唐诗选》的编选中，并通过选本的流传而
产生深远影响。如李颀的七律，现存仅七首，高棅的《唐诗正声》选了
其中四首，该书则全部选入，李颀的声望由此顿获提高，致有"此语出
而老杜七言律几失座位"之叹（卢世㴶《读杜私言》）。特别是首句"唐
无五言古诗而有其古诗，陈子昂以其古诗为古诗，弗取也"，如一石击
水，成为后世争议激烈的一桩公案。

谢榛对唐诗的接受典范、接受方法及审美视角与前七子基本相
同，如：

> 诗有辞前意、辞后意，唐人兼之，婉而有味，浑而无迹。
> 宋人必先命意，涉于理路，殊无思致。（《诗家直说》卷一）

谢榛又说"格高气畅，自是盛唐家数"（同上），将"格高气畅"看作盛
唐诗的本质特征。后七子中，谢榛对声调用功最力，他把"歌咏之以求

声调"看作是学诗"三要"之一（《诗家直说》卷三），注重辨声。如说："唐人歌诗，如唱曲子，可以协丝簧，谐音节。晚唐格卑，声调犹在……宋诗不入弦歌"（同上，卷一），就声调将唐诗与宋诗进行对比，其结论还是李梦阳的"唐调可歌咏"、宋诗"不主调"。"子美七言，近体最多，凡上三句转折抑扬之妙，无可议者。其工于声调，盛唐以来，李、杜二公而已。"（同上，卷三）这"抑扬之妙"的特征恰是李梦阳所主的"宛亮"："夫平仄以成句，抑扬以合调。扬多抑少，则调匀；抑多扬少，则调促。……抑扬相称，歌则为中和调矣。"（同上）不促不缓，则可称"宛"；有抑有扬，方能称"亮"。依据这一美学视角，谢榛对唐人的"调法"进行了颇为细致的研究，如：

> 若夫句分平仄，字关抑扬，近体之法备矣。凡七言八句，起承转合，亦具四声，歌则扬之抑之，靡不尽妙。如子美《送韩十四江东觐省》诗云："兵戈不见老莱衣，叹息人间万事非。"此如平声扬之也。"我已无家寻弟妹，君今何处访庭闱。"此如上声抑之也。"黄牛峡静滩声转，白马江寒树影稀。"此如去声扬之也。"此别应须各努力，故乡犹恐未同归。"此如入声抑之也。（《诗家直说》卷三）

针对崇尚六朝的风气，吴国伦在《大隐楼集序》中说：

> 今之谈艺者，谓七国裂周而兆汉，六朝闰汉而开唐，予窃不知其解。汉以前亡论，六朝惟嵇、阮、陶、谢近古，以下琢句雕章，非不工且丽，按之则色泽愈艳，风气愈漓靡，去汉远矣，何言闰？唐人正厌其靡靡，起而振之，为能家树帜而人建鼓，一变而为正始大家，即有所自开，非六朝也。（《甔甀洞续稿》文部卷八）

吴国伦否定了六朝继汉开唐的历史地位，而这正是尚六朝者最充分的理由。他说唐诗直接继承汉魏，从而割断了与六朝的联系："初盛唐近体又自汉魏小变，尽黜六朝靡曼之习，相尚为清婉宏丽语，斐然一代名家

矣。"（《朱秉器方伯诗集序》，同上，卷六）

针对诗坛上另一种倾向——师法中唐，王世贞重复着李梦阳引述过的"有物有则"，并果断地宣称盛唐即"其则"：

> 《诗》不云乎："有物有则。"夫近体为律。夫律，法也，法家严而寡恩。又于乐亦为律，律亦乐法也。其翕纯皦绎，秩然而不可乱也，是故推盛唐。盛唐之于诗也，其气完，其声铿以平，其色丽以雅，其力沉而雄，其意融而无迹。故曰：盛唐其则也。今之操觚者日哓哓焉，窃元和、长庆之余似而祖述之，气则漓矣，意纤然露矣，歌之无声也，目之无色也，按之无力也。（《徐汝思诗集序》，《弇州山人四部稿》卷六五）

他恪守声调的时代界标，说"摩诘七言律，自《应制》、《早朝》诸篇外，往往不拘常调，至'酌酒与君'一篇，四联皆用仄法，此是初盛唐所无，尤不可学"（《艺苑卮言》卷四）。他强调遵守的古法也同前七子："五言古，苏、李其风乎，而法极黄初矣；七言畅于《燕歌》乎，而法极杜、李矣；律畅于唐乎，而法极大历矣。"（《王氏金虎集序》，《弇州山人四部稿》卷七一）这些，都显示了王世贞的格调论视角。

唐诗接受方式方法的修正

前七子虽然提出模拟格调（同）→悟入变化（异）→神似古人（似）的接受方法，但实际重心往往落实在对唐诗"格"、"法"的表象模拟。正如王世贞所说："弘、正间何、李辈出，海内学士大夫多师尊之。迨其习弊者，音响足听，意调少归，剽窃雷同，正变云扰。"（《明诗评》卷一"唐司谏顺之"条）有鉴于此，后七子加强了后两个环节的力度。

其一是对悟入变化的强调。后七子中守格调最严的李攀龙，也承何景明引出《周易》的"拟议以成其变化"、"日新之谓盛德"以救创作中的雷同之弊（《古乐府》，《沧溟集》卷一），王世贞对此予以发挥："于鳞居恒谓'富有之谓大业'、'日新之谓盛德'、'拟议以成其变化'为文章之极则。余则以'日新'之与'变化',皆所以融其'富有'、'拟议'者也。"(《屠长卿》,《弇州山人四部续稿》卷二〇〇)认为"日新"本身就包含着"富有","变化"本身就包含着"拟议",王世贞以这种解释,突出了新变的意义。主张"苦心须求格调工,寄兴莫与凡流同"的谢榛,同时强调"一朝变化悟是主,悟到无形偏有为"(《江南李秀才过敝庐因言及诗法赋此长歌用答来意》)。虽认同李梦阳的"摹临古帖"说,但继之即强调"久而入悟,不假临矣。"(《诗家直说》卷二)当然,我们也注意到,不管他们如何强调悟入变化,但始终都离不开拟议格调,如谢榛追求"俾人莫知所宗,则十四家又添一家"的气候,其前提却是"若能出入十四家之间"(同上,卷三)。所以,尽管他们对"变"的中间环节作了突出强调,但并未改变格调论者的本色身份,因此,还只能算是格调论内部的修正改良。

其二是对唐诗神情的重视。前七子时何景明已经意识到"尺寸古法"所带来的严重后果,因此曾提出"领会神情",将学古的重心由"形"开始转向"神"。至后七子,则将何景明的这一思想充分凸显出来。"诗无神气,犹绘日月而无光彩。学李、杜者,勿执于字句之间,当率意熟读,久而得之。"以为这样,才能摆脱"塑谪仙而画少陵"式的机械模拟(同上)。其所谓"调味法"、"采蜜法"表达的都是同一意思。当然,他也没有否定作为"格调"外形最直接体现的"字句"或"声调"的阶梯作用,只是要求人们不要停留于此,而应更上一层楼。吴国伦《苍雪公诗禅序》在褒赞杨文"养意趣,审格调"之后,说:"近体不必尽也,岂就晚近为诗者,而指以从入之法门耶?夫诗也,而禅喻之,盖即所谓借言以会意。意尽无会处,庶几深于诗哉!"他顺势以禅为喻,提出自己对待学古的态度,"借言以会意",正是格调论接受方式方法的表述。作为后七子领袖人物,王世贞肩负的"纠偏"责任更为重大。他在书牍《徐孟孺》中表述:"大抵足下所问,多于外境上着力。今宜但取《三百篇》及汉、魏、晋、宋、初盛唐名家语熟玩之,使胸次悠然有融浃处，方始命笔。"看来，格调论者的本色身份使他对谈论"外境"不大感兴趣，他心仪着格调，致力于"使胸次悠然有融浃处"，悠然神会，和古人取得情性上的沟通。这是师法古人格调的结束，却是自己创作的开始。同样，格调论者无论对唐诗神情多么重视，也不能逾越"格调"这一入门阶梯，因此，对神情的强调也还是格调论内部的修正改良。

对接受主体与接受对象关系的深层探索

前七子曾就诗人才情与唐人格调的关系作过初步思考。但由于对唐人格调过分膜拜，实际上对接受主体的才情没有引起足够重视。弘治十八年进士的陆深曾说："近时李献吉、何仲默最工，姑自其近体论之，似落人格套，虽谓之拟作，亦可也。"（《玉堂漫笔》卷上，《俨山外集》卷一一）当前七子领袖人物都"落人格套"，没有了自己面目的时候，格调论唐诗学所遭遇的困境也就可想而知了；特别是其时个性思潮逐渐兴起，要求尊重诗人才能性情的愿望非常迫切；更何况，格调论主"情"，本来就有可能容纳某种崇尚个性的成分，前七子之徐祯卿倡"因情立格"说，便是个性思潮在格调诗论中的萌芽。这就使得后七子们不得不在反思中力图吸取教训，矫正时弊，更加深入细致地探讨诗人才情与唐人格调的相互关系。

徐中行在《叙邵长孺诗》说："士患无才耳，才何患无当？"这样的声音在前七子中是不大可能出现的。谢榛的努力则表现在对触物起情、写物抒情的"兴"的论说上。他认为"凡作诗，悲欢皆由乎兴，非兴则造语弗工"（《诗家直说》卷三），因而置"兴"于"诗有四格"之首（同上，卷二）。"兴"既然是诗人与外物猝然相遇而突发的情感，这种情感必定是真实的，可是"今之学子美者，处富有而言穷愁，遇承平而言干戈，不老曰老，无病曰病。此摹拟太甚，殊非性情之真也。"（同上）由此可见，谢榛提出"兴"，正欲以此矫"摹拟太甚"失却诗人真性情的弊端。

吴国伦意识到才情的重要性，所以他对格调与才情的关系作了认真思考。首先，他强调要把握好"度"："好古大过或伤才，愤世大过或伤气，感遇大过或伤调。"（《与羽王书》，《甔甀洞稿》卷五三）"好古伤才"，涉及格与才的矛盾，要求守格不能太过，否则会损害才性的发挥；"感遇伤调"，涉及情与调的矛盾，认为情感不能没有约束，否则会使诗的格调受到损害。其次，要想把握好度，必须处理好才和法，也即才情和格调的关系。在《大隐山人稿序》中，他提出"学足以广才而不为才纵，情足以赴法而不为法束"，要求学与才、情与法达到空前的契合。

王世贞对前七子及其追随者的诗歌创作进行反思，他发现问题就出在没有摆正人我关系：

> 此曹子方寸间先有他人，而后有我，是用于格者也，非能用格者也。……夫古之善治诗者，莫若钟嵘、严仪，谓某诗某格某代，某人诗出某人法，乃今而悟其不尽然。（《邹黄州鷾鸸集序》，《弇州山人四部续稿》卷五一）

先有古人而后有自我，被古人的"格"所支配，丧失了作者的主体精神，自然无法写出好诗。王世贞由此对格调论的始作俑者提出怀疑，在格调与主体之间清楚地界定了主次地位。不过，原于格调论的传统血缘，王世贞最担心的还是才情的放任自流：

> 夫格者，才之御也；调者，气之规也。子之向者，遇境而必触，蓄意而必达，夫是以格不能御才，而气恒溢于调之外。故其合者，追建安，武开元，凌厉乎贞元、长庆诸君而无愧色；即小不合，而不免于武库之利钝。今子能抑才以就格，完气以成调，几于纯矣。（《沈嘉则诗选序》，《弇州山人四部续稿》卷四〇）

格是规范才的，调是规范气的，抑才以就格，显然限制了"才"的自主自由；"完气"虽高扬了人的主体精神，但结果要"成调"，说明这种高扬又有一定限度。因此，他评李东阳："未讲体格，徒逞才情，枚生累纸，少游挥毫，角险争捷，加灾墨卿。予尝譬之如积潦成陂，虽复汪洋，轻浅易涸"（《明诗评》卷四），认为不讲体格、徒逞才情导致斗险争捷，这样的作品显得汪洋宏阔，但流于轻滑肤浅。他最满意的审美态势是才情与格调能够"双赢"，"才情颇裕，体格亦存"（同上，"江提学以达"条）。王世贞提出实现二者"双赢"的策略是"剂"：

> 其气完，是以句工而不累篇；其调谐，是以篇工而不累格；峣得沉而收，华得质而御。夫天下不难乎才，难乎才而无以剂之，雪樵子殆知有所剂哉！（《叶雪樵诗集序》，《弇州山人四部续稿》卷四四）

才固然重要，而"剂"更重于才。由"才难"到"剂难"，表明王世贞由对才情的突出强调，进展到就才情与格调的关系作全面思考。

为了加强才情与格调的契合相剂，王世贞在《邹彦吉羼提斋稿序》中还提出："定格而后，俟感以御卑；精思而后，出辞以御易；积学而后，修藻以御陋；触机而后，成句以御凿。四者不备，非诗也。"除"定格"外，后三项都关乎创作主体的才能性情，显示出才情是实现格调的关键；但"定格"置于四者之首，又限定了才情舒展的方位。

王世懋虽然不在七子之列，但其诗论与其兄世贞非常接近。他从创作的两个阶段谈格调与才情的关系：

> 今世五尺之童，才拈声律，便能薄弃晚唐，自傅初盛，有称大历以下，色便赧然。……大都取法固当上宗，论诗亦莫轻道。诗必自运，而后可以辨体；诗必成家，而后可以言格。晚唐诗人，如温庭筠之才，许浑之致，见岂五尺之童下，直风会使然耳。览者悲其衰运可也。故予谓今之作者，但须真才实学，本性求情，且莫理论格调。（《艺圃撷余》）

就一般原则来说，"取法固当上宗"，当以"初盛"向上一路为典范；就具体现象而言，则不应轻置褒贬，晚唐诗不够上格，只是气运使然，并非作者才情低劣，因此不应轻易"薄弃"。接着，王世懋提出对才情与格调关系的处置方法：第一阶段以"自运"、"成家"为目标，在这一阶段，"但须真才实学，本性求情，且莫理论格调"；第二阶段以追求向上一路、以成大家为目标，这一阶段需要"辨体"、"言格"。传统格调论强调"先合度"，先立格，这样古人的格调先入为主，一开始就约束了诗人才情的充分舒展；王世懋则强调先要充分发挥诗人的主体精神，去除一切约束，确立自己的面目，然后才有资格追摹古人的高格逸调。由此我们看到，王世懋对传统格调论已有所修正，虽还没有从根本上突破。

唐诗接受范型的拓展

接受主体才性的多重差异和接受对象的整齐划一本身就是一对矛盾，因此，重视创作主体的才性必然会突破接受范型的固定界标。格调派一味标榜盛唐诗格，往往过分强调四唐之差异，甚至机械地以时代古今判定作品优劣，以致在创作和理论中不免陷入困顿和尴尬；与此同时，格调派之外要求尊重六朝、初唐、中晚唐甚至宋诗的呼声此起彼伏，也对格调派产生巨大冲击。在这种情况下，后七子们要像前七子那样固守唐人一、二家已经不可能了。

谢榛提出效初盛唐十四家之最佳者，显然有意纠前七子专主李、杜之偏，将接受范型大为拓展。尤其是对李贺、孟郊的态度：

> 予夜观李长吉、孟东野诗集，皆能造语奇古，正偏相半，豁然有得，并夺搜奇想头，去其二偏……予以奇古为骨，平和为体，兼以初唐盛唐诸家，合而为一，高其格调，充其气魄，则不失正宗矣。（《诗家直说》卷四）

其间虽然提到"去其二偏"以确保格调之正，还是招致七子后学许学夷的批评："不知李、杜正中之奇乃可合一，长吉乃诗体大变，安可与初盛唐合一乎？"（《诗源辩体》卷三五）

吴国伦《与子得论诗》有这样一段话："大率五、七言律，当以少陵、十二家为鹄，不厌沉著浑雅；绝句当以李白、王昌龄为鹄，不厌豪爽奇隽；七言古当以初唐诸子为鹄，而以少陵之气魄运之。格愈宏丽，句愈森严，斯为难耳。其有任意纵横，夹杂长短句，皆于鳞所谓英雄欺人耳，窃有所不采。至于五言古诗，鹄在汉魏。"与李攀龙比较，七古、五古的范型完全一致，绝句多出王昌龄，律诗多出十家；李攀龙七律不称杜甫，以其"惯焉自放"、格调不正，吴国伦以杜诗冠首。这些都见出重视才情的吴国伦范型视野更为开阔。

与吴国伦同年进士的宗臣，在《读太史公杜工部李空同三书序》一文中，自称《史记》、杜诗，"譬之手足耳目"，"不可以一时废"。除此之外，"周则左丘明，楚则屈、宋，汉则董、贾、苏、李长卿、枚叔、班固、扬雄，魏则曹、刘、应、徐，六朝则潘、陆、江、鲍，唐则太白、长吉、陈、杜、沈、宋、卢、骆、韩、柳，非不采厥英华而日诵之"。其中所列，涉及诗文二体，元和时的韩、柳，许是就文而称，但他对"靡丽不振"的六朝，对"体格未纯"的初唐，甚且对诡怪险涩的李贺，都能采撷英华而日诵，这与前七子时非某书不观的论调相比，显得堂庑顿开。

王世贞在《艺苑卮言》卷四里，对李攀龙的《唐诗选序》提出两条不同意见：一是针对七绝独标李白，认为王昌龄虽逊于李，但相差不大："争胜毫厘，俱是神品"，这与吴国伦的看法一致；二是针对七律仅标王维和李颀，认为杜甫的七律尽管有可议之处，仍然胜过王、李："王维、李颀虽极风雅之致，而调不甚响。子美固不无利钝，然终是上国武库"，这也近似吴国伦。由于王世贞非常重视接受主体的才情，因此对接受对象的不同风貌多能表示理解和宽容："谢氏俳之始也，陈及初唐俳之盛也，盛唐俳之极也。六朝不尽俳，乃不自然，盛唐俳殊自然，未可以时代优劣也。""七言绝句，盛唐主气，气完而意不尽工；中晚唐主意，意工而气不甚完。然各有至者，未可以时代优劣也。"（同上）有了这种理解和宽容，前七子确立的范型权威就发生了动摇：

　　自何、李诸公之论定，而诗于古无不汉魏晋宋者，近体无
不盛唐者，文无不西京者。汉魏晋宋之下，乃有降而梁陈；盛
唐之上，有晋而初唐，亦有降而晚唐，诗之变也。西京而下，
有靡而六朝，有敛而四家，则文之变也。语不云乎："有物有
则。"能极其则，正可耳，变亦无不可。(《蒙溪先生集序》，
《弇州山人四部续稿》卷五二)

　　余所以抑宋者，为惜格也。然而代不能废人，人不能废
篇，篇不能废句，盖不止前数公而已，此语于格之外者也。
……大官不以八珍而捐胡禄、障泥，为能善用之也。(《宋诗选
序》，同上，卷四一)

两文中都对李、何确立的接受范型表露微辞。"能极其则，正可耳，变
亦无不可"，有了这种认识，"未可以时代优劣"的观念就能落到实处，
因此，只要"能极其则"，即便六朝、初唐、晚唐甚至宋诗，皆不可废
弃。尤其于宋，虽强调要"善用"，但已和李梦阳、李攀龙等人对宋诗
全盘否定判然有别。有了这种认识，就使得王世贞在主张"返其始"以
高其格的同时，又提倡"尽其变"以广其体（《刘侍御集序》，《弇州山
人四部续稿》卷四○），将复古与尚变的观念结合在一起。有了尚变的
观念，他便注意到唐诗演变所体现的文学发展规律：文学的发展，文风
的转变，是一个缓慢的、逐渐的过程，六朝虽"衰飒甚矣"，但其"偶
俪"、"音响"诸因素逐渐变化，最终成就了"律家正宗"沈、宋，这是
"衰中有盛"；高、岑、王、李虽"号为已盛"，然已"隐隐逗漏钱、刘
出来"，甚至是"长庆以后手段"，这是"盛中有衰"（《艺苑卮言》卷
四）。王世贞对诗歌发展渐变过程的论说，客观上起了磨合"四唐"之
绝对界沟的作用。这一观念，在格调派内部已渐成共识，如谢榛说：
"诗至三谢，乃有唐调；香山九老，乃有宋调"（《诗家直说》卷一），已
经打破机械的时代划分。王世懋的"逗"论则有意在四唐之间开通联
络："唐律由初而盛，由盛而中，由中而晚，时代声调，故自必不可同。

然亦有初而逗盛，盛而逗中，中而逗晚者。何则？逗者，变之渐也。非逗，故无由变。……如右丞'明到衡山'篇，嘉州'函谷''磻溪'句，隐隐钱、刘、卢、李间矣。至于大历十才子，其间岂无盛唐之句？盖声气犹未相隔也。学者固当严于格调，然必谓盛唐人无一语落中，中唐人无一语入盛，则亦固哉其言诗矣！"（《艺圃撷余》）

谢榛们的这些论说，在格调论唐诗学的封闭体系中打开一道缺口，客观上拓展了唐诗范型，为后期格调论者屠隆、李维桢、胡应麟、许学夷等人进一步突破"诗必盛唐"的观念提示了方向。

第四节　"格调论"唐诗学演进中的几个争议焦点

格调论者在研究唐诗的过程中，形成不少争议焦点。透过这些争议，可以更清楚地把握格调论唐诗学的鲜明特色及其发展演变的生动轨迹。这里仅就其中三个有代表性的争议焦点进行介绍。为保证同一问题交代的完整性，不得不暂时改变行文次序，将不同时期的论家集中于此。

"唐无五古"之争

李攀龙《唐诗选序》说："唐无五言古诗，而有其古诗。"其实是说唐代没有汉魏特色的五言古诗，却有唐人特色的古诗。正由此，李攀龙选唐人 28 家共 121 首五言古诗，选诗数量在各体中仅次于七绝（167 首）和五律（125 首）。只是，同前七子主流思想一致，他认为唐人五古不如汉魏，如说"陈子昂以其古诗为古诗，弗取也"。故他选唐五言古《感遇》，不取陈子昂而取张九龄。其实在原因后人多有阐释，许学夷说："子昂《感遇》……尚杂用律句，平韵者犹忌上尾"（《诗源辩体》卷一三）；而张九龄诗"雅正沉郁，言多造道，体含风骚，五古直追汉

魏深厚处。"（周珽《唐诗选脉会通评林》）

然而李攀龙此说一出，纷讼骤起，论者按各自的理解，或是或非，兹择其要以述之。

王世贞《梅季豹居诸集序》云：

> 余少年时称诗，盖以盛唐为鹄云，已而不能无疑于五言古。及李于鳞氏之论曰："唐无古诗，而有其古诗"，则洒然悟矣。进而求之三谢之整丽、渊明之闲雅，以为无加焉。及读何仲默氏之书曰："诗盛于陶、谢而亦亡于陶、谢"，则窃怪其语之过。盖又进之而上为三曹，又进之而上为苏、李、枚、蔡。然后知何氏之语不为过也。（《弇州山人四部续稿》卷五五）

何景明的意思是古诗止于汉魏，至晋已亡，至唐自然也是"古调亡"（李梦阳《缶音序》）了。前七子古体学汉魏，就含有"唐无古诗"的意思，王世贞在此肯定李攀龙对唐代古诗的评断，显示出格调论者对唐代古诗的一贯态度。王世懋也说："唐人无五言古。就中有酷似乐府语而不伤气骨者，得杜工部四语，曰：'兔丝附蓬麻，引蔓故不长。嫁女与征夫，不如弃路旁。'不必其调云何，而直是见道者，得王右丞四语，曰：'曾是巢许浅，始知尧舜深。苍生诋有物，黄屋如乔林。'"（《艺圃撷余》）其中体现出他评判唐人五古的标准是汉魏五言。

郝敬发挥李攀龙的观点，指出唐人古体和汉魏六朝诗存在差距："唐诗佳者，多是古体。然亦唐之古体耳。棱角峥嵘，而少圆融；雕刻细琐，而少浑厚；佳句可摘，而天趣不及汉魏六朝自然妙丽。皆本近体之习，而特去其声偶耳。说者谓'唐无古诗'，良似。"（《唐体》，《山草堂集·艺圃伧谈》卷三）

崇尚神韵的陆时雍自然更心仪"无迹可求"的汉魏诗，因此也像郝敬一样，为李攀龙寻求证据："观五言古于唐，此犹求二代之瑚琏于汉世也。"接着陆时雍将唐人五古和汉代五言从八个方面进行对比，从而断定唐人"八不得"即八方面皆不及汉，整个唐代只对李白做出些许肯定，而且末了还是指斥其"不能尽为古"的种种表现（《诗镜总论》）。

就这一争议，格调论内部出现改良迹象，那是在万历以后。

胡应麟说："四杰，梁陈也；子昂，阮也；高、岑，沈、鲍也；曲江、鹿门、右丞、常尉、昌龄、光羲、宗元、应物，陶也。惟杜陵《出塞》乐府有汉魏风，而唐人本色时露。太白讥薄建安，实步兵、记室、康乐、宣城及拾遗格调耳。李于鳞云：'唐无五言古诗，而有其古诗'，可谓具眼。"（《诗薮》内编卷二）在此，胡应麟明确了李攀龙所谓"唐无五言古诗"即唐代没有汉魏那样的古诗，初盛唐诸大家多接续晋与六朝。具体言之：

> 世多谓唐无五言古，笃而论之，才非魏晋之下，而调杂梁陈之际，截长絜短，盖宋齐之政耳。如文皇《帝京》之什，允济《庐岳》之章，子昂《感遇》之篇，道济《五君》之咏，浩然"疏雨"之句，薛稷《郊陕》之吟，太白《古风》、《书怀》，少陵《羌村》、《出塞》，储光羲之田舍，王摩诘之山庄，高常侍之纪行，……皆六朝之妙诣，两汉之余波也。（《诗薮》内编卷二）

所谓唐"有其古诗"，实则"皆六朝之妙诣，两汉之余波"。胡应麟虽然表明唐人五古非汉魏正宗，却肯定唐人古诗来源于汉魏，不像前后七子那样完全割裂它们之间的联系。

李沂则就时人不习古体发表意见："唐人全不剿袭汉魏一字，故云无古诗也。今人学诗，惟从近体做起，竟不知古诗为何物，谓'唐无五言古诗'，今人莫不首肯，而不知盛唐人乃为深造古诗之奥也。"（《选诗或问》，《唐诗援》卷首）李沂肯定"唐无五言古诗"的说法，但反对李攀龙对待唐人五古的态度。说唐人深造古诗之奥而不剿袭其形，也肯定了唐诗与古诗之间的内在联系。

此后，精于辨体的许学夷对李攀龙的说法作了详尽的发挥与订补，如他比较唐人五古与汉魏的根本区别："汉魏五言，深于兴寄，故其体

简而委婉。唐人五言古，善于敷陈，故其体长而充畅。"（《诗源辩体》
卷三）"汉魏五言，声响色泽，无迹可求。至唐人五言古，则气象峥嵘，
声色尽露矣。"（同上）许学夷能领会李攀龙的意图，但并不赞成他对唐
人五古的态度："汉魏五言，体多委婉，语多悠圆。唐人五言古变于六
朝，则以调纯气畅为主。若高、岑豪荡感激，则又以气象胜；或欲以含
蓄蕴藉而少之，非所以论唐古也。"（同上，卷一五）"李于鳞《唐诗选
序》，本非确论，……愚按：谓子昂以唐人古诗而为汉魏古诗弗取，犹
当；谓唐人古诗非汉魏古诗而皆弗取，则非（汉魏、李杜各极其至）。
观其所选唐人五言古仅十四首，而亦非汉魏之诗，是以唐人古诗皆非汉
魏古诗弗取耳。"（同上，卷三五）

　　谢肇淛认为"五言古，学汉魏足矣"（《小草斋诗话》卷一内编），
而对李攀龙的观点，则表露出这样的看法："李攀龙曰：唐无古诗，陈
子昂以其古诗为古诗，君子弗取也。斯言过矣。子昂、太白力欲复古而
不逮者也，未达一间耳。惟少陵《玉华宫》、《石壕吏》，刘长卿《龙门
咏》等作可谓'以其古诗为古诗'，然亦风会之趋也。君子观其世可
也。"（同上，卷二外编上）谢肇淛对"唐无古诗"的观点也是同意的，
但认为这种新变是世风所至，人们正可由此识察当时的时代风尚，而不
应采取弃舍的态度。

　　曹学佺在《唐诗选序》中说：

　　　　于鳞谓"唐无古风"，识者哗之。然非观李、杜之古风，
　　则无以见唐古风之盛；非观宋及国初之不以李、杜入选，则无
　　以见"唐无古风"非始于于鳞之言也。……李之才情与古法
　　合，杜之极思与格调合，故但见其合而不见其离。盖大历以下
　　之诸公纯用才华而蕴藉少矣，贞元以下之诸公纯用工巧而风致
　　乖矣，其病皆在不习古风也。（《石仓十二代诗选·唐诗选》卷
　　首）

对李攀龙"唐无古诗"之说，曹学佺显然也是持两面态度，一方面认为

唐人古风不如汉魏，由"然"字表达的转折意味和对大历、贞元以后的评价可以看出；另一方面，又认为不应抹杀唐人古风的成就，这从对李、杜的评价中显露出。有鉴于此，曹学佺在编《石仓十二代诗选》时，对其中的唐诗部分多选古体，成为其选本的一大特色。

其间，也有人完全否定李攀龙的观点，这可以臧懋循和赵士喆为代表。

臧懋循以通变的观点，肯定唐古变汉魏的合理性：

> 世之求多于唐者有云，唐之创为唐音，其功甚伟，后世不能变其格，顾乃古为一变，古亡于唐矣。窃谓唐之变古良有之，而变独无善不善乎？唐之变其靡靡者而为唐，唐宁不靡靡若乎？……大抵古今作者，各笃于时，由前则为古之汉魏，由后则为唐之初盛。举盛以概衰，习无相远。试以论马者论诗，求其神而已。（《唐诗所序》，《负苞堂集·文选》卷三）

以"神"而论，唐人古诗继承了汉魏；唐古变汉魏，只是在形上。臧懋循与汤显祖同庚，他对唐人古诗的这一态度当与流行的个性思潮有关。

赵士喆充分肯定唐人在五言古诗上所取得的成就，他在《石室谈诗》卷下表述：

> 弇州谓："世人选体，往往谈西京建安，便薄陶、谢，此似晓似不晓者。诗以专诣为境，以饶美为才，即齐梁纤调，李、杜变风，亦有可采。"……李与谢既称可采，唐之可采者又不止此。如陈拾遗、张相国之《感遇》，王右丞、储参军之《田家》，以及宋之问、刘希夷、刘眘虚、常建、王昌龄五言古佳者甚多。弇州此论，未免为于鳞"唐无五言古"所误。不知五言古一派，陶、谢后更数盛唐。

有意思的是，由李攀龙引发的"唐无五言古诗"之争，并没有随着明朝的覆亡而戛然平息。入清以后，吴乔、朱鹤龄、王夫之、张笃庆、王士禛、张实居、徐增、叶燮、宋荦、叶矫然、陆圻、俞南史等人，均就此展开激烈争论①。其实，就李攀龙所指出的五言古诗来说，唐代古诗有自己的演进历程。唐初袭齐梁诗风，藻采特重，风骨不振，形体上古、律混淆；到陈子昂提出"以汉魏变齐梁"的口号，初步确立了唐代五古质朴、真切的传统；经张说、张九龄等人的继承与发扬，至盛唐诸家得以光大。发展到杜甫，堂庑顿开，博大宏深，唐人古风获得自身成熟而鲜明的定性。元和时，元、白等人接受杜诗感讽时事的精神，在质朴、真切的叙述中加强场景与人物的刻画；韩、孟诸家则推进了杜甫变革诗体的趋向，奠定了宋以后五古趋向散文化的美学结构。及于晚唐，五古进入衰歇阶段，成就不大；唐末诗坛只有于渍、曹邺、刘驾、聂夷中等人专攻五古，上承陈子昂、元结等人质直简切的遗风，算是对于时尚铺陈藻丽、讲求律对的反拨。这一历程，充分说明唐诗的变古是历史的必然。总体上言，较之汉魏六朝诗歌大多局限于单纯的抒情写景，唐人的古诗则趋向笔力驰骋、气象峥嵘、边幅开阔、语言明畅，不仅用以抒写波澜起伏的情感活动，还直接用于叙事议论、刻画人物、铺排场景，使诗歌表情达意的功能得到空前发挥。另外，在音节上，唐人古诗受今体影响，或吸取声律的和谐与对仗的工整，或有意走上反律化的途径，皆不同于晋宋以前诗歌韵调的纯任自然。因此，明代格调论者视唐人古风为汉魏以来古诗的"变体"，并没有错。只是他们从伸正诎变、荣古虐今的传统观念出发，贬抑唐人古风的成就，就显得过于偏执。许学夷说"唐人五古自有唐体"（《诗源辩体》卷一四），可谓通达之见。

"唐人七律第一"之争

有明一代，围绕着"唐人七律第一"的归属问题，一直存在争议。

---

① 分别见：吴乔《围炉诗话》卷二，朱鹤龄《愚庵小集·汪周士诗稿序》，王夫之《姜斋诗话》卷二、《唐诗评选》卷二，郎廷槐《师友诗传录》，徐增《而庵说唐诗》卷一，叶燮《原诗》，宋荦《漫堂说诗》，叶矫然《龙性堂诗话》初集，陆圻《唐诗英华序》，俞南史《唐诗正凡例》。

　　这一命题最早由南宋严羽提出："唐人七言律诗，当以崔颢《黄鹤楼》为第一。"（《沧浪诗话·诗评》）明人顺着这一思路，纷纷评出各自心目中的"唐人七律第一"。

　　正德、嘉靖年间，何景明、薛蕙推沈佺期《古意呈补阙乔知之》（简称"古意"，即所谓"郁金堂"，又称"独不见"）为唐人七律第一。就近体形式而言，这首诗比《黄鹤楼》规范得多，显示出七律形式趋于成熟定型。但是，从立意、用韵到语言的组合，又体现出明显的乐府歌行特色。何、薛推举这首虽较《黄鹤楼》更为合律但也不是近体本色的律诗，实缘于他们对带有歌行乐府特色的六朝、初唐律诗的偏好。杨慎《升庵诗话》卷十三载："何仲默枕藉杜诗，不观余家，其于六朝初唐未数数然也。与予及薛君采言及六朝初唐，始恍然自失，乃作《明月》、《流萤》二篇拟之。"何景明为《明月》诗作的序文，似乎证实了杨慎所言信而不诬，该文认定杜诗"调失流转"，"反在四子之下"，表现出何景明对"至其音节，往往可歌"的初唐四子的偏爱；并且，他模仿他们的意调作出《明月》诗，以实际行动履行了这种偏爱。薛蕙本来就宗主六朝初唐诗，王世贞将他与徐祯卿、杨慎作了个对比："徐昌谷有六朝之才而无其学，杨用修有六朝之学而非其才。薛君采才不如徐，学不如杨，而小撮其短，又事事不如何、李，乐府、五言古可得伯仲耳。"（《艺苑卮言》卷六）所论虽对薛蕙评价不高，但可透露二点信息：一是薛蕙心仪六朝，二是其成就在乐府和五古。其实前者是因，后者是果，他的创作成就实践了他的审美宗趣。

　　此后，杨慎也参与论争："宋严沧浪取崔颢《黄鹤楼》诗为唐人七言律第一，近日何仲默、薛君采取沈佺期'卢家少妇郁金堂'一首为第一，二诗未易优劣。或以问予，予曰：'崔诗赋体多，沈诗比兴多。以画家法论之，沈诗披麻皴，崔诗大斧劈皴也。'"（《升庵诗话》卷一〇）杨慎将《黄鹤楼》与《古意》进行对比，认为各有特色，"未易优劣"，在严羽与何、薛之间持调和态度，实质上是对二诗的成就均予以充分肯定。清人潘德舆颇有识见地指出："升庵不置优劣，由其好六朝、初唐之意多耳"(《养一斋诗话》卷八)。这两首带有六朝、初唐特色的律诗，恰好迎合了杨慎的审美趣味。

问题在：既然评选"唐人七律第一"，如果推举的作品既不能代表"唐人"特色，又不符合"七律"定规，艺术水准再高，终究难以服众。嘉靖年间的孔天胤和谢榛似乎意识到这一问题。

孔天胤所倡新说见谢榛《诗家直说》卷四引："长篇是赋之变体，而去一'兮'字；近体则研炼精切，檃栝谐俪，如文锦之有尺幅；绝句皆乐府也。长篇当以李峤《汾阴行》为第一，近体当以张说《侍宴隆庆池应制》为第一。"谢榛所引，今传孔氏著作不载。但其中所谓"近体则研炼精切，檃栝谐俪，如文锦之有尺幅"，已经道出了他推举《侍宴隆庆池应制》的理由。这首诗首先是句法非常严整，虚实错落有致，颇见研炼之功；其次是韵律谐和，它平起平收，韵调顺畅，格律合度，只有四处本可忽略不计的"小拗"，完全符合"谐"的要求；再次是对偶精工，一般律诗只要求中间两联对偶，该诗却四联全对，且除首联外，其余三联皆为工对，这很符合"俪"的法则；最后，该诗不仅表现为精工合度之"有尺幅"，而且确实称得上"文锦"："初阳"、"晓翠"、"青草"、"白云"……全诗光彩四溢，色泽斑斓。

谢榛专门引述孔天胤的这段言论，虽未明置褒贬，却已透露了他予以默认的消息，以至招来许学夷的批评："又引孔文谷言初唐张说、张九龄擅其宗，长篇以李峤《汾阴行》为第一，近体以张说《侍宴隆庆池应制》为第一，愦谬益甚。"(《诗源辩体》卷三五) 其实，谢榛看好这首诗也不外乎以上原因。在七子派中，谢榛虽然较早言"悟"言"兴"，但他一直非常重视对诗歌语言的精工锤炼，主张"数改求稳，一悟得纯"(《诗家直说》卷三)。他说"律诗重在对偶"(同上，卷一)，对诗歌的韵律也非常讲究，对此，清人贺裳曾从批评的角度指出："茂秦屡诲人以悟，然所云悟，特声律耳"，"谢茂秦论诗，不顾性情义理，专重音响"(《载酒园诗话》卷一)；谢榛还很重视诗歌表现的色泽文采，他曾探讨律诗如何运用"颜色"，如何使各联之间浓淡相宜(《诗家直说》

卷二）。所有这些错彩镂金、格律严整的特色，正符合他所说的"诗家四关"："凡作近体，诵要好，听要好，观要好，讲要好。诵之行云流水，听之金声玉振，观之明霞散绮，讲之独茧抽丝。"（同上，卷一）

《侍宴隆庆池应制》是严格意义上的规范化律诗，是名副其实的"唐人七律"。这说明谢榛们比何景明们对格调规范的把握更严格。然而这类应制诗虽高华秀朗，但"命题既同，体制复一；其绮绘有余，而微乏韵度"（杨慎《升庵诗话》卷八），令诗歌的价值大打折扣。于是，王世贞和胡应麟标举雄深浩荡、超忽纵横的杜诗。

王世贞在《艺苑卮言》卷四中，虽然肯定《黄鹤楼》和《古意》的艺术价值，但认为二诗均够不上"七律第一"，因为着眼全诗，不尽合唐律本色，进而表示：

> 老杜集中，吾甚爱"风急天高"一章，结亦微弱；"玉露凋伤"、"老去悲秋"，首尾匀称，而斤两不足；"昆明池水"秾丽况切，惜多平调，金石之声微乖耳。然竟当于四章求之。

认为杜甫四首诗虽各存不足，但"唐人七律第一"只能从中产生。只是，这四首诗究竟谁当第一，王世贞未作抉择。王世贞否定严羽和何、薛的推举，表明他严守唐诗的格律规范，和他论诗重格调的一贯立场相一致；他推荐杜诗四首参选，实缘于他对雄深浩荡、超忽纵横的意蕴的崇尚，他曾由衷地说："扬之则高华，抑之则沉实，有色有声，有气有骨，有味有态，浓淡深浅，奇正开阖，各极其则，吾不能不服膺少陵。"（同上）

胡应麟《诗薮》内编卷五有三段文字关涉这一论争。他先否决了"颔颇偏枯，结非本色"的《古意》和"歌行短章"《黄鹤楼》，然后在王世贞所荐四首杜诗中，确定《登高》为七律第一：

> 杜"风急天高"一章五十六字，如海底珊瑚，瘦劲难名，沈深莫测，而精光万丈，力量万钧。通章章法、句法、字法，前无昔人，后无来学。微有说者，是杜诗，非唐诗耳。然此诗

自当为古今七言律第一，不必为唐人七言律第一也。

起始所谓"如海底珊瑚"云云，表明他首先注重的是这首诗所蕴蓄的深度、广度、力度和韵度；"通章章法"云云，又表明他对符号形式层面也极端重视。总之，他欣赏的是这首诗通过创造性的艺术形式表现了雄深博大的内涵，如他评包括《登高》在内的十七篇杜律时也说："气象雄盖宇宙，法律细入毫芒"（同上），他强调的是气象之"雄"和法律之"细"的有机结合，是形式和内蕴的完美统一。

王世贞、胡应麟对杜诗的推崇，表明他们的艺术品位和价值观念朝着更深一层迈进。杜甫之前，人们对律诗的认识，首先是"律"，其次才是"诗"，甚至为了求得律对的工整，不惜削弱表情达意的功能。而杜甫则要求不仅是"律"，更应是"诗"，因此他突破传统的观念与界限，全面开辟律诗的境界，使短小精干的体制包容博大精深的内涵。王世贞所推举的包括《登高》在内的四首杜诗，其意蕴的雄深，上述那些应制诗无法比拟。因此，王世贞、胡应麟对唐人七律第一的认识也就较前人高出一层。同时我们也注意到，王世贞推举杜诗四首，而又指出各诗的"不无利钝"处，终至难以落实到某一篇，这是受其"老杜以歌行入律，亦是变风"（《艺苑卮言》卷四）的观念左右所致；胡应麟"此诗自当为古今七言律第一，不必为唐人七言律第一"的高评背后，实隐藏着他欲圆通"是杜诗，非唐诗"的良苦用心。有鉴于此，许学夷重回盛唐寻找本色唐诗。

许学夷在《诗源辩体》卷十九中，对王世贞所列四首杜诗进行评述：

> 杜律较唐人体各不同无论，若"丛菊两开他日泪"，语非纯雅；"织女机丝虚夜月，石鲸鳞甲动秋风"，细大不称；"羞将短发还吹帽，笑倩傍人为正冠"，似巧实拙；故自"风急天高"而外，在杜体中亦不得为第一，况唐人乎？"老去悲秋"宋人极称之，自无足怪。

其中的所有指斥，实皆缘于"杜律较唐人体各不同"，缘于开宋人门户的"变体"特征。许学夷牢牢地把握杜律与"唐人体"的根本区别在"主意"与"主兴"（同上，卷一七）。因此，他没有选择杜甫，而是折回盛唐，看好崔颢：

> 崔颢七言有《雁门胡人歌》，声韵较《黄鹤》尤为合律……崔诗《黄鹤》首四句诚为歌行语，而《雁门胡人》实当为唐人七言律第一。（同上）

> 盛唐七言律，多造于自然，而崔颢《黄鹤》、《雁门》又皆出于天成。（同上）

可以看出，他推《雁门胡人歌》为唐人七律第一，主要基于两点：一是"合律"，二是"出于天成"。许学夷对"合律"的高度重视，表明他不愧为七子后学；而他标举"非人力可到"的"天成"，则是对传统格调派重法守法观念的突破。

明朝末季，胡震亨在《唐音癸签·评汇》中，否定不合律诗规范的《黄鹤楼》与《古意》后，花了较多笔墨指出杜律的"可议"之处。而这些"可议"之处，与许学夷对杜律的指斥实质相同。不同的是，胡震亨在推翻众说之后，不再推举谁当"第一"，而是在"七律压卷，迄无定论"的现实面前，以通达的姿态，以否定论争的价值而结束明代的这一旷日持久的论争："吾谓好诗自多，要在明眼略定等差，不误所趋足耳。'转益多师是汝师'，何必取宗一篇，效痴人作此生活！"（《唐音癸签》卷一〇）

从以上的考察、探讨中，至少可以得出以下印象。

首先，论争体现了审美观念的时代变迁。我们看到，强调诗歌艺术境界的浑成自然，明人和严羽表现一致，严羽推举《黄鹤楼》，主要即着眼于浑成无迹的艺术境界，明人所推诸篇，大体也都认为够得上这一标准。不同的是，严羽欣赏通过弃除理性思考的"妙悟"而兴到神会地臻至浑成之境的作品；明人则看好通过深思熟虑的精工锤炼而进入化境的篇章。进一层说，明人不是凌虚于"羚羊挂角、无迹可求"的"兴趣"层面，而是坐实于"体格声调"的各种法度，由对体格声调的合理接受和对各种法度的娴熟把握，进而领会艺术境界层面的兴象风神。

其次，论争生动地体现了格调派审美接受理论渐趋深化、渐趋精微的轨迹：何景明偏好歌行的"意调"，不很在意近体形式的规范；谢榛着眼于规范的形式，没有顾及诗歌意蕴的价值层面；王世贞、胡应麟在严守形式规范的同时，注重雄深的意蕴，但杜诗的变体特征又使他们陷入理论上的尴尬；许学夷试图将"兴趣"与法规合璧的理念，标志着格调派艺术理论的进一步深化。

李杜比较

关于李白与杜甫的诗学地位，中唐元稹在《唐故工部员外郎杜君墓系铭并序》一文中提出"诗人以来，未有如子美者"，认为李白"差肩于子美"，于杜"尚不能历其藩翰"。此后，由宋而元，骤讼纷起。扬李抑杜者如杨亿、欧阳修、曾巩；扬杜抑李者如王禹偁、王安石、苏辙；也有不分优劣而并尊者，如苏轼、张戒、严羽。但总体上看，杜甫在宋代的地位处李白之上。这主要是由于宋人视杜甫为"诗史"、为忠君爱国的典范而致。有明一代，虽亦有人轩轾其间，但优劣之争没有成为诗学主流，李杜作为"双子星座"的崇高地位基本上没有动摇过。明人主要致力于从诗歌本体，即从体制声调和艺术风格入手辨析李杜之异同，大抵都能比较客观、公正地指出各自的特长与不足，并能以冷静、宽容的态度为他们找出诸如个人才情、前代渊源等客观上的原因。可以说，由宋元的李杜优劣之争而转向明代的李杜格调之辨，是唐诗学不断深入本体，不断走向精微的重要标志。

由元入明的张以宁最推尊李白与杜甫，他曾辨析二者的异同：

> 尝窃论杜由学而至，精义入神，故赋多于比兴，以追二《雅》；李由才而入，妙悟天出，故比兴多于赋，以继《国风》。

（《钓鱼轩诗集序》，《翠屏集》卷三）

　　大抵二《雅》赋多而比兴少，而杜以真情真景、精义入神
者继之；《国风》比兴多而赋少，而李以真才真趣、浑然天成
者继之，而为二大家。（《黄子肃诗集序》，同上）

张以宁没有从理道的角度去评说李杜优劣，而是从艺术风貌入手辨析二者异同，并从诗人的才性学养、艺术手法、诗学渊源去寻找形成差异的原因，得出李白与杜甫成就等同的结论。其中对以"真"为核心的艺术特质的标举，预示着李杜之争在明代的重心转向。

正德年间，李濂的比较没有超出张以宁的结论："盖白诗，风之变也；甫诗，雅之变也。白天才纵逸，神秀难踪；甫学力闳深，准绳具在。此李、杜之别也。"（《唐李白诗序》，《唐李白诗》卷首）指出李杜之别，似乎意在指示入学门径。嘉靖初，杨慎提倡学唐诗应上溯到六朝，因此特别突出李杜相同的一面："李太白终始学《选》诗，杜子美好者亦多是效《选》诗。"（《升庵诗话》卷一三）但总体说来，皆显粗略。

在格调派这里，李、杜之辨逐步走向精微。

谢榛曾专就绝句进行比较："子美五言绝句皆平韵律体，景多而情少；太白五言绝句平韵律体兼仄韵古体，景少而情多。二公各尽其妙。"（《诗家直说》卷二）从体制声律和情景结构入手，指出各自的特长，显示出格调论的独特视角。

王世贞较为细致，他在《艺苑卮言》卷四中，先就五言古体及七言歌行两种诗体，将李杜进行比较：李白主气，出于自然，风格表现为俊逸高畅；杜甫主意，出于独造，风格表现为奇拔沉雄。将诗歌体制与作者性情、艺术构思及风格表现联系起来，形成相互之间的因果链，这样的比较就显得比较深刻而清晰。特别是"主气"和"主意"的区分，甚至成为后世判定唐宋诗的标准。然后，他比较两人各自擅长的诗体："五言律、七言歌行，子美神矣，七言律，圣矣。五七言绝，太白神矣，

七言歌行，圣矣，五言次之。太白之七言律，子美之七言绝，皆变体，不足多法也。"用"神"和"圣"对两人的各体成就作出明确界定，充分显示了王世贞的辨体功夫，他对李杜的比较并不止于作出平面的描述，而是具有清晰的诗体流变意识，并依据伸正诎变的格调观作出判断。

谢榛、王世贞的格调论思路，到精于辨体的胡应麟那里发挥得淋漓尽致。

胡应麟或从总体成就入手，一为才超一代，一为体兼一代："唐人才超一代者李也，体兼一代者杜也。李如星悬日揭，照耀太虚；杜若地负海涵，包罗万汇。李惟超出一代，故高华莫并，色相难求；杜惟兼总一代，故利钝杂陈，巨细咸畜。"（《诗薮》内编卷四）或从风格表现入手，风格表现总是和体制声调密切相关："阖辟纵横，变幻超忽，疾雷震霆，凄风急雨，歌也；位置森严，筋脉联络，走月流云，轻车熟路，行也。太白多近歌，少陵多近行。"（同上，卷三）"李才高气逸而调雄，杜体大思精而格浑。超出唐人而不离唐人者，李也；不尽唐调而兼得唐调者，杜也。"（同上，卷四）指出各自的才性擅长，也是注目于格调："李杜才气格调，古体歌行，大概相埒。李偏工独至者绝句，杜穷极变化者律诗。"（同上）

与王世贞一样，胡应麟也着眼于辨识两人的体格变化："太白笔力变化，极于歌行；少陵笔力变化，极于近体。李变化在调与词，杜变化在意与格。"（同上）"杜之律，李之绝，皆天授神诣。然杜以律为绝，如'窗含西岭千秋雪，门泊东吴万里船'等句，本七言律壮语，而以为绝句，则断锦裂缯类也。李以绝为律，如'十月吴山晓，梅花落敬亭'等句，本五言绝妙境，而以为律诗，则骈拇枝指类也。"（同上，卷六）

胡应麟在辨析体格的基础上，指出两人渊源所自，不再笼统地言出《风》入《雅》：

少陵不效四言，不仿《离骚》，不用乐府旧题，是此老胸

中壁立处，然风骚乐府遗意，杜往往深得之。太白以《百忧》
等篇拟风雅，《鸣皋》等作拟《离骚》，俱相去悬远。（《诗薮》
内编卷二）

　　盛唐李杜，气吞一代，目无千古。然太白《古风》步骤建
安，少陵《出塞》规模魏晋，唯歌行、律、绝，前人未备，始
自名家。

　　太白五言，沿洄魏晋，乐府出入齐梁，近体周旋开宝，独
绝句超然自得，冠古绝今。子美五言《北征》、《咏怀》，乐府
《新婚》、《垂老》等作，虽格本前人，而调出己创。五七言律
广大悉备，上自垂拱，下逮元和，宋人之苍，元人之绮，靡不
兼总。故古体则脱弃陈规，近体则兼该众善，此杜所独长也。
（同上，内编卷四）

将二者置于诗歌发展的历史长河之中加以考察，描绘出他们对传统的继
承线路或新变创获，使二者的比照具体明确，又具有历史纵深感。

　　受万历时期性灵思潮的影响，屠隆辨析李杜格调时，常与才性并
论，如《论诗文》谓："杜甫之才大而实，李白之才高而虚。杜是造建
章宫殿千门万户手，李是造清微天上五城十二楼手。杜极人工，李纯是
气化。"颇具时代特色。

　　许学夷对李白的比较基本延续了格调论。如《诗源辩体》卷十八就
五言古和七言歌行，比较二者的才性及风格差异："太白以兴为主，子
美以意为主。""太白语虽自然，而风格自高；子美语虽独造，而天机自
融。""太白语多豪放，子美语多沉着。"也流露了伸正诎变的意识，如：
"太白五言古、七言歌行，多出于汉魏六朝，但化而无迹耳；若子美五
言古，虽亦源于古选，而以独造为宗，歌行又与汉魏六朝迥别。"（同
上）"五、七言乐府，太白虽用古题，而自出机轴，故能超越诸子；至
子美则自立新题，自创己格，自叙时事，视诸家纷纷范古者，不能无
厌。"（同上，卷一九）

晚明提倡自然神韵的陆时雍，在李杜比较中显示了他的特色："少陵苦于摹情，工于体物，得之古赋居多；太白长于感兴，远于寄衷，本于十五《国风》为近。"（《诗镜总论》）一"苦"一"长"，一"工"一"远"，词语的运用透露出神韵论的视角。下面这段话则明显带有神韵论者的感情："七言古，自魏文、梁武以外，未见有佳。鲍明远虽有《行路难》诸篇，不免宫商乖互之病。太白其千古之雄乎？气骏而逸，法老而奇，音越而长，调高而卓。少陵何事得与执金鼓而抗颜行也？"对李白的评价虽仍从格调入，但艺术归趋却是超乎格调之上的余音余韵。

各家对李白与杜甫的比较辨析，显示了格调论唐诗学发展的大致脉络。明前期，多就总体风格和诗学渊源进行比较，显得粗略而笼统，但其平等的态度、惟艺术的视角，以及求真的意识，却成为格调论李杜比较的直接源头。从谢榛到王世贞再到胡应麟，对李杜的比较，面越来越宽广，点越来越具体，识越来越精深，反映出格调论唐诗学不断趋向精微的轨迹。而屠隆、陆时雍对李杜的辨析，则显示出格调论唐诗学走向蜕变和解体。

第五节　明中期唐诗文献的整理与开发

由弘治初到隆庆末，与诗坛崇唐风气炽烈相关，唐诗的整理研究逐渐走向兴盛。这一时期，明人除大量刊刻已有唐人诗集外，还掀起汇刻和选编诗的高潮，出现许多大型唐诗总集和选本，与此同时，批点品评唐诗也蔚然成风。

唐集的重刊

明中期对唐诗的整理继续表现为大量重刊唐人诗集。如弘治十五年刘济民刻陆龟蒙编《松陵集》，嘉靖元年金台汪琼刻元杨士弘编《唐音》，嘉靖八年晋府养德书院刻宋姚铉辑《唐文粹》，嘉靖十九年陈敬学德星堂刻宋洪迈辑《万首唐人绝句》，嘉靖二十八年吴春刻宋周弼辑、元释圆至注《笺注唐贤三体诗法》，嘉靖年间黄鲁曾刻宋李龏辑《唐僧弘秀集》等；有的对书名稍作更改，如嘉靖十七年广勤书堂刻《新刊三订便蒙唐诗鼓吹大全》，系重刻金元好问辑、元郝天挺注《唐诗鼓吹》。除重刻唐宋元旧集外，对明初期的选本也多有重刻，如高棅的《唐诗品汇》，又出现了弘治六年张璁刻本、嘉靖十七年康河重修本、嘉靖十六年姚芹泉刻本、嘉靖十八年牛斗刻本，《唐诗正声》又出现了嘉靖二十四年何城刻本、嘉靖三十三年韩诗刻本，康麟《雅音会编》又见嘉靖二十四年沈藩勉学书院刻本，等等。

除重刻总集合集外，重刻唐人别集也形成风气。如《韦苏州集》，仅弘治四年就见张习刻本和李翰、刘玘刻本；《刘随州文集》，有弘治十一年韩明等刻本，又见弘治十三年李克嗣刻本；此外，弘治十二年杨一清、于睿刻《孟东野诗集》，弘治十七年庄概、吴晟刻《欧阳行周文集》，弘治十三年马炳然刻李贺《锦囊集》，弘治十五年刘廷瓒刻《唐李长吉诗集》。比较而言，弘治年间重刻唐人诗集尚不为多，而且在选刻范围上与明前期类似，即看不出明确的时代倾向。进入正德以后，唐诗的出版热潮逐渐形成，如：正德三年罗汝声刻元虞集注《杜工部七言律诗》，正德四年东川黎尧卿重刻《须溪评点选注杜工部集》，正德八年华坚兰雪堂铜活字印《白氏长庆集》，正德八年鲍松刻元赵汸注《类选杜诗五言律》，正德十年徐景嵩刻《崔颢集》，正德十年张景旸等刻宋童宗说注释、张敦颐音辩、潘纬音义《增广注释音辩唐柳先生集》，正德十二年郭勋刻《唐元次山文集》，正德十四年刘氏安正堂刻宋黄鹤补注、刘辰翁评点，元高楚芳辑《集千家注批点补遗杜工部诗集》，同年袁翼刻《王昌龄诗集》，陆元大刻《李翰林集》，汪琼金台书院刻宋徐居仁编次、黄鹤补注《集千家注分类杜工部诗》，正德十五年湛若水刻《唐丞相曲江张先生文集》，同年安正书堂刻宋杨齐贤集注、元萧士赟补注《分类补注李太白诗》，而《岑嘉州诗》同年就见谢元良刻本、熊相和高屿刻本、沈恩刻本。仅刘成德一人，在正德十年前后就曾刊刻杜审言、宋之问、沈佺期、李颀、李嘉祐、皇甫冉、皇甫曾、韩翃、郎士元、耿湋、王建、张籍等十多家唐人诗集。这充分显示出，弘治年间兴起的前七子，到正德年间才在社会上产生广泛影响。进入嘉靖朝，刊刻唐人别集的风气更是大为盛行。

这些重刻本，有的基本保存了原刊旧貌，如弘治四年杨春、杨澄刻《陈伯玉文集》，系杨澄从宫中秘阁抄出，但基本上保存了宋刻旧貌（见王重民《敦煌古籍叙录》）；有的据宋元旧本翻刻，如嘉靖间覆刻宋书棚本《王勃集》，郭云鹏覆刻、宋廖莹中校注《河东先生集》。此外，唐人诗集有的早已亡佚，有的严重缺损，明中期在重刊唐人诗集的同时，在辑佚和校勘方面做了大量工作，如《宋之问集》十卷，明初亡佚，正德十三年王廷相在整理《唐沈佺期诗集》七卷的同时也整理了宋之问诗集①，又如嘉靖三年徐焴刻本《重校正唐文粹》一百卷，嘉靖二十二年郭云鹏宝善堂刻本《分类补注李太白诗》二十五卷《分类编次李太白文》五卷，均就原刊作了认真校订。

不过在唐诗整理方面，与前期比较起来，最能显示这一时期特色和成就的，当是唐人诗集的大量汇刻。

唐诗的汇刻

正德以前，唐人诗集大多为另本单行，尚无大量刊刻汇集为丛书者。正德以后，不但单行本大为增加，汇刻唐代诸家诗集，编为丛书，也形成热潮。

从汇编规模来看，有的为大型合刊，如：正德刻本《唐人小集》五十八卷，录唐太宗至五代王周 34 家诗；正德间铜活字印本《唐人诗集》一百五十九卷，收录唐自唐太宗至权德舆 50 家诗，未录晚唐诗人，体

---

① 参陶敏、李一飞著《隋唐五代文学史料学》页 51，中华书局 2001 年版。

现了当时的风气；尤其是嘉靖十九年朱警辑刊的《唐百家诗》（又名《百家唐诗》）更显规模，收录初唐 21 家、盛唐 10 家、中唐 27 家、晚唐（包括五代）42 家共百家唐人诗集，凡一百七十一卷。书前载徐献忠撰《唐诗品》一卷，末附朱警《后语》一篇。各集体例不一，甚且收入赋作，大概与底本来源不一有关。作为一部大型唐人诗集汇编，朱警的《唐百家诗》深受人们重视，明末胡震亨编《唐音统签》，由此转录者甚多，清季振宜辑《唐诗》，也用其中不少诗集为底本。有的大型合刊将唐人选集编为丛书，如杨巍辑《六家诗选》，即合刊《国秀集》、《河岳英灵集》、《中兴间气集》、《极玄集》、《搜小玉集》、《箧中集》六种。除汇刊大型丛书外，还有的专门集合某一时期诗人群体：如正德间刘成德汇刻《唐大历十子诗集》，专刻大历十才子诗集；正德十四年吴郡陆元大汇刻《唐五家诗》，录皇甫冉诗二卷，郎士元、包何、包佶、皇甫曾诗各一卷，皆为大历诗人；嘉靖二十七年张明刻《唐四杰集》，录唐初四杰诗各一卷。有的按诗人身份或诗歌风格汇合，如嘉靖十六年高叔嗣辑刻《二张诗集》，录张说、张九龄诗各二卷，高氏自序谓："二公俱唐相，事玄宗，遭李林甫"，居朝时"抽笔兰室，雍容应制，何其泽也"，出朝后"怀人寄言，托物写心，何其凄也"。又如李白与杜甫同为大家，别集甚多，以致大型汇刻往往不载，却出现了多种二人汇刻本，如：正德八年鲍松刻《李杜全集》，收李翰林集三十卷，杜工部集五十卷外集一卷文集二卷；嘉靖五年刻许宗鲁编《唐李杜诗集》，录李、杜诗各八卷；此外又有嘉靖二十一年万虞恺刻邵勋辑《唐李杜诗集》，同年刻佚名辑《李杜律诗》等等。

从编排体例来看，这些丛书中的诗集大多经过重新整理。如嘉靖二十六年王准辑刻《唐十子诗》，录常建、郎士元、严维、刘叉、于鹄、于濆、于武陵、邵谒、伍乔、鱼玄机十家诗，从书前的两篇序文得知，此书乃周水部于吴下得宋本《唐十子诗》，授王准刊行，原集将于邺与于武陵诗分编，因邺与武陵实为一人，故校而合之，增入常建以凑足十家。又如刘成德编《唐大历十子诗集》、《大历二皇甫诗集》均重新按诗体分编。铜活字本《唐人诗集》编排上先赋后诗，诗又按体分列，邵勋辑《唐李杜诗集》既先赋后诗，诗按体分，体中再按寄赠、留别、酬答、登览、行役、怀古、闲适、哀伤等类编次。张逊业《十二家唐诗》也是先赋后诗，诗又按体分列。按体编排，显示出明人重视辨体的风尚。

从汇编宗旨来看，有些汇编也许只是在宗唐风气影响下，为了广罗唐人诗集，让更多的唐诗得以保存和流传，如《唐人小集》及《唐百家诗》；有些汇编则明显是为了贯彻某种理论倾向，在诗坛起到导向作用，如嘉靖年间张逊业辑刻《十二家唐诗》，录王勃、杨炯、卢照邻、骆宾王、陈子昂、杜审言、沈佺期、宋之问、孟浩然、王维、高适、岑参等十二家初盛唐人诗集各两卷，共二十四卷，包括赋篇。末有黄埠跋语，以王、杨、卢、骆为唐音之发硎，其余八家进而昌明诗道，皆"唐之可法者"，由此可见汇编宗趣。实际上，汇刻十二家唐诗，始于明正德间佚名所编《唐十二家诗》四十九卷，大抵为仿宋覆刻本，保留着原集的序言，还录有部分文章。张逊业则据此加以改编，删去原序和文集部分，将赋与诗重新按体编排，并把各集皆整理为上下两卷，于嘉靖三十一年由江都黄埠东壁图书府刊行。汇编唐十二家诗，体现了七子派崇尚初盛唐的诗学观，所定"十二家"一直为后人所遵循。谢榛所确定的唐诗典范"十四家"，即以李、杜为主而兼及此"十二家"。张氏该书出版后，屡经后人校订重刊，却只有编排体例上的调整，不曾有诗人诗作的变更。如万历十二年杨一统编校《唐十二名家诗》十二卷，系将各集之上下卷合而为一；万历三十一年许自昌霏玉轩所刻《前唐十二家诗》，仍为二十四卷，后郑能于闽城琅环斋重加刊行。张逊业之后，又见嘉靖二十九年蒋孝辑刻《中唐十二家诗集》，以"十二家"名称相呼应，扩而广之的意味十分明显。嘉靖三十三年黄贯曾辑《唐诗二十六家》，其理论宗旨黄贯曾已在《序》中表白："元和以后，沦于卑弱，无足取者。自武德迄于大历，英彦蔚兴，含毫振藻，各臻玄极，虽体裁不同，要皆洋洋乎尔雅矣。"不过，与唐诗的汇刻相比，唐诗的选编更能体现选家的审美趣味和理论主张。

唐诗的选编

每一个选本，都代表了选家的美学趣味，每一个诗歌选本的流播，都是选家诗学主张的流播。这些，既体现在选诗的相对范围、数量比例以及风格面貌的客观展示之中，也体现在书中序跋、圈点批注以及相关的主观论说里。这里，仅以几部有代表性的总集选本作一简介，以显现明代中期的唐诗选本如何体现该时期唐诗的接受活动。

《唐诗选》，李攀龙辑。系从《古今诗删》摘出单行。《古今诗删》收录自古逸、汉魏、晋南北朝、唐，继以明代同时诗人之作，而不及宋元，体现了七子派诎宋元的诗学思想。唐诗部分录诗人 128 家，诗 740 首，按诗体五古、七古、五律、七律、五排、五绝、七绝，分为七卷，各期所选比率为：初唐 16.9％，盛唐 60.1％，中唐 16.5％，晚唐 2.4％，白居易、李贺、杜牧等名家的诗一首未录，从中可见盛唐诗在他心目中的地位。《四库全书总目》云："盖自李梦阳倡不读唐以后书之说，前后七子率以此论相尚，攀龙是选，犹是志也。……明季论诗之党，判于七子，七子论诗之旨，不外此编。"胡震亨《唐音癸签》谓"此编一出，学者尤宗之"。此后不断有人为它注释、评点，以各种形式再版重刊，或以它为底本，进行增扩、折中与集成，足见其影响之深远①。但他的选编标准过于苛严而专一，将唐诗的接受域压缩到一个非常狭窄的范围。属于"末五子"的屠隆即指出其"取悲壮而去清远，采峭直而舍婉丽，重气骨而略性情"（《高以达少参选唐诗序》），"止取其格峭调响类己者一家货"（《论诗文》）。

《全唐诗选》，李默、邹守愚辑。选录唐人诗 1800 首，分体编排。曾才汉刻梓时评此书："盖盛唐之诗典则纯正，李杜二大家多为收采，

---

① 今传以明蒋一葵笺释本为最早，另有各种注本不下十余种，此外又有日本、朝鲜多种翻刻本和注释本。

初唐近于俪，晚唐流于弱，似失偏焉者。然规矩悉备，字句求工，岂可易视哉！乃亦择取其尤会通为集，是可以观甄别之精矣。"（《全唐诗选后叙》）有嘉靖二十六年曾才汉刻本。

《唐律类钞》，蔡云程辑。选录五、七言律诗约 500 首，分十五类编排。其选诗宗趣，编者在书前的《自序》中表述得非常清楚："自《风》《雅》《骚》《选》之迭变，至唐人始以律名家，于体为近，于词为精，于法度森整之中，而格律雄浑，意兴超逸，斯亦善之善乎？……因取杨伯谦、高廷礼诸选唐人诗，举其五七言律尤粹者，分类钞之。盖初、盛为多，中唐次之，晚唐间取之，英华则大略在是。"（嘉靖刻本）与前七子可谓同声相应。

《唐雅》，胡缵宗辑。该书按体分编，书前有盛汝谦叙，征引编者自述，以为"欲备一代之音，取意于乐，故以'雅'名"；胡氏自序明示以"协"、"谐"二字为选诗标准（嘉靖二十八年文斗山堂刻本），可见其以声调论诗的宗趣。诗间并附批点、笺校，卷内每一体前都有概论，提示该诗体的起源及其在唐代的发展状况，将编者的诗学观点直接表述出来，与前七子的审美视角大体一致。

《唐雅》，张之象辑。录唐武德至开元间君臣唱酬诗及投献赋颂千余篇，计诗十七卷，按天文、四时、节序、山岳、京都等类别分编，赋颂四卷附后。书前有何良俊序，谓一般唐诗选本"率多闾巷歌谣，要非诗之本"，此编专取君臣唱酬之作，便于"上下之间""精神流通"，符合古代"雅"诗传统。又谓"自天宝以后，则风格渐卑，其音亦多怨思矣，故削其不录"。此编与格调派对唐诗的接受视角显然不同，带有明显的台阁趣味。有嘉靖二十九年清河张氏刻本和万历吴勉学刻本。

这一时期，正是前后七子极为活跃的时期，受"诗必盛唐"观念影响而产生的唐诗选本占有绝对优势。像李攀龙的《唐诗选》，直接引领了此后一代潮流。与此同时，人们在"诗必盛唐"的基础上，也力求将接受的范围适当地加以扩展。如樊鹏辑《初唐诗》，专录贞观至开元间人近体诗；杨慎辑《绝句辨体》、《唐诗增奇》，旨在突出唐诗与六朝的关系，已在上文述及。而认为中唐以后也多有可观的认识，在唐诗选本中也有体现。

《唐诗类钞》，顾应祥辑。选录唐人诗 1800 余首，按体编排，顾氏自序谓："选唐诗者非一家，惟襄城杨伯谦《唐音》最为严格，分别始音、正音、遗响，非合作者弗录。……然中唐以后多有杰然脍炙人口者，俱不见录。未免考诸别集，苦于检阅，乃取《唐诗品汇》、《三体》、《鼓吹》及真西山《文章正宗》所载，摘其中间为世所称者，增入数首。"（嘉靖三十一年顾氏自刻本）不过从序中可以得知，编者如此心仪杨士弘的《唐音》，所谓"脍炙人口者"亦大体不离杨氏藩篱，所以虽然选入中、晚唐诗作，但取舍的标准还是盛唐格调。

《唐诗选玄集》，万表辑。选录 112 家五言律诗约千首。从中可见编者对中唐，尤其是大历年间的五律非常崇尚。其间收入多位僧人诗作，大概体现其"选玄"特色。有明聚好楼钞本。

《唐诗类苑》，张之象辑，录唐千余家诗数万首，凡二百卷，按类编排。大类分天、岁时、地、山、水等，计 39 部。各部之中又分列小类，各小类所属诗之排列亦有伦次，同题下各诗均按其作者所处时代先后排列。特点是不加品裁，力求全备，有唐一代，妍媸并收。故而规模繁富，当时可谓千秋大观。书前冯时可《序》说："大都初、盛以气驭情，情畅而气愈完；中、晚以情役思，思苦而气弥衰。要之，朝阳暮霞，春卉寒英，咸各有致，宁容植本而捐枝，举首而遗尾？此玄超先生所以类其全也。"此集未刊之前，其稿为卓明卿所得，卓氏割取初、盛唐诗刊行于世，掩为己有。后华亭王彻重为辨正厘定，恢复张之象原稿面貌，故世有二本。一为明万历活字本，一百卷，署"卓明卿编"，辑初、盛唐诗，有王世贞、屠隆为之序。一为万历二十九年曹仁孙刻本和清人重刻本，二百卷，署"明云间张之象玄超甫纂辑"、"岭南赵应元葆初甫编次"、"云间王彻叔朗补订"、"梁溪曹仁孙伯安甫校正"，明有冯时可、赵应元为之序，并附王彻《王屋先生传》，清有祥恩、会一锡元序及王谦恒跋，此即张氏原书。

唐诗选本之所以到嘉靖年间才大量出现，显示出人们对某种观念的认识和接受有一个过程。可以说，正德时开始大量出现唐诗的重刻汇刻，是前七子在社会产生广泛影响的标志，说明人们对前七子产生了感性上的认同，因而出版商通过"现买现卖"的方式迅速迎合社会需要；进入嘉靖后，人们已经过长时间的思想积累，而嘉靖初年诗坛上不同声音的出现，又促使人们在不同观念的碰撞中，强化或深化自己的认识，这就使人们对前七子、对唐诗的理解，由感性上升到了理性，于是，经过选家深思熟虑、精心裁鉴的唐诗选本才得以盛行于世。

唐诗的评点

当人们为了达到启蒙初学的目的，或欲传播自己的审美趣味及诗学主张时，往往在诗集上留下自己的笔迹，通过圈、点、划、抹、注、释、评、批，将个人的才、学、识融注其中，藉着诗集而远播久传。对此，我们也作一蜻蜓点水式的描述，以显示该时期唐诗接受活动的另一种形式，再透过这一形式寻察人们的审美心理。

桂天祥《批点唐诗正声》，系就高棅的《唐诗正声》加以评点。部分诗前有总批，时有尾批或眉批，批语带有格调论色彩，如"气格音调，千载独步"（崔颢《黄鹤楼》批语），"格清调楚，'三别'风骨于兹再见"（王昌龄《代扶风主人答》批语）。诗人名下评语，多引唐宋时名流，对自认的佳句则加圈点。有嘉靖三年胡缵宗刻本。与桂天祥同年进士的皇甫汸也曾批点《唐诗正声》，惜今未见，但其文集中留有一则跋语，表述了圈点的形式与其蕴涵之间的对应关系："（苏若川）间又持《唐诗正声》乞余批点，因其倾素，遂尔操朱。盖诗有秀句，有幽句，有丽句，有妙句，有奇句，皆为加点；至神句，则为圈之。夫景会则秀，兴远则幽，才充则丽，情来则妙，思苦则奇，而超逸则神矣。"（《批点唐诗正声跋》，《皇甫司勋集》卷六〇）从中也可看出当时人利用圈点指导初学的目的。

　　敖英辑评《类编唐诗七言绝句》，王交删订，录唐人七绝 380 首，按 15 类编排，前有敖英所撰《唐诗绝句总评》，其中有云："今此编诸作，能追逐变风，翱翔比赋，又以起承转合为之机轴，以计时标地、缀景写情为之错综，摘藻振秀，动荡心灵，咸极超逸，良名家。"这可视为其辑评的理论依据。大多数诗后都有批语，言辞简要，如批王维《渭城曲》"唐人别诗，此为绝唱"，批李商隐《龙池》"风刺沉著"。佳句旁边则加点明示。有嘉靖刻本。

　　朱梧批点《琬琰清音》，录唐七言律六卷、五言律六卷。书前有朱梧自序，表露他辑批此书的指导思想："诗至于唐，至圆不可加规，至方不可加矩，善美极矣。唐诗而至于五七言近体，词约而意该，体粹而格备，又善之善者也。……暇中取唐诗各题类而录之。七言则傍及晚唐，以中唐而后始尽意兴之变，不可遗也。五言则取十四家，若崔颢辈，盖十五贤者，于五言之变已极，下此无以尚耳。"该书以富贵、科第、卿相、大将、迁谬、天文、时序等类次，对诗句有圈点，批语都在诗题下，多为两字，但很精要，如"清切"、"苍古"、"激烈"、"深婉"、"入玄"、"神品"等。有万历刻本。

　　以上诸家批点都比较简略，体现为即兴感悟，可谓"点到为止"，但能助人开悟，启迪心智。其时也有批语详赅、观点明确、自见体系者，如上文所述徐献忠的《唐诗品》，又如顾璘批点《唐音》。

　　顾璘创作上矩矱唐人，崇尚李梦阳[①]，为前七子同调。他在保持杨士弘《唐音》原貌的基础上，对许多诗人、诗作乃至对每一作家的不同诗体都分别批点，形式多样，有总批、眉批、题下批、夹批、尾批、圈点等。他的批点中就体现了自成体系的格调论唐诗观，如他总批五律时说："唐初惟杜审言创造工致，盛唐老杜神妙外，惟王维、孟浩然、岑参三家造极。王之温厚，孟之清新，岑之典丽，所谓圆不加规，方不加

---

① 敖英《东谷赘言》卷下："近时，空同李公又以袁海叟为诗家冠冕，东桥顾公又以李空同为诗家武库。"

矩也。"总批七律时称："盛唐惟王、岑、高、李最得正体，足为规矩。"
这与前七子对唐诗的审美视角如出一辙。具体批点时，"音律"始终是
他关注的重点，如："但看音律不雅浑，绝似中唐"（崔颢《九日登望仙
台呈刘明府》批语），"此二篇音律雄浑，句法清新"（王昌龄《青楼曲》
批语）；"气格"也是他关注的核心，如："格高语健"（王维《观猎》批
语），"如此诗结句岂不佳，只是气格卑弱"（刘长卿《新息道中作》批
语）等，对"雄浑"格调的激赏也同七子。有嘉靖二十年洛阳温氏
刻本。

这类批点已经进入对唐诗的深层研究，点面结合，感悟与学养并
重，原诗实体与评者观点在同一平面上显现，读者能直观地接受批点者
的导引，从而使所批点的唐诗、也使批点者的诗学观念，得到更为直接
而有效的传播。

在探讨了批点的形式、内涵及作用后，还得提醒一下这一时期批点
唐诗的范围，这有助于我们加深了解诗坛的主流风尚。唐诗的重刊、汇
刻及选编都显示出七子派"诗必盛唐"的巨大影响，唐诗的批点也不例
外。这不仅因为批点本身就是在唐人诗集中进行，更因为人们批点唐诗
也是为了强化所批诗作在社会上的影响。以上所举总集，选诗即以盛唐
为主流；在别集中，就今所见，极少有对晚唐诗的批点，初唐及中唐也
不多，而对盛唐诗的批点主要集中在李、杜、王、孟四家。如朱谏辑注
《李诗选注》（嘉靖二十四年朱守宣刻本），张含辑、杨慎批点《李诗选》
（嘉靖二十四年张氏家塾刻本），王维桢《李律七言颇解》（嘉靖三十七
年朱茹刻本），张含辑、杨慎等评《李杜诗选》（李诗五卷，杜诗六卷，
明乌程闵氏朱墨套印本），顾明编、史秉直评释《李杜诗选》（李、杜各
六卷，嘉靖三十七年金澜刻本），张綖注《杜工部七言律诗本义》（嘉靖
十九年高邮张氏刻本），张綖评选《杜工部诗通》（系就范梈批选杜诗各
加注释、编年，隆庆六年高邮张守中刻本），黄光升《杜律注解》（万历
十一年夏镗刻本），王维桢《杜律七言颇解》（嘉靖三十七年朱茹刻本），
赵大纲《杜律测旨》（嘉靖三十四年林光祖刻本），周甸《杜诗会通》

（隆庆五年海宁周启祥刻本），顾璘参评、宋刘辰翁评《王摩诘诗集》
（凌濛初刻闵氏朱墨套印《盛唐四名家集》本），顾起经《类笺唐王右丞
诗集》（嘉靖三十五年锡山顾氏奇字斋刻本），顾可久《唐王右丞诗集注
说》（嘉靖三十八年洞易书院刻本），李梦阳参评、刘辰翁评《孟浩然诗
集》（凌濛初刻闵氏朱墨套印《盛唐四名家集》本），等等。这种现象，
正体现了明代中期宗主盛唐大家的主流风尚。

　　从上述唐诗的重刊、汇刻、选编及评点中，我们已经感觉到唐诗学
的盛兴期已经到来。这些诗集和选本，以及相关的研究成果，既有很高
的史料价值，也有广远的传播意义。

第四章
明后期的唐诗学

第一节 "性灵论"诗学的崛起与唐诗研究

徐渭、李贽、汤显祖与唐诗

虞淳熙在《徐文长集序》中称：王世贞、李攀龙主盟文坛，"囊括无遗士，所不能包者二人：顾伟之徐文长，小锐之汤若士也"。

徐渭（字文长）曾师事王阳明的传人王畿，有强烈的异端思想。当时的异端思潮主张用自然的人性、人情、人欲来对抗正统儒家的名教、礼教、理学，虽然只是一种学术思潮，但这种蔑视权威、反对思想束缚的伦理哲学，必然导致文学思想上的不趋流俗，标新立异。当时，后七子的复古思潮弥漫诗坛，力主师法盛唐诸公的高格逸调，而徐渭在《叶子肃诗序》中却辛辣地嘲讽"今之为诗者"，"不出于己之所自得，而徒窃于人之所尝言，曰某篇是某体，某篇则否；某句似某人，某句则否。此虽极工逼肖，而已不免于鸟之为人矣"。但徐渭并不完全排斥唐诗，他曾说：

> 韩愈、孟郊、卢仝、李贺诗，近颇阅之。乃知李、杜之
> 外，复有如此奇种，眼界始稍宽阔。不知近日学王、孟人，何
> 故伎俩如此狭小？在他面前说李、杜不得，何况此四家耶？殊

可怪叹。菽粟虽常嗜，不信有却龙肝凤髓都不理耶？（《徐渭
集·徐文长三集》卷一六）

这段文字很有代表性地体现了徐渭的唐诗观。较盛唐诗人而言，韩愈、
孟郊、卢仝、李贺都是张扬个性、独辟蹊径而走偏入奇的诗人，对他们
的赞叹，明确昭示了徐渭对唐诗的审美取向。正因此，他曾认真批注过
李贺的诗集，从他对《唐李长吉诗集》的批注中，也可看出他的嗜好：
"奇甚，不犯诸作雪套。作语更奇，宛然雪似人也。"（外集批《嘲雪》）
为求奇偏，即为杜撰，亦当称赏："'遥闻簏中花箭香'，'花箭香'三字
杜撰，却好。"（卷四批《李将军歌》）徐渭在创作中也是这样接受唐诗
的，陶望龄《徐文长三集序》即指出他"文类唐宋，诗杂入唐中晚"。
卢世㴶说："文长诗不今不古，实可孤行，自堪命代。乃不能不沾沾于
李长吉。"（《徐文长三集序》，《尊水园集略》卷七）除受当时的哲学思
潮影响外，徐渭的好尚，也取决于他的身世经历。袁宏道《徐文长传》
述之较明："文长既已不得志于有司，遂乃放浪曲蘗，恣情山水，走齐
鲁燕赵之地，穷览朔漠。其所见山奔海立，沙起云行，风鸣树偃，幽谷
大都，人物鱼鸟，一切可惊可愕之状，一一皆达之于诗。其胸中又有勃
然不可磨灭之气、英雄失路托足无门之悲，故其为诗，如嗔如笑，如水
鸣峡，如种出土，如寡妇之夜哭、羁人之寒起，虽其体格时有卑者，然
匠心独出，有王者气。"从徐渭坎坷不平的经历、耳濡目染的环境、孤
高桀骜的个性中，我们知道他推崇中唐韩、孟、卢、李之奇偏一格，实
际上是他追求一己之"真我"（《涉江赋》）的哲学思想在诗学领域的
实践。

受王学左派影响，李贽公开以"异端"自居，激烈抨击孔孟儒学和
程朱理学，提倡个性解放。他在《藏书·儒臣传》里曾为陈子昂、李
白、杜甫、韦应物、白居易、韩愈、柳宗元等多位诗人立传。从有关评
述中，也可察见其"异端"色彩。如谓："李谪仙、王摩诘，诗人之狂
也；杜子美、孟浩然，诗人之狷也。韩退之文之狷，柳宗元文之狂，是

又不可不知也。"（《儒臣传·孟轲》，《藏书》卷三二）儒家以"中行"为最理想的行为方式，狂和狷都是不合中道的行为，李贽对李白们作如此归类，是想向世人传达一个信息：唐代成就最高的诗人文人都不是儒家理想人格的实践者，他们成就的取得，恰是他们不走中道的结果。这正是李贽非孔非儒思想的体现。又如关于李白的出生地，文坛一直争论不休，杨慎、王世贞都曾参与其间，李贽却喊出：

> 余谓李白无时不是其生之年，无处不是其生之地。亦是天上星，亦是地上英，亦是巴西人，亦是陇西人，亦是山东人，亦是会稽人，亦是浔阳人，亦是夜郎人。死之处亦荣，生之处亦荣，流之处亦荣，囚之处亦荣，不游不囚不流不到之处，读其书见其人，亦荣亦荣！莫争莫争！（《李白诗题辞》，《焚书》卷五）

表面上看，好像在呼吁大家搁置争议，共同分享李白的荣誉。实际上，却是李贽张扬自我、否定权威的精神流露，所以我们又听到他发出这样的感叹：

> 济上自李、杜一经过，至今楼为"太白楼"，经过淮、济者，泊舟城下即见'太白楼'三字，俨然如照乘之璧。池经千百载，尚为南池，又为"杜陵池"。池不得湮，诗尚在石。吁！彼又何人，乃能使楼使池使任城之名竟不能灭也！（《与凤里》，《续焚书》卷一）

末说"小锐之汤若士"。汤显祖（号若士）曾师从泰州学派罗汝芳，后又受李贽影响，并与徐渭友善，思想上崇尚真性情，反对假道学，文学上提倡抒写性灵，反对复古模拟。他主要从事戏曲创作，谈唐诗的文字不多。但下面的话还是约略透露了他对唐诗的见解：

> 古今人不相及，亦其时耳。世有有情之天下，有有法之天下。唐人受陈隋风流，君臣游幸，率以才情自胜，则可以共浴

华清，从阶升，娭广寒。令白也生今之世，滔荡零落，尚不能得一中县而治。彼诚遇有情之天下也。今天下大致灭才情而尊吏法，故季宣低眉而在此。假生白时，其才气凌厉一世，倒骑驴，就巾拭面，岂足道哉！（《清莲阁记》，《汤显祖集》卷三四）

唐人都以才情自胜，是"有情之天下"成就了诗人李白，这就是他在《耳伯麻姑游诗序》中表露的观点："世总为情，情生诗歌"。（同上，卷三一）不满"灭才情而尊吏法"的汤显祖，自然也不满格律规范对诗人才情的制约，这就决定了他对待唐诗的态度："学律诗必从古体始乃成，从律起终为山人律诗耳。学古诗必从汉魏中来，学唐人古诗，终成山人古诗耳。"（《与喻叔虞》，同上，卷四九）"余见今人之诗，种有几：清者病无，有者病浊。非有者之必浊，其所有者浊也。杜子美不能为清，况今之人？李白清而伤无。余尝为友人分诟而作词，因知大雅之亡，崇于工律……故善赋者以古诗为余，善古诗者以律诗为余。"（《徐司空诗草叙》，同上，卷三二）

徐渭、李贽、汤显祖的观点所蕴含的内在精神，对公安派、竟陵派影响甚大。

公安派对唐诗的阐释

明代格调派由于过分强调拟古，从一开始就埋下了不少隐患。虽然自何景明至王世贞等人一直努力纠偏救弊，但复古理论本身固有的缺陷却导致其流弊日渐加深，至万历年间已到了无以复加的地步。在这样的情势下，公安派的主张得以大行其道。

袁宏道曾受学李贽，与汤显祖多有交往，他极为推赏徐渭，曾整理并评点《徐文长文集》，在文中再三致意，故而他的诗学思想受晚明异端思潮影响很大。袁宏道的理论主张直接针对七子派，他说：

盖诗文至近代而卑极矣，文则必欲准于秦汉，诗则必欲准于盛唐，剿袭摹拟，影响步趋，见人有一语不相肖者，则共指以为野狐外道。……唯夫代有升降，而法不相沿，各极其变，各穷其趣，所以可贵，原不可以优劣论也。（《叙小修诗》，《袁宏道集笺校》卷四）

因此，袁宏道认为"唐人妙处，正在无法"："如六朝、汉魏者，唐人既以为不必法，沈、宋、李、杜者，唐之人虽慕之，亦决不肯法，此李唐所以度越千古也。"（《答张东阿》，同上卷二一）而唐诗之所以历千年还能给人以新鲜感，具有永恒的生命力，就因其出自性灵："唐人之诗，无论工不工，第取而读之，其色鲜妍，如旦晚脱笔研者。……夫唐人千岁而新，今人脱手而旧，岂非流自性灵与出自摹拟者所从来异乎！"（江盈科《敝箧集引》引，《江盈科集》卷八）视唐诗为诗人真性灵的自然流露，将法度的唐诗还原为性灵的唐诗，这是对唐诗内在精神的发掘。在《雪涛阁集序》一文中，袁宏道根据"法因于敝，而成于过"的观点，解释了诗歌不得不变的原因：

> 夫法，因于敝而成于过者也。矫六朝骈俪饤饾之习者，以流丽胜；饤饾者，固流丽之因也，然其过在轻纤。盛唐诸人，以阔大矫之。已阔矣，又因阔而生莽。是故续盛唐者，以情实矫之。已实矣，又因实而生俚。是故续中唐者，以奇僻矫之。然奇则其境必狭，而僻则务为不根以相胜，故诗之道，至晚唐而益小。有宋欧、苏辈出，大变晚习，于物无所不收，于法无所不有，于情无所不畅，于境无所不取，滔滔莽莽，有若江河。（《袁宏道集笺校》卷一八）

像这样打通初、盛、中、晚乃至唐宋界域来论述诗歌流变，显然是对传统唐诗学的一大突破。既然每一时期都有各自的成就和不足，当然不可以时代论优劣，也就不必专袭盛唐或李杜，更不应由此贬抑中晚唐乃至宋诗：

> 唐自有诗也，不必《选》体也；初、盛、中、晚自有诗

也，不必初、盛也；李、杜、王、岑、钱、刘，下迨元、白、卢、郑，各自有诗也，不必李、杜也。赵宋亦然。陈、欧、苏、黄诸人，有一字袭唐者乎？又有一字相袭者乎？至其不能为唐，殆是气运使然。(《丘长孺》，同上，卷六)

注目于唐诗真性灵的自然流露，袁宏道突破七子派"诗必盛唐"的格套，否定他们对唐诗的因袭。他在给李贽的信中，进一步表述了对七子派尊唐贬宋的不满："苏公诗高古不如老杜，而超脱变怪过之，有天地来，一人而已。……韩、柳、元、白、欧，诗之圣也；苏，诗之神也。彼谓宋不如唐者，观场之见耳，岂直真知诗何物哉！"(《与李龙湖》，同上，卷二一)从宋诗变唐而确立自己面貌的角度肯定宋诗，与明前期宗宋派的理学视角全然不同。

公安派核心人物除三袁外，还有江盈科、陶望龄等。与袁宏道一样，江盈科对唐诗的态度也颇具针对性："善论诗者，问其诗之真不真，不问其诗之唐不唐，盛不盛。"(《雪涛诗评》，下同)主张作诗求真，反对从形式上模拟唐人。从这一主张出发来看待唐诗，唐诗又成了江盈科诗论的体现者。其一，求真的典范。"杜少陵夔州以后诗，突兀宏肆，迥异皆作，非有意换格。蜀中山水，自是挺特奇崛。少陵能象境传神，使人读之，山川历落，居然在眼，所谓春蚕结茧，随物肖形，乃谓真诗人真手笔也。"王维"和平淡泊，发于自然，全是未雕未琢意思"。他们未曾刻意，顺其自然，全是真诗人真手笔。其二，新奇的典范。张扬自我，蔑视规范，又会导致对走偏入奇的欣赏。与徐渭一样，袁宏道也曾学李贺，江盈科说："中郎为诗，最耻摹拟，其于长吉，非必有心学之。"(《解脱集引》，《雪涛阁集》卷八)虽然从反对模拟出发曲为之辩，却揭示了袁宏道学李贺这样一个事实。由对"奇"的欣赏，江盈科将李贺与李白、杜甫并比，称杜甫为"正而能奇者"，李白为"以奇为奇者"，李贺则为"不名为正，不名为奇，直奇之奇者"，"盖有唐三百年，一人而已"，评价之高，无以复加(同上)。其三，"活泼"的典范。不拘格套，信手信腕，唐人通俗浅易之作自然也成为典范。因此，袁宏道称元稹、白居易为"诗之圣"，袁中道不满"今日学诗者，才把笔即绝口不言长庆"，指出："如《琵琶行》，使李杜为之，未必能过！"（《珂雪斋集》卷一四）袁宗道崇拜白居易、苏轼而取号"白苏居士"，江盈科也说："白、苏二君子，所谓元神活泼者也。千载而下，读其议论，想见其为人，大都其衷洒然，其趣怡然。"（《题白苏斋册子》，《雪涛阁集》卷八）

陶望龄曾于万历二十九年进京主持公安派学会，其《马曹稿序》谓：

> 吾观唐之诗，至开元盛矣，李、杜、高、岑、王、孟之徒，其飞沈舒促，浓淡悲愉，固已若苍素之殊色，而其流也，抑又甚焉。元、白之浅也，患其入也，而郊、岛则惟患其不入也；韦、柳之冲也，患其尽也，而籍、建则惟患其不尽也；温、许之冶也，患其稚也，而卢、刘则惟患其不稚也；韩退之氏抗之以为诘崛，李长吉氏探之以为幽险。予于是叹曰：诗之大至是乎！偏师必捷，偏嗜必奇。诸君子者，殆以偏而至、以至而传者与？众偏之所凑，夫是之谓富有；独至之所造，夫是之谓日新。（《明文海》卷二四一）

世之人不可能有全才，唐代诗人的才性，也是各有所长又各有所短。他们依据各自的才性，充分发挥各自的偏长，不求同，不模古，坚持走自己的路，终于能够出奇制胜。这就是陶望龄对唐诗的理解。此前，何景明、李攀龙都曾引述《周易》的"富有之谓大业"、"日新之谓盛德"、"拟议以成其变化"论述诗歌创作，但"富有"与"日新"而成的变化，是建立在"拟议"的基础上，建立在与古人求同求似的基础上，陶望龄则认为"众偏"才可合成"富有"，"独至"方能实现"日新"，其理论的针对性也很明显。

性灵思潮影响下的唐诗接受

钱谦益说："中郎之论出，王、李之云雾一扫，天下之文人才士始知疏沦心灵，搜剔慧性，以荡涤摹拟涂泽之病，其功伟矣。"（《袁稽勋宏道》，《列朝诗集小传》丁集）性灵派对唐诗接受造成的直接影响，最明显地表现在以下三种情形。

（一）从求真性情的角度反对盲目尊唐、优劣四唐。这可以叶向高为例。他在万历三十三年作的《精注百家唐诗汇选叙》中明确宣称："善论诗者，问其诗之真不真，不问其诗之唐不唐、盛不盛。盖能为真诗，则不求唐、不求盛，而盛唐自在；苟徒徇盛唐之名，而概谓中晚之不足观，则谬矣。"（世美堂刻本《唐诗选注》卷首）叶向高所谓的"真"，是指"真性情"："若系真诗，则一读其诗，而其人性情入眼便见。大都其诗潇洒者，其人必岂快；其诗庄重者，其人必敦厚；其诗飘逸者，其人必风流；其诗流丽者，其人必疏爽；其诗枯瘠者，其人必寒涩；其诗丰腴者，其人必华赡；其诗凄怨者，其人必拂郁；其诗悲壮者，其人必磊落；其诗不羁者，其人必豪宕；其诗峻洁者，其人必清修；其诗森整者，其人必谨严。如桃梅李杏，望其华便知其树。"（同上）在叶向高看来，既然唐诗不同的风格，正体现了诗人各异的性情，因此，"论诗当求其真"，不应根据是否唐诗或盛唐诗评判优劣。在此基础上，叶向高进一步提出"诗必研穷中晚，方尽诗家之变"，这样，叶向高由取真性情的视角，最终导向了对中晚唐诗歌的重视。

从"尽变"、求真性情而重视中晚唐诗作，是性灵思潮直接影响下的结果。这一思路，一直沿续到明朝末季。如万历四十七年进士的姚希孟，在其《合刻中晚名家集序》中，即从变初盛、"快人意"、"抒幽恨"、"写离愁"的角度，对中晚唐诗大加赞美。崇祯时魏学洢则从出新求变的精神层面肯定中晚唐之作："开元大家独踞前后之会而夺其胜，翻意之夷者使沉，翻词之木者使粲，翻格之滞者使动。沉矣、粲矣、且动矣，更谁翻哉！止留一尖脆僻险之径以遗后，而后起者亦宁尖脆、宁僻险，而断不肯为初盛优孟，于是一代之风气遂日迁而不穷。"（《支小白新语序》，《茅檐集》卷五）

（二）从贵真求变尚奇的角度扬宋抑唐。兹以娄坚、何乔远与毕自严为例。

如前所述，明代格调论者很在意杜甫与韩愈诗的"变体"特征，常加以贬抑，李杜风格之辩往往由此展开，娄坚则从"识真"的角度发表意见："凡为诗若文，贵在能识真耳。苟真也，则无古无今，有正有奇，道一而已矣。唐之诗人故多卓然名家，而尤以李杜并称，一或较其优劣，辄贻讥于不自量。以此知昌黎非独高文，虽其诗间或过于豪放，亦不当轻议之也，彼有所自得焉耳。"（《书程孟阳诗后》，《学古绪言》卷二五）肯定了杜甫和韩愈的新变，乘杜、韩精神而来的宋诗，自然而然地受到娄坚的推扬："宋人以议论为诗，诚不尽合于古，至其高者，意趣超妙，笔力雄秀，要自迥绝，未可轻议。"（《答吴兴王君书》，同上，卷二二）"宋人之诗，高者固多有如苏长公，发妙趣于横逸谑浪，盖不拘拘于汉魏晋唐，而卒与之合，乃曰此直宋诗耳。"（《草书东坡五七言各一首因题其后》，同上，卷二三）

何乔远直接表露自己崇宋抑唐的态度："今世称诗者，云唐诗唐诗云尔，余恨不宋，又乌唐也！"（《郑道圭诗序》，《明文授读》卷三七，下同）他对宋诗的称颂与公安派如出一辙，一是肯定宋诗自开堂奥："其有不竭一生心力，思维结撰，出前人所未尝有，而徒袭其影响迹象以相师者耶？"二是肯定宋诗的求深求奇："予读文与可、秦少游、陈无己、戴世之诸公诗，莫不镂心刻意，有物外之思。"于是，何乔远对世人的宗唐抑宋发出由衷的感慨："且夫一唐矣，自分初盛中晚，而何独宇宙之间，不容有一宋也？宋亦一代之人。"

毕自严在《刻曹长庚诗序》中透露了他对性灵派的态度："当嘉靖中，骚坛奇人首推徐文长。然使海内知文长之奇者，则余年友袁中郎为表章也。"他对宋元诗的肯定，就是着眼于"奇"："夫宋元蕴藉声响，间或不无少逊李唐，至匠心变幻，则愈出愈奇矣。昔人谓唐人绝句至中晚始盛，余亦妄谓中晚绝句至宋元尤盛。如眉山之雄浑，荆公之清丽，康节之潇洒，山谷之苍郁，均自脍炙人口，独步千古，安可遗也！"（《类选四时绝句序》，《石隐园藏稿》卷二）

（三）从才情与奇变的角度扬李贺。仅以王思任为代表。王思任在《倪翼元宦游诗序》中表达了他对七子派模拟复古的不满："自历下登坛，欲拟议以成其变化，于是开叔敖抵掌之门。"他在给同时代人曾益注《昌谷集》所写的序文中，对李贺诗歌的价值、风格特点及其形成原因，作了精辟的论说。王思任首先指出奇正相生、穷则通变的自然常理以及诗歌自身的发展规律，为肯定以"惊"、"怪"、"奇"、"变"为特点的李贺诗作铺垫；接着，王思任分析了李贺诗的风格特点及其形成原因："唐以律取士，犹今日之时文也，人守其韵，世工其体，几于一管之吹。……贺既孤愤不遇，而所为呕心之语，日益高渺，寓今托古，比物征事，大约言悠悠之辈，何至相吓乃尔，人命至促，好景尽虚。故以其哀激之思，必作涩晦之调，喜用鬼字、泣字、死字、血字，如此之类，幽冷溪刻，法当夭乏，敖陶孙考之为食露盘也。顾其冥心千古，涉目万书，嘤空绣阁，掷地绝尘。"（《李贺诗解序》，《昌谷集》卷首）

针对性灵思潮影响下诗坛习唐风向的转移，其时李若讷曾指出："大抵论诗于明，逊唐而逾宋，似以摹古胜。中朝李空同、何大复、徐昌谷以迨七子，非李、杜、王、孟不为也。而近日乃元、白、仝、贺、郊、岛诸家，以颖见售。少所闻，多所怪，守七子之墨者，以为拖拽良苦，廖豁未弘，而余以诸家乃向所未及摹也。……然摹古之倦，返之故有术：蹈奇测险，发昔人未发，其境狭；滔滔莽莽，信心信腕，其境霸；冲淡潇洒，无一毫脂朱态，其境隐。三百风雅已远，得其一二肖者可也。"（《王季木诗稿序》，《五品稿·文稿》）

第二节　"格调论"唐诗学的深化与蜕变

性灵思潮的巨大冲击，也大大增强了格调论内部修正和改良的力度。从以胡应麟、屠隆、李维桢为代表的"末五子"① 到许学夷，格调论者在后七子的基础上，对唐诗的体制和流变进行更为全面深入的研究，并依此对接受唐诗的视角及期待视野作进一步的认定或调整，整个过程不断趋于精微、不断走向完善，但也标志着格调论唐诗学逐步走向蜕变。

七子唐诗审美视角的继承

后世学界之所以视"末五子"和许学夷为七子后学，是因为他们在最基本的诗学观念上继承了前后七子，譬如接受唐诗的审美视角。对此作一简要描述，可以证实他们作为"七子派"成员的身份，以及他们后出转精的创获。

（一）本于情兴

屠隆说："唐人诗虽非《三百篇》之音，其为主吟咏，抒性情，则均焉而已"（《文论》，《由拳集》卷二三）；李维桢在《唐诗隽论则》中述及五言绝句时，即"以情真为得体"；胡应麟"近体至宋，性情泯矣"的断语（《诗薮》外编卷五），间接透露了他对唐诗的认识；许学夷说："盛唐诸公律诗，得风人之致，故主兴不主意，贵婉不贵深"，兴即因物起情，他认为这是盛唐与中晚以下的根本区别（《诗源辩体》卷一七）。

（二）文质彬彬

屠隆的一位朋友谓杜诗"最可喜者，不避粗硬，不讳朴野，若无意

---

① 万历十二年，王世贞作《末五子篇》，寄望赵用贤、李维桢、屠隆、胡应麟、魏允中为七子文学事业的继承者。（《末五子篇序》，《弇州山人四部续稿》卷三）。

为诗者"，意欲伸张其"信手信腕"的主张。屠隆则说："老杜之所以高妙特立，正不在此矣。""其所以擅场当时，称雄百代者，则多得之悲壮瑰丽沉郁顿挫"（《与友人论诗文》，《由拳集》卷二三），这正显示了屠隆对文质关系的把握。胡应麟对唐、宋、元文质状况的表现作了对比：

> 诗之肋骨，犹木之根干也；肌肉，犹枝叶也；色泽神韵，犹花蕊也。肋骨立于中，肌肉荣于外，色泽神韵充溢其间，而后诗之美善备，犹木之根干苍然，枝叶蔚然，花蕊烂然，而后木之生气完。斯义也，盛唐诸子庶几近之。宋人专用意而废词，若枯藁槁梧，虽根干屈盘，而绝无畅茂之象。元人专务华而离实，若落花坠蕊，虽红紫嫣燃，而大都衰谢之风。（《诗薮》外编卷五）

盛唐文质彬彬，宋人质木无文，元人文胜质衰。许学夷则在《诗源辩体》卷三二说："初唐七言律，质胜于文，盛唐文质兼备，大历而后，文胜质衰，至李山甫、罗隐诸子，则文浮而质灭矣。"唐初、盛、中、晚诗的质文表现分别经过这样一个过程。文质兼备的盛唐诗，无疑成为许学夷最推崇的典范。

（三）意境浑成

李维桢《唐诗隽论则·七言绝句则》对谢榛的观点予以递述："七言绝句，当以盛唐为法，如李太白、杜子美、王摩诘、孟浩然诸公，突然而起，以题为主，意到辞工，不假雕饰，而自有天然真趣，浑成无迹，此所以为盛唐。"胡应麟统言"盛唐绝句，兴象玲珑，句意深婉，无工可见，无迹可寻"，认为中晚唐筋骨大露，不可与之并论（《诗薮》内编卷六）。许学夷认为盛唐五律有浑成之美，七律则无（《诗源辩体》卷一七）。尽管如此，唐人律诗的浑成毕竟无法同汉魏古诗的浑成划等号，对此，许学夷做出比较合理的区分："汉魏无迹，本乎天成；而盛唐无迹，乃造诣而入也。"（同上，卷三）

（四）气势沉雄

这一审美视角也为七子后学所继承。胡应麟说"盛唐一味秀丽雄浑"（《诗薮》内编卷四），注意到盛唐诗"雄"的特色，如"王维气极雍容而不弱，李颀词极秀丽而不纤"（同上，卷五），都能保持一种刚健遒举的力量；许学夷更是明确地以"绮靡"称六朝，以"雄伟"称"唐人气象风格"（《诗源辩体》卷一二），《诗源辩体》卷三二说："唐人之诗虽主乎情，而盛衰则在气韵，如中唐律诗、晚唐绝句，亦未尝无情，而终不得与初盛相较，正是其气韵衰飒耳。""衰飒"正与"雄伟"相对，分别属于中晚和初盛；其中所谓"气韵"，即指诗人的精神态势，许学夷在此将它作为区分初盛之"盛"与中晚之"衰"的根本标志。

（五）声调宛亮

屠隆《与友人论诗文》指出，唐诗"起伏顿挫，回合正变，万状错出，悲壮沉郁，清空流利，迥乎不齐，而总之协于宫商，娴于音节，固琅然可诵"，将声调宛亮的特征，看作唐诗"万变不离其宗"的本质所在。胡应麟说："唐人律调，清圆秀朗"（《诗薮》内编卷一），他也同何景明一样肯定初唐四子歌行声调宛亮的特色："垂拱四子，一变而精华浏亮，抑扬起伏，悉协宫商，开合转换，咸中肯綮。七言长体，及于此矣。"（同上，卷三）许学夷则比较了盛唐和晚唐声调上的不同特点："盛唐诸公律诗""声韵和平，而调自高雅"，"晚唐许浑诸子""声韵急促，而调反卑下矣"（《诗源辩体》卷一七），"和平"与"急促"相对，也是"宛亮"的表现。

唐诗体格的辨析与演变进程的勾画

格调论唐诗学走向深化的主要标志，是对唐诗体格的精微辨析，以及对唐诗演变进程的清晰勾画。

在《诗薮》中，"体"是指诗歌的体裁样式，"格"或"调"是指诗歌艺术风貌以及由此决定的艺术品位。胡应麟认识到"体以代变"，即诗歌的每一体裁均有其起源期、兴盛期、衰亡期，以至于不得不由另一种体裁来取代。从其具体论述中可以看出，"体以代变"的实际含义不仅指体裁样式的变化，也指随之而产生的风格变异。这样，从各体诗歌的兴衰延续，便大致可以看出中国诗歌流变的轨迹。胡应麟对唐诗学的贡献，首先体现在对诗歌体格的精微辨析，如：

> 古诗轨辙殊多，大要不过二格。以和平、浑厚、悲怆、婉丽为宗者，即前所列诸家（按：指曹、阮、鲍、谢、李、杜等）；有以高闲、旷逸、清远、玄妙为宗者，六朝则陶，唐则王、孟、常、储、韦、柳。但其格本一偏，体靡兼备，宜短章，不宜钜什；宜古选，不宜歌行；宜五言律，不宜七言律。
>
> （《诗薮》内编卷二）
>
> 五言律体，极盛于唐。要其大端，亦有二格：陈、杜、沈、宋，典丽精工；王、孟、储、韦，清空闲远。此其概也。然右丞赠送诸什，往往阑入高、岑。鹿门、苏州，虽自成趣，终非大手。太白风华逸宕，特过诸人。而后之学者，才匪天仙，多流率易。唯工部诸作，气象嵬峨，规模宏远，当其神来境诣，错综幻化，不可端倪。千古以还，一人而已。（同上，卷四）

这样，唐人古诗和五律的风格差异显得非常明晰。胡应麟对唐诗学的第二大贡献是，在精辨体格的基础上，考察体格的流衍变化，展示对唐诗各体流变的系统把握。如论及五古，指出"唐初承袭陈、隋，陈子昂独开古雅之源，张子寿首创清淡之派"。循此而下，盛唐便分成了两派："孟浩然、王维、储光羲、常建、韦应物，本曲江之清淡，而益以风神者也；高适、岑参、王昌龄、李颀、孟云卿，本子昂之古雅，而加以气骨者也。"（同上，卷二）这样，唐人五古风格的差异及其流变显得非常清晰。又如论及七言歌行，从初唐四杰的"未脱梁陈"直到晚唐温庭筠的"渐入诗余"，对各阶段重要诗人及其诗歌艺术风貌的流衍变化作了

系统而细致的辨析（同上，卷三）。再如论及七律，"自杜审言、沈佺期
首创工密"，历经九"变"而后，"至吴融、韩渥香奁脂粉，杜荀鹤、李
山甫委巷丛谈，否道斯极，唐亦以亡矣"。将唐人七律由盛而衰的整个
过程作出明晰的勾画（同上，卷五），如此，人们对唐诗的认识便不再
停留于支离零碎的单个因子上，而呈现为动态的系统流程。

　　"审其源流，识其正变"（《诗源辩体》卷一），是《诗源辩体》的主
导思想。许学夷试图通过辨析体格，划分"源"与"流"、"正"与
"变"，理出诗歌发展变化的线索，说明诗歌发展过程之因革关系。如卷
十二论初唐诗：

> 　　五言自汉、魏流至陈、隋，日益趋下，至武德、贞观，尚
> 沿其流，永徽以后，王、杨、卢、骆则承其流而渐进矣。四子
> 才力既大（至此始言才力），风气复还，故虽律体未成，绮靡
> 未革，而中多雄伟之语，唐人之气象风格始见（至此始言气象
> 风格）。此五言之六变也（转进至沈、宋五言律）。
>
> 　　五言自王、杨、卢、骆，又进而为沈、宋二公。沈、宋才
> 力既大，造诣始纯（至此始言造诣），故其体尽整栗，语多雄
> 丽，而气象风格大备，为律诗正宗（至此始为律诗正宗）。此
> 五言之七变也（转进至高、岑、王、孟五言律）。

从体制及声调入手，着眼于总体的"气象风格"，在辨析唐诗体格特征
的同时，勾勒其发展演变的轨迹。如卷一五论盛唐：

> 　　初唐沈、宋二公古、律之诗，再进而为开元、天宝间高、
> 岑、王、孟诸公。高、岑才力既大，而造诣实高，兴趣实远。
> 故其五、七言古（歌行总名古诗），调多就纯，语皆就畅，而
> 气象风格始备（七言古，初唐止言风格，至此而气象兼备），
> 为唐人古诗正宗（唐人五、七言古，至此始为正宗）。七言，
> 乃其八变也（转进至李、杜五、七言古，下流至钱、刘五、七
> 言古）。五、七言律，体多浑圆，语多活泼，而气象风格自在，

多入于圣矣（律诗至此始为入圣，下流至钱、刘诸子五、七言
律）。

盛唐而后发生的变化，也是自然流衍："律诗由盛唐变至钱、刘，由钱、
刘变至柳宗元、许浑、韦庄、郑谷、李山甫、罗隐，皆自一源流出，体
虽渐降，而调实相承，故为正变；古诗若元和诸子，则万怪千奇，其派
各出，而不与李杜高岑诸子同源，故为大变。其正变也，如堂陛之有阶
级，自上而下，级级相对，而实非有意为之。晚唐律诗，即李商隐、温
庭筠、于武陵、刘沧、赵嘏，虽或出正变之上，终不免稍偏矣。"（同
上，卷三二）条分缕析，系统俨然，唐代诗歌发展演变的轨迹昭然可
见，因而具有诗歌史意义，对后世中国诗歌史的研究有相当大的影响。

唐诗范型全面细化与接受视野走向开放

根据主体的审美视角，划定接受对象，从前七子到后七子，已在全
局的稳定中出现些许变化。至七子后学，又出现新的气象，主要表现于
唐诗范型的全面细化和接受视野走向开放。

屠隆《论诗文》有谓："苏、李、《十九首》，得诗人之骨，阮籍、
谢灵运得诗人之髓，曹子建、鲍明远得诗人之藻，陶渊明得诗人之质，
李、杜得诗人之材，王、孟得诗人之致，高、岑得诗人之气，刘长卿、
王昌龄得诗人之声。"其中指出了从汉魏晋到盛唐各位代表诗人的偏长，
实际上是在标举格调范型。但已经不像前后七子笼统地提某体学某人，
倒像在回应陶望龄的"众偏之所凑，夫是之谓富有；独至之所造，夫是
之谓日新"。看来屠隆的接受视野已经走向宽泛，如《文章》所说："唐
兴，太宗右文，鸿藻蔚起，贞观永徽，声隆正始；开元天宝，臻乎极
盛。李杜诗称大将，而沈、宋、王、孟、钱、刘、元、白各把一麾。"
虽仍称开元、天宝为极盛，李、杜为大将，但已将钱刘元白等大历、元
和诗人与初盛之沈、宋、王、孟相提并论。其《论诗文》甚至提出：
"善论诗者，政不必区区以古绳今，各求其至可也。"所谓"至"，就是

最好的，而评价"至"的标准，是不拘一格，对不同风格类型的诗歌应兼收并蓄。当然我们也看到，他列举各体之"至"的范围大多仍是汉魏六朝初盛唐，中晚唐大概是无"至"可求的，宋人则肯定"不至"。即便如此，他也肯定了为七子大多不齿的六朝，尤其是"各求其至"，不必"以古绳今"的观念，容易导致人们的接受视野走向全面开放。

精于辨体的胡应麟对唐诗典范的分类、界定较前人要具体、精细得多。如：

> 唐歌行，如青莲、工部；五言律、排律，如子美、摩诘；七言律，如杜甫、王维、李颀；五言绝，如右丞、供奉；七言绝，如太白、龙标：皆千秋绝技。（《诗薮》续编卷二）

> 学五言律，毋习王、杨以前，毋窥元、白以后。先取沈、宋、陈、杜、苏、李诸集，朝夕临摹，则风骨高华，句法宏赡，音节雄亮，比偶精严。次及盛唐王、岑、孟、李，永之以风神，畅之以才气，和之以真淡，错之以清新。然后归宿杜陵，究竟绝轨，极深研几，穷神知化，五言律法尽矣。（同上，内编卷四）

> 七言绝以太白、江宁为主，参以王维之俊雅，岑参之浓丽，高适之浑雄，韩翃之高华，李益之神秀，益以弘、正之骨力，嘉、隆之气韵，集长舍短，足为大家。（同上，内编卷六）

同王世贞一样，对才情的重视必然导致对传统格调范型的突破。所以胡应麟虽推崇盛唐，却从才情的角度对中唐以下每多恕词，如说："元和而后，诗道浸晚，而人才故此横绝一时。若昌黎之鸿伟，柳州之精工，梦得之雄奇，乐天之浩博，皆大家才具也。今人概以中晚束之高阁。若根脚坚牢，眼目精利，泛取读之，亦足充扩襟灵，赞助笔力"，又说："东野之古，浪仙之律，长吉乐府，玉川歌行，其才具工力，故皆过人。如危峰绝壑，深涧流泉，并自成趣，不相沿袭。"（同上外编卷四），甚至对宋诗也以"其人才往往有瑰玮绝特者错列其中"予以适当肯定，要求学者开阔视野，"博观而慎取"（同上杂篇卷五）。

　　李维桢称律诗"初盛夺千古之帜，后无来者"（《唐诗纪序》），七绝"当以盛唐为法"，歌行"惟李、杜、王、岑、高、李最得正体，足为规矩"（《唐诗隽论则》），所指出的范型文本都是前后七子们确定的。但李维桢还是受到性灵思潮不小的影响①，这一影响在他对诗歌范型的认识上也打下了烙印。如在《祁尔光集序》中，他批评"慕古之士""束唐以后书不观"，认为自《十九首》至唐中晚诗"各有所当"：人各不同，其才具、格调、规模、造诣自别；处时有异，其好尚、体裁、风气、师承难一，诗歌的风神色泽正缘此"日异而月不同"。其中除中晚唐外，也包括他曾予以否定的"雕绘妍媚"的六朝诗。《唐诗纪序》仍然坚持"后唐而诗衰莫如宋，有出于中晚之下"，但他指出就"可以情胜"的绝句而言，中晚无让于初盛。对宋元诗，他也有所肯定，其《宋元诗序》还说："宋诗有宋风焉，元诗有元风焉……故行宋元诗者，亦孔子录十五国风之旨也。"李维桢的这些论说，促使诗人的接受视野不断趋向开放。

　　许学夷《诗源辩体》在考察诗歌源流正变的同时，就标举了人们应该师法的范型文本，该书卷三四说："《三百篇》而下，惟汉魏古诗、盛唐律诗、李杜古诗歌行，各造其极；次则渊明、元结、韦、柳、韩、白诸公，各有所至；他如汉魏以至齐梁，初盛以至中晚，乃流而日卑，变而日降。"许学夷对格调范型的标举大体沿袭七子派，但在具体论述时，却有不少地方突破了旧有格局。如前后七子主张五古当以汉魏为正宗，此书却在承认"汉魏为正"的前提下，认为"唐人五言古自有唐体"，它以敷陈充畅为特色，不能拿汉魏古诗委婉含蓄的作风来衡量（卷一四）。又如论及元和以后诗歌变体，称之为"万怪千奇，其派各出，而不与李、杜、高、岑诸子同源"，但同时强调指出这正是"元和诸公所长"，"其美处即其病处"，"学者必先知其美，然后识其病"（卷二四）。

①　参见查清华《李维桢对明代格调论的突破与创新》，《中国韵文学刊》2000 年第 1 期。

对于时人鄙弃的宋诗，他也为之稍加辩护："宋主变不主正，古诗、歌行、滑稽、议论是其所长，其变幻无穷、凌跨一代正在于此。或欲以论唐诗者论宋，正犹求《中庸》之言于释、老，未可与语释、老也。"（后集纂要卷一）从时代高度，肯定了宋诗的历史价值。可以看出，许学夷既要维护汉魏盛唐的正宗地位，又不得不承认诗歌变体存在的历史合理性，补苴罅漏，煞费苦心。格调论诗学走到这一步，已经接近其生命极限，它在理论上走向解体，是不可避免的了。

诗人才性与唐诗格调的协调

在创作层面，遵从传统的格调与发挥个人才性永远是一对难以调和的矛盾，七子后学也无法回避这一矛盾，他们也在寻求协调的办法。

与王世贞兼论才与情不同，胡应麟主要关注才与格调的关系。其《诗薮》外编卷四云："今人于唐专论格不论才，于近则专论才不论格，皆中无定见，而任耳之过也。"才与格调应该兼顾。不过，胡应麟认为作者的才赋决定作品的格调。就时代而论，一代有一代之才，则一代有一代之格调，外编卷六说，宋诗调驳杂，但材具纵横，气格浩瀚胜过元人；元诗调纯正，但材具局促，气格卑劣于宋人。宋诗远离诗道，是因才多之累，元诗接近诗道，也是才使之然。这就是说宋元诗的格调，是由宋元诗人的才赋决定的。就个体来说，人有其才，则人有其格调，如内编卷四说王勃五言绝句"舒写悲凉，洗削流调，究其才力，自是唐人开山祖"，王勃的才力致使他能洗削流调。由此，他还对前七子们的创作进行了反思："自北地宗师老杜，信阳和之，海岱名流，驰赴云合。而诸公质力，高下强弱不齐，或强才以就格，或困格而附才。故弘、正自二三名世外，五七言律，往往剽袭陈言，规模变调，粗疏涩拗，殊寡成章。"（《诗薮》续篇卷二）认为前七子们的教训就在于不依据自己的才性盲目屈就古人格调。胡应麟将才性与格调捆绑得如此紧严，其实是格调论自身面临困境时逼迫所致。

在公安派性灵思潮冲击下①，屠隆、李维桢论述才情与格调的关系时，又有了一些新的因素。

屠隆对古代诗人作出这样的评述：

> 夏侯孝弟，故其言温润；息夫险谲，故其言怨怼；南华放达，故其言汪洋；东方幻化，故其言怪奇；蔚宗轻剽，故其言躁兢；渊明恬淡，故其言冲愉；李白超旷，故其言飘洒；王维空寂，故其言幽远，斯声以情迁者也。（《论诗文》，《鸿苞》卷一七）

有什么样的性情，就有什么样的风格表现。由于格调和性情有这样一种关系，那么最理想的格调，就是本于性情的格调：

> 唐人之言，繁华绮丽，悠游清旷，盛矣。其言边塞征戍离别穷愁，率感慨沉抑，顿挫深长，足动人者，即悲壮可喜也。读宋而下诗则闷矣，其调俗，其味短，无论哀思，即其言愉快，读之则不快，何也？《三百篇》博大，博大则诗；汉魏诗雄浑，雄浑则诗；唐人诗婉壮，婉壮则诗。彼宋而下何为，诗道其亡乎？（《唐诗品汇选释断序》，《由拳集》卷一二）

《三百篇》、汉魏及唐诗格调高雅，就因其生乎性情。宋诗格调卑俗，就因其忽略性情。所以值得师法的格调，必定生于性情。

李维桢与汤显祖、袁宏道等性灵派成员交往甚密。受性灵思潮影响，他对才情重视的程度和理解的深度，超过七子派中的任何人。其《汗漫游序》说："诗者，志之所之，在心为志，发言为诗，材品殊赋，景物殊遭，亦各言其志也矣。"在"诗言志"的传统命题里嵌入才赋因

---

① 公安派的兴起以袁宏道《叙小修诗》发表为标志，该文发表于万历二十五年即1596年，是年王世贞谢世六年，屠隆54岁，李维桢49岁，胡应麟45岁。胡氏虽晚生于屠、李，但《诗薮》出版于1590年（据汪道昆《序》末"万历庚寅春二月朔"，今上海图书馆藏有明万历十八年胡氏少室山房原刊本残卷），其时公安派尚未兴起，而屠、李均有与公安派成员交往的记载。

素，从而升华了才赋在诗歌创作中的地位。不过，与公安派片面突出个人才情、完全否定艺术规范不同，李维桢就才情与格调——包括创作法则、学习典范、诗歌体裁等关系进行了探讨，只是在论述这些关系时，他比以往的格调论者更突出了才情的地位和分量。他认为，要理顺这些关系，就要把握"适"的原则："格由时降，而适于其时者善；体由代异，而适于其代者善；乃若才人人殊矣，而适于其才者善。"（《亦适编序》，《大泌山房集》卷二一）按照这一指导思想，李维桢在多篇文章中，探讨才情与"法"的关系，始终认为"才"与"法"不可或缺，但总体上还是"才"决定"法"（《太函集序》，同上卷一一）。法的合理选择、运用，以至达到若有若无的化境，都取决于作者的才性。《唐诗纪序》所谓"律体情胜则俚，才胜则离"、"绝句不必长才而可以情胜"、"歌行伸缩由人，即情才俱胜俱不失体"云云，皆涉及才情和体格的关系，认为诗人的才赋和情感应该适应不同的诗歌体裁。

胡应麟、屠隆、李维桢对才情重视的程度和理解的深度，超过以前的格调论者，这同时也预示着格调论唐诗学面临空前危机。

第三节　"性灵论"唐诗观与
"格调论"唐诗观的调和

作为格调派的对立面而出现的公安派，强调信手信腕、独抒性灵，其矫枉过正的流弊很快暴露出来，突出地表现为率露和俚俗。对此，袁宏道后期已经意识到，但短暂的生命使他来不及对公安派的理论作深入反思和全面修正，于是，这一任务落在其弟——晚于宏道谢世 14 年的中道肩上。与此同时，同样倡导性灵的竟陵派也在审视格调论和性灵论的是非得失，力图扬长避短，建构新的审美范式。

袁中道对唐诗的态度与接受角度

袁宏道去世后，中道对公安派的创作进行了认真的反思，力求在与格调论的折中与调和中，完善公安派的性灵说。其《蔡不瑕诗序》云：

> 诗以三唐为的，舍唐人而别学诗，皆外道也。国初何、李变宋元之习，渐近唐矣。隆、万七子辈，亦效唐者也。然倡始者不效唐诸家，而效盛唐一、二家，若维若顾，外有狭不能收之景，内有郁不能畅之情，迫胁情境，使遏抑不得出，而仅仅矜其觳率，以为必不可逾越，其后浸成格套，真可厌恶。后之有识者矫之，情无所不写，景无所不收，而又渐见俗套，而趋于俚矣。……山中清寂，取汉魏三唐诸诗，细心研入，合而离，离而复合，不效七子诗，亦不效袁氏少年未定诗，而宛然复传盛唐之神，则善矣。（《珂雪斋近集》卷三）

应该说，袁中道对格调派的评价比较客观，对公安派的反思也比较深刻。指出公安派的弊端在俚俗和率露，也是切中其病。这些认识，决定了他对唐诗的态度："诗以三唐为的"，"传盛唐之神"。"诗以三唐为的"，纠正了公安派对唐诗法度的否定；"传盛唐之神"，则避免重蹈格调派"徒取形似，无关神骨"（《袁中郎先生全集序》，《珂雪斋前集》卷二〇）。袁中道一直在这二者之间寻找平衡点。"学古诗者，以离而合为妙。李、杜、元、白，各有其神，非慧眼不能见，非慧心不能写；直以肤色皮毛而已，以之悦俗眼可也。"（《四牡歌序》，同上卷三）显然是针对格调派的弊端而发；"天下之文，莫妙于言有尽而意无穷，其次则能言其意之所欲言。……杜工部、李青莲之才实胜王维、李顾，而不及王维、李顾者，亦以发泄太尽故也。"（《淡成集叙》，同上）又显然是给公安派敲响警钟。这甚至决定了他对唐宋地位之争的态度：

> 诗莫盛于唐，一出唐人之手，则览之有色，扣之有声，而

嗅之若有香。相去千余年之久，常如发硎之刃，新披之萼。后来宋元诸君子，其才情之所独至，为词为曲，使唐人降格为之，未必能过。而至于诗，则不能无让。……然执此遂谓宋元无诗焉，则过矣。古人论诗之妙，如水中盐味，色里胶青，言有尽而意无穷者，即唐已代不数人，人不数首。彼其抒情绘景，以远为近，以离为合，妙在含裹，不在披露。其格高，其气浑，其法严，其取材甚俭，其为途甚狭。无论其势不容不变为中为晚，即李、杜诸公，已不能不旁畅以极其意之所欲言矣，而又何怪乎宋元诸君子欤？宋元承三唐之后，殚工极巧，天地之英华几泄尽无余。为诗者处穷而必变之地，宁各出手眼，各为机局，以达其意所欲言，终不肯雷同剿袭，拾他人残唾，死前人语下。于是乎情穷而遂无所不写，景穷而遂无所不收。无所不写，而至写不必写之情，无所不收，而至收不必收之景，甚且为迂为拙，为俚为狷，若倒困倾囊而出之，无暇拣择焉者。总之，取裁吟臆，受法性灵，意动而鸣，意止而寂，即不得与唐争盛，而其精采不可磨灭之处，自当与唐并存于天地之间，此宋元诗所以刻也。（《宋元诗序》，《明文海》卷二二七）

前后七子大多宣称"宋无诗"，袁宏道说"彼谓宋不如唐者，观场之见耳"（《与李龙湖》，《袁宏道集笺校》卷二一），袁中道则明确断言：就诗来说，宋人"不能无让"唐人，"诗莫盛于唐"；不过，宋元诗虽不如唐，却有与唐诗并存于世的价值。这种说法，就避免了七子派与公安派在唐宋争席上的极端或偏执，使人更易接受。此外，袁中道所指出的唐宋诗的优缺点，调和"格调"与"性灵"的意图非常明显：唐诗的优点恰是挽救性灵派的妙药，宋诗的优点正是医治格调派的良方；唐诗的不足格调派不应画地为牢，宋诗的缺陷性灵派当为前车之鉴。

竞陵派对唐诗的美学取向

万历四十二年至四十三年间，竞陵人钟惺与谭元春合作，评选唐人之诗为《唐诗归》三十六卷，录唐 299 家诗 2200 余首，计初唐五卷，盛唐十九卷，中唐八卷，晚唐四卷。继之又评选隋以前诗为《古诗归》十五卷。二书合刊总称《诗归》或《古唐诗归》，后亦有单行。朱彝尊说："《诗归》既出，纸贵一时。"（《静志居诗话》）可见钟、谭及其《诗归》在当时影响之大。从钟、谭评论唐诗的文字中，可以大体把握竞陵派的唐诗观。

钟惺在《诗归序》中强调"以古人为归"，这是对公安派独抒性灵的反拨；但又不同于七子派师古人之格调，提出"第求古人真诗所在。真诗者，精神所为也"。他认为"今非无学古者，大要取古人之极肤、极狭、极熟便于口手者，以为古人在是"，那么所谓古人之精神，自然是不为时人所觉察、所熟悉的"幽情单绪"："察其幽情单绪，孤行静寄于喧杂之中，而乃以其虚怀定力，独往冥游于寥廓之外。"具体说来，体现为奇异孤偏和清灵深远二端。我们看此书所选唐诗部分，李、杜而外，以王维、孟浩然、储光羲、刘长卿等入录为多，于中晚唐人间，尤致赏于孟郊、贾岛一路。至所附评语中，则表现更为鲜明。先看对奇异孤偏的好尚。钟惺对刘希夷、乔知之、常建、刘眘虚等人的诗评价极高，即着眼于"别肠别趣"（《唐诗归》卷一总评刘希夷）又盛赞张说"大手笔，奇变精出，不堕作家气"，认为"少陵七言绝，非其本色。其长处在用生，往往有别趣"。（同上，卷二二杜甫《绝句》后总批）评元结诗："溪刻直奥，有异趣，有奇响，在盛唐中自为一调。"（同上，卷二三）评严武："此人妙绝，交有奇情，诗有奇趣。"（同上）都可见其祈尚。许学夷谓其"大抵尚奇偏、黜雅正"（《诗源辩体》卷三六），颇中肯綮。再看对清灵静远的偏嗜。钟惺说"浩然诗，当于清浅中寻其静远之趣"（《唐诗归》卷一〇总评孟浩然）；认为储光羲诗"清骨灵心，不减王、孟"（同上，卷七总评储光羲）；"读太白诗，当于雄快中察其静远精出处，有斤两，有脉理"（同上，卷一五总评李白）；赞赵嘏《早发剡中石城寺》"清远幽静，气完力浑"等，都表现出对清灵静远情有独钟。对此，袁中道引为同调："友人竟陵钟伯敬，意与予合，其为诗清绮邃逸。"（《花雪赋引》，《珂雪斋近集》卷三）不过，钟惺在欣赏清灵的同时，也强调了气格的浑厚，意识到"初盛唐之妙，未有不出于厚者"；"灵慧而气不厚，则肤且佻矣"（同上，卷一二总评常建），认为唐诗清远的韵味基于浑厚的底蕴，从而避免了肤浅与轻佻。所以，尽管公安和竟陵同是从性灵说出发，而归趋并不一样。公安派的诗论成为清代宗宋派唐诗学的先导，竟陵派的唐诗观却构成了由前后七子向王士禛的过渡。

谭元春对唐诗的态度与接受角度与钟惺相合。一是抛弃公安派自我作古的做法，主张取法古人；二是避开七子派对唐诗的格调定位（如气势雄浑、声调宛亮等）。如他在《万茂先诗序》中所说："盖吾辈论诗，止有同志，原无同调。……试取古人之诗而尽读之，志无人不同，调无人同。陶淡谢丽，其佳处不同；元轻白俗，其累处亦不同。"说"原无同调"，似针对七子派而发；说"元轻白俗"，似针对公安派而论。为避免"同调"即钟惺所谓"极肤极狭极熟"者，他另辟蹊径，如七子派强调"唐无五言古诗"，要求古诗法汉魏，谭元春却说"唐人神妙全在五言古"（《唐诗归》卷一五李白《送韩准裴政孔巢父还山》夹批）；为避免"同调"，他特别致赏奇险静幽和清灵淡远的风格，如对孟郊与李贺的态度："诗家变化，自盛唐诸家而妙已极，后来人又欲别寻出路，自不能无东野、长吉一派"（《唐诗归》卷三一），视孟、李为摆脱旧径、另辟新途的代表，因此他为李贺问祖正名："长吉诗在唐为新声，实有从汉魏以上来者，人但以为长吉派耳"（同上），又替孟郊广结人缘："予目为貌险而其神坦，志栗而其气泽。其中《送淡公》、《吊卢殷》、《石淙》、《峡哀》，动逾十首，入其题，如入一岩壑；测其旨，如测一卦象；其于奇险高寒，真所谓生于性、长于命、而成于故者。"（《郊寒辨》，《谭元春集》卷二九）尚奇险的旨趣与公安派一致，显示了崇尚性灵一派的本色身份。为避开熟径，谭元春也到唐诗里寻找静谧幽冥的世界：他批点常建《白湖寺后溪宿云门》："看得人声臭俱寂，所谓'一声已动物皆静'，可评此公诸诗。"（《唐诗归》卷一二）他走进储光羲笔下的古塔："塔诗绝唱，如此作之杳冥，岑之高逸，杜之奇老，千载不能着手矣。驱使冥幻，写我高壮，故鬼神而不魔孽。"（同上，卷七《同诸公登慈恩寺塔》批语）又陪着卢纶送友归山："别情说向幽景上去，情更深。"（同上，卷二六《送吉中孚校书归楚州旧山》二首之二批语）谭元春在冥幻幽绝的境界里，体会着古人的"真精神"。与此相关联，他也欣赏清淡的境界：他批点张九龄《入庐山仰望瀑布水》："清景相逼，心目恍惚，不知其故，自然有参合玄冥之妙。"（同上，卷五）批点杜甫《阆水歌》："选杜诗，最要选此等轻清淡泊之派，使人知老杜无所不有也。"（同上，卷二十）而对于公安派的率露拙易，谭元春似乎有意矫之以含蓄浑厚，如高适《除夜作》"故乡今夜思千里，霜鬓明朝又一年"夹批："其味无穷，若两句开说，便索然矣。"（同上，卷一二）杜甫《捣衣》"用尽闺中力，君听空外音"夹批："余尝爱此二语与右丞'别后同明月，君应听子规'，皆以其涵蓄渊永，意出纸外。"（同上，卷二一）除标举含蓄隽永的韵味外，谭元春对唐诗浑厚的意境充满热情：如孟浩然《望洞庭湖赠张丞相》"八月湖水平，涵虚混太清"句夹批："多少厚！"（同上，卷十）皇甫松《古松感兴》批点："极朴极厚亦极高，似子昂《感遇》妙诗。"（同上，卷三五）。

　　钟、谭重提师法古人，标举唐诗含蓄浑厚的风格，一定程度上矫正了公安派浅俗率易之病；而要求取古人之精神，又避免了七子派的徒袭体貌；对唐诗别开生面的钩奇探奥，也拓展了唐诗接受的领域。他们所选所评，主观意识很强，未必符合原诗原意，陈元素说他们"目中无古人，并无唐人"，"予夺弃取，悉由心裁，美恶好丑，别具宗匠"（《唐诗归序》，《唐诗归》卷首），却显示出唐诗在接受过程中，接受主体可以产生巨大的能动力量。竟陵诗派的出现，曾改变了一时风气，钱谦益评袁宏道时说："竟陵代起，以凄清幽独矫之，而海内之风气复大变。"

（《袁稽勋宏道》，《列朝诗集小传》丁集）钟、谭的美学宗趣及其被广泛接受，根源于时代的文化土壤：以奇异孤偏和清灵静远为唐人精神，实际上表现了他们远离尘世、孤芳自赏的落寞情怀，体现了晚明士人消极的人生态度。

第四节 明后期道学家的唐诗观

明后期的道学家，有称扬唐诗者，也有贬抑唐诗者，但有一个共同特点，那就是以传统儒家诗教说为武器，反对以气格声调为尺度论唐诗。兹就有代表性的几位略作介绍。

焦竑的"讽喻"说与对杜甫、白居易的推宗

焦竑讲学宗罗汝芳，论诗恪守儒家诗教传统，崇尚温柔敦厚、冲和雅正的风格。他在《弗告堂诗集序》中说："诗以微言通讽喻，以温柔敦厚为教。不通于微言，不底于温厚，不可以言诗。"持"讽喻"说的传统诗教为标准，焦竑特别称赏中晚唐诗人："倘如世论，于唐则推初盛而薄中晚，于宋又执李杜而绳苏黄，植木索涂，缩缩焉循而无敢失，此儿童之见，何以伏元和、庆历之强魄也！"（《竹浪斋诗集序》，《澹园续集》卷二）

对中唐诗的推举，集中在上承杜甫的白居易身上："余少读尧夫先生《击壤集》，甚爱之。意其蝉蜕诗人之群，创为一格。久之，览乐天《长庆集》，始知其词格所从出。虽其胸怀透脱，与夫笔端变化，不可方物，而权舆概可见矣。乐天见地故高，又博综内典，时有独悟，宜其自运于手，不为词家蹊径所束缚如此。而近世宗尚子美，往往卑其音节，不复数第，肤革稍近，而神情邈若燕越，非但不知乐天，亦非所以学杜也。"（《刻白氏长庆集钞序》，《澹园集》卷一五）其中对邵雍诗的热爱，

透露了他的理学家立场，而推举杜甫和白居易的真正原因，却是"劝喻针砭"的讽喻功能与"和平温厚"的性情表现："后世诗与性离，波委云属，只以为流连之资，而六艺之义微。杜子美力挽其衰，闵事忧时，动关国体，世推诗人之冠冕，良非虚语；乐天虽晚出，而讽喻诸篇，直与之相上下，非近代词人比也。"（《题寄心集》，《澹园续集》卷九）

晚唐诗人中，焦竑最欣赏卢仝和司空图："晚唐诗人，予最喜玉川子及司空表圣二人，人品甚高，不为势利所汩没，故其诗能不涉世俗蹊径。"（《玉川子》，《焦氏笔乘》卷三）注目于人品的高雅，也是传统儒家的价值观。

郝敬的"声主和平"与"诗坏于唐"

郝敬认为"诗坏于唐"："唐人以诗课士，拟以题目，律以对偶，限以声韵，局局踦踦，性情之旨乖矣。故其放也，叫号欢呼；其怨也，凄苦愁惨；雄心傲气，驰逞飞扬，悉由近体生。故诗盛于唐，亦坏于唐。"（《毛诗》，《谈经》）

明代格调论者称盛唐，着眼于盛唐诗的高格逸调，而郝敬认为"气格骨力，雄猛整齐，论文则可，非赏音之理也。"（《唐体》，《艺圃伧谈》卷三，下同）否定以"气格骨力"论诗，就必然否定格调论者对四唐的界分：

> 说者取唐诗分初、盛、中、晚，晚不如中，中不如初，随世运为污隆，其实不然。盖性情之理，不蕴郁则不厚，不磨练则不柔。是以富贵者少幽贞，困顿者多委蛇。昔人谓"诗穷始工"，《三百篇》大抵遭乱愤时而作。以世运初、盛、中、晚分诗高下，倒见矣。唐诗晚工于中，中妙于盛，盛邕于初。初唐庄整而板；盛唐博大而放；中唐平雅清粹，有顺成和动之意焉；晚唐纤丽，雕极还朴，无以复加。今谓唐不如古则可，谓中、晚不如初、盛，论气格，较骨力，岂温柔敦厚之本义哉！

以"温柔敦厚"的尺度论诗，郝敬认为中晚胜于初盛，这一观点他多次表露。他甚至直言不讳地指出，李白、杜甫诗"猛悍"，不及中晚人的"和平""冲雅"。"声主和平"的认识，使他对"自然清越"的诗风尤为欣赏："唐人诗佳者，多不使事，自然清越，一味情兴风致，溢于音律辞彩之外，诵之心爽神怡，斯为性情之理，声音之道，风人之致也。"

郝敬以"温柔敦厚"论诗不同于传统的儒家诗教，他着眼于情感的表现而非社会功用，这从对杜甫和宋诗的评价中可以看出，除指出杜甫"猛悍"外，他说"诗坏于唐"，但认为以江西诗派为代表的宋诗更糟糕："唐人尚声偶，温柔之意虽微，而犹存敦厚。宋人声偶益趋奇险，时复杂以谐谑讥刺，轻薄佻巧之习，流滥不止。"由此看来，郝敬的唐诗观更接近明初承邵雍而来的性气诗派。

董应举的"思无邪"与四唐无优劣

董应举认为，诗歌的要义在于"思无邪"，在于兴观群怨的社会功用，因此，他不满以格调论诗："夫子以'思无邪'一言尽诗之义，世乃以声调格之。"（《唐诗风雅序》，《全唐风雅》卷首，下同）认为对唐诗如果专取声调，那就是舍本逐末，其矛头直指格调论选唐诗："'《诗三百》，一言以蔽之，曰：思无邪。'此夫子选诗之法也。后世之诗，去《三百》远矣，而选者又多艳其辞而遗其义，拘于时而失其旨，专取声调而不本于情实。如唐诗诸选，国初惟高廷礼为称，约有《正声》，多有《品汇》，当其搜辑之始，不观姓名，即知谁作，可谓善于寻声矣。而但以声调为主，无局外之观，作者亦时病之。厥后于鳞有《选》，又但以其意所及者为贤，英雄欺人，耳食可笑。其他议论，分别羽翼、正宗，规规初、盛、中、晚，若隔畛域。总之，随声测响，未合大通，安足窥于兴观群怨、无邪之旨哉！"

由此出发，董应举反对以时代论诗，认为没有必要将唐诗区分初盛中晚："唐诗之尤者，多有《三百篇》遗意，何论中晚，亦何必苦分中晚也？吾夫子选诗，在可兴、可观、可群、可怨，可翼彝教、达政学，而不拘于正变，世乃以时代论诗！”对于黄克缵选《全唐风雅》仍标初盛中晚，他表示“愚犹以为并初、中、晚之名不立可也”。

董应举以“思无邪”和兴观群怨论唐诗，也带有明显的道学气味：“予以性情在人，声气在宇宙，发为诗歌，虽视其时之所尚，与其气运之盛衰，而一种浑涵深厚和平之气，终未尝绝，时盛则磅礴一世，时衰亦留于数人。……高其论者曰：删后无诗；卑其言者曰：诗在初盛。然则一种浑涵深厚和平之气，其果终绝于世矣乎？”

孙慎行的“义理”说与唐诗的分类

孙慎行也是借用儒家传统的诗教说，反对以调格论诗，要求关注诗歌的“义理”，他批评陈子昂“名为复古，一振乃振于调格，非振于义理也”（《选诗序》，《明文海》卷二六九，下同）。所谓“义理”，即朱熹所强调的“君君臣臣父父子子”之伦理：“诗所谓兴观群怨者，要以事父事君，而余乃及多识。若后世人言诗，专以多识先，而君父则缺矣，即于兴观群怨，茫无归著。”他说六朝诗正是丧失了“君臣大义”，而由唐太宗、高宗予以拯救，认为李白、杜甫的诗正是体现“君臣大义”的典范。

以“义理”为标准，与格调论者的“四唐”说相对应，孙慎行按“兴”、“观”、“群”、“怨”（先以李白、杜甫和白居易的诗为例）将唐诗分为“四种”：“自武韦之朝大泄越之，而诸季益凌夷，即如维、如光羲，才美者尚拓落不齿，非杰者不能自拔已。尝以四种衷裁之：如太白歌曲七言古风，有迫狭一世之心，是之为可兴；乐天新乐府，极铺陈百年之变，是之为可观；子美《北征》、《秋兴》、《收京》，历艰难而无疵诽，是之为可怨；太白《宫中行乐词》、闺情诗，写深致而无艳泆，是之为可群。诸类是者，若谷藏山崎，不可量也，第为之举其凡。”接着孙慎行就诗人的“人格”分为“兴”、“观”、“群”、“怨”四类：“曲江、昌黎、东野、次山、达夫、襄阳，大义为可兴；随州、宾客、柳州、浪仙、玉川，清声为可怨；袭美、微之、义山、仲初、文昌、樊川，铺陈为可观；其可群者，集中多有之。即诸类是者，亦明珠翠羽，间杂不可域也，第为之举其凡。"将唐诗作如此类分，颇具特色。

第五节　唐诗接受由"格调"向"神韵"的转化

神韵在"格调论"唐诗学中的孕育

本来，"格调"兼有形式与内蕴两重意义。分言之，"格"指体式规范，也包括诗歌内在精神志气在作品外在风貌上的体现，如"意格"、"气格"等成分；"调"指声调，也包含情韵风致，是诗歌才情意趣在声调上的落实，如"风调"、"情调"、"韵调"等。所以格调论者在标举唐诗格调时，也都注意到范型诗歌所具有的超乎各审美中介、各种具象之上的风神韵味。如李梦阳说宋诗"非色弗神"："其词艰涩，不香色流动，如入神庙坐土木骸，即冠服与人等，谓之人可乎？"（《缶音序》）。诗歌没有神韵，就如没有生命的木偶，他由此断定"宋无诗"，言下之意：唐诗就具有神韵。格调论者提倡"诗必盛唐"，他们所崇拜的严羽正是这样揭示盛唐面貌的："盛唐诸人惟在兴趣，羚羊挂角，无迹可求。故其妙处透彻玲珑，不可凑泊，如空中之音，相中之色，水中之月，镜中之象，言有尽而意无穷。"（《沧浪诗话·诗辨》）清人冯班在批评这段话时道："种种比喻，殊不如刘梦得云'兴在象外'一语妙绝。"（《严氏纠谬》）恰好对严羽的"种种比喻"作了确切注释。对汉魏古诗，李梦阳也有同样的认识："古诗妙在形容之耳，所谓水月镜花，所谓人外之人，言外之言。……形容之妙，心了了而口不能解，卓如跃如，有而无，无而有。"（《论学》下第六，《空同集》卷六六）这种生气远出、若有若无的言外之味，就是古诗的神韵。

但是如前所述，格调论者接受唐诗的方式是从具体的体格声调入手，对体格声调的过分专注往往导致他们对更高层次神情韵味的忽略，因而在创作中常常表现为徒袭唐诗的形貌，缺乏其风神韵味。有鉴于此，何景明率先在创作中提出"领会神情，临景构结，不仿形迹"，提出"以有求似"（《与李空同论诗书》）强调对范型诗歌神韵情味的领会把握，将学古的重心由"形"开始转向"神"。王廷相则在参悟范型诗歌后，得出"意者，诗之神气，贵圆融而忌暗滞"的结论（《与郭价夫学士论诗书》），"圆融"指神气毕现，流转无碍，故与"暗滞"相对。谢榛更把诗之神气比作日月的光彩，将"夺神气"置于学诗"三要"之首，他还承续李梦阳的思路，将喻体由李之"木偶"换成"婴儿"："譬诸产一婴儿，形体虽具，不可无啼声也。赵王枕易曰：'全篇工致而不流动，则神气索然。'亦造物之不完也。"（《诗家直说》卷一）所以谢榛不再像前七子那样斤斤于体制声调本身，他提出"诗有四格：曰兴，曰趣，曰意，曰理。"（同上，卷二）从其中所举诗例看，谢榛所谓"四格"，已经处在或接近诗歌的神韵层面。

由此可见，神韵一开始就孕育在格调论唐诗学本身，随着格调论面临困境的加深，也随着士人精神的走向内敛，而在理论上不断成长发育。

神韵在"格调论"唐诗学中的成长

万历年间，格调论唐诗学在内忧外患的情势下，不断进行着自我改良。这也包括对诗歌神韵层面的进一步重视。

屠隆虽认为"诗非博学不工"、"杜撰则离，离非超脱之谓"，但他反对因袭字句而不领会神情："程古则合，合非摹拟之谓；字句虽因，神情不传，则体合而意未尝不离。"（《论诗文》，《鸿苞》卷一七）李维桢在《刘仲熙集序》中明确指出："今人不本神情，惟取形似，刻画无盐，为浑沌施媚。"胡应麟则特意提出"兴象风神"作为"体格声调"的补充，使本来有可能隐身于体格声调的兴象风神获得了独立的身份："作诗大要不过二端，体格声调、兴象风神而已。体格声调有则可循，兴象风神无方可执。"（《诗薮》内编卷五）一端为可感知的表象，一端属可领悟的意味。诗人应通过对体格声调的学习领悟，进而求得内在的兴象风神。胡应麟甚至将有无"风神"看作盛唐区别于中晚宋元的关键所在："盛唐绝句，兴象玲珑，句意深婉，无工可见，无迹可寻。中唐遽减风神，晚唐大露筋骨。"（同上，卷六）"初唐七言古以才藻胜，盛唐以风神胜，李、杜以气概胜，而才藻风神称之，加以变化灵异，遂为大家。宋人非无气概，元人非无才藻，而变化风神，邈不复睹。固时代之盛衰，亦人事之工拙耶？"（同上，卷三）

　　胡应麟的理论大多为许学夷所继承，包括对唐诗的审美视角：

　　　　唐人律诗以兴象为主，风神为宗。浩然五言律兴象玲珑，
　　风神超迈。（《诗源辩体》卷一六）

　　　　盛唐诸公律诗，形迹俱融，风神超迈，此虽造诣之功，亦
　　是兴趣所得耳。（同上，卷一七）

"风神"成为盛唐诗歌基本风貌的概括。许学夷对格调范型的突破，由诗必盛唐到适当肯定中唐，在中晚唐之间弃晚保中，就着眼于"神韵"："中唐五七言律，气格虽衰而神韵自胜，故讽咏之犹有余味；晚唐诸子，气格既亡而神韵都绝，故讽咏之辄复易厌。"（同上，卷二一）。

　　追溯神韵在格调论唐诗学中成长的过程，不能不提到小许学夷三岁的邓云霄。邓云霄很崇拜李梦阳[①]，曾与潘之恒辑刻《空同子集》六十六卷，既认同李梦阳的"法"（《冷邸小言》，下同），又多称引胡应麟的论说，尤其是就当代诗风发表的意见，很能证明他的格调论立场。邓云霄将"格调"扩展为："诗家情景、气格、风调六字，缺一则非诗。"并

―――――――――

① 邓云霄《重刻空同集序》称："空同先生跨辕千古，力敌元化"，《漱玉斋文集》卷一。

认为其中最难者是风调，而他对风调的解释是："盖如人之风流者，一段飘逸，不在言笑，不落形骨，不寄衣妆，转盼含颦，咳唾步趋，皆觉可悦。"相当于七子派所谓"神"、"风神"或"神韵"。因此，他在吟讽唐诗时，会直接把握唐人的兴趣神情："枕藉盛唐，时时把玩，即使烂熟，亦必微吟而讽之，急响以扬之，使其人之兴趣神情，直若与余对面，日摩月染，自当沁入腑肺。"邓云霄吟讽诗歌，从声调里感受"风调"，分辨神韵的有无：

> 问：诗至盛唐，试一高吟，辄觉音韵妥适、清响遏云，中晚皆不及，何也？予曰：惟虚故响。钟鼓也，笙箫也，琴瑟也，皆中虚者也。盛唐用事点化，中不填实，全是神情丰韵，故可舞可歌。中晚事胜于韵，词胜于情，如打檀板、撞石鼓，虽响不扬。至宋人则槌干牛皮一片耳，全用事故也。

对神韵的极端关注，自然会导致对王维、孟浩然诗风的特别欣赏："王、孟者，诗家无上菩提也。"（《李烟客诗集序》，《漱玉斋文集》卷二）不过，与胡应麟、许学夷一样，邓云霄对神韵的关注也不是立足于对冲淡风格的推举，只是着眼于艺术上达到的水准，如他论作诗之法："诗贵句中有开阖，以上下动荡也，杜工部'江间波浪兼天涌，塞上风云接地阴'是也。夫波浪本在下也，而曰兼天；风云本在上也，而曰接地，其中动荡处便觉神气流通。"（《冷邸小言》，下同）从杜诗如此雄浑壮阔的意境中觉出"神气流通"，可谓独具只眼。"诗最忌者切，亦忌不切，惟如水墨写意画为佳。若太白之《凤凰台》、王湾之'北固'、杜少陵之'奉先寺'，何曾涉地名、故事及佛家语，可以类推。"所举也是雄浑之作，只是欣赏它们达到了不粘不滞若即若离的艺术水准。

由"格调"向"神韵"的转化

晚明陆时雍著《诗镜》九十卷，收诗自汉魏以迄晚唐，分为二集：《古诗镜》和《唐诗镜》。《唐诗镜》五十四卷，所录唐人诗按时代编次，计初唐八卷，盛唐二十卷，中唐二十卷，晚唐六卷；每时期以人系诗，一人之诗再分体排列，所选诗人名下皆附小传及评语，诗篇多加评点，《四库全书总目》谓其"采摭精审，评释详核，凡运令升降，一一皆可考见其源流，在明末诸选之中，固不可不谓之善本也"。

《诗镜》前有总论一篇，述及自《诗经》至晚唐的诗歌流变和代表作家作品，并阐明其"神韵为宗，情境为主"（《四库全书总目》）的论诗主张，亦即其选诗标准。陆时雍认为，有韵则生、则雅、则响、则远；无韵则死、则俗、则沉、则局（《诗镜总论》）。在具体评述中，亦称"气韵"、"神"、"风神"、"味"、"风味"、"趣"，均指超乎具象之外可以意会不易言传的趣味风神。有韵与无韵，成为他判断唐诗高下的依据，如《唐诗镜》卷十评王维《观猎》"会境入神"，卷十七评李白《寓言》三首"风神佳绝"，卷三十评韦应物《贾常侍林亭燕集》"气韵芬芳"、"重之有味"；甚至以"风味"辨识时代差异："初唐七律风味最饶，盛唐性情间出，中晚专求声句，故不及也。"（《唐诗镜》卷五〇）

陆时雍认为韵与情紧密关联，故常情韵并举，如：李白《子夜四时歌》"有余情余韵无穷"（同上，卷一七）；然而，情和韵又非同一层次，情而生韵："诗家最病无情之语，中晚律率多情不副词，堆叠成篇，故无生韵流动。"（同上，卷五二）在陆时雍看来，正是唐诗的主情造就了唐诗的神韵。因此，如果作诗主意，就会破坏诗歌的神韵：

> 少陵五古，材力作用，本之汉魏居多。第出手稍钝，苦雕细琢，降为唐音。……意死而情活，意迹而情神，意近而情远，意伪而情真。情意之分，古今所由判矣。少陵精矣刻矣，高矣卓矣，然而未齐于古人者，以意胜也。（《诗镜总论》）

"中唐人用意，好刻好苦，好异好详……盛唐人寄趣在有无之间，可言处常留不尽，又似合于风人之旨，乃知盛唐人之地位故优也。"（同上）盛唐与中唐之高下由此分畛。

判断作品是否"有韵"，除察其是否兴于情，是否情词相符外，更要着眼于含蓄蕴藉、韵味深永的审美效果。陆时雍《诗镜序》在强调情的基础上，特别肯定前人诗歌的余音余味，即具"一唱而三叹"的审美效果。"物色在于点染，意态在于转折，情事在于犹夷，风致在于绰约，语气在于吞吐，体势在于游行，此则韵之所由生矣。"（《诗镜总论》）按此视角识察唐诗，陆时雍品出唐诗的深长韵味："少陵七言律，蕴藉最深。有余地，有余情。情中有景，景外含情。一咏三讽，味之不尽"（同上）；刘长卿《献淮宁军节度李相公》"觉余韵渺绝，诗之佳处在一叹三咏之间"（《唐诗镜》卷三〇）。按此视角识察唐诗，陆时雍也诊断出唐诗的病根："唐人五绝病浅，浅则一览便尽"（同上，卷一）；聂夷中的诗，只可作"诗中之话"看，"若竟作诗，未见有佳处，以意尽而无余韵也"（同上，卷五二）。

　　陆时雍古诗宗汉魏，认同李攀龙的"唐无五言古诗"，近体崇盛唐，主情，主高格逸调，与七子派格调论唐诗观有明显的承传关系，即如他特标的韵，亦说"韵生于声，声出于格，故标格欲其高"（《诗镜总论》）。但他已经迈出传统格调说的门槛。首先，陆时雍拈出神韵，似乎有意在格调与性灵之间找到一条中道：格调太板，"好大好高"；性灵太活，"好奇好异"；若取其中行，神韵当是最佳选择。《诗镜总论》中的这段文字，似乎透露出这一信息："世以李、杜为大家，王维、高、岑为傍户，殆非也。摩诘写色清微，已望陶、谢之藩矣，第律诗有余，古诗不足耳。离象得神，披情著性，后之作者谁能之？世之言诗者，好大好高，好奇好异，此世俗之魔见，非诗道之正传也。"他在反对"主意"时，也不想给"信手信腕"的诗人留下口舌："太白雄姿逸气纵横无方，所谓天马行空，一息千里。曹子建、李太白皆不群之才，每恃才之为病，其不足处皆在于率，率则意味遂浅。"（《唐诗镜》卷一七）其次，陆时雍对唐诗神韵的认识和态度已经与格调派离得很远。胡应麟补进"兴象风神"，但他把体格声调比作水与镜，将兴象风神比作月与花："必水澄镜朗，然后花月宛然"（《诗薮》内编卷五）；许学夷在欣赏唐诗的风神韵味时却要人"法其体制，仿其声调"，严守"诗之矩"（《诗源辩体自序》）；邓云霄是从"音韵妥适、清响遏云"的声调中，悟出盛唐"全是神情丰韵"，他们大体上遵循着由体格声调上窥兴象风神的传统方式。而陆时雍说："读太白诗当得其气韵之美，不求其字句之奇"（《唐诗镜》卷一七），"此诗虽格力未整，风味却饶"（同上，卷二于季子《早春洛阳答杜审言》评语），"写景——入神，色象绝不足道"（同上，卷二一杜甫《后出塞》"朝进东门营"评语）。"离象得神，披情著性"，超越具体符号直接把握唐诗的"意味"，即所谓"实际内欲其意象玲珑，虚涵中欲其神色毕著"（《诗镜总论》）；《诗镜》极少触及具体字法句法及声音格律等审美接受中介层次，所评均直指诗歌的神情韵味。至此，陆时雍完成了明代唐诗学由"格调"向"神韵"的转化，从而与清代王士禛的"神韵说"接轨。

第六节　明末经世思潮下的唐诗观

复社几社成员对七子派唐诗取向的推重

崇祯初年，张溥、张采主持成立复社，陈子龙、夏允彝等成立几社。二社大体志同道合。他们昌明经世致用的学术，关心政治，蒿目民生，在明朝覆亡之际，表现出崇高的民族气节。诗歌理论上，他们推重七子派。崇祯元年，张溥组织燕台社，即称"以继七子之绩"，陈子龙说"及得北地、琅玡集读之，观其拟议文章，飒飒然何其似古人也。因念此二三君子者去我世不远，竭我才以从事焉。"（《仿佛楼诗稿序》，《陈忠裕公全集》卷二五）其《成氏诗集序》对本朝诗坛变化作如此描述："昭代之诗，自弘、正、嘉、隆之间，作者代兴，古体知法黄初以前，近体取宗开元以前，虽其间不无利钝，然大较彬彬有正始之遗。其后厌常之士，略去准绳以自标异，大约三家而已，或袭昌谷之奇凿，或沿长庆之率俗，或踵孟、韦之枯淡，而皆未得其真。习俗移人，至有子孙不能守高曾之规矩，如向、歆异学，与时迁流耳。"对各派的态度显而易见。他对唐诗的基本认识也同于七子："夫词莫工于初唐，而气极完；法莫备于盛唐，而情始畅。近体之作，于焉观止。自此以后，非偏枯粗涩，则漓薄轻佻，不足法矣。"（《熊伯甘初盛唐律诗选序》，《安雅堂稿》卷二）

　　从崇祯十三年到十六年，陈子龙与李雯、宋征舆合选了《皇明诗选》，以贯彻其论诗主张，所选多为七子派诗人之作。该书前有李雯作的序，在这篇序文里，主要是以古典审美特征为标准，对有明一代古典诗歌的发展变化过程进行了总结。由于明代诗歌审美接受的变迁大体上都和对唐诗的接受态度有关，也由于李雯对时代的审视是站在正统格调派"诗必盛唐"的基点，因此，李雯等人对本朝诗歌审美接受点变迁轨迹的描述，除了可以显示他们与七子派的关系之外，还可以帮助我们总体览察明代唐诗学的发展脉络。李雯认为明代诗歌有"三变"：一是洪武、永乐之初，在"灵台偃草，艺林未薙"的情况下，高启、刘基、袁凯、杨基等人作为拓荒者"飙然特起，才颖初见"；二是弘治、正德之间，李梦阳、何景明为代表的前七子以汉魏盛唐的高格逸调，矫革明初崇尚宋元所致"俚""腐"之习，三四十年后，李攀龙、王世贞等后七子，在前七子"扬丕基"的基础上继"扬盛烈"；三是"自是而后，雅音渐远，曼声并作"，明代诗歌盛极而衰，主要表现为七子后学李维桢、胡应麟不再固守格调派阵营，而采取"夷其樊圃"的折中调和态度，由主张性灵而推崇中晚唐及宋元的公安、竟陵派正好抢占地盘，大振声势，于是造成自万历至天启五六十年间"天下无诗"的局面。不过，"天下无诗"的下限定在天启之时，就不包括欲重振七子派诗学的李雯和陈子龙等人所处的崇祯之朝，此中之意不言而喻。这就是李雯对明代古典诗歌发展变化轨迹的描述。如果撇开他基于古典审美理想所持的褒贬态度，他的这一描述大体是客观的。

经世思潮下的唐诗观

复社、几社处在国难当头的时刻，强烈的救世精神，使他们不可能像七子派那样醉心于对唐诗艺术细细品尝。张溥从唐诗里看到不适时务的"愚而野"，陈子龙则极力发掘唐诗的情和意。

张溥在《宋九青诗序》中表述："以予观之，《三百篇》之后，作诗而不愚者独屈大夫原耳。下此拘音病者愚于法，工体貌者愚于理，唐人之失愚而野，宋人之失愚而谚。愚而野，才士所或累也；愚而谚，虽儒者不免焉。夫谚可以为诗，则天下无非诗人矣。是以诗道大穷，以至于今。"唐人之失在放纵才情，不受检束；宋人之失在以谚为诗，缺乏情感。张溥之所以对唐宋诗作这样的评价，正是基于他经世致用的实用诗学观，他曾说："昔之学者随其酬览，发为篇咏，即山水亭榭之间，草木兴植之类，莫不念盛衰之理，而慨然于国家之所以存亡，则谓称文引墨，而不一察于当世之治乱，非人情也。"（《房稿香玉序》，《七录斋诗文合集·存稿》卷三）将过去应酬、游览之作，都一概视之为念盛衰、感存亡，其经世致用的接受视角昭然若揭。

陈子龙认为"诗之本"在于"忧时托志"，因而"比兴道备，而褒刺义合"成为对诗歌理所当然的要求（《六子诗序》，《陈忠裕公全集》卷二五）。在论及唐七言古诗时，他说："初唐四家，极为靡沓；元和而后，亦无足观。所可法者，少陵之雄健低昂，供奉之轻扬飘举，李颀之隽逸婉变；然学甫者近拙，学白者近俗，学颀者近弱。要之体兼风雅，意主深劲，是为工耳。"（同上）杜甫、李白、李颀虽可师法，但易产生拙、俗、弱的毛病，要克服这些，就得"体兼风雅，意主深劲"，即：以风体兴动人之情，以雅体比深劲之意，风雅相兼，情意互济。这，成为他评价唐诗的主要标准。

陈子龙批评当世"法开元者，取谐声貌，而无动人之情；学西昆者，颇涉议论，而有好尽之累，去宋人一间耳"（同上），也曾说"宋人不知诗而强作诗，其为诗也，言理而不言情，终宋之世无诗"（沈雄

《古今词话》引）。重情，与七子派无异。不过，他最称赏的"动人之情"体现在杜甫感时念乱的诗作中："有唐杜子美，当天宝之末，亲经乱离，其发为诗歌也，序世变，刺当途，悲愤峭激，深切著明，无所隐忌，读之使人慷慨奋迅而不能止。"（《左伯子古诗序》，《安雅堂稿》卷四）他所力倡的也是时代所需要的，正是杜甫这种系怀君国、"读之使人慷慨奋迅而不能止"的情。在《方密之流寓草序》里又通过李、杜与"大中后"诗风的对举，寻找出唐诗优劣的根本分途与真正原因：

> 忧愁感慨之文，生乎志者也，生乎志者其言切。……天宝之末，诗莫盛于李、杜。方是时也，栖甫岷峨之巅，放白江湖之上，然李之辞愤而扬，杜之辞悲而思，不离乎风也，王业之再造也。大中而后，其诗弱以野，西归之音渺焉不作，王泽竭矣。（《安雅堂稿》卷三）

在七子派心目中，只要真切而又符合群体规范，喜怒哀乐都是情。陈子龙则将诗人之情的价值取向确定为"忧愁感慨"，认为李、杜的"愤而扬"、"悲而思"是产生于崇高志向的恳切情感，是国家复兴的希望；大中以后的诗歌缺乏感情冲击力，是士人失志的表现，是兴国希望幻灭的标志。

七子派将情与意对立，主情而诎意。陈子龙并不排斥意，只是强调"意主深劲"，即具有深度和力度。他认为五七言绝句，盛唐之妙即在意"深"，所谓"无意可寻，而风旨深永"，中晚则在意"劲"，所谓"主于警快，亦自斐然"（《六子诗序》）。在《沈友夔诗稿序》中，陈子龙认为中晚之所以不及初盛，就因其诗意缺乏深度和力度，所谓"意存刻露"、"芜弱平衍"。而诗意缺乏深度，原因在"失古人温厚之旨"；缺乏力度，则和诗作所蕴含的社会内容及时代精神有关。其《皇明诗选序》也认为唐诗自"贞元以还"靡弱不振，根本上就因其无"救弊超览"之士。

内有阉党余孽对东林党和复社、几社成员的残酷迫害，外有清兵长驱入关对汉民族的洗劫杀戮，王朝末日的血雨腥风，笼罩着张溥、陈子龙的时代。他们是成就卓著的诗人，又是忠贞爱国的志士。他们想通过诗论和诗作，鼓舞人们抗清御侮的斗志，增强生活的信心与勇气。我们已经看到，这一精神脉理，正流贯在他们对唐诗的接受中，从而使明代唐诗学画上了一个璀璨而强劲的句号。

第七节　明后期唐诗文献的整理与开发

从万历初到崇祯末，唐诗的整理研究走向全面兴盛。除继续大量重刊已有的唐人总集和别集外，这一时期明人所从事的汇刻、选编和评点均达到高度繁荣。如前所述，万历年间格调派受到性灵派的严重冲击，其余波直达明朝末季。公安派虽然没有专门出版选本宣传诗学主张，但他们对性灵的强调导致人们对唐诗才情方面的重视，从而进一步冲破"诗必盛唐"的"格调"界域；竟陵派则通过一部《诗归》改变了诗坛一时风气，与此同时也促使格调派奋起抗争。而此时社会政治的现状，时代风气的变化，左右着人们的精神生活。接受唐诗，作为人们精神活动的一项内容，自然会带上时代色彩。这些，在明后期唐诗的汇刻、选编和评注中都有体现。

唐诗的汇刻

格调论唐诗学指导下的汇刻继续大量出现。如明金陵书坊李洪宇辑刻《诗坛合璧》，沈子来辑《唐诗三集合编》（天启四年宁远山房刻本），杨一统辑《唐十二名家诗》（万历十二年刻本），许自昌辑《前唐十二家诗》（万历三十一年许自昌霏玉轩刻本），毕效钦辑《十家唐诗》（万历毕懋谦刻本），张燮辑《初唐四子集》（崇祯十三年张燮、曹荃刻本）。李、杜继续成为合刻的热门人选，如李齐芳《李杜诗合刻》（万历二年李齐芳刻本），许自昌辑《李杜全集》（万历三十年许自昌刻本），刘世教《合刻分体李杜全集》（万历四十年刻本），闻启祥辑《李杜全集》（崇祯二年闻启祥刻本），等等。

缘于王世贞及末五子倡导的"博观"理念，也缘于性灵派的极力推崇，中唐诗人也继续受到关注，如陆汴辑《广十二家唐诗》（明刻本）、朱之蕃辑《中唐十二家诗集》（明金陵书坊王世茂刻本），均录储光羲、独孤及、孙逖、崔峒、钱起、刘长卿、刘禹锡、卢纶、张籍、王建、贾岛、李商隐十二家诗；佚名辑《唐四家诗集》，录孙逖、储光羲、崔峒、独孤及（万历朱之蕃刻本）；陆梦龙辑评《韩柳合刻》（崇祯刻本）；蒋之翘辑注《韩柳全集》（崇祯六年蒋氏三径草堂刻本），徐守铭辑《元白长庆集》，马元调辑《元白长庆集》（万历三十二年至三十四年松江马氏刻本），等等。元和、长庆诗的大量汇刻，已与隆庆前人们对中唐的关注多止于大历年间不同。

不过，在汇刻方面最能显示这一时期特色的，是大量晚唐诗人的集子纷纷面世，受到世人关注。如许自昌辑《陆鲁望皮袭美二先生集合刻》（万历三十一年长洲许氏刻本）；朱之蕃辑《晚唐十二家诗集》，录孟郊、郑谷、许浑、姚合、杜牧、薛能、李中、吴融、罗隐、李频、许棠、杜荀鹤十二家诗（万历四十年朱之蕃刻本）；毕效钦在原录《十家唐诗》的基础上，增入中晚唐间张祜、韩翃、秦系、耿沣、项斯、温庭筠、许浑、李咸用、李洞、曹松、于邺、刘沧十二家诗，书名循旧未改（万历毕懋谦刻增刻本）；李之桢辑《唐十家诗》录徐安贞、刘长卿、韦应物、李德裕、陆龟蒙、皮日休、许浑、郑谷、欧阳詹、黄滔十家唐人诗集（天启四年如皋李氏刻本）；姚希孟辑《合刻西昆集》，录李贺、温庭筠、韩翃、韩偓四家诗（天启刻本）。尤其是崇祯年间毛晋编校一系列唐人合集，更显这方面业绩。他除合刊《唐人选唐诗八种》外，又辑《唐人八家诗》，录许浑、罗隐、李中、李群玉、李商隐、薛能、贾岛、李嘉祐八人诗集，其《五唐人诗集》、《唐人六集》、《唐人四集》、《唐三高僧集》尚辑皎然、孟郊、李贺、王建、李绅、鲍溶、姚合、温庭筠、郑谷、韩偓、吴融、方干、杜荀鹤、周贺、韦庄、齐己、贯休等人诗集，并逐一作跋，考镜版本，间涉本事，对诗人诗作多有评骘。这一现象，证实了李沂在《唐诗援序》中所说："至启、祯之际，始有舍盛唐而宗中晚者。"

自明初高棅《唐诗品汇》特标初盛唐，中经前后七子推波助澜，崇初盛、诎中晚成为诗坛一时风气。嘉靖中叶后，开始出现新的迹象，初盛独尊的局面有所松动。蒋孝辑刻《中唐十二家诗集》，黄贯曾辑刻《唐诗二十六家》，所收均为中唐诗作；彭辂辑刻《唐诗衍调》专收晚唐。但其时强调中晚唐，多基于"备众体"的观念，所谓"世间少此体不得"，并非从诗歌本体真正肯定中晚唐诗的内在价值。如黄姬水在《刻唐诗二十六家序》中说"虽卑弱如晚唐，不可以训，而亦不可以湮也"，彭辂自序则曰"晚唐诸作，视往撰诚渐凡下，犹然诗也"，明言他"葛枣异嗜，秦粤殊音"的"求全备"观念。其间虽也有人论及中晚唐诗本身的价值，但态度游移，不敢力倡，如蒋孝虽指出中唐诗"格深律正，所以寄幽人贞士之怀，以发其忧沉郁抑之思者，盖已妙具诸品"，却首先声明他梓中唐诗的宗旨仅为"以赡口实"（《自序》）。明后期情况有所不同，接受者对中晚唐诗的理解有时显得特别深刻，他们往往根据自身的社会体验，遵循诗歌内在发展规律，真正领悟前人作品而后达到神明默契，从而作出自觉而果断的抉择。如杨文骢序毛晋的《唐人八家诗》时，就是从诗歌本体意义上肯定中晚唐诗"宛转悠扬，飒飒乎独行于声音节奏之外"的"声情风味"。稍前李栻《唐诗会选凡例》谓晚唐绝句"妙悟透彻，托兴深远"，超过盛唐，略后陆时雍《唐诗镜》说中唐诗"去规模而得情趣"，是其"胜盛唐处"，表现出类似识见。明代诗坛由崇初盛到重中晚，主要是个性思潮影响的结果。

唐诗的选编

作为明后期唐诗学全面兴盛的标志之一，是大量选编唐诗。这里仅以几个较有代表性的选本为例，大致描述一下此一时期选诗的特色。

（一）选诗具有更强的针对性

前中期选诗，人们的动机比较单纯，只是为了指导初学，为了传播自己的诗学主张，通过选本的方式，表达自己对唐诗的独到理解；而这一时期的选诗活动，往往带有强烈的针对性，即为了反驳或抗击相对立的主张，从而伸张自己的理论，选诗领域因而显得更热闹、更生动。如李沂辑《唐诗援》，选录唐人诗 1100 余首，其选编宗旨在书前《自序》中见出：“中晚及宋元人皆知尊盛唐，皆知学盛唐而患不逮，乃今之人背高曾而尸祝其云孙，忘本而逐末，取法乎下，必至风日颓、道日降。沂故不惮以衰朽余年，订斯编问世，不得已而命之曰‘援’也。”（崇祯五年刻本）从中可见性灵派在社会上所产生的巨大影响。针对这一情形，李沂以老迈之年挺身而出，编唐诗以救弊，重扬七子派唐诗观，其“救世”的责任心令人动容。又如郭浚辑《增定评注唐诗正声》，《自序》称：有感于学钟惺者“以轻艳为秀逸，拗僻为新奇”，乃合梓高棅《唐诗正声》与李攀龙《唐诗选》，“取其不悖于正者稍益之”，“俾世之为诗者知象必意副，情必法畅，歌之而声中宫商，揽之而色薄云汉，循循然不逾规矩，而一出于性情之正，唐调其不亡矣。”（天启六年刻本）郭浚重编格调论唐诗学的代表选本，是为了扭转《诗归》在社会上产生的理论导向。与此类似弘扬格调论唐诗学的选本还有：赵完璧辑《唐诗合选》（万历十一年刻本），吴勉学辑《唐乐府》（万历刻本），臧懋循辑《唐诗所》，黄克缵、卫一凤辑《全唐风雅》（万历四十六年黄氏刻本），张可大辑《唐诗类韵》（万历刻本），等等。作为相对立的一面，也有选本体现，如刘生稣辑《唐诗七言律选》（万历四十五年刻本），徐用吾辑《精选唐诗分类评释绳尺》，轻初盛重中晚的态度便很明显。

（二）格调论选诗标准增添新的因素

明后期即便以格调论为指导选唐诗，其审美视角也与中期有所不同，那就是在体格与声调之外增添了才、情、趣等因素。如李栻辑《唐诗会选》，选录唐人诗 1900 余首，所选各时期诗作的数量，以及书前

《凡例》辨析各体的风格特征及源流派别，显示出其格调论视角。然而其《自序》却让人看到格调论选诗角度的新变化："予尝尚论古人之诗，《三百篇》之风不可复矣，其次亦必格力、音调、气象、意趣四者备焉，而后可以言诗。""格力匪悟弗融，音调匪悟弗谐，气象匪悟弗神，意趣匪悟弗邃，其要尤在妙悟。……有当于心者，虽诸家之遗必取；无当于心者，虽诸家之选必删。"（万历二年李杙刻本）这让人想起早些时候谢榛的"四格"与"妙悟"，和晚些时候胡应麟的体格声调兴象风神。从体格声调出发而能同时兼顾气象意趣，这是改良后的格调论唐诗学在选诗中的运用与落实。又如张可大辑《唐诗类韵》，在把持"韵"、"气格"、"风骨"这些格调论传统"规矩"的同时，又说"昔人论诗，遂谓汉魏晋与盛唐天籁也，大历以还地籁也，晚唐人籁也。亦未必然。诗者，吟咏性情也，有理，有意，有兴，有趣。"（《自序》）李沂辑《唐诗援》，力倡师法盛唐："初唐风气虽开，六朝余习未尽。至盛唐洗濯扩充，无美不臻。统而论之，冲融温厚，诗之体也；昌明博大，诗之象也；含蓄隽永，诗之味也；雄浑沉郁，诗之力也；清新娟秀，诗之趣也；飞腾摇曳，诗之态也。"（《自序》）但他已不再专注于盛唐的体制气格和声音调门，而同时着眼于它超乎具象之外的"兴趣"、"妙悟"等因素，也可以算是明代格调论者对盛唐诗最终艺术"意味"的领悟与把握。再如张居仁辑《唐诗十二家类选》，系在张逊业所辑唐十二家的基础上，重新按类编选。这十二家诗选，一直是格调论唐诗学的范型选本，张居仁在卷首的《小引》中说："自谓唐人之才也、情也、趣也，尽是矣。"（万历二十四年张氏自刻本）已不同于前期格调派专注于音响格调。可以说，关注作品所体现的才、情、趣，是万历年间较为普遍的审美风尚，新兴的性灵派作家及七子后学如屠隆、李维桢等人，都有相应论述，这跟泰州学派异端思潮高扬人的主体精神影响有关。

（三）选本体现调和折中的意图

在格调派与性灵派针锋相对的状态下，也有人在冷静思考二者的得失，力图取长补短，建构新的范式，这在选本中有所体现。仅以唐汝询辑《汇编唐诗十集》为例。该书以天干名号标为十集，各集内按体编诗，每体中又分初盛中晚。书前《自序》谓：高棅《唐诗正声》体格纯正，而高华、雄浑未全；李攀龙《唐诗选》高华且雄浑，却流于单一而刻板，于秀逸之作不能尽收；钟、谭《唐诗归》虽则秀逸，但索隐钩奇，有乖风雅，字评句品，竟略体裁。三家之选各有得失，但其诗学地位并不能等量齐观：高、李所选，风格森典，是李唐之"二南"，诗家之正体；钟、谭所收，奇新跌宕，为唐风之变什。虽存变去正非其所宜，但存正讪变亦未为善，因唐风之变什，可以"开明广聪"。基于这种折中的接受观，他集合三家，连同自己所作《唐诗解》，辨析观点之异同，又"采高、李之旧评而补其缺，汰钟说之冗杂而矫其偏"，力求使"高之纯雅，李之高华，钟之秀逸，并显而不杂"；而对"所谓庸者、套者、偏僻者，各加议论，以标出之"。这一意图贯彻在该书的编选体例中，因而显得别具一格。他分集的逻辑依据是各选本之间的关系：如甲集收三家共选之诗，所谓"体之纯粹者"；乙集收高、李二家所共，所谓"纯正中有气骨者"；丙集收高与钟、谭所共，所谓"纯正中之森秀者"；丁集收高氏独选而入《唐诗解》者，所谓"典雅中主神韵者"；戊集仅为高氏自选，所谓"体之一于平者"；己集收李与钟、谭所共，所谓"雄浑中深秀者"；庚集收李氏独选，所谓"体主气格者"；辛集收钟、谭与《唐诗解》所共，所谓"体主清新合乎风雅者"；壬集为钟、谭独选，所谓"诗之变体"；癸集则为《唐诗解》独选，所谓"风雅之平调"。这种编排，既能扬各家之长，亦有助于相互比较和调剂，收到"并显而不杂"的效果。此外，还附录这些选本中部分评语及注释，时而加入自己的见解。这种综合性选本的出现，是明代唐诗选学发达的结果，而其建构新范式的意义，更值得称道。唐汝询的时代，《诗归》如日中天，广为流行，而显得萧条冷落的七子后学，则视之为野狐外道，各执一端，越走越偏，自然不利于唐诗学的建设和诗歌创作的发展。《汇编唐诗十集》以补缺矫偏、相兼相济的眼光，努力为世人提供一个更为完善的唐诗范本，可谓功不可没。

（四）选诗具有求全备的意图

明初高棅的《唐诗品汇》宗主盛唐，但立足于备一代之制作。进入前后七子时期，除少数几个选本略具一代规模外，大多都选某一段时期，又以初盛唐为最，晚唐更是很少涉及，正如吴勉学所叹："若风雅则列在学宫，汉魏六朝则具诸《诗纪》，独四唐未见全书，操觚之士每致慨焉。"（《四唐汇诗凡例》）明代后期，这一状况开始改变。如黄德水、吴琯等人编《唐诗纪》，吴琯在书前的《凡例》中表述："是编原举唐诗之全，以成一代之业，缘中晚篇什繁多，一时不能竣事。故先刻初盛，以急副海内之望，而中晚方在编摩，续刻有待。"（万历十三年刻本）其本衷为"举全"，惜中晚因故未成。即以所成《初盛唐诗纪》而言，共录入初盛唐1300多家诗近万首，也堪称鸿编巨制。由于该书收诗较全，又多以宋版原集为底本，校补以各种善本及金石遗文，辑校比较精审，清初季振宜编《唐诗》，其初盛唐部分即以之为据，影响及于后来的《全唐诗》。吴勉学辑《四唐汇诗》，今所见万历三十年吴氏刻本虽只有初盛唐汇诗共294卷，但从该书《凡例》可知其欲仿高棅而汇集全唐制作，规模超过四百卷。不知是未卒业还是遭佚散，也未见中晚部分行世。曹学佺辑《石仓十二代诗选》，更是体现了求全备的观念，自序称："但愚不揣，谓自唐六家诗而至近代之《诗删》、《诗归》，皆偏师特至，自成队伍；高氏《品汇》独得其大全。予之选亦惟仿其全者而已矣，且聊为廷礼分不习诗之谤也。"该书起自古选，终于明代，共千余卷，而以唐代编选最为精粹，尤致力于发掘中晚唐古体佳什（崇祯刻本）。而走向真正的全备，则是胡震亨《唐音统签》的出现。通跨全唐选本的出现，既与对中晚唐的推重密切相关，同时也是明代选诗经历了长期积累的结果。

（五）选诗体现了王朝末季的审美趣味

明朝末季，陈子龙曾指出：

至万历之季，士大夫偷安逸乐，百事堕坏；而文人墨客所
为诗歌，非祖述长庆，以绳枢瓮牖之谈为清真，则学步香奁，
以残膏剩粉之资为芳泽。（《答胡学博》，《安雅堂稿》卷一八）

"非祖述长庆"，则"学步香奁"。前者已体现于万历后期徐守铭辑刻
《元白长庆集》、马元调辑《元白长庆集》等；后者也在选诗中得以体
现，如周履靖辑《香奁诗》（万历间梅墟周氏刻巾箱本）、佚名辑《三体
宫词》（万历二十二年吴氏云栖馆刻本，后毛晋汲古阁又加以辑刻），尤
其体现于杨肇祉选编的《唐诗艳逸品》。该书今见两种本子，一题为
《唐诗四种》，扉页作"美人书"，前有自序，每集有凡例，又有美人像4
幅，各集排列颇无伦次，估计此为明代原刻本；一题为《闵刻唐诗艳逸
品》，刻印较精，且有朱批，前有杨肇祉自序，题作"唐诗艳逸品叙"，
又有总凡例，系天启元年闵一栻所订，按诗体排列，《名媛集》收诗 91
首，《香奁集》收 105 首，《观妓集》69 首，《名花集》108 首，兼收历
代诗人学者有关评语。在书前的自序中，杨肇祉明确表露他对艳诗的偏
好，认为唐诗之艳逸者，"巧缀英蕤，姿态醒目"、"天然意致，机趣动
人"，以名媛、香奁、观妓、名花四种为首，因此选以为集。具体的选
编标准，则在《凡例》中作了明白的表述，概言之，以能令读者"起艳
逸之思"（如女郎之风姿体态、花之香与色）为基本准则，表现出好尚
声色、怡情自适的情调。杨肇祉对唐诗中艳逸之作的偏爱与理解，在明
后期有广泛的代表性。他所定位的接受视野，是明后期生活风尚、哲学
思潮和社会心理在唐诗学领域里的直接表现：明代的社会经济经过长期
积累和发展，到后期达到前所未有的水平，影响了社会生活的各个方
面，奢靡无度，狎妓宿娼，即是一种相当普遍的生活风尚；后期政治险
恶，官场腐败，许多人心灰意冷，绝意仕进，于是任情放纵，溺于声
色，在以自我为中心的感情世界里尽情地享受着人生；而对明代中后期
产生重大影响的泰州学派，公开宣扬自然人性论，充分肯定人的各种欲
望，彻底冲破程朱理学的桎梏，使得传统的价值标准、道德规范失去普

遍的约束力，又给任情纵欲、怡情自适的行为提供了赖以依托的哲学基础。这些都是艳逸诗风得以流行的土壤。当然，《唐诗艳逸品》的价值，不仅在于它映现了编选者所处时代的折光，更重要的是在唐诗选本中别开了一方领域，从而使明代唐诗学的整体风貌愈益多彩多姿。

唐诗的评注

从唐诗的批评形态来看，这一时期对唐诗进行评点注释蔚然成风，其风气之盛远超前人，成为该时期整理研究唐诗的最大特色。

（一）评注已有的唐人诗集

仅李攀龙的《唐诗选》，就产生了蒋一葵、王穉登、钟惺、高江、陈继儒、李颐、孙矿、凌宏宪、刘孔敦、黄家鼎、叶羲昂等多家评注本，这一现象充分说明，在性灵论的围剿中，格调论唐诗学仍然保持着顽强的生命活力。而廖文炳补注《唐诗鼓吹》（金元好问辑，元郝天挺注，更名《唐诗鼓吹注解大全》万历七年刻本），则从注解的角度显示出中晚唐诗之受到重视。袁宏道评宋刘辰翁批点的《韦孟全集》（明刻本），体现出他对自然性灵、对唐人"高趣"的偏爱。除总集外，对唐人别集的评注也形成风气。仅初唐的骆宾王集，就有陈魁士、虞九章、黄兰芳、施凤来、颜文选相继为之作注；另有如顾锡畴《评阅韩昌黎先生集》（崇祯六年胡文柱刻本），陈仁锡评《韩昌黎先生全集》（宋廖莹中校注，崇祯七年陈仁锡刻本），韩敬评点李德裕《李文饶公文集》（天启四年茅师山刻本），陈子龙评李德裕《李卫公文集》（明末刻本），雷起剑评许浑《丁卯集》（崇祯十年北陵许氏刻本），朱一是、吴玙评杜牧《杜樊川集》（明末刻本），曾益《温八叉集注》（明末刻本），项真评皮日休诗（《项氏瓶笙榭新刻皮袭美诗》，项真刻本）。对某些别集的特别关注，也往往体现一时风气，如李贺，万历以前并未受到人们广泛重视，明后期却特受世人关注，先是有徐渭为之作注，后又有董懋策、张睿卿、姚佺、陈慷、丘象随、孙枝蔚、张恂、黄淳耀、曾益等人为之评注笺，不少时彦名流如李维桢、吴文焕也纷纷为李贺的注本作序，以示倡扬。关于李贺诗风形成的原因，清人姚文燮似乎看得最清楚："元和之朝，外则藩镇悖逆，戎寇交讧，内则八关十六子之徒，肆志流毒，为祸不测。上则有英武之君，而又惑于神仙。有志之士，即身膺朱紫，亦且郁郁忧愤，矧乎怀才兀处者乎？"（《昌谷集注序》）元和时期人们由对现实生活的激切不平而产生愤世嫉俗的心理，促使一部分人采取不拘常格的狂放作风，致使好奇尚怪成为当时一种普遍的社会风气。而诗歌领域里的追新逐奇、趋险入怪，正是基于不平而力图矫俗的人生态度在艺术创造上的独特表现。李贺诗中那些上天下地、探古仿幽、神仙鬼怪、虚荒诞幻的艺术境界，足以显示这派诗人超凡脱俗的旨趣。这也正好解释了李贺突然走红的原因：万历以后，皇帝的昏庸、政治的险恶、官场的腐败，远甚于元和之朝，确乎"有志之士，即身膺朱紫，亦且郁郁忧愤"，于是，一部分人由愤激不平而转向化胸中之块垒为奇思幻境的偏嗜，在品味中寻找"不平则鸣"的知音，排遣抑郁苦闷的情绪，体验超凡脱俗的感受，这样，他们便找到了李贺。

（二）选编与评注合一

谭元春说："选书者非后人选古人书，而后人自著书之道也。"（《古文澜编序》，《谭元春集》卷二二）揭示了选本体现的审美接受价值；当选家就选本进行笺注评释，通过文字将自己对本文的理解直观地表达出来，则无疑强化了其"自著书之道"。明代后期，不管是编选唐人总集还是别集，人们往往乐意就此作笺注评释，充分表达自己的研究心得或诗学主张。钟惺、谭元春辑《唐诗归》，陆时雍辑《唐诗镜》，即是选编与评注合为一体，已述如前。李维桢辑《新镌名公批评分门释类唐诗隽》（明萧世熙刻本），前有《唐诗隽论则》，专讲各体的创作法则，每一诗人初出时附有简要小传、题注、尾注、眉批层见错出，如卢纶《塞下曲》（月黑雁飞高）注："所谓古乐府者，独此篇可参盛唐高作"，后有评语："肩拍长庚而并炽盛唐"，上又有眉批："词畅意工"。李沂《唐诗援》正文诗有圈，多有评语，或直接点评诗的艺术特色，如评王维《送别》："语似平淡，却有无限感慨，藏而不露。"或就诗论及一代诗风，如评崔颢《王家少妇》："宗子发谓晚唐温、李、韩偓辈纤巧浮靡、雕香刻艳，去周美成、柳耆卿填词恶道不远，风雅扫地尽矣。此论极当。似此闺情诗何等大雅！"或就诗述及创作法则，如评孟浩然《与诸子登岘山》："结语妙在不翻案。后人好发议论，殊觉多事，乃知诗中著议论定非佳境。孟诗一味简淡，意足便止，不必求深，自可空前绝后。"郝敬曾站在理学家的立场贬抑过唐诗，但他出于纠正诗坛风气的目的，又《批选唐诗》，书前《题辞》说到："诗自近体兴，而古意荒矣。为近体，则自不得不推唐人；推唐人，则自不得不依声调，尚风骨，贵辞彩。……鲰生好异，别求所谓单绪微旨，不与群言伍者为独创，好人之所恶，是谓拂人之性。"（崇祯元年刻本，下同）不过在具体批点时，他还是很欣赏"清粹和平"一格，如批崔曙《颍阳东溪怀古》："冲融恬静，正是古意。"批李嶷《林园秋夜作》："杳然清绝。"批高适《送李少府贬峡中王少府贬长沙》："清宛流畅，不损天真。"体现出其理学家的审美视角。郭浚《增定评注唐诗正声》（天启六年郭浚刻本）也是选编与评注合为一体，如评刘希夷《公子行》："通篇气格条畅，描得侠情淋漓，而感慨亦倍。"评王维《陇头吟》："音节气势，古今绝唱。"评高适《送田少府贬苍梧》："气调微弱，大非常侍本色。"大体遵循格调论唐诗学的审美宗趣。对诗中事典，也予以引证："诗中引用事实在淹洽者，无烦训诂，在初学者实不可少，今特博引群书，旁参直指，俾读者知所从来。"（《凡例》）。除总集外，编选的别集也常常以评注本刊行，如林兆珂的《李诗钞述注》（万历二十七年安庆刻本），胡震亨的《李诗通》，系辑注李白诗作；不过评注者最多的还是杜甫诗，如谢杰有《杜律詹言》（万历二十五年张泰金士衡刻本），郭正域批点《杜子美七言律》（崇祯乌程闵氏刻三色套印本），郝敬《批选杜工部诗》（明刻《山草堂集外编》本），邵主集注、过栋笺《刻杜少陵先生诗分类集注》（万历二十年周子文刻本），林兆珂《杜诗钞述注》（天启衡州林氏自刻本)，邵傅《杜律五言集解》、《杜律七言集解》（分别有万历刻本、明末刻本)，范濂《杜律选注》（吴炯等校，万历书林种德堂熊冲宇刻本)，温纯辑评《杜律一得》（万历三十二年刻本)，闵映壁辑注《杜诗选》（崇祯乌程闵氏刻三色套印本)，胡震亨《杜诗通》，薛益《杜工部七言律诗分类集注》（崇祯金闻五云居刻本）等。与明中期相比，李白受到关注的程度远不及杜甫，这可能与部分士人社会危机意识空前增强有关。

（三）汇集名家评语

将前朝或同代名家对唐诗所作的评注汇聚一起，使唐诗选本成为汇评本的形式，这也是明后期唐诗选本的一大特色。如：梅鼎祚辑、屠隆集评《唐二家诗抄评林》（万历刻本)，前有《二家诗总评》，引刘次庄、蔡绦、郑厚、敖陶孙、严羽、王世贞等人评语，末就诸家所评发表己见；正文中或在各体之前，或在一诗之下多集名家评语，末亦参以己见，如李白五七言绝："李于鳞云：'太白五七言绝句，实唐三百年一人，盖以不用意得之，即太白亦不自知其所至，而工者顾失焉。'王元美云：'王江陵与太白争胜毫厘，俱是神品。'而元美复以白七言大胜五言。诚然诚然。"又如郭浚《增定评注唐诗正声》，书前《凡例》即表明："是编评者悉遵刘、杨、王、顾、钟、谭、唐诸名家，于鳞评诗少见笔札，蒋评李选未必悉当，今采其合者而标为'李云'，以便观览。如系近代名公定评，间为采入而著其字；若迂谈僻解、过中泛论，一无取焉。"沈子来辑《唐诗三集合编》，不仅保留了杨士弘的《唐音姓氏并序》、《唐音凡例》，虞集的《唐音序》，高棅的《唐诗正声序》、《唐诗正声凡例》，胡缵宗的《唐诗正声序》，李攀龙的《唐诗选序》，王世懋的《唐诗选序》，蒋一葵的《唐诗选跋》，且许多诗人和诗作下都引前辈如刘辰翁、范德机、蒋一葵、顾璘等人评语。凌宏宪辑《唐诗广选》，书前《评诗名家姓字》列殷璠、高仲武等共60家，凌瑞森、凌南荣识语也提示："余辈既谋刻子与先生所评唐诗选矣，已而思寥寥数语，恐未足以尽诗之变，因广采唐宋以及国朝诸名家议论衷益之，亦烂焉成帙。"其他如黄克缵、卫一凤《全唐风雅》，徐克《详注百家唐诗汇选》（万历世美堂刻本），徐用吾《唐诗分类绳尺》，杨肇祉《唐诗艳逸品》，唐汝询《汇编唐诗十集》，胡震亨《唐音统签》等，均有汇评性质。现今所见到的唐诗选本中，汇辑评语最丰富的，当为周珽辑《唐诗选脉会通评林》六十卷（崇祯八年毂采斋刻本）。该书录唐430余家诗2400余首，分体编排，各体中再按初、盛、中、晚排列。《凡例》中评议历代唐诗选本，独推高棅、李攀龙为"选诗正法眼"，于此可见宗趣。诗后笺释分证、训、附，分别为注解字句典故、发明词意脉络、辑录有关资料以备查考。汇集评语甚多，除书前《古今名家论括》收录高棅、李维桢等八人统论唐诗的言论外，每一诗体前皆引述前贤对此体的论说，每一诗人名下、每首诗后，均广引各家如刘辰翁、严羽、范梈、周敬、徐献忠、李梦阳、何景明、徐祯卿、顾璘、杨慎、蒋一葵、胡应麟、钟惺、徐用吾、郭浚、陆时雍、唐汝询等人评语，间附己评，如评卢象《杂诗》其一："刘辰翁曰：末十字才有沉着之意。陈继儒曰：五、六叙述凄楚。周珽曰：激激烈烈，酸酸楚楚，欲读不得，欲不读不得，令人挥戈而击壶。"超百字的评语很多，长的多达三、四百字，如评李颀《别梁锽》就超过三百字。如此繁复的汇评虽难免招致"贪多务博、冗杂特甚，疏舛亦多"（《四库全书总目》）的批评，但它荟萃各家见解，从不同角度开启读者心智，有助于拓宽读者的接受视野，提高读者的鉴别能力，同时也在一定程度上展示了学术史的脉络。诸多名家在同一选本中出现，又必然会强化选本的宣传效果，扩大选本的传播功能，从而使唐诗获得更旺盛的生命力。尤其值得一提的是，许多集评本调动各种手段，充分利用当时已有的印刷技术，采用"朱墨套印"、"三色套印"等办法，增强了文字的视觉效果。如吴兴凌氏刻《唐诗绝句类选》，即为三色套印，所录敖英原评，用朱色，录顾璘评，用蓝色，其余数十家评语皆标明姓字，使得唐诗选本显得多彩多姿。

古典唐诗学的初步小结：《唐音统签》

《唐音统签》，汇录唐五代人诗作及有关资料，从天启到崇祯，胡震亨历十年编成。该书的出现，标志着古典唐诗学进入了初步的小结期。

首先是搜罗宏富。全书 1033 卷，按天干编为十签。甲签 7 卷专收帝王诗，乙签 79 卷专收初唐诗，丙签 125 卷专收盛唐诗，丁签 341 卷专收中唐诗，戊签 265 卷专收晚唐（包括五代）诗，己签 54 卷为五唐杂诗，庚签 55 卷为僧、道、妇女、外夷诗，辛签 67 卷为乐曲、谣谚、谐谑、酒令、章咒、偈颂诸辞，壬签 7 卷为神仙鬼怪诗，癸签 33 卷录历代有关唐诗论评的资料。其取材不仅遍及唐人诗集，还补入不少佚诗与断章散句，"卷帙浩繁，网罗宏备，为私家总集纂辑之冠"（俞大纲《纪唐音统签》）。

其次是体例完善。全书以人系诗（癸签在外），各人名下皆附小传，大致取材于两《唐书》及杂史、笔记、诗话、别集之类，多注明材料出处，间加考订；另有汇评，辑录诸家对诗人的评语，分条排列。所录诗先按体分，次以类从，往往更动原集次序，以利阅读。

清修《全唐诗》，于中晚唐部分直接采自此编甚多。

《唐音癸签》系《唐音统签》中的《癸签》部分独立印行，从各方面汇集前人研究唐诗的成果，加以整理编排，并参以己见，为古典唐诗学从理论上做了初步归纳工作。

这首先体现于结构体系。《癸签》33 卷分为 7 个章节，将与唐诗研究有关的方方面面纳入完整的体系：卷一《体凡》，总论诗歌体裁及其名目；卷二至四《法微》，先统论诗歌创作的一般原理，次论各体特点，后论具体的表现手法；卷五至十一《评汇》，按时代、体裁、题材等评论唐代著名诗人诗作；卷十二至十五《乐通》，专论唐诗与音乐的关系；卷十六至二十四《诂笺》，诠释唐诗的词语典故；卷二十五至二十九《谈丛》，记载唐诗人的遗闻轶事；卷三十至三十三为《集录》，分别介绍唐诗别集、总集、诗话及有关唐诗的墨迹和金石刻，这部分多为作者自撰，颇能见出其独特修养。

其次体现于资料的汇集整理。仅以《集录》中对唐人诗集的综述为例。《集录一》介绍唐人别集。先介绍别集书目来源：《旧唐书·经籍志》、《新唐书·艺文志》、《宋史·艺文志》、郑樵《通志·艺文略》、尤袤《遂初堂书目》、马端临《文献经籍考》、晁公武《读书志》、陈振孙《书录解题》，"此数书者，唐人集目尽之矣。今校除重复，参合有无，依世次先后，具列卷目左方备考"。继按"帝王""初唐""盛唐""中唐""晚唐""闰唐""方外""宫闱"分别具列唐人别集书目及卷数，在此基础上，胡震亨统计出一系列具体数字：帝王 8 集，306 卷；初唐 152 家，2655 卷；盛唐 49 家，560 卷；中唐 164 家，2445 卷；晚唐 137 家，769 卷；闰唐 143 家，1229 卷；方外、宫闱 38 家，328 卷；总计集 691 家，8292 卷。接着又在按语中评述各家书目登录唐人诗集的特点及得失。《集录二》介绍唐诗总集。先介绍唐人自选唐诗，按"合前代选者"、"选初唐"者、"合选初、盛唐"者、"选盛唐者"、"选中唐"者、四唐"合选"者、"五代人选唐诗"者，分别介绍唐人自选总集的编选者、所收诗人姓名、篇数及卷数，并时引原序以出示选编宗趣。在总览各集的基础上，胡震亨对唐人自选诗集作出评价，大多要言不烦，点评切当，如：

> 唐人自选一代诗，其鉴裁亦往往不同。殷璠酷以声病为拘，独取风骨。高渤海历诋《英华》、《玉台》、《珠英》三选，并訾璠《丹阳》之狭于收，似又专主韵调。姚监因之，颇与高合，大指并较殷为殊。

接着，胡震亨介绍自宋至明选编唐诗总集之"稍著者"，就其编选者、缘起、卷数、篇数、所收诗人姓名、人数、宗趣、体例、版本等逐一作介，并在此基础上，对各时代选本特色加以概括，如：

> 自宋以还，选唐诗者，迄无定论。大抵宋失穿凿，元失猥杂，而其病总在略盛唐，详晚唐。至杨伯谦氏始揭盛唐为主，

得其要领；复出四子为始音，以便区分，可称千古伟识。惟是所称正音、余响者，于前多有所遗，于后微有所滥。而李、杜大家，猥云示尊，未敢并骘，岂非唐篇一大阙典？高廷礼巧用杨法，别益己裁，分各体以统类，立九目以驭体，因其时以得其变，尽其变以收其详，斯则流委既复不紊，条理亦得全该，求大成于唐调，此其克集之者矣。高又自病其繁，有《正声》之选。而二百年后，李于鳞一编复兴，学者尤宗之。

对唐人诗集作如此全面而细致的梳理，可谓前无古人。

《唐音统签》的"小结"意义根源于编者宏通的视野。胡震亨不再受束于各家的门户之见，偏执一隅；而是以一种高屋建瓴的姿态，海涵万象。《唐音统签》所录唐诗白文无注，也缘于编者的通达："唐诗不可注也。……一注诗味索然，反为蛇足耳。"（《唐音统签》卷三二）他评李攀龙《唐诗选》，肯定其"刻求精美，幸无赝宝误收"的长处，却否定"唐诗尽于此"的说法。他认为《唐诗品汇》"即繁杂而得奏全勋"，胜过诸选之"纵精严难免觭弊"，又说它"大谬在选中晚必绳以盛唐格调，概取其肤立仅似之篇，而晚末人真正本色，一无所收"（同上，卷三一），这些，都体现出胡震亨不拘一格、转益多师的宏通视野。这是明代唐诗学发展的必然结果。《唐音统签》的出现，预示着唐诗研究在明代全面开花的基础上，将要转入深入探讨和系统总结，这便是清人所要肩负的历史任务。

第四编

古典唐诗学的总结
与终结（清及民初）

第一章
概　说

第一节　总结期的学术文化背景

传统学术文化的总结与新变

清代作为中国历史上最后一个封建王朝，是中国封建社会演进中的最高、最完备的形态，其政治、经济和文化比之前代都有进一步发展与完善。强大的国力和丰厚的文化积累，为学术文化的总结提供了坚实的基础。

清代对传统学术文化的整理和总结表现在各个方面。大型类书和丛书的编纂，如康熙、雍正年间编修的类书《古今图书集成》，乾隆时期编修的《四库全书》，几乎囊括了中国历史上所有的文献典籍，成为"震古烁今"、世界上数量最大的丛编。大型字典、辞典如《康熙字典》、《经籍籑诂》、《渊鉴类涵》等出版；集成性的文学总集如《全唐诗》、《全唐文》、《宋金元明四朝诗》、《全上古三代秦汉三国六朝文》、《皇朝经世文编》等纂集，亦构成这个时期的丰硕成果。

清代对传统学术文化的总结和整理，还表现在对古籍的训诂、注疏、编目和考订等方面。考据之学成为清代学术核心，训诂、音韵、文字、校勘、版本、辨伪、辑轶、考史、金石等皆取得令人注目的成就。

以《四库全书总目》为代表的一系列著作的编纂，显示了目录学的集大成，其中黄虞稷《千顷堂书目》、钱谦益《绛云楼书目》、钱曾《述古堂藏书目附宋版书目》、徐乾学《传是楼宋元版书目》、季振宜《季沧苇藏书目》、孙星衍《孙氏祠堂书目》、陆心源《皕宋楼藏书志》等，乃其要者。音韵学著作，则有顾炎武《音论》《唐韵正》、江永《古韵标准》、戴震《声韵考》《声类表》、段玉裁《六书音韵表》、王念孙《古韵谱》和朱骏声《说文通训定声》。校勘学在乾嘉时期达到鼎盛，戴震、卢文弨、段玉裁、王念孙、王引之、俞樾、孙星衍、孙诒让等，一时名家辈出，成绩斐然，章学诚《校雠通义》堪称总结性巨著，其"辨章学术，考镜源流"的论断为世所瞩目。辑佚辨伪方面，马国翰《玉函山房辑佚书》辑出唐以前的古籍佚书六百余种，阎若璩的《古文尚书疏证》解决了《古文尚书》真伪的疑案，姚际恒的《古今伪书考》更是一部集辨伪学之大成的专著。清代史学鼎盛，张廷玉等奉敕编撰的《明史》、毕沅的《续资治通鉴》、章学诚的《文史通义》、钱大昕的《二十二史考异》、王鸣盛的《十七史商榷》、赵翼的《二十二史劄记》等，形成了史学著作蔚为大观的局面。正是清代学者通过对古代典籍所做的这些基础性的整理，既为后人的阅读和使用提供了方便，也为总结和清理中国传统文化奠定了扎实的基础。

与清代学术文化相伴而生的清代诗学理论同样具有总结的特征。这种集成性质的诗学风貌在清盛期表现得尤为突出，此时应运而生的神韵、格调、性灵、肌理诸说不仅各成体系，且共同具有强调规范、注重学理、不走偏锋的综合倾向，充分显示出成熟的学术风貌。但在各家诗学体系中，理论观念的组织营造功夫显得较为充分，而独立创新精神并不明显，他们勇于承继，怯于突破，满足集成，少有创新，于是乎，总结之中便埋下了终结的因子。

随着时代的不断向前发展，至道咸年间，"乾嘉盛世"已成明日黄花。鸦片战争至甲午海战的一系列败局，西方的船坚炮利打开了古老中国的大门，几千年的封建制度渐趋解体，社会危机全面爆发，促使一部分较为激进的士大夫率先警觉，纷纷从古籍考证和经学注释思辨中走出来，将关注的视野投向色彩斑驳的外部世界。面对外来思潮的冲击，以义理、考据、词章之学为主体的中国传统学术，不能不走向衰颓与新变。学界活力的中枢，已经转移到外来思想之接引，人们不再限于从器用的角度来观照西学，而开始注意汲取西方新的社会思想和学术理念。这种"新学"在中国的不断传播和扩大，给晚清学界带来巨大震动，学术的推旧与布新便一步步走向深入。与此同时，传统诗学至晚清也在酝酿着新变。诗论家不再株守一隅，自画封域，而是自觉地"输入欧洲之精神思想，以供来者之诗料"①；"求新声于异邦"的观念由朦胧而弥鲜，成为清末民初诗学史上有识之士的共同愿望和实际行动。诗学的这一新发展迥然不同于历史上任何一种以复古为创新的文学运动，在于它开始将眼光投向世界，试图以一种新的参照坐标来反思并变革传统的诗学观念。

师古、师心、崇实三大思潮的起伏及其在诗学领域的反映

清代诗学流派众多，异彩纷呈，思潮迭起，大致说来不外乎三条贯通始终的线索，即师古、师心、崇实。前两者承继明代而有所变化发展，后者虽兴起于明末，而主要是清人自己的创造，是对于明代师古、师心思潮的反拨，自然也便是清代诗学的特色所在。

清初诗坛风尚是相当错综复杂的。诗人们面临着艰难的抉择，既有以"前后七子"为代表的复古派"空疏肤廓"的积习，又有"公安派"、"竟陵派"矫枉过正而产生的"浅薄"、"奥涩"的流弊。尽管不同的诗学流派有不同的诗学取向，而师法古人仍是主导风气。以陈子龙、李雯、宋征舆为代表的"云间派"和以陆圻为代表的西泠派，他们推尊汉魏，师法盛唐，大体仍是"前后七子"的路径；钱谦益承"公安派"余

---

① 梁启超《夏威夷游记》，夏晓虹编《梁启超文选》（上）页 390，中国广播电视出版社1992 年版。

绪，在学杜的同时，将师法对象从盛唐下推至宋元，黄宗羲等学人也开始推崇宋诗；朱彝尊论诗扬唐抑宋，却又重视以学问济性情，一定程度上带有唐宋调和的倾向；而以王士禛为代表的"神韵"诗派则把取法的重心由师法格调转趋宗尚兴会神情，学习的对象也由推尊李杜的格套而转向王孟的清新。稍后，以沈德潜为代表的"格调"说，论诗推本源，明诗教，重胸襟，标诗法，高扬盛唐格调，作为典型的师古学说，在清盛期颇有影响。下沿而至清末，师古的风气亦未消歇，诸如王闿运倡汉魏六朝诗，"同光体"诸家发扬光大宋诗的传统，樊增祥、易顺鼎主晚唐诗，张之洞标举"宋意唐格"，李慈铭鼓吹博采众长、"八面受敌"，虽师古的对象与方法各有异同，而大体不出传统的藩篱。其间南社诗人高旭、柳亚子等高倡复古和振兴唐音，以寄托其民族革命理想的追求，可称作以"旧瓶装新酒"的方式表露了师古思潮的某种蜕变。

与师古思潮并列，师心论在清初亦有所反映。钱谦益的诗学理论中即有师心倾向。继起的冯舒、冯班、贺裳、吴乔等人，论诗注重性灵，强调兴会、灵机的作用，并加强了对诗歌情景、意象、比兴、藻采等问题的探讨；他们倡导中晚唐诗，推重的是温李的辞采艳丽、情韵绵邈。乾隆年间，袁枚倡性灵说，更为重视诗人真情的抒发，提倡诗中著我，着力破除格调对于人的性灵的桎梏，成为清代诗学中师心潮流的主要代表。清后期，师心的潮流呈现出多样化的态势。龚自珍的师心就是尊情，他发展了李贽的"童心"说，高扬人的自然情性，谴责腐朽社会对于个性的桎梏与扭曲，呈现出更鲜明的叛逆精神。与此同时，宋诗派诗论家何绍基也标举"不俗"，要求诗中有"真我"，反对依傍古人，追逐时好，更多地体现出在野派士大夫特立独行的情趣。而作为"诗界革命"的主将黄遵宪鼓吹"我手写我口"，要求从时代剧变中广泛汲取新的诗料入诗，则已昭示了师心的内容向近代诗学的演变。

崇实思潮的兴起与学风转变息息相关。清代的学术思想，一反明人空谈心性、束书不观之习，而重实际。清初顾炎武即呼吁从事"实学"，他提倡经学和史学，注重考据，并关心世务，主张学术研究应用于实践，以形成通经致用的新风气，顾炎武的理论主张和实践开了有清一代崇实的思想路线。与顾炎武等同时而稍后的阎若璩、毛奇龄等人，为学汲汲于名物的考究、文字的训诂、典章制度的钩稽，依然走的是朴学的路子。但伴随着文化专制的日益加强，他们偏离了经世致用的轨道，选择了埋首故纸、远离时政的道路。衍流而至乾嘉汉学，这种惟以考据为实学的风气更为炽盛。影响所及，于诗学方面便产生了以学问为诗、以考据为诗的观念，翁方纲便是这种观点的代表。他所倡导的"肌理"诗说，正是以学问为诗的样板。道光以后，随着清王朝危机的日益加深，崇实思潮便又勃兴，并显现出新的特色。一是着眼于经世致用，如魏源主张恢复通经致用的传统，林昌彝要求诗文发挥裨益社会和经济的功能，强调有为而作。二是仍推重以学问为诗，如道、咸之际兴起的宋诗运动及其衍续同光体诸家，发扬翁方纲注重学问的传统而又与人的品行相调和，鼓吹"学人之诗与诗人之诗合"；朱庭珍注重根柢之学，而以读书涉世之根柢为"第一义"。三是大倡诗歌法度，如桐城诗派力主将古文的"顺逆提顿伸缩离合"之法入诗，对清后期"以文为诗"的诗风起了推波助澜的作用。

唐诗学在清代诗学中的地位

唐诗作为中国古典诗歌难以企及的典范，其成就堪称空前绝后。生乎其后的宋人却以一种推陈出新、别裁创获的精神，对已有的诗学资源进行吸纳改造创新，确立了以苏黄诗风为典范别具一格的宋调，自有其存在的独特价值。之后，人们便在唐音宋调之间进行抉择，多数情况下选择唐诗，唐诗研究便也自然成为诗学研讨的重心。

我们看到，金元诗坛，重唐轻宋，于明代尊唐风气产生直接影响。明代诗坛在格调派诗风的笼罩下，大力推崇盛唐之音，尊唐者占据绝对优势；而倡言宋诗，则应者寥寥，学唐者每以极端的言辞诋毁宋诗。这种宗唐的风气流行数百年之久，至清代始有改观，诗论家不再固守鸿沟，偏执一隅，而是力破樊篱，转益多师，走出了融通唐宋兼取汉魏六朝的学古新路。

清初诗坛流派纷呈，各放异彩。宗唐者绍继明人之余绪，推崇唐音，不过亦减少了明七子的偏执，宗盛唐，也学中晚唐。倡导宋诗者则在清初崛起，如钱谦益提倡师法两宋苏轼、陆游诸家，黄宗羲、宋荦、吴之振、叶燮等继起，从而提升了宋诗在人们心目中的地位。此外，如王士禛发扬王孟一派盛唐别调，陈祚明《采菽堂古诗选》和吴淇《六朝选诗定论》以选本形式推尚汉魏六朝诗风，皆构成这个时期的独特景观。

清盛期，沈德潜倡格调说，取法盛唐格调，为宗唐诗派的集大成；翁方纲则标举肌理说，取法宋诗，为宗宋诗派的集成；袁枚力主性灵，倡扬个性，形成独具特色的诗歌流派。格调派、肌理派、性灵派等自树坛坫，标榜声势，形成异常活跃的局面。

延续至清中叶以后，接续清初以来宗宋诗风的传统，更出现了一个声势浩大的宋诗派，代表作家有程恩泽、祁寯藻、何绍基、曾国藩、郑珍、莫友芝等。至清末又演变成"同光体"诗派，代表诗人有陈衍、陈三立、沈曾植等，实乃宗宋诗派的嗣响。这期间，另有宗奉中晚唐诗的樊增祥、易顺鼎，主张以"宋意入唐格"、力求调和唐宋的张之洞，虽宗宋诗但不废唐诗的曾国藩，极力推尊汉魏六朝诗的陈沆、吴敏树、汤鹏及王闿运，乃至"思振唐音以斥伧楚"（柳亚子《胡寄尘诗序》）的南社诗人，亦称得上杂采缤纷。

由上可见，自金元以降，推崇唐诗为主的诗风，至有清一代，坚冰被打破，出现了多元共存的格局——或宗唐，或法宋，或主性灵，或师汉魏六朝。故而唐诗学在清代诗学的总体构成中，只是其中的一个方面，况且唐诗学内部还存在着宗唐、宗宋等不同观念的歧异。大体说来，宗唐派惟唐是尊，墨守成规，带有较大的保守倾向；而宗宋派却善于博采各家，趋新求变，显示了更为通达的诗学观。但各人情况不一，未可例概。

第二节　反思、集成、蜕变：总结过程的三部曲

清初的诗学反思与清代唐诗学的肇端

明中叶以来，以李梦阳、何景明和李攀龙、王世贞为代表的前后"七子"，高倡"文必秦汉，诗必盛唐"，复古模拟之风弥漫诗界。随着明朝统治的江河日下，拟古之风引来各方面的反对。归有光率先而起，以表彰唐宋古文名家与之相颉颃。随后，袁宗道为代表的"公安派"和钟惺、谭元春为代表的"竟陵"派，摆脱传统拘囿，力倡独抒"性灵"，对"格调"论者的陈腐格局作了有力的冲击。迄于明末，空前加剧的社会危机，使诗学界中人士将目光从拟古与趋新的争论转向严峻的现实，于是以几社巨擘陈子龙等所辑《明经世文编》的问世为标志，晚明诗文风格趋于健实。明亡，在响彻九州的救世呐喊声中，清初诸儒沿着陈子龙的足迹，以诗文经世，对先前的拟古和独抒"性灵"的文学主张进行了全盘的清算。在顺治及康熙初叶，站在批评明代诗学前列的，是钱谦益、顾炎武、黄宗羲、王夫之等。

钱谦益从致力于清诗建设的目的出发，嗤点前贤，对明代诗学进行了尖锐的批判。他将文章之弊归咎于学风之坏："凡以百年以来学问之缪种浸淫于世运，熏结于人心，袭习纶轮，酝酿发作，以至于此极也。"（《赖古堂文选序》、《有学集》卷十七）由此，他建立通经汲古之说，以灵心、世运、学养来纠正明七子专事模拟与公安、竟陵的粗疏草率、幽深孤峭，在确立有清一代诗风上先鞭早著。黄宗羲的文学主张受钱谦益影响较深，他指出七子对有明一代诗风的败坏负有不可推诿的责任，鄙弃"刻画于篇章字句之间，求其形似"的积习，主张"本之经以穷其源，参之史以究其委"（《沈昭子耿岩草序》，《南雷文定后集》卷一），希冀通过加深学养来救诗道之弊。而开国儒宗顾炎武强调"博学于文"，

"鄙俗学而求《六经》"①，是为务本之学。顾、黄、王诸大师以高屋建瓴之势，对宋明学风大张挞伐，一代健实学风于是开启。

尊唐贬宋，是明人诗学观念的核心。何景明《与李空同论诗书》曾这样评论唐、宋、元诗的特点："近诗以盛唐为尚，宋人似苍老而实疏卤，元人似秀峻而实浅俗。"黄宗羲反对何氏的这种观点，他指出，诗不当以时代而论，而应当辨其真伪。他所谓的"真"，是指内容上表现作者真挚的情感，艺术上有作者自己的面目；反之，就是"伪"诗。以这条标准论诗，他以为，"唐诗中亦非无蹈常袭故，充其肤廓，而神理蔑如者"，宋元之诗则并非一无是处，而应是"各有优长"（《张心友诗序》，《南雷文定前集》卷一）。他还进一步从诗歌艺术的继承和发展的角度充分肯定宋人学唐的成就："天下皆知宗唐诗，余以为善学唐者唯宋。"（《姜山启彭山诗稿序》，《南雷文定后集》卷一）他批评明七子不善学唐，而宋人学唐则善于在继承的基础上成"一家之学"。这种反模拟、求独创的精神，对清代诗学的发展也起了良好的作用。

通过对明代诗学流弊的深刻反思，清初诗学家们也为唐诗学的深入展开打扫了基地，这便是对传统"四唐"说与"正变"论的重新估价。

关于唐诗的分期，自严羽至高棅，逐渐形成以初、盛、中、晚"四唐"作界分的说法，虽不无根据，而亦易导致执泥，特别是以明七子为代表的复古论者一味高倡盛唐，排摒中晚唐以下诗人诗作，则流弊更甚。清初如钱谦益、黄宗羲、冯班诸人皆对此提出质疑，钱谦益《赖古堂诗序》、《唐诗英华序》等多篇文章中还反复申说了诗运相承、不能强分界域的道理，这对于单纯执格调以论诗的偏颇有针砭意义，有助于开启考察唐诗流变的视野。

"四唐"说的要害在于以"正变"论诗，伸正而诎变，这也是中国诗学的古老传统。朱彝尊的《唐风采序》正面驳斥了这一观念，指出时代在不断地变化发展，诗歌风尚也随之变化，而诗人当应表现自己的性

———————————

① 顾炎武《与友人书》，《顾亭林诗文集》页 190，中华书局 1983 年版。

情，并没有什么不可更移的"正"，如同四季风气不一，皆有存在的价值。叶燮的《汪琬唐诗正序摘谬》则强调时代盛衰与诗歌正变并无必然联系，如建安时代社会动荡，可谓"衰世"，诗歌史上却出现了"三曹"及"建安七子"彬彬称盛的局面；而唐代贞观时期可谓"盛世"之极致，诗风却沿袭六朝绮靡之遗风，并非诗学史上的盛期。

从反思走向集成

经过前期唐诗学的反思，清盛期的唐诗学已臻于成熟和集成的阶段，出现了以沈德潜为代表的格调说，以袁枚、赵翼为代表的性灵说和翁方纲为代表的肌理说这样三个具有集成性质的唐诗学体系。

沈德潜作为格调派唐诗观的集大成者，论诗宗盛唐，主李杜，贬抑宋元，多谈法式、格调，同"明七子"声气相求，但他又对传统的格调论有所突越。首先，他提倡"温柔敦厚"的诗教，认为学者不能限于"三唐之格"，还须"上穷其源"、"仰溯风雅"，因此编选《唐诗别裁集》外，还选辑《古诗源》。《古诗源序》云："诗至有唐为极盛，然诗之盛非诗之源也。""唐诗者宋元之上流，而古诗又唐人之发源也。"沈氏探源的宗旨在于"渐窥风雅"而发扬"诗教"，以此确立自《诗经》开始的诗歌传统的正统地位。其次沈德潜重意格、气格，特别推崇"鲸鱼碧海"、"巨刃摩天"式的雄健诗风，但也不废神韵和才性，所以他不像明七子只尚盛唐而不及其余，也不像王士祯偏嗜王孟韦柳之风。当他重订《唐诗别裁集》时，增补了初唐四杰、白傅讽喻、张王乐府、长吉歌诗诸家，表明不薄中晚唐，能兼容并蓄，态度显得比较通脱、客观。

袁枚论诗主性灵，主张作诗应不受格律规矩的束缚，感情的传达当信心信腕而出。他反对分唐界宋，认为诗只有真假工拙之分，而没有朝代格调之别，并指出人的性情真假不可能随朝代而转移，论诗也不能以时代为取舍，这已跳出了唐宋之争的拘囿，显示了袁氏融通的诗学观。赵翼同袁枚一样，论诗强调创新，抒写性灵，不强分唐宋，他的《瓯北诗话》选取唐宋明清十位大家作为重点评论对象，唐代有李白、杜甫、韩愈、白居易，宋代有苏轼、陆游，正是其融唐合宋主张的体现。

与袁枚、赵翼同时而稍后的翁方纲，则为宗宋派唐诗学做了总结。由于翁方纲生活在乾嘉学派鼎盛之际，受考据治学方法的影响，论诗重肌理，强调质实厚重，将学问、考证引入诗学领域。翁氏所谓的"肌理"，包括"义理"和"文理"两方面的内涵，"义理"属于诗歌内容方面的要求，"文理"主要指作品艺术形式方面的问题；两者之中，他更重视前者，尤其强调作诗应充实经术和学问。他之推扬宋诗，就因为宋诗"妙境在实处"，不仅论事日密，可资考据，描摹物态也"刻抉入理，实非唐人所能囿。"（《石洲诗话》卷二）以宋诗的眼光来观照唐诗，他特别推崇杜甫，称之为"学人之诗"，且认为杜诗的好处恰在于"铺陈终始，排比声韵，属对律切"（同上书，卷一）。《石洲诗话》中论及白居易和李商隐诗，也着意于其"诗法无所不具"和"穷形尽变"，这都体现他的诗学宗旨。

唐诗学的集成不仅表现为诗学理论的日益成熟，其他方面亦有反映。选本方面，除乾隆敕编的大型唐宋诗歌选集《唐宋诗醇》外，尚有王尧衢辑注的《古唐诗合解》、屈复辑评的《唐诗成法》、李因培选评的《唐诗观澜集》、吴瑞荣所辑的《唐诗笺要》、戴第元所辑的《唐宋诗本》、王浦选辑的《闻鹤轩初盛唐近体读本》等，都是各具特色的撰著。不仅如此，唐诗学的集成还体现在作家作品的编年笺注上，产生了如杨伦《杜诗镜诠》、王琦《李太白诗集注》和《李长吉歌诗汇解》、赵殿成《王右丞集笺注》、冯浩《玉溪生诗集笺注》、冯集梧《樊川诗集注》等这样一批颇有代表性的唐集笺注本。

古典唐诗学的终结

古典唐诗学发展至清盛期，无论是资料的整理、选本的发达、诗体诗法的研究、乃至诗学观念的阐述，均已渐近完备。清中叶以降，诗学审美趣味已发生转变，生新的宋型诗受人青睐，而唐诗在人们的心目中地位渐趋衰歇。晚清诗坛是宋诗派势力炽盛的领域。面对时代的剧变，这一诗人群体不满足于复兴唐诗传统的古典美，而意图从宋诗变革唐人的经验中去寻求古典诗歌新变的途径，但由于缺乏新的生活感受和艺术借鉴而未能成功。他们将诗学传统引向蜕变，而终未能实现质的飞跃。宋诗派诗人亦不排斥唐诗，相反，他们极力要接通唐宋，用"三元"、"三关"诸说将唐宋合为一体，实质上是用宋诗的眼光来解读唐诗。他们同样将古典唐诗学的传统引向了蜕变，而未能造成质的更新。宋诗派以外，这期间同时出现于诗坛的如张之洞的"宋意唐格"之论、王闿运的"宪章八代"之论、樊增祥的推崇晚唐诗风、李慈铭的"八面受敌"等，在诗学理论和唐诗研究上并没有提供什么新的东西，它们共同宣告了古典唐诗学的终结。

唐诗学的出新之路，是由一批具有革新意识的诗人和诗论家逐步开启的。近代杰出的诗人龚自珍已借品评唐诗泄天下拗怒之气，体现了个性解放精神。倡导"诗界革命"的梁启超等人将眼光投向异域，企望引用各种新的诗料入诗，以形成超越传统的诗歌"新意境"，于是唐诗失去了其固有的典范意义。南社诗人如柳亚子倡扬"唐音"以鼓吹民族革命，是"旧瓶装新酒"的表现。而王国维则开始用新的美学理念来反观我国古代诗歌（包括唐诗），在诗学领域中初步树立起近代人本观念和历史进化观念。他们的努力为唐诗学的更新指示了方向，虽然在当时并未能完成这一转变。

第三节　总结期唐诗学的特征

研究活动的全面展开

清代唐诗学在历代唐诗研究的基础上，有了更深入的发展和更全面的展开。

首先，总集汇纂方面，康熙年间席启寓编辑的《唐诗百名家全集》和彭定求等编选的《全唐诗》，以及徐倬选辑的《全唐诗录》，体现了唐诗资料收辑工作的实绩。

其次，为选学的兴盛。除《唐诗别裁集》外，代表性选本还有王夫之《唐诗评选》、王士禛《古诗选》和《唐贤三昧集》、姚鼐《今体诗钞》、管世铭《读雪山房唐诗钞》等，都独具手眼、自成一家。而且出现了大量唐诗分体编选，如毛张健《唐体肤诠》、《唐体余编》、毛奇龄《唐七律选》、胡以律《唐诗贯珠》、赵臣瑗《山满楼笺注唐诗七言律》等专选七律，黄生《唐诗矩》、史流芳《固说》、顾安《唐律消夏录》、李怀民《重订中晚唐主客图》等专论五律，牟钦元《唐诗排律》、蒋鹏翮《唐诗五言排律》等专辑排律，薛雪《唐人小律花雨集》限录七绝，姚鼐《姚姬传先生唐人五言绝句诗抄》专录五绝，程功《唐古诗则》专收古诗。另有分时期的唐诗编选，如乔亿《大历诗略》止于大历一代，周咏棠《唐贤小三昧集续集》专选唐贞元、元和以后诗，陆次云《晚唐诗善鸣集》、顾有孝《唐诗英华》、杜诏与杜庭珠《中晚唐诗叩弹集》、刘云份《中晚唐诗》等收中晚唐诗选。至于同流派的唐诗编选，有陈堡《温李两家诗集》、汪立名《唐四家诗》、项家达《初唐四杰集》等；分类编选，有高士奇《唐诗掞藻》；另钱良择《唐音审体》注重体裁，屈复《唐诗成法》探讨作法，刘云份《八刘唐人诗》从姓氏角度编选，各就一个方面展开，标志着清代唐诗研究的日益深入。

再次，清人善于挖掘前人未曾注意的问题。如对咏物诗、女子诗、放胆诗、试律诗等独特诗类的重视，于唐诗体进行全面的研究等。自后一方面而言，唐代作为中国古典诗体相当成熟完整的时期，不仅以前的乐府诗、歌行体、五言古诗有了长足发展，而且产生了格律谨严的律诗、绝句，从此传统诗体基本定型。清代唐诗体的研究，一是着眼于辨析唐诗本体的演进、格调、风格流派等，二是对唐诗各种诗体的研讨，以选本或专题形式将乐府诗、古诗、律诗、绝句等纳入研究的视野。

最后，就是唐诗在民众中的推广与普及。乾隆年间孙洙选编的《唐诗三百首》，经过后人不断地翻刻与注评，成为广为传诵的唐诗读物。此书后人注释和评点本甚多，有章燮的《唐诗三百首注疏》、陈婉俊《唐诗三百首补注》、李盘根《注释唐诗三百首》、文元辅的《唐诗三百首辑评》等，还有不少仿作，促使唐诗普及工作不断展开。

诗学观念的折中与会通

随着唐诗学研究活动在清代的全面展开，清代唐诗学显现出一种博大的胸怀，使得各种诗学观念在此时不断地融合、会通，唐诗学的各种命题和术语被详尽地讨论阐发与辨绎，融通唐宋与不废宋元明已成为大多数诗论家的共识，从而避免偏执一隅的偏颇。

清初徐乾学之《宋金元诗选序》从"文章之道，以变化为能，以日新为贵"的角度出发，否认"唐以后无诗之说"，高扬宋诗的异彩纷呈，他在《渔洋山人续集序》中又谈到："东坡之豪逸、半山之坚老、放翁之雄健、遗山之新俊、铁崖之奇矫"；叶燮则从"源流本末正变盛衰互为循环"（见《原诗·内编》）的角度论诗，认为唐诗与宋诗并非水火不容，后者不过是对前者的合理发展，杜甫、韩愈、苏轼等在唐宋诗歌史上一脉相承而又不断变化出新，故未可任意轩轾。清初的神韵论开创者王士禛一生宗唐不辍，但也不废宋诗，《黄湄诗选序》说："近人言诗辄好立门户。某者为唐，某者为宋，李、杜、苏、黄，强分畛域，如蛮氏之斗于蜗角而不自知其漏也。"已显现折中融通的端倪。宋荦《漫堂说诗》称扬唐诗"诸体皆备，铿锵轩昂，为风雅极致"，但又主张学诗取径宽博，不局限于唐人，应该"上则溯源于曹、陆、陶、谢、阮、鲍六七名家，又探索于李、杜大家，以植其根柢；下则泛滥于宋、元、明诸家，所谓取材富而用意新者，不妨浏览以广其波澜，发其才气"，要在"不必模唐，不必模古，亦不必模宋、元、明，而吾之真诗触境流出"。类似的言论在田雯、邵长蘅、吴大受、吴雷发诸家多有所论述。即使是中叶以后的宗宋派，在提倡学宋的同时，也都强调唐诗为宋诗之源，体现出兼综唐宋的融通眼光，这可以说是清代诗学的一大特征。

崇实精神驱动下方法与形态的演进

清代唐诗学的另一个显著特征是崇实精神。面对明王朝"神州荡覆，宗社丘墟"的现实，清初的广大学者和思想家进行了沉痛的历史反思。他们认为导致明王朝覆灭的重要原因便是宋明以来脱离实际、空谈性理、鄙弃事功的空疏学风所使然，痛斥"天崩地解，落然无与吾事"（黄宗羲《留别海昌同学序》，《南雷文定》卷一）的恶劣积习，于是在痛楚地反省中提出救弊之道在实学，不在空言。因此，明末清初学术思想界发生了"黜虚崇实"的大转变，这一思潮显现出重学、求实，强调"经世致用"，反对空谈心性等基本特点。

在这一思潮的刺激下，杜诗的注释学因之勃兴，钱谦益《杜工部集笺注》、朱鹤龄《杜工部诗集辑注》，张笃行《杜律注例》、张雍敬《杜诗评点》、金圣叹《唱经堂杜诗解》、顾宸《辟疆园杜诗注解》、黄生的《杜工部诗说》、宋荦《杜工部诗抄》、仇兆鳌的《杜诗详注》、张甄陶的《杜诗详注集成》、浦起龙的《读杜心解》、杨伦的《杜诗镜诠》多种注本。钱谦益、黄宗羲、吴伟业等更重新发掘和拓展杜诗的"诗史"价值，"以诗补史之阙"、"诗之与史相为表里者"、"史外传心之史"等一系列的诗学命题的提出，将杜诗的"诗史"观条理化与系统化，使其成为一种颇具代表性的"诗学"。

由"杜诗学"研究的兴盛，随之而来的便是唐诗学方法的更新。明以前流行的偏重感悟的印象批评和零星、片段式的摘句欣赏，便被注重诗歌产生的社会历史背景、作者的个人阅历和文本典故出处的编年笺注所取代。自钱谦益《杜工部集笺注》始，相继出现了仇兆鳌《杜诗详注》、杨伦《杜诗镜诠》、王琦《李太白诗集注》和《李长吉歌诗汇解》、赵殿成《王右丞文集笺注》、冯浩《玉溪生诗集笺注》、冯集梧《樊川诗集注》和顾嗣立《温飞卿诗集笺注》等这样一批具有权威性的唐诗笺注本。尤其是钱本与仇本作为清人编年笺注的代表，确定了编年笺注的地位，其"诗史互证"的方法影响至今。

传统的评点方法在此时为适应新的时代批评需要而不断加以改进，最为显著的是打通诗文之间森严壁垒的间隔，把时文的创作与批评方法引入唐诗评点领域，借鉴"起承转合"这一套写作程式对唐诗分解诠释，把对诗的欣赏评价寓于对其语言组织结构合乎情理的剖析之中，从语意层次寻绎诗的意旨。这一方法的运用当首推金圣叹的《唱经堂杜诗解》、《贯华堂选批唐才子诗》，他以分解法解说唐人七律，尽管带有八股套式，却是自觉地试图从规律性着眼来总结诗歌法式的，可说是把传统的直觉式评点提到了理论的高度。徐增、王尧衢、纪昀、章燮等，都不同程度地借鉴了金圣叹的分解说诗法，对清代诗学产生了重要的影响。

第二章
清前期的唐诗学

　　清前期唐诗学，起于明清之际的社会文化激变，通过扬弃前代唐诗学，造成学术观念的活跃，形成宗唐、宗宋两派，其中前者因趣尚相异，又分蘖出倡晚唐温李一路。观念的更新，带来理论的深化和研究领域的拓展：如王夫之、叶燮和王士禛这三大理论家涌现，诗史讨论引来杜诗学兴盛，笺注考证受实学影响，分解说诗从感悟与诗法中产生。

第一节　时势剧变下的诗学反思

明清之际社会文化思潮的变异

　　身处黑山白水之间的满族，虽然文化上处于弱势，但其在形成和发展中，积极吸纳强势的汉文化，主动调整政治体制和军事政策，故而得以短期崛起。在这一过程中，两代英主努尔哈赤、皇太极审时度势，锐意改革，与明斗争策略机动灵变，对清朝开国意义重大。入关以后，清统治者曾企图倚仗武力镇服流俗，强行推广剪发、蓄辫等满族风习，伤害了各族人民情感，激化了固有矛盾，导致反抗迭起。后来，政治措施适时改变，袭用明代的政治机构和经济体制，消弭民族隔阂，采取怀柔政策——诱士人以官禄，网贤才以科举。经顺、康两朝的惨淡经营，人心初步稳定，社会趋于正轨。至康熙中后期，民族矛盾渐渐淡化，兵刃相见已成历史，一个政治安定、经济发展的鼎盛之势出现。

铁蹄悍兵虽能灭国覆邦，却难以创建文化，因为任何意识形态的生发，都需一个民族历代不断积淀。清初的文化建设，便由饱尝心灵之痛的明代遗民来承担。他们身处异代，心怀故国，情感的创伤难以熨平，精神的苦闷无从排遣。作为执守传统节操的一代士人，他们不甘于俯首异族奴役，暗中扶助反清势力。鉴于当时言论禁锢，遗民们顾忌重重，不敢攻讦朝政，转而检讨传统弊端，颇具批判意识和忧患精神。所谓清初实学，能迅速兴起，不是空穴来风，其以对明代士人空谈心性、轻视事功、拙于理事的反拨，为传统思想作了一次大盘点。

众所周知，明代前期的理学，承接朱子，大多沿袭陈说，徘徊不前。中期以后，王守仁在政治军争中脱颖而出，以新锐的思想打破沉闷的学术格局。王氏起初执信朱子，曾格竹之理，弄得精神困殆，后弃朱崇陆，倡致良知、知行合一之说，认为物外无理，理存本心，注意制心克己，具有灵变的应世才能，虽一生险象环生，终能除难建功。但是，王氏所谓知行合一，其理论基础是人的先天、抽象的"良知"，具有"万物皆备于我"的自足，对于确立个人自信有益，但易流于以内圣代外王，轻视事功。如果说王氏以赫赫武功，冲破其哲学理念的局限，体现了实践理性，那么其末流王畿、王艮之徒，缺乏王氏的政治机缘和处世策略，只是极力扩张一己心灵，以空谈为尚，久而久之，泪没了入世的传统。晚明士人学无根柢，崇尚游谈，虽与整个时风的浮躁有关，但心学末流亦难脱其咎。鉴于此弊，东林派在党争中崛起，虽以指陈朝政、批击权奸为标向，也存扭转学风、崇尚经世之指归。作为身处社会交替之际的大哲，王夫之、顾炎武、黄宗羲等人，承东林党人余绪，起而矫时风振流俗，鼓吹经世致用。他们倡导躬行，激励气节，注意总结历史经验，具有强烈的入世精神。

针对明统治者侈谈程朱，顾炎武即从空谈心性无补于世的史实，指出"舍多学而识以求一贯之方，置四海困穷不言而终日讲危微精一之论"（《与友人论学书》，《顾亭林诗文集》卷三）的荒唐，提出"博学于文，行己有耻"（《南北学者之病》，《顾亭林诗文集》卷十三）为律己之则，并把经世致用作为治学之本："君子之为学，以明道也，以救世也。"（《与人书二十五》，《顾亭林诗文集》卷四）顾氏之明道，是探求先秦原始儒学本义，与宋明理学侈谈心性不同；顾氏之救世，是把讲求学问与处理实务结合，以求学而致用。其学术实践即用以实现了自己的主张：作《天下郡国利病书》，考察各地风土人情、经济地理，因为他认为"治乱之关，必在求人心风俗"（《与人书九》，《顾亭林诗文集》卷四）；做音学五书，即认识到音韵之学为治经首务；对南北学者"饱食终日，无所用心"、"群居终日，言不及义"（《南北学者之病》）的批评，也出于振顽惊愚、挽救学风的苦心。

如果说顾炎武以经世思想的赓扬为特色，那么黄宗羲则以揭露君主制本质为中心。黄氏精通经史百家，旁涉佛道，做宋元明三朝学案，开哲学史研究先河，其政治哲学在与阉党的斗争中逐步发展。在《明夷待访录》中，他发挥孟子民本思想，对国家起源和君权性质作了精辟论断。他反对专制君主以"天下为客"、"屠毒天下之肝脑，离散天下之子女"的罪恶，提出"为天下之大害者，君而已矣"（《明夷待访录·原君》），痛陈独裁弊病，认为治乱之的，非关一姓而在万民。针对理学宣扬"君臣之义，无所逃于天地之间"的君权至上论，黄氏提出弃万民而忠独夫，为臣如此，无补无世。他认为臣应以经济天下为怀，与君结为"师友"（《明夷待访录·原臣》），敢于强项劝谏，甚至与君分权共治。黄氏思想的激进性、民主性于此可见。

与顾、黄两人研究重心相异，王夫之发展了张载理学的唯物论因素，对朱王之学都有批评。依据《尚书》"知之匪艰，行之维艰"，他提出"行先知后"，认为"君子之学，未尝离行以为知"（《尚书引义·说命中二》），扭转了前人误见，为清初实学奠定了哲学基石。对于程朱对立理欲，以理扼欲，戕伤人性，王氏指出无抽象天理，天理寓于人欲，

"礼虽纯为天理之节文，而必寓于人欲以自见"（《读四书大全说》卷八），驳斥理学禁锢情欲、压抑人性的谬误，肯定民众合理的现实利益，有冲破思想桎梏、解放人心之功。与顾、黄、王一道，唐甄、李塨等人，也站在不同的角度，对历史和现实作了尖锐批判。

　　上述论者，意在清除传统痼疾，为实学的兴起呐喊，后起之阎若璩、胡渭等人则以扎实的治经，初显实学之绩。阎氏治学立于一经，矻矻不懈几十年，所作《尚书古文疏证》以疑古的神智大勇，对一向为人所尊崇的古经发难，肃清了重重历史迷雾，其求实方法影响甚巨。胡氏《易图明辨》批评宋儒淆乱古经，一举推翻千年盲信。阎、胡二氏所著，态度审慎，材料确凿，标志着清代经学研究的方向：客观求实的治学精神。同时的代表作，还有毛奇龄《太极图说遗议》、姚际恒《古今伪书考》、万斯大《周官辨非》等。这种治学态度与方法，终于促成清代学术特色的形成。

　　由上可见，清初文化的发展，从对晚明学风、宋明理学的批评，到注重言行出处、讲求实事实证，初显崇实品质。可惜的是，康乾以来统治者为了强化君主制，极力崇儒尊朱，倡导经学，导致士人埋首南窗、不问实务，抑制了清初经世思想的拓展，明末遗民思想家热情的政治理想和批判传统的精神，逐渐为考据之学所冲散，结果大多数人在传统里打转转，难以越雷池一步。不过，人们沉潜于传统文化，以慢工出细活的功夫，钻研前代学术命题，虽大局缺乏突破，细部却逐渐深入——查漏补缺，不趋怪异，不走偏锋，折中调和。这样，倒也出现了一份份沉甸甸的成果，其精神直接影响到清代文学理论的生成发育。清代唐诗学就在这样一种文化背景、学术氛围中，拉开了它的帷幕。

清初学者对明七子及公安、竟陵两派的批判

　　清初诗学承继明人余绪，其欲在新的学术思想感召下有所推进，必然面临对明代诗学经验的审视、反思和检讨，尤其是对七子派、公安

派、竟陵派诗学失误的纠正。这一批评，为清代唐诗学的起动，解开了重大的理论疙瘩。

明人诗学惩于前代的萎靡不振，转而以复古求发展，于前代推崇唐诗，以求形成"浑然自成"之风（高启《独庵集序》，《凫藻集》卷二）。七子拈出"格调"为习诗由头，试图辨析体式特征，领悟前人诗歌风神气韵，为仿效提供借鉴。作为七子领袖，不管是李梦阳"尺尺而寸寸之"（《驳何氏论文书》，《空同先生集》卷六一）、何景明"拟议以成其变化"（《与李空同论诗书》，《何大复先生》卷三二），还是谢榛学李杜倡"提魂摄魄之法"（《四溟诗话》卷二）、王世贞沟通才思格调——"思即才之用，调即思之境，格即调之界"（《艺苑卮言》卷一），说法虽异，却都以模仿为本，不免造成格套泛滥，生趣匿迹。故公安三袁更弦易张，师心自用，抒发灵机，滥用才情，导致浅率俚俗，油滑轻浮，遭竟陵派诘难。竟陵派批评七子"极肤、极狭、极熟"，亦非难公安派"险、僻、俚"，转而寻求"幽情单绪，孤行静寄于喧杂之中"（钟惺《诗归序》，《隐秀轩文昃集》），又把创作引向境界峭深、意义晦蒙的歧途。从七子到竟陵，明代诗学师古与师心始终未能平衡，花样总在翻新，迷障也时时布下，亟待清人董理。这一使命，落在清初诗论家钱谦益、顾炎武、朱彝尊等人肩上。

作为虞山派领袖，钱谦益虽然政治上首鼠两端，横遭物议，但其创作丰厚，在明末已成气候，又乐于与友朋谈文论艺，大量文笔生动的信札，是其诗学心迹的见证，而他编辑的大型明诗选本《列朝诗集》，其小传已构成一部雏形的明诗史。钱氏在明末期几十年，谙悉其时诗学意脉。其论诗首破七子之陋，指摘李梦阳自命复古，实则"牵率摹拟剽贼于声句之间，如婴儿之学语……毫不能吐其心之所有"（《列朝诗集小传·李副使梦阳》），流于窜窃，面目可厌。对李攀龙，批评其"僻学为师，封己自是，限隔人代，揣摩声调，论古则判唐、《选》为鸿沟，言今则别中、晚为河汉"（《列朝诗集小传·李按察攀龙》），严重误导后学。与之所见略同，朱彝尊亦指出李五古"所言杜体者，乃其摹仿之作，中多生吞语"（《静志居诗话》卷十），毫无个人性情，对李氏创作的弊病——或"止规字句而遗其神明"，或"差具神理然新警者寡"，或"句重字复断续而神碱"（《静志居诗话》卷十三）加以指斥。七子倡唐，针对明初诗风或纤弱或高华，有其历史功绩，但因执古规今，学唐未得其神，于己丧失性情。钱、朱的批评，不仅昭示清初学人的疑古精神，且潜在地抱有以诗经世的用心，故其再倡儒家政教，反对吟风弄月，要求摅写世变中所蕴蓄之情。为此，仅钱、朱二人就写了一系列文章，如《虞山诗约》、《与高念祖论诗书》和《沈明府不羁集序》等，树立了清初诗论的政治指标。不仅如此，钱谦益还进一步继承屈原以来的发愤思想："古之为诗者，必有独至之性，旁出之情，偏诣之学，轮囷偪塞，偃蹇排礴，人不能解而己不自喻者。"（《冯定远诗序》，《初学集》卷三二）这一思想，与钱氏一再提倡的"诗有本"（《周元亮赖古堂合刻序》，《有学集》卷十七）一致，而和明格调论专注形肖古人，实为衣冠土偶，形同天壤。

　　对于七子诗学的批评，并不意味清初论者完全认同纠七子之偏的公安、竟陵。在这一方面，钱谦益的理论见识，令人注意。钱氏虽与袁中道诗学交往密切，对公安攻击七子亦有同感，但其观点仍有分歧。如他指出袁中道诗文"有才多之患"（《列朝诗集小传·袁仪制中道》），评袁宏道驳七子虽力，而"机锋侧出，矫枉过正，于是狂瞽交扇，鄙俚公行，雅故灭裂，风华扫地"（《列朝诗集小传·袁稽勋宏道》），直揭公安隐疾，并不回护。对于钟、谭，钱氏态度更为严厉，如谓其"举古人之高文大篇铺陈排比者，以为繁芜熟烂，胥欲扫而刊之，而惟其僻见之是师"（《列朝诗集小传·钟提学惺》）。有的学者以为钱氏之论，与晚明门户之见和士子锱铢必较的习气有关。我们认为，钱氏对公安、竟陵态度不同，可能受时风熏染，但不能纯目为人格缺陷和气量狭隘，而在于：三袁之诗，沟通唐、宋，取径苏、白，张扬人性，利涉民瘼国事，而钟谭之诗，境界过于幽冷，只涉一己之趣。前者与钱氏关注世运、发挥政教的思想相合，后者缺乏伤时忧世的政治情怀。故钱氏对两派态度乖离，其出有因。

清初诗论者既反思前人，又批评其时诗坛懒于创新的惰性。钱谦益说："学古而赝者，影掠沧溟、弇州之胜语，尺寸比似，拟屈步之虫、寻条失枝者也；师心而妄者，惩创《品汇》、《诗归》之流弊，眩运掉举。"（《王贻上诗集序》，《有学集》卷十七）"今之诗人，骈章丽句，谐声命律，轩然以诗为能事，而驱使吾性情以从之，诗为主而我为奴"（《题交芦言怨集》，《有学集》卷十九）上述言论，不管是批评崇古者丧失主体意识，沦为前人的应声虫，还是指责主形式者缺乏真情，只在字词声韵上比权量力，都与"诗有本"主张，若合符契。与钱氏着眼于消除诗学流弊类似，顾炎武更以史家眼光，关注文坛专事依傍的积习："近代文章之病，全在摹仿，即使逼肖古人，已非极诣，况遗其神理而得其皮毛者乎？"（《文人摹仿之病》，《日知录》卷十九）其所论评，已不限于诗。难能可贵的是，顾氏论诗宗唐又反对为唐所限，故批评友人之作，杜、韩、欧之迹太重，认为"有此蹊径于胸中，便终身不脱依傍二字，断不能登峰造极"（《与人书》十七）。钱、顾二人虽然论点相异，但都身处清初诗学环境，眼光犀利，洞幽烛微，其所攻击之处，正是清诗为求得发展，而不能不甩的长物赘品。

批判明代诗学余弊，端正了学诗的态度，清代唐诗学所需的文学环境得以营造。唐诗学与一般诗学一样，发扬传统固然重要，更新观念更是当务之急，尤其是对宋明以来立为规范的四唐说和正变论，在评说阐释中有所突破。

"四唐"论诗是传统唐诗学的一个基本观念。它主张"观诗以求其文，因人以知其时，因时以辨其文章之高下、词气之盛衰"（《唐诗品汇·凡例》），便于认识唐诗各段成就及其内在演变，但过于执著，亦容易导致割裂唐诗总体成就，造成偏至之见。明人徐师曾、叶羲昂即有辨析，如徐氏从诗歌演变规律指出，诗风前后可能交叉，或前后代互见："盛唐诗亦有一二滥觞晚唐者，晚唐诗亦有一二可入盛唐者。"（《文体明辨序说》）清初诗论者站在新的理论基点，对四唐论诗扬此抑彼痛加批评。冯班《钝吟杂录》卷五试图摧毁严羽以禅喻诗的堡垒，认为诗须"凭理而发"，"其理玄，或在文外，与寻常文笔言理者不同，安得不涉理路乎？"钱谦益亦指出："（严羽）谓诗家玲珑透彻悟，独归盛唐，则其所矜诩为妙悟者，亦一知半解而已。"（《赖古堂诗序》，《有学集》卷一九）冯、钱均指出，诗禅虽类似，但诗理毕竟不同于禅理：禅宗主张言语断处，目击道存；诗理虽深幽隐微，然须以言达意。严氏论诗纯任兴趣风神，扬盛唐而凌三唐，实属谬误。对于倡格调之说、侈言盛唐的明人，清人认为他们不悟诗之情感作用，予以驳斥："自高廷礼以来，主张格调，而人之性情亡矣。然使其说之足以胜天下者，亦由天下之性情汨没于纷华汗惑之往来，浮而易动。声调者，浮物也，故能挟之而去，是非无性情也，其性情不过如是而止，若是者不可谓诗人。"（黄宗羲《景州诗集序》，《黄梨洲文集·序类》）"正、嘉以后（诗人）……以初盛为正始正音，目中晚为接武、遗响，斤斤权格律、声调之高下，使出于一。吾言其志，将以唐人之志为志；吾持其心，乃以唐人之心为心。其于吾心性何焉？"（朱彝尊《王先生言远诗序》，《曝书亭集》卷三八）黄、朱指责严、高重格调弃性情为舍本逐末，违背诗歌本质，以之为诗，势必徒有唐人腔调，而无其饱满之情。在此基础上，诗论者进一步批评他们拘于家数、割裂四唐的武断。钱谦益指出"唐人一代之诗，各有神髓，各有气候"，批评四唐说者"以初盛中晚为界分，又从而判断之曰此为妙悟，彼为二乘，此为正宗，彼为羽翼，支离割剥，俾唐人之面目，蒙幕于千载之上，而后人之心眼，沉锢于千载之下"（《列朝诗集小传·何副使景明》），反而掩蔽了唐诗真相。他认为，不同题材、风格的诗歌，价值各异，不能执一相衡："王杨卢骆见哂于轻薄者，今犹是也，亦知其所以劣汉魏而近风骚乎？钩剔抉摘，人自以为长吉，亦知其所以为骚之苗裔者乎？低头东野，仅而师其寒饿，亦知其所谓模空盘硬，妥帖排礌乎？"（《徐元叹诗序》，《初学集》卷三二）在《唐诗英华序》中，他指出以四唐论诗，论世论人均有弊端，因为一个诗人可兼跨不同时期，诗风前后有变，不能执一定格，再说诗歌亦变，扬前抑后或扬后抑前，都非正理。黄宗羲更进一步，指出论诗当以真伪，而不当以家数："盛唐之诗，岂其不佳？然盛唐之平奇浓淡，亦未可归一，将又何所适从耶？是故论诗者，但当辨其真伪，不当拘以家数。"（《诗历·题辞》，《黄梨洲文集·序类》）黄氏批评以时代论诗者企图用唐诗的审美趣味匡律其他，把盛唐作为范式僵化，认为论诗当以情性之真，不当限于家派，故正确之法应不限于时代，深入辨析诗艺本质。

在讨论唐诗整体成就、反对时代论诗之时，清初诗论者无意中触动了传统诗学一根重要的神经——正变说。正变说源于《毛诗序》，把诗歌的源流演变和政治兴衰结合，以此寻求两者联系，体现了知人论世精神，但由于受崇古观念束缚，不是以正观变，就是伸正诎变，要使后起之变回归初始之正。以正变论唐诗，亦早见于严羽。他以汉魏盛唐为正，诎晚唐宋人之变，虽于纠正宋诗之偏，恢复诗之抒情特质，有矫枉之功，但否定宋诗之变，不免拘执。高棅分唐诗为九品，推盛唐为正，是严氏之说的强化。后起各派论唐诗，屡屡绳之以正变，但未出高氏窠臼。

清初正变论的再起，与其时唐宋诗争有关。当时，宋诗的美质由于争论愈趋凸显，也愈来愈为人所认同，并形成仿习选评的热潮。宗唐者为了自卫，进一步强调唐诗正变观。汪琬《唐诗正序》对此有集中阐述。汪氏指出，论正变"以其时，非以其人"，应把诗变世变联系，使人们"观乎诗之正变，而其时之废兴治乱污隆得丧之数可得而鉴也"。正因为他把诗作为历史面貌的折射，故纵观有唐之诗，分其为四个阶段：正始——贞观、永徽，正盛——开元、天宝，变而不失正——大历、贞元，变而失正——贞元以后。他认为诗变与世变同步：政治清明、社会兴盛，诗则"冲融而尔雅"；政治昏庸、内乱迭起，诗则"哀思促节者为多"。由此得出"正变之所形，国家之治乱系焉，人才之消长、风俗之污隆系焉"的结论。汪氏对诗歌与政治同步发展的片面认识，是为了扬初盛诎中晚，在他看来，"大历以后，其词愈繁，其声愈细，而唐遂陵夷以底于亡"，作者让诗歌承担亡国之责，言之过甚。对此，朱彝尊首先发难，《唐风采序》提出时代"递升递降"，"诗之经术"也各有不同，历代诗人"皆各自鸣其声"，并无神圣不可变之正。他依据四季变迁，分唐诗为春之惠风、夏之炎风、秋之飓风、冬之寒风，风之性质虽异，风之魅力则可共存，不可以此贬彼。稍后，叶燮考察诗史，从反面驳斥正变说，所撰《汪琬唐诗正序摘谬》指出：建安时中原板荡，曹氏之作堪称典型，无以正变释其因。贞观盛世，诗歌仍袭前代萎弱之风；永徽以后，武氏窃柄，社会丕变，沈、宋、陈、杜却相继崛起，一改唐初之貌；开元昌盛，天宝世乱，但李、杜、王、孟、高、岑等迭起其间，故难以使正变把创作与世变完全对应。说明他已隐约意识到艺术生产与社会变化的不平衡性。为此，他提出论诗之则：以正变，不如以正邪。因为从正变看，变多于正，正变思想在复杂多样的诗史已派不上用场，考察诗歌以思想的纯正与否为法，则能揭示诗歌演变之因。至于何者为正、何者为邪，他语焉不详，但从《原诗》而论，可能与是否执守儒家伦理相关。叶燮对正变观的认识，源于对中国诗史的全面审视，显示了艺术辩证法的作用。

清初的诗学反思，在文化观念剧变中完成，受经世与考据精神的影响。四唐说、正变论受到批评，是对宋明以来诗学反思的结果：清人在肯定时代对诗影响的同时，又承认诗歌自身规律，要求对其本质深入研究，以求真切把握变因，预示着清代唐诗学将多元发展的消息。

第二节 唐宋诗争的再起与唐诗学的分化

新的诗学环境下唐宋诗争的再起

唐宋之诗，作为风格相异、旨趣迥别的两种诗歌范式，其形成对峙并引发后世诗学宗尚的变化，经历了漫长的历史时期。从北宋中期始，宋诗的品格初步奠立，唐宋诗优劣之争，逐渐引发。至元明二代，两者的诗坛地位轮流置换，成为诗学观念消长的晴雨表，影响一代诗学的总体走向。一般来说，宗唐宗宋各有偏颇：前者深染伸正诎变之习，固执一己之见；后者虽重新变，但又不免背离诗学传统。马拉松式的诗学宗尚之争，刺激人们对诗艺特质的探索。如宋元间诗法的迭见，即来自诗歌创新的要求；明代格调论，可谓唐宋诗争的意外收获。

清代的诗学发轫，主要由三类论者承担：一、在晚明诗坛地位已奠定，入清后仍有影响者，如钱谦益虞山诗派及其弟子等；二、遗民大哲，治学为本，兼及诗歌者，如黄宗羲、王夫之、顾炎武等；三、顺应时势，跻身官场的宫廷文人，如施闰章、毛奇龄、徐乾学等。他们受明代诗学观念影响，因其诗学传承、创作经历，形成了各各不同的诗学观念。在众声呶呶的唐宋诗争上，他们取前人之长，又因诗学异趣而有专好，态度鲜明。因此，唐诗宋诗这对"难兄难弟"，清初论者依然要揣其轻重。从争辩情势看，大略有三种倾向：

宗唐一路：以吴伟业、顾炎武、施闰章、毛奇龄等人为代表；

宗宋一派：可推钱谦益、黄宗羲、吴之振、徐乾学等人为领袖；

虽然宗唐，但取向异趣，倡晚唐温李者则列入"第三种人"：二冯、吴乔、贺裳等人抱成团儿。

清初宗唐派诗学观

清初宗唐论者，主要承继明初以来倡唐诗观，指斥清初一些诗人受公安、竟陵影响，遗落唐诗精髓，仿习宋诗取法乎下，创作形同押韵语录，枯燥理障，以恢复性情风趣为尚，企图为清诗的新生寻求契机，带有挽救当代诗学失误的苦心。

最早以倡唐相招者，为明末诗坛新锐吴伟业。吴氏诗学王世贞，企慕其"专主盛唐，力还大雅"（《致孚社诸子书》，《梅村家藏稿》卷五四），认为"风雅一道，舍开元、大历，其将谁归"，视野未逸出七子之外，但眼界宽，取径广，对大历诗派间有所取。其论诗杰作《与宋尚木论诗书》，斥笑今人学李、杜，于其"高深雄浑者，未尝望其崖略，而剽举一二近似"以沾沾自喜，误入歧途而不觉悟。对于在清初余响未尽的竟陵派，他认为其于唐只取高、岑数家，"立论最偏，取材甚狭"，不足为法。从学唐人，他提出作诗要"本乎性情，因乎事物，政教、流俗之迁改，山川、云物之变幻，交乎吾之前，而吾自出其胸怀，与之吞吐"，即顺乎物理、关注世变、凝眸景物、有感而作，要表现出个人的胸襟、抱负，包容丰厚的社会历史内涵。梅村经历社会动荡，对诗歌功能有深切感悟，其宗唐意在吸取唐人的社会意识，不屑于形式的酷似。

吴伟业从创作角度论述唐诗，顾炎武则站在经世立场。其《与人书二十五》提出学问首务在于明道救世，如仅以诗文显世，则如同雕虫篆刻，故亭林论述不及于文学细部，以改变现实为志向。从此观念出发，他提出诗文家应固守气节操执，不因时势而更志，批评谢灵运、王维"投身异姓，至摈斥不容，而后发为忠愤之论"（《日知录》卷十九）。对于唐诗，他没有显言宗尚，但《日知录》卷二十一在分析诗文代降时说："《三百篇》之不能不降而《楚辞》，《楚辞》之不能不降而汉魏，汉魏之不能不降而六朝，六朝之不能不降而唐也，势也。"至唐刹住，可见其尚。从诗体更迭，他提出学古贵在"似"与"不似"之间："似"是取法前人，"不似"是变古求创。他厌弃"作似"，因其丧失"真我"，认为李杜"独高于唐人者"，即在保持独立的诗格（同上）。所以，《日知录》卷十九批评"近代文章之病，全在摹仿，即使逼肖古人，已非极诣，况遗其神理，而得其皮毛者乎？"亭林学唐的态度、方法和原则，对清初宗唐一派思想，起了示范作用。

和顾炎武类似，施闰章通经学古，但论诗倡唐批宋，着眼艺术特质，与其治学的路数不同。在《蠖斋诗话》中，他提出"诗有本"，以言之有物为尚，讲求情性修养，推崇含蓄蕴藉，称颂陶渊明、王维、李白，而贬抑宋人："诗不可无道气，稍著迹，辄败人兴。右丞体具禅悦，供奉身有仙骨，靖节则近乎道矣。鸢飞鱼跃，不知于道何与？一落宋贤，便多笨伯。""古人诗入三昧，更无从堆垛学问，正如眼中看不得金屑。坡公谓浩然诗韵高才短，嫌其少料。评孟良是，然坡诗正患多料耳。"其批评宋诗著实，缺乏吟咏性情、寄托深微的事外远致，尤其是苏诗喜欢夸显才学。从这点比较唐宋诗，施氏认为"所谓诗家三昧，直让唐人独步；宋贤要入议论，着见解，力可拔山，去之弥远"。他于唐人最重杜诗，认为其"广大精微，如天地炉冶，随物赋物，一一效之，不无利钝"，但也指摘其新题乐府如"三吏"、"三别"等篇虽"妙在痛快"，而其失在"亦伤太尽"。愚山倡唐，主要针对后人拟宋，逞才斗气，一泄无余，略无隽永韵味。

与之相仿，毛奇龄出身治经，但论诗通达，较少受其学拘限，亦重视性情："性情所至，即有声无词，尚能动物。"（《回陈子》，《西河合集·牍札》卷一五）其所言"性情"，非一般之情，而是淤积于心的"怫郁"之情（《云间蒋曾策诗集序》，《西河文集序》三），故也倡导有为而作。他认为学问为诗学根基，但反对"单心帖括，而贾其余才，比辞摘句"（《蔡子佩诗序》，《西河文集序》卷十）的生吞活剥，主张以学养性。对于宋元诗的变唐而起，他认为是历史必然："夫唐之必为宋金元者，水之为冰也，然而犹为唐，则冰之仍可为水也。宋金元之大异于唐者，铅之为丹也，然而不必为唐者，丹即不为铅，而亦未尝非铅也。"（《王舍人选刻宋元诗序》，《西河文集序》卷二二）显然，毛氏持文学演进观，给宋元诗留一席之地。不过，他仍认为诗盛于唐而衰于宋，批评"今之为宋人诗者，不过借文人之名，以自掩其不学之质"（《东阳李紫翔诗集序》，《西河文集序》卷三十四），对号称学宋者极尽挖苦，也不满明七子学唐"不得三唐用意之法，徒袭其外象，有郛郭而无键钥，顾其形模厌厌而已"（《偶存序》，《西河文集序》卷三一）。由此可见，西河虽宗唐为主，但于宋诗也有所肯定，并试图调停沟通。

上述论者论唐评宋，态度平和，朱彝尊则尊唐诎宋，较为偏激。朱氏论诗重情之"自得"（《钱舍人诗序》，《曝书亭集》卷三七），强调"必先缠绵悱恻于中，然后寄之吟咏"（《陈旉诗集序》，《曝书亭集》卷三八），也恪守儒家的"诗教、诗旨、诗事、诗效"（《高舍人诗序》，《曝书亭集》卷三八），从杜、韩、白、陆作诗炼字之精，提出"岂有舍学言诗之理"（《栋亭诗序》，《曝书亭集》卷三九）。他论诗强调言吾之志，反对学古限以格式，批评"别世代之升降，权声律之高下，分体制之正变，范围之，勿使逸出矩矱绳尺之外"（《沈明府不羁集序》，《曝书亭集》卷三八）的合于古人、离乎己志的荒谬。基于此，他批评明人本严、杨、高之说，划分四唐，格调摹之，以唐人心志为尚，而实流为"剽贼"（《王先生言远诗序》，《曝书亭集》卷三八）。在诗学取向上，他对唐代诸大家均予肯定，尤着意于杜、韩，认为"正者极于杜，奇者极于韩"，是唐诗变化的玄牝之门，而宋人虽学唐而变，"非能轶出唐人之上"（《王学士西征草序》，《曝书亭集》卷三七），故不为所取。对于当今宗宋者，他批评其"高者师法苏黄，下乃效及杨廷秀之体，叫嚣以为奇，俚鄙以为正"（《叶李二使君合刻诗序》，《曝书亭集》卷三八），趋于邪途仄径。在《刘介于诗集序》中，他如此比较唐宋诗：前者"中正而和平，其变者率能成方"，思想纯正，风格和平，有法可寻；后者"粗厉噍杀之音起，其志或淫可溺或烦或乔"，失于温柔敦厚，趋于衰飒乖悖。在《橡树诗序》中，他历批宋诗大家：黄庭坚诗"生"，陆游诗"缛"，范成大诗"弱"，九僧四灵诗"拘"，杨廷秀、郑德源诗"俚"，刘潜夫、方巨山、杨万里诗"意无余而言太尽"，除了苏、欧、王等人，均为所斥，虽态度苛刻，可见研究之深。至于今之宗宋者取"苏黄杨陆之体制"，遗其神明，竹垞认为他们毫无根柢，如同伐荻结茅屋，"一旦燎以火，其不化为烟尘土砾者罕矣"（《鹊华山人诗集序》，《曝书亭集》卷三九）。

作为清初词坛翩翩才俊，纳兰性德亦工于诗，力主独创，虽意破宗唐宗宋习气，但仍倒向唐人一边。他的力作《原诗》，看似跳出唐宋诗争圈外，认为"今之为唐为宋者，皆伪体也"，而主张"无问唐也宋也，亦问子之诗安在耳"，以温柔敦厚为本，反对临摹仿习，主张转益多师，但《渌水亭杂记四》论诗，却推唐人为首，批评宋诗：认为唐人咏史不落议论，以形象达史评之意，胜于宋人动辄搬运理具；崇尚唐诗风雅比兴，批评宋诗缺乏韵味；崇尚唐诗语言自然，批评宋人专意雕饰。容若在对唐宋诗之失各打五十大板后，仍趋向于唐诗，因为唐诗的创作手法，更合于他所认定的诗词作法。

田同之声誉不显，诗学笃信王士祯家法："诗之道，有根柢焉，有兴会焉。镜中之花，水中之月，羚羊挂角，无迹可寻，此兴会也。"（《西圃诗说》）由于崇尚神韵，他强调诗宜于"旁引曲喻，反复流连"，批评七子以格调严分四唐，随意褒贬，实属谬误。在唐人之中，他推重李杜：李重气格，讲求自然，"以俊逸高畅为贵"，"咏之便人飘扬欲仙"；杜主意格，擅长独造，"以奇拔沉雄为贵"，"使人慨慷激烈，歔欷欲绝"。二者共性：从容不迫，深有余味。对于宋诗，他一则批评用典众而拙，一则批评排布多而含蓄少，缺乏唐诗浑灏之势，指责黄庭坚语言"生硬"，陆游声调"滑易"，范成大言"缛"力"弱"，杨万里、郑德源词"鄙且俚"，颇伤气脉神韵。在他看来，宋人之失，在于诗法呆板，对偶雕琢过甚，失去天真兴致。西圃之论，与清初神韵诗学潜通暗传，从中可体测清代诗学脉动。

宗唐派虽承明七子及其后学余绪，但与明人的诗学环境、诗学目的不同，主要针对清初学宋者创作的弊病——缺乏抒情韵致、使典议论失当、诗法过于苛刻、形象生硬呆滞而发，力图恢复唐诗主情言志的特质。宗唐诗论的兴起，表明为适应诗歌创作实践的需要，人们对优秀传统的回归热望。

清初宗宋派诗学观

清初宗宋派的兴起，与时局变故与时代精神的转变有关。前面说过，清初学人在对明代空谈心性、耻于事功排击后，以经世致用相召，论诗重学问主议论，厌弃明人宗盛唐而得其肤廓空套，学晚唐而得其纤仄，重新把目光投向备受攻击的宋诗，从而形成宗宋潮流，主要论者有钱谦益、黄宗羲、吴之振、徐乾学等人。

钱谦益虽不废唐诗，但论诗持发展观，认为"逆流顺流，随缘应化，各不相师，亦靡不相合，宋元之能者亦由是也"（《曾房仲诗序》，《初学集》卷三二），肯定宋元之变；其学诗"以杜、韩为宗，而出入香山、樊川、松陵，以迨东坡、放翁、遗山诸家"（瞿式耜《初学集目录后序》），兼容并蓄，圆融通达。但是，他虽承认宋诗价值，创作取为借镜，却不过分标榜，因他一向反对以时代论诗，随意褒贬，何况宋诗成就也参差不齐，牧斋只取法某些具体诗人，并不自限于有宋一代。黄宗羲治学经史兼修，提出诗歌应表现"万古之性情"（《马雪航诗序》，《黄梨洲文集·序类》），须经过兴观群怨、思无邪的过滤，符合儒学伦理规范。对于前代诗派，他主张"辨体明宗"（《钱退山诗文集》，《黄梨洲文集·序类》），批评当今学者"不能究宋元诸大家之论，才晓断章，争唐争宋，特以一时为轻重高下，未尝毫发出于性情"（《天岳禅师诗集序》，《黄梨洲文集·序类》）。针对宗唐者一叶障目，非议宋诗，黄氏指出："诗之道甚大，一人之性情，天下之治乱皆所藏纳。古今志士学人之心思愿力，千变万化，各有至处，不必出于一途。今于上下数千年之中，而必欲一之以唐，于唐数百年中，而必欲一之以盛唐。盛唐之诗，岂其不佳，然盛唐之平奇浓淡，亦未尝归一，将又何所适从邪？"（《诗历·题辞》，《黄梨洲文集·序类》）他认为人的情感丰富多彩，故独法盛唐于理不通，主张学诗"辨其真伪，不当拘以家数"。他还着意沟通二者，在《姜山启彭山诗稿序》中指出"善学唐者唯宋"，且不说宋初学中晚唐形成白体、昆体、晚唐体，就是李、杜、韩、王、孟，也为欧、梅、王、黄等所仿效，故《张心友诗序》主张唐宋兼取，但他又认为"宋诗之佳，亦谓其能唐耳，非谓舍唐之外，能自为宋也"。看来梨洲强调宋诗学唐有成，并不主张宋诗自立，未完全摆脱宗唐的羁绊。

前述论者作理论辨析，还有一些论者则通过选学为宗宋助阵。吴之振等人编选《宋诗钞》九十四卷，录84家诗12000多首，附加小传、考证、品评，于康熙十年（1671）刻本发行。其序纠正宗唐者斥宋诗

"腐"的偏见，指出"宋人之诗，变化于唐，而出其所自得，皮毛落尽，精神独存"，认为宋诗学唐而不泥于唐，变化出新，有独立价值，比黄宗羲进了一步。为消除宗唐偏见，他选宋诗"尽宋人之长，使各极其致，故门户甚博，不以一说蔽古人"。与之相呼应，另有几个论者通过诗选序言，对宋诗价值加以论述。金居敬《王渔洋诗续集序》对宗唐者诋诃宋诗尤其是江西派质疑，指出宋初欧王"推扬李杜，以振杨、刘之衰弱"，江西派诗"音节句法皆本于唐"，宋诗实可与唐诗并存。徐乾学《宋金元诗选序》从"文章之道，以变化为能，以日新为贵"出发，否认"唐以后无诗之说"，指出"唐人未尝祖汉魏而祧六朝，后人辄欲宗唐而黜宋元"，与理不通，且宋诗虽然风调、气韵不及唐人，但"功深力厚，多所自得"，"都官之清婉、东坡之豪逸、半山之坚老、放翁之雄健、遗山之新俊、铁崖之奇矫，其才力更在郊岛诸人之上"，而且苏"合杜与韩而畅其旨"，陆"合杜与白而伸其辞"（《渔洋山人续集序》，《徐大司寇憺园全集》二一），与唐息息相通。故他在《田漪亭诗集序》中说，宗宋者也应探宋诗之源，把唐宋作为有机整体，这一认识与叶燮较近。田雯《鹿沙诗集序》认为唐宋无异道，学诗应"分体取法乎前人"，抛弃盛唐为法陋见，以风雅之道为学则，不要分唐界宋。他也批评二程、邵雍"竞趋理学，遂引训诂语入四声，去风人之旨实远"，杨万里等"俚俗过甚"，但不赞成以偏概全，一概抹杀欧、梅、王、苏、黄、陆。为了寻找唐宋关系，他具体分析宋人学唐：苏轼"神明于子美，变化于退之"（《古欢堂杂著》卷二）；黄庭坚"（七古）从杜韩脱化而出，创新辟奇，风标娟秀"；欧阳修"（七古）崛起宋代，直接杜韩之派而光大之"；陆游"七言古诗登杜韩之堂，入苏黄之室，虽工力不敌前人，亦一杰构"，"（五律）意摹香山，取材甚广，作态更妍"（同上）。从上述各家"无不登少陵之堂，入昌黎之室"（《古欢堂杂著》卷一），可见宋诗品格的形成，与杜、韩议论为诗、引入文则、诗法精严有关，故不能排斥宋诗于师范之外。上述诸序，从一个侧面说明清人对唐宋诗研究的深入细微。

邵长蘅功名虽微，但论解实高。他认为学诗要"得其性情所近"（《金生诗序》，《青门簏稿》卷七），反对随意抑扬前贤，从汉魏到唐宋，诗可学不可学，要视个人自得而定，不应定在某朝。他的《吹万集序》说："余怪夫百馀年间谭诗者之曰陋也。主汉魏三唐者，诋宋元人诗曰旁门、曰小乘；主宋者，诋前之所作曰赝、曰剿。甚则怒其子孙，乃并其祖父而訾之，波流云扰，诋諆蜂出，不惟其是之折衷，而规规焉分浪派别异同，以蕲其胜而后已。"批评宗唐宗宋者据门户，喜辩驳，淆真伪，未从实质上解决唐宋关系。《研堂诗稿序》谓"宋人实学唐而能泛逸唐轨，大放厥辞"，故形成二种风格、意境："唐人尚蕴藉，宋人喜径露；唐人情与景涵，方为法敛，宋人无不可状之景，无不可畅之情。"从表现的广泛来说，宋人已超唐人，故后代"不安分"者，不迷信宗唐之见，而以学宋相尚，因为不趋宋"不足以泄其纵横驰骤之气，而逞其瞻博雄悍之才"。他认为，宗宋是后人寻求发展的必然举措，并非有意标新立异。

宗宋者在明为"弱势群体"，因为时人多崇唐摹唐，泥古不化，遂使明诗失去创造的机遇，沦为唐诗拙劣的仿习者，虽有公安、竟陵击鼓鸣号，大力振刷，但终不敌宗唐的滔滔大势。清初宗宋者殷鉴不远，急欲疗救时病，从宋诗寻求特效药，又多未患门户宿疾，持衡以视唐宋，显示了实学精神。

清初倡晚唐诗风之说

在唐诗接受史上，中晚唐的诗学地位，向来起伏不定：唐代选本多出于中晚唐，选当代诗居多，不等于看好；宋初承中晚唐遗绪，选本亦承其风，严羽黜斥中晚虽影响甚巨，终未改变一代大势；元代自杨士弘《唐音》出，中晚唐少为人问津；明初高棅《唐诗品汇》力倡盛唐，中晚唐前景灰暗。从唐至明，中晚唐可谓命途多舛，每况愈下。这种形势，至清有所转变。

　　清初宗唐者多轻视中晚，倒是倡宋者钱谦益提出"唐人一代之诗，各有神髓，各有气候"（《唐诗鼓吹序》，《有学集》卷一五），不宜尊此贬彼，中晚唐渐为人所重。当时，出现了一批选本，如陆次云《晚唐诗善鸣集》、杜诏与杜庭珠《中晚唐诗叩弹集》、查克弘和凌绍乾《晚唐诗钞》等。选家们对中晚唐诗试图重评。如查克弘之序，对四唐诗风之变，尤其是晚唐诗风的多样及对宋代影响做了说明："诗莫备于有唐三百年，自初盛之雄浑，变而为中唐之情逸，至晚唐则光芒四射，不可端倪……实殿三唐之逸响，著两宋之先鞭者。"陆次云之序，则对中晚唐继承风骚与汉魏传统讨论，暗示其与初盛同源而有发展，中唐"以淡远胜"，晚唐则"千变万化，无所不有"。选学的繁兴，促使中晚唐诗得到广泛传播，而冯班冯舒兄弟、吴乔、贺裳等人，是研究中晚唐诗的中坚。

　　冯氏兄弟出于钱谦益之门，但诗学取向与乃师不同。钱氏诗学宋元，二冯则"祖少陵，宗玉溪，张皇西昆"（张鸿《常熟二冯先生集跋》），合作评阅《才调集》，校订《玉台新咏》。二冯论诗，重视性情，如冯班认为古今虽异，但人情类似，学古重在美刺，不能只在声调、风格上用力，否则"譬如刍狗，徒有形象"（《马小山停云集序》，《钝吟文稿》）。其论诗法，重视比兴，如冯舒主张："心有在所，未可直陈，则托为虚无惝恍之词，以寄幽忧骚屑之意。"（《家弟定远游仙诗序》，《钝吟文稿》）倡比兴，显然是针对宋诗的诗法酷烈、语言直板而言。冯班还引王安石、欧阳修语肯定西昆："自江西派盛，斯文之废久矣。至于今日，耳食之徒，羞言西昆。然王荆公云学杜者当从李义山入，欧阳文忠尝称杨、刘之工。"（《同人拟西昆体序》，《钝吟文稿》）在《陈邺仙旷谷集序》中，他正面论述了温李的地位与作用："温李之于晚唐，犹梁末之有徐庾，而西昆诸君子，则似唐之王杨卢骆。杜子美论诗，有江河万古流之言；欧阳永叔论诗，不言杨、刘之失，而服其工……盖徐庾温李，其文繁缛而整丽，使去其倾仄，加以淳厚，则变而为盛世之作。"把世道兴衰与诗歌思想正邪联系，指出末世文学虽有疵瑕，并非一无是处，因此对温李诗、西昆体不能随意抹杀。基于此，二冯批点《才调集》如是评温李："温李诗句句有出，而文气清丽，多看六朝书方能作之。杨、刘以后绝响矣。无人效之终不近。""温李、杨、刘，用事皆有古法，比物连类，妥帖深稳。"前一段称温李诗用典不为典故所累，反而显出"清丽"风格；后一段称温李诗与西昆体用事讲求比兴，结构严整。这同他们批评黄庭坚诗"用事琐碎"、"粗硬槎牙"，形成鲜明对照。不过他们还是为宋诗留一地位："宋人诗逐字逐句讲不得，须另具一副心眼，方知他好处。大约唐人诗工夫细，宋人不如也。"（《钝吟杂录》卷四）指出唐宋诗写法、风格的差异：唐诗刻画逼真，于细微处见功夫；宋人崇尚哲理，应从意趣上理会。

吴乔与王士祯交游，论诗宗晚唐温李，批评七子学盛唐有类"一生在乳母怀抱间，脚不立地"（《答万季野诗问》）。这一看法，来自其学诗经历："二十岁以前，鼻息拂云，何屑作中晚耶？二十岁以后，稍知唐明之真伪，见盛唐体被明人弄坏，二李已不堪，学二李以为盛唐者，更自畏人，深愧前非，故舍之耳。"（同上）为了正确理解李义山诗，他编《西昆发微》三卷，于其旨趣颇有发明。吴乔论诗重意。但表达"以不着意见、声色、故事、议论者为最上"，应像唐诗"托比兴以杂出之，其词婉而微"，不能像宋诗"惟赋而少比兴，其词径以直"，其所言意，既指情感，也指景物，景随情变："夫诗以情为主，景为宾。景物无自生，惟情所化。情哀则景哀，情乐则景乐。"由于情景合一为诗歌至境，故称赞唐诗"能融景入情，寄情于景"，批评明七子"依盛唐皮毛以造句者，本自无意，不能融景；况其叙景，惟欲阔大高远，于情全不相关"（同上）。对于意的表达，吴乔推崇比兴。从比兴的运用，他肯定晚唐诗深厚，批评宋诗浅薄："诗之比兴赋，《三百篇》至晚唐，未之或失。自欧公改辙而苏黄继之，往往直致胸怀，不复寄托"，从而对李商隐给予好评："义山始虽取法少陵，而晚能规模屈宋，优柔敦厚，为此道之瑶草琪花，凡诸篇什，莫不深远幽折，不易浅窥。"（《西昆发微自序》）在吴乔看来，李诗继承屈宋以来咏物写景诗采用比兴、象征、暗示曲折传情的传统，思想深微，令人回味。

与二冯、吴乔相比，贺裳对中晚唐诗并不专意褒扬。实际上，在四唐中，他最称道盛唐"高凝整浑"（《载酒园诗话又编》），并推崇李白诗"风卷云舒，无可踪迹"，杜甫诗"如水归墟，靡坎不盈"。他认为初唐承六朝模山范水之风，"专务铺叙"，除陈子昂、张九龄外，"雅人深致，实可兴现"者难觅。对中唐，他区别对待：初期，"类于平淡中时露一人情切景之语"，对韩翃、韦应物、严维等人均有好评；中后期，"多崇尚自然"，对柳宗元、刘禹锡、韩愈亦有好评；但与盛唐比，中唐诗气力减弱："雅澹则不能高浑，雄奇则不能沉静，清新则不能浑厚，至贞元以后，苦寒、放诞、纤缛之音作矣。"贺裳准确地抓住中唐诗风变化，认为它无法比肩雄浑放逸、沉静深厚的盛唐，与动乱之后士人哀怨低旋、委靡不振的精神有关。对晚唐诗，他极力斥责："诗至晚唐而败坏极矣，……大都绮丽则无骨，至郑谷、李建勋，益复靡靡；朴澹则寡味，李频、许棠。尤无取焉。甚则粗鄙陋劣，如杜荀鹤、僧贯休者。"虽然如此，却又着力研究，对温李诗更能作具体分析：如批评温诗堆砌词藻，无淡远之致；尖新猎奇，少雅正之志；矜饰伪装，乏自然之态，但亦有"警慧"可取者，如《奉天西佛寺》"上写忠义之激昂，下写乘舆之惶迫，真一篇之警策"。评李商隐，谓其古诗学杜，《行次西郊》等"颇能质朴"，绝无"绮才艳骨"。李诗优点是"妙于纤细"，尤善用比兴，一反"魏晋以降，多工赋体"之风，表情委曲，如《槿花》"因槿花之易落，而感女色之易衰，此兴而兼比者也。至末句说尽古今色衰爱弛之事，慧心者当不待见前鱼而泣下矣"。由于论中晚唐较多，故贺氏对学晚唐的宋初诗多有肯定。他总评宋初人学晚唐，气格不高，然赞其诗"中联特多秀色"：王禹偁"秀韵天成，常有临清流、披惠风之趣"，令人心旷神怡；林逋鹤妻梅子，高志抗俗，"泉石自娱，笔墨得湘山之助"，风范可师。但虽认为宋诗"才情原自不乏"，却更多的是非议。如认为欧、梅诗"敷陈多于比兴，蕴藉少于发舒"；苏诗虽"古今独绝"，但"瑰奇而失详慎，故多粗豪处、滑稽处、草率处，又多以文为诗，皆诗之病"；黄庭坚则"好奇，兼喜使事，实阴效杨、钱，而外变其音节，故多矫揉倔佶，而少自然之趣"（均见《载酒园诗话又编》）。这些批评显然着眼于比兴与蕴藉，与他对温李诗的认识一致。

清初宗唐者多承明人而倡初盛，而冯班、吴乔、贺裳却另立山头，独树一帜，克服宗宋者创作的粗豪直露、韵味全无，重视晚唐温李诗，着眼于其深微隐约的美质与比兴原则的契和，以风骚美刺与温柔敦厚为指归，虽其具体论述未能持平，但未背离其总体原则。

第三节　两个独特的诗学家：王夫之与叶燮

王夫之的唐诗观及唐选价值

王夫之身处明清之交，历经社稷毁堕，颇怀经世之志，因时势所迫，只得隐居乡曲，治学为业。他广涉内典外籍，思想超拔，会通创变，实为湘学大师。王氏不以诗歌创作名世，但勤于理论总结，每有会意，即随笔录存，成帙者有几部要作：《姜斋诗话》一改闲谈积习，逻辑严整，析理精当；《诗广传》、《楚词通释》、《古诗评选》、《唐诗评选》和《明诗评选》，论说列代诗歌，与其整体诗学观念相为表里。由于具有良好的感受能力和深广的理论视域，王氏所论言约意丰，直中要害，建构了较为系统的诗学体系，其中对唐诗的论述和选评，在清初学人中茗颖独竖。他评选唐诗，多源于个人涵泳诵习，不屑于沿袭成说，也不专于考证，但对声韵、用字较为经心，凡言某字拗、某字重用者，都关乎诗歌的体式声韵。借用金岳霖《知识论》的说法，王氏可谓徒手直取文本的"哲意"与"诗意"，而免于烦琐的章句解说。

作为清初诗论的重镇，王夫之与其他论者一样，注意反思历史，总结传统。他倡言诗教，重释兴观群怨，注重体验，反对陈规成法。王氏诗话严立艺术准则："艺苑之士，不原于三百篇之律度，则为刻木之桃李；释经之儒，不证合于汉魏唐宋之正变，抑为株守之兔置。陶冶性情，别有风旨，不可以典册、简牍、训诂之学与焉也。"（《姜斋诗话》卷一）学习《诗经》，可见其继承古典诗学传统；沟通列代，可见虽主正变而更重变通；诗不同于书本而有别趣，可见其回归艺术本质。此三条乃王氏诗论的精髓，一脉贯穿于其唐诗论之中。王氏论唐诗集中于《唐诗评选》，另外《古诗评选》与《明诗评选》也有涉及。

《唐诗评选》四卷，录150多家诗540多首。各卷分体排列，顺次为乐府歌行、五古、五律、七律，未收绝句。据今人考证，该本成于王氏晚年，与其整体诗学观一致。从选目看，编者选拣各体大家，重点突出：乐府歌行以李白为最多，收16首，另外杜甫12首、岑参7首、李贺5首，他人较少，而略晚唐；五古以杜甫为最多，收19首，另外李白17首、韦应物14首、张九龄7首、储光羲6首，余则寥寥，晚唐收入五家；五律以杜甫为最多，收19首，另外王维12首、李白7首、杜审言7首、王勃6首、李嘉祐5首、宋之问4首；七律以杜甫为最多，收37首，另外李商隐13首、刘禹锡8首、王建8首、沈佺期7首、杨巨源6首。虽然各体都有略晚唐的倾向，但多少冲破了诗必盛唐的旧说。这一选本更令人注意的是其中的评点。这些文字灵机泉涌，随机多变。其评说格式，大略分为二类：或玩味深研，点明感受，拈出风格，指明句法，以寥寥数语概括；或把该诗置于体式发展中，指出前后承传作用，更有甚者，从具体诗作生发开来，比较重要诗人，总评一个时期诗歌成就，下笔百余字而不休。

王氏评诗，注意个人感悟，而个人感悟必来自亲身感受，并非搬运书典可致，其宣称"身之所历，目之所见，是铁门限"（《姜斋诗话》卷二），把设身处地的体验作为创作基础，因此对《诗经》中像"萧萧马鸣，悠悠旆旌"之类自然清新之语句激赏。这种追求浑朴单纯、境意双佳的艺术趣尚，常作为评价唐诗的参照，像"阴晴众壑殊"、"乾坤日夜浮"、"平野人青徐"这类写景绝美的诗句，都为他所重。即使像"落日照大旗，马鸣风萧萧"这样的语句，有的人以为是模拟前引《诗经》两句而得，王氏也认为其"用意别，则悲愉之景原不相贷，出语时偶然凑合耳"，绝非步武前人。由于强调独创，王氏既对齐梁、晚唐诗一味沿袭前贤的作风不满，更对宋人凡事"必求出处"的"酸迂"大加指责，特别是对宋人诗论常常不理会意兴，动辄考证诗中出处、事理的做法不以为然。比如刘贡父《中山诗话》据杜诗"我欲相就沽斗酒，恰有三百青铜钱"，据以估考唐时酒价，作者嘲笑道："崔国辅诗'与沽一斗酒，恰用十千钱'，就杜陵沽处贩酒，向崔国辅卖，岂不三十倍获息钱邪？"（同上）

情景本为诗之两翼，从创作状态来看，或以情胜，或以景胜，或情景双谐。王夫之认为艺术至境，是情景"妙合无垠"（同上，卷二），而且在表达对立情感时，通过比较陪衬以提高表达力："以乐景写哀，以哀景写乐，一倍增其哀乐。"（同上，卷一）他的这种看法，与其对情景关系的辩证分析有关："情景虽有在心在物之分，而景生情，情生景，哀乐之触，荣悴之迎，互藏其宅。天情物理，可哀而可乐，用之无穷，流而不滞；穷且滞者不知尔。"基于此，他对唐人"长安一片月"、"影静千官里"、"诗成珠玉在挥毫"等诗句一再赏叹，就在于第一句以景把"孤楼忆远之情"衬托出来，第二句"喜达行在之情"溢于言表，第三句则以情"写出才人翰墨淋漓、自心欣赏之景"，是情景互动的见证。有时在唐人一首诗中，情景看似不配套，但经作者细心辨析，才发现大有其妙，如杜甫《登岳阳楼》中"'吴楚东南坼，乾坤日夜浮。'乍读之若雄豪，然而适与'亲朋无一字，老病有孤舟'相为融浃。"因为在这里，前两句极言江山之豪，实以形漂泊之痛，更增强了表情强度。由此，作者得出"景以情合，情以景生，初不相离，唯意所适"（同上，卷二）、"诗歌之妙，原在取景遣韵，不在刻意"（《古诗评选》卷一斛律金《敕勒歌》）的结论。

自元人讲求诗法以来，许多论者对近体诗情景表达作生硬安排，其中就有"近体中二联，一情一景"说法。王氏认为这种机械做法，"截分两橛，则情不足兴，而景非其景"（《姜斋诗话》卷二），完全破坏艺术的浑融，有百害而无一利，像沈佺期《独不见》中"九月寒砧催木叶"和李颀《题璿公山池》"片石孤云窥色相"等诗句，其情景合一，无法拆散。同样，像王维《山居即事》其中"八句景语，自然含情"（《唐诗评选》卷三），也难以肢解分说。作者批评高适的诗歌情与景乖离，"如山家村筵席，一荤一素"（《唐诗评选》卷四岑参《首春渭西郊行呈蓝田张二主簿》），只让人觉其寒素啬俭。由此，他提出："诗之为道，必当立主御宾，顺写现景，若一情一景，彼疆此界，则宾主杂逻，皆不知作者为谁。意外设景，景外起意，抑如赘疣上生眼鼻，怪而不恒矣。"（《唐诗评选》卷三丁仙芝《渡扬子江》）创作中所出现的诸类问题，与唐人诗格、诗式的琐屑规定不无关系，故王氏把矛头对准皎然。他指出皎然《诗式》所定"皆画地成牢以陷人者，有死法也。死法之立，总缘识量狭小"（《姜斋诗话》卷二），"所恶者不自料量，以其藕丝之力，妄欲缚人，如皎然老髡以'扣门无犬吠，欲去问西家'之才，辄敢立《诗式》以束天下须眉丈夫"（《唐诗评选》卷三僧灵彻《九日和于使君思上京亲故》）。所以他认为，"中唐之病在谋句而不谋篇，琢字而不琢句，以故神情离脱者，往往有之"（《唐诗评选》卷三钱起《早下江宁》），而"试取初盛唐律验之，谁必株守此法者？"（《姜斋诗话》卷二）至于后代的"起承转收以论诗，用教幕客作应酬或可"（同上，卷二），违背了艺术创作实际，只能是自缚缚人。

由于重情景相融，王夫之主张艺术风格以含蓄为上，要做到"含情而能达，会景而生心，体物而得神，则自有灵通之句，参化工之声妙"，认为"情语能以转折为含蓄者，唯杜陵居胜"（同上，卷二）。极力反对议论入诗："诗立风旨以生议论，故说诗者于兴观群怨而皆可。若先为之论，则言未穷而意已先竭。在我已竭，而欲以生人之心，必不任矣。"（《古诗评选》卷四张载《招隐》）"诗固不以奇为高，唐宋人于理求奇，有议论而无歌咏，则胡不废诗而著论辩也？"（《古诗评选》卷五江淹《清思二首之二》）由于体式的特点决定了诗歌以抒情为长，不宜于说理，故王氏声称"唐宋人一说理，眉间早有三斛醋气"（《古诗评选》卷四庐山道人《游石门诗》）。反说理的必然结果，是走向对"诗史"的批评，故其诗话、诗评反复申言诗史的不合理。作者认为，甚至于咏史诗，"以史为咏，正当于唱叹写神理，听闻者之生其哀乐。一加论赞，则不复有诗用，何况其体？"（《唐诗评选》卷二李白《苏武》）

王夫之注重诗人的艺术灵性，讲求实际审验，反对成法，并不意味着他对艺术构思的忽视，恰恰相反，他对艺术创作的匠心独运特别重视，提出了以意为主、运势其中的艺术思维方法，并应用于唐诗评论。他认为："无论诗歌与长行文字，俱以意为主。意犹帅也。无帅之兵，谓之乌合。""以意为主，势次之。势者，意中之神理也。""一势字宜着眼。若不论势，则缩万里于咫尺，直是《广舆记》前一天下图耳。"（《姜斋诗话》卷二）王氏强调诗人创作要从大处着眼，注意艺术的整体性，不然的话，"把定一题一人一物，于其上求形模，求比拟，求词采，求故实，如钝斧子劈柞，皮屑分霏，何尝动得一丝纹理？"（同上）在唐人中他独推李杜，他们"所以称大家者，无意之诗十不得一二也。烟云泉石，花鸟苔林，金铺锦帐，寓意则灵"。因此，作者欣赏唐人"秋风吹渭水，落叶满长安"、"花迎剑佩星初落"、"浩浩长江水，黄州若个边？岸回山一转，船到蝶楼前"等诗句，甚至认为杜审言的诗"意起笔起，意止笔止，真自苏、李得来，不更问津建安。"（《唐诗评选》卷三杜审言《和晋陵陆丞早春游望》）由此可见，王夫之对诗歌创作方法的重视，因为任何艺术的发展都有从无法到有法，再从有法到无法之势，后一"无法"是不为法所限、对法超神入化的运用，而运用之妙存于一心，即在意理取势的讲究。

由于强调情景互动，王夫之喜欢初唐诗，因为它浑融自然，具深泽大山意味，尤其是五古与乐府，"自然独绝处，则在顺手积去，宛尔成章，令浅人言格局、言提唱、言关锁者总无下口分在"（《唐诗评选》卷一）。这种艺术趣尚，打破以盛唐为法格套，显示了他的艺术眼光。因此，他在评盛唐、中唐诗时，多带着"挑剔"的意味，如云："韵足意净，盛唐人加以叱咤，大损风味。"（《唐诗评选》卷三王勃《对酒春园作》）"矜气中自有朴气。故知齐梁虽靡于汉晋，而生理自固。开元以降，雕琢苟细，靡乃已甚；降及元和，剥削一无生气，况生理邪？"（《唐诗评选》卷一蔡孚《打毬篇》）其于中唐诗，批评处尤多："中唐人尽弃古体，以笺疏尺牍为诗，六义之流风凋丧尽矣。樊川力回古调，以起百年之衰，虽气未盛昌而摆脱时蹊，自正始之遗泽也。"（《唐诗评选》卷三杜牧《句溪夏日送卢霈秀才归王屋山将欲赴举》）"咏物诗亦作比兴，四句起妙于用谢朓者。'夜久平无焕'，右丞、拾遗俱无此精采语，中晚人学此者愈劳梦想，体物语分巧化工至初唐而止，嗣后不复有继者。"（《唐诗评选》卷三附五言排律沈佺期《和元舍人万顷临池玩月戏为新体》）"笔致疏率，齐梁人不著铅华则往往如此，中唐人所能至者，亦此而已。中唐人但得六代率笔，便自诩起六代之衰，亦不知量也。且此诗首尾只是一情，更不论新数旧，唐人处此则又必添之绕。烦简纯驳之分，定当谁胜，耳食者可心思未？"（《古诗评选》卷五朱超《别席中兵》）

王夫之在评价齐萧子良《登山望雷居士精舍同沈右卫过刘先生墓下作》时，有一段重要的话："文者气之用，气不昌则更无文。顾昌气者非引之荒大，出之駤戾也。行于荣卫之中，不见其条理，而自不相失，苟顺以动，何患乎窒？故有文采焜煌而经纬适，文情惊踔而纲维调，若气有或至或不至，小顿求工而失其初度，则削肉留筋，筋之绝理者早已为戾矣。"（《古诗评选》卷五）对唐代具体诗人诗作的评价，作者就是从气的状态进行评说，且善于比较。如评李白、崔颢同题诗《黄鹤楼》，认为李如"凤之威"，崔如"虎之威"（《唐诗评选》卷四李白《鹦鹉洲》）。评杜甫、储光羲："储诗入处曲折，出路佳爽，亦始开深炼一格于近体，而甫已渊微，即尔振脱消息于康乐、玄晖之间，唐以下人，更无伦匹。"（《唐诗评选》卷三储光羲《寒夜江口泊舟》）评王维、杜甫："工部之工，在即物深致，无细不章。右丞之妙，在广摄四旁，圜中自显。"（《唐诗评选》卷三王维《观猎》）评元、白："大历之诗变为长庆，自如出黔中溪箐入滇南佳地。元、白固以一往风味，流荡天下心脾，雅可以韵相赏。罥括微至，自非所长，不当以彼责此。"（《唐诗评选》卷四白居易《钱塘湖春行》）这些都是从诗作整体性关注，体验其中流荡的作者的生命力，即把握其中的"势"，因为它是作者气情辞力的表现。

总的说来。王氏推崇艺术创作发兴时的"意在言先，亦在言后，从容涵泳，自然生其气象"（《姜斋诗话》卷一），因此《诗经》、《古诗十九首》、陶渊明诗，就成其衡量后代诗歌成就的准绳。在论唐诗时，他不仅刻意强调唐人对传统的继承，其对唐诗整体评价亦不很高："唐人刻画立意，不恤其言之不逮，是以竭意求工，而去古人愈远。"（《唐诗评选》卷一孟浩然《鹦鹉洲送王九之江左》）"唐之不逮陈、隋，犹宋之不逮唐也。陈子昂、韩退之倔强标榜，将乌豆换千年人眼睛，人遂甘受瞀而乐以瞀人。"（《古诗评选》卷六徐陵《春晴》）这与当时的宗唐者旨趣不一，与宗宋者更大相径庭，显示出船山诗学的独特宗尚。

叶燮对唐宋诗内在气脉的沟通

叶燮出身于书香门第，天资聪颖，禀性耿介，不因势利富贵易操，不因攀高托达更志，时时忤逆权贵，后愤而辞官，以读书论艺、游山览胜为务。他心雄万夫，抗言名士，其诗学思想在独立治学、坦诚争论中形成。他擅长诗文，精于诗评，其诗论之作《原诗》警拔独到，在清代首屈一指。此书分内外篇，体系严整，纵横贯通，揭示了诗歌的源流正变、表现形态，总结了诗歌的艺术本质、创作原理，其对唐宋诗的论述，不是零碎地就某些诗人诗作简介比附，而是从艺术踵事增华、变本加厉的趋势，沟通综论。

《原诗·内篇上》一开始，即站在几千年诗史的宏观角度，分析构成诗歌的各种因素及演变发展，阐述诗道与世推移的观念："诗始于《三百篇》，而规模体具于汉。自是而魏，而六朝、三唐，历宋、元、明，以至昭代，上下三千年余间，诗之质文、体裁、格律、声调、辞句，递嬗升降不同。而要之，诗有源必有流，有本必达末；又有因流而溯源，循末以返本。其学无穷，其理日出。乃知诗之为道，未有一日不相续相禅而或息者也。但就一时而论，有盛必有衰；综千古而论，则盛而必至于衰，又必自衰而复盛。"虽然由于时代的局限，作者仍不脱循环论痕迹，但认为艺术总的趋势不断变化，以此批评明以来复古论者的"偏畸之私说"，再进一步从诗人与诗坛风气、潮流的关系，指出才人代出、无须返古之理，这在清初复古阴霾沉沉之时，确属划长空而出。论述唐宋诗时，作者深入分析诗风嬗变，从中揭示二者不可割裂的联系。

作者指出，虽然"唐初沿其（六朝）卑靡浮艳之习，句栉字比"（同上），但其为艺术的摸索阶段，为后来创作提供了经验。他不同意复古论者认为"（盛唐是）诗之至正"（同上）的观点，提出盛唐成就虽巨，但也不过是唐诗摆脱前人羁绊、形成自个品格的重要时期，不能因此扬盛唐而抑其他。在谈到唐宋诗内在气脉的承连时，他提出最有价值的看法——中唐不仅是唐诗变化的关键，是唐宋诗风转折过渡的枢纽，是唐型诗向宋型诗转变的关捩，更是百代诗歌变化的"中继站"："吾尝上下百代，至唐贞元、元和之间，窃以为古今文运、诗运至此时为一大关键也。是何也？三代以来文运，如百谷之川流，异趣争鸣，莫可纪极。迨贞元、元和之间，有韩愈氏出，一人独力，而起八代之衰，自是而文之格、之法、之体、之用分条共贯，无不以是为前后之关键矣。三代以来诗运，如登高之日上，莫可复踰。迨至贞元、元和之间，有韩愈、柳宗元、刘长卿、钱起、白居易、元稹辈出，群才竞起，而变八代之盛，自是而诗之调、之格、之声、之情凿险出奇，无不以是为前后之关键矣。起衰者，一人之力专，独立砥柱，而文之统有所归；变盛者，群才之力肆，各途深造，而诗之尚极于化。今天下于文之起衰，人人能知而言之，于诗之变盛，则未有能知而言之者。此其故，皆因后之称诗者胸无成识，不能有所发明，遂各因其时以差别，号之曰中唐，又曰晚唐。不知此'中'也者，乃古今百代之'中'，而非有唐之所独得而称中唐也。"（《百家唐诗序》）这一看法，最能显示叶氏诗学的超诣独到。

众所周知，中唐诗歌如韩孟、元白诗派等，既继承了盛唐丰富的诗学成就，运古文理论于诗歌，善于运用散文作法与赋体手段，加强议论与叙事，使初盛唐的纯任兴感、意境混沌之美更带有别出心裁的人工美，尤其是韩孟诗派或以"奇险豪纵恣于工"，或以"矫激琢削归于约"（许学夷《诗源辩体》卷二十五），开辟了崭新的诗美世界，对宋诗美学形成产生深远影响。但自从严羽、高棅高扬盛唐以来，中唐诗得到偏畸待遇。在巨大的习惯势力左右时潮之时，叶燮一反前人极力强调盛唐为法、中晚卑之不足与言的肤论，对中唐诗的格、调、声、情的变化作了切实的评价，并以之将唐宋紧紧联系在一起，从而为唐宋兼取、相互沟通的诗观奠定了理论基础。

从上述观点出发，叶燮自然打破"四唐"分界以至唐宋朝代界限，力破四唐陋说，将其作为一个整体诗学遗产对待，并颖悟地提出，从唐到宋，诗歌浪潮发生三次嬗变，其中杜甫、韩愈、苏轼是浪尖的"弄潮儿"：杜甫兼有"汉魏之浑朴古雅，六朝之藻丽秾纤、淡远韶秀"，而发言皆出于已创，无一字句袭取陈言，其诗学成就直接开启韩愈、李贺、刘禹锡、杜牧、刘长卿、温庭筠、李商隐，对中晚唐诗人创作路数有重大影响，余波及于宋金明；韩愈想象奇崛，力大思雄，在时人多沿袭盛唐、诗作无以自创时，主张陈言务去，显示了一个创新意识强烈的诗家气魄，故"宋之苏、梅、欧、苏、王、黄，皆愈为之发其端"；对于宋诗，叶氏也给予公正评价，认为"宋人之心手，日益以启，纵横钩致，发挥无余蕴，非故好为穿凿也。譬之石中有宝，不穿之凿之，则宝不出；且未穿未凿以前，人人皆作模棱皮相之语，何如穿之凿之之实有得也？"充分表现出宋诗作为后起者，对前代文学遗产应持的态度。在宋人中，最具艺术创造的是苏轼，"其境界皆开辟古今之所未有，天地万物，嬉笑怒骂，无不鼓舞于笔端，而适如其意之所欲出，此韩愈后之一大变也，而盛极矣"，叶氏把他作为宋诗变化发展的猛将，因为他最能显示出宋人承唐逸唐、自求生变的特点。从对唐宋三大诗人的论述，他得出如下结论："大抵古今作者，卓然自命，必以其才智与古人相衡，不肯稍为依傍，寄人篱下，以窃其余唾。窃之而似，则优孟衣冠；窃之而不似，则画虎不成矣。故宁甘作偏裨，自领一队，如皮、陆诸人是也。乃才不及健儿，假他人余焰，妄自僭王称霸，实则一土偶耳。生机既无，面目涂饰，洪潦一至，皮骨不存。而犹侈口而谈，亦何谓耶？"（《原诗·内篇》）此段文字，即体现了他所宣扬的"才胆识力"之论，把艺术成功的主体精神素质渲示无遗。与上述所论相为表里，在《密游集序》中，叶氏具体分析了杜韩苏诗成功的原因——他们都是不满现实、积极进取的仁人志士，始终关注社会历史变化，凡所发言，均出于言志有为，不屑于嘲风弄月，排遣闲适，因此其作既能作为两朝诗风变化的代表，更能为人们认识当时历史状况提供借鉴。

从对具体诗人诗作的个案分析，叶氏最终形成理论成果，总结了他对唐宋诗前后发展联系的观点：以木为喻："唐诗则枝叶垂荫，宋诗则能开花，而木之能事方毕"（《原诗·内篇下》）；以画为喻："盛唐之诗，浓淡远近层次，方一一分明，能事大备，宋诗则能事益精，诸法变化，非浓淡远近、层次所得而该，刻画博换，无所不极"（《原诗·外篇下》）；以架屋为喻："唐诗则于屋中设帐帏床榻器用诸物，而加丹垩雕刻之工，宋诗则制度益精，室中陈设，种种玩好，无所不蓄"（《原诗·外篇上》）。诸多比喻，旨在说明宋人于唐之后，在艺术上不断增加新的内容、手法，丰富了中国诗学经验，是唐诗在新时代发展的必然。由于持这种辩证观念，叶燮一反前人盛唐为法、贬斥晚唐的做法，认为"盛唐之诗，春花也。桃李之秾华，牡丹芍药之妍艳，其品华美贵重，略无寒瘦俭薄之态，固足美也。晚唐之诗，秋花也。江上之芙蓉，篱边之丛菊，极幽艳晚香之韵，可不为美乎？"（《原诗·外篇下》）两个时期的诗作，具有旨趣各异的美学特性，不宜任意轩轾。后人绌宋，常攻其以文为诗、主于议论、偏离风雅，叶燮一针见血地指出："唐人诗有议论者，杜甫是也，杜五言古，议论尤多。长篇如《赴奉先县咏怀》、《北征》及《八哀》等作，何首无议论！而独以议论归宋人，何欤？……如言宋人以文为诗，则李白乐府长短句，何尝非文！杜甫前、后《出塞》及《潼关吏》等篇，其中岂无似文之句。"（同上）作者认为，议论化、散文化是艺术表达的丰富，揆之唐代大家，比比皆是，不能以此独咎宋诗，何况宋诗也不是完全以议论代替形象，散文体句式的活用，使诗句更为活泛灵动。从宋诗对唐诗的扬弃，叶燮还提出学诗的态度方法："古人之诗，可似而不可学。何也？学则为步趋，似则为吻合。学古人之诗，彼自古人之诗，与我何涉？似古人之诗，则古人之诗亦似我，我乃自得。"（《黄叶村庄诗序》，《己畦集》卷八）从批击他人学古，到自家创作图新，叶氏立场一贯，标明他与复古派者的彻底决裂。

叶燮的唐诗学，由于作者的"在野"身份，在当时不是主流，较少受时风所染，已完全跳出唐宋优劣的纷争，对美学价值异趣的诗歌价值，采取了一种平和客观的估评，深邃的历史意识和辩证的艺术法则相对突出，预示着清代诗学价值取向的重要拓展。

第四节　王士禛"神韵说"唐诗观及其反响

王士禛的诗学主张及其"神韵说"唐诗观

在清初，王士禛以倡神韵名世。其出身仕宦之家，天生聪颖，科名早得，历任高官，生徒遍地，"执吟坛牛耳者，几五十年"（朱庭珍《筱园诗话》），为康熙诗坛骁雄。王氏著述颇丰，其学术笔记后人据以编为诗话者，有《渔洋诗话》、《律诗定体》、《师友诗传录》、《师友诗传续录》、《然镫记闻》、《带经堂诗话》等，他自编《五代诗话》和不少唐诗选本，现可知者有《唐贤三昧集》三卷、《唐诗七言律神韵集》一卷、《唐人万首绝句选》七卷、《唐人选唐诗十种》等。王氏一洗明七子肤廓纤仄、死板熟套，也对公安粗率浅白、略无余味不满，为此他远汲古典诗学神泉，从司空图、严羽诗论找到立论点，总结古典山水田园诗创作传统，倡导冲虚空灵的象境和淡悠味永的风格，形成神韵论唐诗观。

"神韵"一词最初出自南朝人著作，主要用于人物品评、绘画欣赏，见于刘义庆《世说新语》与谢赫《古画品录》。品评人物，多指超凡脱俗、凌世独立的风度气概；欣赏绘画，多指形象的情调内涵和画面的和谐生机。后来，此一概念渐逸出诗画，渗透于诗论之中：钟嵘倡滋味，提出"文已尽而意有余"（《诗品序》），追求艺术内涵的蕴藉；司空图标"象外之象，景外之景"（《与极浦书》）、"韵外之致，味外之旨"（《与李生论诗书》），追求超乎形质的象境；严羽把"言有尽而意无穷"（《沧浪诗话》）作为指标，力追空灵剔透。上述论述，都潜藏了神韵因子。明确地以神韵论诗始于宋人，但多分开讲，如林倅曰："诗有格有韵，故自不同。如渊明诗，是其格高。谢灵运'池塘春草'之句，乃其韵胜也。格高似梅花，韵胜则似海棠花。"（陈善《扪虱新语》）明代以后，以神韵论诗者更多。谢榛主张格韵并举，情景相融。胡应麟提出"体格声调、兴象风神"（《诗薮·内编》卷五），后者即是组成神韵的因素。从他开始，神与韵合并：如论王维、岑参、杜甫七律"往往言宫掖事，而气象神韵，迥自不同"（《内编》卷五）；论孟浩然"五言不甚拘偶者，自是六朝短古，加以声律，便觉神韵超然"（《内编》卷二）。但他所谓神韵，指诗歌的整体审美特征，并不偏向某一特殊的诗风。陆时雍《诗镜总论》把神韵视为贯穿诗中的情思："诗之佳，拂拂如风，洋洋如水，一往神韵，行乎其间。"清初王夫之、毛先舒所论，与之类似。到侯方域，情形有所变化："夫诗之为道，格调欲雄放，意思欲含蓄，神韵欲闲远，骨采欲苍坚，波澜欲顿挫，境界欲深山大泽，章法欲清空一气。"（《陈其年诗序》，《壮悔堂文集》卷二）朝宗独以"闲远"为神韵之的。从追求诗歌整体的淋漓生气到闲远素淡的风格，可见神韵的递变。

前人运用神韵，以意会为主，不作确解，王士禛也不例外。他虽喜神韵之指向，却未界定其义，每逢达意之时，即顺手引用前人诗论和诗句，让读者体悟默察。在其诗论中，比较明确地提示神韵之义者，是引用孔天胤语："诗以达性，然须清远为尚。薛西原论诗，独取谢康乐、王摩诘、孟浩然、韦应物，言'白云抱幽石，绿筱媚清涟'，清也；'表灵物莫赏，蕴真谁为传'，远也；'何必丝与竹，山水有清音'，'景昃鸣禽集，水土湛清华'，清远兼之也。总其妙在神韵矣。"（《带经堂诗话》卷三）由此看来，神韵大要不出清、远二字，清者清幽，远者淡远，其所引以说明的诗歌，都与描写自然山水风物有关，以形象展示为主，意味深长，绝少浅白之论。另外，在《鬲津草堂诗集序》中，王氏论司空图《诗品》，独取"冲澹"、"自然"、"清奇"，以为此三者品位最高，而这三品都与神韵相通；在解释司空图"不著一字，尽得风流"时，引用李白、孟浩然写景诗，以为"色相俱空，正如羚羊挂角，无迹可求，画家所谓逸品是也"（《带经堂诗话》卷三），是神韵注脚。如果简括王士禛对神韵的要求，不外创作的自然浑成、一气贯通，风格的冲淡平和、幽深闲远，境界的深远微妙、令人神往，意蕴的含蓄蕴藉、令人回味。由于诗学趣尚如此，他曾编《唐诗七言律神韵集》，作为家塾课本，后来又编《唐贤三昧集》，选诗也在"蕴藉风流，包含万物"（见何世璂《然镫记闻》）一路。在《唐贤三昧集序》中，他从司空图、严羽诗论生发开来，昭示选编原则与标准，把王、孟的"冲和淡远"之作（其中王选 111 首、孟选 48 首，占总选数 35%）作为重点，而不以"雄鸷奥博"为主（见翁方纲《七言诗三昧举隅》）。在《芝廛集序》里，他认为陶谢王孟之诗，如同画中逸品，"沉著痛快"寓于"古澹闲远"中，比一味激昂慷慨更为深沉丰富，这与后来桐城派文论相通："文之雄伟而劲直者，必贵于温深而徐婉。"（姚鼐《海愚诗钞序》）注重艺术对立因素的融合。在《画溪西堂诗序》中，他甚至把王孟之诗，比作"世尊拈花，迦叶微笑"，不言而美自呈，无语而媚自生。由于王孟韦柳的山水田园诗，看似闲澹而中含沉著，比那些外表淋漓酣畅、内在情韵欠缺的诗歌美感更强，故王士禛论诗虽不废他调，但意之所主专注于神韵，并以之作为准的。

以神韵论唐诗，王士禛以"主情，故多蕴藉"（《师友诗传续录》）为总原则。针对五七言诗体式的差异，他提出不同的写作要求："五言以蕴藉为主，若七言则发扬蹈厉，无所不可。"（同上）从此可见，王氏倡导的神韵，多用于体制短小的五言诗，而不宜于七言长篇。他更着意于描写山水的五言律绝，因其格局狭小，要想扩大艺术含量，就要盘马弯弓，敛才就法，蓄势蕴情，以虚驭实，力求咫尺万里。如《带经堂诗话》卷三评唐五绝："往往入神。有得意忘言之妙，与净名默然，达摩得髓，同一关捩。观王、裴《辋川集》及祖咏《终南残雪》诗，虽钝根初机，亦能顿悟。"王、裴《辋川集》四十首五绝，同题咏唱，参透世情，摆脱尘纷，力求宁谧，其境清寂，时有超然物外、绝世逸举的禅意。祖咏《终南残雪》，以山高以表雪冷，以林外雾色以衬城中暮寒。王士禛认为他们都是"一时仁兴之言，知味外味者当自得之"。王士禛不仅赏叹兴会神至之作，而且对超越现实、不拘形迹的诗，给予高评。如《带经堂诗话》卷三说："孟浩然《下赣石》'暝帆何处泊，遥指落星湾'。'落星'在南康村，去赣亦千余，顺流乘风，即非一日可达。古人诗只取兴会超妙，不似后人章句，但作记里鼓也。"从实际生活来说，顺流之船不可能一日从南康至江西，但作者为了表达急切到达之情，不惜"歪曲"生活真实，这种做法，王氏认为更具艺术胆识，更富创造力。基于此，同卷也赏叹王维诗："'九江枫树几回青，一片扬州五湖白'，下连用兰陵镇、富春郭、石头城诸地名，皆寥远不相属。大抵古人诗画，只取兴会神到，若刻舟缘木求之，失其指矣。"

从神韵观出发，王士禛特别欣赏唐诗的浑成自然、泯去人迹。如《带经堂诗话》卷二说："晚唐人诗：'风暖鸟声碎，日高花影重'，'晓来山鸟闹，雨过杏花稀'；元人诗：'布谷叫残雨，杏花开半村'，皆佳句也。然总不如右丞'兴阑啼鸟缓，坐久落花多'自然入妙。盛唐不可及如此。"晚唐与元人诗，虽对仗精工，用字准确，但只是客观描绘，没有融入情思，而王维之诗虽然平淡无奇，但把诗人倾情自然、忘怀尘扰的神情烘托而出，意味深微。同卷赞叹白居易绝句"作眼前景语，往往入妙，如'上得篮舆未能去，春风敷水店门前'、'可怜九月初三夜，露似珍珠月似弓'之类，似出率易，而风趣复非雕琢可及。"这几句诗

看似平易，实际上前者借敷水喻欲去心情，后者以珍珠与弓为喻，表达
对月夜景物赞美，情景交融，不露人工端倪。又如《渔洋诗话》卷下，
比较杜牧、王维同一题材的咏史诗："杜牧之'至竟息亡缘底事，可怜
金谷坠楼人'，则正言以大义责之，王摩诘'看花满眼泪，不共楚王
言'，更不著判断一语，此盛唐所以为高。"王诗高于杜诗，就在于他不
对所咏对象道德指责，而是借流泪者难与君语，表现痛苦之深，以形击
宁王之残忍，而杜诗引用绿珠死石崇之事，指责息夫人捐弃旧情，缺乏
神韵。在《带经堂诗话》卷一中，王士禛认为盛唐诗高于初、中、晚之
诗，只是"格韵高妙"。在《蚕尾后集自序》里，他引王世贞之语，对
盛唐与中晚唐七绝比较："弇州先生曰：七言绝句盛唐主气，气完而意
不必工；中晚唐主意，意工而气不必完。予反复斯集，益服其立论之
确。毋论李供奉、王龙标暨开元、天宝诸名家，即大历、贞元间，如李
君谟、韩君平诸人，蕴藉含蓄，意在言外，殆不易及；元和而后，刘宾
客、杜牧之、李义山、温飞卿、唐彦谦诸作者，虽用意微妙，犹可寻其
针缕之迹。"王氏认为，盛唐七绝高于中晚唐七绝，就在它追求整体
生机，有自然浑成、意溢言外之致，而中晚唐虽构思巉刻，气机外溢，
略无余味。

　　王士禛对唐诗神韵的推崇，与其对禅宗顿悟与诗歌感兴的理解有
关。他认为诗禅具有各自的运思方式与目的，但所求之境相通：《带经
堂诗话》卷三引石门聪禅师语云："此事（求禅理）如人学书，点画可
效者工，否者拙。何以效？未忘法耳。如有法执，故自为断续。当笔忘
手，手忘心，乃可。"又引佛印元禅师语："昔云门说法如云雨，绝不喜
人记录其语。见即骂曰：'汝口不用，反记吾语，异时稗贩我去！'学者
渔猎语言文字，正如吹网欲满，非愚即狂。吾辈作文，最忌稗贩，所谓
'汝口不用，反记吾语'者也。"禅宗注重心解，强调自我征验，认为言
至道断，主张目击道存，故力弃任何定执，以为有法即限心性，只有让
精神徜徉于无为之境，才可悟理明法。王士禛认为诗歌创作与悟禅类
似，也应挣脱人为局限，任凭心灵感受，在灵感不期而至时创作，必能

达到化境："舍筏登岸，禅家以为悟境，诗家以为化境，诗禅一致，等无差别。"（《带经堂诗话》卷三）故施闰章以为王氏言诗"如华严楼阁，弹指即现；又如仙人五城十二楼，缥缈俱在天际"（见《渔洋诗话》卷中），多闪烁不定之语，缺乏慧根者难窥其奥。

王士禛以"神韵"对唐诗的选评

王士禛选编唐诗选本有四种——《唐诗七言律神韵集》、《唐贤三昧集》、《唐人万首绝句选》、《十种唐诗选》：第一种现存江西图书馆，目前尚未面世，其选评情况无从得知；第二、三种，已有整理本发行，较为流行；第四种是从唐人选唐诗十种《河岳英灵集》、《中兴间气集》、《国秀集》等十种书中选编的，"盖集中所载，直取性情，归之神韵，凌前邈后，迥然出众家之上"（盛符升《十种唐诗选序》），目的是让读者从中了解唐代选本真相，故"各仍旧本，存选家之面目"，而"加以持择，务取尽善"，又体现了编者的神韵主张。作为王氏个人的选本来说，无疑《唐贤三昧集》和《唐人万首绝句选》更有代表性。

《唐贤三昧集》三卷，录43家诗456首，选诗数目列前十名者王维110首、孟浩然48首、岑参38首、李颀36首、王昌龄35首、高适18首、常建14首、储光羲14首、裴迪13首、崔颢13首，其余均不到十首，只选不评。王选之旨，见于自序："严沧浪论诗云：盛唐诸人，唯在兴趣，羚羊挂角，无迹可求，透彻玲珑，不可凑泊，如空中之色，相中之色，水中之月，镜中之象，言有尽而意无穷。司空表圣论诗亦云：妙在酸咸之外。康熙戊辰春杪，归自京师，居宸翰堂，日取开元、天宝诸公篇什读之，于二家之言别有会意。录其尤隽永超诣者，自王右丞而下四十二人，为《唐贤三昧集》，厘为三卷。……不录李、杜二公者，仿王介甫《百家》例也。张曲江开盛唐之始，韦苏州殿盛唐之终，皆不录者，已入予五言选诗，故不重出也。"可见王氏认为以王孟为代表的盛唐诗，其创作旨趣合于司空图与严羽诗论，选诗标准合于神韵主张，试图让人们在欣赏唐诗高华一面的同时，不遗落淡澹。因王氏诗坛地位，此本一出，即为人所注目，评论纷出。纪昀等进一步分析王氏选本用意，对其历史功绩予以肯定："名曰'三昧'，取佛经自在义也。诗自太仓、历下，以雄浑博丽为主，其失也肤；公安、竟陵以清新幽渺为宗，其失也诡。学者两途并穷，不得不折而入宋，其弊也滞而不灵，直而好尽，语录史论，皆可成篇。于是王士禛等重申严羽之说，独主神韵以矫之，盖亦救弊补偏，各明一代。"（《四库全书总目·唐贤三昧集》）阎若璩则以学问家的眼光，指出其文字的弊病："是多舛错，或校者之失，然亦足为选者累。如王右丞诗：'东南御亭上，莫使有风尘。''御'讹'卸'，江、淮无卸亭也。孟襄阳诗：'行侣时相问，涔阳何处边'，'涔'误'浔'，涔阳近湘水，浔阳则辽绝矣。祖咏诗：'西还不遑宿，中夜渡京水。''京'误'泾'，京水正当圃田之西，泾水则已入关矣。"（《谈龙录》）王氏自己却并不以些小字句之误为介，并自辩："诗家惟论兴会，道里远近，不必尽合。如孟诗：'暝帆何处泊，遥指落星湾。'落星湾在南康云云。"（同上）后来，同样重学问的翁方纲，却颇懂其用心，为王氏申说："阮亭《三昧》之旨，则以盛唐诸家，全入一片空澄澹泞中，而诸家各指其所之之处，转有不暇深究者。学人固当善会先生之意，而亦要细观古人之分寸，乃为两得耳。"（《石洲诗话》卷一）

《唐人万首绝句选》七卷，录 264 家诗 895 首，五绝以王维最多，有 22 首，七绝以李商隐最多，有 38 首，也是只选不评。此本编辑已到王氏晚年，他的诗学态度相对平和，故能从四唐各家中撷其精华，连自己所不甚喜欢的杜甫、白居易等人之作，也"择优录取"，其所选已不限于神韵之作。《序》和《凡例》是王氏诗学观的最好体现。在序中，作者从诗体的变化说明乐府与绝句的相互关系，称赞唐人"李杜、韩柳、元白、张王、李贺、孟郊之伦，皆有冠古之材，不沿齐梁，不袭汉魏，因事立题，号称乐府之变"，开辟出绝句的新境地。该书凡例，则对唐人绝句有更为具体的论说。作者首先批评宋洪迈编《万首唐人绝句》，"颇多讹舛总杂"，或把前代人诗误入，或把唐人小说语编入，或一诗二主复见，故删汰洪本，为人们修习唐绝句，提供一个较好的本子，是其宗旨。然后，他集中论述唐绝句大家。五言，初唐取王勃，盛唐取王维、裴迪、李白、崔国辅，中唐取韦应物，认为此数家为五方魁首，足堪师范。批评刘辰翁扬王抑裴，缺乏艺术辨识力。认为韦应物于王维之后，古澹之风转强，衣被后人。七言，他认为初唐"风调未谐"，尚处于艺术草创期。至盛唐，则"无美不备"，其中李白、王昌龄为班首。从诗的风韵而言，他认为唐七绝压卷之作有五：王昌龄"秦时明月"和"奉帚平明"、王维"渭城朝雨"、李白"早发白帝"、王之涣"黄河远上"。中晚唐，他首取李益、刘禹锡、杜牧、李商隐四家，以为不减盛唐。总而论之，唐人七绝，以李白、王昌龄为代表。他同意王世贞的看法："盛唐主气，气完而意不甚工。中晚唐主意，意工而气不甚完。然各有至者，未可以时代优劣也。"虽然盛唐与中晚在气、意两方面各有偏至，但作者以为不宜以时代而论，表现了王氏在绝句问题上的见识。

"神韵说"唐诗观的反响

王士禛的神韵说，重视诗人的审美感受，强调灵感的自然生成，主张伫兴而发，妙合自然，追求言外之意，这与古典诗歌的创作情形和诗论传统相吻合。由于其为一代诗学大家，因此其说影响甚巨，响应亦夥，或如宋荦、张谦宜、田同之等人对其说进一步推衍，或如赵执信等人批驳修正。

宋荦《漫堂说诗》比较李攀龙《唐诗选》、钟谭《诗归》与王士禛《唐贤三昧集》，指出李选"境隘而辞肤，大类已陈之刍狗"，钟谭之选"尖新诡僻，又似鬼窟中作活计"，违背了诗道"广大"、"灵通变化"之理，只有王选承前人馀绪，"以挽尊宋祧之习，良于风雅有裨"，有用于时。同时，他认为神韵之说不能完全涵盖唐代诗学，因为它对"杜之海涵地负，韩之鳌掷鲸呿，尚有所未逮"。通过对李白、王维、崔国辅等人五绝的考察，对钱、刘、韦、柳"古淡清逸"之诗的评论，他得出"好诗必是拾得"、"词简而味长"，总结了神韵诗的创作状态与用语特点。孔尚任《长留集序》从神韵说出发，提出"诗虽主于感发，而贵乎涵蓄"，并推盛唐为代表，批评中晚唐以后丧失"情触于景而无所不言"、"景缠于情而不能尽言"的盛唐之风。张实居在《师友诗传录》中也辅佐王士禛，崇尚司空图的"味外味"，认为陶、王、韦、柳等诗平淡中有真味，臻于上乘，并提出淡中之味，为天下至味："水味则淡，非果淡，乃天下至味，又非饮食之味所可比也。"张谦宜《茧斋诗说》对初唐诗的评价即着眼于神韵："初唐人作诗，先不作态，所急者笔势飞动，通体匀圆。意不求暴露，故味厚口思不尚刻削，故气浑。字句不求奇谲，故品高。藻采不用繁辞，故色雅。"即初唐诗追求整体的生机气韵，思想含蓄，语言自然。以此观点，他特别看重陈子昂《感遇》，"才下笔时，便有一段元气，浑灏驱遣，奔赴而来。其转换吞吐，有掩映无尽之致，使人寻味不置，愈入愈深，非上口便晓者比"，评王维《息夫人》"止二十字，却有味外味，诗之最高者"，《闺人赠远》"不用多说，心事正明，所谓蕴藉也"，也基于神韵说提倡的含而不吐、隐而不露的美学要求。马位《秋窗随笔》评诗提出"诗人写物，在不即不离之间"，认为李白"春风知别苦，不遣柳条青"，"何等含蓄，道破柳字益妙"，《邯郸才人嫁为厮养卒妇》"妙在不说目前之苦，只追想宫中乐处，文章于虚里摹神，所以超凡入圣耳"。田同之《西圃诗说》提出学古人诗，"要须神韵相通，不必于声句格套中求似"，写作应注意讲求神韵："不微不婉，径情直发，不可为诗。一览而尽，言外无余，不可为诗。美谓之美，刺谓之刺，拘执绳墨，不可为诗。意尽于此，不通于彼，胶柱则合，触类则滞，不可为诗。"以之为标准，他于唐人最推崇杜甫："唐代诗人，唯子美最得诗人之体。如'国破山河在'，明无余物矣；'城春草木深'，明无人矣。花鸟平时可娱之物，见之而泣，闻之而恐，则时可知矣。"神韵简直成了这些论者评诗的准绳，可见王氏所论的社会影响。

　　在清初诗论者中，也有少数人对王士禛神韵说提出批评或修正。赵执信《谈龙录》有一则关于诗的趣谈即如此。他说到，洪升认为"诗如龙然，首尾爪角鳞鬣一不具，非龙也"，王士禛认为"诗如神龙，见其首不见其尾，或云中露一爪一鳞而已，安得全体！是雕塑绘画者耳"，赵执信本人则认为"神龙者，屈伸变化，固无定体；恍惚望见者，第指其一鳞一爪，而龙之首尾完好，故宛然在也。若拘于所见，以为龙具在是，雕绘者反有辞矣。"洪升拘泥于形相之全，过于质实，缺乏灵气，固非于诗深知者。王士禛主张以神代形，求取一鳞半爪，反对面面俱到，以造成朦胧的韵味。赵执信认为诗虽无一定格式，总要把握特点，才能由一点窥及其余。由于他论诗受冯班影响，认为"诗之中有人在"、"非徒以风流相尚"（《谈龙录》），故不同意神韵说的过于空灵隐约，在实际论诗时他仍欣赏诗有言外之意："无弦只许陶彭泽，会得无弦响更长。若使无弦亦无响，人间悦耳足笙簧。"（《论诗二绝句》）田雯《丙臣诗序》从诗歌的自然浑成，推王孟而贬高岑，认为高岑虽"摩垒堂堂，各成一家，而读之数过，尚存组织锻炼之迹"，王孟却"如天女散花，幽香万片落人巾帻间，境静神怡，不可思议"，看来与王士禛有共同之点。但王尚含蓄隽永，而田雯主张"诗变而日新，则造语命意必奇"，反对"沿常袭故，率以旧窠俳体充斥满前"，故造成韩愈"巧匠斫山骨，险语破鬼胆"（《枫香集序》），与王士禛的平易淡远主张有一定距离。这个时期，除王士禛等人在理论上倡神韵，以之论唐诗，还有论者以选本形式发扬王孟韦柳诗的传统，这就是汪立名《唐四家诗》。其书八卷，于康熙三十四年（1695）刻本。在序中，汪立名分析了编选缘由，主要针对倡宋者想改变明人宗唐的诗学取向，而又没有考虑到宋元与唐天然的关系，故刻四家诗以补宗宋的偏失。他认为唐四家诗"风格固远过乎宋元诸家，而意新理惬之致，犹与宋元诸家不大相悬隔"，尤其是陆游对四大家多方揣摸研习，故"四家诗为宋元人之鼻祖"，选编四家，使人们由宋及唐，"渐而几李杜堂奥"。

　　王士禛的神韵论唐诗观，远承司空图、严羽之说，近汲胡应麟、陆时雍诗学之趣，倡王孟韦柳柔淡幽闲的诗风，更能让人们认识到唐诗的"异质之美"。当然，其神韵专主一路，也有偏差，晚年有所醒悟，试图融唐宋于一体，从中可以看出一种诗学思想发育、成长、变化的艰难历程。

第五节　清前期唐诗研究领域的拓展

清代前期诗学，受到政治环境、文化背景与学术方法的影响，在总结前代理论遗产的过程中，既清除了历史累积的痼疾，也由于各论者诗学观念的差异，引起了新的一轮诗学论争，取得了丰厚成果：唐宋诗之争，再度兴起，加深了人们对唐宋诗特质的认识，而宗唐派的分化，破除了惟盛唐为法的观念，为全面总结唐诗成就作了准备；唐诗选本的繁兴，使唐诗普及推广，促使唐诗学理论的成熟；诗论家如王夫之、叶燮、王士禛等人，从不同层次发掘唐诗审美理论，对于更新思想观念，开拓理论视野，影响深远。凡此种种，为唐诗学研究的深入提供了契机，导致清前期唐诗学领域的扩大：对"诗史"重新认识，促成杜诗学的成熟；编年笺注之学发达，对唐诗的考证深化；诗歌文本结构认识深入，方法产生分解论诗。

"诗史"观的开掘与"杜诗学"的确立

在有唐一代诗人中，杜甫最令人关注，杜诗研究一直兴盛不衰，这与杜诗内涵的复杂与艺术的多样有关。唐代，杜诗尚"躲在深闺人未识"，汇编评释很少，但其价值已为元稹、韩愈、李商隐等人所识。宋代杜诗研究起于全集整理，尤以仁宗宝元二年（1039）王洙编《杜工部集》二十卷推为定本。宋人评杜，江西派多有创获，然其自作刻意过度，与杜诗浑全不侔。金元论杜不多，而选隽解律成风。明人则声调、评注本即有四十多种探杜诗体式。

清人重视杜诗，与其时的社会现实、学术风气、民族心理有关。清初遗民，历经民族危亡的精神煎熬，痛定思痛，反省前代诗学观。随着对诗言志、兴观群怨的重提，人们暂时冷落了气象格调，而对充满忧民之心、爱国之情、故园之思的诗歌关注，杜诗成为痛苦心灵的慰藉。同时，实学兴起，考释成风。多种因素促成杜诗研究的鼎盛，编年笺注、评点释意层出不穷，截至雍正末年，先后有钱谦益《杜工部集笺注》二十卷、朱鹤龄《杜工部诗集辑注》二十卷、张笃行《杜律注例》四卷等五十多个注本、选本问世。清初论杜，除诠释笺注外，论者畅所欲言，各有侧重，其中诗史论杜相对突出。

中国古代文学观念是广义的，文史不分，文学作品包孕深厚的史学意识。这形成一个传统，后代诗人创作时，有意追求历史内涵。杜甫虽未留下系统的诗论，但从其诗作看，历史意识较强，惯于表现世变，达到诗与史相融，被目为"诗史"。"诗史"说源于晚唐孟棨："杜逢禄山之难，流离陇蜀，毕陈于诗，推见至隐，殆无遗事，故当时号为'诗史'。"（《本事诗·高逸第三》）后来宋祁承其论，并稍衍说："甫又善陈时事，律切精深，至千言不少衰，世号'诗史'"。（胡震亨《唐音癸签》卷六引）孟氏注意杜诗反映时变的全面、深刻、具体，宋氏则强调叙事真实、诗法峻密，两人都抓住了杜诗最显著的特征——以诗纪事，展现一代历史风貌，深化诗歌的社会内涵。

宋人重理，诗论强调教化功能、伦理规范与诗法格律，而杜诗则能满足时人的接受需求，对"诗史"说，宋人多予以关注。陈岩肖从杜诗"多纪当时事，皆有据依"（《庚溪诗话》卷上）立论，并对杜诗《送重表侄王石二水》史实考释："少陵诗非特纪事，至于都邑所出，土地所生，物之有无贵贱，亦时见于吟咏。"同意丁晋公从"急须相就饮一斗，恰有青铜三百钱"可知唐时酒价的看法，以此说明杜诗纪事之真。黄彻亦有同感，从《北征》、《送李校书》、《戏友》等诗记年月记事之准，说明杜诗"史笔森严"（《碧溪诗话》卷一）。魏泰则从另一角度看"诗史"："李光弼代郭子仪入其军，号令不更而旌旗改色。及其亡也，杜甫哀之曰：'三军晦光彩，烈士痛稠叠'。前人谓杜甫句诗史，盖谓是也，非但叙尘迹摭故实而已。"（《临汉隐居诗话》）专注于杜诗渲染李光弼军败亡时悲怆沉郁的气氛和志士痛苦不堪的心情，突出其艺术描写的震撼力。胡宗愈亦有同识："先生以诗咏于唐，凡出处去就，动息劳佚，悲欢忧乐，忠愤感激，好贤恶恶，一见于诗，读之可以知其世。"（《草堂先生诗碑序》）王彦辅对诗史的认识又不同于前几人："子美之诗，周情孔思，千汇万状，茹古涵今，无有涯涘。"（蔡梦弼《杜工部草堂诗话》卷一）王氏认为，杜诗包罗万象，语言新奇，精于用字，运典出神入化，"诗史"是对其诗艺的综合判断。文天祥又发现"诗史"另一层意义："昔人评杜诗为诗史，盖其以咏歌之辞，寓纪载之实，而抑扬褒贬之意灿然于其中。"（《集杜诗自序》，《文山先生集》）从杜诗皮里阳秋的史学笔调，认识"诗史"的内涵。沈洵则怀疑"诗史"的合理性："子美诗虽比物叙事，号为精确，然其忧喜怨怼，感激愤叹之际，亦岂容无溢言？"（《韵语阳秋序》）沈氏认为，杜诗表现人情变化，为求得强烈的艺术效果，夸张烘托，不能如史笔原样照录，这已触及诗艺与史书表现的差异。

　　明人宗唐主情，贬黜主理的宋诗，不满于"诗史"说。杨慎如是批评："夫六经各有体，《易》以道阴阳，《书》以道政事，《诗》以道性情，《春秋》以道名分。后世之所谓史者，左记言，右纪事，古之《尚书》、《春秋》也。若《诗》者，其体其旨，与《易》、《书》、《春秋》判然矣。"（《升庵诗话》卷十一）他从六经体制的不同，指出史的作用是说明君臣职责、记载政治言论与历史事件，而诗则抒发一己之情，两者宗旨不同。然后以《诗经》为例，说明它虽然"约情含性而归道德"，但不明言"道德"，而是以物作喻，含蓄表达，意溢言外。杨慎论诗主倡温柔敦厚，反对直露浅白，故对杜诗风格清淡者褒奖，而对"直陈时事"者贬为"类于讪讦，乃其下乘末脚"，不足当"诗史"之名。这固然反映其诗学观的保守，但辨析诗、史不同，仍予后人以启发。与此同时，肯定"诗史"者也大有人在。高棅《唐诗品汇》支持诗史论杜，视杜诗为经，认为它继承风雅，表现"忠愤激切、爱君忧国之心"（《唐诗品汇·五言古诗卷之七序目》）。王世贞认为，杨慎驳诗史说看似"甚辩而核，然不知向所称皆兴比耳"，《诗经》"固有赋，以述情切事为快，不尽含蓄"（《艺苑卮言》卷四），并举其中数例，说明赋体如恰当运用，也能收"述情切事之效"，何必事事含蓄？

有关"诗史"的两军对垒，到清初仍无大变。王夫之为否定方，主张严分诗、史："诗以道性情，道性之情也。性中尽有天德王道、事功节义、礼乐文章，却分派与《易》、《书》、《礼》、《春秋》去，彼不能代诗而言性之情，诗亦不能代彼也。"（《明诗评选》卷五）"诗有叙事叙语者，较史尤不易。史才固以隐括生色，而从实著笔自易；诗则即事生情，即语绘状，一用史法，则相感不在永言和声之中，诗道废矣……杜子美仿之作《石壕吏》，亦将酷肖，而每于刻画处犹以逼写见真，终觉于史有余，于诗不足。论者乃以'诗史'誉杜，见驼则恨马背之不肿，是则名为可怜悯者。"（《古诗评选》卷四）王氏试图从诗与史内容差异，弄清各自功能：诗中"叙事叙语"较难处理，因为诗是抒情韵文，往往触景生情，有感而发，其描写应曲折宛转，长言咏叹，不宜如历史"从实著笔"；史是实用散文，应平和质朴，周详确切。由此，他对杜诗中刻画淋漓尽致、偏重纪事者评价较低。虽然他不像杨慎完全反对赋体，而从诗教出发，反对大肆铺陈，他对"诗史"的认识虽偏颇，不过从文体功能分辨，仍对讨论有裨益。与王夫之相异，更多论者肯定"诗史"说，论述也较前人深刻。钱谦益、黄宗羲引孟子"诗亡然后春秋作"（《孟子·离娄下》），说明上古时，诗即有史之功能，后来二者分家，但诗的史学意义并未丧失，因为古人作诗，倾注"千古之兴亡升降，感叹悲愤"（钱谦益《胡致果诗序》），读之可知当时的人与事，故"诗之与史，相为表里"（黄宗羲《姚江逸诗序》，《黄梨洲文集·序类》），诗可"补史之阙"（黄宗羲《万履安先生诗序》，《黄梨洲文集·序类》），二者并非形同水火。吴乔则从杜诗合乎圣人之意立论，认为"杜诗是非不谬于圣人"，"诗可经，何不可史?"（《围炉诗话》卷四）把杜诗与圣言并提，虽有点不伦；从经、诗、史相通论说，也于人有启发。清初对"诗史"论述最有理论深度者，是诗学家施闰章。

施闰章《江雁草序》云："古未有以诗为史者，有之自杜工部始。史重褒贬，其言真而核；诗兼比兴，其风婉以长。故诗人连类托物之篇，不及记言记事之备。《传》曰：温柔敦厚，诗教也。然作史之难也，以孔子事笔削，其于知我罪我，盖惴惴焉。昌黎为唐文臣，起衰敝，至言史官不有人祸，必有天刑，引左丘明、司马迁及崔浩、魏收等为戒。子厚深非之，往复辩难不相下，史之难如此。诗人则不然，散为风谣，采之太师，田夫野妇，可称咏其王后。卿大夫微词设讽，或泣或歌，忧愤之言，寄之苌楚；故宫之感，见乎黍离。吉甫以清风自称，孟子以寺人表见，言者无罪，闻之者足以戒，其用有大于史者。风骚而降，流为淫丽，诗教浸衰。杜子美转徙乱离之间，凡天下人物事变，无一不见于诗，故宋人目以诗史，虽有讥其学究者，要未可概非也。至于胸中郁悒侘傺，卷舌不敢尽言，既言而不敢尽存，若以为飘风骤雨之飒然过而不留也，斯其志抑已苦矣，予未获见。"首先区分诗与史的宗旨、表现方法、语言风格。史要体现史学家的见识评价，力求真实简要；诗则用比兴委婉表情，宜柔媚细腻，意味深长。其次从记言记事的完备比较，诗发挥温柔敦厚的诗教，史注意事家的详实，前者记言，后者记事。然后指出，史必须态度严肃审慎，务求切合人事，而诗则抒情为本，出于个人所感，可以收惩戒之效，也可补史之不足。最后，分析杜甫以诗表现"天下人物事变"，蕴藏着一腔为国为民、焦肝苦口的悲愤忧郁，其志良苦。从以上可见，施氏既承认诗与史两种不同文类的独立性，又认为二者存在密切联系，并不是形若冰炭，诗可把史所不能顾及的情感记录下来，作为史的辅助，深化诗的内涵，"诗史"更多的是抬高诗的叙事性价值，在肯定"诗史"的同时，也提示了诗的艺术本质，这对于认识杜诗的文、史价值，认识杜诗反映的唐代社会历史面貌，都有现实意义。

"诗史"一经拈出，遂引发经久不衰的讨论。论者不同理解，体现了各自的诗学观，折射出不同的文化接受心理，它抬高了杜诗的史学地位，增进了人们对诗与史的认识。清初的"诗史"讨论仍难分难解，对杜诗美学意蕴的认识，在激烈的争论中深化。从被称为诗史的杜诗中，既可了解真实的唐代社会生活，又可真切感受一个忧虑忡忡、愁熬郁煎的千古大师那旷世情怀，故"诗史"比单纯的"史诗"内涵更丰富。

实学思潮的兴起与笺校考证的深化

由于受其时实学思潮的影响，加上清人对唐诗学一些重大的理论偏误纠正，打破了以前唐诗研究的单一格局，开拓了人们的学术视野。以经史为研究对象的考据之学，也被广泛用于唐诗研究，从而促成编年笺注的振兴。

编年笺注是按照诗人的出处行履和创作过程，对诗作产生年代逐一核实，然后以时间先后为序编排，并考证诗中涉及的典章、地理、事迹，诠释疑难字词，有时也对诗意辨析，但不作过多引申，惟恐左右读者的阅读感受。一般的编年笺注本，收集各类材料，附诸家题咏、评论、诗人年谱，综合性强。由于对诗作编年，读者容易了解作者的创作情况和诗歌风格的前后变化，又因为附有各类资料，又能求得对诗作客观的认识。以此方式整理研究唐诗，起始于宋人，元明以下不绝如缕，但都没有清人这样繁多而完备。清人的唐诗编年笺注本，较著名的有钱谦益《杜工部集笺注》、仇兆鳌《杜诗详注》、赵殿成《王右丞文集笺注》和冯浩《玉溪生诗集笺注》等，其中钱本、仇本为其代表，奠定编年笺注的体例，后起者纷纷效尤。姑以钱作为例，说明清人笺注考证之一斑。

《杜工部集笺注》是钱谦益早年读书札记《读杜随笔》、《读杜小笺》的增益修订，其底本为吴若本。据该书季振宜序，此本之成，达30余年，详校精审，用工极深，出版于康熙六年（1667）。此书依体分编，一体之中，约略编年，前八卷为古诗415首，后十卷为近体诗1009首，卷十八附诗48首，末二卷为文、赋杂作。卷前之序两种，内容不同：季氏序，说明出版状况；钱氏序，说明注杜起因和难度，并批评以前注杜者“眼如针孔，寻撦字句，割剥章段，钻研不出故纸，拈放皆成死句，旨趣滞胶，文意违反”，故杜诗有重注必要。在《注杜诗略例》中，钱氏引吕大防言，说明编年的意义在于“次第其出处之岁月，略见其为文之时，得以考其辞力，少而锐，壮而肆，老而严”，试图以此把握杜诗风格变化。钱氏为注杜，广搜博览，但观后以为它们“大抵荒秽舛陋，如出一辙”。即以杜诗三大注本为例，疵瑕在在：赵次公《新定杜工部古诗近体诗先后并解》，“以笺释文句为事，边幅单窘，少所发明，其失也轻”；蔡梦弼《杜工部草堂诗笺》，以“捃摭子传为博，泛滥踳驳，昧于持择，其失也杂”；黄鹤、黄希《黄氏补千家集注杜工部诗史》，“以考订史鉴为功，支离割剥，罔识指要，其失也愚”。钱氏归纳历代注本之失有八：伪托古人、伪造故事、傅会前史、伪撰人名、改窜古书、颠倒史实、强释文义、错乱地理。他还对前人学杜评杜之误指正：黄庭坚学杜，“不知杜之真脉络，所谓前辈飞腾，余波绮丽者，而拟议其横空排碨，奇句硬语，以为得杜衣钵，此所谓旁门小径也”；刘辰翁评杜，“不识杜之大家数，所谓铺陈终始，排比声韵者，而点缀其尖新隽冷，单词只字，以为得杜骨髓，此所为一知半解也”；弘正时人学杜，“生吞活剥，以捋撦为家当”；清初人评杜，“钩深抉异，以鬼窟为活计”。从此可见，钱氏对历代杜诗研究了如指掌，故新注本截长补短，意旨明确，态度严肃，在杜诗研究上确有建树，成为清代唐诗研究的范本。

钱氏注本体例如下：一、考校异文，让读者了解诗作在流传中文字的舛杂；二、引用史书，说明写诗背景与对象；三、解释词义，旁征博引，务必寻求该词原始出处。以史证诗时，为了不误导读者，只作史实的介绍和字词的诠释，一般不作赏鉴，如同后来陈婉俊注《唐诗三百首》“但诠实事，以资检阅。若诗中义蕴之深、意境之妙，读者宜自领取，无庸强就我范，曲为之说，反汩初学性灵也”（《唐诗三百首补注·

凡例》)。而为了让读者对杜诗增加理解，钱氏在书末还附录志、传、集序8篇，并有杜甫年谱、诸家论杜诗话14则、有关唱酬题咏16首。总之，钱注杜诗特点是以史证诗，专注于史实考证，字词释义。由于作者知识渊博，熟悉唐代历史及有关笔记，考证扎实，引用简要，论析亦颇精当。故此书一出，即得时人称赏："引据广博，矫伪礭伪，即二史之差谬者，亦参互考订，不遗余力，试为本集大开生面矣"（黄生《杜诗说·聂耒阳诗书后》)。当然，钱注亦有不足：部分诗未注，考核失当，穿凿附会，曲解臆说时有。浦起龙即说："老杜天姿惇厚，伦理最笃。虞山轻薄人，每及明皇晚节，肃宗内蔽，广平居储诸事迹，率以私智结习，揣量周纳，因之编次失当，指斥过当"。（《读杜心解·凡例》）赵翼亦言："余读钱笺杜诗，而知钱之为小人也。少陵'鄜州月'一诗所云'儿女'者，自己之儿女也，钱以为指肃宗与张后而言，则不特心术不端，而且与下文'双照泪痕干'之句亦不连贯。"（《瓯北诗话》卷二）钱注之失，确如浦、赵所指，但二人对钱人品攻击，亦嫌刻薄。作为清人编年笺注的开山之作，此本以注杜而使唐诗学方法转变，功不可没。

金圣叹的分解唐诗及其理论意义

诗歌随文加上评点，是中国古代文论特点。始于唐人殷璠《河岳英灵集》、高仲武《中兴间气集》，其评语涉及生平性格、诗歌风格，摘句欣赏。宋人评点从南宋始渐多，或揭示题旨，或论说诗人，或指明诗法，或拈出风格。金元明三代未有大变，但从明中叶起，出现言简意赅的精评与尽情发挥的详解。传统评点具灵心慧意，但缺乏论证，文辞之美掩盖了析理。这种习惯，与中华民族的文化心理和思维习惯有关。元代出现大批诗法著作，与印象式评点不同，从语言结构辨析文脉，把握诗作意图。明末清初，金圣叹将评点与诗法相结合，援文理入诗作，提出分解论唐律。

金圣叹评点唐诗，有意识打通文体界限，寻求一般艺术规律，对诗、文、小说、戏曲四大文体都曾评点，从《杜诗解》、《批点才子古文》、《水浒传批评》、《西厢记批评》，可见其批评尝试。在金圣叹看来，各种艺术虽然形式各异，但创作规律相通："圣叹本有才子书六部……然其实六部书，圣叹只是用一副手眼读得。如读《西厢记》，实是用读《庄子》、《史记》手眼读得。便读《庄子》、《史记》，亦只用读《西厢记》手眼读得。""诗与文虽是两样体，却是一样法。一样法者，起承转合也。除起承转合，更无文法，除起承转合，亦更无诗法。"（《示顾祖颂孙闻韩宝旭魏云》）金氏的学术思路，与清初实学的证伪辩讹、经史互证有关，也受曹丕"文本同而末异"（《典论·论文》）启示。可惜后代文体发达，分类烦琐酷细，论者惯于分析差异，而少贯通，金氏则独具只眼，着意寻求艺术通则，清末刘熙载与之略同。

金氏关注诗文的共性，打破形式界限，以文法解诗，这也与他讨厌从前诗评家模棱两可的态度有关，曾谓："自幼最苦冬烘先生辈辈相传，诗妙处正在可解不可解之间"（《与任升之书》）。诗之妙处可解与不可解，这一说法胎息于严羽。严氏以为诗美近于悟禅，玄妙幽深，不能坐实说解，只能潜心涵泳。他看到情感的微妙隐秘、不可捉摸，但夸大非理性因素，反对文理分析，助长了诗不可解说，明人承其说者比比皆是："大抵诗妙轨：情若重渊，奥不可测；词如繁露，贯而不杂；气如良驷，驰而不轶。由是而求，可以冥会矣。"（徐祯卿《谈艺录》）"诗有可解、不可解、不必解，若水月镜花，勿泥其迹可也。"（谢榛《四溟诗话》卷一）"李于麟言唐人绝句当以'秦时明月汉时关'压卷，余始不信，以少伯集中有极工妙者。既而思之，若落意解，当别有所取。若以有意无意可解不可解间求之，不免此诗第一耳。"（王世贞《艺苑卮言》卷四）"绝句之源，出于乐府，贵有风人之致。其声可歌，其趣在有意无意之间，使人莫可捉着。"（王世懋《艺圃撷馀》）。明人虽言诗可解不可解，但其着意在诗之不可解，这恐怕与格律诗体式特点、表达方法有关。格律诗限字、限句、限韵，讲平仄、对仗，不宜平直，而宜婉曲，故比兴、象征、烘托、暗示大行，其情确实难以分析，冥会则可能得其旨趣一二。与金氏同时的叶燮即言："诗之至处，妙在含蓄无垠，思致微渺，其寄托在可言不可言之间，其指归在可解不可解之会，言在此而意在彼，泯端倪而离形象，绝议论而穷思维，引人于冥漠恍惚之境。"（《原诗·内篇下》）但是，诗虽然意象叠加，歧义横生，毕竟是语言艺术，要恪守语法，通过意象仍能探知其旨，蒋冕即驳"不可解"，提出："夫诗美教化，敦风俗，示劝戒，然后足以为诗。诗而至于不可解，是何说邪？且《三百篇》何尝有不可解者哉？"（俞弁《逸老堂诗话》卷下引）他从诗的功能认识其可解，金圣叹则抓住语言的可破读性，认识理性批评的可能，从而提出分解论诗。它的意义就在不断刺激人们寻求正确的批评方法，以揭示诗作的终极价值。

金圣叹分解论诗的基本方法是把律诗八中四句作为一个语意片断，分为前后两解，各解释字词语句，并分析整体意义。对这种分解的可行性，金圣叹也有说明："唐诗实本不宜分解，今弟万不获已而又必分之者，只为分得前解，便可仔细看唐人发端；分得后解，便可仔细看唐人脱卸。自来文章家最贵是发端，又最难是脱卸。若不与分前后二解，直是急切一时指画不出。故弟亦勉强而故出于斯也。"（《答顾掌丸慈旭》）"诗本以八句为律，圣叹何得强为之分解？须知圣叹不是好肉生疮，正是对病发药。唐制八句，原只二句起，二句承，二句转，二句合，为一定之律。徒以前后二联可以不拘，而中四句必以属对工致为选。三四之专承一二，而一二用意高拔，比三四较严；五六转出七八，而七八含蓄渊深，比五六更切。"（《杜诗解·秋兴八首别批》）看来，分解之法，既是人们长期的作诗思路，也是为了说诗的方便，实际操作可灵活变动，并不生硬地以四句为一解，如《杜诗解》的许多排律"解"的划分相当灵活。在实践中，金氏首先选择七律为尝试，因为七律是古典格律诗发展的极致，它具有均衡、整齐、圆润、和谐等句法与音韵特色，写作讲究诸多，难度极大，分解具有示范作用。

下面，我们从《选批唐才子诗》和《杜诗解》各举一例，看金氏如何说诗。先看耿㳟《上裴行军中丞》。前解："灭胡后却只是'闭阁'，写上相威德千言不尽者，此便只以二字了之，真是奇情人笔也。又加写阴阴日曛四字，见阁门深沉，乃如九渊，又加写一'复'字，见自闭之后，永无消息。盖上相不如此，便无处功名之法，且先是亦已无制胜之法也。三、四写战马、写老将，又妙！若只用来写灭胡，其神采亦有限，今却用来写闭阁，其神采真乃无限。须知十四字都在'阴阴日复曛'五字之中，故妙不可说也。"后解："五写四郊多备，六写内地燕乐，便翻古文出则方叔召虎、入则周公召公二语来作好诗，妙！妙！'莫道'下十二字为一句，言古人未可独步于前也。"金圣叹不在释事训名、附事见义上用力，也不用气象、格调、神韵之类模糊术语，云里雾里玄说一通，而是紧贴文本，从字句入手，逐层析义。前解，他抓住"闭阁"、"阴阴日曛"、"复"等字，把上相的"威德"与"处功名之法"提示出来，然后借老将、战马烘托出他功成不居的散淡风度；后解，他把"四郊多备"与"内地燕乐"作比，赞美上相的胸有成竹、军备肃整。再看杜甫《画鹰》。前解："画鹰必用素练，只是目前恒事。乃他人之所必忽者，先生之所独到，只将'风霜起'三字写练之素，而已萧然若为画鹰先作粉本。自非用志不分，乃疑于神者，能有此五字否？三四即承'画作殊''殊'字作一解。世人恒言传神写照，夫传神、写照乃二事也。只如此诗，'㩃身句是传神'，'侧目'句是写照。传神要在远望中出，写照要在细看中出。不尔，便知颊上三毛如何添得也。"后解："'绦镟'、'轩楹'，是画鹰者所补画，则示咏画鹰者所必补咏也。看'堪摘'、'可呼'语势，亦全为起下'何当'字，故知后人中四句实填之丑。'击凡鸟'妙！不击恶鸟而击凡鸟，甚矣，凡鸟之为祸有百倍于恶鸟也！有家国者，可不日颂斯言乎？'毛血'五字，击得恁快畅，盖亲睹凡鸟坏事，理合如此。"前解除逐字释意外，还从绘画角度分辨传神与写照，总结艺术创作规律，后解说明杜诗布局严整，意在笔先，相比之下，后人的拼凑填诗徒显拙劣，然后进一步深化主旨，并对作者描写的合乎情理赞叹。

金圣叹的分解说诗，运用时文之法，依诗思开合与诗语层次，搜寻字里行间的意蕴。它改变了传统批评重感受、轻思辨的思维定势，扭转了宋明评点学的面貌。付诸实践，行之有效，并引来仿习，如徐增《而庵说唐诗》、屈复《唐诗成法》、纪昀《唐人试律说》等选本都借鉴分解。当然，分解说诗只是权宜之计，具体操作应随机应变，因为诗人的创作思路"万途竞萌"，并非设定一个先验的程式，然后机械"填料"。如果过分拘泥此法，将诱发支离之弊。但从评点发展水平看，分解无疑比一味直觉感悟切实，更具理性穿透力。

第三章
清盛期的唐诗学

对宋明诗学观念的扬弃、唐宋优劣的争论，使清代唐诗学理论探讨活跃，选学的发达也拓展了研究领域。各种思想的交汇，最终促成观念的融合。到清盛期，随着几大诗派的形成，各种唐诗学理论随之孳生。它们对前代诗学命题推衍阐发，完善发展，其中格调论、性灵说、肌理论、义法论最富于理论成就，四库馆臣的观点也值得总结，笺注考证愈趋精密，普及推广卓有成效。

第一节　沈德潜与宗唐派唐诗学集成

明代"格调说"唐诗观的嗣响

清初诗论者虽然批评明人格调论不遗余力，但是格调是诗歌美感得以实现的形式因素，也是考察诗美特质的有效手段，因此明末清初一部分诗论家如陈子龙、宋征璧、毛先舒等仍以格调说诗，这对沈德潜诗论不无影响。

陈子龙为抗清志士，气概干云，以复兴古学为己任，痛斥明末士风和学风："士大夫愉安逸乐，百事堕坏；而文人墨客所为诗歌，非祖述长庆，以绳枢瓮牖之谈为清真，则学步香奁，以残膏剩粉之姿为芳泽。"（《答胡学博》，《陈忠裕公全集》卷一二）指出时人毫无节操，淫靡误国；为诗一味剿袭，气骨顿衰。作诗欲"导扬盛美，刺讥当时，托物联类而见其志"（《六子诗序》，《陈忠裕公全集》卷二五），颇有拯济颓世之心。陈氏虽然也以为"文当规摹两汉，诗必宗趣开元"（《壬申文选凡例》，《安雅堂稿》卷一四），但又主张"情以独至为真，文以范古为美"（《佩月堂诗稿序》，《陈忠裕公全集》卷二五），强调发掘独至之情，一定程度突破了格调论诗的局限。他论唐诗，特重杜甫"序世变，刺当涂，悲愤峭激，深切著明，无所隐忌"（《左伯子古诗序》，《安雅堂稿》卷三）的批判精神，颇能理解杜甫苦心："洎乎势当流极，运迹板荡，其君子忧愤而思大谏，若震聋不择曼声，拯溺不取缓步……少陵遇安史之变，不胜其忠君忧国之心，维音哓哓，亦无倍于风人之义者也。"陈氏此论，与其所处衰世有关，表现了爱国者的拳拳意、殷殷情。当然，由于个人的文化接受，他认可何景明"诗本性情之发者也，其切而易见者，莫如夫妇之迹，故古之作者，义关君臣朋友，必假之以宣郁而达情焉"的观念，对中晚唐诗，虽赞其抒情"能使人欣然以慕，慨然以悲"，然终批评其"芜弱平衍"，表达刻露，殊乖诗教（见《沈友夔诗稿序》，《陈忠裕公全集》卷二五）。这种评价，显然与他尊盛唐格调有关，复古阴魂未散。

宋征璧少负隽才，工于诗文，深受老庄影响，强调诗歌为真情的表现，不斤斤于言词之佳："诗家首重性情，此所谓美心也。""凡诗丽则必靡，秀则必弱"（《抱真堂诗话》，下同）性情之表露，要以自然风流为尚，不特以雕饰为尚，故其言"诗贵自然"、"诗之有隐有秀，画之有神有逸，天授非人力"。对于唐贤所作，亦偏重于性情自然发生，认为"太白之诗，豪迈潇洒，想不耐苦索，故七言律少耶？""王摩诘'明月松间照，清泉石上流'……自然妙境"，"七律如李颀、王维，其婉转附物，惆怅切情，而六辔如琴，和之至也"，而注意诗作的社会功能，和陈子龙如出一辙："夫诗者，事父事君而作，而出之以风云月露，非其人勿善矣"，称赏杜甫"《古柏行》俱有感慨，非苟作者"。所论在沧海桑田之后，基于世变，关注经世故"意格"占居首位，形式因素退避三舍。

毛先舒自幼不求闻达，心雄气壮，抗言大家，曾与顾炎武、魏禧辩学驳难，所作诗话《诗辩坻》多指陈时论。毛氏论诗，不脱温柔敦厚之习，盖其不专于颐情养性，而注目讥刺时政："（诗者）陈美以为训，讽恶以为戒，上既足以彰知贞淫，而下亦得婉寓怨讥，而亡所讳。"（《诗辩坻》卷一）"诗者，温柔敦厚之善物也。故美多显颂，刺多微文，涕泣关弓，情非获已。"（同上，卷三）其评历代诗，凡符合诗教者即予褒赞。毛氏认为，写诗固然要重视学问、见识，但必须"敛才就格，始可言诗"（同上，卷一），杜绝无羁浮滑，保持艺术节制。他从"诗必求格"（同上，卷三）出发，提出"情语近昵，则易于卑弱"，不以温情昵语伤害气格。《诗辩坻》卷三评唐人诗，提出盛唐之调、中唐之调、大历之调，专注从格调划分唐诗，虽然他并未作具体说明。拟古本为格调论者所乐用，但过重模拟则失真。毛氏讥刺为复古者，"譬之书家，妙于临摹，不自见笔，斯为弱手"（同上，卷一），试图沟通调和格调与性灵："标格声调，古人以写性灵之具也。由之斯中隐毕达，废之则辞理自乖。"（同上，卷一）他认为，隽章杰构都是灌注性灵于格调之中，而不是破格废调，走火入魔，恣肆张扬，因为艺术规范不是缚人枷锁，恰恰是为保持情感的适度，故凡遇诗法严整、格调妥当之作，即予以高评。

沈德潜的老师叶燮也很重视格调，但更重视性情。《原诗·外篇上》批评一些论者无视性情，而以格调为诗之法门，认为格调是诗之形文而非体质，譬之于木，质好才能形佳，若"枯木朽株"，则格形渐灭。他指出，格调固然是诗之"规则"、"能事"，但须由作者才情方可实现。他批评重格调不重才性是本末倒置，并不否定格调价值。作为叶燮的学生，薛雪也信奉诗教，反对一味拟古，他重格首重作者品格，提出人之胸襟怀抱为诗格之基。他把诗格分为"体格"与"品格"，前者是诗的体制要求，以符合形式规范为准则，后者是诗的风格要求，以自然高迈为归趋。二者之中，体格决定于品格，而诗之品格来自人的品格。对于诗之格调、字法、句法，薛雪当然重视，但他讲求"咏叹丰神"，主张求之于"字句之外"（《一瓢诗话》），故薛雪已露由格调通向神韵的端倪。

沈德潜的"格调说"唐诗观及其选评实践

前述论者虽然把格调作为诗美因素，从不同角度加以论说，但并不特别标为宗旨，沈德潜则赋予格调更丰富的内涵，以此作为批评原则和选诗尺度，从而形成清盛期格调论唐诗学的回潮。

沈德潜一介贫士，科途蹇碍，时至晚境，才中进士，乾隆眷宠，感激涕零。既得富贵，要始终沐浴皇恩，必须恪守臣礼，俯就权势，这注定了他对上诚惶诚恐、百依百顺的奴仆人格。除早岁有一些富于情感的诗作，步入仕途后，所写的应制、奉和诗，无非颂君王，扬纲常，"平正而乏精警，有规格法度而少真气，袭盛唐之面目，绝无出奇立新"（朱庭珍《筱园诗话》卷二）。但是，创作与批评究属二途，拙于前者并不意味后者注定平庸，因为前者靠感性才质，后者则由阅读经验。沈氏勤于诗歌选批，自身时编《唐诗别裁集》（1717 年初版，1763 年修订）、《古诗源》（1719）、《明诗别裁集》（1738），写诗论《说诗晬语》（1731），致仕后年近望九，又选《清诗别裁集》。长期涵泳古典诗歌，他具有较强的审美判断力，诗选的序言、凡例、评点，以及其他诗论专著，始终在对前人的格调思想修补强化，其中的唐诗论评也富于特色。

沈德潜论诗，承袭明七子，既重思想规范，又重诗法、声韵、气格等，试图从中提示诗美特质。虽然他与明七子都重格调尊盛唐，但诗学目的不同：明七子拟议盛唐格调，意在改变明初台阁体的啴缓高华和宋元诗的格卑调舛，回归刚健浑厚；沈德潜提倡格调，则企图由盛唐格调上窥风雅遗意，发挥诗教功能，强化儒学规范，抵御神韵末流的才力单薄、冷清枯寂。如果说前者侧重于气格声调，着眼于审美体式，后者则给意格添上更浓的伦理色彩。沈氏格调论的形成，与他独特的人际遭遇与文化熏陶有关，而与其师友叶燮、薛雪这些散淡人士有异。

沈德潜虽为叶燮门生，但论诗旨趣与叶不同，尤其是对唐宋诗态度大相径庭。叶氏主通变，肯定宋诗创新，以为变起中唐，意欲沟通唐宋。沈氏自幼即"喜钞唐人诗集"（《唐诗别裁集序》），颐养其心性，形成对唐诗的偏受："诗至有唐，菁华极盛，体制大备。"（《唐诗别裁集·凡例》）"有唐一代诗，凡流传至今者，自大家名家而外，即旁蹊曲径，亦各有精神面目，流行其间，不得谓正变盛衰不同，而变者衰者可尽废也"（《唐诗别裁集序》）。对于宋元诗，却极力贬斥："宋元流于卑靡"（《唐诗别裁集·凡例》）、"宋诗近腐，元诗近纤"（《明诗别裁集序》）。所以他选历代诗序列，惟独缺漏宋元。不过，沈氏虽崇尚唐格，但对明七子、公安、竟陵诋之甚厉，指责其"株守太过，冠裳土偶"（《古诗源序》），"主复古者拘于方隅，主标新者俪而先矩，入主出奴"（《唐诗别裁集序》）。对清人学唐，他也有所不满："时贤之竟尚华辞者，复取前人所编秾纤浮艳之习，扬其余烬，以易斯人之耳目，此又与于歧趋之甚。"（同上）其矛头所指，大概是冯班、吴乔等人所倡的晚唐温李诗。对王士禛《唐贤三昧集》，沈德潜认为其取径甚狭，不足以见唐人真相："（王）取司空表圣'不著一字，尽得风流'、严沧浪'羚羊挂角，无迹可求'之意，盖味在盐酸外也，而于少陵所云'鲸鱼碧海'、韩昌黎所云'巨刃摩天'者或未之及。"（《重订唐诗别裁集序》）统观历史与现实，本着全面反映唐诗面貌的意图，沈德潜编《唐诗别裁集》二十卷，四十六年中反复增补，收诗 1928 首，不同流派风格的诗歌尽行收入。该选本内容丰富，编选合理，唐诗概况隐含其中，且贯穿了诗论中一再强调的"和性情，厚人伦，匡政治，感神明"（《重订唐诗别裁集序》）的诗教，与他朝廷显臣的身份有关。作为跻身官僚、不甘冷清的"忙人"，他对神韵派的流连光景、风花雪月不满，高倡儒学伦理，但与白居易等人刺时讥世不同，而是向清廷"清真雅正"的文学方针看齐，以文学佑助朝政。其所作所为，恰恰符合御用文人的本分，乾隆予以优渥待遇。依此要求，沈氏对唐诗中违背诗教批评："至有唐而声律日工，托兴渐失，徒视为嘲风雪、弄花草，游历燕衔之具，而诗教远矣。"（《说诗晬语》卷上）学唐不是其最终目的，他企图以之上溯诗源，因为"诗至有唐为极盛，然诗之盛非诗之源"（《古诗源序》）。为理清诗歌的源流正变，他编《古诗源》，使学诗者能"优柔渐渍，仰溯风雅"（《说诗晬语》卷上），可见他的宗旨是发挥风雅传统，宗唐不过是手段。不过沈氏对涉及时变的诗人诗作亦常给予好评。如认为杜甫"才力标举，纵横挥霍"，其"感时伤乱，忧黎元，希稷契"的篇什，诗虽变而情自正；评《新婚别》："'嫁女与征夫，不如弃路旁'，近于怨矣。而'君今往死地'以下，层层转换，勉以努力戎行，发于情，止乎礼义也。"评白居易的讽喻诗"使言者无罪，闻者足戒，亦风人之遗意"（均见《说诗晬语》卷上），《贺雨诗》"先叙遇灾修省，次写天人感兴，而以箴规保治作结，忠爱之意，油然蔼然"（《唐诗别裁集》卷三）。总之，沈氏论诗，执守敦厚民风、褒美善政的"道德底线"，以温柔敦厚为指向，杜绝怨怼愤懑，确有保守一面，但《唐诗别裁集》选诗，常常越出"人为禁区"，收录大胆揭露时弊、抒发忧愤的诗，如杜甫《羌村》、《兵车行》、"三吏"、"三别"等，可见其选评实践已突破预定观念。

沈氏深通诗道，知道诗教的表露不能直露，须运用比兴。《施觉庵考功诗序》提出"诗之为道，以微言通讽喻，大要援此譬彼，优游婉顺，无放情竭伦，而人徘徊自得于意言之馀。"他批评后代一些诗人背离艺术张弛有节的原则，"哀必欲涕，喜必欲狂，豪则纵放而戚若有亡，粗厉之气胜，而忠厚之道衰"。《说诗晬语》卷上也说："事难显陈，理难言罄，每托物连类以形式。郁情欲舒，天机随触，每借物以抒之。比兴互陈，反复唱叹，而中藏之欢愉惨戚，隐跃欲传，其言浅，其情深也。倘质直敷陈，绝无蕴蓄，以无情之语而欲动人之情，难矣。"显然，"温柔敦厚"之格，应以舒缓有序之调体现出来，使诗意隐约曲折，不愠不火，求得君主默许，为诗作争得"保护色"。从此写作原则，沈氏对唐诗托意比兴、婉而多讽、优柔善人者，都予以肯定：评李白七绝"以语近情遥，含吐不露为主。只眼前景、口头语，而有弦外音、味外味，使人神远"；评王昌龄绝句"深情幽怨，意旨微茫。'昨夜风开露井桃'一章，只说他人之承宠，而已之失宠，悠然可思，此求响于弦指外也。'玉颜不及寒鸦色'两言，亦复优柔婉约"（《说诗晬语》卷上）；评杜甫《奉赠韦左丞丈二十二韵》"感知与洁身，并行不悖。抱负如此，终遭阻抑。然其去也，无怨怼之词，有'迟迟我行'之意，可谓温柔敦厚矣"（《唐诗别裁集》卷二）；评杜甫《佳人》"结句不着议论，而清洁贞正意，隐然言外，是为诗品"（同上）；评韦应物《初发扬子寄元校书》"写离情不可过于凄婉，含蓄不尽，愈见情深，此种可以为法"（同上，卷三）。反之，李商隐虽"长于讽喻，工于征引"，但"讥刺太深，往往失之轻薄"（同上，卷二十），遭其抨击。当然，沈氏也知诗可言理，故不一概反对议论。《说诗晬语》卷下说："人谓诗主性情，不主议论，似也，而亦不尽然。试思二《雅》中，何处无议论？杜老古诗中《奉先咏怀》、《北征》、《八哀》诸作，近体中《蜀相》、《咏怀》、《诸葛》诸作，纯乎议论。但议论须带情韵以行，勿近伧父面目耳。"《唐诗别裁集》卷十四评杜甫《咏怀古迹》（之五）也说："此议论之最高者。后人谓诗不必著议论，非通言也。"反对以议论为诗，出于严羽，后人矫枉过正，将议论与抒情绝然对立，归愚则认为议论只要挟带情韵，不妨抒情，态度通达。

沈德潜论定唐诗意格，尤重气格，即由声韵、体式等传达出的美学效果，提出诗之微妙存于调内，破解之妙，须深入涵咏，悟其隐存之秘："诗以声为用者也，其微妙在抑扬抗坠之间，读者静气按节，密咏恬吟，觉前人声中难写、响外别传之妙，一齐俱出"。（《说诗晬语》卷上）他论唐诗各体，多从气格变化入手。如论五古，追述起源、发展及梁陈以至唐显庆、龙朔时的颓靡，然后高度评价陈子昂"力扫俳优"，张九龄、李白继起，恢复魏晋古诗传统，后来王、孟等各得陶之一体，"气体风神"超然物表，杜甫又进而开辟新境界，"篇幅恢张，纵横挥霍"。如论七古，分析其在唐代的四大变：初唐"风调可歌，气格未上"；盛唐王李高岑出现后，"驰骋有余，安详合度"，李白"鞭挞海岳，驱走风霆"，气格遒举，杜甫"沉雄激壮，奔放险幻"，又一变；中唐钱刘后渐趋薄弱，韩愈以"踔厉风发"，使气格又一变。对五律、七言、五排、五绝、七绝的批评，莫不注意气格的升降急缓（《唐诗别裁集·凡例》），显示了因调求意的学诗宗旨。对于具体的诗人诗作，他也注意从"宗指"、"体裁"、"音节"、"神韵"观察，以"中正和平"为圭臬（《重订唐诗别裁集序》）。这四要素，既包含诗的意格与气格等各因素，又兼顾神韵，并以诗教为统摄，较之明七子一味标举格调，显得全面周到。

沈德潜以意格、气格推崇唐诗，不像七子只尚盛唐而不及其余，也不像王士禛偏好王孟韦柳之风，故其选编唐诗兼容并蓄，这也表现在他论宋诗。虽然他斥宋诗"卑靡"、"近腐"，但对具体作家区别对待，欧、苏、陆、朱、黄等即得好评：欧阳修七古"专学昌黎"，但"意言之外，犹存余地"；苏轼"笔之超旷，等于天马脱羁，飞仙游戏，穷极变幻，而适如意中所欲出"；朱熹五言诗"不必崭绝凌厉，而意趣风骨自见，知为德人之音"；陆游七律"对仗工整，使事熨帖，当时无与比垺"；即使贬黄庭坚"太生"，也赞其诗虽"神理未浃，风骨犹存"（《说诗晬语》卷下）。这是因为沈氏虽认为"诗不学古，谓之野体"（同上，卷上），但反对"泥古而不能通变"（同上），故对宋诗整体评价偏低的同时，时有持评之论。

归愚的唐诗观，源于他对前代诗学遗产的继承，而其特点的形成与乾隆朝文禁的严酷有关。他适应时势变化，把明人格调论诗学加以修补，理论深度虽不及胡应麟等人，浓厚的儒家伦理使之更形保守，但对艺术美质的分析研究，比明人更具体精当。尤为后人重视的是，其鲜活的选批常常一言直揭诗理，评者的诗魂灵性荡漾其中，比其有些沉闷的说教更令人欣赏。

沈德潜唐诗观的同调

沈德潜格调论诗学，由于强化了文学的功利性，为当朝统治者首肯，也巩固了沈氏的文坛地位。同时，他从艺术形式因素，把握唐诗的内在美质，其法也为友朋与后学所仿效，如黄子云、李重华和乔亿等人，即对沈氏格调论有所补充延展。

黄子云布衣终生，遍游名胜，诗得沈德潜之赞。其论诗重精、气、神三备，亦不背诗教。所作《野鸿诗的》诗学取向以杜为准，由于其"能鼓汉魏之气，撷六朝之精，含咀乎《三百篇》之神"，甚至认为"诗自曹、谢、庾、徐，至少陵而结穴"，杜诗成了学习的不二法门。黄氏论杜，除关注其感世伤怀、忧国忧民之情外，尤重"其意之精密，法之变化，句之沈雄，字之整练，气之浩瀚，神之摇曳"，以此窥其作诗用心。论及音调字句亦云："造句时尚须用力以助其气，庶字字立得起敲得响。纵极平常浅淡语，以力运之而出，便勃然生动。""从摇扬而得者，其诗也神；从锤炼而得者，其诗也精；从鼓荡而得者，其诗也有气。"力求力足、气充、音响，生动之意寓于平淡之语，以求得杜诗玄秘，并谓"晚唐后专尚镂镌字句，语虽工，适足彰其小智小慧，终非浩然盛德之君子也。韩、柳之文，陶、杜之诗，无句不琢，却无纤毫斧凿痕者，能炼气也，气炼则句自炼矣。雕句者有迹，炼气者无形"。他与沈德潜一样，强调诗歌的政治功能——"美君后也，正风化也，宣政教也，陈得失也，规时弊也，著风土之美恶也，称人之善而谨无良也"，但也不完全排除"切直"，只要不背离诗言志的目的，不过"温柔者诗之经，切直者诗之权"，切直是一时变通，温柔才是恒常规则，这是因为他推崇《诗经》"悲哀欢愉，怨苦思慕，悉有婉折抑扬之致，蕴蓄深而丰神逸，读之能令人畅支体悦心志"（均见《野鸿诗的》），看来黄氏终究不能放弃诗教。

李重华科名显赫，后因故去职，浪迹名胜，其诗之成，虽由禀质，亦得江山之助。其《贞一斋诗话》首拈诗之三要：音、象、意。音者，倡天籁，运之于诗，即为自然之节奏；象者，摹色称音，关乎比兴赋；意者，诗之旨趣，主于无意有意之间。三者之中，以音为先。鉴于人们不知韵语由来，缀辑牵合以为诗，故倡悟空中之音，作诗取象合意。李氏重音调之畅，而体式不同音调有异，故诗话发端即论不同体式的音节特征，并纵论历代诗体变迁。学诗对象，他于唐取李、杜、韩、白，于宋取苏、黄、陆、范、朱，对宋人的评价也以唐为参照，如评苏"兼擅李、杜、韩、白之长"，评陆"堪与香山踵武，益开浅直路径"，评范"较放翁则更滑薄少味"，评朱"雅正明洁"。他认为"宋人惟无意学唐，故法疏而天趣间出；金元人专意学唐，故有法而气体反弱。后先升降，岂风会使然与"，试图从社会变化，分析宋金元人学唐而风格迥异之因。具体论及诗时，作者注意从句式结构入手，分析其语意流转和气脉变化。如论杜甫七律章法："相其用笔，大概三四须跟一二，五六须起七八；更有上半引入下半，顿然翻转；有中四句次第相承，而首尾紧相照应；有上六句写本题而末后扬开作结。其法变化不拘，若止觅得中四好对联，另行装却头脚，断无其事。"即从体式特征出发，分析杜诗起承转合安排的妥当，揭示其格调形成因素。对格调的悟解，作者颇得李东阳衣钵："古近二体，初学者欲悟彻音节，他无巧妙，只须将古人名作，分别两般吟法：吟古诗如唱北曲，吟律诗如唱昆曲。盖古体须顿挫浏漓，近体须铿锵宛转，二者绝不相蒙，始能各尽其妙。"于音节之中，体会哀乐之情："乐者定出和平，哀者定多感激。更辨所关巨细，分其高下洪纤，使兴会胥合，自然神理，胥归一致。"再如通过唐人诗句，分析悟声调之法："杜律'群山万壑赴荆门'，使用'千山万壑'，便不入调，此轻重清浊法也。又如龙标绝句'不斩楼兰更不还'，俗本作'终不还'，便属钝句，此平仄一定法也。又如杜五言'曲留明怨惜，梦尽失欢娱'，'怨惜'换作'怨恨'，不稳叶，此仄声中分辨法也。"（均见《贞一斋诗话》）

乔亿少以诗名江淮，与沈德潜交，后科考不售，客游山西，工五言诗。论诗强调激于时变，有为而作，故泛论列代诗，凡内容厚实，即得高评。他受沈德潜影响，主张性情之真，不过他所言的性情，却与沈有一定距离："所谓性情者，不必义关乎伦常，意深于美刺，但触物起兴，有真趣存焉耳。"（《剑溪说诗》卷下，下同）可见，乔氏冲破了儒家过于切近伦理、不离美刺的倾向，强调作者只要从外物感激起兴，就能表现"真趣"（无拘无束的活泼天性），给人以美感。在乔氏看来，诗歌可分体用而言之，"性情，诗之体；音节，诗之用"，只有体用合一，才能把真趣较好传达出来，而音节的选配不可小觑。要悟音节之妙，"凡读诗宜沉缓而悠圆，其滋味自出，音节亦自有会心。"实际上，即是通过格调把握诗之内在特质。他认为，根据体式的差异，"近体在字句轻重清浊，古体在气调舒疾低昂"，读者可分类辨识，体会音韵变化。由于特别重视音节，故泛论唐代诗人，引导读者认识声韵之美。他虽然对李杜极为推崇，但其特别关照的是中唐诗人，论诗重格调者比比皆是："萧功曹（颖士）、李员外（华）、独孤常州（及）诗，皆以格胜，不欲与流辈争妍。""元次山诗，在唐人中又是一格，所谓仁义之人其言蔼如也。""元白长句，无初唐之整丽，老杜之激昂，而宛转流畅，又自一格，大抵通赡有余，遒紧不足。"（《剑溪说诗》卷上）乔亿虽也重格调，但其与沈德潜对意格的要求上不同，说明他与沈已分道扬镳。

第二节　袁枚、赵翼与性灵派唐诗学的集成

袁枚的"性灵说"诗学及其唐诗观

在沈德潜以格调论诗，重整七子宗唐之旗，宣扬儒家诗教的同时，以袁枚为代表的一批诗人，继承晚明思潮反理学、扬个性的倾向，发挥三袁、钟谭反模拟、尚真情、重创新的诗学观，再申性灵论诗学，并形成性灵论唐诗观。

"性灵"一说，虽为公安派首倡，但其思想渊源与先秦哲学重主体感受、重表达自然有关，在《荀子》、《国语》、《庄子》等书，都可找到其苗头。刘勰《文心雕龙》已有"性灵"一词，但主要指人的天性或才智。钟嵘虽未显言性灵，但论诗主张"直寻"（《诗品序》），反对典故堆砌、声病拘忌，已开性灵之先河。唐人用性灵也多指性情，如元稹《杜君墓系铭并序》所言"吟写性灵"。宋人重性灵者是杨万里，他说："从来天分低拙之人，好谈格调，而不解风趣。何也？格调是空架子，有腔口易描；风趣专写性灵，非天才不办。"（《随园诗话》卷一所引）性灵始与格调对举，指以灵动巧心表现出机变风趣。至明公安派所说的"性灵"，则指"非从自己胸臆流出，不肯下笔"（袁宏道《续小修诗》），强调真情与个性，反对拟古程式。前代有关性灵的思想，对清代性灵诗论有潜在影响。

贺贻孙《诗筏》认为"作诗当自写性灵"。由于他生当明清易代之际，所言性灵更多指悲愤之情、忠孝之气，具豪放雄健之风。他批评明七子"舍性灵而趋声响"，弃本逐末；也认为钟、谭《诗归》"专任己见，强以木樕子换人眼睛，增长狂慧，流入空疏"，但肯定它"特标性灵"、"扫荡腐秽"。由于他以性灵作为评诗标准，故能破除宗唐偏见，肯定宋诗："宋人学问精妙，才情秀逸，不让三唐，自欧苏黄梅秦陈诸公外，作者林立，即无名之人，亦有一二佳诗。"认为欧、苏诗"别成一派，在盛唐中亦可名家"，陆游《示儿》、林景熙《书陆放翁诗卷后》"率意直书，悲壮沉痛，孤忠至性，可泣鬼神"。和贺贻孙稍有不同，徐增《而庵诗话》论诗重"师承"，更强调"妙悟"，认为"由妙悟得者，性灵独至"，"作诗乃自己之事，毕竟依不得人"，反对"以故事填塞诗中"。而性灵的抒写，要有"清逸流丽"到"苍老"的锻炼过程，即舍弃华美修饰，归于朴素，像杜诗或娟秀或老成，而纯任"天才学力，略无斨头，似天平上兑出来者"。吴雷发《说诗菅蒯》反对拟古，提倡性灵之勃发，他认为："大块中景物何限？会心之际，偶尔触目成吟，自有灵机异趣。""作诗固宜搜索枯肠，然着不得勉强，故有意作诗，不若诗来寻我，方觉下笔有神。"他提倡自然，反对镂人，因为镂人伤气，主张诗以立品为归，反对"空腔熟调"，也反对分唐界宋，提出学诗者应不拘时代，广采菁华，而写作时"能运一己之性灵"，保持创作个性与本色。

性灵说诗，到袁枚内涵丰富。袁氏天姿英灵，得官早弃官亦早，过着诗酒佐兴的寓公生活，优哉游哉，其才望可与沈德潜相媲，而因其门人众多，影响反凌沈而上之。袁枚的性灵说，以真情、个性为主，同时兼顾诗才。关于真情，袁枚说："诗者，心之声也，性情所流露者也"。（《答何水部》，《答随园尺牍》卷七）倡真情，所以他反对作诗卖弄学问、堆砌典故，认为堆垛使诗丧失生趣："自《三百篇》至今日，凡诗之传者，都是性灵，不关堆垛。"（《随园诗话》卷五）袁枚所指之情，以男女之情为先。当众人对礼教低眉顺首之时，他大胆提出"情所最先，莫如男女"（《答蕺园论诗书》，《小仓山房续文集》卷三十）。封建社会，伦理秩序森严，人们受"男女授受不亲"（《孟子·离娄上》）影响，言情视为狂悖。袁枚冒天下之大不韪，清除男女之大防，极力张扬人欲人情，代表了一代文人意欲冲破封建牢笼的愿望。真情的流露，必是自然而无伪饰，故袁枚衡量诗文以自然为先。他引王守仁语："人之诗文，先取真意，譬如童子垂髫肃揖，自有雅致。"（《随园诗话》卷三）他自己也说："诗人者，不失其赤子之心者也。"（同上）甚至认为诗如有"一片性灵"，即使"轻俏"，也"不可磨灭"（同上，卷十四）。关于个性，袁枚认为"作诗不可以无我"，"有人无我，是傀儡也"（同上，卷七）。要有个性，诗中之"味欲其鲜，趣欲其真"（同上，卷一），因为"无言外之意，便同嚼蜡"（同上，卷二）。关于诗才，袁枚强调天赋："诗文之道，全关天分。聪颖之人，一指便悟"（同上，卷十四），作诗必有天纵之才，善于捕捉形象，把握灵感。他认为创作时，灵感勃兴，形象奔涌笔下，"改诗则兴会已过，大局已定，有一二字于心不安，千万力气，求易不得"（同上，卷二）。具诗才者，要在艺术思维亢奋时，把握时机，写出佳作。因此，袁枚倡性灵，要求创作时不可遏制真情，表达时形象生动灵活、趣味新鲜、韵致幽深。

　　袁枚论诗，自负其才，独立不羁，不想依傍古人，尝言"双眼自将秋水洗，一生不受古人欺"（《诗话补遗》卷三），也不畏权威声誉，敢于指东说西，毫不留情。如对诗坛耆老王士禛，他虽称"不相菲薄不相师"（《仿元遗山论诗》），实际还是批评有加，谓其"为王孟韦柳则有余，为李杜韩苏则不足。"（《随园诗话》卷二）认为王"能取悦中人，而不能牢笼上智"（同上，卷四）。他认为神韵是诗之一格，应根据诗歌体式与表达需要而定，不须言必称神韵。为此，他区分短章与长篇，认为前者为求弦外之音，不得不"半吞半吐，超超元箸"，后者当"天魔献舞，花雨弥空，虽造八万四千宝塔不为多"（同上，卷八）。同时，他认为"体格是后天空架子，可仿而能"（《再答李少鹤》，《答随园尺牍》卷十），袁枚认为，有性情便有格律，格律不在性情外，批评格调论以定格而匡异情。对肌理说重书卷学问，袁枚亦以诗讥讽："天涯有客太穆痴，错把抄书当作诗。抄到钟嵘诗品日，该他知道性灵时。"（《仿元遗山论诗》）认为诗以性灵为上，用典应以才情驱使，不尚砌填。他批评翁方纲"穷经读注疏，然后落笔"（《诗话补遗》卷一）。当然，袁枚也不完全反对以学问入诗，对于考据与诗的关系，他有一段精辟的论述："考据之学，离诗最远，然诗中恰有考据题目，如《石鼓歌》、《铁券行》之类，不得不征之考典，以侈侈隆富为贵。但须一气呵成，有议论、波澜方妙，不可铢积寸累，徒作算博士也。"（同上，卷二）可见考据不妨创作，关键要灵心自用，表情优先。

　　以性灵论唐诗，袁氏反对分唐界宋，其《答曾南村论诗》云："提笔先须问性情，风裁休划宋元明。"因唐宋仅为朝代，不关诗之状态，"若拘拘焉持唐宋以相敌，是子之胸中有已亡之国号，而无自得之性情，于诗之本旨已失矣"。（《答施兰垞论诗书》，《小仓山房文集》卷十七）袁枚还反对划分四唐，并举贺知章《咏柳》与张谓之《安乐公主山庄》为例，指出同为初盛唐诗，但"皆雕刻极矣，得不谓之中晚乎？"（《随园诗话》卷七）并批评王士禛认为晚唐人"布谷啼春雨，杏花红半村"不如盛唐人"兴阑啼鸟缓，坐久落花多"，以为王氏胸中"先有晚盛之分，故不知两诗之各有妙境"（《随园诗话》卷七），且以浑成言，前诗稍胜。破除四唐之见，袁枚对中晚唐给予好评。如王士禛讥笑元白诗"未窥盛唐门户"，袁枚却指出元白独树一帜，跳出盛唐之外。他反问王氏，难道元白"必欲其描头画角若明七子，而后谓之窥盛唐乎？"（同上，卷三）又如评温李，他针对时人"诗须学韩、苏大家，一读温李，便终身入下流"的偏见，认为此二人"皆末僚贱职，无门生故吏为之推挽，公然名传至今，非其力量尚在韩、苏之上乎？"（同上，卷五）对于宋诗，袁枚批评其"不依永，故律亡；不润色，故采晦；又往往叠韵，如虾蟆繁声，无理取闹；或使事太僻，如生客阑入，举座寡欢，其他禅障理障、庾词替语，皆日远夫性情"（《答施兰垞第二书》，《小仓山房文集》卷十七），根本缺陷在于性灵不足，而非格调上变易唐人。相反，他肯定唐宋人，学前人适时而变："唐人学汉魏变汉魏，宋学唐变唐，其变也非有心于变也，乃不得不变也。使不变则不足以为唐，不足以为宋也。"（《答沈大宗伯论诗书》，《小仓山房文集》卷十七）具体学唐，要不拘时代，不主一家，"相题行事"、"不囿于一偏"："庙堂宜沈、宋，风月宜王、孟，登临宜李、杜，言情宜温、李，属辞比事宜元、白，岩栖谷饮宜陶、韦，咏古物器物宜昌黎。"（《与梅衷源》，《答随园尺牍》卷五）批评时人"尊韩抱杜而皮傅其仪形"（《答王孟楼侍讲》，《答随园尺牍》卷三），而终无自己精神流注于其间。

随园的唐诗观，首在打破禁忌，张扬个性，对唐宋诗一视同仁，拓展了艺术空间，其缺点则在于论说散漫而不成系统。可喜的是，与之同起的赵翼，对唐宋诗有更精密的考察，增强了性灵诗学威力。与赵、袁并立的蒋士铨，则把性灵纳入伦理制驭，一度"放生"的情感，又被蒋氏"收回"藩篱。

赵翼对性灵派唐诗观的补充与深化

赵翼以治史见长，长于考证，亦精于诗学。其论诗最重才气、心思、功夫（《瓯北诗话》卷五），强调创新，认为新有二义，"意未经人说过则新，书未经人用过则新"（同上）。以发展看诗歌："诗文随世运，无日不趋新。"（《论诗》，《瓯北集》卷四六）"李杜诗篇万口传，至今已觉不新鲜。"（《论诗》，《瓯北集》卷二八）因此，批评七子"但摹面目肖"、"徒滋虚气张"（《题陈玉蒲藩伯敦拙堂诗集》，《瓯北集》卷三八），称道杜甫："惟公起扫除，天门一龙跳，骨力森开张，神勇郁雄鸷。阳乌掩爝火，轰雷塞蚓窍，天壤此一途，疏凿曾未到，一开五丁峡，遂胆九轨道。"（同上）赵氏之论，显示了一个学者深邃的史学意识，同辈并不多见。

由于持新变思想，故赵氏冲破宗唐宗宋之垒，其《瓯北诗话》选取唐至清十大家，依时代排列，逐一细评，论理精当。敢于把明清诗人承接唐宋大家，本身就是创举。他论唐诗，主张破除一切陈见，才气尽情宣泄，艺术大胆创新。如认为李白艺术见识超迈，不屑于劳心伤肝，专务字句，其诗多自然英特之气，"有天马行空，不可羁勒之势"，虽然沉刻不如杜，雄鸷不如韩，但却"不用力而触手生春"，达到浑然之境。才情的挥洒，并不一定要以意蕴的直露、韵味的流失为代价，赵翼欣赏李白乐府如《黄莺篇》、《劳劳亭》等"酝藉吞吐，言短意长，直接国风之遗"（《瓯北诗话》卷一）。评杜甫，他着眼于其用语深刻，笔力豪劲，与其才思相符，常常力透纸背，批评七子只看重杜甫的学力而忽视其才气，认为"思力所到，即其才分所到"，杜兼才气与学力，学力适为才气之辅佐，故其"深人无浅语"（同上，卷二）。韩愈于诗，务求奇险怪异，自成一家，由于"专以此求胜，故时见斧凿痕迹"，赵氏略有微词。当然，韩愈之诗，也有平淡中呈"自然"、"雄厚"、"博大"之势，与李白一样，才力雄厚，不甘心为格式声病所束，多于古诗"恣其驰骤"（同上，卷三）。

对于宋人，赵氏也从创新与才气着眼。他推崇苏轼诗以自然浑成为特色，又能驱遣才学，涉笔成趣，与黄庭坚"专以拗峭避俗，不肯作一寻常语，而无从容游泳之趣"（同上，卷十一）相比，其抒情发性更为突出。对陆游，赵翼从其早年"工巧"、中年"宏肆"到晚年"平淡"，指出其成熟后将"从前求工见好之意亦尽消除，所谓诗到无人爱处工"（《瓯北诗话》卷六），并据以对"炼"提出新看法，认为"炼"不是一味"奇险诘曲"，而在于"言简意深"，在平夷之处、不动声色中见深义。不仅如此，这个观点亦体现在他对中唐韩孟、元白两大诗派的评价上。他认为韩孟尚奇警，多在"字句间争难斗险，使人荡心骇目，不敢逼视，而意味或少焉"，而元白"多触景生情，因事起意，眼前景、口头语，自能沁人心脾，耐人咀嚼"。他还分析白居易古诗独胜是"重意"，即任凭情感的流动，造成"无不达之隐，无稍晦之词，工夫又锻炼至洁，看是平易，其实精纯"（同上，卷四），是平易胜奇警之明证。将元白尚平易的诗风抬高到韩孟之上，是性灵诗学不同于宗宋派唐诗观的一个重要标记。

"性灵说"唐诗观的反响

蒋士铨论诗亦持性灵说。其五古组诗《论诗杂咏》，通过评价众多诗人，提出以创新、变异衡诗，要求打破定法。他的诗学观，既受到前代影响，但更多在创作实践中逐渐形成。所作《学诗记》自言初学李商隐，后发觉拟西昆路数狭隘，渐失自我，即弃而转益多师，撷取唐宋大家精华，融会贯通，最后体会到写诗"惟直抒所见，不依傍古人，而为我之诗矣"。

他讥笑唐宋之争者大都东向而望，不见西隅，提出善学者应兼容并蓄，各取所长。在《说诗一首》中，他对唐宋大家李杜韩苏黄一视同仁，称赞其诗波澜壮阔，生机盎然；同时又提醒人们不要把他们当作偶像，顶礼膜拜，创作还是以发挥个人才性为贵。这些见解均类同于袁枚、赵翼，不同的是其性灵观带有更多的伦理内涵。《钟叔梧秀才诗序》一文中则说："古今人各有性情，其所以藉见于天下后世者，于诗为最著。性情之薄者，无以自见，唯务规模格调，撷拾藻绘，以巧文其卑鄙之真。当势力强盛，未尝不窃一时名誉，迨无可畏忌之时，而后人公论卒难诬罔。然当时蝇附蚁聚之徒，崇之惟恐不至，亦何愚也。唐宋诸贤不必相袭，寓目即书，直达所见，其人品学术，隐然跃跃于其间。所谓忠孝义烈之心、温柔敦厚之旨则一。"这段文字除重申诗歌的抒情特性、批评格调派的缺乏性情、说明唐宋诗人的有感而发外，最重要的是揭示诗品应与人品统一，要从诗作看到作者的"忠孝义烈之心，温柔敦厚之旨"。显然，蒋士铨所谓的"性灵"，包含儒家伦理观念，是一种受到适当节制的情感欲望，这既与当时理学压抑情感的正统观念不同，也与袁枚等人摆脱伦理节制，趋于自然化的性情有出入。

张问陶出于官宦之家，少有"三十立功名，四十退山谷"（《壮志》）之心志，做官有违时俗，辞职漫游。其于袁枚属晚辈，才名为袁所赏识，诗学观与之相近。张氏论诗，强调个人性情，反对雕琢文字："笺注争奇那得奇，古人只是性情诗"、"诗中无我不如删，万卷堆床亦等闲。"（《论文八首》，《船山诗草》卷九）真性情来自真感受，故丰富社会阅历为首务，表达要自然浑成："胸中成见尽消除，一气如云自卷舒。写出此身真阅历，强于钉铰古人书。""天籁自鸣天趣足，好诗不过近人情。"（《论诗十二绝句》，《船山诗草》卷十一）他对于唐宋诗，态度明朗，习古不为古所限，写出真性灵，才能自立人世："诸君刻意祖三唐，谱系分明墨数行。愧我性灵终是我，不成李杜不张王。"（《颇有谓予诗学随园者笑而赋此》，《船山诗草》卷十一）作为袁枚、赵翼之后继，张问陶扩大了性灵说的影响。

洪亮吉科考不顺，功成后以直谏遭贬，归里著述，在乾嘉诗坛与黄景仁齐名。他与袁枚有师友渊源，其《答随园前辈书》，论诗融合众说，以复古、求真、重学为中心。更以人品作为诗作得以流传的思想基础。他指责众人纷学古人，扼杀一己性灵："窘于篇幅师王孟，略具才情仿陆苏。学古未成留伪体，半生益觉赏心孤。"（《道中无事偶作论诗截句二十首》，《洪北江诗文集·更生斋诗》卷二）甚至把矛头直指当代名家："侍郎（王昶）诗派出于长洲沈宗伯德潜，故所选诗，一以声调格律为准。其病在于以己律人，而不能各随人之所长以为去取，似尚不如《箧衍集》、《感旧集》之不拘于一格也。"（《北江诗话》卷一）但他又主张写诗须有扎实的学问根柢，体现了性灵诗学的某种转向。

性灵诗论在明末、清中叶两度兴起，其背景、目的不同：明人倡性灵，意有批判虚伪的道学与复古的诗学，起启蒙人心作用；清人倡性灵，意在克服格调说与肌理说各自的弊端，发扬诗人的个性与才情。前者的思想意义大于文学意义，后者则大多逸出文学领域。

第三节　翁方纲与宗宋派唐诗学的集成

翁方纲的"肌理说"诗学及其对"神韵"、"格调"的认识

乾隆诗坛，与倡格调的沈德潜、倡性灵的袁枚并起的另一大诗论家，是翁方纲。他入仕较早，曾参与四库全书编撰，擅长经史、金石、谱录考证，精于书画，在诗学上倡"肌理"说，将义理、考据纳入诗中。所谓"士生今日，经籍之光，盈溢于世宙，为学必以考证为准，为诗必以肌理为准"（《志言集序》，《复初斋文集》卷四），便代表着他的诗学观念和治学思想，也与乾嘉时的整体学风密不可分。由于他以研究为本业，故其诗学析理较周。

作为深通诗道的论者，翁氏当然知道诗缘情这一常识（见《同学一首赠鱼门别》），但因受经学思想影响，故其所谓"性情"，渗透了更多的儒家人伦观念："诗者，实由天性忠孝，笃其根柢，而后可以言情，可以观物。"（《月山诗集序》，《复初斋文集》卷四）翁氏此论，排除与传统道德规范相悖的因素，强化了儒家诗学伦理，是其诗论的人格基石。由于主理，他论诗重思想内涵，主张"以古人为师，以质厚为本"（《渔洋先生精华录序》，《复初斋文集》卷三），强调"文章政事合一"

（《延晖阁集序》，《复初斋文集》卷四），把师古之法、考据之学、政教之标渗透于诗学之中，虽然他也认识到诗与考据的差异。其于"肌理"说，集中见于三段文字："理者，民之秉也，物之则也，事境之归也，声音律度之矩也。是故渊泉时出，察诸文理焉；金玉声振，集诸条理焉；畅于四支，发于事业，美诸通理焉。义理之理，即文理之理，即肌理之理"。（《志言集序》，《复初斋文集》卷四）"理，治玉也，字从玉，从里声。其在于人，则肌理也；其在于乐，则条理也。《易》曰：君子以言有物。理之本也。又曰：言有序。理之经也。"（《杜诗熟精文选理理字说》，《复初斋文集》卷十）"理者，综理也，经理也，条理也。"（《韩诗雅丽理训诂理字说》，《复初斋文集》卷十）综合来看，翁氏之"理"，有广狭二义：广义指事物发展变化的规律，包括衡量声音律度的标准、人们所应遵循的道德原则等；狭义一指儒家经典所蕴含的道理，一指诗歌的结构脉络、规范方法。"肌理"则专属狭义：一为义理，指儒家政治伦理精神，雅正无邪；二为条理，指结构严整，音律合度。从义理来说，诗应质实厚重，切忌凌虚蹈空；从文理来说，诗应逻辑严密，气脉贯通。由于翁氏强调以理统情，因此好多论者责其诗学充满沉闷的理学气息，禁锢自然情感的表达。但是，作为一种特出的诗学观点，肌理说对义理的强调，与乾隆时期整个文化背景相关，不全出于作者思想的保守；在文理方面的论述，对于诗歌结构的缜密、形式的完美意义重大，是江西派之后对诗法论述的延续。至于"肌理"一词，非翁氏首出，前人已用。如《文心雕龙·序志》"擘肌分理，唯务折衷"，指作品结构；杜甫《丽人行》"肌理细腻骨肉匀"，指皮肤纹理。二者都指事物的组织结构，尚未专用于文论。至于论诗重理，宋明则不乏其人：黄庭坚《与王观复书》说："（诗）当以理为主，理得而辞明，文章自然出群拔萃。"此理即合义理与文理为一。李攀龙《送王元美序》评李梦阳诗，"视古修辞，宁失诸理"，义亦同上。赵执信《谈龙录》："文章原本六经，诗亦文也。余意尤重《春秋》。非《春秋》则取舍乖而体不立矣。"主张从儒学典籍学习作诗之理与法。因此，翁氏肌理说欲避性灵之虚、格调之板，把儒学经术之道与考据之学运用于诗，使诗学与儒学原则沟通，使考据之法为诗歌创作服务，显示了乾嘉扎实的治学精神，其对诗学观念不仅是制驭，也是有效的指导。这种强化儒学观念的诗学，与主玄秘恍惚之境的神韵说、重形式规范的格调论出入较大，而翁方纲也以肌理思想为基础，对神韵、格调重行解释，为其论说张本。

翁氏对神韵的理解，不像王士禛那样专趋一路，而是将其作为贯通诗歌整体的核心对待。在《王文简古诗平仄论序》中，他自言曾就学于王氏门人黄叔琳，故而对神韵论有相当深刻的认识。《石洲诗话》以神韵评诗处处可见，如"唐人之诗，但取兴象超妙"（卷一），"盛唐诸公之妙，自在气体醇厚，兴象超远"（同上），王维诗"神超象外"（同上），韦应物诗"奇妙全在淡处，实无迹可求"（卷二）。不过翁氏对神韵的理解较为宽泛，《坳堂诗集序》说："神韵者，非风致情韵之谓也"，"神韵乃诗中自具之本然"，"诗有于高古浑朴见神韵者，亦有于风致见神韵者，不能执一以论也。"《神韵论上》也说："神韵者，是乃所以君形者也"，"彻上彻下，无所不该"。翁氏认为，"神韵"并非王士禛所言的含而不露、水花镜月的诗歌境界和风格，它像生气一样充溢于诗中，使之形成不同风格，是主宰诗歌艺术的命脉，属形而上的因素，不能以具体的一节一枝限定它。如果说王士禛以神韵专指清淡幽远的艺术风格，总结古典山水田园诗的创作传统，那么翁方纲则对神韵作出新的解释，强调诗歌内在精神的一贯及其渗透于各个艺术因素的和谐统一之中。

对于格调说，翁方纲批评明七子专讲格调而伪体出，断言"诗之坏于格调"（《格调论上》，《复初斋文集》卷八），但他又对格调意义具体辨析，写了格调三论。《格调论上》说："夫诗岂有不具格调者哉？《记》曰：'变成方，谓之音'。方者，音之应节也，其节即格调也。又曰：'声成文，谓之音'。文者，音之成章也，其章即格调也。"他认为，格调是诗歌客观存在的因素，其具体指声调、节奏，所构成得诗歌体式，并随时代而变化，不识格调即无以认识诗美。《石洲诗话》以格、调、格调论诗者达四十余处，可见其对格调的重视。但是，重格调不意味着执守固有的格调，正相反，由于更看重诗歌内在肌理，故翁氏对一味讲求格调者批评。如他批评明七子，"泥执文选体以为汉魏六朝之格调焉，泥执盛唐诸家以为唐格调焉，于是不求其端，不讯其末，惟格调之是泥。于是上下古今只有一格调，而无递变递承之格调矣"（《格调论上》）。从批评七子，翁氏提出学古之法乃"师其意"，即古人作诗之理之法，而作适时变化："凡所以求古者，师其意也；师其意，则其迹不必求肖之也。"（《格调论中》，《复初斋文集》卷八）在《唐人律诗论》中，他列举唐宋诗人，说明学古应不为古所限，才能破人之格，创己之变，并成为后人样板："唐之玉溪、樊川，已不肯为大历以后之律诗。至苏黄而益加厉矣，此即教人自为之理也。至于放翁、遗山、道园律诗，则真克自为矣，有一篇之袭唐调乎？……夫惟日与古人相劘相切，日以古作者自期，而后无一字之袭古也；夫惟无一字袭古，而后渐渐期于师古也。"因此，他提出："化格调之见而后词必己出也，化格调之见而后教人自为也，化格调之见而后可以言诗，化格调之见而后可以言格调也。"（《格调论下》，《复初斋文集》卷八）这充分表明翁氏对格调处理的灵活。

翁氏不仅分别辨析神韵、格调之义，而且试图把它们与肌理沟通。他认为神韵是贯通格调的精神，格调是表现神韵的载体，二者可结合起来。神韵存在于格调之中，具体由字句、音节产生，表现形式多种多样，是构成诗之命脉的神理；格调是纳存神韵的构架，以可见因素表现无形因素，不同的诗有不同的格调，不应限于一种范式。至于肌理，既是诗歌应有的思想规范，又是行文所应恪守的法度。肌理之思想规范可转化为诗之神韵，肌理之内在法度则从格调体现出来。因此三者不妨既保持各自的独立，又内部贯通一致。由于翁氏论诗重肌理，强调质实厚重，重视学识考据在诗学中的效能，故其虽对唐宋兼取，但更推尚后者，因为宋诗与肌理说昭示的诗学范式更切近。

"肌理说"观念指导下的选诗与评诗

翁方纲除在一系列诗论中，表述了肌理说诗学观，还通过诗歌选本，宣扬自己的思想，计有《七言律诗钞》八卷、《小石帆亭五言诗续抄》八卷。前者选唐宋金元人七言律诗，后者选唐宋五言诗。另外，还有《唐人七律志彀集》（稿本）。

翁氏论七律，主张以理统摄，反对"矜才使气"，要求"全体融结，静细深稳……必有雄厚高浑之气，运以沉郁顿挫。兼此二者，致为难到。然由前之论，出自洗伐功深，自臻纯诣；由后所云，沉郁顿挫之妙，则殆由天授，非可学而至也"。从上述要求出发，他把"自然"、"浑成"看作七律的最高要求，而要达到这一至境，异常困难，因为"一意专要自然，便乍难浑成；若极力学浑成，又难得自然"（《唐人七律志彀集凡例》），在创作中确实让作者左右张望，进退两难。由此要求以律唐宋，他把杜诗作为达到自然浑然之境的最高典范。评点各家，他同意王世贞的看法，主张"真才实学，本性求情，且莫理论格调"，这种重学识修养、个人性情的思想，与其肌理诗论相通，也反映在他对唐宋诗的评价上。

翁氏选诗，不仅为初学者指点门径，更重要的是，"监观古今文章次第推移、文质相生之渐"，从中寻求文体发展变化的规律，故其《七言律诗钞》从七律的起源初唐开始，以见其初始面貌，虽然这一时期七律创作还处于摸索阶段，艺术不免幼稚粗糙。他批评王士禛《神韵集》从一己喜好出发，不免遗落其余，未考虑七律发展的全局，结果读者无以窥七律变因。因此，他选诗宏观把握，考虑全局：初唐，重其"气宇吞吐间，自有肇开一代之势"之杰作，以见风会之概。盛唐，以王、李、高、岑为主，尤重杜甫，认为"天地间元气、古今人之性情皆在其中，学七律者定须奉此为圭臬"（《唐人七律志彀集凡例》）。中唐七律，刘长卿、钱起等人虽为杰出，但"格稍降，气体亦稍单弱"，未能后来居上，唐七律发展呈衰势。但是，翁氏独具只眼，给予白居易以高评，认为"诗（指七律）至白公，无一笔不提，无一笔不变，而皆于平实出之"，令人回味。晚唐，他看好李商隐，认为其妙，当于骨节间辨之，显然更重视其诗法的严密。

他对唐人七律总的来说评价较高，认为"虽气之盛衰，格之高下，万有不同，然波澜意度自成其为唐音"，是后人学习的典型，批评后世"祧唐祖宋"，皆未正路。不过，作者并未因唐诗的巨大成就，而将其僵化，他认为"人之心思笔力，变化日新，词源所辟，盈科放海，天地之精华，事理之血脉，遂不得不放出有宋诸家矣"，对宋人七律承认其创变之功。论宋七律，他认为"宋初不离散唐末面目，犹之唐末不离齐梁余习"，没有形成自己的特色。王安石登上诗坛后，"一笔孤行而拔地倚天"，宋人特色显露出来。至苏轼，"屈注天璜，倒连沧海，空山无人，水流花开。七律至此，直以仙笔行之，大矣哉！"成为宋代七律发展的关键。他批评黄庭坚纠正唐人"俳谐吴体之作"，然而"矫之过甚矣，然终非诗之正调"（以上均见《七言律诗钞凡例》），可见翁氏对七律的评价，注意内容风格的庄重严整，始终抠住理不松手。

在考察古典诗歌流变时，他把齐梁至唐之诗分为三种：才人之诗（齐梁至隋）、诗人之诗（初盛唐）、学人之诗（以杜甫为代表，兼括诗人与才人之长）。至中晚诸家，三者又分流，独韩愈兼具，且由杜、韩衍流至宋王安石、苏轼诸家，而杜、韩便成了沟通唐宋之津梁（见《七言律诗钞凡例》），这一认识紧承叶燮思想，而又进一步勾画出一个"学人之诗"的统系，虽说唐宋兼取，其重心显然落实到宋诗一边，构成了宗宋派唐诗学的诗史模式。

"肌理说"对宗宋派唐诗学的总结

翁方纲虽主张唐宋兼取，而其兴趣毕竟偏重在宋诗。他认为宋人义理精深，诗歌则构思严谨，文理细密，超过了唐人："谈理至宋人而精，说部至宋人而富，诗则至宋而益加细密，盖刻抉入里，实非唐人所能囿也。"（《石洲诗话》卷四，下同）宋人长处来自读书学古，所谓"宋人精诣，全在刻抉入里，而皆从各自读书学古中来，所以不蹈袭唐人也。"他还把唐宋诗加以比较，认为："唐诗妙境在虚处。……有唐之作者，总归盛唐。而盛唐诸公，全在境象超诣。"同时，宋人知识丰富，其诗纪事周详，可补考据阙漏，有其史学价值："宋诗妙境在实处。……宋人之学，全在研理日精，观书日富，因而论事日密。如熙宁、元祐一切用人行政，往往在史传所不及载，而于诸公赠答议论之章，略见其概。至如茶马、盐法、河渠、市货，一一皆可推析。南渡而后，如武林之遗事，汴土之旧闻，故老名臣言行、学术，师承之绪论、渊源，莫不借诗以资考据。而其言之是非得失，与其声之贞淫正变，亦从可互按焉。"这些说法都体现了他重义理、重学问的诗学观念。

肌理说重视文理——结构安排，即翁方纲提出的"诗文之赖法以定"（《诗法论》）。但有常法而无定法，而法之尽变，在于对文理规律的掌握："夫惟法之尽变者，大而始终条理，细而一字之虚实、单双，一音之低昂尺黍，其前后接筍、乘承转换、开合正变，必求诸古人也。乃知其悉准诸绳墨规矩，悉效诸六律五声，而我不得丝毫以己意与焉。"（同上）翁氏在批评实践中，即注意从法之灵变，分析创作的运用之妙。如评李白《经下邳桥怀张子房》："入手'虎啸'二字，空中发越，不知其势利到何等矣。乃却以'未'字缩住。下三句，又皆实事，无一字装他门面。及至说破'报韩'，又用'虽'字一勒，真乃逼到无可奈何，然后发泄出'天地皆震动'五个字来。所以其声大而远也。"（《石洲诗话》卷一）评元白诗："针线钩贯，无乎不到，所以不及前人者，太露太尽耳。"（同上，卷二）皆是从思理缜密、笔势跳宕着眼。翁方纲对唐诗肯定虽多，但由于肌理说重义理考据，故其论唐诗，最看重的是与宋诗风格相近者，杜、韩成为论述重心。翁方纲认为杜、韩诗，根源于六经，扶持政教，不失讽喻，诗法精严，符合肌理。如评杜甫："杜公之学，所见直是峻绝。其自命稷契，欲因文扶树道教，全见于《偶题》一篇，所谓'法自儒家有'也。此乃羽翼经训，为风骚之本，不但如后人第为绮丽而已。"（同上，卷一）评韩愈："韩文公约六经之旨而成文，其诗亦每于极琐碎、极质实处，直接六经之脉。盖爻象、爨占、典谟、誓命、笔削记载之法，悉酝入风雅正旨。"（同上，卷二）翁氏所论，与叶燮沟通唐宋一致，虽然他们论述着眼点不同。

翁方纲论唐宋诗，受到乾嘉考据方法影响，把儒学之义理、考据之方法、论学之材料纳入诗学之中，避免了神韵说之玄虚、格调说之泥古和性灵说之滑易，在清中叶诗学观念渐趋综合的大势中，确有补苴罅漏之效。他上承清初宗宋诗观，着力折中唐宋，所论亦多有卓识，在清初宗宋派与晚清宋诗派之间起了"接力棒"作用。当然，重肌理易沦于质实不化，对诗之性情、意兴、想象等重视不够，而学问的参与易生堆垛知识、窒碍性灵的弊端，亦无庸讳言。

第四节　清盛期的其他家派

清廷的诗学方针与唐诗研究

清代统治者自立国始，就十分重视文治。他们崇尚儒术，尊孔读经，开设鸿博，罗致才彦。对于汉人文学尤其是诗歌，清前盛期皇帝，都自幼修习，造诣深厚：顺治亲政后，博览群书，精通诗文书画，因海内未定，无暇顾及文业；康熙年至十三，作诗指物立就，才颖超群，后爱好唐诗，敕令编辑《全唐诗》，存一代诗歌总貌，又辑注三十二卷《御选唐诗》；雍正文思敏捷，日理万机，虽不以诗名世，但对唐释子诗情有独钟，现存《御选寒山拾得诗》一册；乾隆自幼习书不辍，诗才凌驾列祖，御制诗之多几可与全唐相埒，并选评《唐宋诗醇》四十七卷；嘉庆书斋生活二十余年，擅长咏史诗，令编《全唐文》。由于以治国安邦为本怀，清代君主论诗，始终不忘政教，力倡温柔敦厚，要求质实厚重，标榜清真雅正，完全把它作为佐治之具。如乾隆于历代诗人独尚杜甫，认为"葩经到此千余载，只爱杜陵菽粟文"（《御制诗初集·漫兴》卷二十），对诗歌宗旨，提出"志言要归正，丽句却须删"（《御制诗五集·藻韵楼下》卷二一），始终不离政治目标。皇帝们作诗，总不免讲冠冕堂皇的大道理，以示惠民爱众之意。现从其参与选评的几种唐诗选本中，来窥探统治者评诗用心，加深对清廷诗学方针的理解。

康熙撰《御选唐诗序》，把伦理教化作为诗歌的重大特征看待："古者六艺之事，皆所以涵养性情，而为道德之助也，而从容讽咏、感人最深者，莫近于诗。故虞廷典乐，依永和声，帝亲命焉。成周时，六义领在乐官，而为教学之先务。"当然，他也不忽视艺术感染力。他个人在长期的吟读之中，深味其佳，故常常不自觉地忘情："每当临时听政，巡行猎狩之余，展卷留连，未尝不悠然而有得也。"其编选原则，也与其诗学观一致："孔子曰：温柔敦厚，诗教也。是编所取，虽风格不一，而皆以温柔敦厚为宗，其忧思感愤、倩丽纤巧之作，虽工不录，使览者得宣志达情，以范于和平，盖亦用古人以正声感人之义。"也不忽视诗歌艺术，注意选隽："盖讨索贵于详备，而用以吟咏性情，则当挹其精华，而漱其芳润。"且照顾各类："古风近体各以类相从。"具有相当的艺术眼光。在《全唐诗序》中，他试图从科考角度，分析唐诗兴盛的历史原因："盖唐当开国之初，即用声律取士，聚天下才智英杰之彦，悉从事于六艺之学，以为进身之阶，则习之者固已专且勤矣"；对唐诗内容的丰富多变赏叹："堂陛之赓和，友朋之赠处，与夫登临燕赏之即事感怀，劳人迁客之触物寓兴，一举而托之于诗"；指出唐诗艺术价值的普适性："性情所寄，千载同符，安有运会之可区别"，批评四唐说"论次唐人之诗者，辄执初盛中晚，岐分疆陌，而抑扬轩轾之过甚；此皆后人强为之名，非通论也"，提出"诗至唐而众体悉备，亦诸法毕该，故称诗者必视唐人为标准，如射之就彀率，治器之就规矩焉"。康熙论诗要言不烦，完全可归于"宗唐"一派。

乾隆论诗，与乃祖略异。敕编的《唐宋诗醇》，选李、杜、白、韩、苏、陆六家诗，达四十七卷，基本网罗六家杰构，其批点既广引历代名家之论，又有大量灵机飞动的"御批"，虽或出于侍臣之手，但都经乾隆寓目修订，完全可视为其唐宋诗观的第一手材料。乾隆对唐宋比较，认为"宋之文足可以匹唐，而诗则实不足以匹唐也"。尽管如此，他还是编《唐宋诗醇》，目的是"见二代盛衰之大凡，示千秋风雅之正则"，且其于唐宋二代，专选六大家，可见其取法之严。他认为，这些诗"优游餍饫人人者深"，足为千古师范。乾隆论诗，很注意恪守艺术原则，这从《唐宋诗醇·凡例》昭示的选录标准可见：选李杜，由于他们是"一时瑜亮，固千古稀有"；选韩，由于他"直追李杜，实能拔奇于李杜之外"。可见，李杜韩三人可牢笼一代。元白虽并称，但选白不选元，是认为元"有浮华而无忠爱"，可见编者用心。选陆，由于他"包含宏大"。苏黄亦并称，但录苏不录黄，是认为黄"多生涩而少浑成"，未达艺术至境。从唐宋兼取，可见编者无宗唐宗宋习气。由于站在折中的立场，故于前人观点持论适中。或对明以来摹唐批评："盖明诗摹拟之弊极于太仓、历城，纤佻之弊极于公安、竟陵。"或对王士禛神韵说不满："国初多以宋诗为宗，宋诗又弊，士禛乃持严羽余论，倡神韵之说以救之。故其推为极轨者，惟王、孟、韦、柳诸家。"乾隆论诗，自然不忘自己身份，故以传统诗教论杜："昔圣人示学诗之益，而举要唯事父事君，岂不以诗本性情，道严伦纪？古之人一吟一咏，恒必有关于国家之故，而藉以自写其忠孝之诚。夫然，故匹夫委巷之歌，皆得参清庙明堂之列。凡其用意深切，极之讽刺怨诽无所不有，而卒无悖乎臣子之义也。"（杜甫总批）以此思想，作者对汉至唐诗史，作了如此评价："自汉迄唐，诗律愈密，诗体愈卑。其体格之日卑，正由性情之日薄。盖诗变而骚，形貌固殊，情致不减；诗变而赋，则铺词盛而寄兴微，扬厉繁而规讽鲜。唐代诗人有作，大抵掇词赋之余波，失骚雅之遗意，其不足以仰追《三百》，毋亦枝叶具而本实先拔乎？"（同上）他认为，诗律的繁琐导致诗体的卑陋，诗体的卑陋是由于真情的缺乏，故对唐代诗人亦有所不满，而另一方面，他也能重视讽刺时事的篇章，表达了当政者热望发挥诗歌社会功能的心愿，如评李白："嵩目时政，忧心朝廷，凡祸乱之萌，善败之实，靡不托之歌谣，反复慨叹，以致其忠爱之志，其根于性情，而笃于君上者。"难能可贵的是，乾隆身处九五之尊，有时设身处地，体察诗人的痛苦，为其才能不被世用而叹息，很能深入诗人心灵，如评李白《古风》（燕昭延郭隗）、杜甫《谒先主庙》、白居易《答桐花》和《琵琶记》等。乾隆还注意诗体辨析、诗法分析，揭示六家诗艺成功的秘密。《唐宋诗醇》的编者不为正变观所束缚，跳出了无谓的唐宋诗争，站在艺术发展的角度，对六家诗作的评价切实准确，表现了一个深通诗道的政治家的文学观念，从中可见清盛期统治者的文学旨趣和诗学方针。

纪昀与四库馆臣的唐诗观

清廷的诗学指归，除了统治者自编的唐诗选本中可见外，于纪昀为首的四库馆臣在《四库全书总目》的提要中也能看到。如《四库全书总目·全唐诗》就康熙帝敕编《全唐诗》的命意、过程、体例作了具体叙说，并高度评价此书的历史贡献："自有总集以来，更无如是之既博且精者矣"。《御选唐诗》提要针对唐诗诸选家"各持偏见，未协中声"难以统摄的杂陈局面，鼓吹此编旨在"正其轨范"，归于正途，以彰明诗歌的教化功能。至于《御选唐宋诗醇》提要更是揣测乾隆选编心理，分析李杜韩白苏陆的艺术渊源："盖李白源出《离骚》，而才华超妙，为唐人第一。杜甫源出《国风》、二《雅》，而性情真挚，亦为唐人第一。自是而外，平易而最近乎情者，无过白居易；奇创而不诡乎理者，无过韩愈。录此四集，已足包括众长。至于北宋之诗，苏黄并鹜；南宋之诗，范、陆齐名。然江西宗派实变化于韩、杜之间，既录杜韩，可无庸复见。《石湖集》篇什无多，才力识解亦均不能出《剑南集》上。既举白以概元，自当存陆删范。权衡至当，洵千古之定评矣。"这些评语，完全可以作为乾隆《唐宋诗醇·凡例》的补充说明。四库馆臣竭心为清廷服务的取向，于此可见一斑。

但纪昀等毕竟属于有学养的文人，所撰提要在论学评诗中亦时有精义。如《御选唐诗》提要中说到："诗至唐无体不备，亦无派不有"，"撰录总集者，或得其性情之所近，或因乎风气之所趋，随所撰录，无不可名成一家"，为编选者留下了巨大的空间。作者胸有成竹，对历代著名唐诗选本的特色所在，洞幽察微："元结尚古淡，《箧中集》所录皆古淡；令狐楚尚富赡，《御览诗》所录则富赡；方回尚生拗，《瀛奎律髓》所录即多生拗之篇；元好问尚高华，《唐诗鼓吹》所录即多高华之制。"他们认为，这种情况之所以产生，就由于唐诗内容的丰富："盖求诗于唐，如求材于山海，随取皆给一而所取之当否，则如影随形，各肖其人之学识。"这些言论虽寥寥数语，莫不切中要害，显示了一定的历史眼光和理论见识。

《四库全书总目》对于历代诗人诗句的评价也时显灼见。如评李贺诗云："贺之为诗，冥心孤诣，往往出笔墨蹊径之外，可意会而不可言传，严羽所谓诗有别趣，非关于理者，以品贺诗，最得其似。……'羲和敲日玻璃声'句，因羲和驭日而生敲日，因敲日而生玻璃声，非真有敲日事也。又如'秋坟鬼唱鲍家诗'，因鲍照有《蒿里吟》而生鬼唱，因鬼唱而生秋坟，非真有唱诗事也。"纪昀以其特有的艺术眼光发现了李诗笔致无痕、言外别趣的诗学特色，发前人之未发，并以李贺诗中的例句加以说明。其评李商隐诗："商隐诗与温庭筠齐名，词皆缛丽。然庭筠多绮罗脂粉之词，而商隐感时伤事，尚颇得风人之旨。"虽然认为李商隐与温庭筠的诗歌在遣词用语方面堪与比肩，但是也不讳言温诗多染"绮罗脂粉"之色，在"感时伤事"、"得风人之旨"方面难同李诗抗衡。纪氏自撰《瀛奎律髓刊误》卷三评李商隐《隋宫守岁》一诗中发表了同样的意见："义山诗盛事托讽，运意深曲，佳处往往逼杜，非飞卿所可比肩。"从对温李诗的评价中，我们可以发现他十分推扬李诗中忧时托讽、用意婉曲、婪缛层深的特点，这与其推崇"温柔敦厚"的诗教传统息息相关。也正是基于这一立场，故他对部分李诗如《龙池》、《骊山有感》中的尖锐讽刺难以接受，指斥其"既少含蓄，又乖大体"（见沈厚塽《李义山诗集辑评》）。

更难能可贵的是，《总目》对于诗风的演革与诗史的流变，能够取一种从实际出发的折中态度，包含一定的辩证观念。如王士禛的唐诗选本，在清代多为人称颂，但"其《古诗选》，五言不录杜甫、白居易、韩愈、苏轼、陆游，七言不录白居易，已自为一家之言。至《唐贤三昧集》，非惟白居易、韩愈皆所不载，即李白、杜甫亦一字不登"，显有偏差。《总目》联系明以来诗学变化，对其成因作出分析："盖明诗摹拟之弊，极于太仓、历城；纤佻之弊，极于公安、竟陵。物穷则变，故国初多以宋诗为宗。宋诗又弊，士禛乃持严羽余论，倡神韵之说以救之。故其推为极轨者，惟王、孟、韦、柳诸家。然《诗三百篇》，尼山所定。其论诗一则谓归于温柔敦厚，一则谓可以兴观群怨，原非以品题泉石、摹绘烟霞。洎乎畸士逸人，各标幽赏，乃别为山水清音，实诗之一体，不足以尽诗之全也。宋人惟不解温柔敦厚之义，故意言并尽，流而为钝根。士禛又不究兴观群怨之原，故光景流连，变而为虚响。各明一义无反顾，遂各倚一偏。"（见《御选唐宋诗醇》提要）作者一方面对王氏处时势之变，救"宋诗之弊"的历史作用肯定，又从儒家诗教出发，指出王氏所倡"山水清音，实诗之一体，不足以尽诗之全"，"士禛又不究兴观群怨之原，故光景流连，变而为虚响"，可谓庖丁解牛，切中肯綮。纪昀本人亦于《冶亭诗介序》一文中指出："文章格律与世俱变者也，有一变必有一弊，弊极而变又生焉，互相激，互相救也。唐以前毋论矣，唐末诗猥琐，宋杨、刘变而典丽，其弊也靡；欧、梅再变而平畅，其弊也率。苏、黄三变而恣逸，其弊也肆；范、陆四变而工稳，其弊也袭……"纪氏认为诗文格调与世变易，变革是为了补救时风之弊，但在演变中却又不免滋生流弊，譬如唐末诗风在变革初盛唐高华诗风中却渐趋鄙俚，宋初诗人杨亿、刘筠等一变晚唐诗歌之鄙俚逼仄而又染绮靡之弊，欧阳修、梅尧臣虽再变为平易流畅却又不免流于率易，真可谓"有一变必有一弊"是也，然而诗学史也正是在这不断的变易中向前演绎推进。

桐城文派的唐诗学

桐城派为清代文宗，其开创早，延续长，影响深。主要代表，始于清初戴名世、方苞，中经刘大櫆，到乾隆时姚鼐显集成之势，创作繁荣，理论成熟。后起者方东树等人，光大门庭，一脉相传，直至晚清。桐城派中人，不管仕宦显隐，都尊奉程朱道统，以继承秦汉、唐宋文统自命，其古文赢得"雅洁"之称，生动略有不足，理论创获亦丰。他们也经意于诗，论诗则善于引入古文之法，寻求诗文创作的共同规律，对唐宋诗的论述，也有特色。

戴名世才高狂傲，为人所忌，惨遭杀戮。其长于史考，古文逸气横发，自言"平生不善为诗而好诗，凡古人之诗莫不为之留连涵泳，而咀味其旨趣之所存"（《野香亭诗序》，《戴名世集》卷二）。因好接引后学，友朋多得题赏，故其诗论发于各类诗序之中。戴氏论诗，恪守儒家诗教，以"诗言志"之"志"为诗之本，以荀子"疾今之政以思往者"为诗之情，批评今人之诗无本无情，"相与为浮淫靡丽之作而以为工"（《程偕柳淮南游草序》，《戴名世集》卷二）。他从生活实际中，体会到诗为情感的自然流露，"余游四方，往往闻农夫细民倡情冶思之所歌谣，虽其辞为方言鄙语，而亦时有义意之存，其体不出于比兴赋三者，乃知诗者出于心之自然者也"，批评今之立门户者"其诗皆出于有意"（《吴他山诗序》，《戴名世集》卷二），性情泯没于坛坫之争。由于长于古文，他试图寻找诗文的共性。《方逸巢先生诗序中》引方之言，认为写诗作文，都要读书识理积材，注意观察时局变化，洞悉人情真伪，然后才能"牢笼物态而包孕万物"。他还重视诗人的品德，提出"文章之事，岂不存乎其人哉"，批评明士人徒以诗文而争名，"未几遭变乱，已而改节易行"（《四逸园集序》，《戴名世集》卷二）的可耻行径，而对杜甫屡遭时变不易志更操，转以诗抒忧消郁，极力称赞："子美当唐室板荡，忧时感事，无可如何，而托之于咏歌。崎岖入蜀，为过客羁人，蜀之人无知子美者。然子美故乐蜀，锦江之上，浣花之滨，时时有子美，时时有子

美之诗也。"（《李县圃唱和诗序》,《戴名世集》卷二）戴名世推崇杜甫,
是由于欣赏杜诗积极的入世精神与政治情怀,这与他不甘为文士、著述
纵论天下的本怀相符。

　　方苞曾为《南山案》所累,仕途艰难,终获天年。其文沉潜反复,
能得古人余蕴。诗名虽不显,但论说终不脱桐城积习,坚持教化,重申
兴观群怨（见《乔紫渊诗序》、《徐司空诗集序》）。在唐人中,独尊杜
甫,因为杜诗较好体现了儒家伦理观,情感真挚:"唐之作者众矣,独
杜甫氏为之宗,其于君臣父子夫妇昆弟朋友之间,流连悱恻,有读之使
人气厚者。"（《徐司空诗集序》,《方望溪全集集外文》卷四）这些看法,
与戴名世相差不大。不过,方苞突出的理论贡献,是提出桐城后学论诗
文的原则——"义法说"。"义法"涉及古文内容与形式:"义"是"言
有物",内容充实;"法"是"言有序",富于条理（《又书货殖传后》）。
作为古文之法,要求以恰当的形式,严整地组织内容,传达出言外之
意:"义法创自太史公,其指意措事,必取本文之外。"（《书韩退之平淮
西碑》,《方望溪全集》卷五）他撰《书汉书霍光传后》,具体说明义法
的内涵——选材、结构、详略、虚实、措注、旁见侧出、首尾照应等。
总之,义法要求古文思想充实饱满、语言雅洁简约、音韵朗畅平易,发
挥修身养性与治国安民的作用:"内有以关乎身心意知之微,而外有以
备乎天下国家之用。"（《古文雅正序》,《澄怀园文集》卷七）方氏以义
法谈诗者不多,但其思想为后人接受,成为桐城诗派特点。

　　刘大櫆科名不及戴、方,以教谕而终。除在《伯父纷既先生诗序》、
《左仲郛诗序》等文中,重申情感自然流露、颂美讥失之意外,其《论
文偶记》总结古文作法,对桐城派诗论有影响。他论文重神、气、音
节、字句:"神"指文中情感主旨,气是文章气势。行文中,神为主,
气为辅。神、气较虚,要从音节、字句体现出来。神、气决定于音节,
音节依托于字句。显然,这种行文之理,与格调诗观主张从气格声调求
兴象风神类似。不过,刘大櫆认为行文者还须兼具义理、书卷、经济,
以"明义理,适世用"为目标,与格调诗论一以格调为尚不同。

姚鼐官名虽显，但一生多为书院山长，为学心仪方苞，受教于刘大櫆。综前辈之见，终成桐城三祖最具理论见识者。他提出诗文的刚柔理论，认为阳刚、阴柔广显于万物，又形之于诗文，但其最佳境界是互相渗透补充，"文之雄伟而劲直者，必贵于温深而徐婉"（《海愚诗钞序》，《惜抱轩文集》卷四）。在古文写作中，他提出"义理、考证、文章"（《述庵文钞序》，《惜抱轩文集》卷四）和"神、理、气、味、格、律、声、色"（《古文辞类纂序目》），为人们写作提供指导，也可用于诗歌批评。在诗文创作中，他既注意摹拟，又能追求新变："学诗文不摹拟，何由得入？须专摹拟一家，已得似后再易一家，如是数之后，自能熔铸古人，自成一体。"（《惜抱先生尺牍》卷八）由于学古变通，他避免了宗唐宗宋的一元取向，而以"熔铸唐宋"（《惜抱先生尺牍》卷四）为宗旨。为了补王士祯《古诗选》不及今体之憾，他编《五七言今体诗钞》，唐宋兼取。姚氏论诗，追求适度，不作偏仄之论："大抵作诗，平易则苦无味，求奇则患不稳，去此两病，乃可信佳。"（《惜抱先生尺牍》卷八）。论唐宋古体诗，他最重杜、韩、苏，主张"先读昌黎，然后上溯杜公，下采东坡，于此三家得门径寻入，于中贯通变化"（同上）。《五七言今体诗钞序目》则表明其对唐宋近体诗看法。姚鼐论诗主气，强调诗人主体意识与感情的充溢流动，对唐律诗，他最重李白"以飞动飘摇之势，运旷远奇逸之思"、杜甫"含天地之元气，包古今之正变，不可以律缚"、王维"能备三十二相而意兴超远，有虽对荣观、燕处超然之意"，而批评白居易"滑俗之病"、李商隐"僻晦"；对宋律诗，他最重苏轼"兀傲磊落之气"和陆游"激发忠愤，横极才力，上法子美，下揽子瞻，裁制既富，变境亦多"。姚鼐对唐宋近体诗的选编思想，改变了王士祯古体诗唐宋兼取而今体诗尊唐诎宋（王在《然镫记闻》中言欧、苏、黄七律不必学）的倾向，填补宗唐宗宋所造成的人为断裂。姚氏论诗，还主张培植道德志节（见《朱二亭诗序》、《荷塘诗集序》）。在历代诗人之中，他认为杜甫最能得风雅之义，"其才天纵，而致学精思与之并至"（《敦拙堂诗集序》，《惜抱轩文集》文四），故推为古今诗人之冠。

如果说桐城诗论于戴、方略见端倪，刘、姚进一步发展，那么到方东树时，才真正完善了古文理论的诗学化，并具体运用于批评实践，写成《昭昧詹言》二十一卷。此书具有较强的理论意识，共分三体而论——五古、七古、七律，每体都是先总论，然后历评唐诗（其中五古从汉至宋），线索明白，条理清楚。与桐城前驱者一样，方东树论文主张尚古而不袭古，贵在知正奇之变，善因善创（《答叶溥求论古文书》），并重道循义法："文章者，道之器；体与辞者，文章之质；范其质，使肥瘠修短合度，欲有妍而无媸也，则存乎义与法"。（《书惜抱先生墓志后》）方东树论诗，重视儒家诗教，强调"言有物"（《昭昧詹言》卷一）的义法原则，而要实现诗歌感发人心的作用，就要秉持"诗言志"的古训以"立诚"："诗以言志，如无志可言，强学他人说话，开口即脱节。此谓言之无物，不立诚。"（同上）"立诚"要求诗抒发诗人真实性情，没有一丝伪饰，体现诗品与人品合一的原则。从"诚"的要求，他批评司马相如、蔡邕的一些文章充斥肤词浮语，令人"了无所动于心"，而屈原、陶渊明、杜甫、韩愈之诗则遥承风雅，情真意切，尤其是杜甫的赠寄之作，不作应酬语，"无不情真意挚，至今读之犹为感动"（同上）。从"诚"的标准，他要求诗人"说本分语"（同上，卷十一），他称道王维、李颀、岑参、高适语言朴素实在，即使其诗不"深于义理，动关忠孝"，只因为其诗说自家话，即自足有味；反之他认为陆游、黄庭坚一些诗"矜持虚憍"，令人生厌，就因为缺少诚意（同上）。

受宗经观念影响，方氏认为六经含写作窍诀，因为其中"理"、"辞"、"法"皆备，可以学习作文的思想原则、写作方法、修辞手段，韩文之所以"独步千古"（同上，卷一），就是由于一生精研六经。从文到诗，方东树主张"以《三百篇》、《离骚》、汉魏为本体"（同上，卷一），从中体会作诗法则。从对六经、诗骚、汉魏古诗传统的继承发扬，方氏于唐宋诗人最重杜、韩、苏：杜"以六经、《史》、《汉》作用行之"（同上，卷八），"本小雅、屈子之志，集古今之大成，而全浑其迹"（同上，卷一）；韩"原本六经，根本盛大，包孕众多，巍然自开一世界"

（《昭昧詹言》卷一），"文体为多，气格段落章法，较杜为露圭角，然造语去陈言，独立千古"（同上，卷八）；苏"全以豪宕疏古之气，骋其笔势，一片滚去，无复古人矜慎凝重，此亦是一大变"（同上，卷八）。总之，杜、韩、苏诗横截古人而独出，就在于他们善于吸收古人诗文的写作方法，大胆创新，终于开出新境界。从杜、韩、苏学古而臻化境，方东树批评时人模仿之习："非在流俗里打交滚，即在鬼窟中作活计，高者又在古人胜境中作优孟衣冠"（同上，卷一）而不能卓然自立，也指责明人"皆求与古人似，所以多成剽窃滑熟"。

对于作诗借助于文法，方氏在论七古时指出，李、杜诗具"天地元气，直与《史记》相埒"，而韩、欧、苏之所以在众人中跃出，是由于其诗"章法蓄裁，纯以古文之法行之"（同上，卷十一）。其评诗如同评文，关注创意、造言、选字、隶事、文法、章法六方面。此六方面又可归三类：思想、语言、诗法。思想即创意，即"避凡俗浅近习熟迂腐常谈"，有新意，故名曰创。语言包括造言、选字、隶事。造言即用语要新，有个性，但反对"以艰深文浅陋"；选字即炼字，要求"避旧熟，亦不可僻"；隶事即引用典故，亦"避陈言"。诗法包括文法、章法。文法指句法变化，要求"逆摄突起，峥嵘飞动倒挽，不许一笔平顺挨接。入不言，出不辞，离合虚实，参差伸缩"；章法即结构安排，要求前后照应，完整无漏（同上，卷一）。方氏评诗，灵机妙动，不全从这几方面着手，往往只侧重于某几点，但谈得最多的是诗法。如评李白《梁父吟》："此是大诗，意脉明白，而段落迷离莫辨。二句冒起。'朝歌'八句为一段，'大贤'二句总太公。'高阳'八句为一段，'狂客'二句总郦生。'我欲'句入已，以下奇横，用《骚》意。'帝旁'句，指群邪也。'三时'二句，言喜怒莫测。'间阖'句归宿，如屈子意，承上一束；'以额'句奇气横肆，承上一束。'白日'二句转。'猰貐'句断，言性如此耳；'驺虞'句再束上顿住。'手接'句续。'力排'二句，解上'手接'二句。'吴楚'二句，锁上'智者'二句。此上十九句，为一大段。'梁父吟'以下为一段，自慰作收。"（同上，卷十二）再如评杜甫《古柏行》："起四句，以叙为写；首句叙，二三四句便是写，已有棱汁。'君臣'四句，夹议夹写，他人必将'云来'二句接在'二千尺'下。看他一倒，便令人迷，与《骢马》'卿家'二句同。刘须溪、王渔洋改而倒之，不知公用笔之妙矣。'忆昨'句是宕笔，一开拓势，补己之所见。'扶持'二句顿挫住。'大厦'句换气，突峰起棱，忽借人双写。'志士'二句另一意，推开作收，凄凉沉痛。此似左氏、公羊、太史公文法。"（《昭昧詹言》卷十二）另外，评韩、欧、王、苏、黄、陆等人诗，方氏也多从文法严整论述，他在卷一总结唐宋人诗法道："古人文法之妙，一言以蔽之曰：语不接而意接。"即作诗应起伏变化，含藏吐纳，令人神妙莫测。

方东树虽多从文法评唐宋诗，但也没有完全忽视前人所用的气、韵等术语，因为这些范畴触及了诗之命脉。方氏认为"气之精者为神"，是人的精神气质，对诗文好坏起至关重要的作用，"有章法无气，则成死形木偶。有气无章法，则成粗俗莽夫。大约诗文以气脉为上，气所以行也，脉缩章法而隐焉者也。"（同上，卷一）他认为"诗文贵有雄直之气"，但不可太放逸，必以古法约束，造成"倒折逆挽，截止横空，断续离合诸势"（同上，卷九）。同时，方东树又重韵："读古人诗，须观其气韵。气者，气味也；韵者，态度风致也。"（同上，卷一）他对韵的理解与前人类似，都指诗的形貌体制之外的情味，这说明他虽着力于诗文形式分析，也不忽视诗的意蕴风格。如评李颀诗"缠绵情韵，自然深至，然往往有痕"，高岑诗"奇峭，自是有气骨"，王维《陇头吟》"收浑脱沉转，有远势，有原气"，《老将行》"奇姿远韵"，李颀《别梁锽》"收二句似是喷薄，然适足见其痕迹，以气不能浮举之也"（同上，卷十二）。另外，评杜、欧、苏均有从气、韵入手者，方氏都以简语揭示诗的美学特征。

桐城派论唐宋诗，运用古文理论，自有其因。诗文虽形式相异，但内在意脉都遵循思维的共同规律。桐城人士着眼于其共性，继承元人杨载、范德机和清初金圣叹以来的文法评诗。不过，前人多注意结构形式，桐城派宗旨在倡导六经义法，宣扬儒家道德修养，把道统文统结合。

第五节　《全唐诗》的编纂与唐诗学的繁荣

唐诗资料的搜辑和《全唐诗》的编纂

在唐诗学史上，选编整理向来为人所重，这是由于大量作品因天灾人祸而佚失。对此情形，胡应麟深有感喟："唐诗之盛，无虑千家，流传至宋，半已亡逸。渡南而后，诸家所畜，仅三百余，盖五百之中，又逸其半矣。今世传《百家唐诗》、《十二大家》、《二十六名家》，益以单行别刻，才百数十而已。"（《诗薮·杂编卷二》）有鉴于此，从北宋开始，有识之士即多方收集汇编。宋人的唐诗整理，最卓著者是赵孟奎编《分门纂类唐诗歌诗》。此书一百卷，录 1353 家诗 40791 首，可谓唐诗功臣。元人的收集，以杨士弘《唐诗》最有影响。此书 14 卷，录诗 1341 首。明代的整理，更为兴盛。明初高棅《唐诗品汇》，录 681 家诗 6723 首。本书体例完备，见识超诣，一经刊行，后代受惠。至明后期，刻版印刷发达，唐诗收编势头更大，仅嘉靖朝，就有朱警《唐百家诗》、徐缙《唐五十家诗集》、黄贯曾《唐诗二十六家》等。大量别集的刻板，为总集的辑录准备了条件。万历天启之际，产生了三部大型唐诗总集：黄德水和黄琯《唐诗纪》、张之象《唐诗类苑》和胡震亨《唐诗统签》。

前代的唐诗整理发行，多为民间行为，收集艰难，不尽人意处难免，但为清初汇编《全唐诗》提供了条件。如前所述，满族统治者在立国前，即重视吸收汉族的文化和典章，立国后为显示文治之功，更注意古籍的董理编校，尤以康熙为著。其时文化机构多样，设武英殿修书处、明史馆、佩文斋等，编辑大量类书如《康熙字典》、《古今图书集成》、《佩文韵府》、《律历渊源》等。在诗歌方面，除编辑《佩文斋咏物诗选》、《全金诗》等书外，最令人称道的是收集整理《全唐诗》。

此书编辑，始于康熙四十四年（1705）。该年三月，康熙令江宁织造曹寅负责刊刻事宜，以翰林学士彭定求、沈三曾、杨中讷等十人为专职编辑，负责分校收录，另寻工书者抄录。编者以钱谦益、季振宜相继参编的《全唐诗稿本》七百一十七卷（录唐五代 1895 家诗 42900 余首）为底本，参考明人黄德水、黄琯《唐诗纪》、胡震亨《唐诗统签》和席启寓《唐诗百名家全集》等书，并发内府所藏各类唐人别集，广采类书笔记杂录，于次年十月编定。全书九百卷，录 2500 多家诗 49403 首，另有散句 1555 则。编辑体例，以人列目，先帝王、后妃、公主，继郊庙乐章、乐府，次臣工、闺媛、僧道、神仙鬼怪、歌谣谚语，末附补遗和词。各类大体以时代先后为序，诗人凡事迹可考者缀以小传，间有校注，考订字句异同，附录本事始末，说明篇章互见情况。此书于康熙四十四年至四十六年（1705—1707），由扬州书局刻版。

虽然《全唐诗》编撰粗疏处多多，但它是康熙朝学者对唐诗所作的一次大规模清理编存，保存了绝大部分作品，是一项意义重大的历史文化工程，也是中国文化史尤其是诗歌史上的盛事，其为后人学习研究唐诗，提供了原始的材料，对清代唐诗学的发展产生了直接的影响。清代唐选学之所以发达，虽然有各种社会、个人因素，但与手头有可资利用的《全唐诗》密不可分。由于编辑时间短暂，收录面窄，印刷仓促，《全唐诗》还存在诸多缺陷：录诗尚不完备，时有误收互见；校勘不力，编次失当；小传错讹，与史相乖。半个世纪后，有日人上毛河世宁（1749—1820）对其补遗，成书命为《全唐诗逸》。此书是编者依据日本遣唐使和留华僧带回本国的汉籍辑录而成，分为三卷，共录 128 家（其中 82 人为《全唐诗》未收）诗 70 首，散句 279 条，于文化元年（1804）刊行。

唐诗选本的多样化与普及工作的展开

唐诗研究的不断深入和《全唐诗》的整理出版，促进了清代唐诗选学的发达。据孙琴安《唐诗选本六百种提要》所载，清前盛期出现了大量唐诗选本，其中史籍可考的有 288 种（截至嘉庆二十四年）。这些唐诗选本，出于不同的编者之手，编选角度、目的不同，形式多样，简直令人眼花缭乱，充分表明清代唐诗学的兴盛发达。清代唐选的产生，曾有两次高潮。一是康熙年间，源于皇帝提倡。上所好之，下亦效焉。康熙的喜好，刺激了唐选的涌现，再加上此时唐宋诗争方兴未艾，出于对明人尚盛唐的逆反心理，出现了不少中晚唐诗选，著名者如陆次云《晚唐诗善鸣集》二卷、杜诏和杜庭珠《中晚唐诗叩弹集》十五卷、查克弘与凌绍乾《晚唐诗钞》二十六卷、陈堡《温李二家诗集》二册等。清初诗论者也以选本宣示个人的诗学观，如王夫之《唐诗评选》四卷、王士禛《唐贤三昧集》三卷、冯舒与冯班《评阅才调集》等。二是乾隆年间，因为科考刺激。乾隆二十二年（1757），鉴于时文不易显才举贤，科考改会试二场的表文为试帖诗，渐开士子习诗之风。为满足科考者学诗需要，社会上出现了二十余种唐人应制、应试诗选，如王锡侯《唐诗试帖详解》、钟兰枝《唐律试帖笺释》、张尹《唐人试帖诗钞》等。受其影响，连沈德潜《唐诗别裁集》也在卷十八《五言长律》内专列一些试律诗。试帖诗加上其他诗，选学一时呈彬彬之盛。

　　大量唐诗选本的刊布传播，导致文学接受的下移。但是，许多选本出于专家之手，带有个人的诗学取向，选目的配置和数量的多寡，与一般读者的欣赏水平不合，时势呼唤通俗选本的生成。其实，在清代以前，即有一部署名宋谢枋得选、明王相注的《千家诗》，但随着唐诗普及的发展，此选本的缺陷愈趋显著。本书为唐宋诗合集，不恰当地羼入二首明诗，依体排列，不标卷次，均为五七言近体，录123家诗篇226首，其中唐人65家诗129首，大多思想纯正，语言雅洁，浅显易懂，音韵和谐，宜于孩童。但作为一个唐诗的普及选本，未免毛病太多：一者体例不纯，七律和七绝唐宋兼取，且宋人略多于唐，而五绝和五律只录唐人，诗体有缺，不宜人们修习他体；二者排列杂乱，内容大致依四季为次，同一作者分属不同部位，加上唐宋诗混排，眉目不清；三者数量过少，就唐人而言，人均二首，难免遗珠；四者所选应试和朝省诗，艺术性差，普及本也不需要。尽管《千家诗》在唐诗流播中起到相当作用，但清人已不满足于此本，更完美的唐诗普及选本，就成为人们的渴望期待。经过历代选学的潜意识积累，江苏无锡人蘅塘退士孙洙所编《唐诗三百首》，终于在乾隆朝选学高潮中诞生。该书成于乾隆二十九年（1764），由江南状元阁刻本发行。

《唐诗三百首》的宗旨，见于其序："世俗儿童就学，即授《千家诗》，取其易于成诵，故流传不废。但其诗随手掇拾，工拙莫辨，且止五七律绝二体，而唐宋人又杂出其间，殊乖体制。因专就唐诗中脍炙人口之作，择其尤要者，每体得数十首，共三百余首，录成一编，为家塾课本。俾童而习之，白首亦莫能废，较《千家诗》不远胜耶？谚云：熟读唐诗三百首，不会吟诗也会吟。请以是编验之。"显然，孙洙有取《千家诗》而代之志，但又不想限于童蒙，而能兼益于成人。双重的目的，决定选本的两面性：对儿童，应尽量明白易晓，利于接受；对成人，须体裁多样，含蓄蕴藉之作可适当收入，便于修习诗法。鉴于《千家诗》的体例驳杂，孙洙照顾唐诗各体，平衡选目，并承《诗三百》先例。全书选诗人 77 家，囊括三教九流，凡有名作，即予录存，以诗存人。所收诗 313 首（由于版本不同，数字略有出入，本文以光绪年间四藤吟社刻本为准），分为八卷，依古、律、绝排列，各体又分五、七言，作者依时代先后为序，乐府附于相关诗体之后。可能考虑到是通俗本，未收排律。具体分配：卷一五古 33 首，附乐府 7 首；卷二、三为七古 28 首，卷四七言乐府 14 首，卷五五律 80 首，卷六七律 53 首，附乐府 1 首，卷七五绝 29 首，附乐府 8 首，卷八七绝 51 首，附乐府 9 首。从选目来看，律诗最多，绝句次之，古诗最少。编者把律诗作为重点，占全书 43%，这与它在全唐诗中所占比重相当（《全唐诗》五律万余首、七律九千多，两者为全集的 40%多），绝句比古诗多，所选亦然。从编者给各体的数量分配，隐含各体在唐诗的实绩。再从各体在四唐的分配看，也颇有用心。初唐，近体诗尚在发育，以五律为主，故所选也在此；盛唐，各体繁荣，故兼顾；中唐，也是五律兴旺，故亦对之留意；晚唐，律绝都盛，也对之瞩目。又从 77 个诗人在四唐的分布看，初唐不到 10 家，盛中晚各 20 多家，重点突出。选诗数目前十名者，均选其最擅长之诗体，如杜甫 39 首，以古诗、律诗为主；李白 29 首，以七古、绝句、乐府为主；王维 29 首，以五言古、律、绝为主；李商隐 26 首，以七绝、律诗为主；孟浩然 15 首，以五言古、律诗为主；韦应物 12 首，以五古为主；刘长卿 11 首，以五律为主；杜牧 10 首，以七绝为主；王昌龄 8 首，以七绝为主；李颀 7 首，以七古为主。这十位诗人，盛唐六位，中唐二位，晚唐二位，基本都是各期诗学成就卓著者，尤其是杜甫排头，很有眼光，因为杜诗以其独特的美学价值，历来都最受人重视，孙洙以之为冠军，符合杜诗的历史地位。从 77 位诗人分配看，盛中晚平均，好像主次不分，其实选诗最多的前十人，以盛唐为主，这也吻合盛唐诗的突出地位。至于其他诗家之作，编者也都是慎之又慎，精选杰作。

《唐诗三百首》之所以能广布人间，与孙洙对前贤优秀选本的借鉴分不开，而他个人的审美赏鉴力和历史意识则是成功的基础。依今天的审美趣味看，它也有不足：思想晦涩、艺术较弱的作品阑入，对一些优秀诗人诗作遗漏，但这并不足以减轻此书的价值。从流传来看，它已实现自序所定目标，成为最著名的唐诗通俗读本，并引发多种注本和续选本，续仿中较有代表性的如刘文蔚《唐诗合选详解》十二卷、于庆元《唐诗三百首续选》六卷，从而造成后代"唐诗三百首"的编选热情，至今仍未消歇。

理论探讨的深入发展：诗体论

清代唐诗研究的繁荣，除以选、编、注、考等形式出现外，还表现在涉及范围的广泛和理论探讨的深入，如诗体、诗派、独特诗类等研究，均较之前人做得细致并富有特色。

唐代是古典诗歌体制完备时期，各种诗体的艺术规范，在创作实践中渐趋定型。学者要掌握诗法，须分析诗歌的源流正变、形式特征、用韵规则、风格变化，故"辨体"为人所重。前人辨析，以严羽较早。明后渐成风气，如李东阳《麓堂诗话》、吴讷《文章辨析序说》辨体意识明确。入清之后，诗体辨析显得特别紧迫，因为许多正义，均因体制源流不明所致，由此出现不少辨体力作，涉及乐府、古诗、律诗、绝句，而且多结合选批。

乐府出自民间，叙事记实，语言朴素。唐以后，研究者甚众：吴兢《乐府古题要解》追溯初起主旨，考证本事，叙述衍流；遍照金刚《文镜秘府论》分析选调谐律特点；皮日休《正乐府序》、张侃《跋棟词》、郭茂倩《乐府诗集》论述成因、时代、得名来由、目的职能；杨慎《升庵诗话》谈到文人之作拟古发新声，逐渐远离音乐；李维祯《唐诗纪序》指出唐乐府特点："时采五七言绝句、长篇中隽语，被弦管而歌之。"清冯班等人以之为基础进一步阐释。

冯班《论乐府与钱颐仲》认为乐府之名起于汉惠帝，武帝立乐府官，以李延年为协律都尉，采诗夜诵，乐府诗产生。至魏，产生三调歌诗，虽取汉歌谣协之钟律，但辞多经乐工增损。他认为歌诗分界在汉魏之时，因为乐工所制合乐，文士所制则不尽协律。在《古今乐府论》中，他提出古诗皆乐，后来文士以乐府题赋咏，拟其词，渐与乐府本旨乖悖，与乐分离。论到乐府在唐的新变，冯氏认为李、杜为转捩点：汉魏多由乐工采民谣配乐，多歌时事，六朝多拟古，李则继承前人优点，"字字有本，讽刺沉切"，杜能写新题乐府，"自咏唐时事，以俟采诗者，异于古人，而深得古人之理"，两人之所创，为中唐元、白等人所仿效，形成唐乐府新声。通过考察乐府史，冯氏总结乐府创作方法，依诗乐关系，分为七类：制诗协乐、采诗入乐、依古调为诗、自制新曲、拟古、咏古题和新题。谈到乐府语言，冯氏说其词本"平典"，后世聱牙不通，是因乐人为采诗合奏而增损原文。在《正俗》中，作者进一步分析唐律与乐府关系，指出"诗乃乐之词耳，本无定体。唐人律诗，亦是乐府。大历以前，人沿齐梁之体，五言律诗多用古题，唐季则有以乐府题作七言律诗者"，律诗在不断吸收乐府因素。在冯班之后，钱良择对唐乐府的历史承传与变异，作了更明确的辨析。钱氏指出唐乐府变前代乐府格式，音韵和谐："唐世乐皆用诗，然已稍变其格，如今体二韵四韵诗，皆叶宫商，此前代所未有也"（《唐音审体·古题乐府论》），而且唐乐府拟古之作，也与古辞异，突破其格式："但用其题，谐其声，而不必效其式。"清人特别注意唐乐府与音乐的疏远："（唐人）不过借古人体制，写自己的胸臆耳，未必尽可被之管弦。"（沈德潜《唐诗别裁集·凡例》）"李白、杜甫、李绅、张籍之流，因事创调，篇什繁富，要其音节，皆不可歌。"（王士祯《倚声集序》）田同之甚至认为"乐府音节至唐已失"（《西圃诗说》），说明其作为一种诗体逐渐独立。

五古创于汉代，初期篇幅较短，语言通俗，句式参差，后期文人之作，长度增加，句式渐趋整齐，至汉末魏初定型。冯班《正俗》认为，在汉魏古诗到唐初律体的演变中，齐梁体为中介，其特点是音韵严密："虽略避双声叠韵，然文不粘缀，取韵不论双只，首句不破题，平侧亦不相俪。"唐人五古承其而来，起于陈子昂，他继承阮籍古诗，注重兴寄。此后，唐古诗分为两途，好声律者仿齐梁，矜气格者模汉魏。在唐五古诗人中，陈子昂、张九龄、李白、柳宗元和韦应物，备受清人重视，乔亿《剑溪诗说》卷上即以此五家为唐五古渊薮。王士祯认为五古上接风骚，虽其产生机缘与风骚异，而源流则同，古诗是风骚的后续（见《师友诗传录》），因此其《古诗选》，于两汉所取较宽，魏晋渐严，于唐人亦只选上述五家。在《凡例》中，他对五家古诗成就逐一分析，认为陈改变了梁陈古诗酷裁音律、拘泥声韵的做法，恢复魏晋风骨气韵；张、李承阮籍、张协，托喻深远，饱含忧虑；韦则以古澹，柳则以峻洁，在中唐独树一帜。此五人最能体现五古在唐代的成就。

七古从六朝歌行而来，语气舒畅流转，王士祯认为七古"唐人独盛"（《师友诗传录》），因此其《古诗选》于唐七古所选面广，有李峤、宋之问、张说等十四家，而"大旨以杜为宗"（《凡例》），这是由于"七言古诗，诸公一调，唯杜甫横绝今古，同时大臣，无敢抗行"（《带经堂诗话》卷一）。初唐选李峤、宋之问等数家，是为了纠正"二十年来学诗者束书不观，但取王杨卢骆数篇转相仿效，肤词剩语，一唱百和"之偏，以之"见六朝入唐源流之概"（《凡例》）。盛唐选李白、岑参、杜甫，是由于李"驰骋笔力，自成一家"，岑以"奇峭"名世，杜则发"天地元气之奥"，为唐七古颠顶，故专列杜七古为一卷。杜甫之后，韩愈、李商隐七古克绍其业，各有偏至，为中晚唐代表。王氏诗选，不仅展示了古诗发展史，而且切实评价其成就，对认识唐七古的衍变多有裨益。如宋荦《漫堂诗话》亦推杜为古诗魁首，管世铭《读雪山房唐诗钞序例》则与王氏所论有相应之处。

律诗为唐诗大宗，占现存唐诗近一半，但成功者远逊绝句。不过，高手亦不少，如李白、杜甫、王维、孟浩然工于五律，杜甫、李商隐长于七律。历代唐律选本，多达 30 余种。清代专选唐五律的有四种：黄生《唐诗矩》、史流芳《固说》、顾安《唐律消夏录》、李怀民《重订中晚唐诗主客图》，其中顾安的选评较有特点。顾氏选本五卷，录 51 家诗150 多首，清初乌丝栏钞本。自序阐述了编选目的和观点。顾氏论诗以诗教为指归，崇尚感兴，反对刻红剪翠："诗者，人心自有之感触与人声自有之节奏，圣人特宣导之，鼓荡之，俾其发皇昭越，唱叹咏绎，因以惩其邪思，创其逸志，归之于温厚和平之域，所以维世教者，初非眚邈恍惚与夫雕绘剪刻之谓也。"他认为诗骚未失事父事君之旨，汉魏与之并能，"淳风未漓，元声斯在"，晋至隋则趋文弃质，淫靡浮艳，诗旨尽丧。陈子昂、杜审言等人力纠晋后衰退之风，"牢笼庶物，陶铸性情，刊落浮靡，旋归诚实"，终与汉魏风骨合榫。顾氏提出学古三法：一命意，保持纯正，善于比兴，曲尽情态；二立法，注意结构开合，舒宕相济，移步换形，旁行侧出；三修词，正确处理法与不法关系，揭示理趣。他批评有的论者视野狭隘，就诗论诗，断章取义，徒然在唐宋之争上"空耗"。有鉴于此，他编此选本，为求"古人命意之法，修词之道"，使后学从此以正性情，不为邪说所蔽。顾氏具体分析了五律用韵、用字特点，并与七律、绝句在语气上比较：比七律节奏急促，比绝句语气宽缓。故五律创作，成为作者才力的试金石。对唐五律发展，分阶段辨析：初盛作者，"能于急促处见安顿，于宽缓处见累凑，四十字中字字关合，句句勾连"（《卷首总批》），不仅结构严谨，且能缓急相间。中晚唐诗，"法脉渐荒，境界渐狭，徒知练句之工拙，遂忘构局之清深。所称合作，亦不过有层次、照应、转折而已，求其开合跌荡、沉郁顿挫如初盛者，百无一二"，然而亦有其长处，即"思深意远，气静神闲，选句能远绝夫尘嚣，立言必近求乎旨趣，断意取义，犹有风人之致焉"（《卷五尾批》）。

　　清人对唐七律的选评比五律多，仅存目选本有 18 种，其中毛奇龄《唐七律选》颇具特色。本书四卷，录 75 家诗 206 首，康熙四十一年（1702）刻本。自序微具唐七律发展史：神、景之时，描写细腻，骈丽工对，尚未摆脱六朝状物形似之风；开、宝以后，笔法多变，突破格律局限；上元、大历之际，关注琐屑微物，一反前此豪荡；元和、长庆之间，又从工笔转为勾勒，肃庄转为谐俚。通过分析唐七律风格更迭，毛氏批评那些得其一枝一节者"自趋流弊，翻就污下"的固陋。在唐七律诗人中，除吴乔认为杜律"一气直下，如古风然，乃是别调"（《答万季野诗问》）外，众人一致推杜甫为第一：或以气格推之，"老杜以宏才卓识，盛气大力胜之"（沈德潜《说诗晬语》）；或以法度宽严相济褒之，"法度整严而又宽舒，音容郁丽而又大雅，律之全体大用，金科玉律也"（方世举《兰丛诗话》）。杜甫七律，成为清人心中七律的大成。

　　绝句因简小精悍，向来为人所爱。前代选本较多，清人也有十来个，其中薛雪《唐人小律花雨集》有代表性。此书二卷，录七言绝句 500 首，有乾隆十一年（1746）扫叶山庄藏版。薛雪论诗坚持兴观群怨，注意声情意境，以"音韵悠扬，丰神骀荡，词浅味深，令人吟绎不尽者"（《自序》）为入选标准。具体论绝句，他认为七绝相当小律诗，是学律的中介，"善学者由此而遍及诸体，上溯诸家，以窥风雅"，可成为作诗基础。在《赘言》中，他受严羽妙悟说启发，反对动辄"穷搜二酉，淹贯三通"，因为知识渊博而不理会诗艺特质，反而会呆笨，主张把七绝作为学诗之"初地功夫"，提出衡量绝句美质的"六义"和"六妙"。"六义"即传统诗学的思想规范和艺术方法，"六妙"是丰（形象丰满）、神（通达情理）、境（完美意境）、会（感染力）、气（生命力）、韵（言外意）。"六义"与"六妙"，基本囊括绝句的艺术要素，是对王昌龄、司空图、严羽、王士禛以来诗歌审美理论的总结。

清人的诗体论，多与选批实践结合，不作架空论述，注意各诗体的发展回顾，并揭示大家在其中的作用，后人从编选可看出清人诗歌接受的重心所在，也透露出清人诗学趣味的消息。

理论探讨的深入发展：诗派论

在唐诗传统中，中晚唐诗历来选释较少，但中晚唐诗派研究则起步较早。唐张为《诗人主客图》即提出六宗分派之说，附诗以证，其分类来自感悟，缺乏实证，归属失当时有。明杨慎《升庵诗话》据风调差异，把晚唐五律分为两派，作了相应说明。但总的说来，诗派研究粗疏稚嫩，理论分析较简。清人已不满足于单纯地划分诗派，而注意其成因。贺贻孙《诗筏》在分析同调齐名的沈宋、高岑、王孟等派时，不仅注意其审美风尚的相近，也联系时代思潮的变化。毛奇龄《西河诗话》在分析元白诗派时，指出其厌弃旧法，立意创新，但对元诗微有不满，以为"卑格贫相，小家数，驵侩气"，不足并肩乐天。方世举《兰丛诗话》认为齐名有幸有不幸，因为齐名者人易注意其同，而忽视其异，而一个诗人的独胜则在其异。后来，洪亮吉、余成教、顾亭鉴、陈仅等人，都对唐诗派有所讨论。

清人唐诗派研究较有特色者，依然落实在中晚，不仅有体派分类的研讨，而且有以诗派命名的选本，李怀民《重订中晚唐诗主客图》即为典范。自序中指出张为《诗人主客图》所选诗人与所立名号不符，诗人归属存在偏差。如同属元和体的元、白、张、刘，本为一类，而张为把元归白，张属李益，刘入武元衡，见识卑陋。又如韦应物诗风冲淡，独步中唐，宋人多与柳并称，张为却将他归孟云卿，与李益、杜牧并肩，更属不伦。同时，张为所标六目，概括性差，不能尽体。李氏本人参考杨慎说法，独取中晚唐五律，以其体制、格调、风格，分诗人为两大派：一派清真雅正以张籍为主，附客 15 人；一派清真僻苦以贾岛为主，附客 13 人。李氏认为，他们都具有"广大奥逸，宏拔美丽"的风格特色，前者"天然明丽，不事雕镂，而气味近道"，后者"力求险奥，不吝心思，而气骨凌霜"：张派更臻于自然浑成，具天然美；贾派则立意险怪，以人工美取胜。李氏说明他专选五律缘由：一者五律为取士体式，法度严密，为唐人所重；二者短律为长律的进阶，为初学指导门径。在批评宋诗尖酸粗鄙、明诗高华典丽之后，李氏认为学诗者应从中晚唐始，因为"中晚人得盛唐之精髓，无宋人之流弊"，由此可进而入于初盛。故其选以中晚，而所瞩目者仍在初盛。李怀民对中晚唐诗派的研究，借鉴并修正了张为、杨慎说法，更趋切实、细密，与清人崇尚实学精神有关。

　　清人对中晚唐诗派个案的研究，与选批实践结合。首先是郊岛诗研究。孟郊、贾岛同受韩愈影响，诗风相近，以清奇刻炼见长，孟硬语盘空，贾寒酸枯槁，欧阳修、张耒对其褒奖，苏轼则首发"郊寒岛瘦"（《祭柳子玉文》）之论。对此，明人叶羲昂认为两人皆"奇旷"，而有"寒酸之失"，后之论者评价偏低。清人对郊岛看法有变，胡寿芝认为二人诗刻琢穷苦，"各就其境"（《东目馆诗见》），潘德舆认为孟诗"天地入胸臆，吁嗟生风雷"（《养一斋诗话》）。岳端则独具只眼，编选其诗为《寒瘦集》一卷，计 82 首，在康熙三十八年（1599）红兰室刻版。自序对苏轼之评重行解释，认为"凡物莫不寒者清而瘦者古，清古，诗品之极致也"。由于他以"清古"诠"寒瘦"，于是前人所贬二人的俭涩枯寂转而为清逸高古，成为古典诗歌的至境。进而他对二人诗予以分别分析，指出郊诗构思奇特，想象丰富，刻画入木三分，岛诗描摹物态神情，深微周详，出人意表，二人以其独有的艺术创造，开辟了中唐诗艺的新境地。这一评价，是对这两位富于个性的诗人在唐诗史上的地位重新认定。

韩柳为古文大家，其以文法入诗，形成迥异的风格，对此宋人早已明察。苏轼即认为韩"豪放奇险"，柳"温丽靖深"（《东坡题跋》卷二）；林光朝《艾轩集》卷五则认为韩逞才放逸，柳敛才就法。后来张戒、陈继儒、胡应麟等人，都从不同角度对两人艺术成就评析。清人进一步辨别其艺术。叶矫然《龙性堂诗话》初集认为韩"气魄奇矫，柳不能为"，柳"雅淡幽峭，得骚人之致，则韩须让柳一步"；乔亿《剑溪说诗又编》认为韩"气奇"，柳"气峻"，都注意具体分析二人艺术的偏至。康熙时汪森编《韩柳诗选》四册，有裘杼楼刻本。全书总评对二人诗做了精当分析。他认为韩笔力"纵横排宕"，语言推陈出新，意境风格为之一变，成为李杜之后第一人，批评近代论者拘于前人"以文为诗之说，辄以无韵之文，而掩先生之诗"；对柳诗，特别点出其对楚骚、陶谢一路诗学的汲取，认为其"冲澹处似陶，而苍秀则兼乎谢，至其忧思郁结、纡徐凄惋之致，往往深得于楚骚之遗"。在此基础上，他指出两人以古文创作优势，发之于诗，韩诗"议论之闳肆"，柳诗绝胜则在"山水登临之余"，试图沟通不同艺术门类，济诗法以文理，走了一条诗文互补并济的创作途径。

大历诗人生活在安史之乱后，惶恐尚未平息，忧虑忡忡，怀古求静，诗作遁世内敛，偏于绮丽工巧，宋明以来评价普遍偏低。如宋道璨《柳塘外集》讥其"浮淫新巧"，明胡应麟《诗薮·内编》卷四判其"气骨顿衰"，只有胡震亨《唐音癸签》卷七认为其"厌薄开天旧藻，矫入省净之途"，"命旨贵沉宛有含"，"写致取淡冷自送"。清人不囿于前人成见，深掘大历诗的价值。管世铭《读雪山房唐诗序例》认为其"虽工字句，然隽不伤炼，巧不伤纤，又通体必雅令温醇，耐人吟讽"，乔亿编《大历诗略》七卷，录 32 家诗 500 余首，于乾隆三十七年（1772）刻本。其《说诗五则》认为，大历诗虽然"边幅稍狭"，内容单薄，但整体成就较高，尤其是大历才子诗"如巫山十二，各占一峰"，令人流连忘返。他具体分析后人不学大历诗的根源及学他体所导致的流弊：大历诗"格韵高"，人们难以入门，而学长庆以下诗，沦为"琐碎寒窘"

之鄙体、俗体，降低了品位；大历诗"语清省"，人们以为"无以展拓才思"，学韩苏不得法，而"乱杂无章"，连野体亦不得。在诗人评点中，乔氏着眼于体式、格调、语言、意境等方面，如刘长卿"古体概乏才骨，就中歌行情调极佳，然无复崔颢、王昌龄古致矣"，评钱起"五言古诗殆无字不佳，然只是唐音，去晋宋风格尚远"，论卢纶"意境不远，而语辄中情，调亦圆劲"。对其他人，也多能从其与前人或同时人的比较中，发明其创新之处。清人的大历诗研究，将其悯时伤乱的悲怆情调和其时社会情绪与心理，通过诗作的评说揭示出来了。

理论探讨的深入发展：诗类论

清人唐诗研究的多元与精密，不仅体现在诗体与诗派探讨的深入，还在于对过去较少为人重视的某些诗歌品类的注意，主要集中在咏物诗、宫闱诗、放胆诗和试律诗上面。

咏物诗起于先秦，汉以后续有发展。唐人咏物远绍风骚，近承齐梁，从初唐重遣兴，到盛唐、中唐的意境拓展，再到晚唐的全面开花，其内容、体裁、风格、方法变化多端。唐咏物诗虽盛，但清以前只有零星评述，缺乏深度。清人则比较关注出现好几种选本。其中张玉书等《御定佩文斋咏物诗选》近五百卷，录诗 14590 首；聂先《唐人咏物诗》十二卷，录 284 家诗 1241 首。除编选外，对其起源、性质和作法都有论述。

清人首先追溯咏物诗的起源及在唐代的发展状态。庄同生《唐人咏物诗》以托物起兴为标志，将其起源推至《诗经》。俞琰《咏物诗选自序》从言志感物结合出发，指出穷物之情，必尽物之态，批评张戒把两者对立。纪昀从咏物诗的写法、目的论述其社会功能，认为它"借题以托比，触目以起兴，美刺法戒，继轨风人，又不止《尔雅》之注虫鱼矣"（《四库全书总目·佩文斋咏物诗选提要》）上述论者主要论咏物诗的产生，王夫之、李因培则评其在唐代的发展。王夫之认为，唐初李峤咏物之作，沾染齐梁气，缺乏诗味，进入盛唐，"即物达情之作"（《姜斋诗话》卷二）才产生，咏物诗回归风骚。李因培寄咏物于六义，探其源于《断竹》和《橘颂》，推崇张九龄"含神托讽，意味深长"和杜甫"状难状之情，如化工肖物，出有入无，寄托遥深"，认为"韩孟尚有遗音"，元白温李"已趋纤俚"（《唐诗观澜集》卷二十一）。由于持伸正诎变论，未能正确评价中晚唐咏物诗新变之功。在此基础上，清人总结咏物诗艺术特征，提出咏物不只求状物毕肖，贵在言外之寄，施补华《岘佣说诗》和查慎行评杜甫《萤火》（见《瀛奎律髓集评》卷二）都有此说。至于如何寄托，吴雷发提出咏物诗寓意，不可生硬钳入，而应在兴感到来之时，把物之"灵机异趣"自然摄入，描写"本物工细，摹其形容，兼能写其性情"（《说诗菅蒯》）。朱庭珍认为寓意应隐存于景，"不著力于论断，遗形取神，超相入理"（《筱园诗话》卷四），既重寄托，又不直说，故以比兴达情为咏物之法。对此，金圣叹评郑谷《鹧鸪》有较好解释："咏物诗纯用兴最好，纯用比亦最好，独有纯用赋却不好。何则？诗之为言，思也。其出也必于人之思，其入也必于人之思，以其出入于人之思，夫是故谓之诗焉。若使不比不兴，而徒赋一物，则是画工金碧屏障，人其何故睹之而忽悲忽喜？"（《选批唐才子诗》）陈仅也认为只用赋，"模形范质，藻绘丹青，直死物耳"（《竹林问答》），难以收到比兴感人之效。清人通过研究唐人咏物诗，重申比兴，强调抒情，并从此提出咏物的"巧"与"拙"、"切"与"不切"问题。如冒春荣认为，"咏物必从大处著笔，勿落纤巧"（《葚原诗说》卷一），"巧"者着眼于肖物，而"拙"则重其气象。乔亿也反对切，因为切则"过于粘着"，少灵动之气（《剑溪说诗》卷下），用吴雷发的话说，"工细中须具缥缈之致"（《说诗菅蒯》）。这种观念，必然引导清人把咏物诗的至境定在神韵一路，所谓"咏物之作，须如禅家所谓不粘不脱，不即不离，乃为上乘"（《带经堂诗话》卷十二），"处处描写特色，便是晚唐小家门径，纵刻画极工，形容极肖，终非上乘，以其不能超脱也"（朱庭珍《筱园诗话》卷四）。

　　妇女诗因历史原因，唐以前较少。《全唐诗》有妇女诗十二卷，录130家诗660首（假托仙鬼者66人诗167首），作者多为贵妇、女冠、歌伎，重抒情拙叙事，体裁多为律绝。尽管唐女诗人为重要的创作群体，但前代研究较少。唐宋只有一些笔记诗话偶有记载，至元辛文房始破沉寂，《唐才子传》为女诗人列传，评价较高。明胡应麟《诗薮》、胡震亨《唐音癸签》有所记载，但评说较少。宋元明对唐女诗人的漠视，还可从选学来看，虽然《唐音癸签》卷三十载明唐女子诗38家328卷，但专选妇女诗者今不可见。清人刘云份《唐宫闺诗》二卷，录115家女诗人400多首，康熙年间由梦香阁刻版。在自序中，刘氏回顾女性创作史，认为其内容虽有正邪之分，但都有其意义，因为正者可为教，而邪者可知戒。其对唐女子诗不为人重视的现状不满，通过大量阅读女子诗，发现其内容与表达都有独特之处："彼其微思别致，托物寄情，婉约可风；精神凝注，亦与白首沉吟者耀后世。"他认为女子诗描绘细腻，别具一格，借物抒情，婉约缠绵。虽然受封建伦理影响，他把入选诗人分为"品行端洁者"和"败度逾闲者"，但又声明这只是人品高下不同，无关乎诗艺，可见其对妇女诗艺术成就的肯定。与刘氏的评论相佐，王夫之《唐诗评选》、沈德潜《唐诗别裁集》对李冶等人的诗，也给予高度评价，而贺贻孙《诗筏》有数则集中论述唐女诗人，对人员之杂、质量之高，十分惊叹。清人评唐女诗人，思想宽容，较少歧视，这与晚明以来个性思潮所带来的思想解放有关，也透视出时风变化的一丝消息。

　　放胆诗是特殊的一类诗，专指大胆突破规范、驰展才情之作。"放胆"即"心欲小而志欲大"（《淮南子·主术训》）、"文章且须放荡"（萧纲《诫当阳公大心书》），要求冲破禁忌，以情驭法。"放胆"作为文法，见于谢枋得《文章轨范》。此书依文章特点分为"放胆文"和"小心文"："凡学文，初要胆大，终要心小，由粗入细，由俗入雅，由繁入简，由豪荡入纯粹。"（《文章轨范》卷一）放胆即摆脱局限，尽呈胆略；小心即严肃对待，一丝不苟。凡为文，应笔力雄健，气势宏伟，又不太张扬，法度谨严。明人始以放胆与小心论诗：谢榛《四溟诗话》卷一提到，唐人作诗看似"漫然"，实际有"辞前意"；陆时雍《诗镜总论》亦指出："（作诗）善用才者，常留其不尽。"清人吴震方编《放胆诗》二卷，专录唐34家七古156首，于康熙四十四年（1705）刊行。其《放胆诗序》批评时人作诗为声律所拘，精神受压抑，后来虽学放逸的古诗、选体、盛唐等，气势终低，总因路途走错。他主张学诗从较少格律束缚的古诗开始，反对时时小心："若先以小心御之，则铢铢而较，扣而度，以为某字非唐音，某句非唐调，某转非唐法，而其间空疏，辄以平浅俚近，文其固陋，思欲踵武前贤，难矣。"指出只有大胆才会"心如太空，目如岩电，鼻端出火，耳后出风，摆脱俗下拘挛之病，然后按脉切理，细析秋毫，渐造简雅纯粹之境"，也才能像唐人那样"大言炎炎，不拘资格，开拓宇宙，直抒胸臆"。学唐人放胆诗，他主张以杜甫为宗，因为杜一扫前人"浮华靡曼"和"体裁怪诞"，"自然灵通变化，目无坚垒"（《放胆诗跋》），故选本以杜甫为始。吴震方于清初提倡放胆诗，不是心血来潮，突发奇想，直接原因是由于当时学诗者"从近体入手，先为声律所拘，句字所囿"（《放胆诗序》），深层动机则是由于一些唐诗论者仍恪守明代格调论诗积习，动辄以格调不合古式而訾今人。故诗倡放胆，带有思想解放的积极意义。吴氏之论，得到朱彝尊的赞同，他在《放胆诗序》中，推崇唐刘叉、李贺、卢仝等人创作"极乎天蟠乎地"，极言其胆放得开。放胆的终极目标，即循顺空灵，独立运思，写出生气和精神。

试律诗，亦名省试诗、应试诗、试帖诗，为科考专用，唐人多用五言六韵，题由考官拟就，有时借用成句，冠以"赋得"，要求紧扣题意，敷衍成篇。这种体式由于格式、时间限制，难免削足适履，急就成章，像祖咏《终南望馀雪》、钱起《湘灵鼓瑟》等杰作者寥寥。唐人试律，清以前选者现存三种，即宋佚名《唐省试集》、明吴勉学《唐省试诗》和佚名《唐科试诗》，均亡。论述偶尔见之，如葛立方《韵语阳秋》、胡应麟《诗薮》稍稍涉及，无大发明。清代由于唐诗研究的深入和乾隆二十二年（1757）后科考加试，出现了一批选本：康熙时有毛张健《试律唐诗》、吴学濂《唐人应试六韵诗》、毛奇龄《唐人试律》等；乾隆时出现王锡侯《唐诗试帖详解》、钟兰枝《唐律试帖笺释》、纪昀《唐人试律说》等，谈说者骤多。

沈德潜认为试律"限以声律"，迫使士子"揣摩主司之好尚，迎合君上之意旨"（《说诗晬语》卷下），难以表达真情。袁枚有同感："有赋得等名目，以诗为诗，犹之以水洗水，更无意味。"（《随园诗话》卷七）李因培从试律的实施，揭示危害："其初绳墨甫设，律细格严，才大之伦，不免俯循矩矱，而真气轶出，体格反高。洎乎中叶，士子剽窃撏扯，渐成习径，寖久寖衰，亦风会之递变。"（《唐诗观澜集》卷十五）但作为诗学遗产，试律诗自有其价值。葆善认为试律为诗之别流，自应符合诗的体式要求、写作法度，他批评论者盲目鄙视试律诗，"将唐贤轨度尽汨于坊贾之手，于含吐性情、鼓吹休明之本旨大相左"（《唐人试律说》末附识），虽以附翼诗教为准则，毕竟看到其中有法则可供学习。毛奇龄则从律诗体制的完善认识试律，提出"律则专为试而设"（《唐人试帖序》），试律成就了唐代的律诗。在肯定试律的诗体价值和学诗借鉴意义之后，清人对其作法、要求总结。毛张健认为可从试律诗学习章法句法，奠定学习他体的基础："试诗仅一体耳，然长不病冗，而短不病促，段落之起伏，章法之照应，胥于是焉在，可以扩之为七言长篇，而敛之为七言八句。"（《试体唐诗序》）李重华认为可从试律诗学习用韵之法，因为"唐人试帖，六韵为率，皆兢兢守定绳尺，绝少排磦者，其八韵律赋亦然。可知古人应试，无不敛才就法，不如此亦不能入彀"（《贞一斋诗话》）。纪昀《唐人试律序》提出写作试律诗要辨体、审题、命意、布格、琢句、炼气炼神，概括律诗方法。冒春荣《葚原诗说》卷三论述用韵到各联的作法，李因培《唐诗观澜集》卷十五发挥冒氏馀意，总结试律诗写作规则。这些论说，均有助于认识唐试律的特点与价值。

第四章
清中叶以后的唐诗学

第一节　诗坛风尚的转变与唐诗研究的衰颓

　　清中叶以降，康、雍、乾时代的"太平盛世"逐渐被全面爆发的社会危机所取代，日益严峻的社会现实，促使诗坛取向发生变化。道光、咸丰年间，程恩泽及其门人与曾国藩等上承宋诗派，以杜、韩、苏、黄为诗学风范，提倡学问考证以及经史诸子入诗、诗人之言与学人之言合一，"宋诗运动"由此勃兴。伴随着宗宋派势力的不断壮大，便是古典唐诗研究的渐趋衰歇。

"宋诗运动"与唐诗研究

　　"宋诗运动"是道咸间诗坛上一个学宋的诗潮，大体以师承宋人，尤以苏轼、黄庭坚为主而上溯开启宋代诗风的杜甫、韩愈等。陈衍《石遗室诗话》卷一说："道咸以来，何子贞、祁春圃……莫子偲诸老，始喜言宋诗。何、祁、莫皆出程春海侍郎恩泽门下。"从此便揭开了近代诗坛上宋诗运动的序幕。

　　宋诗派由于崇尚宋诗，主张以学问入诗，提倡将学人诗人之诗合二为一。作为宋诗派的中坚，程恩泽非常注重学问与性情及作诗的关系，其《金石题咏汇编序》认为："欲通义理者必自训诂始"，"《诗》无学问则《雅颂》缺，《骚》无学问则《大招》废。……学问浅则性情焉得厚？"就宋诗派来说，意在调和学术史上的汉宋之争，以学问陶冶性情，以道德修养与诗人才情相济，展示一种学者诗人的精神品格和审美情趣。因为宋诗派将诗人之言与学人之言融合为一，故呈现出与清前期各诗派截然不同的诗学风貌，王揖唐《今传是楼诗话》称"有清一代诗体，自道、咸而一大变"这一"大变"，显现一种融通而又出新的特征。

何绍基在宋诗派中最具有创新精神，明确提出反对依傍古人。他在《与汪菊士论诗》中公开声明："做人要做今日当做之人，做诗要做今日当做之诗"，作诗"到得独出手眼时，须当与古人并驱。若生在老杜前，老杜还当学我。"为了突出诗人的独创性，他强调的"不俗"具有较多的积极意义，《使黔草自序》说："同流合污，胸无是非，或逐时好，或傍古人，是之谓俗。直起直落，独来独往，有感则通，见义则赴，是谓不俗。高松小草，并生一山，各与造物之气相通。松不顾草，草不附松，自为生气，不相假借。"何绍基追求的"不俗"更要落实在诗歌语言的创造上，其《符南樵寄鸥馆诗集叙》明确指出："将一切牢骚语、自命语、摹古语、随便语、名士风情语、勉强应酬语，概从刊落。戛戛独造，本根乃见。"

宋诗派学古意在以因为创，何绍基《与汪菊士论诗》中说："试看圣人学古是怎样学的，学一个人罢了，乃合尧、舜、禹、文、周公、老彭、左丘明、郯子、师襄而无不学之，可见圣人学古，直以自己本事贯通三古，看是因，全是创也。"故而他鄙薄宗唐诗派的拟古陋习，讥之为优孟衣冠，强调诗歌应随时代的变化而变化。宋诗派力求通过学习杜甫、韩愈、苏轼、黄庭坚等人的人格和诗格来寻求诗艺创新的途径。

事实上，宋诗运动本是对明七子以来专宗盛唐，标榜"不读大历以后书"的一种反拨。宋诗派并不是专门学宋，他们也学唐，不只是学盛唐，也学中、晚唐，学杜甫、韩愈、柳宗元等。张穆《〈程侍郎遗集初编〉序》称程恩泽"初好温、李"，后学"昌黎、山谷，兼有其胜"。祁崦藻"出入东坡、剑南，而归宿于杜、韩。"（徐世昌《晚晴簃诗汇》卷一二六）郑知同《东洲草堂诗钞序》称何绍基"早年胎息眉山，终扶韩以归杜。"郑珍"学杜韩而非摹仿杜、韩"[1]。黄统《郘亭诗钞序》称莫友芝"探义山、黄、陈之奥，而融去犷晦，以造杜、韩之门庭"。自南宋严羽高倡盛唐以来，尊唐贬宋便成为诗坛的主流，宋诗派则力图纠此偏颇。

宋诗运动作为道咸诗坛上以构筑宋诗诗学体系来寻找中国古典诗歌创作出路的诗学思潮，是对清初以来宗宋诗学思潮的继承与发展。清初宗宋派为反对明七子重格调而淹没性灵，讲求生新与主性灵，重学问的特色尚不十分明显。清中叶翁方纲标举"肌理"说，推崇苏、黄诗风，倡扬宋诗"质实"之美，以学问论诗的倾向方形突出。道咸间"宋诗运动"兴起，注重时代变化与诗风的关系，标举经世致用之学，鼓吹学人之言与诗人之言融合，将宗宋诗派的理论进一步弥合和拓展，从而为中国古典诗学理论的宝库提供了新的养料。但也正因为"宋诗运动"将诗坛兴趣转移至与唐诗异趣的宋诗上，唐诗研究则不免遭受冷落。

"同光体"诸家的唐诗观

"同光体"诗派作为清末民初盛行的一个诗歌流派，是道咸宋诗运动的直接继承和发展，他们标榜"力破余地"之说，企图在古典诗歌的夹缝中寻觅生路、另辟蹊径。主要代表诗人有陈三立、沈曾植、郑孝胥、陈衍等。关于同光体自身的派别，陈衍把它分为两派：一派为"清苍幽峭"，以郑孝胥为代表；一派为"生涩奥衍"，以沈曾植、陈三立为代表。而钱仲联先生在他的《论同光体》一文中，认为同光体不止清苍幽峭和生涩奥衍两派，应是闽派（陈衍、郑孝胥）、赣派（陈三立）、浙派（沈曾植）三派。"同光体"诸家以"不专宗盛唐"相标榜，都是由

---

[1] 陈衍《近代诗钞述评》，钱仲联编校《陈衍诗论合集》页882，福建人民出版社1999年版。

学宋人梅尧臣、王安石、黄庭坚、陈师道、陈与义而上溯唐代杜甫、韩愈、孟郊、贾岛，或兼取谢灵运等，学诗取径对象较宽，但侧重在学宋。

（一）赣派——陈三立的唐诗观

陈三立是"同光体"诗派的领袖，在光宣诗坛上颇有名气。赣派尊奉黄庭坚为宗祖，推举江西籍的陈三立为一代宗师。陈三立诗学苏黄，论诗宗江西诗派。他在《肯堂为我录其甲午客天津中秋玩月之作，诵之叹绝。苏黄而下无此奇矣，用前韵奉报》一诗中自称："吾生恨晚生千岁，不与苏黄数子游。得有斯人力复古，公然高吟气横秋。"其《漫题豫章四贤象拓本》道："驼坐虫语窗，私我涪翁诗。镌刻造化手，初不用意为。"《濮青士观察丈题山谷老人尺牍卷子》又说："我诵涪翁诗，奥莹出妩媚，冥搜贯万象，往往天机备。世儒苦涩硬，了未省初意。粗迹揹毛皮，后生渺津逮。"生涩镌刻、瘦硬雄肆乃江西诗派的美学追求，实际上也表明了陈三立自己的诗学追求。陈衍说陈三立："散原为诗，不肯作一习见语，于当代能诗钜公，尝云：某也纱帽气，某也馆阁气。盖其恶俗恶熟者至矣。少时学昌黎，学山谷，后则直逼薛浪语，并与其乡高伯足极相似。"① 陈衍指出了陈三立诗学黄庭坚、韩愈的特点，实际上陈三立学诗的重心在黄庭坚，由学黄庭坚进而推重韩诗一脉和元和诗风。他的诗《樊山示叠韵论诗二律聊缀所触以报》云："愈后谁扬摩刀手，鼎来倘解说诗颐"、"昔贤自负元和脚，微笑争居巨壑鳞"，可见其对韩愈"才豪气猛"和"幽渺感鬼神"诗风的推扬以及中唐元和奇诡诗风的服膺。

（二）闽派——郑孝胥、陈衍的唐诗观

闽派崇尚清苍幽峭的诗风，与赣派陈三立和浙派沈曾植所崇尚的诗风颇不相类，在唐代诗人中，郑孝胥最为倾心的也是中唐韦柳。陈衍

---

① 陈衍《近代诗钞述评》，钱仲联编校《陈衍诗论合集》页 907，福建人民出版社 1999 年版。

《知稼轩诗序》谓其"原本大谢，浸淫柳州，参以东野、荆公。余尝谓达官而足山林气者，莫如荆公，大谢、柳州抑无论矣。弢庵意在学韩，实荆公于韩专学清隽一路。"《石遗室诗话》卷一中又道："苏堪三十以前，专攻五古，规扶大谢，浸淫柳州，又洗练于东野，沈挚之思、廉悍之笔，一时殆无与抗手。"可见其诗学宗尚归趋于奇险清峭一途。郑孝胥论柳宗元诗时说："河东文章伯，童冠拨时选。……蓄悲语离奇，取幽气奥衍。发为澹荡作，嘘吸出坟典。五言暨七言，老手废雕篆。每放寂寞游，偶托释老辩。鲍谢方抗行，李杜足非觊。以兹琼妙篇，千古解宜鲜。当代竞宗韩，北辰故易显。那知东方曙，启明上云巘。"① 他之推重柳诗并不在其蕴藉、温婉的诗风，即东坡《评韩柳诗》所谓："子厚诗在陶渊明下，韦苏州上，退之豪放奇险则过之，而温丽靖深不及也。所贵乎枯淡者，谓其外枯而中膏，似淡而实美，渊明、子厚之流是也。"而是取其离奇奥衍、恣肆拗怒之处。郑孝胥之评韦应物诗，则是偏嗜韦诗平淡蕴藉、意在言外之作。他在《录韦苏州诗题后》说："违华即冲漠，散性难自整。岂云与俗殊，意独得沈省。平生一深念，异代爱隽永。三叹古之贤，曾同惜徂景。"又在《书韦诗后》中说："韦诗清丽而伤隽，亚于柳；多存古人举止，则高于王。遗王而录韦，与其不苟随时；然亦不可与入古。柳之五言，可与入古矣，以其渊然而有淳也。"郑孝胥对韦柳之诗各有所取，于同光体诸派多宗杜韩黄一脉诗风来说，可谓独出于众。

陈衍作为同光体诗派重要的诗学理论家，著有《石遗室诗话》及所选辑的《近代诗钞》和《宋诗精华录》等书。其《石遗室诗话》不仅总结了近代宋诗运动的发展历程，还通过品评同光体各家诗的特点和造诣借以壮大同光体声势。《近代诗钞》24 册辑选道光以迄民初 370 位诗人的作品，以选宋诗派为主，亦体现其宗宋的诗学观。

---

① 　陈衍《石遗室诗话》卷一，钱仲联编校《陈衍诗论合集》页 11，福建人民出版社 1999年版。

陈衍理论体系的中心，是提出了"三元"说的诗学宗旨，这也是"同光体"的理论核心。《石遗室诗话》卷一中记载了陈衍与沈曾植论诗："余谓诗莫盛于三元，上元开元，中元元和，下元元祐也。君谓三元皆外国探险家觅新世界、殖民政策、开埠头本领，故有'开天启疆域'云云。余言今人强分唐诗宋诗，宋人皆推本唐人诗法，力破余地耳。庐陵、宛陵、东坡、临川、山谷、后山、放翁、诚斋，岑、高、李、杜、韩、孟、刘、白之变化也。简斋、止斋、沧浪、四灵，王、孟、韦、柳、贾岛、姚合之变化也。故开元、元和者，世所分唐宋人之枢干也。"陈衍的诗宗"三元"和推尊宋诗的诗学主张得到了沈曾植、郑孝胥等人的响应与认同。所谓"三元"，是指唐之"开元"、"元和"、宋之"元祐"。在这三个时期中，陈衍从开元取杜甫、元和取韩愈、元祐取苏轼和黄庭坚。不过"三元"说的重心还是在中、下二元，陈衍对此有极为清楚的说明，他在《密堂诗钞序》中说："顾道咸以来，程春海、何子贞、曾涤生、郑子尹诸先生之为诗，顾取道元和、北宋，进规开天，以得其精神结构之所在，不屑貌为盛唐以称雄。"在"三元"中，元和是贯通唐宋的关键。同光体诗学取向"不专宗盛唐"①，可见其崇尚不在开元。元和与元祐诗坛皆是中国诗学史上最具特色的时期，唐诗发展到元和时代，诗风发生了新变，即所谓"诗到元和体变新"，而元祐诗坛更是形成特色独具的宋型诗的时期。陈衍从"不墨守盛唐"进而肯定宋诗之变，所以他强烈反对"强分唐宋"，认为"宋人皆推本唐人诗法，力破余地耳"，从艺术渊源和承继关系方面着眼，指出宋诗都是从唐诗发展变化而来的，今人应以宋人诗法为本，发展衍变，寻觅生路。他批评专事模拟盛唐的拟古派，"若墨守旧说，唐以后之书不读，有日蹙国百里"② 之势。并在《自镜斋诗集叙》中说："诗至唐而后极

---

① 陈衍《石遗室诗话》卷一，钱仲联编校《陈衍诗论合集》页 6，福建人民出版社 1999 年版。

② 陈衍《石遗室诗话》卷一，同上书页 9。

盛，至宋而益盛。"这样唐宋并举而更推扬宋诗，就把明人人为地给唐宋之诗划上的鸿沟填平，达到了桃唐祖宋和移唐就宋的目的。

正是因为陈衍以发展的眼光来看待诗歌，所以他特别重视中唐诗。《石遗室诗话》卷十四说道："唐诗至杜、韩而下，现诸变相。苏、王、黄、陈、杨、陆诸家，沿其波而参互错综，变本加厉耳。"中唐诗人中，陈衍尤为推尊杜甫、韩愈，《石遗室诗话》卷十八道："老杜而各种笔意无不具备。大历十子，笔意略同。元和以降，又各人各具一种笔意，昌黎则兼有清妙、雄伟、磊砢三种笔意。"事实上，陈衍标举中唐诗歌，是他继承了自叶燮以来推尊中唐之说，不再以盛唐诗作为惟一的艺术极至。我们知道，自严羽、高棅倡扬盛唐诗风以来，盛唐之音便作为宗唐者顶礼膜拜的对象，神圣不可动摇，相对来说，中晚唐诗歌在诗学史上的价值被忽略了。清初，出于对格调论者的反动，叶燮对于沟通唐宋两代桥梁的中唐诗歌，给予了特别的关注。他在《百家唐诗序》称中唐贞元、元和之际是古今诗运一大关捩，此时，"群才竞起，而变八代之盛，自是而诗之格之调之声之情，凿险出奇，无不以是为前后之关键"。叶燮这一观点直接影响到后起的翁方纲，翁氏作为清中叶宗宋派的集大成者，对中唐诸位诗人在唐诗史上的地位和作用给予了公允的评价。如关于大历十才子，翁氏在《石洲诗话》卷二中评价道："卢纶、司空曙、耿沣、李端诸公一调；韩君平风致翩翩，尚觉右丞以来格韵，去人不远；皇甫兄弟，其流亚也；郎君胄亦平雅；独钱仲文当在十子之上"，并指出钱起、刘长卿"皆挹右丞余波耳，然却亦渐于转调伸缩处，微微小变，诚意熟到极处不得不变"。对中唐时期的代表诗人白居易、刘禹锡也都给予较高的评价。《石洲诗话》卷二赞白氏五古诗"上接陶，下开苏、陆；七古乐府，则独辟町畦，其勾心斗角、接笋合缝处，殆于无法不备"。至近代的"同光体"诸家，再度肯定中唐诗歌在中国古典诗学史上的中枢地位，以及对开启宋诗的导引作用。

同样是出于他的变化发展观，陈衍亦充分肯定四杰及陈子昂等在唐初诗风变革中的功绩。《石遗室诗话》卷六说："初唐四子，承六代藻丽之制，陈杜沈宋继起，乃渐工体格。至王孟岑高，加以神韵而已。椎轮之功，四子不可没矣。"唐初，六朝诗歌绮靡浮华之遗风余韵犹存，王杨卢骆四杰崛起诗坛，以其"粗豪而圆润的嗓子"和"生龙活虎般腾踔的节奏"，"使人们麻痹了百余年的心灵复活"①，一扫六朝初唐的绮靡诗风，成为唐代诗风革新的先驱，所以陈衍对他们的"椎轮之功"倍加赞赏。

（三）浙派——沈曾植的唐诗观

浙派首领沈曾植，曾被陈衍称为"同光体之魁杰"，胡先骕尊之为"同光朝第一大师"。他论诗，于陈衍的"诗莫盛于开元、元和、元祐"的"三元"说之外，又提出"元嘉、元和、元祐"的"新三元"说，或称"三关"说。他在《与金潜庐太守论诗书》中云："吾尝谓诗有元祐、元和、元嘉三关。公于前二关均已通过，但著意通第三关，自有解脱月在。元嘉关如何通法？但将右军《兰亭诗》与康乐山水诗打并一气读。"又道："在今日学人，当寻杜、韩树骨之本，尽心于康乐、光禄二家。""三关"与"三元"说主要差别在"元嘉"一关，沈氏以"元嘉"代替了"开元"。陈衍门人王真《石遗年谱序》说："石遗之三元撇却六朝也，寐叟之三关并括六朝也。"将"三元"说与"三关"说的区别之处指明。"元嘉"是南朝宋文帝年号，诗歌史上指以谢灵运、颜延之为代表的诗歌创作时期。"三元"说与"三关"说实际上反映了近代宗宋诗学在诗学宗趣上的差异，陈衍"三元"说重在元祐，意在宗宋，由宋而推原于杜、韩，就是要"合学人诗人之诗二而一之"；"三关"说则将诗歌所取径的范围推演至晋宋之交的元嘉，取法重心转向颜、谢，要着意通此关，做到"活六朝"。而且沈氏在《王壬秋选八代诗选跋》中进一步论说："老庄告退，山水方滋，此亦目一时承流接响之士耳。支公模山范水，固已华妙绝伦，谢公卒章，多托玄思。风流祖述，正自一家。

---

① 闻一多《宫体诗的自赎》，《唐诗杂论》页14，古籍出版社1956年版。

挹其铿谐，则皆平原之雅奏也。陶公自与嵇、阮同流，不入此社。支、谢皆禅玄互证，支喜言玄，谢喜言冥，此二公自得之趣。谢固犹留意遣物，支公恢恢，与道大适矣。"沈氏将支遁与王羲之、谢灵运联系起来，就是深刻洞察到他们诗歌中山水意象和玄学意趣的融和。而所谓"寻杜、韩树骨之本，尽心于康乐、光禄二家"，也正是要以儒家义理为本，参以山水意趣、老庄玄理、佛学经义、学问考据，以形成以学问、道德为根基而又融会意象、富于理趣的新诗风，这也正是同光体诗家所倡扬的宋调诗。

还须说明，沈曾植的"三关"。虽然超越了盛唐，但并不排斥盛唐，而仍要将其包括在内。他在《海日楼札丛》卷七中盛赞开元文坛的繁荣局面："开元文盛，百家皆有跨晋、宋追两汉之思。经大历、贞元、元和，而唐之为唐也，六艺九流，遂成满一代之大业。燕、许宗经典重，实开梁、独孤、韩、柳之先。李、杜、王、孟，包晋、宋以跂建安，而元、白、韩、孟，实承其绪。"当然，他的称扬盛唐终要落到标举中唐、倾慕韩愈等人的诗风上来。他在《与金潜庐太守论诗书》中说："鄙诗蚤涉义山、介甫、山谷，以及韩门，终不免留连感怅。"并自叙诗学旨趣道："吾诗学深而诗功浅，夙喜张文昌乐府、《山谷精华录》，而不轻诋前后七子。"[1] 他的《答石遗》诗说："漫守张为主客图，旁行斜上破功夫。白家广大元无教，得似韩门变态无？"心仪韩愈的祈向由此可见一斑。他还从诗与绘画、宗教之间的关系来探讨韩诗，评韩愈《游青龙寺赠崔群补阙》云："从柿叶生出波澜，烘染满目，竟是《陆浑山火》缩本。吾尝论诗人兴象与画家景物感触相通，密宗神秘于中唐，吴卢画皆依为蓝本。读昌黎、昌谷诗皆当以此意会之。颜、谢设色古雅如顾、陆，苏、陆设色如与可、伯时同一例也。"评韩愈《陆浑山火》云："可作一帧西藏曼荼罗画观。"沈氏用"曼荼罗画"来论评韩愈诗歌，可谓独出心裁，给人一种耳目一新之感，从而揭示出韩愈诗歌在意象生成与

---

① 陈衍《近代诗钞述评》，钱仲联编校《陈衍诗论合集》页 900，福建人民出版社 1999 年版。

意境创造上深受唐代佛教寺庙壁画的影响。

总之，"同光体"诸家或重在学宋，或旨在沟通唐宋，或力争上溯元嘉。他们试图为已趋衰颓的传统诗学开辟一条生新之路，在开拓唐诗研究的视野上亦有一定的创获，但总体来说并未能超越传统诗学的范围，其历史局限亦不容否认。

曾国藩的唐诗观

作为桐城古文的嗣续和"宋诗运动"的积极倡导者，曾国藩论诗亦崇尚以"善变著称"并带有散文化倾向的宋诗，他在《题彭旭诗集后即送其南归二首》自谓"大雅沦正音，筝琶实繁响。……自仆宗涪公，时流颇忻向。"赞赏黄庭坚的诗别具一格，而又不失风骚之旨。但是他宗宋并不废唐诗，他曾教育其子曾纪泽如何读诗时说："尔要读古诗，汉魏六朝，取余所选曹、阮、陶、谢、鲍、谢六家，专心读之，必与尔性质相近。至于开拓心胸，扩充气魄，穷极变态，则非唐之李、杜、韩、白，宋金之苏、黄、陆、元八家，不足以尽天下古今奇观。"[①] 他的《十八家诗钞》选有上自建安正始，下至六朝唐宋金元十八位诗人的诗作，包括曹植、阮籍、陶渊明、谢灵运、鲍照、谢朓、李白、杜甫、韩愈、白居易、李商隐、王维、孟浩然、杜牧、苏东坡、黄庭坚、陆游、元好问，共 6365 首，最多的几位诗人是：李白 886 首，杜甫 1265 首，陆游 1206 首。而在这 18 位诗人中，唐代诗人却选了 8 位，推崇唐诗之意清晰可见。

不过，曾国藩所最推崇的唐代诗人，当属杜甫与韩愈。他的《求阙斋书目》特设有《杜诗》并将杜韩的诗歌作为自己学习的范本："于五七古学杜韩，五七律学杜，此二家无一字不细看。外此则古诗学苏黄，律诗学义山，此三家亦无一字不看。五家之外，则用功浅矣。"其实不

---

① 曾国藩《谕纪泽》，《曾国藩全集·家书》页 809，岳麓书社 1991 年版。

难理解，因为杜韩之诗与宋诗有诸多相通之处，这同他宗奉黄庭坚有密切的关系。

曾国藩推重杜甫，首先是对其诗歌中关注时事的精神和注重内心修养的品行，他说："杜诗、韩文所以能百世不朽者，彼自有知言养气功夫。惟其知言，故常有一二见道语，谈及时事，亦甚识当世要务；惟其养气，故无纤薄之响。"① 这与曾国藩的经世思想相一致。其次，曾国藩认为凡是杰出高明的诗人均有其鲜明独特的个性："凡大家必有一种面貌，一种神态，与他人迥然不同。"② 而杜甫正以其特色独具而迥绝于世，他在《求阙斋随笔》中指出"杜诗五古，古人妙处只是造句之法变幻无穷，故终身无一复句，犹之《毛诗》无相袭之调也"。

他之标举韩愈，是因为韩愈诗中具有雄健豪放的气势、瑰玮奇特的风格，其"怪奇可骇"、"诙谐可笑"之处为他所激赏。曾国藩承继姚鼐的诗学观念，把诗文风格分为阳刚之美和阴柔之美。而尤偏取阳刚之美，据他分析，阳刚的风格包括"雄、直、怪、丽"③ 四个方面。他教导儿子作文应在"气势上用功，无徒在揣摩上用功"④，盛赞韩诗气势浩瀚与跌宕淋漓之势，教曾纪泽读韩愈诗要领会其中的"光明俊伟之气"⑤ 与奇丽的风貌，都跟他崇尚阳刚风格分不开。

曾国藩又把审美情趣划分为"诙诡之趣"和"闲适之趣"："尔七律圆适深稳，步趋义山，而劲气倔强处颇似山谷。凡诗文趣味约有两种：一曰诙诡之趣，一曰闲适之趣。"⑥，而他对"闲适"、"冲淡"的风格情有独钟。他认为学五言诗，"若能学到陶潜、谢朓一种冲淡和谐之音，亦天下之至乐，人间之奇福也"⑦。但要获得这种"闲适之趣"必须襟

---

① 《曾国藩全集·日记》页 159，岳麓书社 1991 年版。

② 曾国藩《谕纪泽》，《曾国藩全集·家书》页 1292。

③ 《曾国藩全集·日记》页 1105。

④ 曾国藩《谕纪泽纪鸿》，《曾国藩全集·家书》页 1204。

⑤ 《曾国藩全集·日记》页 661。

⑥ 曾国藩《谕纪泽》，《曾国藩全集·家书》页 1332—1333。

⑦ 同上书，页 849。

怀淡泊，所以他说："陶之五古，杜之七律，陆之七绝，以为人生具此高淡襟怀，虽南面王不易其乐也。"①

第二节　解体期间的诸家诸派

唐诗学发展至晚清，一统天下的格局早已一去不复返，呈现出多样化的研究态势。既有以王闿运为首的汉魏六朝诗派，也有以樊增祥、易顺鼎为代表的中晚唐诗派，另有以调和唐宋而自开一路的张之洞和坚持儒家诗教评判唐诗的李慈铭。各家唐诗观的分流提供了古典唐诗学走向解体的现实图景，而分流中的杂色并陈，则又为这最后阶段的唐诗研究，增添了斑斓的色彩。

王闿运的唐诗研究

王闿运自标"湘中五子"，为近代汉魏六朝诗派的领袖。有《湘绮楼诗文集》、《湘绮楼说诗》等传世。王闿运论诗主复古，尤以宗尚汉魏六朝诗最为突出。自陈子昂出，挟风雷之气，荡涤六朝诗风的绮靡浮华之弊，后虽间或有人如杨慎、张溥、陈祚明等研究、编选汉魏六朝诗，但与对唐宋诗研究的繁盛态势相较，这段诗歌的研究显得冷清萧条。时至王闿运，重又掇拾汉魏六朝诗风而形成颇具声势的诗学流派。王闿运的唐诗研究主要体现在两个方面，一方面是理论的研究，另一方面是他编选的《唐诗选》。

王闿运论诗倡言法古，他在《湘绮楼说诗》卷七中说："古人之诗，尽善尽美矣。典型不远，又何加焉？"但是王氏看重的是汉魏六朝诗，而贬低汉魏六朝以后的诗，认为宋诗不如唐诗，唐诗不如汉魏六朝。他

---

① 曾国藩《谕纪泽》，《曾国藩全集·家书》页1333。

说："诗法备于魏晋，宋齐但扩充之，陈隋则开新派矣"；"唐以前诗，不能伪为，宋以后诗，大都易似。"所以王氏的"复古"主要是提倡恢复汉魏六朝诗的风貌，并将学诗的门径确立为六朝五言诗，"先工五言"，否则"章法不密，开合不灵，以体近于俗，先难入古，不知五言用笔法，则歌行全无步武"。王氏且着重指出唐无五言诗："唐人不能五言。杜子美无论矣，所称陈子昂、张子寿、李太白，才刘公干之一体耳，何足言五言之妙？故曰：唐无五言。学五言者，汉魏晋宋尽之。"（均见《论诗示黄缪》）王闿运力图摆脱分唐划宋的界域，以汉魏六朝五言诗体为学诗正宗，鼓吹五言至上，这是他的复古思想的特点。但不论是崇汉魏、宗唐抑或尊宋，拟古本质并没无二致，只是取法对象略有不同而已。王氏论诗也不全然限于拟古，《诗法一首示黄生》中说到要："尽法古人之美，一一而仿之，熔铸而出之。"对于别创一格的唐代诗人他也常加赞赏，如称许卢全《月蚀》、刘叉《冰柱》"皆滥觞乐府，运以时事，自成格调"（《湘绮楼论唐诗》），赞扬杜甫歌行在继承鲍照、庾信诗风的同时又能"辟绝靡俗"，"放笔骋气"（同上）。但他把创新的立足点归之于——模仿，终究脱不了拟古的习气。

对于唐诗，王闿运评价不低，甚至高估为"百代不及"，但又始终是以汉魏六朝诗作为衡定的标尺，所以，他将唐诗渊源推原于汉魏六朝，认为唐诗是在汉魏六朝诗的基础上的进一步开拓与发展。他在《诗法一首示黄生》中说陈子昂、张九龄"融合苏、李"，说李、杜、王、孟、储、高、岑等人的歌行"突过六朝，直接二曹"；于《论唐诗诸家源流》评张若虚的《春江花月夜》直用"《西洲》格调，孤篇横绝，竟为大家"；白居易歌行"纯似弹词，《焦仲卿诗》所滥觞也"；赞赏杜甫的七古歌行"自称鲍庾，加以时事，大作波涛，咫尺万里"；指出韦应物《郡斋忆山中》诗"淡远浅妙，亦从陶出"等，一一拿来同汉魏六朝传统对上了号。尽管如此，他对唐代七言歌行的突出成就和创新价值却不能不给予肯认。在《论作诗门径》中，他认为歌行"法备于唐，无美不臻，各极其诣"。《论唐诗诸家源流》也认为："歌行律体，是其擅场。"他的《为陈完夫论七言歌行》一文，论及唐代七言歌行的源流发展及各个时期的代表诗人，如同一部完整的七言歌行发展史，其识见可谓独出。他说，七言歌行"至唐而大盛"，初唐"犹沿六朝，多游观闺情之作"，至高适、岑参、王维在诗歌题材和表现手法方面加以开拓，以"赠答送别"为题，采用"拈一物一事为兴，篇末乃致其意"的手法，到李白、杜甫、韩愈更是扩而衍之，以叙情、议论入诗，形成"取妍钩奇"的诗风，并衍及宋代的苏轼和黄庭坚，元稹、白居易又融入"讽谏"之意，张籍、王建则以"述民风"加以阐扬，而卢仝、李贺等"去韩之粗犷，而加恢诡"，郑嵎、陆龟蒙等"木讷纤俗"，"兼诸家之长，而无其短"的李颀和具有"小而雅"又自成一派的元结，更将七言歌行体发展至极致。在《论作诗门径》中，他又逐一阐述擅长此体的代表作家及其独具的诗歌风格。对于唐诗其他体裁，王氏也曾加以品评和赞赏，如《湘绮楼说诗》卷一论及唐代的七言绝句："七言绝句，和乐皆五句，盖仿于《淋池》招商，其平仄相间，唯作者四句始于汤惠休《秋思引》。自是以后，盛于唐代，有美必臻，别为一体。然其调哀急，唯宜筝笛，《大雅》弗尚也。而工之至难，一字未安，全章皆顿。"

　　王闿运诗论的核心是"诗缘情而绮靡"[1]，讲求诗歌的情性和藻采。《论诗示黄镠》认为"诗与诸文不同，必求动人者"，《论诗法答唐凤廷问》又云"古之诗以正得失，今之诗以养性情"。从诗主性情的角度出发，王氏对那种抒写情韵之作评价较高。他认为杜甫之所以成为大家，是因为"咏景物多，恰近人情，故流俗喜传之"[2]，不管所论是否切理，确实反映了王氏论诗主情的观点。但王氏认为对情感的表达，不能毫无节制，一泻无余，而应有所控驭。所以，其《论诗文体式》主张"情不可放，言不可肆，婉而多思，寓情于文"，《论作诗之法》称"持其志，无暴其气；掩其情，无露其词"。所谓"治情"，用王闿运的话来说，就

---

① 王闿运《论诗文体式》，《湘绮楼诗文集》页 544，岳麓书社 1986 年版。
② 王闿运《论诗示黄镠》，同上书页 2274。

是"以词掩意,托物起兴,使吾志曲隐而自达"①。这实际上是以汉魏六朝诗的作风来规范诗歌,由此他对唐人放情直抒胸臆之作颇为不满,在《诗法一首示黄生》中指出:"直书己意,始于唐人,宋贤继之,遂成倾泻。"《论诗文体式》中论及唐代歌行时也说:"唐人好变,以骚为雅,直指时事,多在歌行,览之无余。"在李杜比较问题上,他在《湘绮老人论诗册子》中指出:"李犹有词藻,杜乃纯露筋骨,故非正格。"并对以议论擅长的韩愈和平易浅近著称的白居易大加贬抑,指斥韩愈诗为"村翁",且又"入议论矣! 苦无才思,不足运动"②;而"元白歌行全是弹词"③,批评白居易的五言诗"纯用白描,近于高彪、应璩,令人厌"④,"韩、白不达,放弛其词"⑤。

《唐诗选》,又名《王闿运手批唐诗选》,为晚清著名的唐诗选本。共十三卷,录唐代诗人 609 人,计 2811 首诗,依体编排。其中五古二卷,收诗 494 首,涉及作者 91 人,以李、杜为多;五律三卷,收诗 707 首,涉及作者 140 人,选杜甫最多;杂五言一卷,收诗 263 首,涉及作者 86 人,亦选杜甫最多;七言歌行五卷,收诗 517 首,作者 99 人,李颀、李白、杜甫、李贺、元稹五人各为每小卷选数之冠;七律一卷,诗 256 首,作者 74 人,选杜甫、李商隐最多;七绝一卷,诗 574 首,作者 119 人,以王昌龄和刘禹锡为多。末尾又附宫词、游仙诗一卷,收王涯宫词、王建宫词和曹唐游仙诗。

总体说来,王氏所选之诗,大多是人们喜爱而又熟悉的名篇。初、盛、中、晚皆有选录,初唐"四杰"、沈佺期、宋之问、陈子昂、张九龄,盛唐李白、杜甫、王维、孟浩然、高适、岑参、王昌龄,中唐刘长卿、韦应物、韩愈、柳宗元、刘禹锡、白居易,晚唐杜牧、许浑、姚

---

① 王闿运《论诗文体式》,《湘绮楼诗文集》页 544,岳麓书社 1986 年版。
② 王闿运《论七言歌行流品》,同上书页 537。
③ 同上。
④ 王闿运《论唐诗诸家源流》,同上书页 534。
⑤ 王闿运《论诗文体式》,同上书页 544。

合、贾岛、李商隐、皮日休、陆龟蒙，可见选诗门径较宽。在所涉及诗人中，杜甫选诗最多，共 270 首；李白次之，144 首；再次为王维 130 首。以下刘长卿 88 首，王昌龄 72 首，李商隐 65 首，刘禹锡 59 首，岑参 58 首，李贺 53 首，储光羲 50 首，孟浩然 49 首，高适、白居易各 48 首，韩愈 40 首，钱起 38 首，柳宗元 25 首，韦应物 21 首。从以上统计数字可以看出，王闿运比较重视盛唐诗，李、杜以外，盛唐田园山水诗派的王维、孟浩然、储光羲，边塞诗派的高适、岑参、王昌龄都是选诗较多的诗人。格调高雅、风骨遒劲者固为其所重，而偏精独造者也不为之所弃，如晚唐诗人许浑，选入诗作就有 25 首。我们还可发现另一个有趣的现象，即是王氏对山水田园诗派的偏嗜和对冲和淡远诗风的喜爱，王维、孟浩然、储光羲、刘长卿、钱起、柳宗元、韦应物、许浑等众家诗人及其诗作的选入和占据一定比重，可见其审美趣味之一斑。书中有批语、圈点，所评简要精审。另王闿运《湘绮楼说诗》六卷，对该选诸诗亦多有论述。有清光绪二年（1876）和十二年成都尊经书院刻本，皆作六卷；宣统三年（1911）长沙东州刻本，始增订为十三卷。1989 年上海古籍出版社据手批宣统本影印，题《王闿运手批唐诗选》，并附王氏所编《湘绮楼词选》。

张之洞的唐宋调和论

近人胡先骕于《读张文襄广雅堂诗》中曾赞誉张之洞道："以诗领袖群英，颉颃湖湘、江西两派之首领王壬秋、陈伯严，而别开雍容雅缓之格局，此所以难能而足称也。"张之洞在晚清诸家中，别树一帜，不仅厌恶六朝诗派，也不满陈三立等人学黄庭坚为首的江西派，作诗且有"忌多用宋以后事、宋以后语"之戒。他在《过芜湖吊袁沤竹篴》道："江西魔派不堪吟，北宋清奇是雅音"，对江西诗派予以攻击；《摩围阁》于黄庭坚加以驳难："黄诗多槎牙，吐语无平直。三反信难晓，读之鲠胸臆。"而对宗奉宋诗的"同光体"诗派訾议甚多。

作为清廷重臣的张之洞，自幼深受儒家思想的熏染，济时匡世之志萦绕于心，主张作诗当"扶持世教，利国利民"（《輶轩语》）。在诗学理论方面，张之洞以为"不惟制议，即诗古文辞"，也宜"清真雅正"（同上）。唐诗历来被师古者视为"雅音正声"，明代高棅在《唐诗品汇》中说道："诗自《三百篇》以降，汉魏质过于文，六朝华浮于实，得二者之中，备风人之体，惟唐诗为然。"张之洞的诗学旨趣多与之相通相合。在对唐代诸位诗家的评骘上，张之洞最为看重的是李、杜、韩、白四家，认为他们是"诗之名家，最烜赫者。"（同上）而于这四家中尤为欣赏他们诗歌中载道忧国、"救济人病，裨补时阙"的一面。其组诗《忆蜀游》中《浣花溪》、《杜工部祠》论杜甫云："文章小技胡能尔，颠倒百代笼三唐。此老落笔与众异，忧国爱主出肝肠。""少乞残杯道已孤，老官检校亦穷途。荣名敢望李供奉，晚遇难齐高达夫。凭仗诗篇垂宇宙，发挥忠爱在江湖。堂堂仆射三持节，那识流传借腐儒。"杜甫诗作中那种忠君爱主、忧国忧民的情怀特别受其推重。张之洞与白居易更是声气相通，他往往被白诗中讽刺时政、关心民病的思想内容感动不已，每每假其诗以浇胸中之块垒。"吾闻白太傅，华声讽乐工。"（《连珠诗》）并情不自禁地与之相唱和："诚感人心心乃归，君民末世自乖离。岂知人感天方感，泪洒香山讽喻诗。"（《读白乐天以心感人人心归乐府句》）他在《读史绝句》中赞白诗"海国题诼见忧思，泪搅天吴悔已迟。亦有刑天精卫句，千秋独诵白家诗。"在诗歌创作中更是身体力行，以白诗为诗学楷模，胡先骕就认为张之洞之《广雅堂诗》脱胎于白氏长庆体。关于韩愈之诗，历来尊奉者或赏其"奇诡"，或赞其"以文为诗"，或慕其"善押险韵"，往往多着眼于形式创新的一面，而张之洞大异其趣。其《连珠诗》论韩愈云："惟有功德言，光景悬云霄。吾闻韩昌黎，载道规唐尧。"赞赏韩愈诗歌中"载道规唐尧"的思想内容，与其所宗奉的经世致用的学风相一致。也正是由于张之洞崇尚"清真雅正"的诗风，所以对于以险怪和苦涩著称的李贺与贾岛之诗并不欣赏，他在《輶轩语》中说："李昌谷诗乃零句凑合者，见之本传，贾长江诗乃散联足成者，见之唐诗纪事。……其险怪不平易，苦涩不条达，正其才短，非其格高也。"

中国学术史上，重视考据训诂的汉学与注重性命义理的宋学一直是壁垒森严，此消彼长。降及张之洞生活的晚清，西学东渐，社会发生巨大变革，许多读书士子为力挽狂澜于既倒的国势，纷纷主张消融门户之见，而作为倡举以"汉学为本"（《輶轩语》）的张之洞，同时兼主宋学，其兼综汉、宋的学术理念，施之于诗学领域，便体现出一种融通的诗学观。他师法唐诗，但并不独尊，对于宋诗亦不加贬抑，他认为"宋之苏、黄、陆"与"唐之李、杜、韩、白"均是"诗之名家，最烜赫者。"（同上）事实上张之洞是想走一条会通唐宋的诗学之路，他认为诗只有"理"、"情"、"事"三者俱备，"乃能有味；诗至有味乃能臻极品。"（同上）而这"理"、"情"、"事"正概括了唐宋诗所具备的特征。张之洞指出作诗之大忌在于"理"、"情"、"事"三者俱无，正可作为他兼取唐宋诗之长的观点的补充和具体要求。

张之洞在《赠蕲水范昌棣》云："平生诗才尤殊绝，能将宋意入唐格。""宋意入唐格"乃是张之洞孜孜以求的最为理想的诗歌境界。所谓"宋意"，就是指诗歌中所包涵的忧愤深广、感慨时政等广阔的社会内容；所谓"唐格"，是指诗歌合乎政教，讲求雅音正声、亲切平易的格调。"宋意入唐格"，就是议论与情韵、藻采与骨力的浑成统一，这样才能称得上"诗才殊绝"。在晚清诗坛被"同光体"诗风所笼罩的诗学背景下，这种调和唐宋而自成一体的主张，其独辟蹊径的用意是明显的。然而细绎之，不难发现张之洞的"宋意唐格"（或称"宋骨唐面"）之论，根底上仍只能在唐宋诗的传统里打圈子，难以肩负时代开新的使命，是不言而喻的。

樊增祥、易顺鼎与中晚唐诗派

中晚唐诗派是近代的一个诗歌流派，他们师法白居易、温庭筠、李商隐、韩偓等中晚唐诗人，其代表作家是樊增祥、易顺鼎、李希圣。

晚唐体的名称最早可上溯至宋代，宋初即有"晚唐体"之称，方回《唐三体诗序》则谓："近世永嘉叶正则水心，倡为晚唐体之说，于是四灵诗江湖宗之，而宋亦晚矣。"这里所说的晚唐体，专指姚合、贾岛一派的诗风。而严羽《沧浪诗话》以时论诗，列有晚唐体，高棅的《唐诗品汇》将唐诗分为初、盛、中、晚四个时期，均指整个晚唐时期的诗风，其意义更为宽泛。清末中晚唐诗派所师法的晚唐诗风当指后一种。中晚唐诗派论诗，实际上并不限于取法中晚唐，樊增祥《与笏卿论诗长歌》谓："取之杜苏根底坚，取之白陆户庭宽，取之温李藻思繁，取之黄陈奥突穿。"并于《樊山诗集自序》自述早年所诵诗，"自太白、香山、放翁、青丘而外，惟袁、蒋、赵三家"，故"积诗数百首，大半《小仓》、《瓯北》体，自余则香奁诗也"。其《冬夜过竹簃待强讲诗有述》云："独厌耳食界唐宋，唐固可贵宋亦尊。"樊氏认为无论是唐宋诸家，还是明清诗歌，皆有独到之处，诸家均有可取之处。而易顺鼎除瓣香中晚唐诗人外，更是转益多师，上溯至魏晋："为大小谢，为长庆体，为皮、陆，为李贺，为卢仝"，只是"风流自赏，近于温、李者居多"[1]；"学谢、学杜、学韩、学元、白，无所不学，无所不似，而以学晚唐者为佳"[2]。易顺鼎《春兴》诗则自言"诗骨僧时疑瘦岛，文心仙处爱蒙庄。"可见易氏对庄子以及贾岛、李贺、李商隐等诗家的爱慕和倾心。而另一位中晚唐诗论家李希圣，论诗取径同樊增祥、易顺鼎一样，将诗学视野扩衍，他的《论诗绝句四十首》兼评汉魏六朝至清代的诗人，如评阮籍："感慨无端托兴深，咏怀谁识阮公心。"评陈子昂："高蹈三唐首拾遗，王杨蝉噪等陈隋。"评白居易："讽喻篇篇近正声，秦中吟诋杜君卿。"

关于中晚唐诗派的研究，清初便有冯班、吴乔、贺裳一反明人推尊

---

① 陈衍《近代诗钞述评》，钱仲联编校《陈衍诗论合集》页897，福建人民出版社1999年版。
② 陈衍《石遗室诗话》卷一，同上书页14。

盛唐的诗风，倡扬温李一派；至清中叶，李怀民重订《中晚唐诗主客图说》，重新标举以贾岛、张籍为代表的中晚唐诗风。而在解体期间的众多诗家中，中晚唐诗家接续前贤，再度将诗学接受的视野瞩目于中晚唐，但他们继承多于创新，并未能在诗学宗趣上有所拓展。

李慈铭的唐诗观

被蔡元培先生称为"中国旧文学的殿军"的李慈铭，以诗文名于时，一生耽于学术，著作颇丰，他的《越缦堂日记》、《越缦堂读书记》、《越缦堂诗话》集中体现了他的唐诗观。

李慈铭论诗恪守儒家诗教传统，他在《越缦堂日记补》中说："盖温柔敦厚，诗教也，发扬阴私，已非诗旨，况涉闺阃而君父者？唐人于杨妃事尤喜道之，毒讽丑诋，必至无加可而快，是固沿六季衰乱之习，人不知纲常为何事，此发明义理之功，不得不归之宋儒也。"据此，他既不满抛却汉儒温柔敦厚之风而追求浮华奢靡的六朝诗风，也不满写过"薛王沈醉寿王醒"的晚唐诗人李商隐，视之为名教罪人。对于杜甫，他也是取其承继风骚之旨、宣扬忠爱之义，《越缦堂诗话》说："七律取骨于杜，所以导扬忠爱，结正风骚。而趣悟所昭，体会所及，上自东川、摩诘，下至公安、松园，皆微妙可参，取材不废。"据《越缦堂日记》所载，董文涣题其诗，道其"初学温、李，继窥沈、宋"，李慈铭却予以反驳："予平生实未尝读此四家诗也。予二十年前，已薄视淫靡丽制，惟谓此事当以魄力气体，补其性情，幽远清澂，传其哀乐。又必本之以经籍，密之以律法，不名一家，不专一代。疵其浮缛，二陆、三潘，亦所弃也；赏其情悟，梅村、樊榭，亦所取也。"李慈铭确乎是尊唐派诗人中少有的薄视沈、宋、温、李的诗人。

樊增祥《杏花香雪斋诗序》曾载及李与之语曰："今作者虽多，皆仅有其一体，倘杂试十题，鲜不缩手噤口者。若夫精深华妙，八面受敌，而为大家，则吾与子未敢多让。"这段话可谓李慈铭诗学思想的总纲，主张博采众长，八面受敌。《越缦堂诗话》更为明确提出"为诗之道，必不能专一家，限一代"。提倡在广泛师法历代众多诗家的基础上，择善而取，而不必拘囿于时代与家数，当应"驰骤百家，变动万态"，岂可"域之一二人，赏之一二字"，以此束缚自己的艺术识见！其《白华绛跗阁诗初集自序》称"所致力莫如杜诗"，实际上，他不仅仅醉心杜诗，且兼取宋人，推扬元诗，体现了一种较为广阔的艺术胸襟。他在《越缦堂诗话》中按各种诗歌体裁，举出擅长该体的诗人，这些诗人从汉魏、六朝、唐宋至明清各代皆有，并无一般诗家尊唐抑宋与扬六朝贬明清的偏颇。他在《越缦堂诗话》中标举盛唐，自认为"颇描摹萧《选》、盛唐"，但对中晚唐诗歌也不排斥，认为相对宋诗而言仍是胜之以"雅"。《郇学斋日记》又指出北宋名家也尚有"纯实之气"、"蕴藉之度"，其中不乏名作堪"逼唐人"者。至于元诗，他在《越缦堂日记》中指出实"优于南宋"，其"空灵超妙"者，"东坡亦当低首"，惟苦"气格靡耳"。

消除了诗家门户壁垒的局限，李慈铭对于摹古拟古的弊端认识得更为真切，《越缦堂诗话》云："凡规规摹拟者，必才力薄弱，中无真诣"，因此，他主张作诗"当汰其繁芜，取其深蕴，随物赋形，悉为我有"，且自成一家。因之，李慈铭对于诗歌发展过程中出现的"新变"现象给予了肯定，《越缦堂日记补》道："乐府自太白创新意以变古调，少陵更变为新乐府，于是并亡其题。香山从而和之，明乎得失之迹，咏叹讽喻，令人观感。"肯定了李白、杜甫和白居易在开创新乐府过程中的创新作用，使得这一古老的诗歌样式重新具有现实意义。

在解体期间的诸家中，李慈铭作为恪遵儒家诗教的正统诗人，坚持以儒家诗教品评唐代诗人，眼光不免狭隘，但他的不拘家数，不守门户，广采博纳的艺术作风，又昭示了较为宏通的诗学取向。这样一种折中的立场在管世铭、潘德舆、朱庭珍诸人身上均有不同程度的反映，亦成为古典唐诗学蜕变期的典型表现。

第三节 几种代表性的唐诗选本与诗话

选本和诗话作为两种重要的诗学批评方式，在晚清依然承担起唐诗学研究的重任。现撮其要，略作介绍。

《读雪山房唐诗钞》及其他选本

《读雪山房唐诗钞》，管世铭编。三十四卷，存三十卷，录诗 3900 余首，依体分编。其中五古七卷，七古六卷，五律二卷，七律二卷，五言排律五卷，五绝二卷，七绝六卷。无评点、笺注，有诗人小传，每一诗体前更著有"凡例"，述其源流升降之大势以及每一诗体的概况、代表作家和作品，多发前人所未发。书前尚有金武祥、洪亮吉、赵怀玉序和管氏自序。关于选诗的缘起，管氏序称有惩于"古今诗体莫备于唐，而迄无善本"，有些集子如《全唐诗》、《河岳英灵集》、《箧中集》等或"卷帙浩繁"或"限于时代"，或"域于方域"，或"泛滥丛杂"，或"操一律以绳之"，读者"终莫能窥其大全"，因而遍览诸家专集和唐诗选本，于乾隆四十年（1775）在徐倬《全唐诗录》基础上编成。其编纂的体例是"不标初、盛、中、晚之名，不设正法眼藏、声闻、辟支之见，反复玩诵，必有得于心而后取之"。"又仿王士祯《古诗选》及删定洪迈《唐人万首绝句》之例，取源流大旨及其所得，著为凡例，分冠于诸体目录之前而尽略其圈点评释，使读者各以其意求之。"

作者编选各体皆以时代先后为序，有的诗体于结尾处还有评论，概述其发展演变以及于此诗体中富有成就的诗人。如评七古"整齐于高、岑、王、李，飘洒于太白，沉雄于少陵，崛强于昌黎，盖犹七雄之并峙也。"七言律诗中最有成就的诗人当数杜甫，作者对其评价道："至工部而曲尽其变。盖昔人多以自在流行出之，作者独加以沉郁顿挫。其气盛，其言昌，格法、句法、字法、章法，无美不备，无奇不臻，横绝古今，莫能两人。"管氏论唐诗，标扬诗歌风格的创新立异："一人作一面目，王、李、高、岑、太白所能也。一篇出一面目，王、李、高、岑、太白所不能也。"肯定杜工部"七言古诗，随物赋形，因题立制"；赞赏韩、孟"戛戛独造"；推许陈子昂："初唐五言，尚沿排偶之迹。陈拾遗翩然脱去，直接西京。"评价李贺："不屑作一常语，奇处直欲突过昌黎，不善学之，得其晦昧格塞，则堕入恶道矣。"而对于"乐府古词，陈陈相因，易于取厌"则颇有微辞。其形象生动的评论唐诗风格的方法颇具特色。如谓"杜工部七言古诗，随物赋形，因题立制，如怒猊抉石，如香象渡河，如秋隼抟空，如春鲸跋浪，如洞庭张乐，鱼龙出听，如昆阳济师，瓴甓皆震，如太原公子，褐裘高步而来，如许下狂生，蹀躞掺挝而至。"（均见《凡例》）极言杜诗纵横驰骋，气势磅礴，挥洒自如，博大雄健。

总的看来，《读雪山房唐诗钞》选诗门径较宽，对唐诗的各种体裁均有选录，洪亮吉称其论唐诗："于古体则高、岑、李、杜、韩、白、钱、刘、韦、柳而外，尤醉心次山；近体则初唐五家，天宝数公，大历十子之外，以玉溪为中兴，致尧为后劲"，而且不墨守四唐界划，对各期有代表性的诗作一概收入，务求"一人有一人之面目，一人有一人之性情"（洪亮吉序），目的是"备一代之大观，该三百年之正变"（自序）。近人邵裴子《唐绝句选·例言》亦对其推举备至，并概括其特色道："其备具各体而篇什较富者，则管世铭之《读雪山房唐诗钞》也。至王闿运之《唐诗选》，则专主一种面目，以征六朝作风至唐未革，以赓续其《八代诗选》，固不足以概唐诗之选也。王、管二家例言持论皆精，管且后来居上。"有嘉庆十四年（1809）刻本和光绪十二年（1886）湖北官书处重刻本。另有清金武祥从中摘出三篇序文并各体凡例，合成《读雪山房唐诗序例》一卷，辑入《粟香室丛书》，于光绪年间刊行。

《唐四家诗集》，为清胡凤丹所辑，专取王维、孟浩然、韦应物、柳宗元四家诗合刻。共二十卷，其中《王辋川集》四卷，《孟襄阳集》二卷，《韦苏州集》十卷，《柳柳州集》四卷，附采辑历朝诗话一卷及辨伪考异四卷（人各一卷）。此书以《全唐诗》所录四家诗为底本，校以各种专集、选本，虽无评点、笺注，却汇集了前人有关评论。书前有胡氏自撰的《唐四家诗集序》，针对人们尊崇李杜的偏嗜，表明旨在以专选四家诗来倡扬一种平和淡远之风。虽然这四位诗人生平、出处虽不尽相侔，但其"胸襟浩落、萧然出尘，则遥遥百余年间，前后若合符节"；而"王则以清奇胜，柳则以清俊胜，韦则以清拔胜，孟则以清远胜"，四人又各具优长，故提醒读者"毋徒炫李、杜之名而忽视夫四子也"。此选本是继汪立名《唐四家诗》后，又一标举王、孟诗派诗风者。有清同治九年（1870）退补斋刊本和宣统三年（1911）石印本。

　　王维、孟浩然、韦应物、柳宗元四家，艺术审美趣味、审美风格和诗歌取材等方面皆有诸多近似之处，不过，王、孟、韦、柳四家的合称有一个形成的过程。晚唐司空图在《与李生论诗书》和《与王驾评诗书》中说："王右丞、韦苏州澄淡精致，格在其中"、"趣味澄复，若清风之出岫"，最早将王韦并提。其后，宋人陈师道、张戒等从诗风渊源的视角进行追溯，陈师道《后山诗话》云："右丞、苏州，皆学于陶，王得其自在。"以王韦诗风导源于陶渊明诗。张戒《岁寒堂诗话》道："韦苏州诗，韵高而气清；王右丞诗，格老而味长。虽皆五言之宗匠，然互有得失，不无优劣。以标韵观之，右丞远不逮苏州。至于词不迫切，而味甚长，虽苏州亦所不及也。"谓王维和韦应物各具优长，难分高下，这便引发了人们分别对王孟、韦孟、韦柳等进行探讨，论其特色，较其长短，为四家的综合研究做了前期准备。宋人许颉《彦周诗话》则并论王孟，认为李杜之下，"当为第一"。而明代李东阳在《麓堂诗话》中却比较其短长："唐诗李、杜之外，孟浩然、王摩诘足称大家。王诗丰缛而不华靡，孟却专心古淡，而悠远深厚，自无寒俭枯瘠之病。由此言之，则孟为尤胜。"称许孟优于王。王世贞《艺苑卮言》说："摩诘才胜孟襄阳，由工入微，不犯痕迹，所以为佳。"赞扬王高于孟。乔亿《剑溪说诗》则云："王、孟齐名，李西涯谓王不及孟，竟陵及新城先生谓孟不及王。愚谓以疏古论孟为胜，以澄汰论王为胜，二家未易轩轻。"关于韦孟的并论,最早为刘辰翁在《孟浩然诗集跋》中提及:"韦应物居官自愧,闷闷有恤人之心。其诗如深山采药,饮泉坐实,日宴忘归。孟浩然如访梅问柳,偏入幽寺。二人趣意相似,然入处不同。韦诗润者如石;孟诗如雪,虽淡无彩色,不免有轻盈之意。"刘氏从两人出处不同,分析两人诗风的差别,但略带褒贬之意。另韦柳合称,最早为苏轼所论及,其《书黄子思诗集后》论道:"李、杜之后,诗人继作,虽间有远韵,而才不逮意。独韦应物、柳宗元发纤秾于简古,寄至味于澹泊,非余子所及也。"其激赏之意溢于言表。又于《东坡题跋·评韩柳诗》中较短论长:"柳子厚诗在陶渊明下,韦苏州上。"开柳胜于韦论之先。而方回《瀛奎律髓》说:"世言韦、柳,韦诗淡而缓,柳诗峭而劲。"并不较长论短;明王世贞《艺苑卮言》则云:"韦左司平淡和雅,为元和之冠"、"柳柳州刻削虽工,去之稍远;近体卑凡,尤不足道。"清王士祯《带经堂诗话》亦曰:"韦诗在陶彭泽下,柳柳州上。"又云:"风怀澄淡推韦柳,佳句多从五字求。解识无声弦指妙,柳州哪得并苏州?"此为韦胜于柳论。

通过历代对王孟、王韦、韦柳、韦孟的不断探讨,人们已逐渐认识到四家艺术所具有的共同特点:他们深受陶谢诗歌的影响,长于五言,擅写山水田园诗歌,均为唐代山水诗人的代表,他们诗歌中均有冲和淡远、清新灵动的一面。四人合称最早可追溯到张戒,他在《岁寒堂诗话》中说:"李义山、刘梦得、杜牧之三人,笔力不相上下,大抵工律诗而不工古诗,七言尤工,五言微弱,虽有佳句,然不能如韦、柳、王、孟之高致也。"在此基础上,明初张以宁进一步申论,其《黄子肃诗序》曰:"后乎《三百篇》,莫高于陶,莫盛于李、杜。……陶之继,则韦、孟、王、柳之得意者,精绝超诣,趣与景会,多出于兴,然与《风》、《雅》概有悟。"至此,四家之诗作为一种诗学流派日益为人们所注目。清初汪立名鉴于明七子推崇盛唐格调的偏颇,编选《唐四家诗》将人们关注的视线转移到清幽恬适的诗风。随其后,王士祯对于"以清远兼之"、"妙在神韵"著称的"四家"诗风,推崇备至。而沈德潜为陈明善《唐八家诗抄》序指出："王右丞之超禅入妙，孟襄阳之清远闲放，韦左司之冲和自然，柳柳州之清峭俊洁，皆宗陶，而各得其性之所近。"王、孟、韦、柳四家各呈异彩，难分高下。

提到"四家诗"的称谓，还应注意明清两朝的差异。明人所选唐四家诗主要以王维、孟浩然、高适、岑参四家为主，反映了明人宗主盛唐格调；而清人始注重王孟韦柳的合刻，旨在倡扬恬淡清远的诗风，反映了清代不独尊盛唐的唐诗观。

《唐诗正声》，马允刚编，共四十七卷，录唐代 227 家诗 13100 余首，不以诗体，而以人系诗，大致按时代先后编次，仍标初、盛、中、晚，每人之诗再按古近各体编排，且各体兼录，所取甚为广泛。关于选诗宗旨，编者对各持己见、泛漫无归的现状表示不满，赞扬张戒《岁寒堂诗话》持论最正，合乎"《三百篇》之旨"，而"此集以正声名，所选自当一归于正"，故多着眼于"其言之有关于人心风俗"者（见《唐诗正声自序》）之作，对"体涉游戏，词涉淫靡，语涉不敬"之诗一律不取，即以"李长吉之诡怪离奇，孟东野之质言俚语，贾浪仙之刻苦瘦削"亦加删弃，"以防失圣人诗以教人之本旨也"（《唐诗正声·凡例》），其取舍标准不免狭隘。不过此书选录数量较为丰富，选诗以"初盛为宗，中晚为辅"（陆耀遹《唐诗正声序》），将李、杜、韩、白四家，别为一集。马氏道："杜子美为诗中之圣，能得《三百篇》之遗意，上接《离骚》，非唐人诸贤所可比肩，故独抄之。李太白笔有仙气，意稍空浮，今将言诗言酒言仙，意无指实，而太离奇者删若干首，其长篇大作，与杜相抗衡者，亦独抄之。韩文公诗少，而笔大气厚韵高，有古雅颂之遗，更不当与诸贤相杂，亦独抄之。白香山虽老妪可解，而博大，其长篇巨制，有关雅正者亦多，自非中晚人所及。"（《唐诗正声·凡例》）事实上，马允纲比较关注的是李、杜、韩、白诗中的雅颂之意。同时，他对中唐诗歌甚为关注，选录元和以下诗篇竟达一半以上；而于各体备具的前提下尤为推崇古体，选诗也多，符合其选诗宗趣。诗人名下均附小传，不少诗后有跋语，略加论析，论世知人，评论其风格特点，常有精到语。如卷二十一评李益云："李益在大历、贞元中，崎岖边塞，故其风骨爽健，犹有初、盛气味，七绝有遗韵，稍似王龙标。"有清嘉庆二十一年（1816）耘经堂刻本。

《养一斋诗话》、《筱园诗话》、《诗概》等

《养一斋诗话》，潘德舆著。徐宝善为之序，盛赞此书"以《三百篇》为根本，以孔门之言诗为准则，扬扢列代至胜国而止，近世门户声气之习，锄而去之，可谓公矣。"序语基本概括了潘氏此书的宗旨和其诗论的主要内容。潘氏论诗，坚持以儒家"温柔敦厚、兴观群怨"的诗教为根本，不"惧人笑其迂"，把"言志"、"无邪"作为诗之"权度"，目的在于发挥诗教的社会功用，以挽回世运和补救时弊。他特别重视白居易关于诗歌干预时政的诗学思想，《养一斋诗话》卷十说："香山《读张籍古乐府》云：'为诗意如何？六义互铺陈。风雅比兴外，未尝著空文。上可裨教化，舒之济万民。下可理性情，卷之善一身。言者志之苗，行者文之根。所以读君诗，亦知君为人。'数语可作诗学圭臬。予欲取之以为历代诗人总序，合乎此则为诗，不合乎此则虽思致精刻，词语隽妙。采色陆离，声调和美，均不足以为诗也。"白居易论诗重"美刺"，潘氏亦然，他引葛稚川"古诗刺过失，故有益而贵；今诗纯虚誉，故有损而贱"之语，许之为"剀切之论"，进而指斥道："纯虚誉者，独不可耻乎？"因之，他推崇白居易乐府"讽喻痛切，可以动百世之人心，虽孔子复出删诗亦不能废"。他还在《养一斋诗话》卷七论及："王渔洋谓小杜'至竟息亡缘底事，可怜金谷坠楼人'，不如摩诘'看花满眼泪，不共楚王言'，不著议论之高。"并指出："摩诘平日诗品，原在牧之上。然此题目以有关风教为主。杜大义责之，词色凛凛，真西山谓牧之《息妫》作，能订千古是非，信然。"渔洋以"神韵"说为论诗标准，王维《息夫人》写得含蓄蕴藉，故扬王抑杜；潘德舆则以"风教"作为衡诗的准绳，杜牧之《息妫》词色凛凛，故潘氏以为高出于王。由于重视诗

歌的社会功用，即便是杜甫之"应酬之作"，他也加以指摘，谓其"既无精义而健羡荣华，悲嗟叹老，篇篇一律"不足为训。

潘氏论诗非常注重人格品德的锤炼和艺术修养的砥砺，以为这样才能写出诗意深厚、"诗境质实"的诗歌来，才能发挥诗歌"厚风俗，美教化"的社会功能。因此，他特别赞赏品格胸襟高尚的诗人，如曹植"人品甚正，志向甚远"（《养一斋诗话》卷二），杜甫的诗因具有志士仁人之节更为其所赞扬，而陈子昂则因"谄武曌而上书请立武氏九庙"被斥为"小人之诗"（同上，卷一），这里也反映了他的正统观念。

潘氏论诗推尊盛唐，他的《养一斋诗话》的稿本《说诗慧语》卷二本有以盛唐为学诗"济渡处"一条，认为"诗之造诣至盛唐而始臻其备"，后刻本《诗话》删去①，但学盛唐的观点仍时时可见，极力推崇盛唐诗人李白、杜甫，并赞许王维、王昌龄。在盛唐诗人中，潘氏最为推挹的是李杜，《养一斋诗话》卷三声称"两汉以后，必求诗圣，得四人焉：子建如文、武，文质适中；陶公如夷、惠，独开风教；太白如伊、吕，气举一世；子美如周、孔，统括千秋。"由于潘氏提倡"文章贵独造"，遗弃古貌，自见新意，自成一家，他批评明人"大都钻仰唐人"，而有"形骸太似之病"（同上，卷四），并赞赏李白诗"直将汉魏六朝一气铸出，自成一家"（《李杜诗话》卷一）。

潘德舆不同于格调派的一味宗唐。他赞同性灵派诗人袁枚之论："唐、宋者，历代之国号，与诗无与；诗者，各人之性情，与唐宋无与"，以为"隽语解颐，一空部障。简斋诗可议，此论不可废也。"（《养一斋诗话》卷五）在肯定"学者大纲自宜宗唐"之后，他又指出："宋元两代亦何可薄？"他看到："唐诗大概主情，故多宽裕和动之音；宋诗大概主气，故多猛起奋末之音；元诗大概主词，故多狭成涤滥之音。元不逮宋，宋不逮唐，大彰明较著矣。"但宋元诗也未尝无可学之处："宋人如欧、苏、陈、陆，元人如虞、杨、范、揭，即置之唐人中，岂易多

---

① 孙静《从潘德舆的〈说诗慧语〉稿本到〈养一斋诗话〉》，《文史》第 13 辑。

得?"由此可见出潘氏融通的唐诗观。另外,潘氏还就唐诗高出宋元诗的原因作了说明:"且唐之高出宋、元者又有故。唐一代以诗取士,人好尽力其间,故名家独多,多则风尚所渐被者远,虽未成家数,不著姓氏者,往往有一二诗,足为绝调。宋、元校士,诗非所重,虽名家皆以余力为之,因此名家较少于唐,而不足成家者,更不待言。然则宋、元之逊于唐也,一以诗所主者不同,一以诗成名者较少故耳。"(以上均见《养一斋诗话》卷四)

《筱园诗话》(又称《穆清堂诗话》),朱庭珍著,集中反映了他的诗学理论。据作者自序,此书初成于"甲子",即同治三年(1864),同治七年(1868)又经修订曾益,至光绪三年(1877),再次重定,"删复补缺,修改字句",凡三易其稿而成。

朱氏论诗重视人之主观修养与时代变化发展对诗风变化的深刻影响。他说:"天分学力有浅深醇疵,风会时运有盛衰升降",所谓"天与人各主其半","力足以挽时趋,则人转移风气,其势逆以难,遂变而臻于上。力不足以挽时尚,则风气转移人,其势顺而易,遂变而趋于下。此理势之自然,亦天运之循环也。"(《筱园诗话》卷一)然而,诗歌发展仍有其兴衰递变的规律:"盖一代之诗,有盛必有衰,其始也由衰而返乎盛,盛极而衰即伏其中。于是能者又出奇以求其盛,而变之上者则中兴,变之下者则愈降。古人所谓'若无新变,不能代雄'是也。追新者既旧,则旧者又复见新,新旧递更,日即于变。大抵先后乘除之间,或补其偏,或救其弊,恒视其衰而反之,此诗道所以屡变,亦有不得不然者矣。"(同上,卷一)朱氏以此为纲领,阐述了自两汉至明清诗风嬗变的历程,并论及明清"祧宋尊唐"偏颇之弊。作者指出:"天不能历久而不变,诗道亦然。"(同上,卷一)"宋人承唐人之后,而能不袭唐贤衣冠面目,别辟门户,独树壁垒,其才力学术,自非后世所及。如苏、黄二公,可谓一朝大家,前无古人,后无来者也。半山、欧公、放翁,亦皆一代作手,自有面目,不傍前贤篱下,虽逊东坡、山谷两家一格,亦卓然在名大家之列。"(同上,卷二)因之,宋诗之取代唐诗,乃势有必然，加之宋人明白"自古名作，一经效仿，便成窠臼。"（《筱园诗话》卷四）所以自创新路，独开门牖。从诗歌发展变化的角度肯定宋诗之新变，一反明以来"体以代变，格以代降"之说。

朱庭珍极力反对囿于门户之见："囿于门户积习，必有流弊……各派皆有所长，亦有所短。善为诗者，上下古今，取长弃短，吸神髓而遗皮毛，融贯众妙，出以变化，别铸真我，以求集诗之大成，无执成见为爱憎，岂不伟哉！何必步明人后尘，是丹非素，桃宋尊唐，徒聚讼耶？执一格以绳人，互相攻击。"（同上，卷一）这里的"明人"是指明前后七子，朱氏批评他们"高语盛唐，但摹空调，有貌无神，宜招'优孟衣冠'之诮。盖拘常而不达变，故习而成套也。"（同上，卷一）有关唐宋诗之别，前人争议甚多，朱氏的理想范型是既饶唐韵而又具宋格的诗。他赞许王士祯的诗，便是以此为标准，如王士祯的七律《题赵承旨画羊》："三百群中见两头，依然秃笔扫骅骝。朅来清远吴兴地，忽忆苍茫勒勒秋。南渡铜驼犹恋洛，西归玉马已朝周。牧羝落尽苏卿节，五字河梁万古愁。"朱氏谓"此作不惟气格雄浑，神韵高迈，如出盛唐人手，而运法用意，亦细密深婉。"（同上，卷二）即是说，此诗臻至"神韵"与"法式"的完美统一，消除了唐宋诗之间的界域。

基于他的出唐人宋，以虚救实的诗学主张，他认为，"学"与"悟"应该相统一，与之相应的"才"、"学"、"识"也应当相贯通。他说："作史者以才、学、识为三长，缺一不可，诗家亦然。三者并重，而识为尤先，非识则才与学恐或误用，适以成其背驰也。""诗人以培根柢为第一义。根柢之学，首重积理养气。"只有根柢深厚，识见高卓，才可能"熔理铸史"，"妙合自然"（同上，卷一）。他把"积理养气"为作诗之根本，强调诗境的质实，然而在《筱园诗话》中，我们仍可以看到朱氏对唐诗空灵超妙的诗境的神往，如说："诗以超妙为贵，最忌拘滞呆板。故东坡云：'赋诗必此诗，定知非诗人。'谓诗之妙谛，在不即不离，若远若近，似乎可解不可解之间。即严沧浪所谓'镜中之花，水中之月，但可神会，难以迹求。司空表圣所谓'超以象外，得其环中'是也。盖兴象玲珑，意趣活泼，寄托深远，风韵泠然，故能高踞题巅，不落蹊径，超超玄著，耿耿元精，独探真际于个中，遥流清音于弦外，空诸所有，妙合天籁。"（《筱园诗话》卷一）

《诗概》作为刘熙载《艺概》（《艺概》共分六部分：《文概》、《赋概》、《诗概》、《词曲概》、《书概》、《经义概》）之重要组成部分，体现了作者独特的唐诗观。刘熙载论诗评文重视人之性情，强调发抒真情，重自得与独创。《文概》云："文莫贵于深邃自得"，《诗概》云："诗不可有我而无古，更不可有古而无我。"其《游艺约言》又说："'古人之书不学可，但要书中有个我，我之本色若不高，脱尽凡胎方证果。'不惟书也。"刘氏所谓"文贵自得"、"书中有我"、"诗中有我"，就是说艺术创作应该有真性情和个性特点。他赞赏昌黎诗"陈言务去，故有倚天拔地之意"，杜甫诗"直取性情真"，"只见性情气骨，不见语言文字"，认为"诗涉修饰，便可憎鄙"。他把"真"作为自己所追求的最高审美理想，诗文书画，俱可本此辨之："代匹夫匹妇语最难，盖饥寒劳困之苦，虽告人人且不知，知之必物我无间者也。杜少陵、元次山、白香山不但如身入闾阎，目击其事，直与疾病之在身者无异。颂其诗，顾可不知其人乎？"（均引自《诗概》，下同）举杜甫、元结、白居易为例，旨在说明这几位诗人之所以能写出反映"匹夫匹妇"生活苦难和悲惨命运的《三吏》《三别》、《贫妇词》、《舂陵行》和《卖炭翁》、《重赋》等篇章，即在于他们怀着纯真的感情"深入闾阎"，身体力行，所以其作品能臻至"物我无间"的境界。

作为一个重视躬行实践、力求独善其身的儒者，刘氏在论诗谈艺中十分强调作家为人处世的"人品"在文艺创作实践中的作用与影响，提出了"诗品出于人品"的著名论断，并以此作为衡诗论人的准则。《诗概》说："诗品出于人品。人品悃款朴忠者最上；超然高举、诛茅力耕者次之；送往劳来、从俗富贵者无讥焉。"诗品是人品的一种反映，是诗中的人品。对于品格高尚的作家，刘氏甚为赞赏，并给予极高的评价和推崇，而对于那些品格卑下者，多有贬抑。《赋概》指出"屈子《离骚》，一往皆特立独行之意"，《离骚》正是屈原高洁人格的完美体现。刘氏认为品诗当透过"诗品"以看"人品"，这样就可以避免论诗之偏颇。关于李白的评价，前人论及李白总强调其"出世"的一面，如罗大经的《鹤林玉露》认为李白"豪侠使气，狂醉于花月之间，社稷苍生，曾不系其心膂"，刘氏则一反前人之说，既看到李白"早好纵横，晚学黄老，故诗意每托以自娱"，而又深刻地洞察其济世之怀："太白与少陵同一志在经世，而太白诗中多出世语者，有为言之也。屈子《远游》曰：'悲时俗之迫厄兮，愿轻举而远游。'使疑太白诚欲出世，亦将疑屈子诚欲轻举耶！"，以屈原类比李白，指出李白与杜甫之高处都在于"志在经世"，即使是游仙诗也是"有为言之"。他指出："太白云：'日为苍生忧，'即少陵'穷年忧黎元'之志也；'天地至广大，何惜遂物情'，即少陵'盘飧老夫食，分减及溪鱼'之志也。"李白同样具有杜甫诗中积极用世的情怀。

李杜优劣论以及唐诗正变论在唐诗学中一直都为人所注目。刘熙载不再墨守扬杜抑李、或尊李抑杜的陈旧套路，《诗概》认为"太白志存复古，少陵独开生面；少陵思精，太白韵高"，持论可谓公允。关于诗歌正变论，《诗概》指出："诗以出于《骚》者为正，以出于《庄》者为变。少陵纯乎《骚》，太白在《庄》、《骚》之间，东坡则出于《庄》者十之八九。"又说："曲江之《感遇》出于《骚》，射洪之《感遇》出于《庄》，缠绵超旷，各有独至。"不从伸正诎变的角度来强分李杜高下，而是从《骚》、《庄》渊源所出来考察流别，可谓刘氏特见所在。

刘熙载论唐诗又非常注重其风格的多样化。《诗概》云："清高名隽，各有宜也。"唐诗风格多姿多彩，或以气胜，或以韵胜，或以情胜，或以味胜，皆为刘氏所赏。评杨素诗"雄深雅健"，论高适诗"魄力雄毅"，太白"长于风"，少陵"长于骨"，王孟及大历十才子诗"皆尚清雅"，刘长卿诗"清赡闲雅，蹈乎大方"，刘禹锡诗"大抵骨胜于白，而韵逊于柳"，杜牧诗"雄姿英发"，李商隐诗"深情绵邈"。他对韩愈诗歌风格的奇险雄怪之美别有会心，论韩愈曰："昌黎诗往往以丑为美，然此但宜施之古体，若用之近体则不受矣。""以丑为美"，实际上就是指韩诗好奇险、尚雄怪的特点，因其不拘常格而遭致后人批评，刘氏则以为恰能见其胜长，这也是独具慧眼之论。

《静居绪言》一卷，此书作者阙名，版本源流不详，郭绍虞《清诗话续编》收录。卷首有署名"味辛弟怀玉"所作短序，对此书极口称赞："以俯视一世之才，为折衷百家之论，名言隽旨，络绎纷披，所谓士衡积玉，安石碎金，盖兼有其美矣。"是书篇幅虽短，而论及唐诗的有关问题却颇有特色。

首先，作者针对诗坛上偏向嗜唐、或片面尊宋的"标榜门户，入主出奴"的门户之见颇为不满，认为："唐诗之高于宋诗，犹汉、魏之高于唐代，此何待言论。然不知宋诗，焉知唐诗！诗以体裁格律而别唐、宋乎？若仅于体裁格律论诗，亦难矣。时人学唐学宋，标榜门户，入主出奴，甚而指唐诗之摆脱者嗤为近宋，宋诗之庄雅者恶其类唐，何异因噎废食？"作者反对以时代和体裁格律区划唐宋诗之优劣，而对于宋诗变化唐诗之处给予肯定："庐陵瓣香昌黎，力矫时习，式唐人之作则，为宋代之正宗，天德不凡，工夫邃密，学者从此公门户而入，则宋诗之道，无断港绝潢之误。""读坡、谷诗，如读《华严》、《内景》诸篇，随心触法，便见渠舌根有青莲花生，华池有金丹气转，不可以人世语言较量。故须另具心眼，得有玄解，乃知宋诗妙处。一以唐人格律绳之，却是不会读宋诗。"作者同时认为，要正确解读宋诗"妙处"，需别具手眼，不能以唐律衡绳宋调。

其次，如何评价李杜一直是古典唐诗学所关注的焦点，《绪言》的作者亦不例外。其一，他从诗风的不同特点入手来评价李杜之诗："太白诗寄兴物外，故意在言外；子美之诗兴在目前，故意在言内。……李能凭空谛构，杜贵实境举足。"李白之诗以"意在言外"见长，杜甫之诗则以"意在言内"取胜，一重在"凭虚构象"，一重在"临物写景"，因此不能随己嗜欲，扬此抑彼。其二，他从诗品和人品统一的角度立论，认为李杜之所以雄视百代、迥异特出，究其因，就在于他们胸中所具有的至大至刚之气，他指出："人以李、杜为才大，未也。李、杜之高凌八代，俯视一切者，气之大也。气大则宏中肆外，致广尽微而有余。"

再次，《静居绪言》作者十分重视对诗歌文化遗产的继承，并主张在继承基础上的创新，由此，他十分推崇杜诗"培陈根而出新颖"、"绝去蹊径"的创新精神。《静居绪言》道："子美《无家》、《新婚》、《垂老别》诸篇，独造其格，遂成绝调。"作者对杜诗之"即事名篇，无复依傍"，"不受牢笼，自骋天步"的新变意识给予充分的肯定，而对陈子昂诗"起六朝之衰，振三唐之气"的"推陈出新"的创造精神也予以赞赏。

最后，对于中晚唐诗歌所取得的艺术成就，《静居绪言》作者也不加鄙弃。其云："昌黎氏意在砥柱颓流，扶挟斯道，故其诗歌斟酌古今，吐纳巨细，力出险峻，用意深微，具抗古之才，运经世之学，实李、杜后一人而已。""文起八代之衰"的韩愈，在诗歌创作方面，亦为"唐诗之一大变"，他的诗歌吸纳古今，博采兼收，力遒势健，作为中唐诗人的杰出代表，革新一代诗风，确有力挽颓流之功。同时，作者对晚唐诗人所呈现出各具特色的诗学风貌推扬备至，他们构成了晚唐诗坛异彩纷呈的壮观局面："致拙意新以矫时习者，杜司勋之俊才也；创奇出怪以极鬼工者，李昌谷之幽思也；顾逋翁之乐府，可为鼓吹张、王；李庶子之绝句，是足追攀王、李。皆立帜一家，居然作手。"

《问花楼诗话》三卷，陆鎣著，有清同治十一年（1872）羲经堂刊《陆氏传家集本》，郭绍虞《清诗话续编》收录。陆鎣论唐诗，肯定唐诗在中国诗歌史上的地位，诗歌发展到唐代，各种诗体具备且变化万端："先广文论诗，断自唐代。尝曰：'汉、魏尚矣，诗至唐，规模备而变化极。'"而于唐人诗中，首推李、杜，以为李、杜"相伯仲也"，反对李、杜"优劣论"。然而作者不惟盛唐之音独尊，"三唐作者，无论李、杜，如王、孟之冲淡，高、岑之劲拔，韩、孟之奇奥，元、白之晓畅，皆足以上薄汉、魏，下掩宋、元，故曰诗至唐而极盛。"对于自成一家的中唐诗歌亦不废弃，作者指出："中唐诗人如刘梦得、杜牧之、张文昌，皆卓然成家。"（以上均见《问花楼诗话》卷一）并且反对明七子"不读唐以后书"和"唾弃元诗"之说。他论唐诗不主一格，倡扬唐诗风格的多样化，既重"渊宏静雅，骨气高妙"之作，同时也欣赏"淳蓄温雅"、"韵外之致"的作品。

第四节　蜕变在酝酿中

古典唐诗学的演进至清代进入总结阶段，实际上也就是其终结阶段。清中叶后，随着主流诗坛诗学趣尚的变化，一些具有革新意识的诗人和诗论家开始从新的视角来观照古典诗歌（包括唐诗），它昭示着古典唐诗学的研究出现了新的契机，面临着新的变革，但这一转变的过程是十分艰难而曲折的。

龚自珍论唐诗

龚自珍生活的时代，所谓"超唐越汉"的"乾隆盛世"，已成明日黄花。清王朝的种种弊症日益凸显出来，政治窳败，经济衰退，军事不振，文化颓唐，面临不改革就无以自存的窘境。然而当时的诗坛上却以繁衍经术、醉心词章、出入门庭、模拟格调为能事，甚至连中晚唐诗文中那种对世事的"感慨"也没有，所以龚自珍不能不为之感叹。他在《歌筵有乞书扇者》一诗中叹道："天教伪体领风花，一代人材有岁差。我论文章恕中晚，略工感慨是名家。""伪体"就是没有真情实感，矫情造作，这自然与龚自珍主张诗歌要讯切时政、表现真情实感的观点相背离，基于此，他对中晚唐诗文中发抒"感慨"给予肯定。在《秋夜听俞秋圃弹琵琶诗，书于老辈赠诗册子尾》中，他也说："铁石心肠愧未能，感慨如麻卷中见。"对于诗中寓有"感慨激奋"之情和对世事进行臧否褒贬，为龚自珍所推崇。

从"一代之治，即一代之学"的观点出发，龚自珍呼唤时代风雷，希望冲破当时万马齐喑的沉寂局面，实现富有生气的改革，反映在他的诗中就显现为一种叛逆和反抗精神。其《别汤海秋户部鹏》一诗云："勇于自信故英绝，胜彼优孟俯仰为。"在这里，龚氏标扬一种自立的精神，且将之用于李白诗歌创作的评判中，其《最录李白集》指出："庄、屈实二，不可以并，并之以为心，自白始。儒、仙、侠实三，不可以合，合之以为气，又自白始也。其斯以为白之真原也已。"盛赞李白诗中出入儒、仙、侠，体兼庄、骚，及其所蕴涵的傲岸王侯、否定传统、大胆创新、追求个人自由的个性。这正是借品评唐诗浇胸中块垒，寓叛逆个性。

于个性的张扬，自然对束缚人性和压抑人的情感现象表示不满，"尊情"便为龚自珍所认同。《长短言自序》一文中阐明了他的这一主张："情之为物也，亦尝有意锄之矣；锄之不能，而反宥之；宥之不已，而反尊之"，从"锄情"、"宥情"到"尊情"，一步步抬高情感的地位，就是要求诗歌创作摆脱外来束缚，以情感为内在生命，从而表现出自己真实的个性。《书汤海秋诗集后序》说："人以诗名，诗尤以人名。唐大家若李、杜、韩及昌谷、玉谿；及宋、元，眉山、涪陵、遗山，当代吴娄东，皆诗与人为一，人外无诗，诗外无人，其面目也完。"龚自珍所推重的唐代诗人杜甫、韩愈、李贺、李商隐等，皆是诗如其人的典范，充分展示个性精神的楷模。由此看来，龚氏的"尊情"论实已寓有近代个性解放的意识，而其假借唐诗以鼓吹自己的个性观，则预示着古典唐诗学的接受已面临开新的局面。

"诗界革命"潮流中的唐诗观

晚清"诗界革命"是一场改良旧体诗的运动，其目标是要探索传统诗歌的新路向，并不在研究唐诗。但既要反观传统，也就不能不触及唐诗。"诗界革命"的首倡者梁启超，将政治上的改良主张运用于文学领域，以进化论的观点来观照中国古典诗歌，自然就给人耳目一新之感。梁启超在《饮冰室诗话》中说到："希腊诗人荷马，古代第一文豪也，其诗篇为今日考据希腊史者独一无二之秘本，每篇率万数千言。近世诗家，如莎士比亚、弥尔敦、田尼逊等，其诗动亦数万言。伟哉！勿论文藻，即其气魄固已夺人矣。中国事事落他人后，惟文学似差可颉颃西域。然长篇之诗，最传诵者，惟杜之《北征》、韩之《南山》，宋人至称为日月争光；然其精深盘郁雄伟博丽之气，尚未足也。古诗《孔雀东南飞》一篇，千百余字，号称古今第一长篇诗，诗虽奇绝，亦只儿女子语，于世运无影响也。……窃谓自今以往，其进步之远轶前代，固不待蓍龟，即并世人物亦何遽让于古所云哉？"他以无限开阔的文学视野，站在世界诗学演变发展的角度来反观中国古典诗歌（包括唐诗），认为中国惟有文学一事堪与西方比肩。但梁启超并不讳言中国诗歌的缺陷，他指出，同西方诗歌动辄长篇巨制和具有宏伟气魄的史诗相较，以短章见长的我国古典抒情诗歌存在着先天的弱点。很显然，这里衡定文学的标准就不再是传统的宗唐或尊宋，而具有了进化论的眼光。以西方文艺为参照系，他对唐诗的历史局限有了一定的认识，所以，主张中国诗歌"新意境"的开辟"不可不求之于欧洲"，将西方的新思想、新事物作为新的"诗料"。

作为"诗界革命"中坚的康有为，在诗学上深受杜甫的影响，"能诵全杜集，一字不遗，故其诗虽非刻意有所学，然一见殆与杜集乱楮叶"[1]。1909 年，康有为写下《与菽园论诗兼寄任公、孺博、曼宣》三首诗，比较集中地体现了他的唐诗观。其一："一代才人孰绣丝，万千作者亿千诗。吟风弄月各自得，复将凝新空尔悲。正始如闻本风雅，丽葩无奈祖骚词。汉唐格律周人意，悱恻雄奇亦可思。"其二："新世瑰奇异境生，更搜欧亚造新声。深山大泽龙蛇起，瀛海九州云物惊。四圣崆

---

① 梁启超《饮冰室诗话》页 19，人民文学出版社 1982 年版。

峒迷大道，万灵风雨集明廷。华严帝纲重重现，广乐均天窈窈听。"其
三："意境几于无李杜，目中何处着元明。飞腾作势风云起，奇变见犹
鬼神惊。扫除近代新诗话，惝恍诸天闻乐声。兹事混茫与微妙，感人千
载妙音生。"我们可以看到，康有为论诗，摒弃"吟风弄月"的作品，
推扬文采斐然、感情深邃而雄奇的风格，强调继承传统诗学遗产，包括
《诗》、《骚》的风雅寄托精神以及汉唐以来丰富的艺术形式。但他并不
以此为限，面对"新世""异境"，诗人已把眼光投向异域，提倡从更广
阔的世界里去搜寻并吸取诗歌创作的新题材、新思想、新精神、新意
象，得其滋养而创造"新声"，由此产生的新境界，是"李杜"和"元
明"人诗作中所没有的。

　　"穷途竟何事，余事作诗人"、"不屑以诗人自居"的黄遵宪却成了
我国近代杰出"新派诗"的代表和"诗界革命"的一面旗帜。他针对诗
坛以"杂凑摹仿"为能事的复古诗风，提出"我手写我口，古岂能拘
牵？"（《杂感》）的主张，认为必须"弃古人之糟粕，而不为古人所束
缚"①。黄遵宪要求诗歌创作随时代的发展而不断创新，不应该一味模
拟古人，陈陈相因。他在《杂感》中对那些一味"摹唐仿宋"，钻在故
纸堆里讨生活的"诗坛名士"讥讽道："俗儒好尊古，日日故纸研。六
经字所无，不敢入诗篇。古人弃糟粕，见之口流涎。沿袭甘剽盗，妄造
丛罪愆。"所谓"我手写我口"，是指诗要有个性，应有自己的心声，正
如其在《与周朗山书》中所说，将"吾身之所遇，吾目之所见，吾耳之
所闻"一一发之于诗，以写出"古人未有之物，未辟之境"②。

　　不仅如此，黄遵宪还大胆进行诗体革新，努力突破诗歌格律和体制
的限制，力求诗歌创作走通俗化、口语化一途。在旧体格律诗所允许的
范围内进行了最大限度的改革尝试，力求创作出一种句式长短错落的诗
体，以求扩大诗歌的表现容量，增强其表现能力。他还主张从民歌中吸

---

① 黄遵宪《人境庐诗草自序》，钱仲联《人境庐诗草笺注》卷首，上海古籍出版社1999年版。
② 同上。

取养料，"当斟酌于弹词粤讴之间，句或三或九，或七或五，或长或短"①，不受旧体诗的束缚，来创造新的通俗诗歌，所以他说："报（指《新小说》）中有韵之文自不可少，然吾以为不必仿白香山之《新乐府》、尤西堂之《明史乐府》。"

黄遵宪还提倡把古典诗歌的表现手法与古文表现手法结合起来。宋元以降，中国古典诗歌格律逐渐走向僵化，力图转变诗风的龚自珍曾尝试散文入诗，表现出诗歌自由化的倾向。黄遵宪继承并发展了这种诗体解放的主张，而且在理论上进一步系统化、明确化。《人境庐诗草自序》说："尝于胸中设一诗境：一曰复古人比兴之体；一曰以单行之神，运排偶之体；一曰取《离骚》、乐府之神理而不袭其貌；一曰用古文家伸缩离合之法以入诗。"其中"以单行之神，运排偶之体"和"用古文家伸缩离合之法以入诗"，都是以文入诗的手法，借此提高诗歌的表现力。这是在新形势下对韩愈、苏轼等以文入诗的继承与发展。黄遵宪力求打破唐、宋、魏晋诸诗派的界域，甚至以散文之法入诗，囊括古今，熔为一炉，创造一种"不为古人束缚"的"为我之诗"。

"诗界革命"的诗学取向是立足于改革传统诗风，他们渴望超越传统诗学，为之寻找良策，别求新声。他们并不在意评论唐诗，故其更多的是看到了唐诗的局限。但不管怎样，在"诗界革命"诸子看来，唐诗传统不再具备为万世师法的典范意义，这也是古典唐诗学走向蜕变的重要表征。

"旧瓶新酒"：唐宋诗之争在南社的回光返照

南社作为中国近代文学史上有组织、有纲领的资产阶级革命文学团体，其宗旨是反抗满清。南社的盟主柳亚子主张用诗歌鼓吹革命，他在《我的诗和字》和《论诗三截句》中说："至于旧体诗，我认为是我的政

---

① 郑海麟、张伟雄《黄遵宪文集》页 198—199，日本中文出版社 1991 年版。

治宣传品，也是我的武器。""不为叹老嗟卑语，不作流连光景词。"提倡写"噌吰镗鞳，足以惊天地泣鬼神"（柳亚子《天潮阁集序》，《南社》第二十集）的诗作。由于南社诗学宗旨鲜明的革命倾向性，所以南社甫一成立，就展开了反对同光体的斗争。

南社成立前后，也正是新旧文学斗争最为激烈的时期。此时的诗坛上，同光体诗风依旧笼罩诗坛，陈衍《石遗石诗话》卷一说："近来诗派，海藏以伉爽，散原以奥衍，学诗者不此则彼矣。""同光体"宗尚宋诗，尤服膺江西诗派。面临时代的巨变，同光体诗人逃避现实，诗歌追寻荒寒之境，刻意学习宋诗的生新作风，反浅俗，主张写诗不作"人人能道语"和"人人所喜语"，在清末民初诗坛上盛行一时。南社诗人则认为诗歌应干预现实，力求以自然流畅的诗风来矫正这种生涩雕琢的风气。柳亚子《习静斋诗话序》痛斥他们"少习胡风，长污伪命，出处不藏，大本先拔。及夫沧桑更迭，陵谷变迁，遂欣然以夏肆殷顽自命，发为歌咏，不胜觚棱京阙之思"，实乃"亡国之妖孽耳"（姚光《紫云楼诗序》）。周实则从时代变化的角度立论，指出："当今之世，非复雍容揄扬、承平雅颂时矣。士君子伤时念乱，亦遂不能不为变风变雅之音。"（《无尽庵诗话叙》，《南社》第三集）他们希冀用诗文"挽既倒之狂澜，起坠绪于灰烬"（姚光《淮南社序》，《南社》第五集），故不能不集矢于同光体。

既然同光体诗派崇尚宋诗，那么南社诗人就标举"唐音"以示其诗学旨趣。柳亚子《胡寄尘诗序》说："余与同人倡南社，思振唐音以斥伧楚，而尤重布衣之诗，以为不事王侯，高尚其志，非肉食者所敢望。"这里所云的"斥伧楚"实乃针对宋诗派而言，"振唐音"却并非如沈德潜、王士祯那样用以颂扬昌明。南社所以提出"振唐音"，乃是鉴于唐诗的兴起纠正了六朝宫体浮靡华艳之风，故高标"唐音"实为抵制"宋诗运动"。南社作家尤为推崇杜甫，认为其所以被誉为"诗圣"，他的敢于反映现实的诗篇所以被尊为"诗史"，是"为其能得性情之正"的缘故；至于唐末的颓唐诗风，他们亦加非议。可见，南社的思振唐音，自有其现实主义的绳尺，与侈言"诗必盛唐"而意在复古者有着迥然不同的诗学趣尚。基于此，南社诗人提出"诗者，与史相表里也"、"诗者，志之所在也"，认为诗应有坚实的社会内容，具有鲜明的政治倾向。周实在《无尽庵诗话叙》中提出诗歌"非特以见人心，且于以觇世变焉"，"尤贵因时立语言于此不可移易"。胡朴安为柳亚子主编的《南社诗集》作序，认为南社文章是"时代之产生物"，"于思想言，为革命之先驱"，"于文艺言，开解放之先路"。又说："南社文章，不失为时代之产生物，为工为拙，吾不得而知。惟南社时代，应有合于南社时代之文章，非汉非唐、非宋非明，非李非杜，非陶非柳，发个人之性情，起时代之衰颓。"

　　然而，南社反对同光体的斗争，却在自己内部引起了强烈的反响。同光体以其壮大的声势崛起于诗坛，一部分南社诗人自不免受其影响，在诗学宗趣和诗歌创作倾向上也表现出明显的宗宋倾向。姚锡钧《题吹万近诗》曰："高君善歌诗，健笔自天纵。嚣然笑群儿，强划唐与宋。我常夸闽人，瘦句与秋筇。陈郑尤平澹，高调谁能共？橄榄得回味，嚼冰愁齿冻。此外有散原，万象恣嘲弄。君能用我言，吐语更惊众。"姚锡钧竭力推崇同光体作品，称赞郑孝胥、陈衍的诗"平淡"、"调高"，有"橄榄得回味"之感。朱鸳雏则说："反对同光体者，是执螳蜋以嘲龟龙也。"（见柳亚子《我和朱鸳雏的公案》）对同光体的推尊，柳亚子是绝不能容忍的，他在《磨剑室杂拉话》中予以尖锐驳斥："宋江西派之诗为不佳，陈、郑学宋之诗更不佳，而民国人学陈、郑之诗，尤为下劣不堪。"并声称："今既为民国时代矣，自宜有代表民国之诗，与陈、郑代兴，岂容嘘已死之灰而复燃之，使亡国之音重陈于廊庙哉？"对于赞赏"同光体"的胡先骕，则以《妄人谬论诗派书此折之》二首诗回击："诗派江西宁足道，妄持燕石诋琼琚。平生自有千秋在，不向群儿问毁誉！""分宁茶客黄山谷，能解诗家三昧无？千古知言冯定远，比他嫠妇与驴夫！"极力贬抑胡先骕，而褒扬冯班，其意甚明，因为冯班论诗"不取江西宗派"。又《论诗五绝答鹓雏》之二云："闽赣纷纭貉一丘，何劳宗派费搜求。经生家法从来异，渭浊泾清肯合流！"将闽派与赣派视为一丘之貉，不必强为分别。当是时，胡朴安与姜可生皆发表《与柳亚子书》，支持柳亚子反对同光体的论诗主张，胡朴安道："江西派之宋诗，纵有佳句，必经几许做作。如剪彩为花，终乏生意。清之季年，陈、郑之徒，专为此体，窥其用心，亦以避熟趋生，借以见长耳。"姜可生则指斥陈三立、郑孝胥等同光体诗人为"鬼之下流"、"其所谓诗，绝饶鬼趣"。对此，姚鹓雏则予以辩驳，说陈衍、郑孝胥等自成风气，属于闽派，与江西诗派无关，唐诗与宋诗如"春兰秋菊"各呈其妍，因此作诗不必"主唐奴宋"。其《论诗视野鹤并寄亚子》亦云："闽派年来数郑陈，豫章风气不相邻。无端拦入西江社，双井还应笑后人。""诗家风气不相师，春兰菊秋自一时。何事操戈及同室，主唐奴宋我终疑。"并以钱谦益和张溥为例，说明作家的节操和文采是两回事。

从柳亚子的言论来看，他非常推崇诗人的人品与气节。其《旧诗革命宣言书》宣称诗人应"高尚其志"，"要有气节"，"要有思想"，所以他在《胡寄尘诗序》中首先从"人格"谈起，指斥同光体诗人多为"罢官废吏，身见放逐，利禄之坏，耿耿勿忘"之人，他们"曲学阿世，迎合时宰，不惜为盗臣民贼之功狗"，申言"人心风俗之坏，即工诗何益？"既然品德低下，根本不配言崇宋贤，自然诗歌也是"涂饰章句，附庸风雅，造为艰深以文浅陋"，实为欺世盗名，不足为取。不仅如此，柳亚子还将同光体与北洋军阀相提并论，其《质野鹤》云："政治坏于北洋派，诗学坏于江西派。欲中华民国之政治上轨道，非扫尽北洋派不可；欲中华民国之诗学有价值，非扫尽江西派不可。"可见，柳亚子重"唐音"而轻宋诗实含有政治因素，要在诗坛"大建革命军之旗"，而不单是审美情趣的差异。

有关这场争论，胡朴安曾从时代与文学的关系着眼加以论断，认为"文章与时代有关系。一时代之文章，必感受一时代之影响而成。其影响也。有顺受，有反感。其顺受也，昌黎所谓和其声以鸣国家之盛是。其反感也，其弱者则有变风变雅之作，其强者则有吊民伐罪之辞"。而南社文学属于时代之"反感"者，"掊击清廷，排斥帝制，大声以呼，振启聋聩，垂涕而道，晓喻颛蒙，气类所通，薄海斯应。"所以他说："亚子之抨击宋诗，非文艺之观念，是政治之观念，因排清朝故，而排清朝之遗老；因排清朝之遗老，而排清朝遗老所为之宋诗。"揭示了这场唐宋诗之争的实质。

总之，唐宋诗之争于清末再度被提出来，尽管这是在新的历史形势下展开的，具有与以往不同的现实意义，但时代的走向已面临文学传统的彻底更新，而南社借"唐音"以鼓吹民族民主革命，则难免有"旧瓶装新酒"之局限。故此场斗争虽显得激烈异常，终未能开花结果，只能成为历来唐宋诗之争的"回光返照"而已。

王国维与古典唐诗学的超越

王国维，近代著名学者，有《宋元戏曲考》、《人间词话》、《红楼梦评论》以及《静安文集》、《观堂集林》等多种著述，今编为《海宁王静安先生遗书》，共 43 种。他的诗学理论深受康德、尼采和叔本华影响，打上了近代文艺理论的烙印。他虽然没有系统地论述唐诗，但从他的诗学理论中可以约略窥见古典唐诗学开始得到超越的信息。

王国维在《人间词话》中，独标笤颖，以"境界"说诗。何谓"境界"？他说："境非独景物也。喜怒哀乐，亦人心中之一境界。故能写真景物、真感情者，谓之有境界。否则，谓之无境界。"在"景物"与"感情"中，他更重视"感情"。所谓"真感情"，即不加伪饰的真切的感受。王氏一贯提倡"感自己之感，言自己之言"，不赞成一般模仿者"但袭其貌而无真情以济之"① 他特别反对"游词"和"儇薄语"，主张"艳词可作，唯万不可儇薄语"②，甚至认为一些被目为"淫词"，"鄙

---

① 王国维《文学小言》，周锡山编校《王国维文学美学论著集》页 27，北岳文艺出版社1987 年版。
② 王国维《人间词话未刊稿》，同上书页 382。

词"的作品，由于感情真挚，读来"但觉其精力弥满"，"真切动人"①
这些都是说的"真感情"。这种惟"真"是崇而不重雅正的观念，实与
龚自珍的"尊情"论相承接，而与传统诗学重教化的观念异趋。

　　"真感情"之外，王氏亦推重作家的人格。《文学小言》云："三代
以下之诗人，无过于屈子、渊明、子美、子瞻者。此四子者若无文学之
天才，其人格亦自足千古。故无高尚伟大之人格，而有高尚伟大文章
者，殆未之有也。"什么是"高尚伟大之人格"呢？王氏亦未加解说，
但他在《屈子文学精神》一文中着力突出屈原的"肫挚之感情"，又用
"廉贞"二字来概括屈原的性格。"肫挚"、"廉贞"当指感情的深厚与执
著，实际上仍是其"真感情"说的引申与发挥。明乎此，则不难理解他
对诗歌的基本观念："要之诗歌者，感情的产物也。虽其中之想象的原
质，亦须有肫挚之感情，为之素地，而后此原质乃显。"② 这可以说是
一种粗具近代人本精神的诗学观。

　　以这种观念来观照唐诗，自然会有一些新思想的闪光。例如他将杜
甫与屈原等并列为有"高尚伟大之人格"的作家，就意味着他也特别重
视杜诗中的"肫挚之感情"，这对后来梁启超用"情圣"称杜甫，实具
有开启作用。《文学小言》中还将李、杜与韦、柳加以比较，认为"韦、
柳之视渊明，其如贾、刘之观屈子乎？彼感他人之感，而言他人之所
言，宜其不如李、杜也"。姑无论其评论韦、柳是否过于苛刻，但重视
感受的独特性和文学的原创性，以之为李、杜诗歌的最大特色，则不仅
中肯，也是传统的唐诗学所未能明白揭示的。本乎此，再来看王氏有关
"一代有一代之文学"的论断（见《宋元戏曲史自序》），当可明了其绝
非指简单的文体代兴，而是从根底上显示出文学随时代生活而演进。
《文学小言》中的这段话颇可玩味："诗至唐中叶以后，殆为羔雁之具

---

① 王国维《人间词话》，周锡山编校《王国维文学美学论著集》页 367，北岳文艺出版社
　　1987 年版。
② 王国维《屈子文学精神》，同上书页 33。

矣，故五季、北宋之诗（除一二大家外）无可观者，而词则独为其全盛时代。其诗词兼擅如永叔、少游者，皆诗不如词远甚。以其写之于诗者，不若写之于词者之真也。至南宋以后，词亦为羔雁之具，而词亦替矣（除稼轩一人外）。观此足以知文学盛衰之故矣。"据此而言，唐诗、宋词、元曲的代兴，关键在于作家感受和表达之"真"。不同时代生活需要不同的感受方式，而不同的感受方式又常要借不同的文学形式加以表达，所以表面上是文体代兴，内在原因则是人的感受随时代而变化。这就将人本意识同历史进化的观念结合起来了，而唐诗作为文学历史进化中的一个环节，不再是亘古不变的典范，后世诗人也不可能再像唐人那样感受生活和写唐人那样的诗，更是不言而喻的了。

王国维从近代人本观念和历史进化论观念这一新的视角来观照唐诗时，已初步接触到古典唐诗学研究的更新问题，算是透露了新时代唐诗观的消息。但不可讳言的是，王氏之论评唐诗仅涉笔而过，并未形成系统的见解，因之，真正意义上的现代唐诗观的建立和学术研究的展开，还有待新的历史时期的到来。

余 论
走向更新之路

　　唐诗学作为历代诗家在接受与研究唐诗基础上形成的一门学问，自唐初至清末一千三百年间，经历了由萌生、成长、盛兴以至总结的各个阶段，完成了其古典形态的建设使命。踏进 20 世纪，随着社会生活的根本性变革和学术文化的全面创新，唐诗学步入其更新期，也就是由它的古典形态向现代学术形态转化和出新的阶段，这一历史进程至今仍在延续之中。与古典时期的一千多年相比，现代唐诗学的百年行程无疑要短促得多，但取得的丰硕成果和宝贵经验并不见得逊色。对此，我们这里自无可能给予哪怕是稍稍详尽的展示，只企望就其演化、发展的轨迹作一点粗浅的探测与勾绘。

（一）

　　王国维曾经说过："古来新学问起，大都由于新发见。"[1] 不过唐诗学由古典向现代学术形态的转变，关键倒不在史料的发现，而在于观念

---

[1] 王国维《最近二三十年中国新发见之学问》，《王国维遗书》第五册页 65，上海古籍书店 1983 年影印本。

的更新，特别是同整个时代文学观念的更新分不开。

我们知道，大约从 19 世纪中叶起，伴随着西方列强势力的入侵，西方近代学术文化开始大规模地引进我国，构成晚清学界里的所谓"新学"。但在相当长的一段时间内，人们重视的仅是"新学"中的实用层面（主要是富国强兵的方略），直到戊戌变法和辛亥革命前后，才把注意力转移到其人文核心上来，由此造成社会思想的大变动，在"五四"新文化运动中得到了集中体现。而文学革命作为新文化运动的必不可少的一翼，也正是以人们头脑中的文学观念的更新为首要标志的。

文学观念更新的具体内涵是什么呢？我以为最突出的有这样两个方面：

其一是新的人本思想的确立。文学的主体是人，这在古今中外原无差别。但就我国古典文学，尤其是居于正宗地位的雅文学而言，其创作和接受的主体基本上属于士大夫阶层，而恪守礼教规范又是一般士人安身立命的根基，于是士本位便自然地转型为政教本位，文学也就成了政教的工具。古代诗学传统中，从"诗言志"、"温柔敦厚"为诗教乃至以"正变"论诗歌盛衰，无不打上了政教功能的深刻烙印，这在历代唐诗学研究中亦有鲜明的反映。清末民初以来，政治制度的鼎革使得旧式士大夫作为一个阶层趋于没落，新型知识分子代兴，他们不仅日益成为新文坛的中坚力量，更有通过文学启蒙以推动民众思想解放的愿望和实践，从而促成以人为本乃至民众本位的文学观的诞生。1904 年王国维发表《红楼梦评论》一文，即已指出文学作品的价值在于"示人生之真相"，以"感发人之情绪高而上之"。1907 年鲁迅著《摩罗诗力说》，亦将文学的职能归之于"与人生会，历历见其优胜缺陷之所在，更力自就于圆满"。到"五四"时期"人的文学"和"平民文学"口号的提出，便俨然揭示了文学革命的理论宗旨。由这种"人本"或"民本"的立场出发来反观古代文学传统，当然会有种种不同于古人的见解产生，这是唐诗学走上更新之路的一个根本的原因。

观念更新的另一个显著标志，是文学领域中的新历史观的确立。早在 19 世纪末叶，西方进化论学说已经严复译介传入中国，并迅速地引起广泛的社会反响。王国维、梁启超将其初步应用于文学研究，借以作出"一代有一代之文学"的断语①。这一思路在"五四"新文学倡导者身上得到了发扬光大。文学革命的发难者胡适，当其 1914 年初留学美国时，就曾主张以西方"归纳的理论"、"历史的眼光"、"进化的观念"为改造中国学术的三大妙方②，其中"历史进化"构成了他的主导性的文学理念，而归纳（即实证）方法无非是实现其清理文学历史演进脉络的手段。三年之后，他在《新青年》杂志上发表《文学改良刍议》的宣言，即以"文学者，随时代而变迁者也"为理论依据，推导出"白话文学"为正宗和用白话取代文言的合理性，进化论历史观因亦成为新文学工作者的共同信念。这一新的历史观的建立，对于传统学术的改造有着多方面的影响：文学活动既然是时代生活的组成因子，它同方方面面的社会与文化现象之间必然有密切的交互作用，这就打破了以往专就文体流变或政教盛衰来看文学的拘限，大大拓宽了研究者的视野。文学的演变被视为进化的过程，则新文学取代旧文学理所当然，于是不单复古思想失却了凭依，诸如宗唐宗宋之类争议亦不复具有实在的意义。人们摆脱了唐诗传统的典范效应，始能够平心静气地将它当作文学遗产来从事实事求是的考察与总结工作，这恰是现代唐诗学所遵循的基本路向。

据此，人本的思想和历史的眼光，连同其所要求的科学实证方法与逻辑表述形态，共同组建起现代学者对唐诗传统的基本接受模式，而唐诗学的更新局面便在这一新规范的指引下逐渐得到开展。

（二）

回顾唐诗学的百年行程，可以 1949 年新中国的成立为标界，将它

---

① 见王国维《宋元戏曲史》自序，《宋元戏曲史》页 1，上海古籍出版社 1998 年版。
② 见《胡适留学日记》页 167，上海商务印书馆 1947 年版。

大致区划为前后两个段落。前段为具有现代学术形态的唐诗学开始形成和初步发展的时期，后段则是现代意义上的唐诗学经历曲折变化并继续出新的时期。两个阶段之间有衔接，也有断裂，而贯通其间的主线依然是观念的更新。下面即按其演进的过程加以简略提挈。

整个说来，20 世纪开首的 30 年间仍处在新旧学术思想转换交替的关头，传统的诗学形态续有衍流，而新型的唐诗观和唐诗研究已然发端。属于前一类型的，如陈衍《石遗室诗话》及其续编、王闿运《湘绮楼说唐诗》《王志论诗》及手批《唐诗选》（订补本）、沈曾植《海日楼札丛》、钱振锽《摘星说诗》、由云龙《定庵诗话》、丁仪《诗学渊源》、宋育仁《三唐诗品》、朱宝莹《诗式》、高步瀛《唐宋诗举要》以及光明甫《论文诗说》等，不但多还承袭以往的诗话、诗品、笔记、批点、选诗、论诗诗之类形式来解说和品评唐诗，思想见解上也大抵未越出前人的藩篱，尽管具体论述中不乏精义可采。它们构成了古典唐诗学的余波，虽荡漾生姿，而已不代表那个时代的精神追求。

就在这段期间，与古老的学术范式相并列，某些新的观念正开始在唐诗研究领域里萌生。1915 年，胡适发表《读白居易〈与元九书〉》和《读香山诗琐记》两文，用理想主义与实际主义（即写实主义）的分派来解析唐诗，称白居易为实际派领袖，谓其上承杜甫《咏怀五百字》、《北征》、"三吏""三别"诸篇的创作倾向，而与同时代的李绅、元稹等相呼应，从而开启了引西方文艺思想入古典诗歌研究的新风气。同年 9 月起，吴宓在《清华周刊》上连续刊载其所撰《余生随笔》，内中多则论及唐诗，如以唐宋诗之变迁为诗中贵族派向平民派的转移，并谓杜甫正当交接之会，乃"取贵族派之词华入以平民派之情理"，至白居易则已纯然平民派，这个观点不仅成为"五四"时期倡扬平民文学的先导，对后来文学史家用进化眼光看唐诗影响尤巨。至 1922 年，又有梁启超的讲演稿《情圣杜甫》出现，他把历来加于杜甫身上的"诗圣"徽号改作"情圣"，大谈杜甫诗歌情感内容的丰富深刻和写情手法的熟练、高妙，实际上显示出梁氏论诗不以"言志"、"载道"为依归，而认"诗本为表情之具"① 的思想立场，在唐诗学术史上公开、明确地竖起了人本的旗帜。

经过这样一段时间的酝酿和发动，于 20 世纪的二三十年代之交，一批粗具规模的现代化的唐诗学术论著陆续问世。通论性质的有费有容《唐诗研究》（大东书局 1926）、许文玉《唐诗综论》（北京大学出版部 1929）、胡云翼《唐诗研究》（上海商务印书馆 1930）、苏雪林《唐诗概论》（上海商务印书馆 1934）、杨启高《唐代诗学》（南京正中书局 1935）等，不仅在材料组织的系统性和文字表述的通贯性上已具备现代学术规范体例，其理论眼光亦常有超轶前人之处。如苏雪林将唐诗的发展过程按思潮变迁划分为古典期、浪漫期、写实期、惟美期、衰颓期五个阶段，虽不无套用西方模式之嫌，而能打破"四唐"说以正变论诗的旧框架，有利于开拓新思路。杨启高则仍按"四唐"分期，但初唐部分再分为贞观诗学和武后诗学两段，盛唐包括开元诗人和天宝诗人，中唐分大历、元和、长庆三段，晚唐分大中诗风和咸通后诗，每段中又将不同诗派作比较分析，论证细密，足以使人对唐诗演进脉络有更具体而清晰的把握。这些地方均体现出作为现代学术形态的唐诗学的初步业绩。专题性质的论著有胡云翼《唐代的战争文学》（上海商务印书馆 1927）、陆晶清《唐代女诗人》（上海神州国光社 1931）、孙俍工《唐代的劳动文艺》（上海东亚图书馆 1932）、刘开荣《唐代诗中所见当时妇女生活》（上海商务印书馆 1943）等，多能就某个局部作深入开发，手眼各别，又共同反映出现代人于题目选择上的关注意识。此外还有不少有关唐诗诗人诗作的专门性研究，像汪静之《李杜研究》、李长之《道教徒的诗人李白及其痛苦》、程学恂《韩诗臆说》、钱基博《韩愈志》、王礼锡《李长吉评传》、苏雪林《李义山恋爱事迹考》等，都可算作这一时期颇有新意的力作，兹不详述。

---

① 见梁启超《国学入门书要目及其读法》附录二《治国学杂话》，载 1923 年 6 月 18 日《晨报副镌》。

20世纪前半叶的唐诗学建设中，有两位学者特别需要提及，那就是陈寅恪和闻一多。

陈寅恪是以史学家的身份介入唐诗领域的，他的研究方法通常被归结为"以史证诗"和"以诗证史"，或者叫做"诗史互证"。但不同于传统学人单纯征引时事以推考诗篇作意，他所理解的"史"是广义的，除政治事件外，还将各种社会制度、道德风尚、行为习俗以及精神文化现象都包容在内，于是"诗史互证"便成为文学与整个时代生活交互联系的立体建构。最能体现这种方法特色的，乃其所撰《元白诗笺证稿》一书。此书名曰"笺证"，却跳出了乾嘉学派只重文句考释的套路，将考辨工作扎实地建立在全面掌握和灵活运用史料的基础之上。如论说元稹艳诗和悼亡诗的章节，从诗中反映的元氏与情人双文、妻室韦丛间的离合关系，结合时人的门第观念，以考证唐代士大夫文人的婚姻选择与仕宦道路；论说白居易的《琵琶行》，从诗人移船听乐的细节，推考唐代倡女地位的低下和新兴进士阶层放荡不拘礼法的生活作风；论说元稹的《连昌宫词》，从诗篇结语"努力庙谟休用兵"以揭示穆宗的"消兵"政策及朝中主战主和之间的政争，皆有发前人之所未发。对元、白《新乐府》诸篇所作的笺证，更广泛涉及唐代政治、经济、科举、文教、司法、边防、风俗、伦理乃至古文运动、民间歌谣、佛经翻译等因素对诗歌的多重影响，展现了文学与人生之间的纵横交错的复杂图景，为唐诗研究开拓了全方位观照的新鲜视角，意义重大。

与陈寅恪的情况有所差异，闻一多的特点是诗人而兼学者。他长期致力于研究唐诗，给唐代诗人诗作做了大量考辨工作。所选《唐诗大系》，录唐五代263家诗1400余首，不但覆盖面相当宽广，尤重诗歌的艺术成就，在已有的各种唐诗选本之外另立一格，至今为人爱诵。但闻氏的主要贡献尚不在此，而在于他评论唐诗时所显示的诗心感受与哲理领悟的有机结合。由于英年早逝，他有关唐诗的通盘构想还来不及形诸文字，仅不多几篇收录于《唐诗杂论》之中（另有其学生郑临川整理的授课笔记《闻一多说唐诗》行世），已可概见其风格之一斑。如其中

《类书与诗》、《宫体诗的自赎》、《四杰》三篇一组，系统探讨初唐至盛唐一百年间诗风之转变，从唐初宫廷诗的沿袭六朝，中经王、杨、卢、骆四子分头从事旧体制的破坏和新格调的建设，直至刘希夷、张若虚一步步完成诗歌境界的升华，以娓娓动人的文笔叙来，令人恍若置身于诗潮涨落的氛围之中，自然地把握住其环环相生的内在逻辑。又如《孟浩然》、《贾岛》两篇论作家，除对其诗风的清淡和清冷有非常准确且富于诗意的概括外，还把问题提到更高的历史层面，着意联想到宋末的"四灵"、明末的竟陵派和清末的"同光体"，以见出每个朝代"在动乱中灭毁的前夕都需要休息"，因而"都有回向贾岛的趋势"（见《贾岛》）。这类诗情与哲思高度融合的体验，读来真叫人拍案叫绝。

从上面的叙述可以看出，陈寅恪和闻一多的重要性不仅在其所作出的具体成果上，更且在于他们为唐诗研究乃至古典文学研究所奠定的较为成熟的学术范型。如果我们把前一种方法称之为"诗史互证"，那就不妨将后一种范型取名为"诗思融会"。"诗史互证"倚重的是史学和史识，它继承了古代诗学"知人论世"的传统，而又在现代历史观和科学方法论的基础上予以改造翻新，由此而开辟出研究文学史的康庄大道，便成了现时代学人群趋乐从的途径。相比之下，"诗思融会"更需要诗心的感发和哲理性的解悟，它不但要借助实证，同时要凭靠直觉，但又不同于古人的审美直感多停留于印象式的品评，还要将其提升到逻辑的建构乃至形而上的思辨上来，这就是为什么陈氏的追随者蔚然成风，而闻氏则同调罕见，后继寥寥，仅顾随、林庚几人或许称得上空谷足音。不管怎样，闻、陈二家所开创的现代意义上的唐诗学范型仍有其同等重要的价值，影响深远可以预期。

当然，这个时期内有独创性的学人和著作并不限于这两家。像岑仲勉《唐人行第录》、《读全唐诗札记》对唐诗人与诗作进行大量考辨，朱自清《〈唐诗三百首〉指导大概》就唐诗题材、作法、体裁、流变、格律、声调做出较全面而中肯的提挈，向达《唐代长安与西域文明》集中展示唐代文化与异域文明的相互交流，胡适《白话文学史》着重发掘民俗文学和民众口语对唐诗的影响，缪钺《论宋诗》、《论李义山诗》于唐宋诗风异同及诗词转化关系予以新的阐发，乃至钱钟书《谈艺录》广泛引证中外古今文献材料以资比较参证。他们从各自不同的角度进入唐诗园地，而共同地促进了唐诗学的现代建设，我们不能忘记。

（三）

进入 20 世纪 50 年代，唐诗研究面临新的形势①。国家的统一、社会的稳定、经济和文化建设的兴起，推动古籍整理与研究的有计划开展，一系列唐人别集、总集和研究资料的辑校、诂笺、编年、集成被提上议事日程，作家传记、年谱、评论等撰著也获得了新的势头。像《唐人选唐诗》（十种）、《唐诗纪事》、《全唐诗》、《钱注杜诗》的校点行世，《文苑英华》、《万首唐人绝句》、《宋本杜工部集》、《杜臆》的影印流布，研究资料如《白居易卷》、《柳宗元卷》、《杜甫卷》（唐宋之部）的汇编，新著如冯至《杜甫传》、萧涤非《杜甫研究》、傅庚生《杜甫诗论》、林庚《诗人李白》、詹锳《李白诗文系年》、孙望《元次山年谱》、苏仲翔《白居易传论》、褚斌杰《白居易评传》、钱仲联《韩昌黎诗系年集释》、吴文治《柳宗元评传》的撰成，皆足以代表这一时期的成果。唐诗的普及也是一项重点工作，各种选本、译诗、鉴赏解析与知识读物的盛行，表明古典诗歌阅读和欣赏真正成了群众的爱好。这类读物中亦有层次较高、能达到雅俗共赏水平的，如马茂元《唐诗选》、刘逸生《唐诗小札》以及冯至《杜甫诗选》、陈贻焮《王维诗选》、复旦大学古典文学教研组《李白诗选》、顾肇仓等《白居易诗选》，都能为学界人士提供参考。

这个时期的最大特点，还在于确立马克思主义理论的指导地位。在

---

① 按：本节所述主要限于大陆学界，台港地区因材料掌握不全，不遑论列。

唯物史观的指引下，人们普遍关注文学反映现实生活的功能，侧重从社会经济、政治变革的角度来考察唐诗流变，并努力发掘作家创作与人民群众生活实践之间的种种关联。这应该视为"五四"以来新历史观和人本观的深化发展。这一新的思路在当时出版的中国文学史著作，包括断代专史、专论如周祖譔《隋唐五代文学史》、王士菁《唐代诗歌》、刘开扬《唐诗论文集》、杨公骥《唐代民歌考释及变文考论》里，都得到了鲜明的反映，而李白、杜甫、白居易诸大家一时成为研讨的热门，更突出地表明了这层关系。但是，由于新中国成立后一段时间里"左"的路线抬头，庸俗社会学和形而上学思想方法猖獗，造成马克思主义理论的变形，如不适当地夸大经济、政治的决定作用而忽视历史文化其他因素对文学的影响，一力强调阶级斗争的主导地位而产生两极对立、线性运动的文学史模式，片面宣扬人民性和现实主义的传统而贬抑人的多方面的审美需求，致使研究视野狭隘化和评判标准惟政治功利化，连带累及一些很有意义的学术争鸣如有关唐诗繁荣原因、"盛唐气象"的内涵、边塞诗派和田园山水诗派评价等，均未能正常、有效地展开，古籍整理与研究亦处在或冷或热的状态。待到"十年动乱"发生，形而上学的倾向愈演愈烈，以至用"儒法斗争"来贯串整个文学史，让每个古典作家按线站队，人为地扬李抑杜、崇柳贬韩，完全脱离学术规范，导致思想上的极度混乱。

唐诗研究的再度繁荣，是20世纪70年代末尾以后的事。在最近的二十来年间，思想的活跃、队伍的壮大、学会的建立、对外的开放，从各个方面推进研究工作，出现了一系列引人注目的动向。

其一是资料建设的加强。资料及其考证，本是科学工作的基础，在"左"的路线干扰下又长期遭受不应有的忽视，拨乱反正之后，理所当然地占据着新时期唐诗研究的显要位置，其成绩也最为突出。诗篇辑佚方面，继王重民于20世纪60年代辑成《补全唐诗》104首和《补全唐诗拾遗》127首，这个阶段里先后出现孙望《全唐诗补遗》二十卷、童养年《全唐诗续补遗》二十一卷和陈尚君《全唐诗续拾》六十卷，终经陈尚君统一整理、汇编为《全唐诗补编》，删繁订误，共得诗 6300 余首，给现存唐诗总量增添了十多个百分点。诗集笺校方面，康金声等《王绩集编年校注》、项楚《王梵志诗校注》和《寒山诗注》、任国绪《卢照邻集编年笺注》、陶敏与叶淑琼《沈佺期宋之问集校注》、徐鹏《孟浩然集校注》、陈铁民《王维集校注》、刘开扬《高适诗集编年笺注》、陈铁民与侯忠义《岑参集校注》、瞿蜕园与朱金城《李白集校注》、安旗等《李白全集编年注释》、储仲君《刘长卿诗编年笺注》、陶敏与王友胜《韦应物集校注》、华忱之等《孟郊诗集校注》、瞿蜕园《刘禹锡集笺证》、朱金城《白居易集笺校》、罗时进《丁卯集笺证》、叶葱奇《李商隐诗集疏注》、赵昌平等《郑谷诗集笺注》、陈继龙《韩偓诗注》等，都是具见功力的撰著，而詹锳主编的《李白全集校注汇释集评》和刘学锴、余恕诚的《李商隐诗歌集解》，更带有总汇的性质，短时间内集中问世，洵属空前。诗人诗作考辨方面，除单个作家的年谱、传记外，傅璇琮《唐代诗人丛考》、谭优学《唐诗人行年考》及其续编、王仲镛《唐诗纪事校笺》、吴汝煜等《全唐诗人名考》和《唐五代人交往诗索引》、佟培基《全唐诗重出误收考》、陶敏《全唐诗人名考证》、吴在庆《唐五代文史丛考》、陈尚君《唐代文学丛考》等，均将考据工作放到唐代历史文献参合比较的大范围里展开而有新的创获，特别是傅璇琮主编并有 20 多位学者通力合作而成的《唐才子传校笺》一书，对唐代近 400 位诗人的生平事迹加以系统爬罗梳理，称得上集大成。其余如书目、版本的钩沉归纳，有万曼《唐集叙录》、孙琴安《唐诗选本六百种提要》、陈伯海与朱易安《唐诗书录》、郑庆笃等《杜集书目提要》和周采泉《杜集书录》等；研究资料的搜采汇辑，除《古典文学资料汇编》中续刊的李白、韩愈、李贺、李商隐数家外，另有傅璇琮等《唐人选唐诗新编》、张伯伟《全唐五代诗格校考》、陈伯海等《唐诗论评类编》和《历代唐诗论评选》、徐俊《敦煌诗集残卷辑考》等；史料综合介绍，有陶敏与李一飞的专著《隋唐五代文学史料学》；而相关历史事实的整理考订，尚有岑仲勉《郎官石柱提名新考订》、郁贤皓《唐刺史考》和《唐刺史考全编》、戴伟华《唐方镇文职僚佐考》、周勋初等《唐人轶事汇编》、郁贤皓与陶敏《元和姓纂（附四校记）》等。众多的成果，为进一步的理论总结打下了扎实的根基。

其二是研究领域的开拓。针对以往的研究多聚焦于几个大诗人身上的不足，新时期唐诗研究有了全方位的拓展。李、杜、韩、白诸大家续有深入，王、孟、高、岑、刘、柳、张说、张九龄、顾况、孟郊、李贺、李商隐等一批名家渐成热点，而一向少为人论及的初唐宫廷诗人群、大历诗人群和晚唐诗人群，亦开始受到普遍关注。

尤足称道的是，研究对象正逐步由具体作家向综合性课题转移，表明学术研究中的整体性思维正趋于成熟。这方面首开风气的著作当数程千帆的《唐代进士行卷与文学》（上海古籍出版社1980），它从进士行卷这一特定历史现象切入，对所涉及的社会政治、科举、礼仪、文教、士人心态、文苑风尚与诗歌创作及传播、古文运动、传奇小说之间的内在关联，加以切实而生动的展示，为人们思考问题提供了一种全景式的观照。沿着这条路子往下走，侧重从政治与文学关系着眼的，有傅璇琮《唐代科举与文学》、王勋成《唐代诠选与文学》、戴伟华《唐代幕府与文学》和《唐代使府与文学研究》、胡可先《中唐政治与文学》等；从社会生活与文学关系着眼的，有李志慧《唐代文苑风尚》、程蔷与董乃斌《唐帝国的精神文明——民俗与文学》、林继中《唐诗与庄园文化》、李浩《唐代园林别业考论》和《唐代三大地域文学士族研究》等；从宗教与文学关系着眼的，有孙昌武《唐代文学与佛教》和《唐代道教与文学》、陈允吉《唐音佛教辨思录》、葛兆光《想象力的世界》、黄世中《唐诗与道教》等；从艺术与文学关系着眼的，有陶文鹏《唐诗与绘画》、朱易安《唐诗与音乐》、任半塘《唐声诗》、吴相洲《唐代歌诗与诗歌》等；从学术、文化思潮与文学关系着眼的，则有林继中《中唐—北宋文化建构文学史》、朱刚《唐宋四大家的道论与文学》、查屏球《唐学与唐诗》等，都能将唐诗或唐代文学放在历史文化相交融的大背景下作贯通性的把握，拓宽了唐诗研究的疆界。

整体性思维的另一种形态是注重文学内部关系的综合研讨，包括唐诗质性概括、脉络梳理以及时段、体式、风格、流派等专题论析，总之是以超越单个作家作品的较为宏观的眼光来看待诗歌现象。这方面起步较早的有陈贻焮《从元白和韩孟两大诗派略论中晚唐诗歌的发展》一文（载《中国古典文学研究论丛》第 1 辑，吉林人民出版社 1980），它结合中唐社会政局的变化，以"谏官之诗"和"学者之诗"为定位，分疏元和两大诗派，并从其异同比较中揭示出中晚唐诗歌发展的趋向。约略同时，傅璇琮《唐代诗人从考》也注目于诗人群体的清理，从向来不受重视的大历诗歌中区分出京城才子和江南词人两大群落，丰富了对这段文学史的认识。循此前进而重点探讨文学群体和流派的，有赵昌平《"吴中诗派"与中唐诗歌》和《从郑谷及其周围诗人看唐末及宋初诗风动向》、葛晓音《山水田园诗派研究》、钟优民《新乐府诗派研究》、毕宝魁《韩孟诗派研究》、姜剑云《审美的游离——论唐代怪奇诗派》以及许总《唐诗体派论》、贾晋华《唐代集会总集与诗人群研究》等；集中考察一个时段的，有聂永华《初唐宫廷诗风流变考论》、杜晓勤《初盛唐诗歌的文化阐释》、尚定《走向盛唐》、葛晓音《诗国高潮与盛唐文化》、傅绍良《盛唐文化精神与诗人人格》、蒋寅《大历诗风》与《大历诗人研究》、孟二冬《中唐诗歌之开拓与新变》、田耕宇《唐音余韵——晚唐诗研究》、张兴武《五代作家的人格与诗格》等；追踪某一体类演变的，有周啸天《唐绝句史》、赵谦《唐七律艺术史》、孙琴安《唐代律诗探索》、王锡九《唐代的七言古诗》等；而略具通观性质的，尚有林庚《唐诗综论》和刘开扬《唐诗通论》。在这方面面成果的基础上，遂有对唐诗总体流程作进一步勾画的需要。这一时期出版的几种专史，如乔象钟等主编的《唐代文学史》上下册、罗宗强等主编的《隋唐五代文学史》上中卷、王运熙与杨明的《隋唐五代文学批评史》、李从军《唐代文学演变史》、许总《唐诗史》等，不仅内容翔实，尤注重诗歌演进脉络的精细梳理，故能于质量上超胜前帙。另罗宗强《隋唐五代文学思想史》致力于打通文学创作与理论批评中的思潮涌动，傅璇琮主编的

《唐五代文学编年史》和熊笃《天宝文学编年史》、张兴武《五代十国文学编年》别创文学史编年体例，新意更著；陈伯海和郭扬的两种《唐诗学引论》以及蒋长栋《唐诗新论》、余恕诚《唐诗风貌》则改纵向叙述为横向整合，就唐诗质性、渊源、流变、体类、门派、法式及学术史诸问题进行归纳，为唐诗学的理论建构做出了有益的尝试。

动向之三是艺术品评的深化。唐诗为广大群众接受，乃 20 世纪 50 年代以来的基本趋势，到这个阶段愈形发达，各类读本和辅助阅读、欣赏的文字风行，诗歌艺术规律的探讨加强，多种工具书的编纂，构成新时期学术园地的独特景观。选本中较有影响者如中国社科院文学所编《唐诗选》，以其选诗风格的多样化和作家小传中渗入艺术风格点评而被人看重，其后马茂元与赵昌平合编《唐诗三百首新编》与《唐诗选》（修订本）、葛兆光《唐诗选注》等亦时有精到评议，富寿荪与刘拜山《千首唐人绝句》、霍松林等《万首唐人绝句校注集评》则以收辑前人评语见长，而陈伯海主编的《唐诗汇评》选诗 5000 余首而又汇录大量历代论评资料，或具有集成的意义。鉴赏读物本时期由沈祖棻《唐人七绝诗浅释》肇端，体贴深细，说解明白，深受读者欢迎，而后追随者甚众，按体裁、按门类、按流派、按作家分别成书或综合纂集者层出不穷，而以上海辞书出版社编《唐诗鉴赏辞典》（解诗 1000 余首）为其顶峰。施蛰存撰《唐诗百话》不以赏析为限，一题一议，广搜博考，亦为后学开了治唐诗的法门。这些均对普及唐诗起了良好的作用。与此同时，诗艺的理论性总结渐受重视，先后出版陈铭《唐诗美学论稿》、王明居《唐诗风格美初探》、师长泰《唐诗艺术技巧》、李浩《唐诗的美学阐释》诸作，有关唐诗意象、结构、语言和艺术风貌的专论更不在少数。至于大型工具书如周勋初主编的《唐诗大辞典》和周祖譔主编的《中国文学家大辞典·唐五代卷》，多方面吸取学界已有的成果，成为查考有关唐诗知识的必备工具书。而王洪等《唐诗百科大辞典》、范之麟等《全唐诗典故辞典》、马东田等《唐诗分类大辞典》、张忠纲等《全唐诗大辞典》，亦皆有助于唐诗的阅读与会通。

最后还要归结到理论方法的更新。20 世纪 80 年代以来唐诗领域所取得的丰硕成果，是跟人的思想观念的变革和研究方法的创新分不开的。这一革新的潮流可大致区划为先后兴起而又互相叠合的两个波段。20 世纪 70 年代末出现了第一波，可用"拨乱反正"作为标志，它开始时是针对被"文化大革命"搞乱了的局面作出否定性反应，随即扩大为对原已存在的庸俗社会学和形而上学思维方式的批判质疑，这在当时开展的有关韩愈文学创作和白居易讽喻诗的重新估价、唐诗繁荣原因及"盛唐气象"的再讨论、李贺与李商隐诗歌艺术美的发掘以及《长恨歌》主题思想争议中，都得到了明确的反映。在讨论过程中，人们深感史料准备的不足和对历史多向联系的把握不全面，由前一点导致考据与实证方法大兴，由后一点则推动了整体性思维的建立。这种将文学与历史文化的有机联系以及文学现象自身联系作贯通性思考的做法，源自中国古代学术文史不分家的传统，而在陈寅恪创建的"诗史互证"范型中得到较成熟的展呈，所以新时期唐诗研究的主流实际上是沿着现代史学所开辟的道路继续向前的，同时也是对马克思主义的科学历史观的回归。20 世纪 80 年代后期起，随着改革、开放的深入发展和海内外学术交流的日趋活跃，各种更新的思潮纷涌而来，于是出现了被称作"新方法热"的第二波。表面看来，这一"新方法热"在古典文学领域里的表现不如其在现当代文学研究中那样突出，特别是喧嚷一时的所谓"三论"（系统论、控制论、信息论）等似乎对唐诗研究未产生任何影响，实不尽然。自这个时期起，与所谓"三论"同时流行于我国学界的欧美现代文艺思潮还有新批评、原型批评、结构主义、形式主义、心理分析、接受美学种种，而参照、应用这类方法研究中国古典诗歌的海外汉学论著如斯蒂芬·欧文的《初唐诗》和《盛唐诗》、松浦友久的《唐诗语汇意象论》和《李白诗歌抒情艺术研究》、高友工与梅祖麟所著《唐诗的魅力》以及倪豪士所编《美国学者论唐代文学》等正陆续加以译介、引进，台港学者在沟通"新方法"和原有方法上也起到了一定的桥梁和先锋作用。这多方面的因素，促使古典文学研究的路子在悄悄地发生变化，如诗歌中的意象及其原型追溯、文本结构范式解析、诗人心态与社会心理探测、诗歌传播与接受方式考察、诗意误读与解释方法讨论乃至中外诗歌与诗学比较等，在唐诗领域皆有所反映。这些开新的努力还处在试验阶段，不够成熟，也未成气候，特别是它不像西方原生的理论那样好走极端，标举一格而摈斥其余，倒是乐于将自身的特色结合并消融于现代唐诗学固有的史学传统中，遂使它的出现显得不那么惹眼，但或许因此而有更长久的生命力和更广阔的前景。

（四）

粗粗对百年唐诗学的行程浏览一过，能否就其今后的趋向作一点建言呢？

首先，我以为，一个世纪以来奠定的唐诗研究中的现代史学精神仍将得到延续，不仅史料的积累要继续加强，唐诗流变及其与社会生活各方面关系中的一些薄弱环节还要进行深入的探察和剖解，务使历史的总体风貌能得到较为全面而准确地展现，这也是科学总结工作的必要前提。在这方面，我觉得目前兴起的综合性课题研究很值得提倡，无论是对诗人群体、流派、诗歌体式、类别、历史时段、地区风貌以及诗歌与社会经济、政治、文化、习俗乃至各种文体间的交互影响，均尚有深入发掘的余地，只有把这方方面面的环节把握住了，一代诗史的精细脉络才能清晰无误地显露出来。从事这样的研究，需要有务实的精神，将史料建构安置在科学实证的基础上，同时也需要有贯通的手眼，足以揭示历史现象的内在联系，史学与史识是不可偏废的。

其次，在现代史学规范的主导下，可以尝试多样化的新鲜视角，如借鉴心理分析的理论以探索诗人的心灵世界，运用意象批评、形式批评、结构主义的法式以观照诗歌意象选择、组合的特点及表达技巧，吸取解释学的观念以解释不同文学文本间的互文关系，参考传播学和接受学的经验以考察唐诗的流传、接受方式以及后世对它的承传与研究，乃至采纳计量史学的方法就有关资料作出统计和应用语言学原理对诗篇文辞句法予以剖析等，都能使我们在领会唐诗意蕴上更进一层。而若能将这些"新方法"与固有的社会历史学研究视角融为一体，使历史文化精神的演变透过诗人审美心灵的折射而落实于诗歌文本范式及其接受方式的推陈出新上，则一部唐诗史就不仅仅是以文学形态反映时代生活的历史，却同时也是民族审美心理的变迁史和诗歌文体范式的流变史。历史与审美的一体化，这应该是我们的努力方向。

最后，还可以考虑走出历史学的视野，使唐诗研究朝向理论科学升华的可能性。程千帆先生于八十年代初即曾谈到要"从理论角度去研究古代文学"，并将其归纳为"研究'古代的文学理论'"和"研究'古代文学的理论'"两条途径①。实际上，在他看来，两条途径在起源上是同一的，因为"古代的文学理论"正是古人从研究古代文学中总结出来的。就拿唐诗来说，围绕着对它的质性的认识，从唐初以至清末，不就产生了风骨、兴寄、兴象、韵味、气象、格力、兴趣、神韵、体制、声律、格调、法式乃至象外象、味外味、情中景、景中情、意与境会、气足神余、自然天成、工夫老境等一系列诗学理论的范畴和命题吗？更不用说对其创作经验、演化过程以及各种不同风格、流派、体式、门类的具体阐发了。后人只看到这是古代文论的范畴、命题，却忘了它们原本来自活生生的文学现象，且又不善于学习古人的榜样，亲手从古代文学传统中去提炼理论观念，于是"史"与"论"相互脱节，"史"的研究也就不再具有理论的兴味，这实在是堪惋惜的。新世纪的唐诗研究倘能在"史"的考索之余，进一步用睿思的头脑去开掘、搜采唐诗传统中的审美与哲理的成分（包括对已有古文论范畴、命题的现代阐释），使之

---

① 见程千帆《古典诗歌描写与结构中的一与多》，《程千帆诗论选集》页 44，山西人民出版社 1990 年版。

提升为理论观念，则今后的唐诗学领域里或许会生发出某种唐诗（古典诗歌）的美学与艺术哲学，以之与西方及其他东方民族的诗学、美学传统相比照、相交流，定能起到丰富和促进全人类审美意识文化的作用，我们当寄以厚望。

参考引用书目

史志书目类

北齐书　　李百药等撰，中华书局校点本
周　书　　令狐德棻等撰，中华书局校点本
隋　书　　魏征等撰，中华书局校点本
旧唐书　　刘昫等撰，中华书局校点本
新唐书　　欧阳修、宋祁等撰，中华书局校点本
元　史　　宋濂等撰，中华书局校点本
明　史　　张廷玉等撰，中华书局校点本
清史稿　　赵尔巽等撰，上海古籍出版社 1986 年版
直斋书录解题　　陈振孙撰，清乾隆三十八年刻本
四库全书总目　　永瑢、纪昀等撰，中华书局 1965 年版
中国善本书提要　　王重民撰，上海古籍出版社 1983 年版
敦煌古籍叙录　　王重民撰，中华书局 1979 年版

总　集　类

国秀集　　芮挺章编，陕西人民教育出版社版《唐人选唐诗新编》本
河岳英灵集　　殷璠编，陕西人民教育出版社版《唐人选唐诗新

编》本

中兴间气集　　高仲武编，陕西人民教育出版社版《唐人选唐诗新编》本

玉台后集　　李康成编，陕西人民教育出版社版《唐人选唐诗新编》本

又玄集　　韦庄编，陕西人民教育出版社版《唐人选唐诗新编》本

才调集　　韦縠编，陕西人民教育出版社版《唐人选唐诗新编》本

文苑英华　　李昉等编，中华书局1966年版

太平广记　　李昉等编，中华书局1961年版

唐文粹　　姚铉编，明初刻本

唐百家诗选　　王安石编，《四库全书》本

乐府诗集　　郭茂倩编，中华书局1979年版

笺注唐贤三体诗法　　周弼编，释圆至注，明火钱刻本

唐诗鼓吹　　元好问编，郝天挺注，元京兆日新堂刻本

瀛奎律髓　　方回编，明刻本

唐音十一卷　　杨士弘编，明初刻本

唐音十五卷　　杨士弘编，顾璘批点，《湖北先正遗书》本

元诗选　　顾嗣立编，中华书局1987年版

三圣诗集　　释净成编，明永乐十四年刻本

唐诗品汇　　高棅编，上海古籍出版社1982年版

唐诗正声　　高棅编，明嘉靖何城重刻本

批点唐诗正声　　高棅编，桂天祥批点，明嘉靖胡缵宗刻本

增定评注唐诗正声　　高棅编，郭浚评点，明天启六年刻本

雅音汇编　　康麟编，明天顺刻本

唐五十家诗集　　佚名编，上海古籍出版社1981年版

唐诗增奇　　杨慎编，明刻本

唐李杜诗集　　许宗鲁编，明嘉靖五年刻本

初唐诗　　樊鹏编，明嘉靖十三年李一中刻本

二张诗集　　高叔嗣编，明嘉靖十六年刻本

唐百家诗　　朱警编，明嘉靖十九年刻本

唐十子诗　　王准编，明嘉靖二十六年王准刻本

唐　雅　　胡缵宗编，明嘉靖二十八年文斗山堂刻本

全唐诗选　　李默、邹守愚编，明嘉靖二十六年曾才汉刻本

中唐十二家诗集　　蒋孝编，明嘉靖二十九年蒋孝刻本

十二家唐诗　　张逊业编，明嘉靖三十一年江都黄埠东壁图书府刻本

唐诗类钞　　顾应祥编，明嘉靖三十一年顾氏自刻本

唐诗二十六家　　黄贯曾编，明嘉靖三十三年刻本

唐音类选　　潘光统编，黄佐订补，明嘉靖四十三年刻本

唐律类钞　　蔡云程编，明嘉靖刻本

十二家唐诗类选　　何东序编，明隆庆四年刻本

唐诗选玄集　　万表编，明聚好楼抄本

唐　雅　　张之象编，明万历吴勉学刻本

唐诗类苑　　张之象编，王彻补订，清光绪刻本

唐诗选　　李攀龙编，蒋一葵笺释，明万历二十八年武林一初斋刻本

唐诗选　　李攀龙编，王稚登评，明万历闵氏刻本

唐诗选注　　李攀龙编，陈继儒笺释，明万历刻本

唐诗训解　　李攀龙编，袁宏道校，明万历四十六年居仁堂余献可刻本

唐诗直解　　李攀龙编，叶羲昂直解，清博古斋刻本

唐诗会选　　李栻编，明万历二年李栻刻本

唐诗纪　　黄德水、吴琯编，明万历十三年吴琯刻本

唐雅同声　　毛懋宗编，明万历十六年刻本

唐诗类选　　张居仁编，明万历二十四年张居仁自刻本

精选唐诗分类评释绳尺　　徐用吾编，明万历二十五年刻本

四唐汇诗　　吴勉学编，明万历三十年吴氏刻本

唐乐府　　吴勉学编，明万历刻本

唐二家诗抄评林　　梅鼎祚编，屠隆集评，明万历刻本

李杜全集　　许自昌编，明万历三十年刻本

唐诗所　　臧懋循编，明万历三十四年刻本

七言律准　　张玉成编，明万历三十五年刻本

诗隽类函　　焦竑撰，明万历三十七年刻本

合刻分体李杜全集　　刘世教编，明万历四十年刻本

唐诗解　　唐汝询辑释，明万历四十三年刻本

全唐风雅　　黄克缵、卫一凤编，明万历四十六年黄氏刻本

唐诗绝句类选　　敖英编，凌云补辑，明吴兴凌氏刻三色套印本

详注百家唐诗汇选　　徐克辑注，明万历世美堂刻本

琬琰清音　　黄凤翔、詹仰庇编，朱梧批点，明万历刻本

唐诗归　　钟惺、谭元春编撰，湖北人民出版社 1985 年排印本

汇编唐诗十集　　唐汝询编，明天启三年刻本

唐诗艳逸品　　杨肇祉编，闵一栻订，明天启六年闵一栻刻本

合刻西昆集　　姚希孟编，明天启刻本

批选唐诗　　郝敬批选，明崇祯元年刻本

唐诗援　　李沂编，明崇祯五年刻本

唐诗选脉会通评林　　周敬、周珽编，陈继儒评点，明崇祯八年
刻本

唐人八家诗　　毛晋编，明崇祯十二年毛氏汲古阁刻本

石仓十二代诗选　　曹学佺编，明崇祯刻本

唐诗镜　　陆时雍编，《四库全书》本

李杜诗通　　胡震亨评注，清顺治七年刻本

皇明文衡　　程敏政编，《四部丛刊》本

皇明诗选　　陈子龙等编，明崇祯十六年夏完淳校刻本

明文海　　黄宗羲编，中华书局影印本

全唐诗　　　彭定求等编，中华书局 2000 年版

全唐文　　　董诰等编，中华书局 1983 年版

古诗评选　　王夫之选评，文化艺术出版社 1997 年版

唐诗评选　　王夫之选评，文化艺术出版社 1997 年版

明诗评选　　王夫之选评，文化艺术出版社 1997 年版

杜诗解　　　金圣叹撰，上海古籍出版社 1984 年版

唐人咏物诗　聂先编，清初刻本

唐律消夏录　顾安编，清初乌丝兰精钞本

宋诗钞　　　吴之振等编，清康熙十年刻本

唐四家诗　　汪立名编，康熙三十四年刻本

寒瘦集　　　岳端编，清康熙三十八年红兰室刻板。

唐七律选　　毛奇龄编，清康熙四十一年刻本

韩柳诗选　　汪森编，清康熙裘杼楼刻本

唐宫闺诗　　刘云份编，清康熙梦香阁刻本

放胆诗　　　吴震方编，清康熙四十四年刻本

唐贤三昧集　王士祯编，《四库全书》本

古诗笺　　　王士祯编，闻人倓注，清乾隆三十一年藏兰室刻本

御选唐诗　　爱新觉罗·玄烨敕编，《四库全书》本

古诗源　　　沈德潜编，岳麓书社 1998 年版

唐诗别裁集　沈德潜编，岳麓书社 1998 年版

明诗别裁集　沈德潜编，岳麓书社 1998 年版

唐人小律花雨集　薛雪编，清乾隆十一年刻本

唐宋诗醇　　爱新觉罗·弘历敕编，《四库全书》本

大历诗选　　乔亿编，清乾隆三十七年刻本

重订中晚唐诗主客图　李怀民编，清嘉庆十年刻本

唐四家诗集　胡凤丹编，清同治九年永康胡氏刻本

王闿运手批唐诗选　王闿运编，上海古籍出版社 1989 年版

别 集 类

幽忧子集　　卢照邻撰，《四部丛刊》本

陈伯玉文集　　陈子昂撰，《四部丛刊》本

李太白集分类补注　　杨齐贤集注，《四库全书》本

黄氏补注杜诗　　黄希、黄鹤注，《四库全书》本

钱注杜诗　　钱谦益注，上海古籍出版社校点本

杜诗解　　金圣叹撰，上海古籍出版社校点本

杜诗详注　　仇兆鳌注，中华书局校点本

孟浩然诗集　　孟浩然撰，李景白校注，巴蜀书社排印本

元次山集　　元结撰，中华书局校点本

元稹集　　元稹撰，中华书局校点本

白居易集　　白居易撰，中华书局校点本

昌黎先生集　　韩愈撰，《四部丛刊》本

孟郊集校注　　孟郊撰，韩泉欣校注，浙江古籍出版社排印本

张司业集　　张籍撰，《四部丛刊》本。

李贺诗歌集注　　王琦等注，上海古籍出版社排印本

李义山诗集　　李商隐撰，《四部丛刊》本

西昆发微　　吴乔撰，清康熙七年盛德容刻本

玉溪生诗集笺注　　冯浩注，上海古籍出版社校点本

李义山诗集辑评　　朱鹤龄笺注，沈厚塽辑评，清同治九年广州倅
署刻三色套印本

皮子文薮　　皮日休撰，上海古籍出版社校点本

司空表圣文集　　司空图撰，《四部丛刊》本

玉山樵人集　　韩偓撰，《四部丛刊》本

小畜集　　王禹偁撰，《四部丛刊》本

欧阳文忠公全集　　欧阳修撰，《四部丛刊》本

东坡全集　　苏轼撰，《四库全书》本

王文公集　　王安石撰，《四部丛刊》本

山谷集　　黄庭坚撰，《四库全书》本

剑南诗稿　　陆游撰，中华书局排印本

渭南文集　　陆游撰，中华书局排印本

诚斋集　　杨万里撰，《四部丛刊》本

晦庵先生朱文公集　　朱熹撰，《四部丛刊》本

朱子语类　　黎靖德编，中华书局校点本

叶适集　　叶适撰，中华书局排印本

石屏诗集　　戴复古撰，《四库全书》本

后村先生大全集　　刘克庄撰，《四部丛刊》本

闲闲老人滏水文集　　赵秉文撰，《四部丛刊》本

滹南遗老集　　王若虚撰，《四部丛刊》本

遗山先生文集　　元好问撰，《四部丛刊》本

陵川集　　郝经撰，《四库全书》本

松雪斋文集　　赵孟頫撰，《四库全书》本

静修先生文集　　刘因撰，《四部丛刊》本

桐江集、桐江续集　　方回撰，《四库全书》本

清容居士集　　袁桷撰，《四部丛刊》本

吴文正集　　吴澄撰，《四库全书》本

紫山大全集　　胡祗遹撰，《四库全书》本

剡源集　　戴表元撰，《四部丛刊》本

道园学古录　　虞集撰，《四部丛刊》本

石初集　　周霆震撰，《四库全书》本

青山集　　赵文撰，《四库全书》本

养吾斋集　　刘将孙撰，《四库全书》本

渊颖吴先生文集　　吴莱撰，《四部丛刊》本

隐居通议　　刘埙撰，《四库全书》本

水云村稿　　刘埙撰，《四库全书》本

九灵山房集　　戴良撰，《四部丛刊》本

东维子文集　　杨维桢撰，《四部丛刊》本

海桑集　　陈谟撰，《四库全书》本

翠屏集　　张以宁撰，《四库全书》本

宋文宪公全集　　宋濂撰，明严荣校刻本

诚意伯刘文成公文集　　刘基撰，《四部丛刊》本

白云稿　　朱右撰，《四库全书》本

清江贝先生文集　　贝琼撰，《四部丛刊》本

王忠文公集　　王祎撰，《金华丛书》本

鸣盛集　　林鸿撰，《四库全书》本

半轩集　　王行撰，《四库全书》本

高太史凫藻集　　高启撰，《四部丛刊》本

霏雪录　　刘绩撰，《四库全书》本

苏平仲文集　　苏伯衡撰，《四部丛刊》本

逊志斋集　　方孝孺撰，《四部丛刊》本

鸣盛集　　林鸿撰，《四库全书》本

东里文集、东里续集　　杨士奇撰，《四库全书》本

泊庵集　　梁潜撰，《四库全书》本

介庵集　　黄淮撰，《敬乡楼丛书》本

倪文僖集　　倪谦撰，《四库全书》本

方洲集　　张宁撰，《四库全书》本

椒丘文集　　何乔新撰，《四库全书》本

陈献章集　　陈献章撰，中华书局点校本

一峰文集　　罗伦撰，《四库全书》本

胡文敬集　　胡居仁撰，《四库全书》本

匏翁家藏集　　吴宽撰，《四部丛刊》本

思玄集　　桑悦撰，明万历四十四年翁宪祥刻本

怀麓堂集　　李东阳撰，清嘉庆刊本

王文恪公集　　王鏊撰，清嘉庆十五年刻本

见素文集　　林俊撰，《四库全书》本

东岩集　　夏尚朴撰，《四库全书》本

渼陂集　　王九思撰，明刻本

拘虚集　　陈沂撰，《四明丛书》本

空同集　　李梦阳撰，明万历三十年邓云霄、潘之恒重刊本

王文成公全书　　王阳明撰，《四部丛刊》本

王廷相集　　王廷相撰，中华书局校点本

王氏家藏集　　王廷相撰，明嘉靖十五年刻本

康对山先生文集　　康海撰，清乾隆二十六年刻本

息园存稿　　顾璘撰，《四库全书》本

宗子相集　　宗臣撰，《四库全书》本

俨山集　　陆深撰，《四库全书》本

洹词　　崔铣撰，《四库全书》本

张愈光诗文选　　张含撰，《云南丛书初编》本

鸟鼠山人小集　　胡缵宗撰，明刻本

鸟鼠山人后集　　胡缵宗撰，明刻本

何大复先生集　　何景明撰，清咸丰三年重刊本

少谷集　　郑善夫撰，清道光四年刻本

白斋竹里文略　　张琦撰，《四明丛书》本

升庵全集　　杨慎撰，《万有文库》本

王阳明全集　　吴光等编校，上海古籍出版社1992年版

苏门集　　陈束撰，《四库全书》本

孙文恪公集　　孙陞撰，明嘉靖刻本

荆川先生文集　　唐顺之撰，《四部丛刊》本

遵岩集　　王慎中撰，《四库全书》本

茅鹿门先生文集　　茅坤撰，明万历金陵戴应斌等刻本

沧溟集　　李攀龙撰，明刻本

徐天目先生集　　徐中行撰，明万历二十一年刻本

徐文长集　　徐渭撰，明刻本

甔甀洞稿　　吴国伦撰，明万历刻本

宗子相集　　宗臣撰，《四库全书》本

弇州山人四部稿、续稿　　王世贞撰，《四库全书》本

焚　书　　李贽撰，中华书局1959年版

藏书、续藏书　　李贽撰，中华书局1975年版

澹园集　　焦竑撰，《金陵丛书》本

鸿　苞　　屠隆撰，明万历刻本

由拳集　　屠隆撰，明秀水朱仁刻本

白榆集　　屠隆撰，明万历刊本

大泌山房集　　李维桢撰，明万历三十九年刻本

汤显祖集　　汤显祖撰，上海人民出版社1973年版

负苞堂集　　臧懋循撰，古典文学出版社1958年版

少室山房类稿　　胡应麟撰，《金华丛书》本

漱玉斋文集　　邓云霄撰，清刻本

白苏斋类稿　　袁宗道撰，上海古籍出版社1989年版

袁宏道集笺校　　袁宏道撰，钱伯城笺校，上海古籍出版社1981
年版

江盈科集　　江盈科撰，黄仁生辑校，岳麓书社1997年版

石隐园藏稿　　毕自严撰，《四库全书》本

珂雪斋集　　袁中道撰，《中国文学珍本丛书》本

隐秀轩集　　钟惺撰，明天启刻本

王季重杂著　　王思任撰，台湾伟文图书出版公司1977年版

隐秀轩文集　　钟惺撰，明天启二年刻本

谭元春集　　谭元春撰，陈杏珍点校，上海古籍出版社1998年版

响玉集　　姚希孟撰，北京出版社版《四库禁毁书丛刊》本

陶庵全集　　黄淳耀撰，《四库全书》本

七录斋文集　　张溥撰，明末刻本

陈忠裕全集　　陈子龙撰，清嘉庆八年斡山草堂刻本

安雅堂稿　　陈子龙撰，明末刻本

日知录集释　　顾炎武撰，道光十四年黄氏溪草庐重刻本

顾亭林诗文集　　顾炎武撰，中华书局 1983 年版

黄梨洲文集　　黄宗羲撰，中华书局 1959 年版

王船山文集　　王夫之撰，中华书局本

牧斋初学集　　钱谦益撰，《四部丛刊》本

牧斋有学集　　钱谦益撰，《四部丛刊》本

曝书亭集　　朱彝尊撰，《四部丛刊》本

尧峰文钞　　汪琬撰，《四部丛刊》本

己畦集　　叶燮撰，长沙叶氏梦篆楼刻本

梅村家藏稿　　吴伟业撰，《四部丛刊》本

西河合集　　毛奇龄撰，清康熙二十五年刻本

通志堂集　　纳兰性德撰，清康熙刻本

戴名世集　　戴名世撰，中华书局 1986 年版

方苞集　　方苞撰，上海古籍出版社排印本

论文偶记　　刘大櫆撰，人民文学出版社 1959 年版

惜抱轩文集　　姚鼐撰，清同治刻本

忠雅堂集校笺　　蒋士铨撰，上海古籍出版社 1993 年版

复初斋文集　　翁方纲撰，清光绪刻本

曾国藩全集　　曾国藩撰，岳麓书社 1991 年版

龚自珍全集　　龚自珍撰，上海人民出版社 1975 年版

人境庐诗草笺注　　黄遵宪撰，钱仲联笺注，上海古籍出版社 1981
年版

黄遵宪文集　　郑海麟、张伟雄编，日本中文出版社 1991 年版

康有为诗文选　　康有为撰，人民文学出版社 1958 年版

谭嗣同全集　　谭嗣同撰，中华书局 1981 年版

张文襄公全集　　张之洞撰，中国书店 1990 年版

湘绮楼诗文集　　王闿运撰，岳麓书社 1986 年版

磨剑室文录　　柳亚子撰，上海人民出版社 1993 年版

评论杂记类

笔札华梁　　上官仪撰，江苏古籍出版社版《全唐五代诗格汇考》本

唐朝新定诗格　　崔融撰，江苏古籍出版社版《全唐五代诗格汇考》本

文笔式　　佚名撰，江苏古籍出版社版《全唐五代诗格汇考》本

诗髓脑　　元兢撰，江苏古籍出版社版《全唐五代诗格汇考》本

诗　格　　［题］王昌龄撰，江苏古籍出版社版《全唐五代诗格汇考》本

文镜秘府论校注　　遍照金刚撰，王利器校注，中国社会科学出版社排印本

诗式校注　　皎然撰，李壮鹰校注，齐鲁书社排印本

隋唐嘉话　　刘𫗧撰，中华书局校点本

唐国史补　　李肇撰，上海古籍出版社排印本

本事诗　　孟棨撰，中华书局版《历代诗话续编》本

风骚旨格　　齐己撰，江苏古籍出版社版《全唐五代诗格汇考》本

雅道机要　　徐寅撰，江苏古籍出版社版《全唐五代诗格汇考》本

风骚要式　　徐衍撰，江苏古籍出版社版《全唐五代诗格汇考》本

炙毂子诗格　　王睿撰，江苏古籍出版社版《全唐五代诗格汇考》本

云溪友议　　范摅撰，中华书局排印本

唐摭言　　王定保撰，古典文学出版社排印本

金针诗格　　［题］白居易撰，江苏古籍出版社版《全唐五代诗格

汇考》本

　　文苑诗格　　　［题］白居易撰，江苏古籍出版社版《全唐五代诗格汇考》本

　　二南密旨　　　［题］贾岛撰，江苏古籍出版社版《全唐五代诗格汇考》本

　　六一诗话　　欧阳修撰，中华书局版《历代诗话》本

　　蔡宽夫诗话　　蔡居厚撰，《宋诗话辑佚》本

　　后山诗话　　陈师道撰，中华书局版《历代诗话》本

　　临汉隐居诗话　　魏泰撰，中华书局版《历代诗话》本

　　石林诗话　　叶梦得撰，中华书局版《历代诗话》本

　　苕溪渔隐丛话　　胡仔撰，人民文学出版社 1962 年校点本

　　岁寒堂诗话　　张戒撰，中华书局版《历代诗话续编》本

　　碧溪诗话　　黄彻撰，中华书局版《历代诗话续编》本

　　藏海诗话　　吴可撰，中华书局版《历代诗话续编》本

　　诗人玉屑　　魏庆之撰，上海古籍出版社 1978 年版

　　吹剑录　　俞文豹撰，古典文学出版社排印本

　　庚溪诗话　　陈岩肖撰，中华书局版《历代诗话续编》本

　　诚斋诗话　　杨万里撰，中华书局版《历代诗话续编》本

　　艇斋诗话　　曾季貍撰，中华书局版《历代诗话续编》本

　　沧浪诗话　　严羽撰，中华书局版《历代诗话》本

　　后村诗话　　刘克庄撰，中华书局 1983 年排印本

　　对床夜语　　范晞文撰，中华书局版《历代诗话续编》本

　　冷斋夜话　　惠洪撰，上海古籍出版社版《宋元笔记小说大观》本

　　梦溪笔谈　　沈括撰，中华书局 1957 年版

　　老学庵笔记　　陆游撰，上海古籍出版社版《宋元笔记小说大观》本

　　诗法家数　　杨载撰，中华书局版《历代诗话》本

　　木天禁语　　范梈撰，中华书局版《历代诗话》本

诗学禁脔　　范梈撰，中华书局版《历代诗话》本

诗法正宗　　揭傒斯撰，明胡文焕辑《格致丛书》本

诗法正论　　傅若金撰，明胡文焕辑《格致丛书》本

诗　谱　　陈绎曾撰，中华书局版《历代诗话续编》本

唐才子传　　辛文房撰，王大安校订，黑龙江人民出版社 1986 年版

霏雪录　　刘绩撰，《学海类编》本

草木子　　叶子奇撰，中华书局 1959 年版

归田诗话　　瞿佑撰，中华书局版《历代诗话续编》本

文章辨体序说　　吴讷撰，人民文学出版社版于北山校点本

诗学梯航　　周叙撰，天一阁藏明抄本

水东日记　　叶盛撰，中华书局版《历代史料笔记丛刊》本

麓堂诗话　　李东阳撰，中华书局版《历代诗话续编》本

震泽长语　　王鏊撰，《四库全书》本

南濠诗话　　都穆撰，中华书局版《历代诗话续编》本

拘虚诗谈　　陈沂撰，《四明丛书》本

谈艺录　　徐祯卿撰，中华书局版《历代诗话》本

逸老堂诗话　　俞弁撰，中华书局版《历代诗话续编》本

菽园杂记　　陆容撰，中华书局版《历代史料笔记丛刊》本

唐诗品　　徐献忠撰，清嘉靖十九年刊朱警辑《唐百家诗》本

升庵诗话　　杨慎撰，中华书局版《历代诗话续编》本

东谷赘言　　敖英撰，《豫章丛书》本

四友斋丛说　　何良俊撰，中华书局版《历代史料笔记丛刊》本

诗家直说笺注　　谢榛撰，李庆立、孙慎之笺注，齐鲁书社排印本

蓉塘诗话　　姜南撰，明嘉靖刻本

明诗评　　王世贞撰，《丛书集成初编》本

艺苑卮言　　王世贞撰，中华书局版《历代诗话续编》本

学古绪言　　娄坚撰，《四库全书》本

文体明辨序说　　徐师曾撰，人民文学出版社 1962 年版

艺圃撷余　　王世懋撰，中华书局版《历代诗话》本

焦氏笔乘　　焦竑撰，《粤雅堂丛书》本

诗　薮　　胡应麟撰，上海古籍出版社 1979 年版

少室山房笔丛　　胡应麟撰，上海书店出版社《历代笔记丛刊》本

墨卿谈乘　　张懋修撰，上海古籍书店 1980 年版

诗源辩体　　许学夷撰，人民文学出版社 1987 年版

冷邸小言　　邓云霄撰，清刻本

小草斋诗话　　谢肇淛撰，清刻本

唐音癸签　　胡震亨撰，上海古籍出版社 1981 年版

读杜私言　　卢世㴷撰，明毛氏汲古阁《钱卢两先生读杜合刻二种》本

石室谈诗　　赵士喆撰，上海古籍出版社 1983 年版

诗镜总论　　陆时雍撰，中华书局版《历代诗话续编》本

列朝诗集小传　　钱谦益撰，上海古籍出版社 1983 年版

贯华堂选批唐才子诗　　金圣叹撰，清顺治贯华堂刻本

而庵诗话　　徐增撰，中华书局版《清诗话》本

围炉诗话　　吴乔撰，上海古籍出版社版《清诗话续编》本

西昆发微　　吴乔撰，四库全书本

答万季野诗问　　吴乔撰，中华书局版《清诗话》本

蠖斋诗话　　施闰章撰，中华书局版《清诗话》本

抱真堂诗话　　宋征璧撰，上海古籍出版社版《清诗话续编》本

诗辩坻　　毛先舒撰，上海古籍出版社版《清诗话续编》本

载酒园诗话　　贺裳撰，上海古籍出版社版《清诗话续编》本

姜斋诗话　　王夫之撰，中华书局版《清诗话》本

原　诗　　叶燮撰，中华书局版《清诗话》本

渔洋诗话　　王士祯撰，中华书局版《清诗话》本

带经堂诗话　　王士祯撰，人民文学出版社 1963 年版

古欢堂杂撰　　田雯撰，上海古籍出版社版《清诗话续编》本

漫堂说诗　　宋荦撰，中华书局版《清诗话》本

唐音审体　　钱良择撰，中华书局版《清诗话》本

谈龙录　　赵执信撰，中华书局版《清诗话》本

西圃诗说　　田同之撰，上海古籍出版社版《清诗话续编》本

说诗晬语　　沈德潜撰，中华书局版《清诗话》本

一瓢诗话　　薛雪撰，中华书局版《清诗话》本

贞一斋诗说　　李重华撰，中华书局版《清诗话》本

野鸿诗的　　黄子云撰，中华书局版《清诗话》本

说诗菅蒯　　吴雷发撰，中华书局版《清诗话》本

秋窗随笔　　马位撰，中华书局版《清诗话》本

随园诗话　　袁枚撰，人民文学出版社 1982 年排印本

瓯北诗话　　赵翼撰，上海古籍出版社版《清诗话续编》本

石洲诗话　　翁方纲撰，上海古籍出版社版《清诗话续编》本

北江诗话　　洪亮吉撰，人民文学出版社 1983 年版

读雪山房唐诗序例　　管世铭撰，上海古籍出版社版《清诗话续编》本

葚原诗说　　冒春荣撰，上海古籍出版社版《清诗话续编》本

静居绪言　　阙名撰，上海古籍出版社版《清诗话续编》本

昭昧詹言　　方东树撰，人民文学出版社 1984 年版

养一斋诗话　　潘德舆撰，上海古籍出版社版《清诗话续编》本

李杜诗话　　潘德舆撰，上海古籍出版社版《清诗话续编》本

问花楼诗话　　陆蓥撰，上海古籍出版社版《清诗话续编》本

筱园诗话　　朱庭珍撰，上海古籍出版社版《清诗话续编》本

诗　概　　刘熙载撰，上海古籍出版社版《清诗话续编》本

越缦堂诗话　　李慈铭撰，民国间铅印本

海日楼札丛　　沈曾植撰，中华书局排印本

饮冰室诗话　　梁启超撰，人民文学出版社 1982 年版

陈衍诗论合集　　钱仲联编校，福建人民出版社 1999 年版

王国维文学美学论著集　　周锡山编校，北岳文艺出版社 1987 年版

越缦堂日记　　李慈铭撰，上海商务印书馆 1920 年版

越缦堂日记补　　李慈铭撰，上海商务印书馆 1936 年版

郇学斋日记　　李慈铭撰，北京燕山出版社 1988 年版

今人研究著作

中国哲学史　　冯友兰撰，华东师范大学出版社 2000 年版

中国思想史　　葛兆光撰，复旦大学出版社 2001 年版

中国文学批评史　　郭绍虞撰，百花文艺出版社 1999 年版

照隅室古典文学论集　　郭绍虞撰，上海古籍出版社 1983 年版

中国文学批评　　方孝岳撰，三联书店 1986 年版

中国文学批评论集　　朱东润撰，开明书店 1942 年版

中国文学批评通史　　王运熙、顾易生主编，上海古籍出版社 1989—1996 年版

中国诗学体系论　　陈良运撰，中国社会科学出版社 1992 年版

中国诗学批评史　　陈良运撰，江西人民出版社 1995 年版

中国诗学思想史　　萧华荣撰，华东师范大学出版社 1996 年版

中国诗学史　　陈伯海、蒋哲伦主编，鹭江出版社 2002 年版

中国文学史之宏观　　陈伯海撰，中国社会科学出版社 1995 年版

中国评点文学史　　孙琴安撰，上海社会科学院出版社 1999 年版

中国选本批评　　邹云湖撰，上海三联书店 2002 年版

中国文献学　　张舜徽撰，中州书画社 1982 年版

中国历代文论选　　郭绍虞主编，上海古籍出版社 1979—1980 年版

历代论诗绝句选　　羊春秋等选注，湖南人民出版社 1981 年版

中国历代诗学论著选　　陈良运主编，百花洲文艺出版社 1995 年版

诗品集注　　曹旭撰，上海古籍出版社 1994 年版

唐诗杂论　　闻一多撰，北京生活·读书·新知三联书店 1999 年版

唐集叙录　　万曼撰，中华书局 1980 年版

唐宋诗之争概述　　齐治平撰，岳麓书社 1984 年版

唐音质疑录　　吴企明撰，上海古籍出版社 1985 年版

隋唐五代文学思想史　　罗宗强撰，中华书局 1999 年版

瀛奎律髓汇评　　方回原编，李庆甲汇评，上海古籍出版社 1986 年版

唐才子传校笺　　傅璇琮主编，中华书局 1987—1995 年版

唐诗选本六百种提要　　孙琴安撰，陕西人民教育出版社 1987 年版

唐诗学引论　　陈伯海撰，知识出版社 1988 年版

唐诗书录　　陈伯海、朱易安撰，齐鲁书社 1988 年版

唐诗论评类编　　陈伯海主编，山东教育出版社 1993 年版

唐诗汇评　　陈伯海主编，浙江教育出版社 1995 年版

历代唐诗论评选　　陈伯海主编，河北大学出版社 2003 年版

唐诗纪事校笺　　计有功撰，王仲镛校笺，巴蜀书社 1989 年版

杜诗学发微　　许总撰，南京出版社 1989 年版

唐诗的传承　　陈国球撰，（台湾）学生书局 1990 年版

大历诗风　　蒋寅撰，上海古籍出版社 1992 年版

中唐—北宋文化建构文学史　　林继中撰，海峡文艺出版社 1993 年版

唐诗学述论　　黄炳辉撰，鹭江出版社 1996 年版

唐代文学丛考　　陈尚君撰，中国社会科学出版社 1997 年版

唐绝句史　　周啸天撰，安徽大学出版社 1999 年版

唐诗学史论稿　　朱易安撰，广西师范大学出版社 2000 年版

唐代诗学　　乔维德、尚永亮撰，湖南人民出版社 2000 年版

全唐五代诗格汇考　　张伯伟编，江苏古籍出版社 2000 年版

中国新时期唐诗研究述评　　张忠纲等撰，安徽大学出版社 2000 年版

宋代唐诗学　　傅明善撰，研究出版社 2001 年版

唐代集会总集与诗人群研究　　贾晋华撰，北京大学出版社 2001 年版

隋唐五代文学史料学　　陶敏、李一飞撰，中华书局 2001 年版

海峡两岸唐代文学研究史　　陈友冰撰，台北中研院文哲所《中国文哲专刊》第 22 辑，2001 年版

宋代诗学通论　　周裕锴撰，巴蜀书社 1995 年版

宋代文学通论　　王水照主编，河南大学出版社 1997 年版

宋诗话全编　　吴文治主编，江苏古籍出版社 1997 年版

宋代文艺理论集成　　蒋述卓等编，中国社会科学出版社 2000 年版

宋明理学研究　　张立文撰，中国人民大学出版社 1985 年版

辽金诗史　　张晶撰，东北师范大学出版社 1994 年版

金代文学研究　　胡传志撰，安徽大学出版社 2000 年版

元代诗法校考　　张健撰，北京大学出版社 2001 年版

明代文学复古运动研究　　廖可斌撰，上海古籍出版社 1994 年版

明诗话全编　　吴文治主编，江苏古籍出版社 1997 年版

明代哲学史　　张学智撰，北京大学出版社 2000 年版

近三百年学术史　　梁启超撰，东方出版社 1996 年版

明末清初诗论研究　　孙立撰，广东高等教育出版社 1999 年版

清代学术思想的变迁与文学　　马积高撰，湖南出版社 1996 年版

清代诗歌发展史　　霍有明撰，陕西人民出版社 1993 年版

清诗史　　朱则杰撰，江苏古籍出版社 2000 年版

清代诗学研究　　张健撰，北京大学出版社 1999 年版

清代诗学　　李世英撰，湖南人民出版社 2000 年版

中国近代文学发展史　　郭延礼撰，山东教育出版社 1993 年版

近代诗学　　程亚林撰，湖南人民出版社 2000 年版

后 记

　　早就想编一部《唐诗学史稿》，给我长期从事的唐诗学系列研究作一收结，而迟迟未能动手。一则因为身上杂事仍多，难以集中精力；二则近年来兴趣有所转移，思考得多的是一些理论性问题，编史的欲望不免淡化。所以虽然手头颇积累了一点资料，构想也较为现成，却一直未下决心投入。前年秋天，一个偶然的机遇碰见河北人民出版社副编审王静先生，闲谈中触及这个题目，承其青睐，极力劝我上马。分手后，更三番五次来长途电话催促、勉励，终于使我心动。但我实在无力量独自承担，在征得出版社同意的情况下，便找了几位曾经听过我的课且具有一定诗学根底的中青年博士（有的已是高校骨干）合作，由我立定基本观念和框架，请他们分头执笔，再易寒暑，乃得竣成。故此书得以避免胎死腹中的命运，很大程度上要归功于王静先生及其所属河北人民出版社的大力推动，而我的合作者们的协心共事、辛勤劳作、不惮艰难，自亦是必不可少的。

　　《唐诗学史稿》于现阶段面世，虽带有偶然性，而它的编写却在我计划之中，是我的唐诗学书系的有机组成。该项系列工程于上世纪 80年代中叶正式启行（尚不包括之前的发愿与筹划），断续绵延达 20 年之久，先后纂成并出版了《唐诗学引论》（知识出版社 1988）、《唐诗书录》（齐鲁书社 1988）、《唐诗论评类编》（山东教育出版社 1993）、《唐诗汇评》（浙江教育出版社 1995）、《历代唐诗论评选》（河北大学出版社 2003）五种书籍，本书则是其第六种。在率先问世的《唐诗学引论》中，除对唐诗的质、态、源、流、体、式诸方面分别予以考察外，专设《学术史》一篇，用三万字的篇幅提要式地勾画了唐诗学术史演进的轨迹，这就是《唐诗学史稿》的原始雏形。其后，编书目，辑资料，选诗歌，汇评语，乃至分专题、按时代收罗、排比历代有关文献，皆围绕着总结前人研究唐诗的既有成果与经验，以利于今天的唐诗学建设。在这样的材料准备的基础上撰写《唐诗学史稿》，应该说是顺理成章的。这套书系以"引论"发端，以"史稿"收结，有资料，有观点，有作品，有论评，也说得上大体完整。虽未能像原先希望的那样以整体结集的形态展呈，而 20 来年的凤愿终有所酬现，近半辈子的心力未曾化为乌有，我算是比较幸运的了。当然还有许多不尽人意之处需要改进，只能俟诸他日（如果我还有"他日"的话）。

　　有关本书的编写原则及体例、方法等，书中"导言"部分已有交代，无须辞赘。书稿撰写分工如下：

　　导言、余论——陈伯海；

　　第一编——许连军；

　　第二编一至四章——胡建次，第五章——张红；

　　第三编——查清华；

　　第四编一、四章——王顺贵，二、三章——胡光波。

　　全书由我本人通审、定稿。限于个人的学识和能力，疏误难免，祈请海内外方家正之。

　　本课题得列为上海市哲学社会科学"十五"规划项目，并获上海社科院文学所关心与支持，谨志谢。

陈伯海
2003 年 11 月于沪上

图书在版编目（CIP）数据

唐诗学史稿/陈伯海主编. —北京：人民出版社，2011
（人民·联盟文库）
ISBN 978 - 7 - 01 - 009795 - 4

Ⅰ.①唐…　Ⅱ.①陈…　Ⅲ.①唐诗-诗歌史-研究
Ⅳ.①I207.209

中国版本图书馆 CIP 数据核字（2011）第 054926 号

唐诗学史稿
TANGSHIXUE SHIGAO

陈伯海　主编

责任编辑：王　静　陈晓燕
封扉设计：曹　春
出版发行：人民出版社
　　　　　北京朝阳门内大街 166 号　　邮　编：100706
网　　址：http://www.peoplepress.net
邮购电话：(010) 65250042/65289539
经　　销：新华书店
印　　刷：北京京都六环印刷厂
版　　次：2011 年 4 月第 1 版　2011 年 4 月北京第 1 次印刷
开　　本：710 毫米×1000 毫米　1/16
印　　张：44.25
字　　数：604 千字
书　　号：ISBN 978 - 7 - 01 - 009795 - 4
定　　价：83.00 元

《人民·联盟文库》第一辑书目

分　类	书　名	作　者
政治类	中共重大历史事件亲历记（2卷）	李海文主编
	中国工农红军长征亲历记	李海文主编
哲学类	中国哲学史（1—4）	任继愈主编
	哲学通论（上下卷）	孙正聿著
	中国经学史	吴雁南、秦学顾、李禹阶主编
	季羡林谈义理	季羡林著，梁志刚选编
历史类	中亚通史（3卷）	王治来、丁笃本著
	吐蕃史稿	才让著
	中国古代北方民族通论	林幹著
	匈奴史	林幹著
	毛泽东评说中国历史	赵以武主编
文化类	中国文化史（4卷）	张维青、高毅清著
	中国古代文学通论（7卷）	傅璇琮、蒋寅主编
	中国地名学源流	华林甫著
	中国古代巫术	胡新生著
	徽商研究	张海鹏、王廷元主编
	诗词曲格律纲要	涂宗涛著
译著类	中国密码	［德］弗郎克·泽林著，强朝晖译
	领袖们	［美］理查德·尼克松著，施燕华等译
	伟人与大国	［德］赫尔穆特·施密特著，梅兆荣等译
	大外交	［美］亨利·基辛格著，顾淑馨、林添贵译
	欧洲史	［法］德尼兹·加亚尔等著，蔡鸿滨等译
	亚洲史	［美］罗兹·墨菲著，黄磷译
	西方政治思想史	［美］约翰·麦克里兰著，彭维栋译
	西方艺术史	［法］德比奇等著，徐庆平译
	纳粹德国的兴亡	［德］托尔斯腾·克尔讷著，李工真译
	资本主义文化矛盾	［美］丹尼尔·贝尔著，严蓓雯译
	中国社会史	［法］谢和耐著，黄建华、黄迅余译
	儒家传统与文明对话	［美］杜维明著，彭国翔译
	中国人的精神	辜鸿铭著，黄兴涛、宋小庆译
	毛泽东传	［美］罗斯·特里尔著，刘路新等译
人物传记类	蒋介石全传	张宪文、方庆秋主编
	百年宋美龄	杨树标、杨菁著
	世纪情怀——张学良全传（上下）	王海晨、胡玉海著

《人民·联盟文库》第二辑书目

分 类	书 名	作 者
政治类	民族问题概论(第三版)	吴仕民主编、王平副主编
	宗教问题概论(第三版)	龚学增主编
	中国宪法史	张晋藩著
历史类	乾嘉学派研究	陈祖武、朱彤窗著
	宋学的发展和演变	漆侠著
	台湾通史	连横著
	卫拉特蒙古史纲	马大正、成崇德主编
	文明论——人类文明的形成发展与前景	孙进己、干志耿著
哲学类	西方哲学史(8卷)	叶秀山、王树人总主编
	康德《纯粹理性批判》句读	邓晓芒著
	比较伦理学	黄建中著
	中国美学史话	李翔德、郑钦镛著
	中华人文精神	张岂之著
	人文精神论	许苏民著
	论死生	吴兴勇著
	幸福与优雅	江畅、周鸿雁著
文化类	唐诗学史稿	陈伯海主编
	中国古代神秘文化	李冬生著
	中国家训史	徐少锦、陈延斌
	中国设计艺术史论	李立新著
	西藏风土志	赤烈曲扎著
	藏传佛教密宗与曼荼罗艺术	昂巴著
	民谣里的中国	田涛著
	黄土地的变迁——以西北边陲种田乡为例	张畯、刘晓乾著
	中外文化交流史	王介南著
	纵论出版产业的科学发展	齐峰著
译著类	赫鲁晓夫下台内幕	[俄]谢·赫鲁晓夫著,述弢译
	治国策	[波斯]尼扎姆·莫尔克著,[英]胡伯特·达克(由波斯文转译成英文),蓝琪、许序雅译,蓝琪校
	西域的历史与文明	[法]鲁保罗著,耿昇译
	16~18世纪中亚历史地理文献	[乌]Б.А.艾哈迈多夫著,陈远光译
	亲历晚清四十五年——李提摩太在华回忆录	[英]李提摩太著,李宪堂、侯林莉译
	伯希和西域探险记	[法]伯希和等著,耿昇译
	观念的冒险	[美]A.N.怀特海著,周邦宪译
人物传记类	溥仪的后半生	王庆祥著
	胡乔木——中共中央一支笔	叶永烈著
	林彪的这一生	少华、游胡著
	左宗棠在甘肃	马啸著